CHRISTOPH MARZI

LILITH

Roman

Originalausgabe

WILHELM HEYNE VERLAG
MÜNCHEN

FSC
Mix
Produktgruppe aus vorbildlich
bewirtschafteten Wäldern und
anderen kontrollierten Herkünften

Zert.-Nr. SGS-COC-1940
www.fsc.org

Verlagsgruppe Random House FSC-DEU-0100
Das für dieses Buch verwendete FSC-zertifizierte Papier
München Super liefert Mochenwangen.

5. Auflage
Originalausgabe 12/2005
Redaktion: Uta Dahnke

Printed in Germany 2008
Umschlagillustration & Karte: Dirk Schulz
Umschlaggestaltung: Nele Schütz Design, München
Satz: Christine Roithner Verlagsservice, Breitenaich
Druck und Bindung: GGP Media GmbH, Pößneck

ISBN: 978-3-453-52135-3

http://www.heyne.de

Für Tamara

»Saharasand ist blond …«

Come gather 'round people
Wherever you roam
And admit that the waters
Around you have grown
And accept it that soon
You'll be drenched to the bone.
If your time to you
Is worth savin'
Then you better start swimmin'
Or you'll sink like a stone
For the times they are a-changin'.

BOB DYLAN, *The Times they are a-changin'*

Was this the face that launched a thousand ships
And burnt the topless towers of Ilium?
Sweet Helen, make me immortal with a kiss:
Her lips suck forth my soul, see where it flies!
Come Helen, come, give me my soul again.
Here will I dwell, for heaven is in these lips,
And all is dross that is not Helena.

CHRISTOPHER MARLOWE
The Face that launched a thousand Ships
from »Dr. Faustus«

BUCH I
Scherben

Kapitel 1

The Times They Are A-Changing'

Die Welt ist gierig, und manchmal verschwinden Menschen in ihrem Schlund, ohne jemals wieder gesehen zu werden. Emily Laing war sechzehn, als ihre beste Freundin Aurora Fitzrovia gemeinsam mit Master Micklewhite, dem sie bei Nachforschungen in einer dringlichen Angelegenheit zur Hand gehen musste, vom Angesicht der Erde verschwand. Es gab keinen Brief und auch keinen Hilferuf, keine Zeugen und nicht den geringsten Hinweis. Während ihrer Rückreise aus Konstantinopel widerfuhr den beiden Schreckliches, und als der menschenleere Orient-Express im Bahnhof *Elephant & Castle* einfuhr, da kündete nurmehr ein verwüstetes Abteil von dem Schicksal, das sie uns entrissen hatte.

Fassungslos standen das Mädchen und ich auf dem Bahnsteig inmitten einer aufgeregten Menschenmenge. In den Gesichtern spiegelten sich Entsetzen und Verzweiflung. Jeder der hier Anwesenden hatte das mysteriöse Verschwinden eines geliebten Menschen zu beklagen. Keiner konnte sich erklären, was während der Fahrt von Frankreich nach Britannien geschehen war. Nicht ein einzi-

ger Fahrgast war mehr aufzufinden gewesen. Spurlos verschwunden waren die Menschen, die in der uralten Metropole von Paris noch die Abteile gefüllt hatten.
So fing es an.

An einem Tag im Winter.

»Was glauben Sie, Wittgenstein«, fragt das Mädchen, »werden wir sie finden?«

Emily Laing, der ich einst am Fuße der großen Rolltreppe in der Tottenham Court Road begegnet war, sitzt mir gegenüber in dem luxuriösen Abteil des Zuges, der uns fortbringen wird.

Fort aus der Stadt der Schornsteine.

Hinüber zum Kontinent.

»Fragen Sie nicht«, antworte ich ihr.

Beide denken wir an den Anblick, der sich uns vor wenigen Tagen auf dem Bahnsteig geboten hat. Es ist wahrlich kaum zu glauben, dass man den Zug wieder hergerichtet hat, in so kurzer Zeit.

»Sie lebt noch«, sagt Emily. »Ich kann es spüren.«

Ich schweige.

Die Dinge liegen zu sehr im Dunkeln.

»Und Micklewhite?«

Sie zuckt die Achseln.

Denkt an ihrer Freundin Mentor.

Sieht mich fragend an.

Müde betrachte ich mein Spiegelbild im Fenster, indes sich die letzten Passanten anschicken, den Zug zu besteigen. Kalt wirkt die Welt da draußen. Verändert.

Das Mädchen gibt keine Ruhe. »Wohin wird uns das alles nur führen?«

»Ich weiß es nicht.«

Immerhin ist dies die Wahrheit.

Die mysteriösen und bedrohlichen Geschehnisse, die seit einigen Wochen schon ihre mächtigen Schwingen über London ausbreiten, und die Sorge um unsere Gefährten lassen uns diese Reise antreten. Hoffend, dass es nicht bereits zu spät ist.

Doch sollte ich meiner Erzählung nicht vorgreifen.

Schließen Sie die Augen und lauschen Sie meinen Worten. Begleiten Sie mich in die Stadt der Schornsteine am dunklen Fluss. Dorthin, wo alles begonnen hat und alles enden wird. Nach London, in die uralte Metropole, deren Herzschlag unser aller Leben bestimmt. Tauchen Sie ein in das undurchdringliche Netz aus schmalen, vom Regen ersäuften Straßen und Gassen, wo sich der kalte Nebel, den die heimtückische Themse gebiert, um die rußigen Hälse der Häuser windet und allzeit nach den Menschen greift. Es ist eine fleischige und gefräßige Stadt, die sich unersättlicher Begierde hingibt. Ihr Herz schlägt dort, wo die U-Bahn endet und sich ein Labyrinth aus Katakomben und Tunneln erstreckt, in dem man auf Dinge stößt, die wunderbar und erschreckend zugleich sein können.

Meine Schutzbefohlene kannte sich dort aus.

Emily Laing, die in einem heruntergekommenen Waisenhaus drüben in Rotherhithe am anderen Themse-Ufer aufgewachsen war, hatte endlich ihren Platz in der Stadt der Schornsteine gefunden. Schicksalhafte Geschehnisse hatten sie damals meinen Weg kreuzen lassen, und am Ende hatte ich sie dann sogar aufgenommen. In dem großen Haus in Marylebone, wo sie von da an ein Zimmer unter dem Dach bewohnte und sich von Peggotty, meiner Haushälterin, umsorgen ließ. Letzten Endes jedoch war

Emily noch immer ein Waisenkind, das voller Unsicherheit herauszufinden versuchte, wer es war. Noch immer trat sie fremden Menschen mit Misstrauen und Argwohn gegenüber. Noch immer versteckte sie ihr künstliches Auge hinter einer Strähne des rot glänzenden Haars.

»Das Mondsteinauge«, hatte sie mir offenbart, »gehört nun einmal zu mir.« Mit dieser Feststellung hatte sie meinen Vorschlag, ihr ein modernes Glasauge anfertigen zu lassen, strikt abgelehnt. »Ich weiß, dass die Menschen mich nur des Auges wegen anstarren.« Zögerlich hatte sie den hellen Stein in ihrer Augenhöhle berührt. »Aber das bin nun einmal ich.« Trotzig hatten diese Worte geklungen.

»Eines Tages«, hatte ich ihr geantwortet, »werden Sie jemandem begegnen, der Sie gerade wegen Ihres Mondsteinauges lieben wird.«

Ein Achselzucken erntete ich.

Nichts weiter.

Ihr linkes Auge hatte Emily Laing im »Dombey & Son«, einem berüchtigten Waisenhaus drüben in Rotherhithe, verloren. Ein zu weites Ausholen mit dem Rohrstock hatte ihr Leben verändert. Versehentlich hatte der Rohrstock ihr Gesicht getroffen und die Welt des sechsjährigen Mädchens in einer Wolke aus Schmerz und Blut versinken lassen. Lange Zeit hatte sie ein gläsernes Auge getragen, das dann später durch einen glatt geschliffenen Mondstein ersetzt worden war.

»Der Mondstein«, pflegte sie zu sagen, »ist jetzt mein Auge.«

Emily mochte den Mondstein.

Was sie nicht mochte, waren die Blicke, die sie in den Straßen streiften.

»Lusus Naturae«, hatte ihr ein Mitschüler einmal hinterhergerufen.

Eine Tändelei der Natur. Eine Abartigkeit.

»Warum schaust du uns so an?«

»Spionierst in unseren Köpfen herum, was?«

»Bastard.«

»Rattenfreundin.«

Die anderen Kinder in der Schule neigten dazu, sie auf ihre Andersartigkeit hinzuweisen.

Auch im Waisenhaus des Reverend Dombey hatte man sie oft beschimpft. Als Missgeburt. Freak. Schlimmeres. Eine Ewigkeit schien das nun her zu sein, doch schreckte sie in den von Stürmen durchtosten Nächten noch immer oft auf, weil sie von Rotherhithe geträumt hatte.

»Letzte Nacht«, vertraute sie dann am nächsten Morgen ihrer Freundin an, »bin ich wieder dort gewesen.«

Aurora Fitzrovia, die für Emily wie eine Schwester war, wusste um die Schatten, die des Nachts in die Träume der Kinder gekrochen kamen und ihnen vorgaukelten, noch immer in dem Elend des ehemaligen Lagerhauses, das von einem bösartigen Reverend geleitet worden war, gefangen zu sein.

Beide Mädchen hatten gemeinsam die Jahre im Waisenhaus von Rotherhithe durchlitten und besuchten nun die strenge Whitehall Privatschule für höhere Söhne und Töchter, die von Miss Monflathers geleitet wurde.

»Whitehall und Rotherhithe sind sich gar nicht so unähnlich«, pflegte Emily zu sagen. Traurig. Ohne Illusionen.

»Aber hier meint man es doch gut mit uns«, antwortete ihre Freundin dann.

»Du hast gut reden.«

Im Gegensatz zu Emily war es Aurora niemals schwer

gefallen, sich den Regeln der Schule anzupassen. Während Aurora Fitzrovia von vielen der Schüler freundlich gegrüßt wurde und sich allgemeiner Beliebtheit erfreute, bewegte Emily sich wie ein Schatten durch die langen Korridore der Schule. In ihrer dunklen Kleidung erntete sie abfällige Blicke zuhauf.

Die hartnäckige Weigerung, die Schuluniform zu tragen, bescherte mir zudem regelmäßige Vorladungen bei der Schulleitung, die aber allesamt ergebnislos blieben.

»Emily Laing«, informierte mich Miss Monflathers an einem Morgen Anfang Dezember, »ist eine starrköpfige junge Dame. Zweifelsohne ist sie intelligent zu nennen.« Über den Rand ihrer Lesebrille funkelte mich die grauhaarige Eminenz der Lehranstalt an, als hätte ich selbst etwas verbrochen. »Doch ist sie auch klug?« Sie wartete die Antwort nicht einmal ab, und ich bekam zu hören, dass Emily mit nur wenigen ihrer Mitschüler Kontakt pflegte. Dass allein Aurora Fitzrovia ihre Vertraute war. »Sie ist eine Außenseiterin geworden.« Hatten wir zu Beginn ihrer Zeit in der alten Lehranstalt noch angenommen, diese Zurückgezogenheit wäre nur von kurzer Dauer, bis sich das Kind an sein neues Umfeld gewöhnt habe, so wurden wir bald schon eines Besseren belehrt. »Sie ist trotzig und aufsässig und hinterfragt allzeit die Anweisungen der Lehrkräfte.«

»Bei mir ist sie folgsam«, verteidigte ich sie.

»Du bist ihr Mentor, Mortimer. Sie respektiert dich.«

Tat sie das?

Miss Monflathers jedenfalls dachte nicht daran, das Verhalten der jungen Dame zu entschuldigen. »Wir haben feste Regeln an dieser Lehranstalt«, schalt sie Emily in meinem Beisein. »Wenn Sie der Meinung sind, diese nicht befolgen zu müssen, weil sie Ihnen unsinnig erscheinen, dann steht es Ihnen frei, zu gehen.« Miss Monflathers konnte ihrem Gegenüber schon früher das Gefühl vermitteln, schuldig zu sein. »Niemand hält Sie hier fest, Miss Laing.« Schweigend saßen wir auf schmalen Stühlen dem Schreibtisch der Direktorin gegenüber. »Ich kann mir nicht vorstellen, dass Ihr Mentor erfreut ist, wenn er mir einmal im Monat einen Besuch abstatten muss, um über das Fehlverhalten seiner Schutzbefohlenen in Kenntnis gesetzt zu werden.« Miss Monflathers' raubtierhaft funkelnde Augen fixierten das Mädchen, das mit gesenktem Blick dasaß und sich in Schweigen übte.

Dann musterte sie mich, wie sie es schon zu der Zeit getan hatte, als ich noch ihr Schüler gewesen war. Damals, in Salem House.

Als Miss Monflathers keinerlei Regung in meinem Gesicht erkannte, wandte sie sich erneut dem Mädchen zu. »Nun, Miss Laing, was gedenken Sie mir in dieser Angelegenheit zu antworten?«

Kaum hörbar murmelte sie: »Ich werde mich bessern.«

»Herrje, sind Sie eine Maus? Sprechen Sie doch klar und deutlich!«

Das Mädchen hob den Blick.

Trotzig.

»Ich werde mich bessern«, gelobte Emily.

Lauter nunmehr.

Und deutlicher.

Eindeutig nicht wie eine Maus.

»Das klingt nicht sehr überzeugend in meinen Ohren.«

»Miss Laing wird ihr Verhalten überdenken«, schaltete ich mich ein. »Sie haben mein Wort.«

Emily schwieg.

Miss Monflathers wirkte wenig angetan. »Ich kann mich erinnern«, stellte sie nur nüchtern fest, »dass einer meiner ehemaligen Schüler in Salem House eine ähnliche Halsstarrigkeit an den Tag gelegt hat.«

Emily sah mich neugierig an.

Ohne meine Schutzbefohlene zu beachten, antwortete ich meiner ehemaligen Lehrerin: »Woran sich besagter Schüler ebenfalls erinnert.« Dann erhob ich mich von meinem Platz. »Ich denke, dass für heute alles gesagt worden ist.« Es war an der Zeit, dieses Gespräch, das in ähnlichen Variationen bereits mehrere Male stattgefunden hatte, zu beenden. Ich bedeutete dem Mädchen, sich zu erheben. »Noch eine Bitte.« Miss Monflathers trommelte leise, doch unmissverständlich ungeduldig mit ihren Fingern auf den Schreibtisch. »Es wäre mir sehr genehm«, fuhr ich in meinem Anliegen fort, »wenn Sie Miss Laing für heute Nachmittag von ihren schulischen Pflichten entbinden könnten, da ich sie zu Zwecken der Maßregelung gern mit nach Marylebone nehmen würde.« Emily stand neben mir, in ihren schwarzen Jeans und dem grauen Rollkragenpullover, mit dem sie seit Anbeginn des Winters untrennbar verbunden zu sein schien. »Ich danke Ihnen für das Entgegenkommen, Miss Monflathers«, verabschiedete ich mich, ohne die Direktorin noch einmal zu Wort kommen zu lassen. Emily zugewandt merkte ich nur an: »Folgen Sie mir!« Dann machte ich auf dem Absatz kehrt und verließ, meine der Situation angemessen schuldig dreinschauende Schutzbefohlene im Schlepptau, das Büro der Direktorin.

Emily trottete neben mir her, wobei ihre Stiefel ein lautes Echo in den langen Korridoren der Schule hervorriefen. Sie hatte sich einen Mantel übergezogen und die Hände tief in den Taschen vergraben.

»Ich darf Sie also zu Zwecken der Maßregelung nach Hause begleiten?«

Das Lächeln verkniff ich mir. »Oh, fragen Sie nicht.«

»Und Aurora behauptet, Sie hätten keinen Humor.«

Dieses Kind!

»Dessen eingedenk muss ich anmerken, dass Sie eine Fähigkeit entwickeln, sich in Schwierigkeiten zu bringen, die mir, das muss ich zugeben, nicht gänzlich fremd ist.«

»Es tut mir Leid.«

»Tut es nicht«, widersprach ich ihr.

»Warum sagen Sie das?«

»Weil es nun einmal die Wahrheit ist.« Ich blieb stehen und warf einen Blick nach draußen, wo ein kalter Regen gegen die hohen Fenster prasselte. »Denn mir hat es damals auch nicht Leid getan.« Ich seufzte lang gezogen. »Wie formulierte es Miss Monflathers doch so treffend? Ein starrköpfiges junges Ding? Nun ja, Miss Emily. In dieser Hinsicht liegt es mir fern, Ihrer Lehrerin zu widersprechen.« In den Gängen der altehrwürdigen Schule über meine Vergangenheit zu reden, widerstrebte mir. Eine Andeutung sollte genügen: »Die Förderung der individuellen Fähigkeiten der Schüler dient zuweilen Zwecken, die auch mir damals nicht gefielen.«

»Es ist einfach nicht richtig, was man von uns erwartet.«

»So ist das eben.«

Natürlich hatte ich gewusst, dass dieser Moment kommen würde. Diese unliebsame Entscheidung, die zu treffen mir damals meine Pflegemutter geholfen hatte. Mylady Hampstead, die während der Ereignisse, die meine Träume bis heute heimsuchen, den Tod gefunden hatte.

»Wofür auch immer Sie Sich entscheiden werden«, versprach ich ihr, »Sie können Sich meiner Unterstützung allzeit gewiss sein.«

Emily schwieg.

Fühlte sich allein.

Trotz aller Fürsorge, die ihr zuteil wurde.

Das war es, was ich vom ersten Moment an gespürt hatte. Das war es, was mich das Verhalten des Kindes hatte verstehen lassen. Sie war ein Waisenkind, wie ich es einst gewesen bin.

Emily Laing hatte das Glück gehabt, einen Platz im Leben zu finden. Doch war ich nicht ihr Vater. Und Peggotty war nur meine Haushälterin und kein Ersatz für eine Mutter. Wenngleich wir uns bemühten, dem Mädchen ein Zuhause zu geben, so blieb Emily am Ende doch immer allein. Zwar hatte sie mittlerweile herausfinden können, wer ihre leibliche Mutter war und welchen Hauses Blut durch ihre Adern floss, doch wollte sie nachdrücklich nichts mit der Familie, in deren Mitte der Irrsinn Einzug gehalten hatte, zu tun haben. Ihre jüngere Schwester hatte sie seit zwei Jahren nicht mehr gesehen.

So vieles hatte sich verändert.

Die Zukunft war nicht das geworden, was wir uns erhofft hatten.

Doch wird sie das jemals?

Einen Moment lang standen wir schweigend da.

Die wenigen älteren Schüler, die schnellen Schrittes unseren Weg im Treppenhaus kreuzten, warfen mir ängstliche Blicke zu.

»Sie sind ja richtig beliebt«, bemerkte Emily lakonisch und spielte auf den von mir bekleideten Lehrstuhl für moderne Alchemie am Whitehall College an.

»Schüler!«, murmelte ich abfällig.

Emily sah ihnen hinterher.

Sehnsüchtig.

»Die meisten von ihnen wissen gar nicht, wie gut sie es haben.«

»Weil sie meine Kurse besuchen dürfen?«

Emily musste kurz grinsen, wurde aber schnell wieder ernst.

»Weil sie normal sind.«

Fast schon magisch klangen die Worte aus ihrem Mund.

Normal.

»Was ist schon normal?«

»Die anderen Schüler«, gab sie zur Antwort. »Die sind normal.«

»Glauben Sie, dass die anderen glücklich sind?«

Das gesunde Auge sah mich fragend an. »Glücklicher, als ich es bin?«

»Ja.«

Emily nickte. »Genau das, Wittgenstein, glaube ich.«

»Weil die anderen Kinder eine glückliche Kindheit hatten und Sie nicht?«

Emily wusste selbst am besten, dass sie keine normale Kindheit verbracht hatte. Den Demütigungen des Waisenhauses entronnen, hatte sie die wirkliche Welt kennen gelernt. Jenes uralte London, das lebte und atmete und träumte. Die Stadt der Schornsteine mit ihren dunklen und labyrinthischen Pfaden, die sich jenseits der U-Bahnhöfe erstreckten. Sie hatte Dinge gesehen, die so unglaublich gewesen waren, dass sie sich selbst jetzt, da nunmehr nahezu vier Jahre seit jenen Ereignissen vergangen waren, schwer damit tat, dies alles als einen Teil der Welt, in der sie lebte, zu begreifen.

»Keiner von denen«, sagte ich und deutete dezent auf

die in den Korridoren entlangschleichenden Schüler, »weiß, wohin er gehört.«

Emily schwieg.

Sie hatte die Hände in den Manteltaschen vergraben und den alten Rucksack geschultert.

Die hohen Fenster im Treppenhaus vor uns gaben den Blick frei auf den nahen St. James Park, um dessen kahle Baumgerippe sich aufkommender feiner Nebel gelegt hatte. Dichte Wolken hatten sich über der Stadt zusammengezogen und ließen eine Heerschar kalter Tränen auf die überfüllten Straßen herniederströmen.

»Sie hatten etwas mit mir vor«, rief das Mädchen sich meine Bemerkung aus dem Zimmer der Direktorin ins Gedächtnis zurück.

»Sie sind sehr neugierig.«

»Oh, bitte!«

Sie folgte mir durch die verzweigten Korridore zum Ausgang. Es roch nach gebohnertem Stein und der Furcht der Schüler vor den wöchentlich stattfindenden Klausuren. Marmorbüsten säumten unseren Weg. Um ungelöste Aufgaben kreisende Gedanken schwebten wie Geister durch die Luft, die schwer war von der Last, Außergewöhnliches leisten zu müssen, die den Kindern der Reichen und Privilegierten zumeist aufgebürdet wurde.

»Was ist passiert?«

»Es hat einen Mord gegeben«, beantwortete ich ihre Frage. »Drüben in Barkingside Beneath.«

Wir traten nach draußen.

Misstrauisch fragte Emily: »Was haben wir damit zu tun?«

Ich schlug den Kragen meines Mantels hoch. »Fragen Sie nicht!«

Ganz so, wie es Emily Laings Art war, tat sie es aber doch.

Natürlich hatte Emily Laing bereits von den Ereignissen gehört, die London seit einigen Monaten heimsuchten. Davon, dass Menschen hier einfach so vom Angesicht der Erde verschwanden oder ermordet aufgefunden wurden. In geflüsterten Sätzen, die sich zu einem Nebel aus beängstigenden Gerüchten und geheimnisvollen Neuigkeiten verwoben, hatte sie es gehört. Im alten Raritätenladen drüben in Covent Garden, wo sie des Nachmittags arbeitete, verlor die Kundschaft das eine oder andere Wort diesbezüglich.

Zwischen den dicken Romanen und dünnen Gedichtbändchen, schweren Folianten und illustrierter Tunnelstreicherlyrik, inmitten all des schweren, nach Stockflecken und Vergänglichkeit duftenden Papiers, das sich in wackligen Stapeln und bis zum Überquellen voll gestopften Regalen fast bis unter die Decke türmte, fühlte Emily sich wohl. Hier verspürte sie die Ruhe, die ihr Herz so bitter nötig hatte. Hier war sie umgeben von den Geschichten und dem Wissen einer Welt, die sich ihr vor vier Jahren erschlossen hatte, als sie überstürzt aus dem Waisenhaus geflohen und wie Alice durch den Kaninchenbau in eine fremde Welt gestürzt war. Und Mr Dickens, der alle möglichen Arten von mysteriösen und weniger geheimnisvollen Büchern feilbietende Besitzer des Raritätenladens, hatte Emily damals angeboten, für ihn zu arbeiten.

So sortierte sie nach der Schule und den Lektionen, die ich ihr zu erteilen das Vergnügen hatte, die Neuzugänge in die Regale ein, saß hinter der riesigen Registrierkasse, las alles, dessen sie habhaft werden konnte, und wartete auf Kundschaft, die sich zumeist erst am Abend in den engen Gängen herumzudrücken pflegte.

Und inmitten der staubig schweigsamen Bücher belauschte sie die Kunden, die hin und wieder von seltsamen Schatten zu berichten wussten, die sich des Nachts an unvorsichtige Passanten in den Straßen und in der U-Bahn heranpirschten.

Nicht eine der Personen, die in den Vermisstenanzeigen auftauchten, wurde jemals wieder gesehen. Andere, die niemals vermisst worden waren, wurden einfach tot aufgefunden, irgendwo in den Tunneln der U-Bahn-Stationen.

»Kann es sein, dass es wieder beginnt?« Aurora Fitzrovia hatte diese Frage schon vor Tagen gestellt.

»Frag am besten nicht«, hatte Emily ihr geantwortet.

Unsicher.

Denn keines der beiden Mädchen hatte die Geschehnisse, deren Zeugen sie vor wenigen Jahren geworden waren, vergessen können, und als Aurora diese Frage an ihre Freundin richtete, da hätte sie ihrer beider Befürchtungen nicht besser Ausdruck verleihen können. »Kann es nicht sein, dass noch etwas dort unten lebt?«

Alles, hatte sich Emily an die Worte des gefallenen Engels erinnert, *wird irgendwann wieder leben*.

»Ich weiß es nicht.« Das immerhin war eine ehrliche Antwort gewesen.

»Pass auf dich auf«, hatte Aurora sie gebeten.

Aurora, die nach wie vor in Hampstead Heath bei der Familie Quilp lebte, hoch oben in der Dachkammer in dem Haus am Streatley Place, hatte an jenem Abend schweigend neben ihrer Freundin auf dem Bett gesessen und zum Fenster hinausgeblickt, wo die Silhouette Londons hinter einem Vorhang aus Regen immer mehr an Schärfe verlor.

Die Kuppel von St. Pauls leuchtete matt in der Dunkelheit.

Oft verbrachten die Freundinnen die Abende zusammen.

»Hast du es jemals bereut?«

Emily hatte nicht sofort geantwortet.

»Dass ich hier ausgezogen bin?«

»Ja.«

Von den Quilps waren beide Mädchen aufgenommen worden, bis Emily sich dazu entschlossen hatte, zu Peggotty und mir nach Marylebone zu ziehen.

»Ich fühle mich wohl in Hampstead Manor.«

»Wittgenstein ist mir noch immer unheimlich.«

»Er kann sehr lustig sein.«

»Du kannst über seine Scherze lachen?«

»Manchmal.«

Aurora hatte skeptisch gewirkt.

»Hampstead Manor ist eben mein Zuhause«, war Emilys Antwort gewesen, nach einer Weile. »Ich weiß, wie sich das anhört. Aber ich fühle mich dort geborgen. Man lässt mich gewähren, drängt mich zu nichts.«

Sie mochte das alte Anwesen. Hampstead Manor, das schon vor Jahren in meinen Besitz übergegangen war. Ein Labyrinth aus Treppen und kerzenhellen Korridoren. Okkulte Bücher gab es zuhauf in mehreren Bibliotheken. Dazu Kammern voller alchemistischer Utensilien und Steingärten und Gewächshäuser und Wintergärten mit exotischen Kräutern und fremdartigen Pflanzen auf dem Dach und den Balkonen. Dazwischen Emilys kleines Refugium, hoch oben in einer der Dachkammern. Ihr Reich, in das sie sich allzeit zurückziehen konnte. Der Salon mit dem großen hölzernen Globus, der die Welt so zeigt, wie sie beschaffen ist. Die Küche im Erdgeschoss, Peggottys Hoheitsbereich. Tief unten im Keller das Studierzimmer für die chemischen Prozesse, wo das Mädchen die Kunst des Brauens diverser Tränke erlernte.

»Dort ist jetzt mein Zuhause. Dort gehöre ich hin«, pflegte Emily zu sagen.

Das Haus war so seltsam wie sie selbst.

Fand jedenfalls Emily.

Vieles hatte sie gelernt während der vergangenen Jahre, und vieles musste sie noch erlernen. In der Whitehall Schule von Miss Monflathers wurden die Lektionen, die ich ihr erteilte, vertieft und fortgesetzt, und wenngleich dem Mädchen viele der altehrwürdigen Vorschriften und antiquierten Wertvorstellungen, die dort vertreten wurden, nicht zusagten, so war dies doch die einzige Schule in London, die zu besuchen Emily in der Lage war. Da sie mir des Öfteren auf Exkursionen in die uralte Metropole folgte, hätte sie dem Unterricht an anderen Lehranstalten zu lange fernbleiben müssen. Deswegen und eingedenk der Tatsache, dass Schüler, die über außergewöhnliche Fähigkeiten verfügen, was bei Emily Laing zweifelsohne der Fall ist, die Whitehall Schule zwingend besuchen müssen, hatte sich uns damals keine andere Wahl geboten.

Die Konflikte, die in letzter Zeit immer häufiger und zudem immer offener zu Tage traten, waren dabei wohl unausweichlich gewesen.

»Wittgenstein hat mir schon damals erzählt, dass auch er sich seinerzeit geweigert hatte, den Weisungen des Senats nachzukommen.« Emily pflegte ihre Trotzhaltung der

Schule gegenüber wie einen kostbaren Schatz. »Es ist einfach nicht richtig, was sie da von uns verlangen.«

»Was sie von *dir* verlangen«, hatte sie Aurora verbessert, die nicht an den speziellen Lektionen teilnehmen musste. Denn Aurora Fitzrovia verfügte, wie die meisten der anderen Schüler, über keine Fähigkeiten, die man als außergewöhnlich hätte bezeichnen können. Sie war nur ein normales Mädchen, das zwischen London und der uralten Metropole wandern durfte. Ein Mädchen, das keine Ahnung von seinen Wurzeln hatte. Das sich noch immer in den Nächten auszumalen versuchte, wer seine Eltern waren und warum man es einst fortgegeben hatte.

»Wittgenstein hat sich damals auch nicht angepasst.«

In dieser Hinsicht war ich zweifelsohne zu Emilys Vorbild geworden.

»Dafür hat er auch eine Menge Schwierigkeiten bekommen.«

»Aber er hat es überstanden, oder?«

Aurora hatte sich eine Bemerkung verkniffen.

»Manchmal«, war Emilys Meinung gewesen, »muss man eben für seine Überzeugungen eintreten.«

»Sei trotzdem vorsichtig.«

»Was soll schon passieren?«

»Sie können dich der Schule verweisen.«

»Pah!«

»Oder dir Schlimmeres antun.«

Schweigend hatten die Mädchen dagesessen.

Die Welt, in der sie nun lebten, war seltsam. Emily war sich dessen bewusst. Fremd und kalt konnte London einem erscheinen. Bedrohlich zuweilen. Und wenngleich sie sich an viele Kuriositäten gewöhnt hatte, so gab es doch uralte Rätsel, auf die niemand eine Antwort wusste.

»Ich bin schon vorsichtig«, hatte Emily nach einer Weile gemurmelt.

»Versprochen?«

Ein Nicken. »Versprochen.«

Und mit einem Mal war Emily bewusst geworden, wie sehr sich ihre Welt doch verändert hatte. Sie hatte an die Lektionen denken müssen, die sie für den Dienst im Namen des Senats schulen sollten. An ihre Familie, die drüben im Regent's Park ein riesiges Anwesen unterhielt. An Mara, ihre Schwester, die man fortgeschafft hatte aus London. An ihre leibliche Mutter, die in einer Anstalt für Krankheiten des Geistes in Moorgate ein unwürdiges Dasein fristete.

»Wann bist du das letzte Mal dort gewesen?« Nur selten sprach Aurora sie darauf an.

»In Moorgate?«

»Ja.«

»Gestern.«

»Und?«

Ein Achselzucken.

Aurora hatte sie angesehen und geschwiegen.

Sie schwiegen oft.

Gemeinsam.

In letzter Zeit.

Und Emily war ihrer Freundin dankbar für diese stillen Momente.

Es gab nicht viele Menschen, in deren Gegenwart sie sich wohl fühlte. Immer öfter bevorzugte sie das Alleinsein. Die meisten Menschen, und dazu zählte sie auch ihre Mitschüler, waren ihr zu sehr bestrebt, sich selbstdarstellerisch auf der Bühne, die das Leben zweifelsohne für sie war, zu präsentieren. Die Probleme anderer wurden ausschließlich dazu genutzt, selbstmitleidig eigene Unpässlichkeiten darzubieten und so nach wohlwollendem Zuspruch und Verständnis zu heischen und dem eigenen Schicksal eine Bedeutung zuzumessen, die man nurmehr als lächerlich bezeichnen konnte.

Ihre Freundin war da anders.

Immer schon gewesen.

Aurora Fitzrovia beherrschte die Kunst des Schweigens.

Sie war eine gute Zuhörerin.

Was konnte sich Emily mehr wünschen?

»Es gibt viele Möglichkeiten«, hatte ich meiner Schutzbefohlenen einmal eingeschärft, »miteinander zu reden. Und Worte sind schmale Pfade, die uns nicht immer an den Ort führen, den wir aufzusuchen gedenken. Oftmals sind sie trügerisch. Falsch. Vergessen Sie das niemals.«

Als wir Barkingside Beneath erreichten, befolgte Emily diesen Ratschlag.

Sie starrte in die leeren Augen des Toten und erinnerte sich seltsamerweise gerade in diesem Moment der langen Abende, die sie schweigend mit Aurora in der Dachkammer in Hampstead Heath verbracht hatte. In Augenblicken wie diesem hätte sie Aurora gern bei sich gehabt. Wie damals, als sie in die Hölle hinabgestiegen waren.

»Sie ahnen, weshalb wir hinzugezogen worden sind?«

»Ja.« Die Stimme des Mädchens war nurmehr ein entsetztes Krächzen.

»Es muss in den frühen Morgenstunden passiert sein.«

Emily konnte den Blick nicht von dem Mann abwenden, der dort vor ihr auf dem Rücken lag und noch im Tode die gepflegte Eleganz erahnen ließ, die ihn zeitlebens umgeben hatte.

Die grell flackernden Neonröhren an der Decke des Tunnels spiegelten sich in den leblosen Augen des Inders. Die Angehörigen der Metropolitan waren zurückgetreten, als wir jenseits des Fairlop-Sidings den Ort des grausigen Fundes betreten hatten. Bewaffnet mit elektrischen Helebarden, standen sie stumm da.

»Das ist Amrish Seth«, flüsterte Emily.

Zu viele Gedanken bestürmten sie in diesem Moment.

»Eine der Trafalgar-Tauben hat mir die Nachricht überbracht.« Gurrend hatte das Tier in dem schmutzigen blauweißen Federkleid auf dem Fenstersims meines Refugiums gehockt, in der Tauben-Art penetrant mit dem Schnabel gegen das Glas gepickt, bis ich endlich aufgesehen, das Fenster geöffnet und mir die Botschaft angehört hatte. »Es war McDiarmid aus Islington, der ausdrücklich unser beider augenblickliches Erscheinen erbeten hat.«

»Ich kann ihn nicht leiden.« Emily lag es fern, ein Hehl aus ihrer Abneigung gegenüber dem alten Magister mit dem Gesicht einer Krähe und den Augen eines Marders zu machen, den zu treffen sie nur wenige Male die Ehre gehabt hatte. »Er ist überheblich und anmaßend.«

»Master McDiarmid ist, wie er ist«, verteidigte ich den Mann, der mich einst die Kunst der Alchemie gelehrt hatte, und kehrte wieder zu dem vor uns liegenden Leichnam zurück. »Es findet sich wenig Blut an diesem Ort, meinen Sie nicht auch?«

Emily schwieg.

Beobachtete.

Denn sie wusste, dass dies von ihr erwartet wurde.

»Er ist hierher geschleppt worden«, schlussfolgerte ich grübelnd. »Getötet wurde er woanders.« Zu bleich und blutleer war der Leichnam.

»Sie meinen, dass der Mörder wollte, dass er gefunden wird?«

»Ich weiß nicht, was der Mörder beabsichtigt hat.«

»Aber warum er?«

»Es gibt keine Zufälle«, gab ich zu bedenken, und fragte mich, ob dem Mädchen der Ernst der Lage bewusst war. »Wann haben Sie ihn zum letzten Mal gesehen?«

»Ich weiß nicht.«

»Versuchen Sie sich zu erinnern.«

»Als ich das letzte Mal dort gewesen bin vermutlich.«

Ich nickte nur.

Amrish Seth hatte im Britischen Museum gearbeitet.

In Kalkutta war er einst als Bettelkind in der ältesten Metropole Indiens aufgewachsen, bevor er von einem Missionar nach England gebracht worden war. So jedenfalls hatte er es dem Mädchen, das fast jeden Tag seine Freundin im Lesesaal der Nationalbibliothek besucht hatte, erzählt.

»Warum gerade er?«

Emilys Frage schien berechtigt.

Ergänzend murmelte ich: »Warum ausgerechnet hier?«

Barkingside Beneath liegt in einem der äußeren Bezirke Londons. Keines der Gebiete, in denen sich Dr. Seth aufzuhalten pflegte. Zu heruntergekommen waren die einstmals kunstvoll durchs Erdreich getriebenen Abwasserkanäle, die das Gros jenes Teils der Metropole ausmachten. Ein unterirdisches Netz von aufgestauten Seen und mächtigen Zisternen, die durch riesige, Abgründe überspannende Aquädukte miteinander verbunden waren, bildete das Herz von Barkingside Beneath. Wasserspeier trieben in den Tiefen regen Handel mit der Leyton-Gilde. Kein Ort für einen Gelehrten des Altertums, auch wenn dieser auf eine ruhmreiche Vergangenheit als Feldforscher zurückzublicken vermochte.

»Er war im Auftrag des Senats gemeinsam mit Alexander Grant in die Metropole hinabgestiegen«, erklärte ich meiner Schutzbefohlenen, »um nach Hinweisen in einer Angelegenheit zu suchen, die Ihnen gegenüber zu erwähnen ich bislang versäumt habe.«

»Versäumt?«

»Nun, ja. Man hat mich gebeten, Stillschweigen zu bewahren.«

»Wer hat Sie gebeten?«

»McDiarmid.«

»Und?«

»Was meinen Sie?«

»Werden Sie mich jetzt aufklären?«

»Später.«

Sie sah mich entnervt an.

Und ich betonte: »Später!«

Damit gab sie sich zufrieden.

Vorerst.

»Er sieht so friedlich aus.« Langsam und bedächtig trat Emily näher an den Leichnam mit der zerfetzten Kehle heran. Die behandschuhte Hand hielt sie sich vor den Mund. Sie wankte, jedoch nur kurz. Sie wusste, was ihr bevorstand. »Ich muss es tun, stimmt's?« Ein rostiger Geruch erfüllte den verlassenen U-Bahn-Tunnel, an dessen gekachelten Wänden vergilbte und angerissene Plakate hingen, die das vielfältige Varieteeprogramm des East Ends in den 30er-Jahren dieses Jahrhunderts anpriesen.

»Es könnte hilfreich sein«, gab ich zur Antwort.

Emilys Hände zitterten jetzt.

»Deswegen hat McDiarmid uns hierher beordert.«

»Ja.«

Ihr Mantel wehte im Wind, der durch den Tunnel heulte.

Dann sah sie mich an, verletzlich und unsicher.

Ein helles Auge, eines aus Mondstein.

»Ich habe Angst.«

Ich trat neben sie.

»Ich weiß.«

Worte halfen nicht viel.

Sie würde es tun.

Wie sie es schon vorher getan hatte. Wenige Male nur, doch …

»Halten Sie meine Hand?«

»Sie sind Emily Laing aus Rotherhithe«, hörte sie mich flüstern. Denn das war es, was ihr Mut machte.

Dann splitterte der Spiegel der leblosen Augen des Inders, und in den Scherben, die um sie herumwirbelten, erkannte Emily, was Amrish Seth widerfahren war.

Sie sah Raubtiere mit spitzen Ohren. Jaulend. Heulend. Augen, so wild und rot und blutunterlaufen. Reißzähne, blitzend im feuchten Glanz der Neonröhren. Sie hörte Schreie und Keuchen. Dann, an einen fremden Ort, eine Gestalt zwischen schwarzem Felsgestein. Fremdländische Zeichen auf dem Boden, auf dem sie kniet. Und fleht. Förmlich winselt. In einer Sprache, die Emily nicht versteht. Die sie aber fühlen kann. So scharf wie ein Messer und Frost auf der Haut. Es ist Amrish Seth, der da am Boden kniet. Inmitten der Raubtiere, die ganz nahe sind. Er schaut zu einer Frau auf, deren Gesicht in den Schatten verborgen ist. Und einem Mann, der neben ihr steht. Der die weißen Zähne fletscht. Wie ein Tier, so hungrig. Der Mann schlitzt Amrish Seth die Kehle auf. Trinkt gierig.

Lächelt. Emily kennt den Mann. So gut, dass selbst die Splitter erschrocken vom Wind davongeweht werden.

Wie aus weiter Ferne erklingt ein Schrei.

Ihr Name.

Klar und deutlich.

»Emily Laing«, rief ich erneut.

Da endlich hörte ihr Körper auf, sich aufzubäumen.

Und sie weilte wieder in der wirklichen Welt.

»Sie haben ein tapferes Herz.«

Emily keuchte.

Blinzelte.

Ganz benommen noch von der Toderfahrung, in die sie eingetaucht war.

Tränen traten ihr in die Augen, dann brach sie förmlich zusammen, schluchzte hemmungslos, zitterte.

»Was haben Sie gesehen?«

Als sie sich beruhigt hatte, sagte sie es mir. »Vetala-pancha-Vinshati«, flüsterte sie. »Das hat er gesagt.« Und während sich die wenigen Angehörigen der Metropolitan endlich Seths Leichnams annehmen durften, wurde mir die ganze Tragweite der Worte bewusst, die das Mädchen soeben furchtsam ausgesprochen hatte.

Kapitel 2

Eliza Holland

Es gibt Dinge im Leben, die getan werden müssen. Augenblicke, die niemals vorübergehen. Momente, die einem bereits in der bangen Erwartung ihres Herannahens zusetzen und die einen, sind sie dann endlich da, nahezu verzweifeln lassen, weil man nach den richtigen Worten sucht, die zu finden einem auch in den endlosen Stunden, die besagtem Augenblick vorangegangen sind, unmöglich gewesen ist.

Jener wolkenverhangene Herbsttag, an dem Emily sich endgültig von ihrer Schwester hatte trennen müssen, die richtig kennen zu lernen ihr kaum vergönnt gewesen war, hatte zu jenen Momenten gehört. Ebenso wie der Blick in Auroras tränennasse Augen, als Emily ihr hatte mitteilen müssen, dass der Junge, dem ihre Freundin ihr Herz geschenkt hatte, auf See verschollen war; dass die Pequot, jenes alte Schiff, auf dem Little Neil angeheuert hatte, vermutlich in einem Sturm vor San Cristòbal gesunken war.

»Es war Alexander Grant«, hörte sich Emily wie von Ferne jene endgültigen Worte aussprechen, die ihr Gegenüber vor Schreck die Hände vor den Mund schlagen ließ. »Ich bin mir ganz sicher.« Dann berichtete sie Eliza Holland von den Bildern, die sie in Barkingside Beneath gesehen hatte. Von den letzten Augenblicken vor Amrish Seths Tod. Von dem, was der vor Furcht gelähmte Inder immer und immer gemurmelt hatte.

Vetala-pancha-Vinshati.

»Du hast ihn wirklich erkannt?«

Emily nickte traurig.

Sie fühlte sich schuldig.

Weil es letzten Endes ihre Worte waren, die Eliza den Kummer brachten, der die hellen Augen nur mühsam die Tränen zurückhalten ließ. Der ihre Freundin nahezu verzweifeln ließ, wengleich diese versuchte, die Fassung nicht zu verlieren.

»Emily«, bat ihr Gegenüber und streckte hilfesuchend die Hand aus.

Das Mädchen ergriff sie.

Ganz kalt fühlte sie sich an.

»Ich weiß nicht, was ich jetzt tun soll.«

Seit mehr als zwei Jahren zählte Eliza Holland neben der dunkelhäutigen Aurora Fitzrovia zu Emilys sozusagen einzigen beiden Freundinnen, wobei der Besitzerin des kleinen Antiquitätengeschäfts am Cecil Court wohl eher die Rolle einer großen Schwester zuteil wurde, zu der Emily bewundernd aufblickte.

»Alexander«, murmelte Eliza benommen, die Stimme brüchig.

Ihr Griff lockerte sich.

Sie ließ sich auf einen Stuhl sinken und faltete zitternd die Hände.

Draußen in der schmalen Gasse gingen die Passanten im prasselnden Regen ihres Weges, und niemand verschwendete auch nur einen Gedanken daran, dass sich hinter dem Schaufenster, das angefüllt war mit Skulpturen und Möbelstücken, Bildern und Stichen, das Leben einer jungen Frau in eben diesem Augenblick von Grund auf änderte. Dass alles, was Eliza Holland sich in den letzten Monaten erhofft hatte, mit einem Mal hinweggefegt wurde von der Erkenntnis, dass der Mann, in den sie sich verliebt hatte, einen seiner Kollegen irgendwo tief unter London umgebracht hatte.

Die klaren blauen Augen suchten verzweifelt nach Antworten.

Eliza Holland glich nun nicht mehr der Frau, die Emily vor Jahren kennen gelernt hatte. Jener hübschen und eleganten Frau, die so selbstsicher wirkte, dass es schwer fiel, zu glauben, dass auch sie Schwächen haben mochte. Jener Frau, die so gern lachte.

»Du bist also Wittgensteins Lehrmädchen«, hatte sie Emily damals begrüßt, als diese das Antiquitätengeschäft betreten hatte, um in meinem Auftrag einige Lehrwerke der alten Meister zu erstehen.

»Emily Laing«, hatte sie sich höflich vorgestellt.

Ihr Gegenüber hatte Emily eine mit verschnörkelten, höchst hieroglyphenartigen Symbolen tätowierte Hand entgegengestreckt, an der mit filigranen Verzierungen versehene silberne Ringe jeden Finger zierten.

»Ich bin Elizabeth Holland.« Ihr Lächeln war entwaffnend und offen gewesen: »Eliza.«

Und während sie in den hölzernen Kisten, die überall in dem kleinen Geschäft herumstanden, nach den Dingen gesucht hatte, derentwegen Emily hergekommen war, hatte sie ihrer neuen Kundin von den Geschichten und Abenteuern erzählt, die all jene angestaubten Gegenstände einst erlebt hatten. Von bösartig verzauberten Prinzessinen und wagemutigen Prinzen, die auf der Jagd nach magischen Skulpturen ganz unglaubliche Abenteuer zu bestehen hatten, ehe sie endlich ihre von Flüchen und Elend erlöste Prinzessin in die Arme schließen konnten. Von Malern und Poeten, die unglücklich und dem Tode nahe Landschaften und Verse von solcher Schönheit zu Papier brachten, dass man dem Schicksal danken mochte, weil es sie an den Rand der Verzweiflung gebracht und nur so zu jener Erhabenheit befähigt hatte, die nunmehr inmitten der Fülle von Gegenständen in dem Geschäft, das sich »Havisham's« nannte, auf Kundschaft wartete.

»Überall in diesen Kisten verstecken sich dahingeflüsterte Geschichten und Anspielungen auf Geschichten«, hatte Eliza Holland ihr damals gesagt, »man muss nur danach Ausschau halten.«

Dann hatte sie dem Mädchen einen Tee angeboten.

Kräutertee.

»Es sind nicht bloß Gegenstände. Jedes Ding hat seine eigene Geschichte zu erzählen. Es ist die vergessene Vergangenheit, die noch immer unser Leben bestimmt. Man muss nur Augen und Ohren öffnen, um es sehen und hören zu können.«

Beide hatten auf den hölzernen Kisten Platz genommen, die sich in allen Formen und Größen im Raum stapelten und das Antiquitätengeschäft eher wie einen gemütlich gestalteten Lagerraum wirken ließen.

»Du siehst aus«, hatte sie ohne Umschweife festgestellt, »als würde Wittgensteins Gesellschaft auf dich abfärben.«

Emily hatte sie angestarrt.

Nichts weiter.

»Sei mir nicht böse«, war Eliza fortgefahren, »aber es ist dieser Gesichtsausdruck.«

Emily hatte die Achseln gezuckt.

Und wieder hatte Eliza lachen müssen. »Du bist ein so hübsches Ding und dennoch so ernst, als hättest du zu lächeln verlernt.«

Emily hatte ihr das Gegenteil bewiesen und gelächelt.

Wenngleich nur kurz.

»Das meine ich.« Eliza hatte sich augenblicklich bestätigt gefühlt.

»Bitte?«

»Genau diese Mimik.«

Irgendwie ertappt, hatte Emily nicht gewusst, was sie darauf antworten sollte.

»Ich sehe nun einmal so aus.«

»Sei nicht beleidigt, Emily. Dein Mentor hat wirklich Humor. Allerdings hätte niemand damit gerechnet, dass ausgerechnet Mortimer Wittgenstein sich eines Kindes würde annehmen müssen.« Eliza hatte im Schneidersitz auf einer der Kisten gesessen und an ihrem Tee geschlürft. »Die Ratte, die ihm das eingebrockt hat, wird er wohl das eine oder andere Mal verflucht haben.« Sie hatte wissend gelächelt. »Wie du siehst, Emily Laing, bin ich im Bilde. Master Micklewhite hält mich meistens auf dem Laufenden.« Und dann hatte Emily erfahren, dass sich Eliza Holland tatsächlich gut in London auskannte. Dass sie nicht nur von der uralten Metropole wusste, sondern auch von dem, was seit kurzem hier geschehen war. »Du bist wirklich ein mutiges Mädchen, Emily Laing. Und ich bin froh, dass wir uns endlich einmal kennen lernen.«

Emily hatte ihren Tee getrunken.

Und sich wohl gefühlt dabei.

»Du bist jederzeit willkommen«, hatte die junge Frau sie an jenem Tag verabschiedet.

Und Emily Laing, die ein gesundes Misstrauen allem und jedem gegenüber pflegte, hatte der jungen Frau aus dem Antiquitätengeschäft nicht einen Augenblick lang misstraut. Als Emily das »Havisham's« verlassen hatte, da hatte sie zum ersten Mal seit Jahren das Gefühl gehabt, einer neuen Freundin begegnet zu sein.

Auch während der folgenden Wochen hatte Emily, sofern es ihre freie Zeit zuließ, dem »Havisham's« regelmäßige Besuche abgestattet, und dabei war ihr die neue Bekanntschaft immer vertrauter geworden. Von ihrer Kindheit in Salisbury hatte ihr Eliza Holland berichtet, die auf Emily, sah man von den vielen Ringen an ihren Fingern und den ägyptisch anmutenden Tätowierungen auf dem Rücken ihrer rechten Hand ab, wie eine der Film-Noir-Schönheiten wirkte, die geheimnisvoll in den alten schwarz-weißen Filmen der 40er-Jahre lebten, die manchmal spätnachts von der BBC gesendet wurden. »Damals, als ich nach London kam, war ich neunzehn Jahre alt.« Von ihren ersten Besuchen in der uralten Metropole hatte sie erzählt. »Anfangs ist man einfach nur überrascht, dass unter der Stadt mehr existiert als nur die U-Bahn. Dann geht man immer öfter hinunter. Lernt die uralte Metropole kennen. Die Pfade, die einen an die seltsamsten Orte bringen können.« Vom Ravenscourt hatte sie dem Mädchen berichtet. Dem Wohnheim der Tunnelstreicher drüben in Hidden Holborn. Dem Scharlachroten Ritter in Knightsbridge und der Region. »Dennoch«, so hatte sie ihren Bericht beendet, »bevorzuge ich das Leben hier oben.« Und sie hatte davon geschwärmt, welch überbordenden Reichtum London zu bieten hatte. Eine neue Welt hatte sich Emily allmählich erschlossen, wenngleich nur aus den Erzählungen einer jungen Frau, die gekonnt im Nachtleben der großen Metropole unterzutauchen vermochte, die sich in den Bars und Clubs im West End auskannte und die klassischen Poetry-Performances in den alten Pubs nahe der Fleet Street darbot. Die am Trinity College in Oxford Geschichte des Altertums studiert und die Anstellung im Britischen Museum gekündigt hatte, weil sie schon als kleines Mädchen ein Antiquitätengeschäft hatte eröffnen wollen.

Eliza Holland lebte ihr Leben.

In London.

Und in der uralten Metropole.

So hatte Emily sie kennen gelernt.

»Es war Alexander.«

Diese Worte waren es, die alles veränderten.

Emily hatte sich vor diesem Augenblick gefürchtet, weil sie insgeheim geahnt hatte, dass genau dies passieren würde. Ein Teil von ihr – derjenige Teil, der schon viel zu lange kein Kind mehr war und der in Rotherhithe hatte aufwachsen müssen – hatte befürchtet, dass die Stärke und die Überlegenheit, die Eliza Holland der Welt sonst mit einem Lachen entgegenschleuderte, mit einem Mal verschwinden würden, erführe sie von dem, was Alexander Grant zugestoßen war.

Emily wusste, dass Eliza sich vor kaum mehr als vier Monaten in Alexander Grant verliebt hatte und dass die beiden seit mehr als drei Monaten ein Paar waren. Sie wusste von der Zukunft, die Eliza in Gesprächen angedeutet hatte. Dem unbändigen Glück, das wie ein traumwandlerischer Duft nahezu greifbar gewesen war, wenn Eliza von dem jungen Wissenschaftler erzählt hatte, der für das Britische Museum Artefakte und Keramiken sammelte und restaurierte. »Die alten Hochkulturen«, hatte Eliza gesagt, »haben es ihm angetan. Er schreibt gerade eine Arbeit über Nebukadnezar.« Ägypten und Orient waren seine Steckenpferde gewesen. »Er arbeitet mit Maurice Micklewhite zusammen«, hatte sie unnötigerweise erklärt, denn auch Emily kannte den jungen Mann. Des Öfteren war sie ihm in den Gängen des Museums über den Weg gelaufen, wenn sie Aurora besucht hatte, die dort von Master Micklewhite in die Kunst des Bibliothekswesens eingewiesen wurde.

»Sie war so glücklich gewesen.« Traurig klang diese feststellung aus dem Mund des Mädchens, das blass und ausgezehrt neben mir herging. Müde betrachtete sie die Passanten auf der Rolltreppe in Barkingside. All diese Menschen eilten ihrem Zuhause entgegen, und die wenigsten von ihnen ahnten auch nur im Entferntesten, dass sich hinter den gekachelten Wänden mit den Werbeplakaten und unter den schmutzigen betonierten Böden, die Millionen von Schritten am Tag ertragen mussten, eine Welt lag, die sie niemals in ihrem Leben zu Gesicht bekommen würden.

»Immerhin können wir nun erahnen, was den beiden widerfahren ist«, sagte ich vorsichtig.

Seit zwei Tagen hatte man die beiden Wissenschaftler schon vermisst, die sich, wie mir Maurice Micklewhite in vagen Andeutungen mitgeteilt hatte, im Rahmen einer Feldforschung in die uralte Metropole hinabbegeben hatten. Etwas war dort unten geschehen, was in Alexander Grants und Amrish Seths Forschungsgebiet fiel.

»Er hat Amrish Seth getötet.« Noch immer konnte Emily nicht fassen, was sie gesehen hatte. »Wie ein Tier hat Alexander Grant ausgesehen.«

»Er hat wohl«, mutmaßte ich, »im Auftrag der mysteriösen Frau gehandelt.«

»Sind Sie sich sicher?«

»Nein.«

Mit Schaudern rief sich Emily die Bilder ins Gedächtnis zurück.

»Wer, glauben Sie, war die Frau im Hintergrund? Sie sah aus, als habe sie jemand aus Stein gemeißelt. Ganz unmenschlich und doch wieder nicht.« Emily hatte Mühe, das Bildnis jenes Wesens zu fassen. »Alexander Grant konnte ich deutlich vor mir sehen, nicht jedoch die Frau.«

»Sind Sie sicher, dass es eine Frau war?«

Das Mädchen nickte.

»Haben Sie eine Vermutung, Wittgenstein? Wer war sie?«

»Das herauszufinden, wird unsere Aufgabe sein.«

Emily kickte eine zerbeulte Bierdose vor sich her. »Na, toll.«

Ich strich mir eine Strähne des langen Haars aus dem Gesicht.

»Seien Sie nicht ungeduldig.«

»Bin ich aber doch.« Emily musterte mich streng. »Ich mag es nicht, wenn Sie mir etwas verheimlichen. Erinnern Sie sich? Sie haben mir damals versprochen, dass sie von nun an mit offenen Karten zu spielen gedenken.«

Ob ich mich daran erinnerte?

Dieses Kind!

»Maurice Micklewhite hat mich noch nicht vollständig informiert«, gab ich zur Antwort. »Und McDiarmid aus Islington hat nur die Notwendigkeit schneller Ermittlungen in diesem Fall betont.«

»Er tut immer so geheimnisvoll.«

»Das klingt nahezu spöttisch.«

»Soll es auch.«

»Man hat Schriftzeichen gefunden, irgendwo tief unten in der Gegend um Brick Lane Market.«

»In welcher Sprache?«

»Sanskrit, vermute ich.«

Das würde zumindest erklären, weshalb Seth und Grant mit den Nachforschungen betraut worden waren.

»Vetala-pancha-Vinshati?«

»Ja.«

»Wissen Sie, was es bedeutet?«

»Das haben Sie mich bereits vorhin gefragt.«

»Und haben Sie mir etwa geantwortet?«

Ich warf ihr einen Blick zu, der alles bedeuten konnte.

»Üben Sie sich in Geduld, Emily.«

Dann betraten wir den Bahnsteig von Barkingside und reihten uns in den Strom von Leibern ein, die alle mit leeren Blicken hinüber zur gähnenden Tunnelöffnung starrten und der Ankunft der Central Line harrten.

»Etwas geschieht in der Metropole.«

Unschwer errieten wir die Gedanken des jeweils anderen.

»Glauben Sie«, fragte Emily schließlich, »dass es etwas mit *ihm* zu tun hat?« *Denn alles*, erinnerte sie sich der Worte des Engels, *wird irgendwann wieder leben*.

»Ich weiß es nicht.«

Ich hoffte, dass es nicht so war.

Ein lauer Wind, der nach abgestandener Luft roch, wehte uns allen in die Gesichter und kündete vom Herannahen des Zuges.

Der Geruch der uralten Metropole.

»Wir werden es herausfinden«, versprach ich dem Mädchen.

Mit lautem Getöse schoss der Zug in den Bahnhof, kam rauschend zum Stillstand und schluckte binnen einer halben Minute die Masse einander mit genervt herablassenden Gesichtszügen musternder Angestellter und Arbeiter, die voller Ungeduld und jenseits aller Rücksichtnahme ins Innere der engen Wagen drängte.

»Dumme Menschen«, hatte ich Emily einst gesagt, »verhalten sich dumm.«

Dessen eingedenk gewöhnte man sich an das Gedränge, ließ man sich inmitten der gehetzten Leiber in den Zug hineinschieben.

So verließen wir Barkingside.

Es war Emilys erster Besuch in der Welt der tausend Aquädukte gewesen. Wie es ihre Art war, hatte sie sich jedoch gänzlich unbeeindruckt gezeigt von dem Zusammenspiel aus Baukunst und Zerfall und dem Nebeneinander tosender Wasserfälle aus klarem Trinkwasser und modriger Abwasserfluten. Zu sehr beschäftigten sie jene Bilder, die zu sehen man sie erneut gezwungen hatte.

Emily hatte die Hände tief in den Taschen ihres Mantels vergraben und schaukelte im Takt des ratternden Zuges gedankenverloren hin und her.

»Ist alles in Ordnung?«

»Kommt darauf an, was Sie meinen.«

Dieses Kind!

»Geht es Ihnen gut?«

»So gut, wie es mir nach einer Toderfahrung eben geht.«

Ich wusste, dass ihre Hände noch immer zitterten und dass in ihrer Erinnerung die Bilder, die sie gesehen hatte, wieder und wieder aufflammten. Schon früher waren wir an Orte gerufen worden, an denen Emily Laing gemäß ihrer Fähigkeiten in die Bilderwelt eines Toten abgetaucht war.

»Sie ist mit diesem Talent gesegnet«, war Miss Monflathers' Meinung dazu gewesen, »und deswegen muss das Kind sie auch einsetzen.«

Muss ich erwähnen, dass Emily dies geringfügig anders sah?

»Es ist nicht nur das zweite Gesicht«, hatte sie mir einmal erklärt. »Es ist, als würde ich selbst innerlich sterben.« Denn dies war es, was eine solche Erfahrung bedeutete. »Es ist, als würde ich dem Toten die Erinnerung an seine letzten Momente in diesem Leben stehlen.« Emily Laing fürchtete sich davor, in den Gefühlen eines sterbenden Menschen zu wandeln. »Weil ich jedes Mal glaube, dass ein Teil von mir dort bleibt. In diesem kalten Nichts, das ich schon in den aufgerissenen leeren Augen erkennen kann, bevor mein Geist überhaupt nach den Erinnerungen tastet.«

Und als sei dies noch nicht schlimm genug, musste sie nun auch noch die Kunde, dass es Alexander Grant gewesen war, der seinen Kollegen auf bestialische Weise ermordet hatte, dessen Freundin überbringen.

»Können Sie das nicht für mich erledigen?« hatte sie mich in der Tottenham Court Road gebeten, wo wir die U-Bahn verlassen hatten.

»Miss Holland ist ihre Freundin.«

»Das ist nicht fair.«

»Ich weiß.«

»Das ist keine Aufgabe für mich.«

»Sie ist Ihre Freundin.« Musste ich das wiederholen?

Emily seufzte.

»Ich bin noch ein Kind.«

»Es wird *Ihr* Trost sein, Emily, den Miss Holland benötigt.« Dann hatte ich inne gehalten. »Hören Sie, wie schwer es Ihnen auch fallen mag, für Miss Holland wird es besser sein, die schlimme Neuigkeit von Ihnen zu erfahren.«

Im Grunde genommen war Emily bewusst gewesen, dass ich Recht hatte.

Und während ich mich auf den Weg ins Britische Museum machte, ging Emily zum Charing Cross hinunter, düsteren Gedanken nachhängend.

So viele Stunden hatte sie während der vergangenen Jahre mit Eliza verbracht. In den Pausen während der Arbeit im Raritätenladen war es ein Leichtes gewesen, den kurzen Abstecher ins »Havisham's« zu machen und bei Kräutertee und Gebäck in Gesprächen zu versinken. Eliza nahm Anteil an Emilys schulischen Problemen und spendete ihr Trost, indem sie von ihrer eigenen Schulzeit, die sie größtensteils in einer Privatschule in Salisbury verbracht hatte, erzählte. Sie sprach mit Emily über all die Veränderungen, die das Leben einer Sechszehnjährigen zur Hölle machen können. Sie hatte Emily so vieles gegeben.

Und Emily konnte sich nicht einmal dafür bedanken.

»Es war Alexander.«

Alles, was Emily jetzt tun konnte, war dazusitzen und Eliza Gesellschaft zu leisten, während sie fassungslos nach Antworten suchte und sich schließlich der letzten Worte des Inders entsann: »Vetala-pancha-Vinshati?«

Ungläubig starrte Eliza Emily an. »Bist du dir sicher, dass Seth diese Worte ausgesprochen hat?«

Emily nickte.

»Ja.«

»Du weißt, was es bedeutet?«

»Nein.«

»Ich werde es dir sagen«, erklärte Eliza. Und während es draußen in Strömen regnete, erfuhr Emily in dem nunmehr geschlossenen Antiquitätengeschäft von der Bedeutung jener Worte; furchtsam hoffend, dass es sich dabei um nichts anderes als eine Geschichte handeln würde und insgeheim ahnend, dass der Funken Wahrheit, der jeder Geschichte innewohnt, bereits lodernd entfacht worden war in der Stadt der Schornsteine.

KAPITEL 3

»Ye Olde Cheshire Cheese«

Als sich die Tür des *Ye Olde Cheshire Cheese* öffnete, umfing uns eine wohlige rauchgeschwängerte Wärme.

Eine Kreideaufschrift auf der neben dem Eingang hängenden alten Schiefertafel kündigte für den Abend »*Estella Havisham – Poetry & Performance*« an.

Emily knöpfte neben mir ihren Mantel auf.

Aurora Fitzrovia tat es ihr gleich.

»Miss Holland«, stellte ich fest, »hat Humor.«

Der Türsteher, ein hühnenhafter Glatzkopf in einem abgewetzten schwarzen Heavy-Metal-T-Shirt, ließ uns ein, ohne weitere Fragen zu stellen.

»Lange nicht gesehen, Wittgenstein«, grunzte er.

»Hallo, Conan.«

Emily und Aurora nickten dem Riesen kurz zu.

»'n Abend, kleine Ladys.«

Der Blick der Mädchen verriet mir, dass ihnen der Türsteher unheimlich war. Wilde Tätowierungen zierten seinen Glatzkopf, und jede Stelle seines feisten Gesichts schien mit Nadeln, Ringen oder anderweitigem Schmuck durchbohrt zu sein. Selbst aus dem Kinnbart ragten metallisch funkelnde Spitzen heraus.

Emily und Aurora beließen es also bei einem zögerlichen: »Hallo«, und wir ließen die Tür hinter uns ins Schloss fallen.

»Conan ist sein Spitzname«, erklärte ich meinen Begleiterinnen.

»Passt ja«, murmelte Emily nur.

Dann folgten wir den Blicken der anwesenden Gäste, deren Aufmerksamkeit ganz der Stimme gehörte, die sich aus dem nur von gelegentlichem Flüstern unterbrochenen Schweigen erhob, welches den gesamten Pub erfüllte. Jene klare Stimme, die wie trauriger Gesang war, zog auch uns förmlich durch den schmalen Gang mit der tiefen Holzdecke hindurch und mitten hinein in einen größeren Raum, der gefüllt war mit im Dämmerlicht nur konturenhaft erkennbaren Zuhörern, die, an eckigen Tischen sitzend oder an den wenigen freien Wänden lehnend, andächtig den dahingehauchten Worten jener Frau lauschten, die der Grund unserer späten Anwesenheit in dieser Spelunke war.

»Eliza hat uns etwas mitzuteilen.« Emily hatte mich in den frühen Abendstunden bei den steinernen Löwen am Trafalgar Square getroffen, ehe sie Aurora telefonisch gebeten hatte, den Abend mit ihr und uns zu verbringen. »Master Micklewhite, das hat sie betont, soll bei diesem Treffen auch zugegen sein.«

»So?«

Was würde diese Neuigkeit wohl sein?

Maurice Micklewhite jedenfalls, den ich schnell an einem der Tische in der hintersten Ecke des Pubs ausfindig machte, hatte sich bedeckt gehalten. Im Britischen

Museum hatte ich ihm einen kurzen Besuch abgestattet und ihn über die Ermittlungen von Barkingside Beneath in Kenntnis gesetzt.

»Ist es möglich, dass wir es nach all den Jahren wieder mit ihnen zu tun bekommen?« Nachdenklich war der Kurator und Historiker gewesen. »Hat man ihnen nicht verboten, London erneut zu betreten?«

»Sie waren schon immer eigensinnige Kreaturen.«

Maurice Micklewhite kurz und bitter aufgelacht.

»Aber warum sollten sie wahllos morden?«

»Nur, weil wir das Muster nicht erkennen«, hatte ich zu bedenken gegeben, »heißt das noch lange nicht, dass es kein Muster gibt.«

»Du meinst, sie morden nicht wahllos?«

»Genau das, alter Freund.«

Gedankenverloren war Maurice Micklewhite in dem Raum auf und ab geschritten. Bilder zierten die Wände. Karnak und Theben anno 1922. Die Grabungen im Tal der Könige, die wir besucht hatten.

»Es gibt keine Zufälle«, hatte ich festgestellt.

»Gewiss, Mortimer.«

»Barkingside Beneath und Brick Lane Market sind miteinander verbunden«, hatte ich zu bedenken gegeben und betont: »Vetala-pancha-Vinshati. Sie sind hier, Maurice, in London. Das ist nicht mehr zu leugnen.«

Er hatte den Kopf geschüttelt. »Bist du Dir sicher?«

»Wer kann sich wessen schon sicher sein?«

Maurice Micklewhite jedenfalls, so viel stand fest, war sich nicht sicher.

Neugierig, wie wir alle es waren, erwartete uns der Elf jetzt im *Ye Olde Cheshire Cheese*, einem der ältesten Pubs Englands. In seinem feinen hellen Anzug wirkte er wie ein

Relikt aus den Zeiten, in denen die Sonne niemals untergegangen war in den Ländern des britischen Empire. Die grünlich schimmernden, geschlitzten Augen verrieten ihn jenen mit wachen Blicken eindeutig als Angehörigen des Elfenvolkes. Blonde Locken verdeckten geschickt frisiert die spitzen Ohren.

»Ist sie nicht wunderbar«, murmelte Emily neben mir und konnte den Blick gar nicht mehr lösen von der Frau, deren Stimme sich mit dem Rauch zu verbinden schien.

»Professionell«, antwortete ich nur.

Von ihren Vorstellungen hatte ich bereits gehört. Eine Berühmtheit war Estella Havisham in den Kreisen, die derartige Darbietungen bevorzugten und sich in Scharen die Eintrittskarten für die uralte Spelunke sicherten, sobald Estella Havisham einen neuen Auftritt auch nur ankündigte. Einmal erst hatte ich einer ihrer Veranstaltung beigewohnt. Damals, als sie aus den Geschichten John Huffams im Beisein des Verfassers gelesen hatte.

Zweifelsohne besaß sie Talent.

Und sie wusste sich in Szene zu setzen, was meinen Begleiterinnen, wie unschwer zu erkennen war, imponierte.

Den Kopf leicht gesenkt, hielt Eliza Holland die Augen geschlossen, die Arme weit ausgebreitet. Ohne sich zu bewegen, kündigte sie das nächste Gedicht an.

»The Face that Launched a Thousand Ships.«

Sie neigte den Kopf ein wenig zur Seite, drehte die Handflächen langsam nach oben, sodass die Ringe im fahlen Licht der in gusseisernen Haltern steckenden Kerzen funkelten.

»Von Christopher Marlowe.«

Ihre Haltung glich der eines Vogels mit ausgebreiteten Schwingen, der bereit war, sich in die Lüfte zu erheben.

Dann öffnete sie die Augen und fixierte ihre Zuhörer. Ihre Stimme war eine fließende Melodie, dunkel und verzweifelt. Es war, als zaubere sie die Worte des Dichters aus ihrem tiefsten Inneren hervor. Ihr Partner, dessen Gesicht im dämmrigen Licht nicht zu erkennen war, vervollständigte die Melodie ihrer Worte mit seiner Violine.

»Vetala-pancha-Vinshati«, murmelte ich.

Emily beobachtete Eliza und musste an die Begegnung in der Dunkelheit denken, die Aurora und sie hatte erschaudern lassen. Erst vor wenigen Minuten hatten sie mir davon berichtet, nachdem ich eine geschlagene halbe Stunde in der Fleet Street nahe dem Cheshire Cheese auf sie hatte warten müssen.

Aurora Fitzrovia und Emily hatten sich am Eingang des Virgin Megastores getroffen und waren von dort aus südwärts gegangen. Dabei hatte Emily ihrer Freundin von all dem, was sie an diesem Tag erlebt und gehört hatte, erzählt.

»Warum tust du das?« Ganz außer sich war Aurora gewesen, als sie von Barkingside Beneath erfahren hatte.

»In die Metropole hinabsteigen?«

»Diese Toderfahrungen, die meine ich.« Wütend hatten Auroras dunkle Augen Emily getadelt. »Wittgenstein sollte das nicht mehr von dir verlangen. Es zehrt dich aus, Emmy. Es tut dir nicht gut.«

»Es musste sein«, hatte Emily nur geantwortet.

»Ich pass schon auf mich auf.«

Aurora Fitzrovia hatte dieses Versprechen allerdings nicht zu beruhigen vermocht.

Schweigend waren die beiden Mädchen ihres Weges gegangen.

An der Westminster Bridge hatten sie die Themse überquert und waren den von wenigen Lampen nur unzureichend beleuchteten Weg am Südufer der Themse entlanggetrottet. Ein eisiger Wind, der nach Schlick und dem Müll, der überall in den schwarzen Fluten trieb und in Massen an die Ufer geschwemmt wurde, roch, und der wolkenverhangene, in einem seltsam matten Licht schimmernde Nachthimmel hatten baldigen Schnee angekündigt. Das leise Plätschern der Wellen gegen die Ufermauern und das Geräusch ihrer eigenen Schritte auf dem nassen Kopfsteinpflaster waren die einzigen Laute gewesen, die die Mädchen auf ihrem Weg begleitet hatten.

»Erinnerst du dich an das, was du damals gesagt hast?« Auroras Gesicht hatte aus der hochgezogenen Kapuze ihrer alten Armeejacke herausgelugt. »An dem Abend, bevor Neil fortging?«

»Ja.«

»Dass alle Katzen grau sind?«

Genau das waren ihre Worte gewesen.

War man nicht erwachsen, wenn man dies verstanden hatte? Dass es nicht wirklich Gutes und Böses gibt, sondern nur etwas, das dazwischen liegt?

»Genauso fühle ich mich«, hatte Emily gestanden, und Aurora hatte ihrer Freundin Hand ergriffen.

Die beiden Mädchen hatten einander angesehen.

Lange Zeit.

Auf der anderen Flussseite hatte St. Pauls die Dächer der Stadt überragt. Die alterwürdige Kathedrale mit der mächtigen Kuppel, deren Laterne hoch oben erloschen war.

Der Wind blies den Mädchen in die Gesichter.

Beide hatten geahnt, dass etwas auf sie zukommen würde.

Dass sich Ereignisse ankündigten, die unabwendbar waren.

Sie hatten es gespürt.

Es förmlich riechen können.

»Wir werden alles gemeinsam durchstehen, nicht wahr?« hatte Emily schließlich gefragt. »Was auch kommen mag.«

Leise, fast ehrfürchtig, als seien sie Bestandteil einer Zauberformel, hatte Aurora Fitzrovia die Worte wiederholt. »Was auch kommen mag.« Und sie hatte die Hand ihrer Freundin gedrückt, die sie am liebsten nie wieder losgelassen hätte.

Eine Weile hatten die beiden dagestanden und nachdenklich den Fluss betrachtet.

Dann hatten sie ihren Weg fortgesetzt.

Erst viel später, kurz bevor sie die Blackfriars Bridge erreichten, waren sie der Gestalt gewahr geworden, die ihnen in der Dunkelheit des Uferweges folgte und sich nur durch leise Geräusche bemerkbar machte.

»Was ist das?« hatte Aurora gefragt.

»Ich weiß nicht.«

Angestrengt hatten sie in die Schatten zwischen den Laternen gespäht. Die Äste der kargen Bäume hatten im Wind geächzt. Ein Zug war laut über die Brücke vor ihnen gerattert.

»Da ist nichts«, hatte Emily geflüstert.

»Spürst du etwas?« hatte Aurora gefragt.

Emily hatte den Kopf geschüttelt.

In der Zwischenzeit war aus ihr eine geübte Trickster geworden. Normalerweise machte es ihr keine Mühe, die Gegenwart anderer Lebewesen allein mit ihren Gedanken zu ertasten.

Als sie jedoch die Treppenstufen, die vom Uferweg hinauf zur Brücke führen, erklommen, da hatten sie jenes Geräusch erneut gehört

Das war merkwürdig.

Atemlos hatten die beiden in die Dunkelheit gestarrt.

Es waren eindeutig Schritte gewesen.

Klappernde Absätze auf Stein, diesmal dicht hinter ihnen.

»Wer ist das?«

Emily hatte es sich verkniffen, in die Dunkelheit hineinzurufen.

»Lass uns von hier verschwinden«, hatte Aurora vorgeschlagen.

Dem war nichts hinzuzufügen gewesen.

Wachsam hatten die beiden ihre Schritte beschleunigt.

Die lange Treppe hinauf.

Stufe um Stufe.

Sie hatten furchtsame Blick zurückgeworfen.

Jedoch nichts erkennen können.

Augenblicke später waren die Laute erneut da gewesen und deutlich näher als am Anfang.

Emily hatte sich umgesehen und dieses Mal war sie sich sicher gewesen.

Die schattenhaften Konturen eines Körpers hatten sich von der Steinwand abgehoben, die weiter unten die Treppe vom Fluss abgrenzte.

»Komm!« hatte sie ihre Freundin gedrängelt, und Aurora, die ebenfalls der Gestalt im Dunkeln gewahr geworden war, hatte sich nicht zweimal bitten lassen.

Erst als sie oben auf der Brücke angelangt und im hellen Licht der Laternen standen, kehrte das Gefühl der Sicherheit zurück, und die vorangegangene Furcht hatte mit einem Mal einer Einbildung geglichen, hervorgerufen durch die Geschichten, die sich die beiden auf dem Weg hinunter zum Fluss erzählt hatten.

»Entschuldigen Sie,« hörte ich eine Stimme in der rauchigen Atmosphäre der Poetry Performance sagen, »aber Sie sehen aus, als würden Sie auf jemanden warten.« Die Stimme gehörte zu einem jungen Mann. Einen dunklen Tweedanzug mit weißem Hemd trug er, dazu Krawatte und Weste. Klassisch britisch. Steif und distanziert. Seine schmalen Lippen verzogen sich zu einem höflichen Lächeln, als er mich ansprach. Die randlose Brille verlieh dem Gesicht intellektuelle Schärfe.

»In der Tat«, gab ich zur Antwort und fragte mich, wo ich dem Mann zuvor begegnet war.

»Miss Holland«, teilte er mir mit ruhiger Stimme mit, »erwartet Sie bereits.« Die hellen Augen musterten mich voller Neugierde. »Bitte folgen Sie mir.«

Ein Blick auf die andere Seite des Raumes zeigte mir, dass auch Maurice Micklewhite sich von seinem Platz erhoben hatte und uns zuwinkte. Kurz vor der engen Treppe, die in die zweite Etage des *Cheshire Cheese* hinaufführte, stieß der Elf zu unserer kleinen Gruppe.

»Master Micklewhite ist bereits informiert«, erklärte der Fremde.

Nach einer kurzen höflichen Begrüßung folgten wir dem Fremden hinauf ins zweite Stockwerk des alten Hauses. Dort oben befanden sich allem Anschein nach die Wohnräume, wohingegen das erste Stockwerk weitere Räumlichkeiten zur Bewirtung der Gäste vorweisen konnte. Es roch nach altem Holz und tief darunter nach Feuchtigkeit, nach staubigen Teppichen, die das Geräusch unserer Schritte im Korridor aufsogen. Wie viele der alten Häuser war auch dieses von einer allgegenwärtigen Enge gekennzeichnet. Die holzgetäfelten Decken legten Zeugnis ab von der Körpergröße der Menschen des 18. Jahrhunderts und waren insbesondere im Treppenhaus oft so niedrig, dass ich mich davor hüten musste, mir den Kopf zu stoßen.

Der wortkarge, wenngleich höfliche Fremde ging stetigen Schrittes voran, blieb schließlich vor einer Tür aus dunklem Holz stehen und bat klopfend um Einlass.

»Sie ist nicht verschlossen«, hörten wir eine Stimme von drinnen.

Ich drückte die verschnörkelte Klinke nach unten.

Hinter der Tür erwartete uns die perfekte Wiedergabe eines Salons der viktorianischen Ära. Unter dem Fenster, das den Blick freigab auf die schiefen Dächer und dunklen Fenster der anderen Häuser, stand ein elegantes Sofa, davor ein runder Tisch sowie drei mit verschnörkelten Armlehnen versehene Sessel aus braunem Leder. In einem dieser Sessel saß Eliza Holland, die Beine übereinander geschlagen, in ihrem schwarzen Kleid und musterte uns zufrieden. »Sie haben also alle zu mir gefunden.«

»Sieht so aus«, murmelte Micklewhite und fügte süffisant hinzu: »Miss Havisham.«

»Estella Havisham ist, wie Sie doch sicherlich bereits gewusst haben, mein Künstlername«, erklärte sie, ohne den Blick von uns abzuwenden. »Das böse Mädchen, das Pips Herz bricht.« Sie lächelte. »Wenn ich Gedichte vortrage, dann bin ich Estella.« Nachdenklicher fügte sie hinzu: »Oder wäre es gern.« Dann verschwand das Lächeln, als habe ihr jemand vor gar nicht so langer Zeit das Herz gebrochen. »Es ist gut, daß Sie gekommen sind. Emily hat mir von dem, was sie in Barkingside gesehen hat, berichtet.« Ganz kalt funkelten die hellen Augen nunmehr. »Und es hat mir gar nicht gefallen, was ich da zu hören bekam.« Nicht einmal wütend sprach sie diese Worte aus. Eher bedauernd. Als läge ein Nebel über ihrer Stimme. Abgrundtief traurig.

Maurice Micklewhite ergriff das Wort. »Es tut mir Leid, Sie nicht früher in Kenntnis gesetzt zu haben, doch wir waren zum Stillschweigen verpflichtet. Die Ereignisse machten dies notwendig.« Der helle Anzug mit den weißen Knöpfen, den Maurice Micklewhite trug, zeugte vom modischen Geschmack seiner Gattung. »Alexander Grant und Amrish Seth«, kam er auf den Punkt, »waren mit Nachforschungen in einer dringlichen Angelegenheit betraut gewesen.«

»Wollen Sie mir davon berichten?«

»Deswegen sind wir hier.«

»Ja, und wegen der Dinge, die aufzuschieben die Zeit nicht länger duldet.« Sie lächelte wieder dieses kalte Lächeln. »Doch, bitte, nehmen Sie Platz.«

Wir taten wie geheißen.

Nur Maurice Micklewhite blieb stehen und verschränkte die Arme hinter dem Rücken.

»Bisher«, begann ich die Konversation, »gibt es noch keine Spur von Doktor Grant.«

Eliza Holland nahm die Bemerkung zur Kenntnis. Sie seufzte leise, war um Fassung bemüht.

»Die Einwohner von Brick Lane Market«, stellte Maurice Micklewhite klar, »erzählen sich neuerdings seltsame Geschichten. Es verschwinden Menschen in den Gassen und Katakomben der Stadt. Überall in London. Der Senat ist in hohem Maße beunruhigt. Vor nunmehr einer

Woche entdeckten Tunnelstreicher nahe den Abwasserkanälen von Shoreditch eine Art Schrein. Jemand hatte sämtliche Kabel aus einem der alten Sicherungskästen der Stadtwerke entfernt und durch eine hölzerne Figur ersetzt. Sechsarmig und blauschwarz, unbekleidet bis auf eine Girlande aus Köpfen und abgeschlagenen Armen als Schürze.« Maurice Micklewhite rieb sich die Augen. »Um die Figur herum waren Opfergaben verteilt.« Der Elf schaute in die Runde und schwieg, was uns die Natur jener Opfergaben erahnen ließ. »Die Wände waren mit Schriftzeichen übersät, die man als Sanskrit identifizierte.«

Eliza schaute erschrocken auf.

»Kalidurga?«

Der Elf nickte.

»Sie glauben, dass sie hier in London weilt?«

Schweigen.

Die beiden Mädchen warfen einander Blicke zu.

»Wer ist Kalidurga?« Irgendwie kam Emily der Name bekannt vor.

»Kalidurga«, erklärte ich ihr, »ist eine Göttin. Ein Wesen aus der alten Zeit.«

Es war Maurice Micklewhite, der die Erklärung fortführte. »Für die Urvölker Indiens war sie eine Göttin der Erde und des Himmels. Eine Muttergottheit, die alles Leben erschaffen hat.« Er ging in dem Raum mit der niedrigen Decke in gebückter Haltung auf und ab. »Dann jedoch fiel ein Hirtenvolk aus dem Norden nach Indien ein. Aryas, so nannten sich die Invasoren. Und im Gegensatz zu den Ureinwohnern Indiens lebten die Aryas in einem strengen Patriarchat. Frauen waren von nun an nurmehr gering geschätzte Begleiterinnen der Männer und der männlichen Götter, darüber hinaus jedoch kaum von Bedeutung. Kalidurga, die einstige Göttin der Fruchtbarkeit, wurde entehrt und aus dem Land, in dem sie seit Anbeginn der Zeit gelebt hatte, vertrieben. Sie flüchtete ins Gebirge, und dort, verborgen in den Höhlen und tiefen Schluchten des Himalaja, fristete sie ihr Dasein.« Doch damit war die Geschichte noch nicht beendet. »Die Aryas aber behandelten die Ureinwohner Indiens wie Sklaven, sodass diese sich in ihrem Kummer erneut der alten Muttergöttin zuwandten. Kalidurga indes, zutiefst in ihrer Ehre gekränkt, verlangte fortan Blutopfer von jenen, die zu ihr flehten und ihre Hilfe erbaten.«

Eine Geschichte, die mir bekannt war.

»Viele Menschen huldigten Kalidurga mit Menschenopfern.«

Maurice Micklewhite berichtete von Schreinen, in denen abgeschlagene Köpfe aufgetürmt wurden. Wo aus Fingern blutige Ketten gefertigt worden waren. Wo sich hölzerne Schalen mit Menschenblut fanden, damit Kalidurga ihren Durst stillen konnte und den Menschen wohlgesonnen war. »Schreine«, beendete der Elf seine Erklärung, »wie wir sie auch drüben in Brick Lane Market gefunden haben.«

»Natürlich, die indische Mythologie«, murmelte Eliza nachdenklich. »Alexander Grant und Amrish Seth sind die Experten auf diesem Gebiet gewesen.«

»Also denken Sie, dass Kalidurga nach London gekommen ist.«

»Nun ja, Miss Fitzrovia. Dies ist zumindest eine Möglichkeit, die wir in Betracht ziehen sollten. Unter den Einwohnern von Brick Lane Market gibt es immerhin nicht wenige, die genau dies glauben. Die von ganzem Herzen davon überzeugt sind, dass es Kalidurga ist, die mit dem Verschwinden all der Menschen zu tun hat.«

»Deshalb stellen sie die Schreine auf«, sagte ich. »Um Kalidurga zu besänftigen.«

Eliza Holland verfolgte das Gespräch geistesabwesend.

»Der Leichnam Amrish Seths«, gab ich zu bedenken, »war nahezu blutleer. Was im Grunde genommen nur eine Schlussfolgerung zulässt, wenn wir von einem Auftauchen der Göttin Kalidurga hier in London ausgehen.«

»Vetala-pancha-Vinshati«, flüsterte Eliza voller Abscheu. Die seltsame Betonung, mit der sie die Worte aussprach, ließ uns alle erschaudern.

Es war Emily, die aussprach, was alle dachten.

»Jemand hat das Blut aus dem Leichnam entfernt.«

Ausgesaugt.

Getrunken.

Wie sie es Alexander Grant in ihrer Toderfahrung hatte tun sehen.

»Wie nannten Sie es doch gleich?« Maurice Micklewhite fuhr sich mit der Hand durch die blonden Locken. »Vetala-pancha-Vinshanti?«

»Die Engländer«, sagte Eliza jetzt mit fester Stimme, »benutzen eine andere Bezeichnung für das, wovon sie glauben, es sei Vetala-pancha-Vinshati. Der altmodische Ausdruck für das, wovor sich die Einwohner von Brick Lane Market fürchten, ist sogar den Mädchen hier bekannt.«

Wir starrten einander an.

»Es bedeutet Vampyr.«

Stille.

»Kalidurga ist demnach ein Vampyr?«, fragte Aurora schließlich.

Dies war die Schlussfolgerung, zu der uns die Tatsachen geleitet hatten.

»Kalidurga«, verbesserte Eliza das Kind, »ist eine Gottheit. Eine Göttin, die Vampyre erschaffen kann. Sie ist die Mutter.«

»Also haben wir es hier mit einem anderen Namen für Kalidurga zu tun?«

»Nein!«

Alle starrten wir Eliza Holland an, deren entschiedener Ausruf alle Anwesenden hatte zusammenzucken lassen. Wütend ballte sie die Hand zur Faust.

»Nein?« wiederholte Maurice Micklewhite.

»Rymer«, gab ich zu bedenken, »benutzt das indische Vetala-pancha-Vinshati synonym mit dem Wort Vampyr. In seiner Enzyklopädie eindeutig nachzulesen.«

»In dieser Hinsicht«, belehrte Eliza uns, »irren sie alle. Die Göttin Kalidurga besitzt viele Namen, doch dieser hier ist keiner davon. Rymer bezieht sich auf die Berichte britischer Offiziere und Soldaten, die während ihrer Einsätze in Britisch Indien allerlei Geschichten diesbezüglich gehört hatten.«

Sollte ich mich tatsächlich geirrt haben?

War Rymer denn nicht der Experte auf diesem Gebiet gewesen?

Emily warf mir einen bösen Blick zu. »Sie haben davon gewusst«, zischte sie. »Davon, dass wir es mit diesen Kreaturen zu tun haben.«

»Ich wollte Sie nicht mit meinen Mutmaßungen behelligen.«

Sie verdrehte die Augen.

»Rudyard Kipling«, hauchte Eliza den Namen des Schriftstellers, »hat die entscheidende Geschichte dazu aufgeschrieben. Ja, meine Freunde, und dann hat er jene Stellen in der Geschichte, die als Wahrheit sich einzugestehen ihm letzten Endes zuwider war, aus dem Manuskript getilgt. Das ursprüngliche Manuskript Kiplings aber hat wohl irgendwie seinen Weg bis nach England gefunden. Am Riverside Walk Market unter der Waterloo Bridge stieß ich in einem der Stände auf eine Ausgabe von »The Phantom Rickshaw«, die ohne Jahreszahl und ohne Verlagsangabe veröffentlicht worden war. Ihr wisst, dass ich eine Sammlerin bin, und so habe ich die Ausgabe natürlich umgehend erstanden.« Und während draußen der Regen gegen die Fensterscheiben prasselte, berichtete Eliza Holland der abendlichen Runde von den Kreaturen, derentwegen sie uns alle hierher bestellt hatte und von denen sie glaubte, dass sie sich nunmehr in London herumtrieben.

Und so wie alle Geschichten, begann auch diese hier.

»Es war einmal ...«

An einem heißen Tag im Zug nach Marwar Junction, nahezu ein Jahrzehnt nach der Niederwerfung des indischen Aufstandes durch die britische Kolonialmacht, als der junge Journalist namens Rudyard Kipling, der für die Zeitung Northern Star in Bombay arbeitete, die Bekanntschaft eines Mannes machte, der Peachey Carnehan hieß und mit seinem Gefährten, dem Schotten Daniel Dravot, einen absurden Plan verfolgte, der sich auf den ersten Blick kaum von den Gaunereien unterschied, mit denen sich die beiden ehemaligen Offiziere und Mitglieder der Freimaurer gewöhnlich über Wasser hielten.

»Die beiden wollten ausziehen«, erklärte Eliza, »um Könige von Kafiristan zu werden.«

»Und Kipling ist ihnen gefolgt?«, wollte Emily wissen.

»Kipling erbot sich, die beiden zu begleiten.«

Und so schlossen sie sich, verkleidet als Einheimische, der Karawane von Peshwar nach Kabul an. In Jedilek, wo sie die Karawane verließen, wurde das Land bereits wüst und öde. In den Weiten Afghanistans ruhten sie bei Tage und reisten des Nachts, um unnötige Begegnungen zu vermeiden. Schließlich erreichten sie den Pushtuken, einen reißenden Strom, den zu überwinden ihnen mit Glück und zu Ballons aufgeblasenen Ziegenhäuten gelang.

»Dann begann der Aufstieg ins Gebirge.«

Selten war ein Pfad breiter als der Rücken einer Hand. Die Berge waren groß und weiß, wie wilde Schafböcke, und sie kämpften in der Dunkelheit miteinander, sodass man nicht schlafen konnte. Eine eisige Schneewüste erstreckte sich bis zum Horizont. Danny, wie die beiden anderen ihren Kumpan riefen, wurde schneeblind und musste sich am Schwanz des letzten verbliebenen Mulis festhalten.

»Nach beschwerlichen Wochen«, so Eliza, »erreichten sie endlich die tiefen Täler von Kafiristan.«

Der Königreiche gab es damals viele in Kafiristan. Dies machten sich die ehemaligen Offiziere zunutze. Die erste Ansammlung von klobigen Steinhäusern und windigen Bretterverschlägen, auf die unsere Gefährten trafen, war das Königreich Bashkai und wurde von einem König namens Butha regiert. Die Stadt befand sich im Kriegszustand mit Er-Heb, das einige Meilen weiter nördlich zu finden war. Dravot und Carnehan, die es natürlich nicht versäumt hatten, Gewehre mitzubringen, boten Butha ihre Dienste an.

Sie bildeten die Männer Bashkais an der Waffe aus. Dann marschierte die Streitmacht Bashkais gegen Er-Heb.

Unnötig zu erwähnen, dass sie mit britischer Taktik, westlichen Waffen und zwei Haudegen wie Carnehan und Dravot den Sieg errangen. Er-Heb, das mit drei weiteren Städten Krieg führte, wurde dem Reich Buthas angegliedert.

»Es folgte die Eroberung der nächsten Stadt, und es hätte immer so weitergehen können, wäre nicht etwas Außergewöhnliches geschehen.«

Daniel Dravot wurde in der Hitze eines Gefechts von einem gegnerischen Pfeil mitten in die Brust getroffen. Dass die Spitze in der schmalen Bibel, die der Schotte an seiner Brust zu tragen pflegte, stecken blieb, bemerkte keiner der Einheimischen. Alles, was sie sahen, war ein Mann hoch zu Roß, der trotz seiner Verletzung nahezu berserkerhaft weiterkämpfte.

»Und dann geschah etwas ganz und gar Unglaubliches.«

Beide Streitmächte hielten plötzlich inne und fielen auf die Knie. Ein sakraler Gesang wehte mit einem Mal über das Schlachtfeld, und Dravot musste erkennen, dass die Kafiris ihm gottgleiche Eigenschaften zusprachen.

»Von da an mussten sie keine Schlachten mehr schlagen.«

Dravot wurde von Blumenmädchen empfangen, sobald seine Streitmacht eine neue Stadt erreichte. Priester beteten für ihn und bauten Schreine zu seinen Ehren am Wegesrand. Und dann erhielt er eine Einladung.

»Es gab eine heilige Stadt, auf einem Plateau im Hochgebirge«, sagte Eliza: »Sekandergul.«

Und es war die Hohepriesterin von Sekandergul, die ihre Diener entsandt hatte, um Daniel Dravot, den offenbar endlich zurückgekehrten Sohn Sekanders, eines mächtigen Königs von Kafiristan, dorthin einzuladen. In Frieden solle er kommen und ohne seine Streitmacht.

»Natürlich zerbrachen sich Carnehan und Dravot die Köpfe, ob man ihnen eine Falle stellen wolle. Doch obsiegte am Ende die Gier.«

Die Gier, noch mehr Reichtümer anzuhäufen, noch mächtiger zu werden. Kipling sollte sich mit einer Karawane und einem Großteil der bisher angehäuften Reichtümer auf den Rückweg nach Indien machen, Carnehan und Dravot indes wollten nach Sekandergul reisen, damit Daniel zum rechtmäßigen König von ganz Kafiristan gekrönt werden könne. Denn nichts Geringeres erwarteten sich die beiden von dem Besuch bei der Hohepriesterin von Sekandergul.

»Hätten die beiden geahnt, was sie auf dem Weg dorthin erwartete, so wären sie wohl Kipling gefolgt.«

Da sie jedoch ahnungslos waren, trennten sich die Wege der Gefährten, und Carnehan und Dravot vertrauten sich einem einheimischen Führer, genannt Billy Fish, an, der ein Jahr zuvor eine bristische Vermessungsexpedition unter Colonel Robertson in Richtung Sekandergul begleitet hatte. Die Männer waren des Nachts von Träumen übelster Art heimgesucht worden, und dann, in den Weiten des Hochgebirges, war die Expedition angeblich einem großen Rudel äußerst wilder Bestien zum Opfer gefallen, einer Mischung aus Affe und Wolf. Einzig Billy Fish, der gleich zu Beginn des Angriffs das Bewusstsein verloren hatte, war übrig geblieben.

Die Kafiris, denen er auf dem Rückweg begegnete, hielten sich furchtsam von ihm fern und stammelten nur eines, sobald er ihnen von dem Erlebten zu berichten versuchte.

»Vetala-pancha-Vinshati.«

Daniel Dravot und Peachey Carnehan lauschten dieser Geschichte, schrieben die drastische Schilderung der Erlebnisse jedoch dem abergläubischen Gemüt des Führers zu.

Gemeinsam mit ihm durchquerten sie die Hochebene. Nur langsam rückten sie vor, und bald schon fanden sie einen schmalen Pfad, der sich durch die Felsen schlängelte und im Staub Spuren frischer Fussabdrücke aufwies, die nur entfernt menschlichen Ursprungs zu sein schienen.

»Dann stießen sie auf den Schrein.«

In einer schattigen Nische in dem schwarzen Felsgestein am Rand des Pfades befand sich ein Schrein mit einer sechsarmigen Göttin, um deren Hals etwas geschlungen war, das unter einem Gewimmel aus Maden und Fliegen verborgen blieb. Keiner der Wanderer wollte wissen, warum genau es sich dabei handelte, zeugte doch allein der widerwärtige Gestank von verwesendem Fleisch.

Billy Fish, der ganz bleich geworden war, stammelte erneut jene Worte, die schon seine Erzählung vom tragischen Schicksal der Vermessungsexpedition begleitet hatten: Vetala-pancha-Vinshati.

Er erwähnte zudem eine Göttin: Kalidurga.

Und er behauptete, Sekandergul gebe es überhaupt nicht, nur Ghulchissar.

Jene Stadt, die einmal heilig gewesen und von Alexander gegründet worden war, sei von der dunklen Göttin in Besitz genommen worden.

Ghule kröchen durch die Gassen, unvorstellbare Wesen. Vinshati.

Carnehan und Dravot, beide mit der üblichen Arroganz der britischen Eroberer jener unzivilisierten Welt gegenüber ausgestattet, lauschten den Worten des Führers und setzten dann unbeirrt ihren Weg fort.

Am späten Nachmittag jenes Tages erreichten sie schließlich ein Dorf, die erste Ansiedlung seit ihrem Aufbruch nach Sekandergul. Eine seltsame Stille lag über dem Ort. Keine Menschenseele war zu sehen.

»Es war Carnehan«, berichtete Eliza mit düster werdender Stimme, »der in eines der Häuser eindrang.« Der mit seinem Stiefel die hölzerne Tür eintrat, sodass sie beinah aus den Angeln gerissen wurde.

Augenblicklich erklang ein lang gezogenes Geheul, welches zu einem tiefen Knurren wurde, als Carnehan, das Gewehr im Anschlag, den Fuß ins Haus setzte.

Dravot folgte ihm.

Rot glühende Augenpaare versteckten sich in der Dunkelheit. Nachdem sich die beiden Eindringlinge an das kümmerliche durch die Tür hereinfallende Licht gewöhnt hatte, erkannten sie mehrere zusammengekauerte Gestalten, die in Fetzen an ihnen herabhängende britische Uniformen trugen. Ihre langen, fettigen Haare klebten ihnen in den Gesichtern, deren Züge zu grausigen Fratzen entstellt waren. Gelbe scharfe Zähne wurden gefletscht, gefolgt von einem tiefen, bösartigen Knurren. Die Kreaturen mussten einst der britischen Vermessungsexpedition unter Colonel Robertson angehört haben.

»Dravot ging zu einem der Fenster, die allesamt verrammelt waren.«

Mit einer kräftigen Armbewegung riss er die Läden zur Seite, und grelles Sonnenlicht flutete in den einen Teil des Raumes. Diejenigen Kreaturen, die vom Licht getroffen wurden, schrien vor Schmerz auf und rollten sich in tobsüchtigen Krämpfen am Boden. Ihre schmutzüberzogene

Haut wurde in Windeseile von einem stinkenden rötlichen Ausschlag bedeckt, der alsbald kleine Bläschen warf. Ihre Haut begann zu eitern, und Blut rann ihnen aus den Augenwinkeln. Das Knurren wurde zu einem Winseln, und nach wenigen Augenblicken trat Stille ein.

»Vetala-pancha-Vinshati.«

Erschrocken suchten Dravot und Carnehan das Weite. Flohen dem Berggipfel entgegen, wo sie die schützenden Mauern von Sekandergul vermuteten.

»Doch sie erreichten Sekandergul niemals.«

Denn allzu bald schon senkte sich die Nacht über die karge Bergwelt. Wildes Heulen hallte von den Berghängen wieder, als die ehemaligen Mitglieder der Vermessungsexpedition ihre Verstecke verließen, um im Rudel Jagd zu machen auf die drei Menschen, die es gewagt hatten, in ihr Reich einzudringen.

»Einzig Peachey Carnehan kehrte von dort zurück.«

Und erzählte Kipling seine Geschichte.

»Und du glaubst, dass diese Kreaturen hier in London sind?«, fragte Emily.

Felsenfest überzeugt erwiderte Eliza: »Ja.«

Und damit war ihre Erzählung von dem Mann, der König von Kafiristan hatte werden wollen, beendet.

Kapitel 4

Waterstones Junction

In Bethnal Green stiegen wir in den frühen Stunden des folgenden Morgens in die uralte Metropole hinab.

Die Luft in London, fand Emily, roch nach Schnee wie schon seit Jahren nicht mehr. Müde trottete sie neben mir her, die Hände tief in den Manteltaschen, den Kopf zwischen den Schultern und die rot glänzende Strähne über ihrem Mondsteinauge, sodass es vor aller Welt verborgen blieb.

»Sie sehen erschöpft aus«, stellte ich fest.

»Es war eine lange Nacht«, gab sie zur Antwort, ohne mich anzusehen.

Nun denn.

Viel geredet hatte Emily jedenfalls nicht während der vergangenen Nacht. Wach geblieben war sie sehr wohl. Gemeinsam mit Aurora, die nach unserem Besuch im *Cheshire Cheese* in dem Anwesen in Marylebone hatte übernachten dürfen, was – das sei hier angemerkt – keine Seltenheit war. Seit Emily aus dem bürgerlichen Haus der Familie Quilp in Hampstead Heath ausgezogen war, verbrachte Aurora Fitzrovia regelmäßig ihre Nächte in

Hampstead Manor, und dies insbesondere dann, wenn die beiden Mädchen das Gefühl beschlich, ihre Welt drohe erneut aus den Fugen zu geraten.

Auf dem Rückweg vom *Ye Olde Cheshire Cheese* nämlich hatten wir die Schritte, die Emily und Aurora bereits auf dem Weg zur Blackfriars Bridge beunruhigt hatten, erneut vernommen. Mehrere Male und an unterschiedlichen Orten.

Kaum hatten wir die Central Line am Oxford Circus verlassen, da waren wir ihrer in den langen röhrenförmigen Gängen gewahr geworden, die hinauf zur Bakerloo Line führen. Die weiß gekachelten Wände hatten die Schritte verhallen lassen, sobald einer von uns den Kopf gedreht hatte und still lauschend verharrt war.

Wieder war Emily unfähig gewesen, jenes Wesen zu spüren, das uns nachsetzte.

Als wir dann die Bakerloo Line verlassen hatten und in Marylebone durch den Regen hasteten, hatten wir die Schritte ein weiteres Mal bemerkt.

»Glauben Sie, dass unser Verfolger eine dieser Kreaturen ist, von denen Kipling in seiner Geschichte berichtet hat?«

Angestrengt hatte ich in die Schatten jenseits der Lichtkegel gestarrt, die von den Straßenlaternen in viel zu großen Abständen geworfen wurden.

»Was immer es sein mag«, hatte ich den Kindern Mut zu machen versucht, »es traut sich nicht, aus den Schatten hervorzukommen.«

Doch als wir Hampstead Manor erreicht hatten und die beiden Mädchen bereits im warmen Inneren des Anwesens verschwunden waren, hatte ich es mir nicht verkneifen können, einen letzten Blick die Straße hinunterzuwerfen.

Und was ich da gesehen hatte, das hatte selbst mich erschaudern lassen. Eine konturenhafte vermummte Gestalt hatte sich in Windeseile im Schatten einer angrenzenden unbeleuchteten Gasse verborgen.

Wie angewurzelt hatte ich dagestanden.

Die Gestalt war eindeutig menschlicher Natur gewesen.

Oben in der Dachkammer hatte Aurora ihre Freundin erneut darauf hingewiesen. »Das hat Wittgenstein behauptet.« Und später dann: »Und sie ist uns gefolgt.«

Emily hatte es geahnt.

»Ja, es gibt keine Zufälle.«

Nicht irgendjemandem war die Gestalt gefolgt.

Sondern ihnen beiden.

Emily Laing und Aurora Fitzrovia.

»Was also haben ausgerechnet wir mit ihr zu tun?«

Aurora hatte auf der Matratze gesessen, die in einer Ecke des Raumes auf dem Boden lag und mit der altmodischen Stehlampe mit dem gemusterten Schirm und dem hohen Holzschrank die gesamte Möblierung von Emilys Zimmer darstellte. Einige Bücher standen aufgereiht an der Wand direkt neben der Matratze, die übersät war mit Kissen aller Größen und Muster. Weitere teilweise sogar aufgeschlagene Bücher und alte zerknitterte Zeitschriften lagen haufenweise aufgetürmt einfach so herum.

Darüber hinaus war das Zimmer leer.

Keine Vorhänge, kein Teppich, keine Stühle, kein Tisch.

Emilys Leben schien sich auf dem hellen Dielenboden abzuspielen.

»Eliza«, hatte Emily gesagt, »ist am Boden zerstört.«

Aurora hatte geschwiegen.

Es bedurfte keiner besonderen Begabung, um die Gedanken des dunkelhäutigen Mädchens zu erraten.

»Du denkst an ihn, stimmt's?«

An Neil Trent.

»Wir haben uns doch kaum gekannt«, hatte Aurora nur geantwortet.

Der Junge, dem Aurora vor vier Jahren ihr Herz geschenkt hatte, war viel zu plötzlich vom Angesicht der Welt verschwunden und hatte ein trauriges Mädchen zurückgelassen, das sich nicht mit dem Gedanken anfreunden wollte, dass der Junge, der zu ihr doch an jenem Abend im Raritätenladen versprochen hatte zurückzukehren, eben dieses Versprechen wohl niemals würde einhalten können.

»Er ist nicht tot.« Trotzig hatte dies geklungen. Bekümmert. »Ich spüre es.« Und nach einer Pause: »Hat der Engel nicht gesagt, dass nichts wirklich stirbt.«

Emily war zu ihrer Freundin gegangen, hatte sich neben sie auf die Matratze gehockt und den Arm um ihre Schultern gelegt.

Die dunklen Augen hatten sich mit Tränen gefüllt. »Er ist mir bis in die Hölle gefolgt, Emmy. Es kann doch nicht sein, dass dies alles gewesen ist.«

Besorgt hatte Emily festgestellt, wie erschöpft Aurora wirkte.

»Geht es dir gut?«

Wie oft hatte sie ihrer Freundin während der letzten Wochen diese Frage gestellt. Und niemals eine Antwort erhalten. Immer hatte Aurora nur müde lächelnd abgewinkt.

»Es war ein langer Tag gewesen«, war auch an diesem Abend alles, was sie dazu zu sagen bereit war. Und trotz ihrer Erschöpfung fanden die Mädchen noch die Zeit, in der wohligen Dunkelheit des Zimmers, wo die dürftige Straßenbeleuchtung tanzende Schattengebilde an die Decke zauberte, über all die Dinge zu schweigen, die ihre jungen Herzen bedrückten.

»Man weiß doch erst, dass man zu Hause ist«, hatte Aurora ihr einmal gesagt, »wenn da jemand ist, mit dem man gemeinsam schweigen kann.«

Emily hatte nichts erwiedert.

Nur geschwiegen.

Ganz lange.

So wie jetzt.

Neben einander saßen sie auf der Matratze, knabberten Kekse, tranken die heiße Milch, die Peggotty ihnen nach oben gebracht hatte, und dachten an die Geschichte, die noch immer in ihren Köpfen herumspukte.

Nun, da Emily und ich im Begriff waren, in Bethnal Green in die uralte Metropole hinabzusteigen, kamen dem Mädchen erneut die Vinshati in den Sinn. War es nicht nahe liegend, dass der nächtliche Verfolger eine solche Kreatur gewesen war? Dass die Vinshati in die Stadt der Schornsteine gekommen waren? Gemeinsam mit der grausamen Göttin Kalidurga?

In der Nacht hatte sich jedenfalls erneut ein grausamer Mord zugetragen, dem Muster der vorangegangenen Verbrechen ähnelnd. In den frühen Morgenstunden hatten Angestellte der *London Regional Transport* die, wie es ein Sprecher der BBC verlas, bis zur Unkenntlichkeit verstümmelte Leiche einer jungen Frau auf den Treppenstufen der Aldgate Station gefunden. Der Leichnam war nahezu blutleer gewesen.

»Glauben Sie, dass die Vinshati die Frau getötet haben?« Alexander Grant mit der Tat in Verbindung zu bringen, widerstrebte dem Mädchen.

»Ich weiß es nicht. Den Wiedergängern«, erklärte ich ihr, »ist es verboten, die Stadt zu betreten. Laut eines Gesetzes, das der Senat bereits vor mehr als hundert Jahren verabschiedet hat, ist Wiedergängern – oder Vampyren, was für die meisten Menschen ein geläufigerer Begriff ist – der Aufenthalt in der uralten Metropole untersagt.«

Wir fuhren auf einer langen Rolltreppe hinab zu den tiefer gelegenen Bahnsteigen von Bethnal Green, schritten durch röhrenartige Gänge voll staubiger verwaister mannsgroßer Spinnweben. Die rostige Tür zu einem der stillgelegten Versorgungstunnel war eines der Portale zur uralten Metropole in diesem Teil der Stadt.

Schließlich erreichten wir den menschenleeren Bahnsteig tief unter der Central Line. Die Tunnelstreicher nennen diesen Ort Waterstones Junction, weil hier die ersten zaghaften Bäche über Kieselsteine plätschern, unschuldige Rinnsale nur, bevor sie drüben in Barkingside Beneath zu den mächtigen unterirdischen Flüssen verschmelzen, die man nur mittels Kanälen und Aquädukten zu bändigen weiß.

Doch die Bahngleise ragen auch hier kaum aus den dreckigen Fluten heraus, sodass Emily das Gefühl beschlich, sie stehe vor einem Kanal, dessen Wellen einen nahenden Zug ankündigten.

»Treten Sie zurück«, riet ich ihr.

Ich deutete auf die sich immer unruhiger kräuselnde Wasseroberfläche.

Als sie rumpelnd in den Bahnhof einfuhr, da schien die alte GEC-Alsthom-Metro-Cammell mitten in einem Fluss zu fahren. Überall schwappte das Wasser auf den Bahnsteig, und schnell wich Emily noch weiter zurück, damit ihre Füße nicht von der brackigen Brühe berührt wurden.

»Die Newbury Line«, erklärte ich ihr, »wird uns ans Ziel bringen.«

Der Zug kam ruckartig zum Stillstand.

»Was ist das?«

Was Emily meinte, war nicht schwer zu erraten.

Die Fensterscheiben waren mit den Abdrücken von Händen übersät.

Nur ein einziges Wort beantwortete ihre Frage: »Blut.«

Die Türen des Zuges waren noch verschlossen. Drinnen war kein Anzeichen von Leben zu erkennen. Nicht die geringste Bewegung.

Nur Stille.

»Spüren Sie etwas?«

Emily konzentrierte sich, bediente sich ihrer Trickster-Fähigkeiten und suchte nach einem fremden Bewusstsein.

Ihre Lippen begannen zu beben, noch bevor sie die Worte fand. »Sie kommen durch den Tunnel, der uns hierher geführt hat.« Blitzlichtartige Bilder bestürmten Emily. Lange Krallen auf nacktem Stein. Gutturales Keuchen. Emotionen wie feuchte Erde nach einem Regenschauer. »Es sind viele«, sagte sie laut und deutlich und öffnete die Augen. Furcht war in dem einen zu erkennen.

»Sind es Vinshati?«

»Ja.«

Zumindest erkannte sie eine Ähnlichkeit mit den Emotionen, die sie während der Toderfahrung in Barkingside Beneath gehabt hatte.

»Was sollen wir jetzt tun?«

Vor uns stand der Zug.

Mit noch immer geschlossenen Türen.

»Handeln«, sagte ich.

Ich stapfte schnellen Schrittes durch das stinkende schmutzige Wasser, das den gesamten Bahnsteig wie ein öliger Film bedeckte, machte mit den Händen eine energische Bewegung, und die Schiebetüren des Waggons wurden förmlich zur Seite gerissen.

»Fast hätte ich vergessen, dass auch Sie ein Trickster sind.«

Mein Lächeln erstarb, als ich das Innere des Zuges erblickte.

»Oh, nein.« Emily hielt sich die Hand vor Mund und Nase.

Der Gestank war Ekel erregend.

»Bleiben Sie dicht hinter mir«, befahl ich meiner Begleiterin.

Ich spähte vorsichtig in den Waggon hinein.

»Was ist hier nur geschehen?« Fassungslos betrachtete Emily das Ausmaß der Verwüstung. Überall war Blut. Dunkles, nahezu schwarzes Blut, das Boden und Plastiksitze gleichermaßen bedeckte und die rostig riechende Farbe sein musste, mit der verzweifelte Hände ihre Abdrücke auf dem Fensterglas hinterlassen hatten. An einem Plakat, das hohe Bußgelder für Schwarzfahrer androhte, klebten Haare mit den Resten von etwas, das Kopfhaut gewesen sein musste. Ein Laptop mit dem Abzeichen der Leyton-Gilde lag zerschmettert neben Stiefeln, die einmal einem Officer der Metropolitan gehört haben mussten.

»Vergessen Sie's!«

Emily winkte energisch ab.

»Ich habe noch gar nichts gesagt.«

»Vergessen Sie's!«

Sie kannte mich mittlerweile ganz gut.

»Es gibt keine andere Möglichkeit.«

Nur ein einziger Tunnel führte nach Waterstones Junction hinunter. Dies war der Weg, den wir gekommen waren. Und es war der Weg, den die Kreaturen nahmen.

»Emily Laing!«

Sie zuckte zusammen.

Ich ergriff ihre Hand.

»Kommen Sie«, sagte ich, sah ihr in die Augen und zog sie in den Waggon.

Dann hörten wir ein Heulen.

Viel zu laut, um weit genug entfernt zu sein.

»Woher kam das?«

Die Antwort, ahnte ich, würde ihr nicht gefallen. »Aus dem Zug.«

Emily musste an die Geschichte von Peachey Carnehan und Daniel Dravot denken. An das, was den beiden in den Bergen von Kafiristan zugestoßen war.

Das Heulen erklang wieder.

Und dieses Mal wurde es beantwortet.

Von rauen Kehlen aus der Nachtschwärze des Tunnels, den wir hinter uns gelassen hatten. Tierische Laute, getrieben von Blutdurst. Schreie von Jägern, die sich ihrer Beute gewiss waren.

»Es könnte hilfreich sein«, schlug Emily vor, »wenn Sie die Türen schließen.«

Mit einer Handbewegung kam ich der Bitte des Mädchens nach.

»Und was jetzt?«

Emily schaute vorsichtig umher. »Fragen Sie nicht mich!«

»Jemand muss den Zug gesteuert haben«, wagte ich zu behaupten. »Immerhin hat ihn jemand angehalten.«

»Und die Kreatur, die soeben ihre Gefährten herbeigerufen hat?«

Manchmal konnte Emily Dinge sagen, die wirklich beunruhigend waren. Was immer sich außer uns noch in diesem Zug befand, hatte das Rudel alarmiert. Zweifelsohne. Und nun schwieg es. Versteckte sich womöglich irgendwo und harrte der Dinge, die da kommen mochten.

»Lassen Sie uns nach vorn gehen«, schlug ich vor.

Das war das einzig Sinnvolle im Moment.

Wortlos folgte mir Emily durch das verwüstete Abteil, und wir erreichten ohne Zwischenfälle den nächsten Wagen, dessen Anblick aber nicht weniger schrecklich war.

»Es ist auf dem Dach, direkt über uns«, flüsterte Emily mit einem Mal.

Wachsam sahen wir beide nach oben.

Ja, da waren leise Tritte zu hören.

Geräusche von etwas, das versuchte kein Geräusch zu machen.

Es war also auf das Zugdach gekrochen.

»Wir müssen vorsichtig sein.«

Emily lag es fern, dem zu widersprechen.

Plötzlich wurde die Verbindungsür vor uns aufgerissen.

»Sie sind überall gewesen!«

Die Stimme des Mannes in der zerschlissenen Uniform eines Zugführers aus den 30er-Jahren zerschnitt die schwülwarme Luft.

»Sie kommen wieder«, schrie er laut, und der Wahnsinn brach sich in seiner Stimme wie Mondlicht in den Augen eines nächtlichen Wanderers.

»Sie sind da!«

Emily und mich schien er nicht einmal zu bemerken. Er rannte einfach an uns vorbei, öffnete eine Tür und war draußen auf dem Bahnsteig, bevor wir ihn auch nur warnen konnten.

»Das«, stellte ich fest, »war wohl der Zugführer«, und schloss schnell die Tür hinter dem Mann, der offensichtlich beim Anblick dessen, was hier geschehen war, Beherrschung und Verstand verloren hatte.

Nur sehr undeutlich konnten wir durch das blutverschmierte Fensterglas erkennen, wie der Mann mit der Mütze draußen auf dem Bahnsteig durch die Pfützen lief, offenbar verwirrt und unschlüssig, welche Richtung denn einzuschlagen sei.

Gerade wollte Emily etwas sagen, als die Kreatur, die tatsächlich oben auf dem Dach des Zuges gelauert hatte, den Zugführer ansprang und ihm ohne Vorwarnung mitten ins Gesicht biss.

Ein lang gezogenes Heulen aus vielen Kehlen erfüllte plötzlich den Bahnhof.

Für einen kurzen Moment nur traten wir ans Fenster.

Die zerrissene Jeansjacke, die der Kreatur in Fetzen vom Körper hing, und die langen, von Fett und Blut glänzenden verfilzten Haare ließen nur vermuten, dass dies einmal ein normaler Teenager gewesen war. Ein Paar geröteter Augen blitzte uns boshaft an. Auf dem Kopf trug er etwas, das wie ein Hundeschädel aussah. Mit spitzen Ohren und einer Schnauze, aus der eine leblose Zunge baumelte.

Instinktiv traten wir vom Fenster zurück.

Die Kreatur, die uns bemerkt hatte, stieß einen markerschütternden Schrei aus, der von den Stimmen des Rudels beantwortet wurde.

Mit Entsetzen registrierte Emily, dass der Zugführer noch lebte. Die Kreatur hatte ihm die Nase abgebissen, und Emily erkannte die Verwirrung in den weit aufgerissenen Augen des Mannes, dessen eine Hand fest auf die Wunde gepresst war, während die andere Hand versuchte, die Kreatur auf Abstand zu halten.

Noch bevor der Mann richtig verstand, was passierte, sprang die Kreatur ihn erneut an und riss ihn zu Boden.

Die Schreie des Mannes verstummten, als habe man sie mit einer spitzen Schere abgeschnitten.

»Wir sollten hier verschwinden«, schlug ich vor.

Wogegen Emily nichts einzuwenden hatte.

Ein Meer aus schwarzen Leibern ergoss sich mit einem Mal aus dem Tunnel. Sie sprangen auf den Bahnsteig und warfen sich gegen den Zug und kletterten auf das Dach hinauf, wo ihre Tatzen einen schaurigen Trommelwirbel hervorriefen. Nur schemenhaft wurden wir der entstellten Fratzen der halb nackten Kreaturen gewahr, die durch die Fenster ins Innere des Zuges zu sehen versuchten.

»Laufen Sie!«, forderte ich Emily auf.

Ins Führerhaus mussten wir gelangen.

Von dort aus würden wir den Zug in Gang setzen können.

Und mit etwas Glück doch noch nach Brick Lane Market gelangen.

Unbeirrt drangen wir weiter nach vorn vor, durchquerten ein verwüstetes Abteil nach dem anderen, wichen Blutlachen aus und warfen besorgte Blicke zu den Fenstern und dem, was sich dahinter zusammenrottete.

Dann endlich erreichten wir das Führerhaus.

Die Tür stand offen.

Und die Technik schien unbeschädigt zu sein.

»Da blinkt aber etwas«, wies mich Emily auf die Kontrolllampe hin, die unruhig inmitten des unübersichtlichen Armaturenbretts flackerte.

»Verdammt«, fluchte ich.

»Was bedeutet die Lampe?«

»Der Zugführer hat angehalten, indem er die Notbremsen aktiviert hat.«

»Und?«

»Wenn mich nicht alles täuscht, dann kann man den Zug nur wieder in Gang setzen, wenn man jede Bremse einzeln löst.«

Das Mädchen starrte mich ungläubig an. »Sie meinen, wir müssen zurückgehen?«

»Und alle Bremsen von Hand lösen.«

»In jedem der Wagen?«

Ich nickte.

»Sie scherzen doch.«

»Nichts liegt mir ferner.«

Wir müssten die Bremsen sogar von außen lösen.

»Und nun?«

Vor uns erstreckte sich der U-Bahn-Tunnel in die finstere Unendlichkeit.

»So viel«, murmelte ich, »zu unserem gut durchdachten Fluchtplan.«

Von weiter hinten im Zug drangen Geräusche zu uns, die alles andere als ermutigend waren. Glas, das zerbarst. Metall, das aufschrie, als Klauen die Türen zu öffnen versuchten. Lautes Knurren und Fauchen, als es den ersten Kreaturen gelang, in die Wagen hinter uns einzudringen.

»Wir müssen hier raus«, stellte Emily fest.

Leider hatte sie Recht.

Die Kreaturen würden uns in wenigen Augenblicken erreichen, und es waren ihrer zu viele, um es mit ihnen aufnehmen zu können.

»Dort hindurch!«

Unter dem Fahrersitz befand sich eine Luke. Ein Notausstieg, für alle Fälle. Emily schlüpfte zuerst hindurch, und ich folgte ihr, noch bevor die Kreaturen die Fahrerkabine erreichen konnten. Da die Schienen in diesem Teil der uralten Metropole unter Wasser standen, mussten wir beide für wenige Sekunden die Luft anhalten, bevor wir völlig durchnässt vor dem Zug auftauchten.

»Wittgenstein!«, hörte ich Emily schreien, doch kam ihre Warnung zu spät.

Der Schlag traf mich völlig unvorbereitet.

Für Sekundenbruchteile wurde mir schwarz vor Augen, und da waren nur die Geräusche.

Wasser.

Knurren.

Schreie.

Ich schnappte nach Luft und erkannte einen weiteren Schemen, der sich Emily näherte. Noch während die Kreatur, die im Gegenlicht der Neonröhren nichts als ein Schatten war, zum Sprung ansetzte, wurde sie von etwas zurückgeworfen. Das Wesen, das mich selbst angegriffen hatte, war verschwunden.

»Da hinten ist jemand«, hörte ich Emily mir zurufen, konnte jedoch niemanden erkennen.

»Seien Sie vorsichtig!«

Dann sah ich sie.

Verschwommen.

Zwei Gestalten.

Vermummt.

In Kutten.

»Das sind Black Friars.«

»Einer von ihnen hat das Ding, das Sie angesprungen hat, mit einem Pfeil getötet.«

»Aus einer Armbrust?«

Emily zuckte die Achseln.

Sie wusste genau, woran ich gedacht hatte. An *wen* ich gedacht hatte.

Zu erkennen, wo genau sich die Black Friars aufhielten, war uns von unserem Aufenthaltsort aus allerdings nicht möglich. Aber es war auch nicht wichtig, solange sie uns nur die Zeit verschafften, die wir zur Flucht benötigten. Denn die Vinshati hatten die Neuankömmlinge ebenfalls bemerkt und schenkten ihnen, dem wütenden Geheul nach zu urteilen, ihre uneingeschränkte Aufmerksamkeit.

So traten Emily und ich die Flucht nach vorn an.

Hinein in den Tunnel.

Wir wateten durch die Fluten, bis wir einen verlassenen Versorgungstunnel fanden, den seit dem Krieg in den 40er-Jahren dieses Jahrhunderts niemand mehr genutzt zu haben schien.

Dorthinein schlüpften wir durch einen Riss im Mauerwerk, während hinter uns ein lautes Krachen den Untergrund erfüllte.

»Was war das?«

»Klang wie eine Detonation.«

Ganz außer Atem ließen wir uns auf den Boden eines Raumes sinken, der einmal ein Lazarett gewesen sein musste und dessen Gerätschaften mit einer dicken Staubschicht bedeckt waren.

»Sind wir in Sicherheit?« Keuchend saß Emily neben mir.

»Wer weiß.«

Durchnässt und erschöpft schloss ich für einen Moment die Augen.

»Jetzt müssen wir wohl zu Fuß weiterlaufen.«

Dieses Kind!

»Dann sollten wir es sofort tun«, schlug ich vor. »Bevor unsere Verfolger die Fährte aufnehmen.«

Beide erhoben wir uns und nahmen den anstrengenden Fußweg in Angriff.

Schimmelige Wände säumten unseren Weg, das konnten wir riechen. In der Dunkelheit mussten wir uns ganz langsam vorwärts tasten, da wir die Leuchtstäbe unterwegs verloren hatten. Zwei Stunden mochten wir so durch die Finsternis gewandert sein, als wir endlich auf eine Gruppe Kloakenjäger trafen, die in den Säcken, die sie geschultert hatten, reichlich Beute nach Hause trugen. Sie schenkten uns eine Blendlaterne, deren Licht uns eine schnellere Fortbewegung ermöglichte. Im Gegenzug warnten wir sie davor, sich der Gegend um Bethnal Green und insbesondere Waterstone Junction zu nähern.

Emily ließ sich schweigend von mir führen und hing ihren Gedanken nach, bis wir erschöpft und mittlerweile nicht mehr ganz so durchnässt schließlich doch noch unseren Bestimmungsort erreichten.

Augenblicklich glaubte Emily sich in die Geschichten aus Tausendundeiner Nacht versetzt, in die sich Aurora und sie selbst im Waisenhaus immer hineingeträumt hatten.

»Willkommen in Brick Lane Market«, sagte ich.

Und wie früher schon einmal folgte Emily Laing mir an einen Ort, den sie niemals zuvor betreten hatte und dessen magische Gerüche exotische Abenteuer verhießen.

Kapitel 5

Brick Lane Market

»Was ist die uralte Metropole?«, hatte Emily damals, als sie zum ersten Mal hinabgestiegen war, wissen wollen.

Meine Antwort war kurz ausgefallen.

»Die Stadt unter der Stadt.«

Denn so nennen wir sie seit alters.

Dort, wo die U-Bahn endet, erstreckt sich ein Katakombensystem aus schmalen Wegen und versteckten Straßen. Große Gewölbe und Röhren und Korridore gehen ineinander über. Verborgene Flüsse bringen jene, die sie befahren können, an Orte, die exotischer und beängstigender nicht sein können. Es gibt vergessene Bahnsteige mit unsichtbaren Menschen, die, auf niemanden wartend, in der einsamen Schwärze von Gospel Oak hausen. Flussmenschen, die Abfälle aus der Themse fischen und in The Deep verkaufen. Große Wölfe, die ihren zwielichtigen Geschäften nachgehen. Müllmärkte. Handelsrouten. Nicht zu vergessen den Ravenscourt und Adelphi Arches.

»Es ist die Stadt unter der Stadt.«

Tiere leben und vermehren sich hier unten, allzeit vor

den Blicken der Menschen verborgen. Mächtige Wesen, die schon uralt waren, als die Mythologien der Menschen noch nichts als ein kümmerlicher Funke im Bewusstsein träumender Dichter waren. Engel mit feurigen Stimmen, die Irving Berlin huldigen, haben ihren lichtdurchfluteten Himmel am Oxford Circus gefunden. Tunnelstreicher durchwandern die Abwasserkanäle in alle Himmelsrichtungen, und die fahrenden Händler der städtischen Gilden bieten ihre Waren auf den Märkten in den römischen Ruinen unterhalb der St.-Pauls-Kathedrale feil.

Die Hölle, das wissen wir, ist niemals weit hier unten.

Doch, das sei angemerkt, zu unser aller Glück fest verschlossen.

Dennoch lebt man gefährlich in der uralten Metropole.

Meuchelmörder und windige Schwindler und halbgare Halunken treiben sich in den tiefen Schatten herum. Flinke Diebstähle sind keine Seltenheit hier unten. Von den lauernden Taschendieben in Brick Lane Market erzählt man sich sogar, sie seien so schnell, dass man am Ende des Marktes sein eigenes Hab und Gut wiedererstehen könne.

»Brick Lane Market«, hatte ich Emily bereits in Marylebone erklärt, »ist das Herz Indiens, das nach London ausgewandert ist.«

Und dort schlägt es.

Sehr lange schon.

Tief in den Eingeweiden der Erde.

Hoch oben in der Bethnal Green Road ahnen wohl die wenigsten Menschen, dass sich unterhalb der bekannten U-Bahn-Schächte von der Shoreditch Station bis hinunter nach Whitechapel eine orientalische Welt erstreckt, die es in ihrer bunten Vielschichtigkeit selbst mit den Metropolen von Bombay und Delhi aufzunehmen vermag.

»Als die Kolonien des mächtigen Empire langsam zerfielen«, hatte ich zu Emily gesagt, »da waren bereits viele derjenigen, die die englische Lebensart zu schätzen gelernt hatten, nach London gekommen. Brick Lane Market ist einer der Orte, an denen sie sich eine Welt geschaffen haben, die ein Abbild ihrer Heimat ist.«

Emily fragte sich nun, was mit den alten Göttern geschehen war.

Neugierig und fasziniert betrachtete sie das rege Treiben um sich herum.

Einmal dort angekommen, befanden wir uns inmitten einer Höhle von Ausmaßen, die eines jeden Tunnelgräbers Berechnungen hätten absurd erscheinen lassen, in einem gewaltigen Hohlraum voll sich geschäftig tummelnder Menschen, der von einer kunstvoll verzierten Kuppel überspannt wurde, die Meister ihres Fachs aus dem feuchten Felsgestein herausgeschlagen und mit farbenfrohen Malereien der Warlis aus Maharashtra und der Gonds aus Madhya Pradesh versehen hatten. Häuser aus hellem Sandstein und solche aus braunen Ziegeln riefen einem in warmen Farben die legendären Abenteuer Haroun al-Raschids und Sindbad des Seefahrers ins Gedächtnis.

»Die alten Ziegeleien«, erklärte ich Emily, »werden noch immer genutzt.«

Heißer, nach gebranntem Lehm riechender Dampf und dichte Rauchschwaden quollen aus vielen der Tunnelöffnungen und ließen unsere Kleidung schneller trocknen. Von der Kuppel tropfte stetig Wasser herab, das sich wie ein sanfter Nieselregen über alles zu legen schien und an manchen Stellen den Eindruck heraufbeschwor, die Gesichter hoch oben vergössen Tränen.

»All die Flüsse und Kanäle, die hinauf nach Barkingside Beneath führen, verlieren ständig Wasser durch das Felsgestein hoch über uns.«

Die vielen lodernden Fackeln und die aus großen Reisighaufen entfachten Feuer, die sich überall zwischen den Häusern und Marktständen befanden, ließen den feinen Nieselregen verdampfen, noch bevor er den Boden aus hellem Sand berühren konnte. Monsunartige Winde, geboren in den Höhlen und Tunneln, die Brick Lane umgaben, wehten über die Dächer der Häuser hinweg.

»Es ist heiß hier unten«, stellte Emily fest.

Verschleierte Frauen in farbenfrohen Tüchern wanderten emsig zwischen den Ständen umher, Körbe mit Waren und Krüge mit Flüssigkeiten auf den Köpfen balancierend. Männer hockten in Gruppen und Pfeife rauchend in den Ecken und disputierten lautstark über Politik und Religion und natürlich auch, das nahm Emily stillschweigend an, über das Verschwinden der Menschen und die Morde, die jedermann hier unten mit Kalidurga in Zusammenhang brachte.

Allerlei Köstlichkeiten aus fernen Ländern wurden feilgeboten. Reis stapelte sich in großen Säcken aus derbem Stoff, und gleich daneben standen in höchstem Maße unappetitlich aussehende Blechkanister voller Speiseöl. Zigaretten und Pfeifen gab es an jeder Ecke zu kaufen, ebenso Zeitschriften und Gebetsmünzen und Black Seed Oil.

Gesprochen wurde ein Gemisch aus Englisch, Urdu, Bengali und Gudjarat.

Abgeschabte Möbel standen überall herum. Auf den bunten Decken am Boden wurden Haushaltswaren aller

Art angepriesen. Außerdem bengalische Musik auf raubkopierten Kassetten, alte Hornbrillengestelle mit teilweise zerbrochenen Gläsern, dazu Werkzeuge mit gar seltsam anmutenden Formen. Es gab Holzschnitzereien und süßliche Gewürzmischungen, auf schmalen Bambusmatten aufgehäuft. Brick Lane Market ist ein Ort der Tauschgeschäfte für nahezu alles, was sich tauschen lässt.

»Bleiben Sie dicht bei mir!«, forderte ich Emily auf.

»Ist es gefährlich?«

»Dies ist Brick Lane Market.«

Emily ahnte, dass es nicht mehr dazu zu sagen gab.

Als sie mir durch das Gewühl der Menschen folgte, musste Emily unweigerlich an die Vinshati denken. Inmitten all der intensiven Gerüche und verwirrenden Geräusche, des Stimmengewirrs und der beschwingten Melodien fremdartiger Instrumente schien die Geschichte Kiplings mit einem Mal so greifbar zu sein, dass Emily fast schon die lauernden Blicke Kalidurgas in den Schatten spüren konnte und sie das Gefühl beschlich, die Kreaturen könnten uns von Waterstone Junction aus gefolgt sein.

»Warum«, hatte Emily mich unterwegs gefragt, »dürfen Wiedergänger sich nicht mehr in der uralten Metropole aufhalten?«

»Eine lange Geschichte ist das.«

»Die sie mir erzählen werden?«

Hartnäckigkeit war eine von Emilys herausragenden Eigenschaften, und der Weg bis nach Brick Lane Market war noch lang gewesen.

Also hatte ich es ihr gesagt.

»Wiedergänger sind seit langer Zeit schon eine geächtete Rasse.« Vielleicht, so hatte ich insgeheim gedacht, war dies eines der in Vergessenheit geratenen dunklen Kapitel in der Geschichte Londons. »Sowohl die Regentin als auch der Senat haben einst beschlossen, dass es keiner dieser Kreaturen mehr erlaubt sein darf, ihren Fuß auf Londons Boden zu setzen.«

»Aber warum?«

Gab es nicht weitaus gefährlichere Geschöpfe hier unten?

»Einige Wiedergänger waren führende Königstreue gewesen in den unruhigen Zeiten der Restauration. Um ihre politische Position zu stärken, hatten sie den König zu ihresgleichen gemacht.« Dies jedenfalls war die Geschichte, die mir Mylady Hampstead, meine Mutter, erzählt hatte. »Den König, der angeblich nach seiner Wandlung zum Wiedergänger nicht mehr zurechnungsfähig gewesen war, hatte man hinrichten müssen.«

Grausige Blutbäder sollten sich in den Grafschaften rings um London und weiter nördlich in Nottinghamshire zugetragen haben. Geistesschwache Wiedergänger hatten sich angeblich mit den Werwölfen Yorkshires gepaart und eine Nachkommenschaft gezeugt, die das Land in den Winternächten heimgesucht hatte und schlimmer gewesen war als die schwarze Pestilenz von 1665. »Charles der Erste wurde öffentlich enthauptet, und die Blut leckenden Lakaien und Höflinge, die er um sich geschart hatte, wurden, sofern man ihrer nicht habhaft werden konnte, für vogelfrei erklärt.«

»Sie wurden verfolgt?«

»Ja.«

Jedermann hatte sie nach eigenem Gutdünken töten können.

Emily musste an die Hexenverfolgungen denken, von denen Miss Monflathers der Klasse berichtet hatte.

»Die Regentin der uralten Metropole und der Senat betrauten einen gottesfürchtigen Großinquisitor namens Oliver Cromwell mit der Ausrottung aller Wiedergänger. Angeblich, so munkelten manche, gehörte Cromwell sogar den Black Friars an. Ausführender Arm Lord Cromwells war eine schlagkräftige Truppe Unerschrockener, die sich die Levellers nannten.«

»Wiedergänger sind also genauso, wie man sie sich vorstellt?«

»Ich bin noch keinem begegnet.«

»Aber sie sind gefährlich.«

»Ja.«

Das jedenfalls behaupteten alle.

»Die Vinshati, von denen Eliza sprach und denen wir entkommen konnten«, dachte Emily laut nach, »sind aber keine richtigen Wiedergänger, nicht wahr?«

»Nein. Die Wiedergänger, von denen die alten Schriften künden, sind zumeist schlaue Wesen. Gebildet. Immerhin haben sie damals selbst Könige beeinflusst. Außerdem gab es talentierte Dichter in ihren Reihen.« Fast schon bedauernd fügte ich hinzu: »Deren Schriften, das sei angemerkt, vernichtet und verboten worden sind.« Allenfalls in den düsteren Antiquariaten der Charing Cross Road, in denen sich Emily bevorzugt in ihrer Freizeit herumtrieb, würde man noch einige der dünnen Bände Lord Ruthvens finden. LeFanu war während meiner Schulzeit in Salem House sogar dermaßen in Verruf geraten, dass Miss Monflathers die wenigen Exemplare, die der Hausmeister in einer alten Kiste auf dem Dachboden des Schulhauses gefunden hatte, im Beisein der gesamten Schülerschaft auf dem Hof hatte verbrennen lassen, von warnenden Worten der späteren Schulleiterin begleitet.

»Die Wiedergänger wurden aus der Gesellschaft getilgt«, beendete ich meine Ausführung. »Und sofern noch einige von ihnen unter uns leben, so tun sie dies in ständiger Angst, entdeckt und gerichtet zu werden. Sie sind geächtet. Auf alle Zeit.«

»Wie die Ratten.«

Sie hatte es erfasst.

»Ja«, stimmte ich ihr zu. »Wie die Ratten.«

Auch Emily dachte in diesem Moment an Mylady Hampstead, die durch die Hand ihres eigenen Sohnes hatte sterben müssen.

Einst waren die Ratten eine Kaste edler Krieger und Strategen gewesen. Bis einige von ihnen einen unverzeihlichen Verrat begangen und so das Ansehen aller ihrer Art ruiniert hatten.

»Zu oft geschieht es in der Geschichte«, sagte ich leise, »dass viele für die Fehler weniger büßen müssen.«

Emily schwieg.

Während sie sich durch das dichte Gedränge quälte, stetig bemüht, sich von keinem der eifrigen Konkalwallas ansprechen zu lassen, hing sie ihren Gedanken nach, die viel zu ungeordnet waren, als dass sie hätten hilfreich sein können. Aurora tauchte darin auf. Das Waisenhaus. Hampstead Manor in Marylebone. Das elfische Anwesen im Regent's Park, wo Emilys Wurzeln lagen. Eliza Holland und Ratten und Wiedergänger und Vinshati und Kalidurga.

»Hey, Lady!«

Emily erschrak, als man sie so unsanft aus ihren Gedanken riss. Überrascht starrte sie den jungen Sitar-Spieler an, dessen Blechdose voller Geld sie offenbar soeben versehentlich umgestoßen hatte, sodass die Münzen in alle möglichen Himmelsrichtungen gerollt waren.

»Hey!«

Der Junge stellte den Sitar beiseite und begann schnell die Münzen aufzusammeln, bevor dies andere für ihn tun würden.

Emily rührte sich nicht.

Tiefdunkle Augen hatte der Junge.

Daran würde sie sich auch später noch erinnern.

Verwuscheltes braunes Haar.

Bluejeans.

»Entschuldige«, hörte sie sich wie von Ferne sagen.

Dann half sie dem Jungen, die Münzen aufzusammeln.

»Du bist kein Inder«, murmelte sie unsicher und fragte sich sogleich, was genau sie dem Jungen damit sagen wollte. Augenblicklich war ihr die Bemerkung peinlich, und noch bevor sie die Worte ganz ausgesprochen hatte, da wünschte sie sich bereits, sie unter dem Mantel des Vergessens verschwinden lassen zu können.

Verwundert hielt der Junge inne.

»Nein, und?«

Emily schluckte.

Vergewisserte sich, dass die Haarsträhne ihr Mondsteinauge verdeckte.

Für einen Sekundenbruchteil spielte sie mit dem Gedanken, einen vorsichtigen Blick ins Bewusstsein des Jungen zu werfen. Für eine geschulte Trickster wäre dies kein Problem, dessen eingedenk jedoch in hohem Maße unhöflich. Und obwohl sie sicher war, dass der Junge mit den tiefdunklen Augen nichts von ihrem besonderen Talent wissen konnte, war ihr plötzlich allein der Gedanke, darüber nachgedacht zu haben, ihn auszuspionieren, schon peinlich.

Emily wurde ganz rot im Gesicht.

Also wurde es Zeit, mutmaßte ich, mich einzuschalten.

»Nun machen Sie schon«, drängelte ich sie.

Emily sah zu mir auf.

Der Junge folgte ihrem Blick.

»Ihr seid Alchemist?«, fragte er.

»Wie man sieht.«

»Dann gebt Acht auf Eure Schutzbefohlene. Man verdient sein Geld nicht leicht hier unten.«

»Hm«, grummelte ich.

Ich packte Emily bei der Hand und zog sie weg von dem Jungen.

»Wir haben eine Aufgabe zu erledigen«, schalt ich sie.

Ihre Fassung kehrte zurück.

»Es war ein Versehen«, entschuldigte sie sich und schaute noch einmal zu dem Sitar-Spieler, der wie ertappt die Augen niederschlug.

Auch daran würde Emily sich später noch erinnern. An den heimlichen Blick aus den tiefdunklen Augen, der ebenso scheu war wie der Blick, den sie selbst dem Jungen zugeworfen hatte.

»Der Sitar-Spieler hat Ihnen gefallen.«

Meine Feststellung brachte Emily in Rage.

»Hat er nicht.«

»Ihre Gesichtsfarbe hat sich zweifelsohne geändert.«

»Na und?«

»Er hat Ihnen gefallen.«

»Ich habe gegen die Münzdose getreten.«

»Ach?«

»Das war mir peinlich.«

»Und Sie haben nicht mit dem Gedanken gespielt herauszufinden, ob er Sie mag?«

»Natürlich nicht!«

Ich blieb stehen und musterte sie streng.

Wuselnde Inder strömten an uns vorbei.

Emily senkte den Blick und murmelte: »Es war nur so eine Idee gewesen.«

»Aha!«

Wir setzten unseren Weg fort.

Emily hörte, wie der Junge erneut zu spielen begann. Sie ahnte nicht, wie bald sie dem jungen Musiker ein zweites Mal begegnen würde.

»Dort ist er.«

Der Turm mit dem flachem Dach, der sich der Höhlendecke entgegenreckte, bestand aus rotem Sandstein und war über und über mit Versen aus dem Koran beschrieben. Die Säulen am Eingang waren übersät mit Mangalas, hinduistischen Glückszeichen. Hier das Motiv des überquellenden Krugs, dort das lachende Ruhmesantlitz. Neben dem Eingang war eine Kuh an einem Pfosten angebunden und trug einen Blütenkranz um den Hals. Daneben stand eine Frau mittleren Alters in einem einfachen weißen Sari, auf Bengali-Art um den Körper geschlungen.

Höflichst erbaten wir Einlass, und er wurde uns gewährt.

Der überraschend kühle Innenraum, den wir sodann betraten, wurde dominiert von einer eisernen Säule mit Inschriften aus der Gupta-Periode.

Eine Treppe führte an dieser Säule hinauf nach oben.

Die Frau in dem Sari hatte uns angewiesen, der Treppe zu folgen, die ohne Geländer steil aufwärts führte, bis wir in nahezu zehn Metern Höhe einen Raum mit niedriger Decke betraten, dessen rundes Fenster einen Ausblick auf Brick Lane Market erlaubte.

Mitten im Raum befand sich ein Brunnen.

Und vor dem Brunnen waren Kissen zu einer Sitzgruppe drapiert.

Dort saß der Shah-Saz, den zu befragen wir uns nach der Geschichte im Cheshire Cheese vorgenommen hatten.

»Seid gegrüßt, Sahib.«

Der Großteil des Gesichts des Alten wurde von einem ungeheueren, verfilzten Bart bedeckt, der sich wie tintenschwarze Zuckerwatte nach allen Seiten bauschte. Lange Haarbüschel wuchsen dem Shah-Saz aus den Ohren und der gekrümmten Nase heraus. Die Haut war faltig und schuppig wie der Panzer eines Gürteltiers. Die schwarzen Augen zeugten indes von der unaufdringlichen Aufrichtigkeit, die zerfurchte Stirn von der Weisheit des hohen Alters.

»Wir erwidern den Gruß, Guruj.«

Er bot uns an, Platz zu nehmen.

»Ihr habt ein Anliegen, Alchemist?«

»Ja.«

»Ihr kommt wegen der Vinshati?«

»Und wegen der Göttin.«

Nachdenklich schloss der alte Mann die Augen und schien angestrengt nachzudenken. »Schreine werden errichtet«, murmelte er in seinen dichten Bart. »Zur Besänftigung Kalis.« Er öffnete wieder die Augen, die wie schwarze Perlen im Schein der Fackeln leuchteten. »Doch wird die hämische Göttin Kali sich nicht besänftigen lassen. Nach Blut dürstet es sie. Nur deswegen ist sie hergekommen. Deswegen ist sie immer da.«

»Was wisst Ihr über die Vorfälle?«

Der Shah-Saz bot uns Kishmish an, eine Mischung aus Nüssen und Trockenobst.

»Das, was geredet wird.«

»Ihr habt von Barkingside Beneath gehört?«

»Ja.«

»Ihr kanntet Doktor Grant und Amrish Seth?«

»Ja.«

Emily rutschte unruhig auf ihrem Kissen hin und her. Dem alten Shah-Saz schien man doch tatsächlich jedes einzelne Wort aus der behaarten Nase ziehen zu müssen. Genauso, wie immer behauptet wurde.

»Und Ihr, junges Ding, seid die Trickster, von der Seth gesprochen hat«, sagte der Alte mit einem Mal, als habe er des Mädchens Missmut erraten. »Das Erbe Manderleys, wie man munkelt.«

Erstaunt warf Emily mir einen fragenden Blick zu.

Ich schüttelte den Kopf.

Sie verstand und schwieg einfach.

Vorerst wohl die beste Lösung.

Der Alte fuhr unbeirrt fort: »Amrish Seth und Doktor Grant haben mich aufgesucht. Drei Tage ist das nun her. Die Schreine in den Katakomben nahe der Ziegelei haben sie untersucht.« Er kratzte sich am Bart. »Eine Geschichte habe ich den beiden erzählt. Denn das war alles, was ich für sie tun konnte.«

»Welche Geschichte?«

Der Shah-Saz seufzte. »Die Geschichte eines edlen Mannes, der das Unheil in unsere Welt gebracht hat. Es ist eine der vergessenen Geschichten aus dem Mahabharata. Sagt, Alchemist und junge Trickster, habt Ihr jemals vom Kalifen al-Vathek gehört? Von seinem Unglauben und der Strafe des Propheten, die ihn in die dunkle Stadt Ghulchissar geführt hat?«

Den Namen der Stadt hatten wir bereits vernommen.

Es war die Stadt, die in Kiplings Geschichte aufgetaucht war.

»Wir haben nur von der Stadt gehört«, antwortete ich dem alten Philosophen. »Nichts weiter.«

Und der Shah-Saz sagte: »So lauscht nun meiner Geschichte«, und begann sogleich zu erzählen.

Sanft vermischte sich die weiche Stimme des Alten mit dem Plätschern des Wassers und füllte die schwülwarme Luft mit der Farbe und dem Glanz jener Zeiten, in denen der ungläubige Kalif düstere Abenteuer zu bestehen hatte.

»Einst lebte ein mächtiger Kalif mit einem leeren Herzen in einer goldenen Stadt, die Rub al Chali genannt wurde. Reich an Schätzen und Erfahrung war dieser Kalif, und es mangelte ihm an nichts. Teppiche und Silbergefäße und Truhen aus Ebenholz und Elfenbein und Bronze zierten seinen Palast. Al-Vathek war Kriegsherr und Gelehrter zu gleichen Teilen. Der Bezwinger, wie ihn andere Völker nannten, wusste die Zeit nach dem Stand der Sonne zu berechnen, und die Himmelsrichtungen erkannte er allein anhand der glitzernden Sternbilder.«

Als ein Stammesältester aus einem fernen Land ihm während einer abendlichen Audienz die Geschichte des Propheten Mohammed erzählte, der die sieben Himmel auf dem Rücken von al-Buraq durchschritt, einem Tier mit dem Kopf einer Frau, dem Körper eines Maulesels und dem Schwanz eines Pfauen, um sich schließlich vor Allahs Thron einzufinden, da lachte al-Vathek nur. Denn glaubte man der Legende, so war diese Reise des Propheten im Bruchteil einer einzigen Nacht beendet gewesen.

»Al-Vatheks Lachen schallte laut durch den Palast. Ja, lustig machte er sich über die Geschichte, die er soeben gehört hatte, und warf dem Mann, der Gast seines Hauses war, als Lohn für sein Lügenmärchen Goldstücke vor die Füße.«

Da es aber niemandem erlaubt ist, des Propheten Mohammed zu spotten, wurde der Stammesälteste wütend und goss klares Wasser in eine große goldene Schale, murmelte dabei einige unverständliche Worte und reichte das Gefäß dann dem Kalifen.

Al-Vathek starrte in das Wasser und sah nichts außer dem schimmernden Gold, von dem das Wasser umschlossen war.

»Dann beugte er sich tiefer über die Schale.«

Und unscharfe Gestalten erschienen unter dem Wasser. Eine Stadt, ganz winzig nur, doch überdeckte ihre Düsternis schnell den Glanz des Goldes. Eine dunkle Stadt, wie al-Vathek zuvor noch keine erblickt hatte. Eine Festung an den Gestaden einer eisigen See war es, ein kalter Ort mit schwarz getünchten Häusern aus schwerem Stein, über denen tote Palmen mit traurigen Blättern und Türme mit gewundenen Dächern aufragten.

»Al-Vathek beugte sich noch tiefer über die Schale, bis er mit dem Gesicht die Oberfläche des Wasser berührte.«

In diesem Augenblick ergriff ihn eine unsichtbare Hand und zog ihn hinab ins Wasser. Getöse drang ihm in die Ohren, und dunkel wurde es rings um ihn herum. Nur langsam, wie im Traum, kämpfte er gegen den mächtigen Sog an, der sich seines Geistes bemächtigt hatte.

»Er öffnete den Mund und schmeckte Salz auf seiner Zunge.«

So schnell, wie er gepackt worden war, kam er wieder frei.

Er durchstieß mit dem Kopf die Wasserfläche und gewann festen Grund unter seinen Füßen. Keuchend rang er nach Luft und rieb sich das Wasser aus den Augen. Bis zur Brust stand al-Vathek in jener eisigen See, die er unter der Wasseroberfläche entdeckt hatte. Vor ihm, jenseits des Strandes, erhoben sich die Mauern jener geheimnisvollen Stadt.

»Und als ein Fremder in einem fremden Land«, sagte der Shah-Saz, »watete er zum Strand.« Emily war, als lege sich ein Schatten über die Augen des Alten. »Dort wurde er bereits erwartet.«

Von einer Frau, die schön war wie die Sünde.

Ihr seid der Mann von der See, hauchte die Schöne.

Sie streckte die Hand nach ihm aus, und als al-Vathek die kalte Hand ergriff, da verblassten die Erinnerungen an sein bisheriges Leben.

Ich bin Carathis, sagte die Schöne. *Ich habe Euch erwartet.*

Was für ein Land ist dies?, fragte al-Vathek.

Nun, dies ist Das Land.

Hat es keinen Namen?

Es braucht keinen Namen.

Was für eine Stadt ist dies?

Es ist meine Stadt.

Hat sie keinen Namen?

Dies, al-Vathek, säuselte sie, *ist Ghulchissar.*

Dann nahm sie ihn mit sich und führte ihn durch die staubigen Straßen der Stadt. Sie gab ihm von dem Trunk, der heiß aus den aufgeschlitzten Hälsen gefallener Engel floss, und al-Vathek gab sich Carathis hin, ließ sich Nächte voller Wunder und Tage der Verzweiflung von ihr zeigen.

Werde mein Gemahl, sagte sie eines Tages.

Warum?

Weil es Euch bestimmt ist.

So wurde der Kalif in eine Familie aufgenommen, die inmitten der Schatten jener schaurigen Festung lebte und sich von Fleisch und Elend der Menschen, die sich dorthin verirrt hatten, nährte.

Sand rann durch das Stundenglas.

»Al-Vathek war der Schönen verfallen. Voll brennender Sehnsucht waren seine Tage und voll blasphemischer Sünde seine Nächte.«

Allzeit war Carathis bei ihm.

Zeigt mir Eure Welt, bat sie ihn eines Tages.

Warum?

Weil die Ewigkeit uns gehören wird.

Und al-Vathek nahm sie mit sich.

Zeigte ihr den Weg.

In die Fluten der See tauchten die beiden ein, und als al-Vathek dies tat, da sah er nicht mehr glitzernde Wellen um sich herum, sondern die steinernen Festungsmauern seines Palastes.

Vor ihm saß der alte Mann, der ihm einst die goldene Schale mit Wasser gereicht hatte.

Habt Ihr eine lange Reise hinter Euch, Herr?, fragte der alte Mann.

Viele Jahre hat sie gedauert.

Nur wenige Sekunden, sagte der Stammesälteste. *Nur von einem Atemzug zum anderen.*

»Es gibt, wie der Prophet wusste, Räume, in denen die Zeit einem anderen Rhythmus folgt als dem zwischen dem Auf- und Untergang der Sonne.«

Al-Vathek sah sich nach Carathis um.

Doch sie war verschwunden.

Erst als er sich anschickte, den Palast zu verlassen, da bemerkte er, wie schwarz die Mauern rings um ihn herum geworden waren. Dass dicke Wolken die Sonne verbargen. Und abscheuliche Wesen durch die Straßen krochen. Wesen, deren Schreie sich mit denen seiner Untertanen vermischten.

Der Schleier fiel von al-Vatheks Augen ab, und er erkannte die Verzweiflung im Blick des Stammesältesten.

Ich bin hier Geliebter, hörte er Carathis sagen, die mit einem Mal neben ihm stand.

Al-Vathek begriff, dass er mit der Schönen vereint und die Ewigkeit ihnen gehören würde. Dass sie sich laben würden an der Welt, die vor ihnen ausgebreitet dalag. Dass es Nacht werden würde auf immerdar an den Gestaden seines Reiches.

»Denn Ghulchissar war nach Rub al Chali gekommen.«

Hier schloss der Shah-Saz seine Erzählung.

Die dunklen Augen mit den buschigen Brauen ruhten in dem alten Gesicht. »So kam das Böse in die Welt. Unwissend und blind vor Wollust, machte al-Vathek jene Schönheit mit den Menschen bekannt.« Er ließ die Worte wirken. »Carathis, die in Zmargad gezeugt worden war, lebte fortan in der Welt der Menschen. Gemeinsam mit al-Vathek überzog sie das Angesicht der Erde mit Furcht und Leid und hinterließ ihre Nachkommenschaft, die allzeit nach dem Blut der Lebenden giert.«

Gebannt lauschte Emily den Worten des Shah-Saz.

»Ein Hafenarbeiter vom West India Quay hat Carathis mit eigenen Augen erblickt.« Sein besorgter Gesichtsausdruck ließ nicht den geringsten Zweifel an der Wahrhaftigkeit dieser Aussage aufkommen. »Auch Amrish Seth und Doktor Grant habe ich von all diesen Dingen berichtet. Ganz eilig sind sie sogleich aufgebrochen, um die Gegend zu erkunden, von welcher der arme Mann, dem der Schrecken in jener Nacht in alle Glieder gefahren ist, gesprochen hatte.«

Wo immer sich die beiden auch herumgetrieben hatten, sie waren von dort nicht mehr zurückgekehrt.

Emily erinnerte sich des jungen Wissenschaftlers.

»Er ist der arabisch aussehende Sohn eines mittlerweile pensionierten britischen Botschaftsangehörigen aus Karthum und seiner ägyptischen Dolmetscherin.« So hatte Eliza Holland ihn ihrer jungen Freundin beschrieben. Ihre Worte waren die einer Verliebten gewesen, so überschwänglich und verklärt, dass Emily sich augenblicklich gefragt hatte, ob sie selbst jemals zu solchen Gefühlen fähig sein würde.

Eliza Holland hatte Alexander Grant geliebt.

Den hübschen Gelehrten.

Nicht aber die Kreatur mit dem boshaften Lächeln und den entblößten schmutzigen Zähnen, den Emily in ihrer Toderfahrung erblickt hatte. Der ausgesehen hatte wie die Wesen, die uns in Waterstone Junction angegriffen hatten.

Ich fragte: »Ihr glaubt, dass die Vinshati die Kinder von Carathis sind?«

Der Shah-Saz nickte. »Die Überlieferung ist eindeutig.«

Emilys Blick wanderte zwischen dem Shah-Saz und mir hin und her.

»Dann sind Carathis und Kalidurga ein und dieselbe Person?«, mischte sie sich schließlich in das Gespräch ein.

Der Shah-Saz lächelte.

Gütig.

»Euer Verstand ist scharf, Manderley-Mädchen.«

Sofort verbesserte Emily ihn mit einem nicht zu überhörenden genervten Unterton: »Emily Laing!«

Der alte Mann sah mich an.

Ich bestätigte die Aussage meiner Schutzbefohlenen, die hinzufügte: »Aus Rotherhithe.«

Noch immer verleugnete Emily ihre Herkunft.

Manderley Manor vom Regent's Park war einmal eines der mächtigen Häuser Londons gewesen. Eng waren die Geschicke der Stadt der Schornsteine mit jenen der Manderleys verbunden gewesen. Aber da hatte es noch ein anderes Adelsgeschlecht gegeben. Mushroom Manor, drüben in Blackheath gelegen. Immer offener waren die Differenzen, welche die Oberhäupter beider Häuser pflegten, zutage getreten. Zu Kampfhandlungen war es sogar gekommen, zu Lynchjustiz und Meuchelmorden, die hinter vorgehaltener Hand als die Whitechapel-Aufstände in die Geschichte eingegangen sind.

Beider Häuser Blut sollte verbunden werden, um Frieden zu schließen. So hatten es die Ratten geplant gehabt. Die Ratten, die geschickt die Fäden im Hintergrund gezogen hatten.

Alles wäre so einfach gewesen.

Doch verliebte sich der Spross der Dynastie vom Regent's Park in einen mittellosen Künstler. Ihm schenkte Mia Manderley ihr Herz und kurz darauf ein Kind.

Mit den roten Haaren seines Vaters.

Emily.

Bereits wenige Tage nach der Geburt gab man das Mädchen fort, und niemand erfuhr von ihrer Existenz. Die Ehe, welche die Häuser Manderley und Mushroom verbinden sollte, wurde geschlossen.

Emily Laing aber, das war der Name, den sie sich im Waisenhaus selbst gegeben hatte, inspiriert durch ihren alten einäugigen Stoffbären, »made by D. B. Laing, Singapore«.

»Emily Laing aus Rotherhithe«, sagte der Shah-Saz mit einem aufrichtigen Lächeln. »Ihr habt es erkannt. Man nannte die Schöne aus Ghulchissar im Zweistromland Carathis. In Indien und den Bergen des Himalaja wird sie noch heute als Schmaschana Kali gefürchtet. Doch was sind schon Namen? Kalidurga. Carathis. Sie ist das Kind, das die Urmutter mit den Dämonen des Roten Meeres zeugte. Sie bringt Verderben. Leid. Tod.«

»Und Ihr glaubt, dass sie in London ist.« Emily hatte es auf den Punkt gebracht.

»Die Menschen von Brick Lane Market tun das, was ihre Eltern sie gelehrt haben. Sie glauben, Kalidurga mit Schreinen ehren und mit Opfergaben besänftigen und so das Unheil abwenden zu können.« Die Zuversicht schwand aus seiner Stimme, und die dunklen Augen des Shah-Saz verloren mit einem Mal ihren Glanz. »Carathis«, bestätigte er, »ist nach London gekommen.« Dann, bevor wir ihn verließen, um den Spuren Alexander Grants und Amrish Seths zu folgen, sagte der Shah-Saz noch etwas, das alles andere als beruhigend klang: »Lasst uns hoffen, meine Freunde, dass Ghulchissar ihr nicht folgen wird.«

Kapitel 6

Vinshati

Hoch oben über London wurde in den Wolkenmassen ein kalter Regen geboren, der sich plätschernd und rauschend auf den schiefen Dächern der krummen Häuser von Whitechapel wiederfand und von dort aus von den Dachrinnen den Weg gewiesen bekam, hinab durch die Dunkelheit der rostigen Abflussrohre, bis sich all die eisigen Bäche aus der Stadt der Schornsteine in den Zisternen der uralten Metropole trafen. Dort unten ließen sie die Pegel der Abwasserkanäle in Sekundenschnelle ansteigen.

Die Flut.

So nennen die Tunnelstreicher den Regen.

Denn das ist es, was aus dem Regen in London hier unten wird.

Flut.

Reißende Ströme, die Wege, die vormals noch sicher passierbar gewesen sind, in heimtückische Fallen verwandeln, in denen Ratten, Spinnen und Menschen gleichermaßen zu ersaufen drohen. Vorsichtig muss man die Pfade beschreiten, will man den Anblick des Tageslichts ein weiteres Mal genießen können.

»Glauben Sie«, fragte Emily mich auf unserem Weg hinüber zum West India Quay, »dass hinter all den Vorfällen wirklich Carathis steckt?« Irgendwie kam ihr der Name bekannt vor, doch konnte sie ihn nach wie vor nirgends einordnen. Dennoch war sich das Mädchen sicher, ihn bereits zuvor vernommen zu haben.

»Dass die Wiedergänger einen Plan verfolgen?«

Meinte sie das?

»Ja.«

Wir bewegten uns durch einen der High Level Sewer.

Dieser nahezu runde Abwassertunnel aus Backstein, durch den wir südwärts gingen, war nur noch auf den sich zu beiden Seiten des schmutzigen Wassers befindlichen Gehsteigen passierbar. Manchmal zeigte sich eine Ratte, die aber sofort wieder in der Dunkelheit verschwand, sobald sie der helle Strahl der Leuchtstäbe traf.

»Es ist jedenfalls merkwürdig«, dachte ich laut, »dass ausgerechnet wir beide mit der Aufklärung dieser Fälle beauftragt worden sind.« Nicht zu vergessen Maurice Micklewhite und Aurora Fitzrovia, die im Augenblick in den weiten Hallen der Nationalbibliothek nach Hinweisen suchten. Einzig Eliza Holland war nicht an den Ermittlungen beteiligt worden.

Emily musste aufpassen, um nicht auf dem feuchten Stein auszurutschen.

»Master McDiarmid hat zweifelsohne etwas Bestimmtes damit bezweckt.«

Das tat er immer.

Während meiner Ausbildung hatte ich einige kurze Einblicke in das erhaschen können, was McDiarmids Berufung zu sein schien. Alchemie war offiziell sein Steckenpferd gewesen. Doch liebte es der stille Mann mit dem Gesicht eines hungrigen Raubvogels, die Fäden im Hintergrund zu ziehen. Kontakte zu den Ältesten der Black Friars waren ihm damals zuzutrauen gewesen. Geheime Treffen mit der Regentin wurden ihm von den anderen Schülern angedichtet. Selbst zu den Häusern Manderley und Mushroom soll er Beziehungen unterhalten haben, über deren Ausmaß und Art es nicht wenige Spekulationen gegeben hatte.

»Es hat mit mir zu tun, stimmt's?« Woran Emily in diesem Moment dachte, war unschwer zu erraten.

»McDiarmid hat mich darum gebeten, gemeinsam mit Ihnen nach Barkingside Beneath zu gehen und mittels einer ihrer Toderfahrungen zu ergründen, wie genau Amrish Seth gestorben ist.«

Was, das musste ich mir eingestehen, seltsam war.

Hatten die Black Friars nicht ihre eigenen Ermittler in den Grafschaften Londons? Gab es nicht die für solche Ermittlungen ausgebildeten Inspektoren von Senat und Scotland Yard?

»Ich bin eine Trickster«, sagte Emily.

»Das ist wahr. Dennoch glaube ich nicht, dass McDiarmid allein Ihre spezielle Begabung im Auge hatte, als er die Taube nach Marylebone entsandt hat.« Einen Augenblick lang überlegte ich, ob Emily die ganze Wahrheit erfahren sollte, entschied mich dann jedoch dagegen.

»Woher hat McDiarmid überhaupt gewusst, dass Amrish Seth der Tote in Barkingside gewesen ist?«

»Gute Frage.«

»Auf die Sie eine Antwort wissen?«

»Nein.«

So gingen wir unseres Weges. Leise, vorsichtig.

Hin und wieder spähte Emily mit ihren Gedanken in

die vor uns liegenden Tunnel, da wir einen Angriff aus dem Hinterhalt befürchteten.

Denn der Anblick des Schreins war uns noch gut im Gedächtnis.

Keine halbe Stunde war es her, seitdem wir vor dem stinkenden Schrein mit den blutigen Opfergaben gestanden hatten. In den engen Kellergewölben von Stepney Green hatte jemand die Skulptur Kalis in einem umgestürzten Abfallkorb platziert. Girlanden aus verwelkten Blüten und abgetrennten Rattenpfoten hatten den Hals der Göttin geschmückt. Brennende Kerzen hatten ihr Wachs über die nackten Füße der Skulptur ergossen. Was auch immer die stinkende blutige Masse um Kali herum einmal gewesen sein mochte, hatte keiner von uns beiden ergründen wollen.

»Das ist barbarisch«, hatte Emily entsetzt hinter vorgehaltener Hand gemurmelt und nicht einmal die menschlichen Überreste gemeint.

»Es ist, was es ist.«

Mehr hatte es dazu nicht zu sagen gegeben.

Die Bewohner von Brick Lane erbaten die Gnade der Göttin Kalidurga, wie man es in ihrem Heimatland seit Jahrhunderten tat. Dass sie dabei einer dunklen Gottheit huldigten, tat nichts zur Sache. Dass sie dazu Ratten meuchelten, war, betrachtete man die Rolle der Nager in den Whitechapel-Aufständen und den Unruhen, die vor vier Jahren die Stadt der Schornsteine heimgesucht hatten, auch nicht weiter verwunderlich. Ähnlich den Wiedergängern, war nun seit vier Jahren auch die Kaste der Ratten eine von den meisten Bewohnern der Grafschaften geächtete Spezies. Unnachgiebig war die Regentin in dieser Angelegenheit gewesen. Von Anfang an.

Auch das Ansehen von so genannten Rattenfreunden hatte unter dieser Schande gelitten. Nicht zu reden von denen, die in verwandschaftlichen Verhältnissen zu den Nagern standen.

»Es tut mir Leid«, hatte mir Emily vor zwei Jahren gestanden, nachdem ich von den bösartigen Beleidigungen hatte erfahren müssen, denen Emily als meine Schutzbefohlene in der Whitehall Schule ausgesetzt gewesen war. »Diejenigen, die solche Dinge behaupten, sind einfach nur dumm.«

Doch ist die Zahl dummer Menschen nicht Legion?

Damals jedenfalls hatten wir uns beide ausgegrenzt gefühlt. Ich selbst, weil meine Pflegemutter eine Rättin gewesen war. Und Emily, weil sie als meine Schülerin und Schutzbefohlene mit einem Mal unter dem gleichen Spott zu leiden gehabt hatte wie ich.

Trotzdem hatte ich den Namen des Anwesens nicht verändert. Und an Aufforderungen des Senats diesbezüglich hatte es nicht gemangelt.

Hampstead Manor.

Immer schon war dies der Sitz derer von Hampstead gewesen. Und Mylady Hampstead war eine fürsorgliche Rättin gewesen, die sich eines armen, verängstigten Waisenjungen angenommen und ihn mit nach London genommen hatte. Ewig würde ich ihr dafür dankbar sein. Und niemals ihren Namen verraten.

Emily ebenso wenig.

»Miss Laing?«

Sie schreckte aus ihren Gedanken auf.

»Ja?«

»Hören Sie das auch?«

Emily lauschte.

Ein lauwarmer Wind wehte uns in die Gesichter und trug ein lang gezogenes Heulen heran, das sich vor uns in der Tiefe des Tunnels mit dem Geräusch einer in der Nähe vorbeifahrenden U-Bahn vermischte. Ein Schrei, wie ihn ein sterbender Vogel ausstoßen mag, überdeckte mit einem Mal das Knurren und Heulen, das lauter und lauter anschwoll.

»Glauben Sie, sie sind uns gefolgt?«

Emily schluckte.

Sie war starr vor Schreck.

»Seit Waterstones Junction? Unwahrscheinlich.«

»Dann müsste dies ein neues Rudel sein.«

Das Entsetzliche dieser Aussage lag auf der Hand.

Weiter hinten, in der Finsternis des Tunnels, glomm ein unruhiges Licht.

»Was ist das nur?«

»Sehen Sie nach«, forderte ich meine Begleiterin auf.

Emily konzentrierte sich.

Denn Emily Laing, in deren Adern menschliches und elfisches Blut zu gleichen Teilen fließt, ist das, was man in der uralten Metropole als eine Trickster bezeichnet. Ein Wechselbalg mit Eigenschaften, über die nicht jederman verfügt. Eine Trickster, die nahezu mühelos die Tür zum Bewusstsein anderer Menschen zu öffnen vermag. Die sehen kann, was andere sehen. Die fühlen kann, was andere fühlen. Selbst wenn kein Leben mehr in einem Körper zu finden ist, kann Emily die Tür öffnen und sich an die Gefühle von einst zu erinnern versuchen. Nur wenige Trickster sind dazu in der Lage. Nur wenige gehen dieses Wagnis ein. Das, was wir als Toderfahrung bezeichnen.

»Es sind viele«, stellte sie fest und sah klar und deutlich

durch fremde Augen, in denen sich gleißendes Licht und Feuer der Verzweiflung spiegelte.

»Sie sind hungrig«, sagte das Mädchen.

Dann blinzelte sie.

Es war vorbei.

»Was haben Sie gesehen?«

»Jemand stirbt«, antwortete sie.

Ganz verwirrt.

»Durch die Vinshati.«

Irgendwo dort vor uns mussten sie sein.

Schon wieder.

Als befände sich irgendwo in dieser Gegend ein Nest.

»Kommen Sie«, flüsterte ich und ging voran.

Bald schon wurde das Heulen lauter, und das Licht vor uns erhellte die aus grobem Stein gemauerten Tunnelwände.

»Wie viele Kreaturen sind dort?«

Emily antwortete nur: »Fragen Sie nicht.«

Ich warf ihr einen Blick zu.

Sie sagte: »Viele.«

Sonst nichts.

»Wie beruhigend.«

Langsam führte uns der röhrenförmige Gang zur Quelle des Lärms. In ein großes kathedralenartiges Backsteingewölbe, das erfüllt war vom vogelartigen Kreischen eines Wesens, das um sein Leben kämpfte.

Eng an die Wand gedrückt, näherten wir uns diesem Ort des Grauens.

Ein prächtiger Engel erwehrte sich einer Horde Kreaturen, auf welche die Beschreibungen zutrafen, die wir von den Vinshati erhalten hatten. Im Feuerschein des Engels vermochten wir sie deutlich zu erkennen. Einst waren es wohl Menschen gewesen. Jetzt ähnelten sie dem, was sie einst gewesen waren, nicht mehr. Es waren die gleichen Kreaturen wie diejenigen, die den Zug in Waterstone Junctions angegriffen hatten. Eindeutig. Und sie rissen gerade einen Urieliten.

Emily erkannte die Tätowierungen, die das Gesicht des Engels bedeckten. Das Gesicht, das voller Schmerz war. Voller Furcht.

Denn der Engel lag im Sterben.

Geschöpfe seiner Art leben verborgen in ihrem Himmel am Oxford Circus und gehen am Tage nach London hinauf, um in den Straßen zu musizieren oder im Virgin Megastore drüben am Piccadilly zu arbeiten.

Lange Zeit schon leben die Urieliten mitten in London.

Sie bringen den Menschen das Licht.

Sie singen.

Doch wusste Emily, dass dieser Engel hier nie wieder singen würde.

Er lag am Boden, und die pelzigen Leiber der Vinshati bedeckten seinen Körper. In den Augen des sterbenden Engels loderten verzweifelt Flammen auf, und viele der in stinkende Lumpen und Hundefelle gekleideten Vinshati brannten lichterloh. Dennoch ließen sie nicht von dem Engel ab. Dem Engel, der selbst im Todeskampf wunderschön anzuschauen war. Dem Engel, dessen verzweifelte Flügelschläge kraftlos wurden. Dem Engel, dem heißes Blut aus unzähligen Wunden floss.

Überall in der Höhle wurde Emily des Blutes gewahr, der brennenden Pfützen und Flecken, die Boden und Wände und Decke der Höhlenkathedrale bedeckten und die Geschehnisse schaurig illuminierten.

Die Vinshati tranken von diesem Feuer.

Emily verstand nicht, wie sie das tun konnten.

Ihre fratzenhaften Gesichter gingen augenblicklich in Flammen auf, wenn sie es taten. Und doch taten sie es. Voller Gier. Ohne Verstand. Während der Engel noch zappelte und kreischte. Der wunderschöne Engel, dessen Flügel gebrochen waren. Dessen Federn in den lodernden Pfützen schwammen. In dessen einst strahlenden Augen das Feuer schließlich erlosch.

»Lassen Sie uns von hier verschwinden«, zischte ich.

Für den Engel kam jede Hilfe zu spät.

Emily war entsetzlich bleich geworden.

Ich ergriff ihre Hand und zog sie mit mir fort.

Hinter uns erscholl ein lautes Heulen.

»Sie haben uns bemerkt.«

»Na, toll.«

Sämtliche Vinshati blickten mit rot glühenden Augen in unsere Richtung.

Langsam kamen sie näher.

Lauernd.

Starke Verbrennungen hatten ihre tierischen Menschenfratzen entstellt, und viele der Kreaturen waren voll Engelsblut, das von ihrer schmutzigen Haut und den verfilzten Haaren auf den Höhlenboden troff, wo es brennende Spuren hinterließ.

Niemals würden wir diesen Kreaturen entkommen können.

Es waren ihrer einfach zu viele.

Nichts als Gier fand sich in den blutunterlaufenen schmalen Augen.

Emily erkannte in den Lumpen die Reste von Kleidungsstücken, die blitzlichtartige Eindrücke aufkommen ließen von dem Leben, das jene Wesen einmal geführt hatten, bevor sie zu Vinshati geworden waren. Als Geschäftsleute. Kanalarbeiter. Punks.

Nichts war davon mehr übrig.

Im Verstand dieser Kreaturen gab es nur einen einzigen Gedanken: die Beute zu reißen.

»Verdammt«, zischte ich.

Denn die Beute waren wir.

Zweifelsohne.

»Und was jetzt?«, fragte Emily.

Gute Frage!

Ich sah mich um.

Besonders viele Möglichkeiten, dieser Situation zu entrinnen, gab es zugegebenermaßen nicht.

Eher wenige.

Vielleicht sogar gar keine.

Unsicheren Schrittes zogen wir uns in den Tunnel zurück, durch den wir gekommen waren.

Die Vinshati näherten sich uns weiter. Manche von ihnen brennend. Sie fauchten, und lange Krallen kratzten über den Steinboden.

»Haben Sie irgendeinen Vorschlag?«, flüsterte Emily.

»Nein.«

Hatte ich nicht.

»Alte Bekannte«, hörten wir mit einem Mal eine Stimme hinter uns.

»Die Hilfe benötigen«, wurde die erste von einer zweiten Stimme ergänzt.

Aus dem Dunkel der Tunnelröhre traten zwei Gestalten hervor. Beide trugen die typischen Kutten der Black Friars. Grober brauner Stoff. Über die Köpfe gezogene Kapuzen. Eine dicke Schnur, die das schlichte Gewand zusammenhält. Rosenhölzerne Rosenkränze.

Die beiden Mönche traten zwischen die Vinshati und uns.

»Guten Tag«, sagte der eine.

Auf einer dicken Zigarre kauend, stellte der andere lapidar fest: »Wir sind wieder da.«

»Waren es eigentlich schon immer.«

»Obwohl wir in vielen Geschichten leben.«

»Wie ihr wisst.«

»Gerade noch im Niemalsland.«

»Und schon wieder hier.«

»Müssen wir euch retten.«

»Erst in Waterstone Junction.«

»Dann hier.«

»Wird das nicht langweilig?«

Einer der beiden gähnte ausgiebig.

Dann erst stellten sich die beiden vor und zogen die Kapuzen von den Köpfen.

»Bruder Nubbles«, sagte der eine.

»Und Bruder Nook«, sagte der andere.

Es gibt keine Zufälle, dachte Emily und erinnerte sich der beiden. Damals, vor vier Jahren, waren sie allerdings keine Mönche gewesen. Nur Häscher, die dem Lichtlord im Tower von London dienten.

»Ihr erkennt uns wieder?«

»Das ist gut!«

»Doch haben wir ein Problem.«

»Das es zu lösen gilt.«

Die Mönche warfen den Vinshati abfällige Blicke zu.

»Bums!« sagte Bruder Nook, der die glimmende Zigarre in der Hand hielt, und lächelte wie ein Fuchs.

»Da hören Sie's«, sagte Bruder Nubbles, der die Stange Dynamit in der Hand hielt, und grinste wie ein Wolf.

Die Vinshati witterten das warme Blut. Fauchend sprangen sie auf uns zu.

Da erfüllte sich Bruder Nooks Prophezeiung.

Bums!

KAPITEL 7

ADELPHI ARCHES

Die meisten Städte erheben sich aus dem Abfall, den sie selbst ausgeschieden haben, und London bildet da mitnichten eine Ausnahme. Weggeworfene und verlorene Gegenstände, zurückgeblieben unter den alten Fundamenten, tragen das Gewicht der Stadt. Und es gibt keinen Ort, an dem dies deutlicher wird als in dem großen Gewölbekomplex, der direkt hinter dem Victoria Embankment zu finden ist. – Adelphi Arches.

»Vor der Erbauung des Embankment«, hatte ich Emily unterwegs erklärt, nachdem mir klar geworden war, an welchen Ort die beiden seltsamen Mönche uns führen würden, »diente dieser Komplex der Stabilisierung des Themse-Ufers.«

Oben nämlich, an der Adelphi Terrace, legten früher die Lastkähne an, und die unterirdischen Wege ermöglichten einen direkten Zugang zu den Anlegestellen. Oft wurden die Gewölbe überflutet, was jedoch niemanden daran gehindert hatte, sie als Waffenlager und später dann als Stallungen zu benutzen.

»Unter künstlichem Licht wurden hier sogar Kühe und Schafe gehalten.«

Als im Jahre 1870 das Victoria Embankment fertig gestellt war, nutzte man Adelphi Arches nunmehr zur Lagerung von Wein und Kohle. Kriminelle und Ausgestoßene ließen sich bald schon in den Gewölben nieder, die noch immer nach Schießpulver und inzwischen auch nach gegorenen Früchten rochen. Farbiger Tabak, Cyprus-Pulver und synthetische Drogen wurden zuhauf gehandelt. Prostituierte, die an der Oberfläche kein Geld mehr zu verdienen wussten, kamen hierher und boten ihre alten und kranken Körper feil. Feiste Fleischmenschen aus Brunswick Wharf fröhnten ihrem widerlichen Gewerbe. Düstere Opiumhöhlen entstanden in den Kammern, und selbst die Damen und Herren der feinen Gesellschaft trieb es hierher.

»Adelphi Arches ist einer der widerwärtigsten Orte in der uralten Metropole. Nirgends sonst«, hatte ich Emily vorgewarnt, »werden Sie mehr Abschaum antreffen als dort.«

Und dort standen wir nun. In diesem Sündenbabel Londons. Wo die Wände selbst geprägt sind von den Abfällen, die der Untergrund in den vergangenen Jahrhunderten in Besitz genommen hat. Kupferne Broschen und Tiegel sind in den Wänden zu erkennen, Lederschuhe und Bleisymbole. Gürtel und Gürtelschnallen. Zerbrochene Gefäße, Figürchen aus Ton und Werkzeuge aus Eisen. Zerrissene Handschuhe und römische Sandalen. Funktelefone. Bemalte Krüge und Knochensplitter. Ein Kinderfußball. Ein CD-Ständer. Ein Pilger-Amulett. Radios und Schuhe und Austernschalen. Viele dieser Reliquien einer anderen Zeit lugen aus den Lücken im Mauerwerk heraus, und dort, wo die Wände aus festem Lehm bestehen, bilden sie schon fast kunstvoll gut sichtbare Schichten, die stumm Zeugnis ablegen von dem Leben, das die Stadt der Schornsteine vor langer Zeit beheimatet hat.

»Den Hafenarbeiter habt Ihr gesucht«, begann einer der beiden Black Friars.

»Drüben am West India Quay«, ergänzte der andere.

»Da staunt Ihr.«

»Fragt Euch, woher wir das alles wissen.«

Sie grinsten. Wie Zwillinge.

»Wir sind Bruder Nook.«

»Und Bruder Nubbles.«

Als wäre damit alles klar.

»Information …«

»… ist unser Geschäft.«

Wieder dieses Grinsen. So überheblich.

»Nun ja.«

»Wie sollen wir's sagen?«

»Am besten direkt.«

»Auf den Punkt gebracht.«

»Denn das …«

»… ist immer der beste Weg.«

»Daher …«

»Vergesst den Mann.« Bruder Nook machte eine wegwerfende Handbewegung. »Er war eine der Kreaturen, die sich am Engelsblut gütlich getan haben.«

Den Torbogen, der in die Kathedrale geführt hatte, gab es jedenfalls nicht mehr. Die Vinshati, die auf uns zugestürmt waren, lagen nun mit gebrochenen oder vom Körper abgerissenen Gliedmaßen unter einem Haufen Schutt und Stein begraben. Fassungslos hatten wir dagestanden und das Ausmaß der Verwüstung betrachtet, das von den beiden Mönchen angerichtet worden war. Bruder Nook und Bruder Nubbles arbeiteten radikal. Wenn sie arbeiteten.

Emily sah sich um an dem seltsamen Ort, an den die Mönche uns geführt hatten.

»Wo sind die Menschen hin?«

»Das ist es, was wir Euch zeigen wollen«, sagte Bruder Nook.

Ein eisiger Wind wehte durch die steinernen Gewölbe. Es roch nach kaltem Opium. In manchen der Herdstellen brannten noch Feuer. Kleidungsstücke lagen auf dem Boden herum. Zeichen, anhand deren man erkennen konnte, welches Leben hier bis vor wenigen Stunden getobt hatte. Geldstücke bedeckten den Boden, funkelten einsam zwischen dem Müll und den Blättern alter Tageszeitungen, die der Wind durch die weiten Hallen blies. Eine Times aus dem Jahre 1945 wickelte sich um Emilys Stiefel.

Alles sah aus, als hätten die Bewohner von Adelphi Arches diesen Ort in höchster, nahezu panischer Eile verlassen.

»Einige der Vinshati, wie Ihr sie nennt«, erklärte Bruder Nook, »haben vor wenigen Stunden noch hier gelebt.«

»Da waren sie noch Menschen.«

Bruder Nubbles kniete sich hin und schnupperte an einer Motorradmaske, die einsam inmitten des Mülls lag. Dann kramte er eine winzige Sanduhr unter seiner Kutte hervor und betrachtete sie eingehend. »Keine drei Stunden, behaupte ich, ist das her.«

Emily schwieg.

»Die böse Frau hat eine Menge Nachwuchs erzeugt«, sagte Bruder Nook.

»Der hungrig durch London streift.«

»Vielleicht waren es sogar die einstigen Bewohner dieses Ortes, die Sie in Waterstone Junction überfallen haben.«

»Diese Gegend ist ihr Revier.«

»Das haben wir herausgefunden.«

»Flink, wie wir sind.«

»Warum«, fragte ich, »haben Sie uns hergebracht?«

»Um Euch zu zeigen«, antwortete Bruder Nook, »was Euch erwartet. Versteht, Wittgenstein, dass es nicht mehr Einzelfälle sind, mit denen Ihr es zu tun habt. Nein, in großem Rahmen verschwinden die Menschen, und was aus ihnen wird, das habt Ihr zweimal bereits gesehen.«

»Vinshati«, grummelte Bruder Nubbles.

»Denn Carathis ist nach London gekommen.«

»Wir wissen es.«

»Und unser Auftraggeber …«

»… warnt Euch vor der dunklen Göttin.«

»Eindringlich.«

»Nachdrücklich.«

Bruder Nook blickte nun richtig finster drein. »Glaubt mir, Alchemist, wir sind bereits an Orten gewesen, die wie dieser hier geworden waren. Gomhorra und Achet-Aton und Memphis und Lucretia. Letzten Endes blieb uns immer nur eine Möglichkeit, das Problem in den Griff zu bekommen.«

»Keine elegante Lösung.«

»Nein, wahrlich, Bruder Nubbles, elegant auf keinen Fall.«

»Nun ja.«

»Ihr seht ja, wie wir arbeiten.«

»Radikale Methoden.«

»In radikalen Zeiten.«

Der Wind pfiff einsam durch die Tunnel.

Von Ferne erklang das Donnern einer U-Bahn.

»Warum wir?«, wollte Emily schließlich wissen.

Einen geheimen Zweck verfolgten die beiden. Das taten sie immer.

Bruder Nubbles lächelte. »Darum.«

Und Bruder Nook, der sich eine neue Zigarre angezündet hatte, schwieg.

Kapitel 8

Mysteriöse Geschichten aus uralter Zeit

»Wir haben einige wirklich interessante Neuigkeiten in Erfahrung bringen können«, verkündete Maurice Micklewhite, dem ich nach unserer Ankunft im Britischen Museum augenblicklich von den Ereignissen, die sich in Adelphi Arches und nahe Brick Lane Market zugetragen hatten, Bericht erstattet hatte, feierlich, als sich alle unter der riesigen Kuppel des Lesesaals in der Nationalbibliothek versammelt hatten, die zu solch später Abendstunde für den allgemeinen Besucherstrom geschlossen war. »Ghulchissar ist eine Stadt, die in wahrlich vielen Geschichten auftaucht.« Wie es des Elfen Art war, ging er mit hinter dem Rücken verschränkten Armen zwischen den Tischreihen auf und ab. »Und ich denke, dass ich nun weiß, was dies alles mit unserer kleinen Gemeinschaft zu tun hat.«

Allesamt hatten wir an den breiten Tischen mit den gekrümmten bronzefarbenen Leselampen Platz genommen. Auf den hölzernen Tischplatten türmten sich vergilbte Druckwerke und mystische Handschriften, gewellte Urkunden und brüchige Papyri, die von Maurice Micklewhite und Aurora Fitzrovia durchforstet worden waren, während Emily und meine Wenigkeit in den Eingeweiden Londons Zeugen jener höchst unangenehmen Dinge geworden waren.

»Emmy!«

»Aurora!«

Stürmisch hatten sich die Mädchen umarmt, als wir durchnässt und müde durch die Pforten des Museums eingetreten waren.

Aurora Fitzrovia hatte sogar Tränen zurückhalten müssen, so froh war sie gewesen, Emily wieder gesund in ihrer Nähe zu wissen.

»Ich hatte da ein ganz mieses Gefühl, Emmy.«

Die hatte nur gesagt: »Ich weiß.«

Hatte geschluckt.

Und hatte die Freundin umso fester an sich gedrückt.

Der Gedanke, ein Leben ohne Aurora führen zu müssen, war gänzlich befremdlich für Emily. Zu viel hatten die Waisenmädchen zusammen erlebt.

Gesorgt hatten sich die Freundinnen um einander, wie sie es zumeist taten, wenn ihrer beider Wege sich trennten, und sei es auch nur für kurze Zeit. Denn beide kannten nur zu gut die Geschehnisse, die sich vor einigen Jahren zugetragen hatten.

Niemals würden sie jene Erlebnisse vergessen. Noch immer suchten die Mädchen in ihren Träumen die Orte von einst auf und sahen sich den Gesichtern gegenüber, deren Anblick sie auch heute noch in Angst versetzte. Master Lycidas. Madame Snowhitepink. Dorian Steerforth. Lordkanzler Kensington.

Nichts, hatte der Engel damals gesagt, stirbt jemals für immer.

Es war dieser eine Satz, der sie während der vergangenen Tage immer wieder aufs Neue mit Furcht und unheilschwangeren Vorahnungen erfüllt hatte.

Nichts stirbt jemals für immer.

»Habt ihr etwas herausgefunden?«

»Jede Menge«, hatte Aurora geantwortet.

Und ohne Zeit zu verlieren, berichteten wir den Anwesenden, was wir erlebt hatten. Unten in Waterstone Junction und Adelphi Arches und in den gewölbeartigen Tunneln nahe des Brick Lane Market.

Als jener Name fiel, den der Shah-Saz uns genannt hatte, da horchten Maurice Micklewhite und Aurora Fitzrovia gleichermaßen auf.

»Al-Vathek?«

»Das ist der Name des Fürsten, der laut der Legende jene dunkle Stadt von jenseits der spiegelnden Wasser in unsere Welt gebracht hat.«

»Wisst ihr, wer al-Vathek ist?«, fragte Emily.

Sie begann sich zu fragen, wohin diese Geschichten uns alle tragen würden. Der Gedanke, dass jene Geschehnisse aus dem alten Ägypten der Grundstein für das sein konnte, was sich unten in den U-Bahn-Schächten und Gewölben der uralten Metropole zutrug, war in höchstem Maße beängstigend. Reichten die Schatten von damals wirklich so weit?

Nichts, kam es ihr erneut in den Sinn, stirbt für immer. Die Worte des Elfen schienen das nur zu bestätigen.

»Ich möchte meiner Erzählung jedoch nicht vorgreifen«, sagte Maurice Micklewhite, der ganz in seinem Element war. Er liebte es, in den alten Schriften nach Hinweisen zu suchen. Und er liebte es, andere mit seinem neu erworbenen Wissen zu beglücken. »Es begann, wenn wir den brüchigen Papyri Glauben schenken, in der Regierungszeit Pharao Akh-en-Atens.«

Im Zentrum des Lebens am Nil stand vom Tage seines Amtsantritts an Aton, die Manifestation des Sonnengottes in Form der Sonnenscheibe. Akh-en-Aten wollte Aton als einzigen Gott anbeten und löste den traditionellen Pantheon einfach auf.

»Mit anderen Worten, alle anderen Gottheiten wurden vertrieben.«

»Du sagst es, Mortimer.«

Mythen, Feiern und Rituale zu Ehren der alten Gottheiten wurden augenblicklich abgeschafft. Zu Ehren Atons wollte Akh-en-Aten sogar eine neue Stadt erbauen lassen, die von nun an religiöses Zentrum und Verwaltungshauptstadt zugleich sein sollte, und er zog alle Priester und Beamten aus den Städten Theben und Memphis ab.

Einen jungfräulichen Ort wollte der Pharao finden, um seine Sonnenstadt zu errichten, und er fand diesen Ort an der Grenze zwischen Mittel- und Oberägypten, am Ostufer des Nils gelegen. Eine große Ebene erstreckte sich dort zwischen dem Nil im Westen und den Wüstenfelsen, die im Norden, Süden und Osten einen perfekten Halbkreis bildeten und fast schon bis zu den Fluten des Nils reichten.

»Akh-en-Aten ließ Grenzsäulen errichten, um die Ausmaße der Stadt festzulegen, und die Inschriften auf diesen Säulen besagten, dass alle Gebäude und Einwohner jener Stadt dem Gott Aton geweiht waren und von nun an unter seinem Schutz standen. Unter dem Schutz der Sonnenscheibe.« Bedeutungsvoll schaute Maurice Micklewhite in die Runde und betonte: »Im Schutze des Lichts.«

So entstand Achet-Aton, was Horizont des Aton bedeutet, der Mittelpunkt des Neuen Reiches. Eine prachtvolle Metropole mit Säulengängen, üppigen Gärten, bemalten Wegen und offenen Höfen.

»William Petrie, der die Ruinen der Stadt anno 1891 entdeckte, stellte sich wohl als Erster die Frage, die von da an Archäologen über Jahrzehnte hinweg beschäftigen sollte.«

»Warum«, erinnerte ich mich, »hat Akh-en-Aten die alten Götter abgeschafft?«

Weshalb wollte er Aton als alleinige Gottheit verehrt wissen?

Maurice Micklewhite nahm uns gegenüber Platz und beugte sich über den Tisch, wobei er eine Schriftrolle in die Hand nahm und sie vor unseren Nasen in der Luft schwenkte.

»Die Antwort darauf«, verkündete er, »fanden wir hier. In den Beni Amran-Papyri. Die, nebenbei bemerkt, eine Leihgabe des Lordkanzlers von Kensington sind.«

»Wurde Achet-Aton nach dem Tode Pharao Akh-en-Atens nicht von allen seinen Einwohnern verlassen?« Soweit ich mich entsann, war dies eines der großen Rätsel des Neuen Reiches.

»Du sagst es.« Maurice Micklewhite ging ganz in seiner Erzählung auf. »Das bewirtschaftete Land, das zur Stadt gehörte, konnte etwa fünfundvierzigtausend Menschen versorgen. Nur wenige dieser Menschen tauchten aber in Theben oder anderen Ortschaften auf, nachdem der neue Pharao, Akh-en-Atens Sohn, an die Macht gekommen war. Niemand wusste, wo all die Menschen abgeblieben waren.«

Erstaunt fragte Emily: »Sie sind einfach so verschwunden?«

»Ja.«

»Was also ist geschehen, Maurice?«, drängte ich ihn.

Denn manchmal musste man ihn drängen.

Maurice Micklewhite liebte und genoss seine eigenen dramatischen Pausen zu sehr.

Schon immer war das so gewesen.

»Es gab Gerüchte«, fuhr er also fort. »Gerüchte über einen Pakt, den Akh-en-Aten eingegangen war. Einen Pakt mit dem Gott Aton persönlich, damit dieser das Land vor einem Übel schützte, gegen das die Menschen machtlos gewesen wären, hätte es sich erst einmal in Theben niedergelassen.«

Das war immerhin eine Neuigkeit.

Bedeutsam.

Beunruhigend.

»Du meinst, dass Akh-en-Aten den Gott Aton persönlich gekannt hat?«

»Nein, nicht den Gott Aton«, verbesserte mich der Elf, und seine grünen Augen funkelten.

»Aton schickte einen Abgesandten. Davon berichten diese Papyri. Ja, du hast mich richtig verstanden, Mortimer. Der Gott Aton schickte einen Abgesandten, der vom Himmel fiel.« Er blickte in die Runde und sprach den Namen dann aus, als sei er eine Beschwörungsformel: »Ra.«

»Ra?«

Der widder- oder falkenköpfige Gott, dessen Haupt Sonnenscheibe und Kobra zugleich zieren?

»Der Gott Ra ist als Person am Hofe Akh-en-Atens erschienen?«

»Genau.«

War dies möglich?

»Denk nach, Mortimer«, forderte der Elf mich auf.

Die Scherben fügten sich zu einem Spiegel zusammen, in dessen Zentrum sich, sah man genau hin, die Silhouette Londons aus dem Nebel erhob.

»Du willst behaupten …« Ich wagte nicht, es in Worte zu fassen. Wenn dies den Tatsachen entsprach, dann würde es den Geschehnissen eine vollkommen neue Wendung geben. Der Gott mit dem Kopf eines Falken sollte am Hof des Pharaos erschienen sein? In der größten Metropole des damals mächtigsten Reiches?

»Ra«, sagte Maurice Micklewhite endlich, »war, legen wir dem Namen seine Bedeutung zugrunde, niemand anders als der Herr des Lichts.«

Ganz bleich wurde Emily, als sie verstand, auf wen der Elf da anspielte. »Der Lichtlord.« Ihre Worte waren nurmehr ein Flüstern.

Der Elf nickte. »Ja, der Lichtlord. Ich bin mir ziemlich sicher, dass Ra und der Lichtlord ein und dieselbe Person gewesen sind.« Der gefallene Engel Lucifer, der vor seinem Tode noch im Tower von London geherrscht hatte. »Die Papyri erzählen seine Geschichte«, sagte der Elf. »Eine Geschichte, in der von einer dunklen Stadt die Rede ist.« Der Name jener Stadt klang fremd in unseren Ohren, als Maurice Micklewhite ihn mit der Betonung der alten Sprache nannte: »Ghul-ti-sarra.«

Und die Geschichte begann, wie jede Geschichte beginnt.

Es war einmal …

… ein mächtiger Pharao namens Amen-Hetep der Dritte, der auf einem seiner Feldzüge gegen Unternubien von einer Stadt namens Rub-al-Chali gehört hatte, die von den Bewohnern des grünen Landes furchtsam als Ghul-ti-sarra bezeichnet wurde. Ein Ort der Ghule, wo die

Pforten zum Reich der Verdammnis weit offen stünden für jene, die einzutreten wagten. Amen-Hetep, der von diesem Feldzug seltsam bleich und kränklich nach Memphis zurückkehrte, verlor kein weiteres Wort über jenen Ort.

»Dann brach eine Seuche aus«, berichtete Maurice Micklewhite.

Einer Krankheit fielen die Menschen anheim, gegen die es kein Heilmittel gab. Die so schrecklich war, dass selbst die Götter keinen Rat mehr wussten.

»Des Pharaos Sohn, Akh-en-Aten, glaubte, dass sein Vater der Auslöser jener Krankheit gewesen sei.«

Wie ein Leichentuch legte sich die geheimnisvolle Seuche über die Stadt Memphis. Amen-Hetep starb, und sein Sohn beschuldigte die Götter, ihr Volk im Stich gelassen zu haben. Er vertrieb die alten Götter und betete zu Aton.

»Die Papyri berichten, dass Ra vom Himmel gefallen sei und den Ort, an dem Achet-Aton entstehen sollte, dazu auserkoren habe, die neue Metropole zu werden. In den Schriften wird sogar angedeutet, dass der Pharao nur der ausführende Arm Ras gewesen ist.«

Demnach wäre Ägypten vom Lichtlord regiert worden.

Konnte dies möglich sein?

Dass Lucifer persönlich die Pharaonen beeinflusst hatte?

»Und Ra hat das Reich geschützt.«

»Sagen die Papyri, wovor genau er das Reich geschützt hat?«

»Vor Ghul-ti-sarra«, gab Maurice Micklewhite zur Antwort. »Doch wird in den Schriften noch ein anderer Name genannt. Cara-ti-sarra. Wobei nicht klar wird, ob es sich dabei um eine Person oder einen Ort handelt.«

Cara-ti-sarra.

Carathis.

»Die Schriftzeichen lassen keine eindeutige Interpretation zu.« Mutter der Ghule? Stätte der Ghule? »Ob Person oder Ort, das Böse wird dort geboren und kommt in die Welt, um sie mit Krankheit und Elend zu überziehen. Eine ewige Nacht, die schlimmer als der Tod sein soll, wird mit diesen Schriftzeichen in Verbindung gebracht.«

Der Elf sah uns bedeutungsvoll an.

»Akh-en-Aten huldigte der Sonnenscheibe und paktierte mit Ra, dem Lichtlord.«

»Weil«, führte ich den Gedankengang fort, »das Licht die Schatten vertreibt.«

»Metaphorisch.«

»Und weil die Seuche, die jedermann fürchtete, vom Licht ausgerottet werden kann«, meldete sich Emily, die an Kiplings Geschichte erinnert wurde, zu Wort.

»Ganz genau«, bestätigte der Elf.

»Und somit hätten wir den Grund für die neue Religion gefunden?«

Er nickte.

»Akh-en-Aten wusste von Ghul-ti-sarra und der Bedrohung, die von Cara-ti-sarra ausging. Deshalb ging er einen Pakt mit dem Lichtlord ein. Weil er nur darin eine Möglichkeit sah, sein Reich zu schützen.«

Achet-Aton wurde zum Zentrum des Reiches.

Ra schützte das Land vor den Schatten.

»Doch die Menschen beteten nach wie vor zu den alten Gottheiten.« Heimlich, im Verborgenen, lebte die alte Religion fort, und hin und wieder sah man die alten Gottheiten, wie sie sich in der Wüste vor den Feuern der Ewigkeit versammelten und ihre Rückkehr planten.

»Akh-en-Aten, der sich in seiner goldenen Stadt von

dem Leben im Reich abschirmte, nahm die schönste Frau der damaligen Welt zur Gemahlin.«

Nefer-titi.

»Und die Unzufriedenheit im Volk wuchs.«

Hungersnöte und Missernten schrieben die Menschen Aton zu, der die Pflanzen auf den Feldern verbrennen ließ. Durch den die Flüsse austrockneten. Durch den die Wüste sich näher und näher an die Ortschaften heranschob. Der Sand war der Verbündete des Aton, und Ra flüsterte Lügen ins Ohr des Pharaos, der sich in Achet-Aton mit seiner schönen Frau vergnügte und keine Gedanken mehr verschwendete an die Nöte seines Volkes.

»Nach Akh-en-Atens Tod kam für kurze Zeit ein neuer Herrscher an die Macht, über den nicht viel bekannt ist. Es kann sein, dass Smenkh-ka-Re ein Sohn des Pharaos war, den er mit einer Nebenfrau namens Kiya gezeugt hatte, die, so mutmaßen manche Forscher, auch die Mutter des wohl berühmtesten Herrschers der 18. Dynastie war. Jenes Pharaos, der in Achet-Aton aufwuchs. Der die Geschichten um Ghul-ti-sarra gekannt haben muss. Dessen Grab Howard Carter im Spätsommer des Jahres 1922 entdeckte.«

Es war Aurora, die den Pharao benannte.

»Tut-ankh-Amen.«

Sie kannte seine Totenmaske, die als Leihgabe des Museums Kairo vier Stockwerke tiefer hinter einer Glasscheibe zu bewundern war.

»Sie sagen es. Tut-ankh-Amen, der ursprünglich den Namen Tut-ankh-Aton trug und nach der Machtübernahme seinen Namen änderte«, erklärte Maurice Micklewhite. »Tut-ankh-Aton, was lebendes Abbild des Aton bedeutet, wurde zu Tut-ankh-Amen, zum lebenden Bild Amuns.«

Vom Sonnenkult seines Vaters wollte sich der junge Pharao lossagen. Nichts als ketzerische Ansichten waren die Ideale seines Vaters für ihn. Zwar kannte er die Geschichten um jene dunkle Stadt, doch tat er sie ins Reich der Legenden ab. Mystische Geschichten, die ein alter Mann seinem Kind erzählt hatte, um es zu ängstigen.

»So wurde Achet-Aton verlassen, und Tut-ankh-Amen kehrte nach Memphis zurück, von wo aus er das Reich regierte. Theben wurde wieder zur wichtigsten religiösen Stätte im Neuen Reich, und die alten Götter kehrten aus der Einsamkeit der Wüste zurück in die Städte am Nil. Gewaltsam wurde Akh-en-Aten aus dem Reich entfernt. Namenskartuschen und Abbildungen, die ihn und Nefer-titi zeigten, wurden verunstaltet. Nichts blieb mehr von Akh-en-Aten, außer dem Ruf, ein Ketzer gewesen zu sein.

»Tut-ankh-Amen herrschte von da an«, sagte der Elf, »und hier endet die Geschichte.«

»Du sprachst von Menschen, die verschwunden sind.«

»Es gibt Andeutungen, nicht mehr. Wir können davon ausgehen, dass Achet-Aton eine Metropole von riesigen Ausmaßen war und dass nur wenige aus dem Volk ihrem neuen Pharao nach Memphis gefolgt sind. Doch bereits im zweiten Sommer der Herrschaft Pharao Tut-ankh-Amens war die Stadt vom Erdboden verschwunden. Der Wüstensand hatte sie vollständig veschlungen. Mit allem, was dort gewesen war.«

»William Petrie«, ergänzte Aurora, »hat keinerlei Knochen in den Ruinen von Achet-Aton gefunden. Nur verwaiste Grabstätten.«

Ein unangenehmes Schweigen breitete sich im Lesesaal aus.

Jeder der Anwesenden dachte an die Stadt der Schornsteine und das Schicksal, das ihr wohl bevorstehen würde. Das ihr bevorstehen könnte.

Hoch oben trommelte der Regen gegen die Kuppel.

»Du glaubst, dass Achet-Aton ausgelöscht worden ist von ...«

»Cara-ti-sarra.«

»Weil?«

»Ra das Land verlassen hat.«

Nachdem der Lichtlord nicht länger seine schützende Hand über die Stadt gehalten hatte, war dort etwas Furchtbares geschehen.

Der Gedanke, der sich aus dieser Geschichte ableiten ließ, war alles andere als beruhigend. »Du glaubst, dass London das gleiche Schicksal ereilen könnte?«

Maurice Micklewhite seufzte. Ausweichend antwortete er: »Dies sind die Ereignisse, die sich in Ägypten zugetragen haben.«

»Was geschah mit Tut-ankh-Amen und Ra?«

»Ra wurde vertrieben, heißt es. Das ist alles, was die Papyri berichten. Über die Regierungszeit Tut-ankh-Amens ist nur wenig bekannt. Jedoch taucht in den Papyri ein Name orientalischen Ursprungs auf. Al-Vathek.«

»Al-Vathek hat Kontakte zum ägyptischen Hof unterhalten?«

Maurice Micklewhite nickte. »Al-Vathek war ein Berater und Freund des Pharaos, und er hat in Memphis gelebt. Sein Vater Jessir al-Vathek war ein mächtiger Kaufmann und Abgesandter des Kassitenfürsten Burnaburiasch aus dem Zweistromland. Vermutlich hat Jessir al-Vathek sogar die Sonnenstadt Achet-Aton gekannt. Über sein Leben oder das seines Sohnes steht hier allerdings nicht mehr.« Maurice Micklewhite wandte sich von den Papyri ab. »Doch es gibt andere Quellen«, fuhr er augenblicklich fort, »deren man sich bedienen kann.« Er lächelte siegessicher. »Es gibt Hinweise auf al-Vathek in anderen Büchern.« Mit diesen Worten schob er einige der großen Folianten beiseite. »Da haben wir es«, murmelte er vor sich hin und klappte ein dickes, vergilbtes Buch auf.

»Römische Geschichte?« Die Frage konnte ich mir nicht verkneifen. »Dort bist du auf den Namen al-Vathek gestoßen?«

»Nein«, antwortete Maurice Micklewhite und deutete auf Aurora, die sich stolz in ihrem Stuhl aufrichtete. »Sie war es, die sich durch diesen Wälzer gequält und die interessanten Passagen entdeckt hat.« Er lächelte dem Mädchen aufmunternd zu. »Und deshalb wird auch sie diejenige sein, die uns davon berichtet.«

Damit übergab er das Wort an Aurora Fitzrovia.

»Eine ähnliche Geschichte wie die im alten Ägypten hat sich in Rom zugetragen«, begann das Mädchen, »unter einem verrückten Kaiser, der sich Elagabal nannte.«

Ein Name, der nicht unbekannt war.

Varius Avitus Bassianus.

Der bei seiner Thronbesteigung erst vierzehn Jahre alt war.

»Elagabal war ein schräger Vogel.« Aurora fand den Gedanken, dass Männer sich so verhalten konnten, wie Kaiser Elagabal es seinerzeit getan hatte, sichtlich amüsant und zugleich höchst befremdlich. »Bevorzugt kleidete er sich wie ein Mädchen, und ich glaube, er wäre auch gern eines gewesen.« Mit Goldfäden durchwirkte Tuniken habe er sich anfertigen lassen, reine Purpurgewänder und persische Mode mit Juwelenbesatz getragen. »Nicht zu vergessen die edelsteinbesetzten Schuhe.« Es war nicht verwunderlich, dass selbst die eigenen Landsleute das Verhalten ihres neuen Kaisers seltsam fanden. Er verkehrte in Bordellen und frönte ungeheuerlichen persönlichen Vorlieben. »Die hier nichts zur Sache tun«, bemerkte Aurora.

»Kommen Sie bitte auf den Punkt«, bat ich sie.

Emily warf mir einen tadelnden Blick zu.

»Elagabal hatte einen sehr engen Vertrauten. Al-Vathek war der Name dieses Edelmannes. Und er wusste von einer Stadt zu berichten, die sich anschickte, nach Rom zu kommen.«

Man mochte mir die Skepsis angesehen haben, denn Maurice Micklewhite schaltete sich ein. »Genau das war der Wortlaut. Die Stadt, die sich anschickt, nach Rom zu kommen.«

»Eine Stadt, die wandert?«

»Wenn wir den griechischen Begriff der Polis zugrunde legen, dann ist damit kein Ort gemeint, sondern eine Gemeinschaft.«

»Eine Gemeinschaft kranker Wiedergänger?«

»Vielleicht.«

Jetzt war es wieder Aurora, die sprach: »Es war jedenfalls jener al-Vathek, der Elagabal dazu bewogen hat, den Sonnenkult ins Leben zu rufen.«

Es gibt keine Zufälle, dachte ich nur, verkniff es mir aber, die anderen erneut mit dieser Weisheit zu behelligen.

»Am Stadtrand von Rom ließ Elagabal einen orientalischen Sonnentempel errichten. Elagabal war der Oberpriester der neuen Religion.«

Sacerdos dei solis Elagabali.

Das war der Name, den der Kaiser selbst auf Münzen prägen ließ.

Priester des Sonnengottes.

»Er brachte Blutopfer dar«, fuhr Aurora fort, »um den Sonnengott gnädig zu stimmen, doch vermuteten seine Landsleute, dass er statt des Sonnengottes einer dunklen Göttin huldigte, da der Sonnengott ihn nicht erhört hatte.«

Emily flüsterte: »Carathis.«

»Im Grunde genommen«, meinte Maurice Micklewhite, »haben wir es hier mit der gleichen Entwicklung wie im alten Ägypten zu tun. Die alten Götter werden verjagt, und ein Sonnenkult entsteht, der hier jedoch in die Anbetung der dunklen Göttin übergeht. Die Übereinstimmung ist nicht zu leugnen. Mysteriös bleibt, warum der Name al-Vathek in den Papyri der 18. Dynastie auftaucht und ebenso in Berichten über die römische Politik anno 218. Und lasst mich noch einen Schritt weitergehen.«

»Denn wir haben noch eine Quelle gefunden«, entfuhr es Aurora, die ganz aufgeregt war ob all dieser Entdeckungen.

»Elagabal war besessen von allem Orientalischen«, sagte Maurice Micklewhite. »Er war zügellos in seinem Privatleben und neigte dazu, die prächtigsten Tempelanlagen bauen zu lassen.« Der Elf sprang auf und begann wieder unruhig zwischen den Tischreihen umherzulaufen. »Es gab auch in unserem Land jemanden, auf den diese Beschreibungen zutreffen.«

»Du machst es spannend«, bemerkte ich.

»Einst war er der wohlhabendste Mann im englischen Königreich«, erklärte Maurice Micklewhite, »und er war besessen von der Idee, ein Kalif zu sein. Er verwirklichte seinen arabischen Traum und baute Paläste wie jene aus

Tausendundeiner Nacht. In Mittelengland. Im achtzehnten Jahrhundert.«

»William Beckford«, nannte uns Aurora den Namen des Mannes. »Er hat ein Buch geschrieben. Eine überaus orientalische Schauergeschichte mit dem Titel *Vathek*. Eines der geächteten Bücher, die den Verbrennungen zum Opfer gefallen sind.«

Ein Moment des Schweigens erfüllte den altehrwürdigen Lesesaal.

»Du glaubst«, sprach Emily die Vermutung schließlich aus, »dass William Beckford und Elagabal die gleiche Person gewesen sind?«

Maurice Micklewhite war sich ganz sicher: »Ja.«

»Aber das würde bedeuten, dass Elagabal ein Wiedergänger gewesen ist.«

»Ein Wiedergänger, der durch al-Vathek zu dem gemacht worden ist, was er heute immer noch ist«, sagte Maurice Micklewhite. »Angeblich benutzte Beckford die Beschreibung des Kalifen, die sich auch in den römischen Dokumenten findet. Außerdem sehen sich Beckford und Elagaban, sofern man dies anhand der Gemälde und römischen Münzen erkennen kann, alles andere als unähnlich.«

»Gibt es noch Exemplare von *Vathek*?«, wollte ich wissen.

»Nein«, antwortete Aurora.

Und Maurice Micklewhite fügte hinzu: »Auf den verbotenen Märkten vielleicht. Doch haben wir keines zur Hand, um uns vom Wahrheitsgehalt der Fachbücher, die wir zurate gezogen haben, zu überzeugen.«

Wirklich viele Schlussfolgerungen für einen verregneten Wintertag.

»Die alles entscheidende Frage aber ist doch«, gab ich zu bedenken, »was uns dieses neue Wissen bringt. Was genau haben diese Dinge mit dem zu tun, was sich gerade in London zuträgt?«

»Wenn al-Vathek den römischen Kaiser zum Wiedergänger gemacht hat, dann könnte es doch sein, dass er Wesen wie die Vinshati zeugt.«

»Und nicht Carathis?«

»Wer weiß?«

»Vielleicht sind beide gemeinsam nach London gekommen«, gab Emily zu bedenken. Carathis und al-Vathek, wäre dies möglich? Hatte der Shah-Saz nicht gesagt, die beiden gehörten zusammen und zögen seit Jahrtausenden durch die Welt und verbreiteten das Übel, das nun auch die uralte Metropole befallen hatte? »Elagabal hat damals, wie du sagtest, eine dunkle Göttin angebetet, und al-Vathek hat den römischen Kaiser gekannt. Alle drei haben sich also in Rom aufgehalten.«

»Aber aus welchem Grund sollten sie nach London gekommen sein?«, dachte Aurora laut.

Um Engel zu töten?

Sich zu vermehren?

Über uns prasselte der ständige Regen auf die Kuppel hernieder, und sofern er die Antworten wusste, flüsterte er sie so leise in die Nacht, dass niemand von uns Sterblichen sie jemals hätte vernehmen können. Wir blieben ratlos zurück in der riesigen Einsamkeit des Lesesaales, und die Beunruhigung in unser aller Herzen wuchs ins Unermessliche.

»Welche Rolle«, fragte Emily schließlich, »spielt der Lichtlord bei alledem?«

Lucifer.

Master Lycidas.

Dessen Häscher Black Friars geworden waren.

Maurice Micklewhite gab die Antwort: »Der Lichtlord ist tot.«

Emily aber erinnerte sich an die Worte des Engels, die aktueller denn je waren. Denn wenn nichts für immer stirbt, dann stand uns Übles bevor.

Oder etwa nicht?

KAPITEL 9

AUF DEN FLÜGELN DER NACHT

Wenn Emily das Gefühl beschlich, ihre Welt gerate aus den Fugen, dann suchte sie die Nähe ihrer Schwester und sprach mit ihr. Nicht in Worten, nein. Emily sprach zu ihrer Schwester in Bildern und Gefühlen.

Des Nachts.

Wenn Mara träumte.

Denn Mara Manderley war Emilys Schwester.

Eine richtige Schwester, die sogar langsam Emilys Gesichtszüge bekam, die, das wusste Emily nunmehr, erahnen ließen, wie ihrer beider Vater wohl ausgesehen haben mochte.

Denn Richard Swiveller war beider Mädchen Vater und hatte Mia Manderley geliebt. Selbst nachdem Mia zur Ehe mit dem Erben Mushroom Manors gezwungen worden war, hatten die beiden sich heimlich getroffen. Doch als erneut Leben heranwuchs im Bauch Mia Manderleys, die den Familiennamen ihres Mannes wie ein schmutziges Kleidungsstück trug, da hatten alle geglaubt, dass Martin Mushroom der Vater sei. Und Mia hatte die Welt in dem

Glauben gelassen, dass sie Mushroom Manor eine Erbin geboren habe.

Das jedenfalls war die Geschichte, an die Emily von ganzem Herzen glaubte und die sie auch ihrer Schwester erzählt hatte. Die Liebe ihrer Eltern war eine romantische Liebe gewesen, gegen alle Widerstände der mächtigen Häuser. Und Emily und Mara waren Kinder der Liebe. Ja, nur so konnte es gewesen sein. Nur dieser Gedanke hatte etwas Tröstliches für die Kinder.

»Wir müssen sie fortschaffen aus der Stadt der Schornsteine«, hatte ich vor dreieinhalb Jahren gefordert. »Manderley Manor fällt dem Irrsinn anheim, und es wäre fatal, die Kleine noch länger hier zu lassen.«

Maurice Micklewhite war gleicher Meinung gewesen.

Und Emily hatte sich schweren Herzens von ihrer Schwester, deren neuer Aufenthaltsort geheim bleiben musste, getrennt. Denn Mara Manderley war die offizielle Erbin Manderley Manors und als solche das Ziel weit reichender Intrigen, die überall in der Stadt gesponnen wurden.

»Nach Llandudno hat man sie gebracht«, hatte Emily ihrer Freundin Aurora gestanden. »Miss Anderson hat sich ihrer angenommen. Das hat Wittgenstein gesagt.« Ein langjähriger Vertrauter lebte in dem kleinen Ort in Cornwall. Charles Dodgson, der um die Geheimnisse der uralten Metropole und der Hölle gleichermaßen Bescheid wusste und – das ist wohl das allerwichtigste – der Kinder mochte.

»Wirst du sie wiedersehen?«

»Irgendwann.«

»Hat das auch Wittgenstein gesagt?«

»Ja.«

Emily wusste, dass Mara fernab von London am sichersten war.

Und sie wusste, dass Miss Anderson, die einstige Haushaltsvorsteherin von Manderley Manor, das Kind von Herzen gern hatte und sich auch früher schon fürsorglich um die Kleine gekümmert hatte.

»Trotzdem«, sagte Emily oft, »vermisse ich sie.«

Wenn Emily allein in ihrer Dachkammer war und die eisigen Herbstwinde an den klapprigen Fensterläden zerrten, dann schickte sie ihre Gedanken auf Reisen. Meist saß Emily vor dem Fenster und schaute den Regentropfen zu, wie sie winzigen Perlen gleich ihre Rinnsale zogen. Dann schickte Emily ihre Gedanken nach draußen, ließ sie von den Winden tragen, und ihre Gefühle flogen auf den Flügeln der Nacht hinaus nach Cornwall, wo die Wellen sich an den scharfen Klippen brechen und die Luft immerzu nach der salzigen Gischt des Ozeans riecht. Wo ein kleines Mädchen auf einem Landsitz in seinem Bettchen lag und in ihren Träumen Besuch von ihrer großen Schwester erhielt.

»Eigentlich sind wir beide Waisenmädchen«, sagte Emily oft.

Denn genau das waren sie.

Immer noch.

Würden es immerzu sein.

Irgendwie.

Denn bereits vor Jahren schon war Mia Manderley nach Moorgate Asylum eingewiesen worden. Die Wahnvorstellungen, die schon so lange Besitz von der jungen Frau ergriffen hatten, wurden schlimmer und machten eine weitere Pflege in den Mauern des großen Anwesens unmöglich. Nachdem Martin Mushroom davon erfahren hatte, dass Mara nicht seine leibliche Tochter war, hatte er die Ehe augenblicklich gelöst, und Mia war krank an Körper und Seele in ihr Elternhaus am Regent's Park zurückgekehrt.

Blieb noch Mylady Eleonore Manderley.

Emilys Großmutter.

Eine herrische alte Frau war sie, verbittert und egozentrisch, die es nach jener Macht dürstete, die das Haus vom Regent's Park einmal besessen hatte und niemals wieder erlangen würde.

»Kein Kind«, hatte selbst ich damals erkannt, »sollte dort aufwachsen müssen.«

»Dann bringt sie fort«, hatte Peggotty vorgeschlagen.

»Bitte!« Emily wusste am besten von uns allen, welch düsterer Ort Manderley Manor war. Ein Ort, an dem kein Kind glücklich werden würde. »Wir müssen rasch handeln.« Emily hatte es gespürt.

Die zahnschwitzende Furcht, die Mara gelähmt hatte.

Jener Knoten aus Angst und Würgen.

Die alles in sich vereinnahmende Furcht vor der wahnsinnigen Mutter, die man in der Dachkammer eingesperrt gehalten hatte wie ein wildes Tier und deren tobsüchtige Schreie verzweifelt und kreischend ihren Widerhall in den langen Korridoren gefunden hatten.

Emily hatte bereits damals den Kontakt zu Mara gesucht, und in Bildern und Gefühlen hatten sie miteinander gesprochen, ohne sich dabei in die Augen blicken zu können.

Denn es war ihnen verboten gewesen, einander zu sehen.

Mylady Manderley, die eigentlich Emilys Großmutter war, hatte sich hartnäckig geweigert, mit dem rothaarigen Waisenmädchen, das ein Kind des ihr so verhassten Richard Swiveller war, zu sprechen. Als sie es dann doch getan hatte, war Emily ganz kalt ums Herz geworden, so abweisend und herablassend war ihr die eigene Großmutter entgegengetreten.

»Niemals«, hatte sich Emily Laing damals geschworen, »wird dies meine Familie sein.« Ein Blick auf den abgenutzten Stoffbären, der einen Ehrenplatz in ihrem Zimmer einnahm, bestärkte sie allzeit darin, dass dies die richtige Einstellung gewesen war.

»Du hast eine neue Familie gefunden«, hatte Eliza Holland ihr einmal gesagt. »Deine eigene Familie. In Marylebone. Und Aurora Fitzrovia hat ihre Familie in Hampstead Heath um sich.« Die Quilps. Denn das war es, was zählte. »Die Blutlinie«, wurde Eliza nimmer müde zu betonen, »zählt nichts.«

Familie, das ist etwas anderes.

Etwas, das tiefer als Freundschaft und heller als Licht ist.

Wenn Peggotty Emily tadelnd auf den Zustand ihrer Schultasche hinwies, was, das sei hier angemerkt, zum allmorgendlichen Ritual der beiden gehörte, dann fühlte Emily in den lautstarken Beschimpfungen der Köchin und Haushälterin mehr Zuneigung, als sie es jemals bei ihrer Großmutter verspürt hatte.

Die Vorladungen bei Miss Monflathers, denen ich regelmäßig Folge leistete, gar nicht zu erwähnen.

»Dort gehöre ich hin«, sagte Emily oft und meinte damit wohl gleichermaßen Marylebone und London und die Menschen, die das Leben mit ihr teilten.

Und wenn man sie auf die Unordnung, die sich ihrer Dachkammer und der Lernmaterialien gleichermaßen bemächtigt hatte wie die Pestilenz des 17. Jahrhunderts der

Stadt der Schornsteine, da pflegte sie nurmehr zur Antwort zu geben: »Das bin nun einmal ich.«

Aurora gegenüber hatte sie sogar die Vermutung geäußert, dass dieser Hang zur Unordentlichkeit das Erbe ihres Vaters sein mochte.

»Richard Swiveller war Musiker. Und Künstler sind meistens keine Ordnungsfanatiker.«

Das jedenfalls war die Welt, wie Emily Laing sie sah.

Und die sie auch ihrer kleinen Schwester mitzuteilen pflegte.

Wie in jenen Nächten saß Emily auch in dieser Nacht unter dem Fenster, beobachtete die Wolken, die eine dichte Decke am Firmament gebildet hatten, und vertraute die Gefühle und Erinnerungen, die tief in ihr drinnen schlummerten, den Flügeln der Nacht an, die sie nach Cornwall in das große Landhaus mit dem Kaninchenloch in der Wiese dahinter trugen, das ihre Schwester nun ihr Heim nannte. Bilder vom verregneten London waren es, von exotischen Orten tief unter der Erde, die Mara mit den Geschichten aus Tausendundeiner Nacht in Verbindung bringen würde, die Miss Anderson ihr manchmal vor dem Einschlafen vorlas. Die Gesichter der beiden Black Friars, Bruder Nook und Bruder Nubbles, die Mara von früher kannte, als die beiden noch andere Namen getragen und einem anderen Herrn gedient hatten. Bilder von den Gängen der Whitehall Schule. Marylebone. Aurora und Eliza Holland. Von dem hübschen Sitar-Spieler unten in Brick Lane Market, der Emily nachgeschaut hatte. Farben entstanden aus den Emotionen, die ineinander flossen wie die Rinnsale auf dem Fenster. Farben, die Mara verstehen konnte. Die sie schmecken und fühlen konnte und die ihr zum Teil Tränen in die Augen trieben, weil sie die Angst spürte, die sich wie ein Knoten um das Herz ihrer großen Schwester gelegt hatte.

»Em'ly«, flüstert Mara schließlich.

Und sie schickte ihrer Schwester Bilder, die einfach nur schön waren und ohne den dunklen Schatten eines Knotens. Steilklippen, die hinter dem Landhaus aufragen und denen sie sich nicht nähern darf. Sonnenstrahlen, die sich in den Wellen brechen. Charles Dodgson, der eine Pfeife raucht und ihr das Kaninchenloch in der Wiese zeigt und die Geschichte erzählt, die der Emilys so ähnlich ist. Miss Anderson, die im Hauseingang steht und einen Teller mit Leckereien in den Händen hält.

»Em'ly.«

Es gibt da ein Bild, das Mara ihr immer dann schickt, wenn sie ihre große Schwester aufmuntern will. Und es ist diese Erinnerung, die Emily jedes Mal zu Tränen rührt. Weil es ihr erlaubt, sich so zu sehen, wie ihre kleine Schwester es damals getan hat. Im Schlafsaal der Neuzugänge, wo Mara in dem Bettchen gelegen und gar nicht gewusst hatte, wer das ältere Mädchen war, das sie besorgt betrachtete. Ganz geborgen hatte Mara sich gefühlt und keine Angst mehr verspürt.

Denn das ältere Mädchen gehörte zu ihr.

Ganz sicher war sich Mara damals gewesen.

Einfach so.

Als sich ihr bleiches Gesicht im Glasauge ihrer Schwester gespiegelt hatte, da hatte sie gefühlt, was nur Schwestern füreinander empfinden können.

Und diese Gefühle waren es, die Mara ihrer Schwester auch in dieser Nacht zum Geschenk machte. Die Emily aufmunterten und sie daran glauben ließen, dass, was immer auch geschehen mochte, alles wieder gut werden würde.

Während Emily in Gedanken nach Cornwall reiste und ihrer Schwester einen Besuch abstattete, schlief Aurora auf Emilys Matratze in Marylebone bereits tief und fest. Als Emily jedoch zurückkehrte von der felsigen Küste, die nun ihrer Schwester Zuhause war, da bemerkte sie, wie unruhig sich Aurora im Schlaf herumwälzte. Unverständliche Worte murmelte sie, und als Emily zu ihr unter die Decke kroch, da klammerte sie sich an ihre Freundin, als habe sie schreckliche Angst davor, von den wankelmütigen Flügeln der Nacht hinfortgetragen zu werden an einen Ort, an dem sie allein sein würde. Beruhigend sprach Emily daher auf sie ein und strich ihr übers Haar, bis die Albträume schwanden und Aurora ruhiger schlief.

»Du hast geweint«, sagte Emily ihrer Freundin am Morgen. »Im Schlaf.«

Aurora nickte trübselig.

»Ich habe geträumt.«

»Albträume?«

»Seltsame Träume.«

Dann verschwand Aurora überaus schnell im Bad, und erst am Frühstückstisch konnte Emily das begonnene Gespräch fortsetzen.

»Willst du es mir erzählen?« fragte sie ihre Freundin.

Aurora saß da wie ein Schatten ihrer selbst. Ganz still. In sich gekehrt.

»Da war eine Stadt. In der Wüste.«

»Ghulchissar?«

»Ich weiß es nicht.«

»Und?«

»Eine wunderschöne afrikanische Frau.«

»Carathis?«

Aurora sagte entschlossen: »Nein, nicht Carathis. Nun

ja, ich weiß natürlich nicht, wer sie gewesen ist. Wunderschön war sie. So viel ist sicher. Und Carathis stelle ich mir irgendwie anders vor.« Dann lächelte sie. Zu zögerlich, um die Verwirrung verstecken zu können.

Nachdem sie den ganzen vergangenen Tag mit Recherchen im Museum verbracht hatte, wäre es wohl kaum verwunderlich gewesen, wenn Aurora von diesen düsteren Gedanken heimgesucht worden wäre.

»Das Gesicht der Frau«, fuhr Aurora fort, »hat irgendwie ausgesehen wie mein eigenes. Nein, das ist nicht richtig. Es hat schon ganz anders ausgesehen, aber irgendwie habe ich mich mit diesem Gesicht verbunden gefühlt.« Ratlos fixierten Auroras dunkle Augen den Toast, der erkaltend vor ihr auf dem Teller lag. »Ich bin mir sicher gewesen wie niemals zuvor, Emmy. Ich habe gespürt, dass die geheimnisvolle Frau meine Mutter ist.«

»Es war nur ein Traum«, sagte Emily.

»Träume«, murmelte Aurora, »sind selten nur Träume.«

Emily erwiderte nichts darauf.

Aurora Fitzrovia, das wusste sie, war seit Jahren verzweifelt auf der Suche nach ihren Wurzeln. Nach einer Geschichte, die ihr erklären würde, wer das dunkelhäutige Baby in die Mülltüte eingewickelt und an jenem verregneten Herbsttag, der Ewigkeiten zurückliegen mochte, vor dem Briefkasten im Stadtteil Fitzrovia ausgesetzt hatte.

»Diese wirren Träume«, sagte Aurora leise, »kehren immer wieder. Seit Wochen schon.« Sie schwieg einen Moment lang und sah zum Fenster hinaus. Dann sprach sie aus, was ihr Angst bereitete: »Seit die Menschen in London verschwinden.« Die Bedeutung dieser Worte ließ das Morgengrauen in einem neuen Licht erscheinen. »Was soll ich nur davon halten, Emmy?«

»Es sind Träume«, sagte Emily nur.

»Ich kann die Ratten verstehen, Emmy!«

Eine Feststellung, über die sich die Mädchen schon oft unterhalten hatten.

Die alles auf den Punkt brachte, was sich Aurora an ihrer eigenen Existenz nicht erklären konnte. Die alle Fragen, die sich das Mädchen bezüglich seiner Herkunft jemals gestellt hatte, in sich vereinte.

Denn Aurora Fitzrovia versteht die Rattensprache.

Viele Bewohner der uralten Metropole haben keine Probleme damit, die Nager zu verstehen. Doch war Aurora Fitzrovia nicht ein einfaches Menschenmädchen? Hatte sie nicht während der ersten Monate, die sie in der uralten Metropole verbracht hatte, keinen der Nager verstehen können? Hatte Mylady Hampsteads Piepsen nicht erst mit der Zeit einen Sinn für sie ergeben?

»Wer bin ich?«, fragte Aurora ihre Freundin erneut.

Die Antwort, die Emily ihr gab, war die nahe liegendste.

»Du bist Aurora Fitzrovia. Du bist meine Freundin. Und du bist gerade beim Frühstück.«

Aurora lächelte traurig und wurde sogleich wieder ernst. »Vielleicht«, mutmaßte sie, »bin ich ebenso wie du ein Wechselbalg.«

Die Mädchen schwiegen.

Woran Aurora dachte, war für Emily unschwer zu erraten. Irgendwo in der Vergangenheit des Mädchens gab es die Antwort auf diese Frage. Eine Erklärung für alles, was sich Aurora bisher nicht zu erklären vermochte. Die ihr endlich sagen würde, wer sie wirklich war.

Plötzlich öffnete sich die Tür.

Manche Dinge, dachte Emily in diesem Augenblick, kündigen sich an und manche nicht.

»Emily!«

Peggotty kam mit roten Wangen und wehender Kittelschürze in die Küche gestürmt. Ganz außer Atem. Aufgeregt, wie die Mädchen sie selten gesehen hatten.

»Was ist passiert?«

»Ihre Mutter, Miss Emily«, brachte Peggotty, die eine Reihe von Treppen hinaufgelaufen war, unter Keuchen hervor, »ist verschwunden.« Sie schnaufte laut. »Die Gitterstäbe vor ihrem Fenster hat man verbogen vorgefunden.«

Das, dachte Emily, ist es also, was der neue Tag für mich bereithält. Doch als Aurora ihre Hand ergriff, da wusste sie auch, dass sie nichts von alledem allein durchstehen müsste. Dass Aurora Fitzrovia sie natürlich begleiten würde.

Hinaus in die Stadt der Schornsteine.

In den Regen.

Dorthin, wo irrsinnstrunkene Schreie durch gekachelte Korridore und Treppenhäuser hallen.

Wo bis vor wenigen Stunden Mia Manderley in einer kleinen Zelle ihr armseliges Leben gefristet hatte.

Hinab zum Mund des Wahnsinns.

Kapitel 10

Moorgate Asylum

Die Mädchen wollten den Ort, den die Bewohner von Moorgate abschätzig und zugleich respektvoll Mouth of Madness nennen, mittels der Bakerloo Line erreichen, die sie in Farrington zu verlassen gedachten, um von dort aus in die uralte Metropole hinabzusteigen.

»Master Wittgenstein ist bereits früh am Morgen aus dem Haus gegangen, weil er Termine am Whitehall College wahrnehmen musste«, hatte Peggotty den beiden mitgeteilt und sich gar nicht erfreut darüber gezeigt, dass sich die Mädchen auf eigene Faust ins Irrenhaus von Moorgate zu begeben gedachten. »Ihr beiden solltet warten, bis Master Wittgenstein wieder zurückgekehrt ist oder wenigstens Master Micklewhite um Beistand bitten.«

»Wir müssen aber sofort aufbrechen«, hatte Emily betont, und Aurora hatte umgehend versucht, ihren Mentor telefonisch zu erreichen, doch vergeblich. »Keine Ahnung, wo er steckt.«

Also hatte Emily sich ihren bodenlangen Mantel, den sie so sehr liebte, und eine Mütze übergezogen, und Aurora war in ihre braune Lederjacke geschlüpft, die

Maurice Micklewhite für sie in einem Secondhandladen für Militärklamotten in Notting Hill erstanden hatte. Eine Unruhe hatte Besitz von ihnen ergriffen, deren sie nur Herr werden konnten, indem sie handelten.

Denn Dr. Dariusz höchstpersönlich hatte angerufen. Der Leiter von Moorgate Aylum.

Was in jeder Hinsicht merkwürdig war.

»Er glaubt, dass sie entführt wurde«, hatte Peggotty den Mädchen eröffnet und ihnen geschildert, dass die Pfleger Schreie gehört und dann eine Zelle vorgefunden hatten, die leer gewesen war, abgesehen von dem zerstörten dürftigen Inventar, das den Boden bedeckt hatte.

Also waren die Freundinnen direkt aufgebrochen.

Als sie sich nun durch das dichte Gedränge des Berufsverkehrs von den vor Nässe triefenden Menschenmassen auf eine der vielen Rolltreppen zuschieben ließen, musste Emily an ihre regelmäßigen Besuche bei ihrer Mutter denken.

Sie entsann sich des hölzernen Schemels, auf dem zu sitzen ihr für die Dauer der einen Stunde erlaubt gewesen war, während der sie jeweils durch den schmalen Schlitz in der metallenen Zellentür gelugt hatte. Niemals würde sie jene Momente aus ihrem Gedächtnis verdrängen können. Immerfort würden die Bilder von dem weiß gekachelten Raum sie verfolgen, in dem eine Frau, die nichts als ein Nachthemd trug, ihren ausgezehrten Körper im Takt einer stummen Musik wiegte, den Kopf zwischen den Knien, die Kopfhaut unter dem kurz geschorenen Haar an manchen Stellen von blutigem Schorf bedeckt.

Emily erinnerte sich der gutturalen Laute, die ihre Mutter immer dann ausstieß, wenn sie sich beobachtet fühlte. Des Gerassels der Ketten, wenn sie sich zu befreien versuchte. Der Handfesseln, die ihr die Gelenke aufscheuerten, wenn sie tobsüchtig daran zog. Einem Tier war Mia Manderley zuletzt ähnlicher gewesen als einem Menschen, und was sie zu dem, was sie momentan war, gemacht hatte, konnte Emily nurmehr vermuten.

»Warum tust du dir das an?«, hatte Aurora einmal gefragt.

»Sie ist meine Mutter«, war Emilys Antwort auf diese Frage gewesen.

Wenn Mia Manderley ruhig dagesessen und Melodien gesummt hatte, dann hatte sich Emily jedes Mal gefragt, wie sie wohl früher gewesen war. Wie das ungestüme junge Mädchen ausgesehen haben mochte, das sich in Richard Swiveller, den Musiker, verliebt hatte.

Wie viel von dieser jungen Frau, die einst hübsch und glücklich gewesen sein musste, steckte in ihr selbst, in Emily Laing? Wie viel von dem Kummer, den Mia einst erlitten hatte, würde ihre Tochter ertragen können, bevor die Verzweiflung sie übermannte?

»Bin ich meiner Mutter ähnlich?«

Das war die alles entscheidene Frage.

In der Dachkammer ihres Zuhauses, wenn Emily mit angewinkelten Beinen auf der Matratze saß und ihr Kopf auf den Knien ruhte oder wenn sie zu den Schattenspielen an der Decke hinaufschaute und den Stoffbären in ihren Armen hielt, dann flüsterte sie manchmal ihre Frage in die Dunkelheit, in der nur die Heizung leise Geräusche von sich gab. Die Frage, die sich ein jedes Waisenkind stellt. Die Frage, die auch Aurora nach den Träumen der vergangenen Nacht gestellt hatte.

Und auch jetzt, tief unter London, beschäftigte sie sich insgeheim mit dieser Frage. Und Aurora, das merkte man ihr an, tat es ihr gleich. Bis sie in Farrington aus der U-Bahn ausstiegen.

Farrington war ein schmutziger Ort.

Den Emily nicht mochte.

Zu viele Menschen drängelten hier unten durch die röhrenförmigen Gänge. Die Linien Hammersmith und Circle treffen hier auf die Bakerloo Line, und die Benutzer aller drei Linien vermischen sich mit den Thameslink-Fahrgästen, und jeder verschafft sich Freiraum in dem Gedränge mittels Ellbogen, Aktenkoffer oder breiten Schultern. Die ganze Unbarmherzigkeit der Welt wird hier unten offenbar, wenn man sich erst in den Sog des Berufsverkehrs begeben hat.

Emily fühlte sich nicht wohl in dieser Gegend.

Es waren die vielen Menschen, die ihr die Luft zu nehmen schienen. Deren abfällige und neugierige Blicke sie auf ihrem Gesicht spürte. Auf dem Mondsteinauge, das hin und wieder hinter der Strähne ihres roten Haars hervorlugte und ihre Andersartigkeit den gewöhnlichen Menschen preisgab, die danach gierten, etwas Abartiges zu erblicken.

Die Tunnelröhre mit den Wänden aus glattem Beton, der in Bodennähe an vielen Stellen feucht war vom Urin der Obdachlosen, vollführte einen Knick und endete erneut vor einer langen Rolltreppe, die die Mädchen in die nächsttiefere Ebene brachte.

Weihnachten, hatte Emily gedacht, bevor sie in die U-Bahn hinabgestiegen war, sollte Schnee liegen.

Der starke Regen, der London nun bereits seit Wochen heimsuchte, bedrückte ihr Gemüt und das Auroras gleichermaßen. Die Nässe war allgegenwärtig. Schöne Gedanken wollten einfach keine mehr aufkommen. Alles wurde von den Fluten, die sich aus der grauen Wolkendecke ergossen, die London wie ein Leichentuch abdeckte, hinweggeschwemmt.

Die Welt war grau geworden.

Düster.

Voll gedämpfter Töne.

Nicht einmal die Engel sangen mehr am Oxford Circus.

Emily seufzte.

Sie war froh, Aurora neben sich zu wissen.

»Glaubst du, Bruder Nubbles und Bruder Nook haben etwas mit der Entführung zu tun?«, fragte Aurora plötzlich.

»Ich weiß es nicht.«

Doch waren Bruder Nubbles und Bruder Nook nicht immer genau dort gewesen, wo sie hatten sein wollen?

»Die beiden sind schon damals Entführer gewesen«, gab Aurora zu bedenken, »weshalb sollten sie heute nicht wieder ihrem alten Geschäft nachgehen?«

Jeder tut das, was er am besten kann.

»Angeblich haben sie einen neuen Herrn.«

Doch wer mochte dies sein?

Master Lycidas weilte nicht mehr in London.

Und Mylady Lilith war zu Asche zerfallen.

Der Lordkanzler von Kensington hielt sich seit Jahren bedeckt.

»Vielleicht dienen die beiden Carathis.«

»Oder al-Vathek.«

»Aber warum sollte al-Vathek meine Mutter entführen lassen?«

Darauf hatte Aurora keine Antwort parat.

»Warum«, murmelte Emily, »sollte Carathis sich ausgerechnet für uns beide interessieren?«

Konnte es sein, dass die Ereignisse, die sich vor Jahren

zugetragen hatten in der Stadt der Schornsteine und in deren Mittelpunkt die beiden Waisenmädchen gestanden hatten, nunmehr eine Wiederholung erlebten? Dass Carathis, al-Vathek und die Vinshati nur in London weilten, weil der Verlauf der Dinge damals so gewesen war und nicht anders?

Was würde das bedeuten?

Erneut musste Emily an ihre Mutter denken.

An den Wintertag, als sie ihr zum ersten Mal gegenübergestanden hatte. In der Dachkammer Manderley Manors, wo die alte Mylady Eleonore Manderley, Emilys Großmutter, ihre Tochter wie ein wildes Tier gehalten hatte, angekettet an die karge Wand, in einem Raum, dessen Boden übersät war mit zerrissenen Zeitungen, aus denen sich Mia eine Art Nest gebaut hatte.

Konnte dieses Verhalten etwas mit den Vinshati zu tun haben?

Emily erinnerte sich an die Szene, die Rudyard Kipling beschrieben hatte. Als Peachey Carnehan und Daniel Dravot hoch oben in den Bergen Kafiristans auf die Vinshati getroffen waren, die sich in dem verlassenen Bergdorf versteckt gehalten hatten.

Allein der Gedanke daran ließ sie erschaudern.

Sie dachte an die Vinshati, die den Engel angefallen hatten. An die Schemen von Waterstone Junction. An Adelphi Arches und die verwaisten Gräber von Achet-Aton.

Nein, dies war nicht die Krankheit, an der Mia Manderley litt.

Und doch …

Konnte Emily sich da so sicher sein?

»Woran denkst du?«, fragte Aurora.

Sie hatten jetzt den Bahnsteig mit der schmalen rostigen Tür erreicht, die zu einem der Versorgungstunnel führte. Jemand hatte mit bunter Graffitifarbe das RAF-Emblem darauf gesprüht.

»An alles«, gab Emily zur Antwort.

Denn das war es, woran sie dachte.

Ungeordnet und wirr stürmten all diese Gedanken auf sie ein.

»Lass uns gehen«, schlug sie vor und klopfte gegen die Eisentür.

Keiner der Wartenden in ihrer Nähe schenkte den beiden Mädchen Beachtung, als sie in den Versorgungstunnel, dessen Pforte sich metallisch knirschend geöffnet hatte, eintraten.

Das, dachte Emily, ist London und betrat die uralte Metropole.

»Sei'n Se gegrüßt.«

Der Gatekeeper von Farrington, dessen Stimme so rostig war wie die Pforte, als deren Wächter er hier unten lebte, war ein alter, blinder Mann, der die abgenutzte Uniform eines Royal-Air-Force-Piloten trug, samt Fliegermütze und Brille, deren Gläser so schmutzig waren, dass der Mann, wäre er nicht erblinded gewesen, auch nichts hätte sehen können. Schnüffelnd nahm der Gatekeeper die nahenden Mädchen zur Kenntnis.

»Wohin, kleine Ladys, soll's 'n gehn?« Ein nahezu zahnloser Mund verzog sich zu einer Grimasse, die ein Lächeln sein sollte.

»Nach Moorgate«, sagte Emily mit fester Stimme.

Niemals durfte man hier unten unsicher wirken.

Das hatte sie während der vergangenen Jahre gelernt.

»Ah«, grummelte der alte Expilot, und sein Mundgeruch ließ beide Mädchen die Gesichter verziehen, was eingedenk der Blindheit des Gatekeepers nicht unhöflich war. »Un' wat hammse als Zoll zu biet'n?«

Emily wusste, wonach es einen blinden Gatekeeper verlangte.

»Nehmt dies.« Sie beförderte einen Duftbaum aus gelber Pappe aus der Manteltasche hervor. »Und gewährt uns Einlass.« Nie würde sie verstehen, weshalb sich Menschen diese Dinger in die Automobile hingen.

Der Gatekeeper griff blindlings mit einer Schnelligkeit, die man ihm aufgrund seines Aussehens in keiner Weise zugetraut hätte, nach dem Duftbaum und hielt sich das Ding vor die Nase, inhalierte tief und lächelte zufrieden und aufrichtig dankbar. »Zitrus-Orange«, murmelte er, »ham'se Dank, de' Ladys. Is' 'n guta Duft. Jo, isses, in da Tat.«

Er trat zur Seite, und Emily erkannte die Spraydose mit Tränengas, die er allzeit versteckt im Ärmel hielt und die zur Abwehr unbefugter Eindringlinge dienen mochte.

»Sicher'n Tritt wünsch ich de' Ladys«, verabschiedete er die beiden.

»Die besten Wünsche auch Ihnen.«

Und so traten die Mädchen ein in die Nebentunnel von Farrington Station, die bis hinunter nach Moorgate führten. Fette rotgelbe Kabel liefen an den Wänden entlang, zur Warnung übersäht mit zackigen High-Voltage-Zeichen: Die Stromleitungen, die das East End versorgten, lagen offen da.

Ein kalter Wind blies den Mädchen in die Gesichter.

Emily hatte ihre Taschenlampe eingeschaltet, und Aurora tat es ihr gleich.

Nicht alle Tunnel waren beleuchtet.

Nur die stark begangenen Routen.

Wozu dieser hier eindeutig nicht gehörte.

Von Ferne vernahmen sie das Geräusch vorbeifahrender Züge. Irgendwo über ihnen musste rot und laut die Circle Line verlaufen.

Ihrer beider Schritte hallten durch den Tunnel, dessen Wände aus groben Ziegelsteinen bestanden, in deren Ritzen allerlei Getier das Weite suchte, sobald die weißen, sich windenden Körper von dem Lichtstrahl gestreift wurden.

»Spürst du etwas?«

»Außer uns ist niemand hier.«

Das beruhigte Aurora.

Vorerst jedenfalls.

Die beiden Mädchen sahen einander im fahlen Licht der Taschenlampen an und setzten dann schweigend ihren Weg fort.

»Hütet Euch vor dem Moor«, war eines der geflügelten Worte hier unten.

Denn jenseits von Moorgate befindet sich das Moor.

Eine düstere Landschaft, wo die brackigen Abwässer der City eine Kloake aus Exkrementen, Schlick und gar seltsam geformten Pflanzen geschaffen haben, die kaum jemand lebend durchschritten hat. Es ranken sich Legenden um diese Gegend. Natürlich. Um die Wesen, die hier gelebt haben sollen in den Zeiten, als London noch Londinium hieß und die Region, die nicht weit von hier liegt, die eigentliche Stadt gewesen war.

Die römischen Ruinen von einst sind in den Untergrund gesunken und dienen den Gilden nun als Handelsrouten. Zwischen den sumpfigen Gefilden von Moorgate und der Cannon Street liegen diese Ruinen. Die

Kathedrale von St. Pauls ist dort erbaut worden. Direkt über einem Abgrund, der nunmehr verschlossen ist.

»Seltsame Gegend.«

Dem konnte Emily nur beipflichten.

Die Bewohner von Moorgate sind wie die Gegend, in der sie leben. Wortkarg. Wie das Moor. Erdig. Feucht. Arbeiter, die aus den Abfällen, die hier unten im Schlick verfaulen, pechschwarzen, stinkenden Torf stechen, mit dem Märkte und Wohnheime und ganze Grafschaften in der uralten Metropole beheizt werden. Bärtige Gesichter mit breiten Mündern, aus deren Winkeln dunkler Kautabak troff, beobachteten die beiden Mädchen. Frauen, deren gegerbte Gesichter im Schatten der Kopftücher aus grobem Stoff verborgen lagen, hoben die Köpfe, als die Mädchen die schmalen Pfade durch das Moor wählten.

»Ist dies der Weg, den du immer gehst, wenn du hier unten bist?«, fragte Aurora und beobachtete, wie die Abdrücke, die ihre Stiefel im Schlick hinterließen, schnell mit Wasser voll liefen.

»Ist es.«

Auch Emily konzentrierte sich.

Denn das Moor sah nicht so aus, als wäre es ratsam, dort hineinzufallen. Zu dunkel waren die Wasser, zu gierig der Schlamm, zu giftig die farnähnlichen Gewächse, zu rutschig die Pfade.

Dann sah Emily den Ort, der ihrer beider Ziel war.

»Es ist eine Brücke«, stellte Aurora fasziniert fest.

Natürlich hatte Emily ihr bereits davon berichtet. Es jedoch mit eigenen Augen zu sehen, war etwas völlig anderes.

»Es ist die alte London Bridge.«

Auch für Emily war der Anblick jener mittelalterlichen Brücke, die nunmehr Moorgate Asylum beherbergte, kein

Bild, an das sie sich im Zuge ihrer häufigen Besuche gewöhnt hätte.

Die Brücke, die einstmals von einem Ufer der Themse zum anderen gereicht hatte und die jetzt die tiefsten und gefahrvollsten Stellen des Moors überspannte, schien unter dem Gewicht der Häuser, die auf ihr in die Höhe geschossen waren und beinahe die Höhlendecke berührten, zu ächzen. Ein wuchtiger Bau war es, bestehend aus massigen Steinquadern, mit weit gestreckten Bögen, deren Pfeiler an der Oberfläche des Morasts durch hölzerne Pontonkonstruktionen gestützt wurden. Das mittlere Teilstück der Brücke, das man einst hatte hochziehen können, um größeren Schiffen und Lastkähnen die Durchfahrt zu ermöglichen, war nun verschwunden. An seiner statt prangte dort das größte und bedrohlichste Gemäuer von allen.

»Moorgate Asylum.«

Ein Haus der Erker und Winkel, der vergitterten Fenster und spitzen Türme, dessen hohe Mauern von wucherndem Stacheldraht gekrönt wurden. Wasser tropfte von der Höhlendecke herab, und schäbiges Moos bedeckte die Dächer des Hauses wie Zahnbelag.

»Was sind das für Geräusche?«, fragte Aurora, die von ferne ein Jammern und Wehklagen vernahm, das von den Fallwinden aus den U-Bahn-Schächten von hoch oben über das Moor geblasen wurde.

»Schreie«, war alles, was Emily darauf erwiderte.

Unbeirrt näherten sich die Mädchen der mächtigen Brückenkonstruktion, die umso riesiger erschien, je tiefer man sich in ihren Schatten begab. Ein altes Zollhaus bildete den Eingang, und dort angelangt, verstand Aurora, weshalb die Bewohner Moorgates diesem Ort den Namen gegeben hatten, den er nun trug: der Mund des Wahnsinns.

Ein steinernes Gesicht blickte auf die Mädchen herab.

Gemeißelt in dunklen Basaltstein, bildete es die Front des ehemaligen Zollhauses.

Mit Augen, die wie irre verdreht waren.

Einem Mund, aus dem eine fette Zunge hing, die mit Schnecken übersät war.

Falten, die das Antlitz in eine Fratze verwandelten.

Haaren, die zerzaust vom Kopf abstanden und deren Ausläufer bis zu den roten Ziegeln des Daches reichten.

»Die Ladys haben einen Termin?«, fragte der nahezu greise Wärter, dessen Geschlecht wirklich schwer auszumachen war und der in einer Bretterbude neben dem Tor auf einem Hocker saß und in einer Ausgabe der Times aus den 70er-Jahren blätterte.

»Bei Dr. Dariusz.«

Das schien dem androgynen Wesen in dem dunklen Anzug mit der Blümchenkrawatte zu genügen.

»Ihr kennt den Weg«, säuselte es.

»Danke.«

Emily und Aurora betrachteten für einen Augenblick das große Gesicht, das der Eingang zu Moorgate Asylum war.

Dahinter öffnete sich ein Schlund aus Häusern in der Dämmerung. Früher hatte man an dieser Stelle die aufgespießten Köpfe von Verrätern und Verbrechern der Sensationsgier des Pöbels preisgegeben. Damals, als die London Bridge sich noch unter freiem Himmel befunden hatte. Heute hing ein einfaches Schild mit dem Schriftzug des Sanatoriums an dieser Stelle.

Dann durchschritten die Mädchen den Mund des Wahnsinns.

Kapitel 11

Dr. Dariusz

Er ist der beste Psychiater in London. Eine Koryphäe auf dem Gebiet der Persönlichkeitsstörungen. Der Vertreter mesopotamischer Schocktherapien. »Elektrizität«, hatte sogar Maurice Micklewhite einmal einen seiner Artikel zitiert, »ist der Pfad ins Gehirn eines Menschen.« Die skurril anmutenden Gerätschaften, mittels deren er diesen Pfad beschritt, hatte Emily während ihrer vorherigen Besuche besichtigen können. Überall in Moorgate Asylum traf man sie an. Die kläglichen Schreie der Patienten, in denen man die Elektrizität zischen hören konnte, wenn man genau lauschte, zeugten vom regen Einsatz der neuen Technologien. »Der menschliche Verstand ist das unentdeckte Land unserer Zeit«, hatte Dr. Dariusz in einer Rede vor dem Senat behauptet, in welcher er hatte Stellung beziehen müssen zu dem Vorwurf des Missbrauchs Schutzbefohlener. Doch war die Anklage nicht schnell fallen gelassen worden, nachdem der arme Mensch, dessen Angehörige ihm den Vorwurf gemacht hatten, endlich wieder zu klarem Denken fähig gewesen war? Geheilt hatte er ihn, und Emily hatte damals die Berichte über den Vorfall in den Zeitungen gelesen.

Er war berühmt.

Berüchtigt.

»Ich bin«, begrüßte er die Mädchen lächelnd, »Dr. Dariusz.«

Er sah nicht aus, wie man sich einen Mann, der in einer Einrichtung wie Moorgate Asylum arbeitete, vorstellen mochte. Ein langer hochgeschlossener weißer Kittel, der so steril war wie das Lächeln, das den schmalen Mund umgab. Finger, die ein penibel gestutztes Bärtchen kraulten. Eine runde spiegelnde Sonnenbrille, in der sich ein eingeschüchterter Besucher allenfalls selbst zu erkennen vermochte. Langes Haar, das ihm feuerrot und zu einem Zopf gebunden bis über die Schultern fiel.

Er sprach langsam.

Bedächtig.

Mit der Stimme eines Verführers.

»Ah, Miss Laing und Miss Fitzrovia.« Nacheinander ergriff er beider Mädchen Hände.

Sachte.

Ganz charmant.

»Seien Sie willkommen in meinem bescheidenen Sanatorium.«

Während er sprach, schritt er in dem Büro mit den hohen Fenstern und den Spiegeln, die in allen Größen und Formen die weißen Wände anstelle von Bildern bedeckten, auf und ab. Unruhig, einem Tier im Käfig gleich. Und doch eine abwartende Ruhe ausstrahlend.

»Mylady Eleonore Manderley«, kam er augenblicklich zur Sache, »wurde natürlich gemäß unserer Richtlinien über den Vorfall informiert. Doch hat sich etwas ergeben, was mich Sie, Miss Laing, zuerst kontaktieren ließ.« Er lächelte bedeutungsschwanger. »Aber bitte, nehmen Sie doch Platz, meine Damen.« Er bot ihnen die beiden Stühle an, die neben der Behandlungscouch aus schwarzem Leder standen.

»Was ist mit meiner Mutter geschehen?«, fragte Emily und ließ sich auf einem der Stühle nieder. »Wer hat sie entführt?«

»Oh, gleich zwei Fragen auf einmal, Miss Laing.« Dr. Dariusz kraulte sein Kinnbärtchen. »Die erste Frage, junge Dame, werde ich mühelos beantworten können. Die zweite Frage jedoch ... hm, tja.« Er setzte ein betroffenes Gesicht auf. »Schwierig, schwierig, in der Tat.« In jedem der dunklen Brillengläser spiegelte sich das Gesicht eines der Mädchen.

»Eine Krankheit der Augen«, erklärte Dr. Dariusz mit einem dahingehauchten fremdländischen Akzent, als er die neugierigen Blicke der Mädchen bemerkte. »Deshalb die Sonnenbrille.« Elegant ließ er sich auf die Couch niedersinken und lehnte sich dort mit übereinander geschlagenen Beinen zurück. Emily erblickte einen spitzen roten Lackschuh. Der rechte Fuß des Arztes steckte aber in einem klobigen Schuh aus schwarzem Leder. »Ein Gebrechen, dessen ich nicht Herr werden konnte.« Dr. Dariusz beugte sich nach vorn und klopfte sich mit dem Finger auf den schwarzen Schuh. »Ein Klumpfuß, wie man hier unten sagt. Nun ja, aber was sind schon körperliche Beeinträchtigungen?« Jetzt war es Aurora, die er ansah. Förmlich fixierte. »Ist es nicht die Seele, Miss Fitzrovia, die zählt? Das innerste Selbst?« Die schmalen Lippen schienen den Satz, den er aussprach, geradezu herbeizusehnen. »Sind nicht die Augen ein Spiegel der Seele?« Die dunkle Brille zog er elegant beiseite. Nahezu weiße Augen mit einer äußerst hellen blauen Iris kamen dahinter zum Vorschein. Raubtieraugen. »Und sind Spiegel dann nicht gleichsam der Seele Augen?«

Emily kannte Aurora gut genug, um ihre Angst zu erkennen. Allerdings konnte sie sich nicht erklären, weshalb ihre Freundin allein beim Anblick dieser Augen ein solcher Schauer durchfuhr.

»Als er von den Spiegeln sprach«, sollte Aurora später gestehen, »da kam er mir mit einem Mal so bekannt vor. Als sei ich ihm vorher schon einmal begegnet.«

Mehr jedoch konnte Aurora nicht dazu sagen.

Dr. Dariusz indes ließ sich, sofern er sich an Aurora erinnerte, nichts anmerken.

»Etwas erfahren wollen Sie über Ihrer Mutter Schicksal«, führte er seinen Monolog fort. »Dafür sind Sie den langen Weg nach Moorgate hinabgestiegen. Nicht wahr?«

»Was ist passiert?«

Er seufzte.

»Sie ist entführt worden.«

»Das sagten Sie bereits am Telefon.«

»Von wem entführt? Ich habe keine Ahnung.« Er machte eine wegwerfende Handbewegung. »Es gibt einen Zeugen, ja. Doch wer steckt hinter der Entführung? Da können wir wirklich nur mutmaßen. Nicht mehr. Doch sollte ich Ihnen schildern, was wir wissen, und nicht, was wir vermuten.« Er strich sich durch das Haar und schloss für einen Moment die Augen. »Einer der Pfleger, der am frühen Morgen die Trakte im Nordflügel kontrollierte, vernahm ein kratzendes Geräusch, das durch ein halb geöffnetes Fenster drang. Als er nach draußen schaute, sah er Schemen, die durch den Nebel, der morgens auf dem Moor liegt, schlichen.« Dr. Dariusz schien die Dramaturgie dieser Erzählung zu genießen. »Wirklich seltsame Wesen beschrieb er mir später. In die schmutzigen Felle von Wölfen und Hunden und Ratten gekleidete menschliche Kreaturen, die auf zwei Beinen liefen und dann auf allen vieren die Wände des Sanatoriums emporzuklettern vermochten. Ein ganzes Rudel soll es gewesen sein.«

»Vinshati«, sagte Aurora.

Dr. Dariusz sah sie an, ohne den Kopf zu bewegen.

»Wiedergänger?«

»Sie kennen den Namen?«

»Ich bin nicht taub, junge Dame. Und der Wind trägt seltsame Geschichten über das Moor in dieses Haus.«

»Warum haben die Vinshati meine Mutter entführt?«

»Woher, junge Dame, soll ich denn das wissen?«

Die Raubtieraugen wanderten zu Emily.

»Sie haben mich hergerufen«, antwortete Emily.

»Stimmt.«

»Und?«

Dr. Dariusz lächelte.

»Die Kreaturen kletterten mit bloßen Klauen die Mauer empor«, beschrieb er, was des Pflegers Augen gesehen hatten, »und machten erst vor dem vergitterten Fenster vor Ihrer Mutter Zelle Halt. Scheinbar mühelos rissen sie an dem schweren Eisengitter. Als sie dies taten, löste der Pfleger den Alarm aus.« Ein Ausdruck, der kühles Bedauern sein mochte, umspielte die starren Augen des Doktors. »Doch kam jede Hilfe zu spät. Wir fanden nur noch eine verwüstete Zelle vor. Keine Spur mehr von Ihrer Mutter, junge Dame. Die Kreaturen hatten Mia Manderley mit sich genommen und nichts als ein zertrümmertes Bett und einen Boden voller Zeitungsschnipsel zurückgelassen.« Dr. Dariusz beobachtete neugierig Emilys Reaktion. »Wir haben den gesamten Komplex der London

Bridge durchsuchen lassen. Das Wachpersonal entdeckte nur die Spuren der Kreaturen, die im Moor verschwunden und vermutlich durch die Hochwasserrohre hinauf nach Barkingside Beneath geflüchtet sind.«

Emily schluckte.

»Ist das alles?«, hörte sie sich wie von Ferne fragen.

Dr. Dariusz schüttelte den Kopf, sodass ihm der rote Zopf von der Schulter glitt. »Kurz nachdem uns Mia Manderley«, er suchte den passenden Ausdruck, »abhanden gekommen ist, wurde eine Botschaft an mich herangetragen.« Er faltete die Hände und spitzte die Lippen. »Zwei Gäste erbaten Einlass. Black Friars, die, wie ich anmerken will, noch immer im Nebenzimmer warten. Die es sich nicht nehmen lassen wollten, mit Ihnen persönlich zu sprechen, junge Dame.« Schwungvoll erhob sich Dr. Dariusz und war mit einer eleganten Bewegung wieder auf den Beinen. »Die Black Friars«, fuhr er fort, »gaben vor, Sie beide zu kennen. Alte Bekannte seien sie und auch in der Vergangenheit hilfreich gewesen in Angelegenheiten, die mich, wie sie es in unfreundlicher Weise ausdrückten, nichts angingen.« Der Doktor ging zu einem der Spiegel, die überall an den Wänden hingen, und schaute lange hinein. Raubtieraugen betrachteten fasziniert die Raubtieraugen. »Außerdem gaben sie vor, die Hintergründe der Entführung zu kennen, und drohten mit dem baldigen Tod Ihrer Mutter, würde ich die Metropolitan oder Scotland Yard einschalten.«

Emily sah auf.

Sie ahnte, wer durch die Tür kommen würde.

»Treten Sie ein, meine Herren«, rief Dr. Dariusz und klatschte gebieterisch in die Hände.

Und die beiden Mönche betraten den Raum.

Der eine sah aus wie ein Fuchs.

Der andere wie ein Wolf.

Wie angewurzelt saßen Aurora und Emily auf ihren Stühlen und starrten in die Gesichter, die sich unter den Kapuzen verbargen.

»Miss Laing.«

»Und Miss Fitzrovia.«

»Der wir uns noch gar nicht vorgestellt haben.«

»Was wir nun nachzuholen gedenken.«

Die beiden verneigten sich.

»Bruder Nubbles.«

»Und Bruder Nook.«

Sie zogen die Kapuzen von ihren Köpfen.

»Wie schön.«

»Sie beide hier zu treffen.«

»Denn wir haben gewartet.«

»Den ganzen Morgen schon.«

»Extra auf Sie beide.«

»Denn was wir mitzuteilen haben.«

»Ist von größter Wichtigkeit.«

Emily dachte an die Begegnung in Adelphi Arches und daran, dass es nur selten Zufälle gibt.

»Wir haben einen neuen Herrn«, sagte Bruder Nook.

»Gesagt haben wir Ihnen das bereits.«

»Trotzdem.«

»Wiederholen wir es.«

Dr. Dariusz beobachtete die beiden Gestalten interessiert.

»Er ist derjenige, der Mia Manderley in seine Gewalt gebracht hat und der sie erst dann freigeben wird, wenn man seine Forderungen erfüllt hat.« Bruder Nook stand ruhig da, die Hände in den Ärmeln der langen Kutte verborgen.

Eine Frage blieb jedoch. »Was hat das Ganze mit mir zu tun?«

Die Black Friars tauschten Blicke.

Beunruhigte Blicke, wie Emily fand.

»Nun, alles«, gab Bruder Nubbles schließlich zur Antwort.

»Ja, alles«, bestätigte Bruder Nook.

»Denn Sie, Miss Emily Laing, werden Mylady Lilith für uns finden.«

Allein der Name brachte eine Fülle von Erinnerungen zurück.

Emily erstarrte. »Lilith ist tot.«

Zu einem Häufchen Asche war sie zerfallen.

Damals.

In der St.-Pauls-Kathedrale.

»Vieles hängt jetzt von Ihnen ab, Miss Laing.« Bruder Nubbles ließ da keine Zweifel.

Bruder Nook ebenso wenig: »Und deshalb werden Sie Lilith finden.«

»Für unseren Herrn.«

Bruder Nubbles und Bruder Nook standen mit bleichen Gesichtern still da.

»Wie lautet sein Name?«, wollte Aurora wissen, obwohl sie ihn erahnte.

Emily sah es ihr an.

Beide wussten sie, um wen es sich handelte.

Und trotzdem sprach Bruder Nook den Namen aus.

»Al-Vathek.«

Den Namen, der unzählige Rätsel in sich vereinte und zur Gewissheit werden ließ, was die Mädchen bisher nur geahnt hatten. Nämlich dass der Funken Wahrheit, der allen alten Geschichten innewohnt, hell entfacht worden war in der Stadt der Schornsteine und bereits zu einem lodernden Feuer anwuchs.

»Was wird Wittgenstein dazu sagen?«

Emily sah ihre Freundin von der Seite an und murmelte nur: »Frag bloß nicht.« Mit hochgeschlagenem Kragen folgte sie den auf das Pflaster gemalten gelben Linien, die durch das Labyrinth führten. »Eigentlich mag ich das Barbican nicht besonders.«

»Ich weiß, was du meinst«, entgegnete Aurora.

Beide Mädchen betrachteten den Ort, den zu betreten sie im Begriff waren. Vor einer Stunde hatten sie Moorgate verlassen und hatten sich auf den Weg zur U-Bahn-Station Barbican gemacht.

Früher hatte der Reverend des Waisenhauses sie oft zum Anbetteln der Museumsbesucher und Kunstliebhaber an diesen Ort geschickt.

Das Barbican Centre.

Zwei Theater, ein Konzertsaal, mehrere Kinos, moderne Kunstgalerien mit orangefarbenen Teppichböden, eine Bibliothek, die Guildhall School of Music, das Museum of London. Dies alles befindet sich in dem grauen Dickicht aus sich windenden Treppen und schräg abknickenden Gängen. Bebrillte Intellektuelle und halbtote Junkies treiben sich gleichermaßen in dieser Gegend herum.

Wie ein hässlicher künstlicher Zahn erhebt sich das Barbican Centre aus dem Nebel, der die Geschäftshäuser von Smithfield wie eine Geliebte umarmt, die allzeit fremdzugehen bereit ist. Versteckte Zugänge und erhöhte Trottoirs trennen die Fußgänger von der hektischen Betriebsamkeit der City. Es gibt einen künstlichen See,

Springbrunnen und sogar Rasenflächen in diesem Wehrturm der Moderne, der letzten Endes doch nicht mehr sein kann, als er ist. Aufgetürmte Zementmassen über den Überresten der alten Stadtmauer. Karg, leblos und grau.

»Al-Vathek«, rief sich Emily die Worte Bruder Nooks ins Gedächtnis zurück, »wird Ihrer Mutter keinen Schaden zufügen, wenn Sie kooperieren. Das Wohl der uralten Metropole, seien Sie dessen versichert, liegt dem Kalifen sehr am Herzen.«

»Was hat das Ganze mit Lilith zu tun?«

Die beiden Black Friars hatten nur müde gelächelt.

»Das, Miss Laing, werden Sie schon noch herauszufinden in der Lage sein.«

»Oh ja, das werden Sie.«

»Sie haben einen klugen Mentor.«

»Wie auch Miss Fitzrovia.«

»Und Sie beide.«

»Sind doch schlau.«

»So schlau.«

»Ja, ja.«

»Nicht wahr?«

Insbesondere ihrer Freundin hatten die beiden Black Friars dabei einen Blick zugeworfen, der Emily gar nicht gefallen hatte.

Wissend.

Lauernd.

Bedrohlich.

Als wüssten sie von Dingen, an die sich Aurora nicht mehr zu erinnern vermochte.

»Al-Vathek«, hatte Bruder Nook erklärt, »muss ein Bündnis mit Lilith eingehen. Einen Pakt, von dem das Wohl Londons, wenn nicht gar noch mehr, abhängt.« Er hatte den Kopf leicht gesenkt, was seinem Gesicht etwas Nachdenkliches verliehen hatte. »Doch weilt Lilith, wie wir alle wissen, seit geraumer Zeit nicht mehr unter uns.« Beide Black Friars hatten die Hände gefaltet. »Und das Häufchen Asche, das von ihr geblieben ist, hat unser alter Meister der Hölle anvertraut.«

»Genau da liegt das Problem«, hatte Bruder Nubbles zu bedenken gegeben. »Die Hölle, das wissen Sie sicher, Miss Laing, ist ein sehr wankelmütiger Ort. Ständig Veränderungen unterworfen. Und Sie, das lässt sich nicht abstreiten, haben ein gewisses Talent dafür, nun, sagen wir, Dinge zu finden.«

»Das ist alles?«, hatte Emily gefragt.

»Oh ja.«

»Alles.«

Die beiden Black Friars hatten sich verneigt. Zu beiläufig, als dass es wirklich höflich gewesen wäre.

»Denken Sie nach über das, was wir Ihnen gesagt haben.«

»Und treffen Sie die richtige Entscheidung.«

Dann hatten sie die Kapuzen übergezogen, und die Gesichter waren im Schatten verschwunden, und die glimmenden Augen waren zu Seen in der Dunkelheit geworden.

»Sie hören von uns«, hatte Bruder Nook sich verabschiedet.

»Dessen können Sie sicher sein«, hatte Bruder Nubbles hinzugefügt.

Dann waren die beiden verschwunden.

Einfach so.

Wie es ihre Art war.

Die Mädchen erreichten das Waterside Café des Barbican und ließen sich an einem runden Tisch am Fenster nieder, das einen weit schweifenden Blick auf die schmutzigen Baustellen und hohen Kräne erlaubte, die das Bild der neuen City seit Monaten schon prägten.

Emily beobachtete die Regenrinnsale auf den Fensterscheiben, und inmitten all der sich zu umarmen scheinenden Regentropfen erblickte sie ihr eigenes blasses Gesicht.

»Emmy?«

Sie sah auf.

Aurora ergriff ihre Hand.

»Was wirst du jetzt tun?«

»Wegen meiner Mutter?«

Aurora schüttelte den Kopf. »Wegen Lilith.«

Der Name erfüllte den Raum mit eisiger Kälte.

»Sie ist tot«, sagte Emily.

»Wirst du nach ihr suchen?«

Nur kurz zögerte Emily, dann sagte sie: »Ja.«

»Du willst in die Hölle hinabsteigen?«

»Ich werde mit Wittgenstein darüber reden.«

»Du glaubst, dass er einen Rat weiß?«

»Oder vielleicht Master Micklewhite.« Emily seufzte. »Die beiden Jäger sind wieder aufgetaucht, und dass sie sich Mönchskutten übergestreift haben, heißt noch lange nicht, dass sie auf einmal ehrenwerte Menschen geworden sind.« Voller Abscheu dachte Emily an die beiden Häscher, die damals, vor vier Jahren, dem Lichtlord Lycidas gedient hatten. Dem gefallenen Engel Lucifer, der im Tower von London residiert und die einst so mächtigen Häuser Manderley und Mushroom manipuliert hatte. »Dass sie nun al-Vathek dienen, kann kein Zufall sein.«

»Vielleicht sind sie diejenigen, die uns heimlich folgen.« Aurora dachte mit Schaudern an die Geräusche zurück, die sie die Schritte hatten beschleunigen lassen, unten in der U-Bahn.

»Sie würden sich zu erkennen geben«, dachte Emily laut nach.

Aurora beugte sich über den Tisch, damit sie nicht so laut reden musste. »Wenn der Lichtlord als Ra im alten Ägypten die Fäden gezogen hat und al-Vatheks Vater am Hofe Akh-en-Atens erschienen ist, dann könnten die beiden einander begegnet sein. Und könnte das nicht auch erklären, weshalb Bruder Nubbles und Bruder Nook nun al-Vathek dienen?«

Mit einem Mal war Emily zumute, als spüre sie das Erbe der alten Zeiten, den Sand und Staub all der Jahrhunderte, die ihr die Sicht versperrten auf die Dinge, die sich jenseits des Regens und des Dünenmeers verbargen.

»Und Lilith?«

»Lilith«, erinnerte sich Aurora, »ist immer dort gewesen, wo sich Lycidas aufgehalten hat.« So jedenfalls hatten sie es vor vier Jahren in den alten Schriften gelesen und auch von Miss Monflathers berichtet bekommen.

Emily dachte an die Frau, die sie neben Master Lycidas am Fuße der St.-Pauls-Kathedrale gesehen hatte, inmitten des Schneegestöbers. An die kalte Schönheit unter der leichenblassen, maskenhaften Schminke.

»Also muss Lilith auch in Ägypten gewesen sein.«

»Ja.«

Das jedenfalls wäre die logische Konsequenz all ihrer Überlegungen.

»Und das bedeutet?«

Aurora zuckte die Achseln.

Da tauchte plötzlich Eliza Holland auf, mit der sie sich verabredet hatten.

»Wittgenstein«, war ihr erstes Wort, »ist höchst ungehalten.« Keine der beiden Freundinnen hatte sie eintreten hören. »Er und Maurice Micklewhite sind vor einer Stunde nach Marylebone zurückgekehrt, und Peggotty hat ihnen natürlich all ihre Besorgnis ausgedrückt.«

Emily blieb ruhig. »Das habe ich mir gedacht.«

»Ich bin augenblicklich nach deinem Anruf hierher geeilt.« Eliza lächelte jetzt und ließ sich an dem Tisch der Mädchen nieder. »Und ich habe Master Wittgenstein mitgeteilt, dass ihr beiden wohlbehalten aus Moorgate zurückgekehrt seid.«

»Hat er sich gefreut?«, fragte Aurora.

Ein Anflug von Belustigung huschte über Elizas Gesicht. »Auf die ihm eigene Art«, versuchte sie es zu formulieren, »hat er seine tiefe Erleichterung zum Ausdruck gebracht.«

Damit konnte Emily leben.

»Trotzdem war es leichtsinnig von dir, Emily, allein dorthin zu gehen.«

Emily dachte an die Schritte, die sie tief unten in der U-Bahn vernommen hatte. Die ihnen gefolgt waren.

»Ich musste es tun.«

»Und außerdem ist sie nicht allein gewesen.«, fügte Aurora hinzu.

Eliza nahm die Bemerkung zur Kenntnis. Ihre hellen Augen ruhten auf Auroras Gesicht, und für einen Moment beschlich Emily der Eindruck, als sei dieser Blick so lauernd und neugierig fasziniert wie der, den Dr. Dariusz ihrer Freundin zugeworfen hatte. Doch dann lächelte Eliza erneut, und der Eindruck verflog so schnell, wie er aufgekommen war.

»Aber natürlich«, entschuldigte sich Eliza. »Wenn euch beiden eine Horde blutrünstiger Vinshati begegnet wäre, dann hätten diese beim Anblick von gleich zwei Mädchen mit Sicherheit das Weite gesucht.« Mit einer Schnelligkeit, die Emily überraschte, ergriff Eliza ihre Hand und die ihrer Freundin. »Es ist zu gefährlich in diesen Tagen, als dass wir zwei Mädchen allein in der uralten Metropole umherwandern lassen dürften.« Ganz kalt war Elizas tätowierte Hand mit den vielen Ringen. »Schlimme Dinge hätten euch passieren können.« Sie seufzte.

»Wir sind keine Kinder mehr«, entgegnete Emily.

Eliza lächelte müde. »Das«, flüsterte sie, »habe ich auch einmal von mir gedacht.«

Aus einem Grund, den Emily nicht kannte, schlug Eliza die Augen nieder.

»Was ist passiert?« Irgendwie ahnte Emily, dass Eliza nicht so aufgebracht sein konnte, nur weil Aurora und sie allein nach Moorgate hinabgestiegen waren. Etwas anderes musste sich zugetragen haben. Etwas, wovon weder Emily noch Aurora etwas ahnten.

Eliza Holland hob den Blick.

»Es ist doch etwas geschehen, oder?«

Eliza nickte.

Und dann erzählte sie den Mädchen, was sich während ihrer Abwesenheit zugetragen hatte in der uralten Metropole.

Kapitel 12

Blutlinie

»Das«, war Maurice Micklewhites erste Bemerkung, »hätten wir uns ja denken können.« Die Mädchen hatten uns gerade Bericht erstattet. »Dennoch, wir sollten unser Wissen nicht überschätzen.« Der Elf fuhr sich mit der Hand durch das wilde Haar und wandelte murmelnd in dem kleinen Garten umher, der sich auf einem der großen Balkone meines Anwesens befindet. »Immerhin haben wir nunmehr die Bestätigung, dass sich al-Vathek hier in London aufhält.«

»Mehr noch«, gab ich zu bedenken, »wir haben die Gewissheit, dass es sich bei al-Vathek um eine wirkliche Person handelt.«

Allesamt hatten wir uns in meinem Haus eingefunden.

Eliza Holland, die vor einer halben Stunde mit den Mädchen in Marylebone eingetroffen war, saß ruhig in einem der Korbstühle unter einer kleinen Dattelpalme, die ich als junge Pflanze aus Ägypten mitgebracht hatte.

Emily und Aurora hatten ebenfalls an dem runden Glastisch Platz genommen, auf dem Peggotty Gebäck und Tee serviert hatte. Allein Maurice Micklewhite ging stetigen Schrittes zwischen den wuchernden Pflanzen des Wintergartens auf und ab.

»Al-Vathek ist also nach London gekommen«, fasste Emily zusammen, »um Lilith zu finden.« Sie betrachtete die Anwesenden, und das Licht aus den Laternen, die an der gläsernen Decke baumelten, spiegelte sich in ihrem Mondsteinauge. »Doch was hat er vor? Warum will al-Vathek einen Pakt mit Lilith eingehen?«

»Sie ist vermutlich der Schlüssel zu dem«, gab Maurice Micklewhite nachdenklich zur Antwort, »was augenblicklich in London vorgeht.«

Emily erinnerte sich mit Schaudern an die Schilderung der neuesten Ereignisse, die Eliza Aurora und ihr im Barbican Centre gegeben hatte.

»Es ist zu einem Unfall gekommen«, hatte Eliza geflüstert. So leise und verschwörerisch, dass keiner der anderen Gäste auch nur ein einzelnes Wort ihres Berichts aufzuschnappen in der Lage gewesen wäre. »Zumindest ist es das, was die Öffentlichkeit glauben soll.« Die Finger mit den vielen Ringen waren unruhig am Rand der Teetasse entlanggefahren und allein die Tatsache, dass Eliza Holland offenbar um Fassung rang, hatte Emily verunsichert. Bisher hatte sie Eliza als Frau gekannt, die ihr Leben zu meistern verstand. Doch seit Alexander Grants Verschwinden schien die Beherrschung der jungen Frau nurmehr eine mühsam aufrechterhaltene Fassade zu sein.

»Was ist passiert?«

»Zwischen Willesden Green und Dollis Hill«, hatte Eliza die Katze aus dem Sack gelassen, »wurde am frühen Nachmittag ein Zug der Jubilee Line angehalten. Aus einem Grund, den niemand kennt.« Sie hatte die Aufregung der Mitarbeiter der London Regional Transport zu beschreiben versucht, die in der Schaltzentrale wohl verzweifelt herauszufinden versucht hatten, was sich nicht weit von meinem Anwesen in Marylebone zugetragen hatte. »Der Zug stand, so die Nachrichten, auf den Gleisen der Hauptlinie. Andere Züge wurden angehalten oder über die Sidings umgeleitet. Keine zehn Minuten nachdem der Kontakt abgebrochen war, setzte sich der Zug dann wieder in Bewegung.«

»Hat man denn kein Sicherheitsteam zum Zug beordert?«

Aurora kannte sich mittlerweile gut aus, dort unten in der U-Bahn. Normalerweise wäre Minuten nach dem Eintreffen der Meldung, dass ein Zug hatte anhalten müssen, eine Mannschaft Techniker und Streckenarbeiter vor Ort gewesen, um nach dem Rechten zu sehen.

»Genau das war das Problem.«

Emily hatte sofort geahnt, was geschehen war.

»Es gab keine Streckenarbeiter mehr im Bereich der Jubilee Line, stimmt's?«

Eliza hatte nur genickt und einen Moment lang geschwiegen.

»Eine Viertelstunde nachdem der Kontakt abgebrochen war, ist der Zug dann endlich in die Wembley Park Station eingefahren.« Die Ringe an Elizas Finger hatten nervös geklimpert. »Sämtliche Abteile waren völlig verwüstet.« Das Bild, das ihre Worte vor der Mädchen innerem Augen beschworen hatten, war entsetzlich gewesen, voller Furcht. Teilweise zerbrochene Fenster. Auf dem Boden und den Sitzen verstreute Habseligkeiten. Zerfleischte Fahrgäste in den Lachen ihres eigenen Blutes. Aus den Laufschienen gerissene Schiebetüren.

»Die Bahn«, hatte Eliza ihnen abschließend erklärt, »war in der Finchley Road noch voll besetzt gewesen.« Das war die Jubilee Line immer um diese Tageszeit. »Doch fand man nur wenige der Fahrgäste.«

»Und die anderen?«

»Sind verschwunden.«

Es war Emily gewesen, die das Rätsel aufgelöst hatte. »Zu Vinshati sind sie geworden.« Gleichzeitig war ihr die fürchterliche Konsequenz dieser Aussage bewusst geworden. »Die Vinshati«, hatte sie geflüstert, »werden auf diese Art immer mehr.«

Eliza hatte mit einem Mal müde und ausgezehrt gewirkt. »Versteht ihr nun, weshalb ich mir Sorgen um euch gemacht habe?«

Maurice Micklewhites Stimme holte Emily aus ihren Gedanken zurück in dic Gegenwart.

»Wir alle kennen die Geschichten, die sich um Liliths Existenz ranken.« Aus dem Paradies hatte man sie vertrieben, weil sie sich den Weisungen sowohl des Träumers als auch ihres Mannes widersetzt hatte. »Ja, Lilith war die erste Frau.« Erwähnte ich vorhin, dass Maurice Micklewhite einen Hang zu Vorträgen besitzt? »Geschaffen von dem Träumer«, fuhr er fort, »der einst die Welt geträumt hat, so wie die Welt dann ihn selbst träumen sollte.« Geschaffen, um dem Mann zu dienen.

Doch war sie nicht dem Manne ebenbürtig gewesen? Hatte sie nicht zu denken vermocht und war deswegen von dem Ort, der das Paradies war, vertrieben worden? In die Ödnis am Roten Meer war sie geflüchtet und hatte dort, verborgen vor des Träumers Augen, in den Höhlen am Ufer gelebt.

»Und dort«, fasste Maurice Micklewhite seine Vermutung in Worte, »wurde das Übel, das die Stadt der Schornsteine nun heimsucht, geboren.«

»Die Vinshati?«

»Lilith«, wiederholte er, »war der Ursprung.«

Denn Liliths Geist war voller Trotz und ihr Körper voller Sünde, und so schändete sie des Träumers Ansinnen, indem sie ihr Fleisch den Dämonen schenkte, die ihr in den Körper fuhren und sie in der Dunkelheit der Höhlen die Einsamkeit und das Leid vergessen ließen.

»Der Träumer entsandte daraufhin drei Engel, die Lilith zur Ordnung rufen sollten.«

Sie fanden die Abtrünnige. Am Ufer des Roten Meeres, wo sie sich niedergelassen hatte. Die Engel trugen ihr auf, den Anweisungen des Träumers Folge zu leisten. Doch Lilith zeigte den Boten, dass Leben in ihrem Körper wuchs. Denn Lilith hatte den Dämonen, die das Rote Meer bevölkerten, eine verderbte Nachkommenschaft geboren. Sie war zur Mutter unzähliger Kinder geworden und gebar den Dämonen, die Legion waren, immer neue.

»Es schmerzte die Engel, ihrem Schöpfer die Botschaft zu bringen, dass Liliths gierige Kinder, Lilim genannt, von nun an die Erde heimsuchen würden.«

»Trotzdem entbrannte einer der Engel in verzweifelter Liebe zu Lilith.«

»Lucifer«, murmelte Aurora.

»Sie sagen es.«

»Lucifer kehrte jedoch in den Himmel zurück, und Lilith, die die Sintflut im Zweistromland überlebt hatte, wanderte weiter nach Zmargad und später dann nach Sheba, wo sie als eine mächtige Königin herrschte in einer Zeit, in der sich die Welt im Wandel befand.«

Doch selbst als Königin gab sie sich bereitwillig den Dämonen hin.

Gebar ihnen weitere Nachkommen.

»Glauben wir den Schriften«, fuhr Maurice Micklewhite fort, »dann ist diese Nachkommenschaft jene Plage, unter der London zu leiden hat.« Ohne eine Reaktion unsererseits abzuwarten, sagte er: »Die Lamiae waren ihre Töchter. Wunderschöne Frauen, die des Nachts ausschwärmten, um Männer zu verführen und ihr Blut zu trinken.«

»Liliths Töchter waren Wiedergänger?«

Emily erinnerte sich vage, einmal davon gelesen zu haben. Vor Jahren, als sie herauszufinden versucht hatte, wer Lilith denn nun wirklich war, hatte sie bereits davon erfahren.

Und es schlichtweg vergessen.

»Ja«, sagte ich. »In den uralten Geschichten ist Lilith der Ursprung des Wiedergängertums. Die Legende besagt, dass sie während ihrer kurzen Herrschaft in Zmargad Zwillingen das Leben schenkte. Naamah war der Name des einen Kindes. Ein Mädchen, so verführerisch wie die Nacht und so durstig wie eine Wüstenblume.« Hier machte ich eine Pause und nippte an Peggottys Kräutertee. »Doch wurde Naamah getötet, als Zmargad unter dem Ansturm der himmlischen Heerscharen fiel und der Träumer Rache nahm für die Demütigung, die Lilith ihm hatte zuteil werden lassen.« Über uns trommelte der Regen auf das Glasdach, und das fahle Mondlicht, das nur an wenigen Stellen seinen Weg durch die Wolkendecke fand, brach sich in den Rinnsalen. »Die andere Tochter, die Lilith versteckt gehalten hatte, überlebte jedoch. Mit ihr ging Lilith nach Sheba, und dort zog sie die Kleine auf. Ein Dämonenmädchen war sie. Ein Ghul von solcher Schönheit, dass der Menschen Blick getrübt wurde und niemand bemerkte, dass sich das Kind vom heißen Blut seiner Mitmenschen ernährte.« Ich schaute in die Runde, und es war Eliza Holland, die das Kind identifizierte.

»Ihr Name«, hörten wir sie alle mit der Stimme Estella Havishams sagen, »war Carathis.«

Erstaunt fragte Maurice Micklewhite: »Sie kennen die Geschichte?«

»Ich habe davon gelesen.« Sie klimperte mit den silbernen Ringen.

Skeptisch musterte ich sie.

»Wo?«

»Im Malleus Maleficarum natürlich. Ich nehme an, dass Sie die gleiche Quelle bemüht haben.«

Ein Buch aus dem 15. Jahrhundert, von dessen wenigen noch existierenden Exemplaren sich eines im Besitz von Magister McDiarmid aus Islington befindet, den aufzusuchen ich am Vormittag die Ehre gehabt hatte.

»Sie sind wahrlich sehr belesen«, stellte ich fest und beobachtete ihre Reaktion.

»Das«, gab sie zur Antwort und sah mir direkt in die Augen, »stimmt.«

Ihre hellen Augen fixierten mich, und ich versuchte mich an unsere kurze Begegnung in Kairo zu erinnern, als sie mir das erste Mal vorgestellt worden war. Jung war sie damals gewesen, ein Mädchen noch. Gar nicht viel älter, als Emily es heute war. Und, wenn ich es recht bedachte, meiner Schutzbefohlenen gar nicht so unähnlich.

Emily bemerkte den wissenden Blick, den ich Eliza zuwarf.

»Warum haben Sie vorher niemals erwähnt«, wollte der

Elf wissen, »dass sie Kenntnis besitzen von der Blutlinie, die Carathis und Lilith verbindet?«

»Es hat mich niemand gefragt.«

Was, das musste ich mir eingestehen, der Wahrheit entsprach.

»Außerdem«, gab sie zu bedenken, »ist es eine Legende.«

»Dem stimme ich zu.«

»Und Legenden sind nicht uneingeschränkt vertrauenswürdig.«

Wie dem auch sein mochte.

»Wenn Carathis von Lilith abstammt, dann könnte genau dort al-Vatheks Absicht zu finden sein.« Nachdenklich lief Maurice Micklewhite in seinem hellen Anzug zwischen den Grünpflanzen hin und her. »Wenn wir davon ausgehen, dass die Überlieferungen Recht behalten und Lilith wirklich die Mutter von Carathis ist«, dachte er laut, »so müsste sie doch die Macht besitzen, über Carathis gebieten zu können.« Er fuchtelte mit den Händen in der Luft herum. »Nun ja, lasst uns dies einfach annehmen.«

»Und al-Vathek könnte, sofern er einen Pakt mit Lilith einginge, ebenfalls Macht über Carathis besitzen.« Es war nicht schwierig, den Gedanken zu Ende zu denken. »Und dann könnte er über die Vinshati gebieten.«

»Gut, gut«, hörte ich mich murmeln, »doch aus welchem Grund ist Carathis nach London gekommen?«

Es war nur ein Gedanke, der durch Emilys Kopf schwirrte wie ein in einem Lampenschirm flatternder Nachtfalter. »Weil jemand sie gerufen hat?« Das Mondsteinauge funkelte. »Was ist, wenn jemand den Beistand von Carathis erbeten hat?«

»Um was zu tun?« Der Elf ahnte, worauf Emily hinauswollte.

»Sagen Sie es«, forderte ich sie auf.

Denn sie zögerte.

Weil sie sich davor fürchtete, es auszusprechen.

»Um zu Ende zu bringen, was er schon einmal versucht hat.«

»Du weißt, was du da sagst?«, schaltete Aurora sich ein.

Emily nickte.

Alle wussten wir, worauf Emily anspielte. Darauf, dass der Zwist zwischen den großen Häusern erneut entfacht werden und die Stadt der Schornsteine in Unruhen gestürzt werden könnte. Martin Mushroom, dem das Haus aus Blackheath unterstand, war allerdings nie wieder aus den Tiefen der Hölle zurückgekehrt. Spurlos verschwunden war er in dem Abgrund, der sich unterhalb seines Anwesens aufgetan hatte. Einmal hatte er bereits versucht, London unter seine Kontrolle zu bringen, und nicht davor zurückgeschreckt, sich verderbter Magie zu bedienen. Schon immer hatte die Blutlinie der Familie Mushroom nach Macht gegiert.

»Was also sollen wir nun tun?« Emily sah von einem zum anderen. »Al-Vathek hat meine Mutter entführt und verlangt, dass wir ihm bei der Suche nach Lilith helfen.«

»Und Mylady Eleonore Manderley«, gab Maurice Micklewhite zu bedenken, »hat uns ebenfalls um Beistand ersucht.« Der Elf hatte dem Haus am Regent's Park einen Besuch abgestattet, nachdem auch dort die Nachricht aus Moorgate eingetroffen war. »Nicht zu vergessen die Black Friars, die ebenfalls die Notwendigkeit eines Eingreifens betont haben.«

Ich murmelte wenig begeistert: »Also ist der Feind unserer Feinde unser Freund.«

»Du sagst es, Mortimer.«

»Wir werden ihm also helfen?«

»Ja, Miss Fitzrovia. Das werden wir.«

»Und wenn al-Vathek uns nur benutzt, um die Kontrolle über die Vinshati zu erlangen und sie für seine Zwecke einzusetzen?« Emily schien diese Möglichkeit durchaus in Betracht zu ziehen.

»Aber die besitzt er doch bereits.«

Alle schauten Aurora an.

»Sagte nicht Dr. Dariusz, dass es Vinshati waren, die deine Mutter entführt haben?«

Emily wusste darauf keine Antwort.

Und auch keiner der anderen Anwesenden.

Ja, diese Tatsache stieß die gesamte Argumentation vom Sockel. Etwas stimmte hier ganz und gar nicht. Das Spiel, das zu spielen wir gezwungen wurden, war nichts als ein falsches Spiel. Was aber nichts daran zu ändern vermochte, dass wir schon dabei waren, es zu spielen. Nach Regeln, die uns mitzuteilen man vergessen hatte.

»Wir steigen also in die Hölle hinab«, brachte Aurora unser weiteres Vorgehen nach einigen Augenblicken unangenehmen Schweigens auf den Punkt. »Wir steigen hinab, um Mylady Lilith zu finden.«

»Nein, Miss Fitzrovia.« Maurice Micklewhite lächelte unternehmungslustig. »Wir werden verreisen. Sobald wie möglich, ja, wohl in den nächsten Stunden schon.«

Die beiden Mädchen sahen einander verwundert an.

»Wir alle?«, fragte Eliza verwundert.

Etwas an diesem Vorhaben schien sie zu beunruhigen.

»Nein, nur Miss Fitzrovia und meine Wenigkeit.« Maurice Micklewhite musterte die Anwesenden der Reihe nach, und das fahle Licht aus den Lampen ließ lange Schatten in seinem Gesicht tanzen. »Wittgenstein wird sich zum Kristallpalast begeben, weil der Lordkanzler von Kensington sein Erscheinen und das Miss Laings erbeten hat. Und Miss Holland sollte sich in Geduld üben.« Ihr zugewandt fügte er hinzu: »Es ist das Einzige, was Sie derzeit tun können.«

»Wohin wird die Reise führen?«, wollte Emily wissen, und Maurice Micklewhite sagte es ihr: »Nach Konstantinopel.«

»Warum dorthin?«

»Weil jener Mann, dessen Hilfe wir benötigen, sich vermutlich in Konstantinopel aufhält.« Dann sprach er den Namen aus, der klang wie warmer Weihrauch und sicheres Verderben zugleich. »Pilatus Pickwick. Es gibt sonst niemanden, der uns in die Hölle hinabführen könnte.«

Denn die Hölle, das hatten bereits Bruder Nook und Bruder Nubbles festgestellt, ist ein wankelmütiger Ort. Allzeit Veränderungen unterworfen. Und Professor Pickwick, seines Zeichens Höllenforscher, war einer der wenigen, der die Pfade der Hölle in den letzten Jahren beschritten hatte. Er kannte sich dort aus, ja, hatte aufgrund der Schriften Dante Alighieris und seiner eigenen Reisen sogar diverse Texte zur Geografie der Höllenkreise veröffentlicht, die in eingeschworenen Kreisen als die Pickwick-Papiere bekannt sind. »Er wird uns helfen.«

Maurice Micklewhites Zuversicht zu teilen, fiel mir schwer.

»Pickwick hat nichts mehr mit London zu schaffen«, gab ich zu bedenken.

»Wie du weißt, Mortimer, kennen wir uns noch von früher«, antwortete der Elf frohen Mutes. »Ich bin mir sicher, dass sich Pilatus meiner erinnern wird.«

»Das«, murmelte ich, »befürchte ich ja.«

Emily, das sah man ihr an, beschlich ebenso wie mich ein ungutes Gefühl. Und hätten wir geahnt, welches Schicksal unseren Freunden bevorstehen würde, so wären wir in unserem Bestreben, die Reise nach Konstantinopel zu verhindern, bestimmt emsiger gewesen. Doch waren wir ahnungslos, und so nahmen die Dinge ihren Lauf. Jene Dinge, die Aurora Fitzrovia und Maurice Micklewhite vom Angesicht der Erde verschwinden und Emily Laing verzweifeln lassen würden.

Kapitel 13

Goldhawk Road

Es gibt alte Gebäude, die tief verwurzelt sind an bestimmten Orten und die niemals die Lust verspürt haben, einen neuen Platz zum Leben zu suchen. Darüber hinaus gibt es Bauwerke, die so rastlos in ihrem Wesen sind, dass sie zu ewiger Wanderschaft verdammt sein mögen. Der Kristallpalast, der einst im Hyde Park geboren worden war, um als Wunderkind der Architektur die Große Weltausstellung von 1851 zu beherbergen, gehört eindeutig zur nahezu verwegenen Sorte von Gebäuden, die allzeit rastlos auf der Suche nach Neuem sind. Der Palast wanderte 1952 mit all seinem Metall und dem glänzenden Glas nach Sydenham, das im Borough von Lewisham gelegen ist. Dort verbrachte er die nächsten Jahre, sah Politiker in seinen Austellungen fremde Staatsmänner empfangen, belauschte Geschäftsleute, wenn sie zwischen den Krikett- und Fussballspielen ihre Verträge abschlossen, lauschte den Konzerten, die in seinen schmucken Gärten stattfanden, und bewunderte die rauschenden Feuerwerke, deren Funkeln sich in dem vielen Glas spiegelte, das in den Nächten wie eine entflammte Haut anmutete. Doch Gebäude wie der Kristallpalast sind von eigenwilliger Natur, und so beschloss das Gebilde aus Metall und Glas gegen Ende des Jahres 1936, dass es an der Zeit sei, eine neue Bleibe zu suchen.

»Vielleicht«, mutmaßte ich, »hat es den aufziehenden Krieg erahnt.« Emily hatte davon gelesen. »Vielleicht wollte der Kristallpalast einfach nur dem Bombenhagel, der Jahre später auf London regnen würde, entgehen.«

Jedenfalls täuschte der Kristallpalast seinen Tod vor und machte die Welt glauben, dass er einer wütenden Feuersbrunst zum Opfer gefallen war.

»Ein geschicktes Gebäude«, merkte ich bewundernd an.

So kam es, dass der Kristallpalast in die uralte Metropole kam.

Wo Circle und District Line zwischen Notting Hill Gate und High Street Kensington verlaufen, befindet sich der Kristallpalast heute und dient dem Lordkanzler dieser Grafschaft als Residenz.

Dorthin wollten Emily und ich, nachdem wir Maurice Micklewhite und Aurora Fitzrovia am nächsten Morgen zum Bahnhof von Elephant & Castle begleitet hatten, von wo aus die beiden den Orient-Express in Richtung Kontinent genommen hatten.

»Hast du Angst?«, hatte Emily ihre Freundin in der Nacht zuvor gefragt.

Fast die ganze Nacht über hatten die Mädchen schweigsam auf der Matratze in Emilys Kammer gesessen und die Regentropfen beobachtet, die langsam und kaum merklich zu Schneeflocken geworden waren und die Fensterscheibe bedeckt hatten, als wollten sie die Freundinnen vor der kalten Welt da draußen verbergen. Nur wenige Worte hatten sie gewechselt. Pläne waren geschmiedet und Absichten bekundet worden und nun blieb den Mädchen nichts anderes übrig, als dem Weg, den das Schicksal für sie bereitgehalten hatte, zu folgen.

»Es passiert alles so schnell.« Aurora Fitzrovia hatte wieder so blass und kränklich gewirkt, dass Emily sie am liebsten gar nicht hätte gehen lassen.

»Aurora ist so anders, irgendwie.« Als uns die Bakerloo Line nordwärts brachte, berichtete mir Emily vom Zustand ihrer Freundin.

»Miss Fitzrovia wüsste gerne, wer sie ist.«

Emily schwieg.

»Das ist doch der Wunsch eines jeden Waisenkindes.«

Keine halbe Stunde zuvor hatten wir Maurice Micklewhite und Aurora Fitzrovia verabschiedet. Die Mädchen hatten einander umarmt und sich gar nicht mehr loslassen wollen. Doch dann war Aurora mit ihrem Mentor in den Orient-Express eingestiegen und der altehrwürdige Zug hatte schnaufend die Reise hinüber zum Kontinent angetreten.

Und während unsere Freunde London verließen, fuhren wir mit der Bakerloo Line nordwärts. In Paddington wechselten wir dann zur Hammersmith & City über, die uns bis zur Goldhawk Road brachte, wo der eigentliche Abstieg in die uralte Metropole begann.

»Es gibt nur zwei Wege«, hatte ich Emily erklärt, »die nach Kensington hineinführen.«

Den einen Weg kannte Emily zur Genüge. Niemals würde sie den Scharlachroten Ritter vergessen. »Dieses Mal bitte keine Gedichte.« Denn das war es, was der steinerne Ritter an der Knightsbridge den Wanderern abverlangte, die freie Passage erbaten.

»Wir nehmen Goldhawk«, sagte ich und hielt ein kleines Säckchen in der Hand, das klimperte, wenn ich es schüttelte.

»Was ist das?«

Darauf achtend, dass uns niemand zuhörte, flüsterte ich nahezu verschwörerisch: »Spanische Dublonen.«

Emily wirkte skeptisch.

»Sie scherzen.«

»Sehe ich so aus?«

»Nein, eigentlich nicht.«

Ich ließ das Säckchen mit den Dublonen in meinem Mantel verschwinden. »Die benötigen wir, wenn wir Goldhawk passieren wollen.«

»Besser als Gedichte allemal«, murmelte meine Begleiterin.

Der Gatekeeper von Goldhawk jedenfalls sah aus wie alle Gatekeeper. Zudem roch er so, wie die meisten Gatekeeper riechen. Etwas ranzig. Nach Moder. Feucht und bitter zugleich. Doch war er freundlich und warnte uns vor den Wölfen Kensingtons.

»Kein' Spaß verstehn' die nich'«, grummelte der Blinde mit der Tränengassprühdose unterm Wams, das wie ein Kostümbestandteil einer Laienspielgruppe aussah, die Shakespeare aufführte. »Un' Fremde tun se gar nich mög'n tun.« Er hustete lautstark. »Nee, nee, pass'n Se da bloß auf!«

»Wir danken Euch für die Passage, alter Mann, und achten auf uns«, versprach ich ihm und entrichtete den Wegezoll mit einer Packung parfümierter Feuchttücher.

Dann folgten wir einer senkrecht abfallenden Röhre hinab, bis wir das laute Rauschen eines mächtigen Flusses vernahmen.

»Das«, erklärte ich meiner Begleiterin, »ist der Westbourne.«

Einer der vergessenen Flüsse Londons.

Von denen, das wusste Emily, es viele gab.

»Der Fluss«, sagte ich, »entspringt an der Westseite Hampsteads und fließt dann Richtung Südwesten die Bayswater Road entlang, bis er schließlich im Hyde Park den großen See bildet.«

Auf dem Weg hinab zur Themse hatte man den Fluss schon lange überbaut, und so ist er nunmehr einer jener Flüsse, die das Reisen in der uralten Metropole beschleunigen können, sofern man in der Lage ist, sein Boot durch die Stromschnellen zu steuern.

»Mylady Hampstead«, erinnerte ich mich der Geschichten, die mir die alte Rättin erzählt hatte, als ich noch ein unwissendes Kind und neu in der Stadt der Schornsteine war, »hat in den engen Abwasserkanälen, die zum Westbourne hinunterführen, das Licht der Welt erblickt.«

Emily wusste, wie sehr ich die alte Rättin geliebt hatte.

Ein Zuhause hatte sie mir gegeben. Die Möglichkeit, Wissen zu erlangen. Sie war diejenige gewesen, die mir vor so langer Zeit das Studium der Alchemie ermöglicht hatte. Die Magister McDiarmid aus Islington davon überzeugt hatte, mich als Lehrling anzunehmen.

Emily hatte die alte Rättin gemocht, und sie vermisste die Gegenwart der Ratten, von denen manche sehr nett und hilfsbereit gewesen waren.

Einige der Ratten hatten bittersten Verrat begangen. Und deshalb sind Ratten jetzt keine gute Gesellschaft mehr.

So ist das.

Punktum.

»Es gibt eine Brücke, die den Westbourne überspannt.«

»Lassen Sie mich raten«, fiel Emily mir ins Wort, »in Goldhawk.«

Wir erreichten den Fluss.

Schmale Stege aus Holz, das nach Fäulnis stank, liefen zu beiden Seiten des Wassers an den schrägen Wänden der Kanalröhre entlang. Eisige Winde strichen über die schwarzen Wellen, die sich an den algenbefallenen Steinwänden brachen.

»Dort entlang«, wies ich Emily den Weg.

Die Stege führten uns zu einem vergessenen Bahnsteig, der schon lange keiner mehr war. Eine U-Bahn lag dort, war zur Seite gekippt, als wolle sie sich schlafen legen. Wasser umspülte die Türen und Fenster, und der Westbourne hatte Besitz ergriffen vom Inneren der Bahn, in deren Haut der Rost schon tiefe Löcher gefressen hatte.

Wir kletterten über den Wagen und gelangten in einen röhrenförmigen Gang, der weiträumig und trocken war. Graffiti zierten die Wände. Zackige Gemälde von goldenen Wesen mit breiten Schwingen und spitzen Schnäbeln. Dazu Hieroglyphen, die eine Geschichte erzählten, in der Sonne und Sterne und Seefahrer eine besondere Rolle zu spielen schienen.

»Sind das goldene Falken?« Neugierig trat Emily näher an die Wände heran. »Diese Graffiti sind wunderschön.« Fast war ihr, als könne sie die Wärme der Tiere spüren, so gelb und grazil und golden waren die Farben, die im Licht unserer Leuchtstäbe funkelten wie Edelsteine. »Wissen Sie, wer das gemalt hat?«

»Die einstigen Falkner von Goldhawk.«

Emily schien in Gedanken versunken zu sein.

»Es gibt eine Legende, wie es immer Legenden gibt hier unten.«

»Erzählen Sie sie mir?«

»Es gibt nur diese Zeichen an der Wand«, entschuldigte ich mein Unwissen. »Und niemand weiß genau, was sie zu bedeuten haben. Sie waren alt, als London jung war. Wie der Scharlachrote Ritter. Sie sind schon immer da gewesen. An dieser Wand.«

»Aber das sind Graffiti.«

»Wir wissen wenig über die alten Zeiten.«

»Das«, murmelte Emily, »ist eine sehr kryptische Antwort.«

Ich grinste sie an. »Das ist ein Adjektiv, das Sie nie zuvor benutzt haben.«

»Oh, bitte!«

»Habe ich etwas Falsches gesagt?«

Sie zog eine Grimasse.

»Das«, betonte ich und deutete auf ihr Gesicht, »ist eine kryptische Antwort.«

Sie musste lachen.

Laut.

Und mit einem Mal wurde mir bewusst, wie selten Emily Laing doch lachte.

Fast im gleichen Augenblick bemerkten wir den Tunnelstreicher.

Er stand an einer Biegung des Tunnels und sah in unsere Richtung.

Stand einfach nur da.

Sagte nichts.

Regte sich nicht.

Er trug die traditionelle Kleidung seiner Kaste. Bunte Stoffe, die an mittelalterliche Gaukler und Minnesänger aus Clerkenwell erinnerten. Das lilafarbene Haar türmte sich in verfilzten Büscheln auf dem Kopf, und an den Enden der Büschel baumelten bunte Bändchen, die ihm teilweise bis über die Schulter fielen.

»Seid gegrüßt«, rief ich ihm entgegen.

Doch der Tunnelstreicher reagierte nicht.

Emily trat dicht neben mich und flüsterte: »Da ist niemand.«

Ich sah sie an.

»Wie meinen Sie das?«

»Ich spüre niemanden.«

Kein Bewusstsein.

Nichts.

Beide schauten wir hinüber zu dem Tunnelstreicher, der jetzt mit langsamen Schritten auf uns zugeschlurft kam. Etwas an ihm war nicht richtig.

Die Sonnenbrille?

Der seltsame Gang?

Die unfreundliche Attitüde?

»Er hat keinen Leuchtstab dabei«, bemerkte Emily.

Was mir entgangen war.

Und die Frage aufwarf, wie er denn sehen konnte hier unten.

Ein leises Stöhnen entrann den spröden Lippen, die bewegungslos zu sein schienen in der schattenhaften Finsternis des zerfurchten Gesichts. »Helft mir«, stöhnte der Tunnelstreicher, und es klang, als sprächen viele Stimmen aus seinem Mund. »Bitte, helft mir.« Er streckte hilfesuchend die Hand aus und torkelte nach vorn.

Dann stolperte er und stürzte.

Schnell zog Emily mich von dem Tunnelstreicher fort.

»Etwas stimmt hier nicht«, warnte sie mich.

»Ich weiß.«

Der Tunnelstreicher richtete sich schwerfällig auf, hob den Kopf und sah uns an. Mit beiden Händen stützte er sich auf dem Boden ab.

Was er sagte, waren keine Worte.

Er sprach etwas aus, das wuselnd über den Boden lief.

Das ihm förmlich aus dem Mund fiel.

»Spinnen!«, schrie Emily.

Ich trat zwischen das Mädchen und das Ding, das einmal ein Tunnelstreicher aus Hidden Holborn gewesen war. Spinnen fielen zuhauf aus seinem Mund, krabbelten ihm über das Gesicht, über Arme und Oberkörper. Innerhalb weniger Augenblicke war der Mann übersät mit Spinnen. Drahtige Weberknechte und fette Kreuzspinnen, behaarte Kellerspinnen und Schwarze Witwen, nass glänzende Wasserspinnen aus den Kanälen und einige missgeformte Spezies, die nie das Licht der Oberwelt erblickt hatten, geboren in der stinkenden Finsternis der Kloaken.

»Das ist kein Arachnide«, stellte ich mit zitternder Stimme fest.

Der Lordkanzler hatte alle Arachniden vernichtet.

Seit Jahren gab es nur noch Spinnen, die nichts anderes mehr waren als Spinnen. Gewöhnliche Achtbeiner. Die das kollektive Bewusstsein, mithilfe dessen sie sich einst zu menschenähnlichen Gestalten hatten formen können, verloren hatten. In Chelsea hatte es große Kolonien gegeben. Kolonien von wuselnden Arachniden, die den Menschen freundlich gesonnen waren.

Was man von dem, was sich da vor uns auf dem Boden ausbreitete, nicht zu behaupten vermochte.

Als dem Tunnelstreicher die Brille von der Nase rutschte, da erkannte Emily, dass sich auch aus den Höhlen, in denen vorher die Augen gewesen waren, hektisch zappelnde Spinnentiere ergossen. Mit ihren schwarzen zuckenden Beinen drängten sie aus dem Körper des Tunnelstreichers und suchten neue Beute. Blutrünstig und gierig, wie es gar nicht ihre Art war, krochen sie zugleich aus Ohren und Nasenlöchern. Eine Flut, die kein Ende zu finden schien.

»Sie haben ihn bereits aufgefressen«, dachte ich laut.

Emily schlug panisch nach den Spinnen, die in ihre Richtung sprangen oder sich von der Decke in ihr Haar fallen ließen, und schrie jedes Mal auf, wenn ihre Hand einen der weichen Körper berührte. »Wir sollten hier schleunigst verschwinden.«

Wogegen ich nicht das Geringste einzuwenden hatte.

»Treten Sie neben mich!«, rief ich und ergriff ihre Hand. »Und halten Sie sich an mir fest!«

Das laute Knacken der dicken Spinnenkörper, die ich mit dem Absatz zertrat, ließ auch mich erschaudern.

Emily stand dicht neben mir, krallte sich förmlich an meinem Mantel fest.

Und schon formte ich mit den Händen einen Wirbel aus Luft und Staub. Einen winzigen Wirbelsturm, in dessen Auge wir uns vorwärts bewegten.

Um uns herum wurden die Spinnen von dem Sturm erfasst und durch die Luft geschleudert, jedoch nur, um an anderer Stelle unverletzt auf den Boden aufzuschlagen und aggressiver noch als vorher einen neuen Angriff auf die wirbelnde Staubwolke zu wagen.

Manchmal, dachte ich, sollte man dem Schicksal dafür danken, mit einer Trickster-Fähigkeit bedacht worden zu sein.

»Wir müssen den Tunnel irgendwie verlassen.«

»Haben wir denn eine Chance?«

Was sollte ich ihr sagen?

Denn die Spinnen stürmten unbeirrt auf uns zu.

Prallten an der Wand aus wirbelndem Wind ab.

Versuchten es aufs Neue.

»Sie verhalten sich nicht so, wie es die Arachniden getan haben.«

Emily, die sich noch immer an meinem Mantel festhielt, warf mir einen ängstlichen Blick zu. Noch gut erinnerte sie sich an den Spinnenmann bei Arachnidas Gabel, der uns damals den Weg nach Kensington gewiesen hatte, als wir den Spuren Mara Manderleys gefolgt waren. Der Spinnenmann von damals hatte zu uns gesprochen. Mit einer Stimme, die viele gewesen war. Denn aus dem Knacken tausender Mandibeln hatten sich Laute geformt, die zu verstehen wir in der Lage gewesen waren.

Doch dies hier war kein Arachnide.

Dies hier war etwas anderes.

Emily bemerkte, dass die Spinnen in keiner erkennbaren Formation angriffen. Wild und wie tobsüchtig krabbelten sie immer wieder in den Wirbelsturm hinein, der sie hinfortschleuderte wie zuvor. Unablässig und unermüdlich griffen sie an, während wir langsam den Leichnam des Tunnelstreichers, aus dem sich immer weitere Spinnen ergossen, umrundeten.

»Die Spinnen verhalten sich wie das Rudel Vinshati, das uns in Waterstone Junction angegriffen hat.« Besser hätte sie meine Befürchtung wohl nicht auf den Punkt bringen können.

Denn genau das war es, was auch mir durch den Kopf geschossen war.

Die Spinnentiere verhielten sich wie die Vinshati.

Blutrünstig.

Gierig.

»Wir müssen zum Goldhawk«, rief ich Emily zu.

Der Sturm, der uns umgab, toste nun lauter.

»Ich kann den Wirbel nur noch kurze Zeit aufrechterhalten.«

Und was passieren mochte, wenn der Wirbel zusammenbrach, wollte ich mir nicht unbedingt ausmalen. Hinter der Wand aus Wind waren Boden und Wände und Decke bedeckt mit zuckenden schwarzen Leibern, die sprangen und sich abseilten und sich fallen ließen und sich neu formierten. Die Leiche des Tunnelstreichers war unter dem Teppich hungriger Mandibeln begraben worden und vermutlich in sich zusammengefallen, da alle Spinnen, die einst in ihm gelebt hatten, den Leichnam verlassen hatten.

»Ist das Goldhawk?«, hörte ich Emily fragen und warf einen Blick nach vorn.

Dorthin, wo sich der Tunnel öffnete.

Eine Brücke, ähnlich der Knightsbridge, überspannte einen Abgrund, dessen Boden in den dunklen Tiefen verborgen liegen mochte. Die Wände des Raumes, der kein Ende zu haben schien, glänzten golden und grell im Licht zahlreicher Fackeln.

Und in der Mitte der Brücke hockte der Goldhawk.

Riesig.

»Das ist …«

»Der Urvogel«, beendete ich den Satz.

Denn das ist es, was der Goldhawk ist.

»Der Vogel Roch.«

Schon immer ist er da gewesen.

Seit alters her.

Emily hatte Geschichten von diesem Wesen gehört. Abenteuer, die Sindbad der Seefahrer erlebt hatte. So kräftig sei der Vogel Roch gewesen, dass er seine frisch geschlüpften Jungen mit ausgewachsenen Elefanten und Nashörnern füttern würde. So verschlagen, dass er selbst Handelsschiffe angegriffen habe. So mächtig, dass sich selbst Kalifen seinem Willen hatten beugen müssen.

»Was nun?«, fragte Emily.

Die Spinnen folgten uns noch immer.

»Wir müssen den Goldhawk versöhnlich stimmen«, erklärte ich ihr.

»Mit den spanischen Dublonen.«

»Sie sagen es.«

Emily wirkte nicht sehr überzeugt, dass, was immer ich mit den Goldstücken vorhatte, auch wirklich funktionieren würde.

In der Tat, die Spinnen erschwerten die ganze Sache ein wenig.

Dennoch.

Ist frisch gewagt nicht fast schon gewonnen?

»Sehen Sie das auch?«, fragte Emily.

»Das Ei?«

Sie verdrehte die Augen. »Ja, das Ei!«

»Nun«, murmelte ich.

Das Ei jedenfalls versperrte uns den Weg. Es war riesig, und der Goldhawk, der früher unter dem Namen Vogel Roch bekannt war, saß auf dem Ei und brütete aus, was immer bereit war zu schlüpfen.

So riesig war das Ei, dass es die gesamte Brücke vereinnahmte.

»Sehen Sie vielleicht einen Weg?«

»Der an dem Ei vorbeiführt?«

»Ja, was denn sonst?«

Zu meiner Schande musste ich gestehen: »Nein.«

Außerdem war der Goldhawk erwacht.

Güldene Augen beobachteten uns.

»Die Spinnen«, merkte Emily an, »holen auf.«

Ich warf einen Blick zurück.

Als würde uns ein lebendiger Teppich folgen, so sah das Bild, das sich uns bot, aus. Ein Teppich mit unzähligen Beinen und Augen und Mündern.

»Jetzt!«

Als ich die spanischen Dublonen aus meiner Manteltasche zog, da stürzte der Wirbelwind, der uns schützend umgeben hatte, augenblicklich in sich zusammen. Steine, Dreck und Spinnen fielen zu Boden.

Der Teppich näherte sich.

Die güldenen Augen des Vogels weiteten sich.

Was sich da alles auf sein Nest zubewegte, schien ihm gar nicht zu gefallen. Auch Emily schien das boshafte Aufblitzen in den schmalen Augen bemerkt zu haben.

»Edler Roch«, schrie ich und hörte hinter mir das Geräusch tausender wuselnder Leiber, »wir erbitten die Passage über die Brücke und schenken Euch dies!« Flink öffnete ich den Beutel, sodass sich das helle, warme Licht auf den Dublonen brechen konnte.

Der Goldhawk, der seinerzeit Sindbad durch die Lüfte getragen hatte, ließ einen Schrei erschallen, der einst Lichter zum Leuchten und Herzen zum Schmelzen und Seeleute zum Verzweifeln gebracht hatte. Einen klaren, hellen Schrei, der so golden war, wie Töne nur schimmern können.

»Schauen Sie!«

Die Spinnen hatten uns fast erreicht.

Da breitete der Goldhawk seine Schwingen aus.

Wir rannten die Brücke entlang, ohne zu wissen, wie wir an dem Ei vorbeikommen sollten. Hinter uns weitete sich der Teppich von Spinnen aus, und Emily fragte sich benommen, wie viele Spinnen der Körper eines Menschen wohl fassen konnte.

Dann ging alles sehr schnell.

Ohne sich von seinem Platz in dem Nest, das die Brücke zweifelsohne war, zu entfernen, stieß der Goldhawk nach vorn. Sein langer Hals ermöglichte es dem Vogel, nach allen Seiten zu picken, ohne sich von dem Ei erheben zu müssen.

»Passen Sie auf!«, schrie Emily und kreischte.

Denn der spitze, gelbe Schnabel hieb dicht vor meinen Füßen in die Brücke, und große Stücke des Basaltsteins flogen durch die Luft.

»Stehen Sie still!«, forderte ich Emily auf, die meinem Befehl wie angewurzelt Folge leistete.

Der Goldhawk fixierte uns mit seinen goldenen Augen, und nun erkannte Emily, dass die Federn des Tieres so hell waren wie das Licht der wahrhaftigen Sonne.

»Wittgenstein?«

»Ja?«

»Da, schauen Sie!«

Ich tat wie geheißen.

Die Spinnen hockten auf der Brücke, und keiner der Leiber bewegte sich.

»Was hat das zu bedeuten?«

Der Goldhawk schrie erneut auf.

Hell und grell wie das Sonnenlicht über der Wüste.

Dann, mit einem Mal, begannen die Spinnen in Krämpfe zu verfallen. Tausende und abertausende von schwarzen zackigen Beinen zuckten wild und unkontrolliert, scharfe Mandibeln knackten vor Schmerzen, und einst lauernde Fassettenaugen erloschen.

»Es ist das Licht.«

Emily sah mich an.

»Wie in der Geschichte vom Mann, der König sein wollte.«

Emily erinnerte sich.

An die Schilderung der Wesen, die Peachy Carnehan und Daniel Dravot in dem Bergdorf von Kafiristan hatten sterben sehen.

Ein stinkender Ausschlag befiel die Spinnenleiber, und ihre Bewegungen erstarben.

»Da haben wir aber Glück gehabt«, stellte ich erleichtert fest.

»Sind sie tot?«

»Sieht so aus.«

So standen wir da.

Nur einen Augenblick.

Dann stieß der Goldhawk erneut mit seinem Schnabel nieder. Eine orangefarbene Zunge leuchtete sanft in dem Schlund, der sich über uns auftat, und als der Vogel Roch uns auffraß, da verschwand die Welt in tiefster Finsternis.

Kapitel 14

Kristallpalast

»Sind wir jetzt tot?«

Emilys Stimme in der Dunkelheit des Schnabels klang erschreckend resigniert.

»Er hat uns noch nicht geschluckt.«

»Na, toll.« Selbst hier, im Schnabel des riesigen Vogels, konnte sich Emily die Bemerkung nicht verkneifen.

Die warme Zunge des Vogels spürte sie auf ihrem Gesicht, die dunkle Wärme, die tief aus dem Schlund kam. Emilys zitternde Hand lag direkt auf dem feuchten Untergrund, der sich bewegte und sie hin und her schob.

Er will nicht, dachte Emily, dass ich in den Schlund hinabrutsche. Auf eine unbestimmte Weise konnte sie die Gedanken des Vogels Rochs empfangen. Dies war einfach nur der Weg, den Wanderer, denen die Passage gewährt wurde, gehen mussten. Es war der einzige Weg, die Brücke zu überqueren. Emily spürte die Gedanken des alten Wesens, weil es ihr erlaubt wurde, daran teilzuhaben. Der Goldhawk beruhigte Emily in Gedanken. Schenkte ihr für einen kurzen Augenblick die goldene Melodie seines innersten Selbst.

Und dann spie er uns aus, wie es der Vögel Art ist.

Öffnete den Schnabel.
Würgte ein wenig.
Und ließ uns auf den steinernen Boden purzeln, was, das sei hier angemerkt, weniger schmerzhaft hätte ausfallen können.
Immerhin.
Gefressen hatte er uns nicht.
»Gibt es denn keinen einfacheren Weg nach Kensington hinein?«
Emily erhob sich und klopfte sich den Schmutz vom Mantel.
Damals der Scharlachrote Ritter und nun dies.
»Wir sind doch angekommen«, antwortete ich.
Denn war es nicht das, was zählte?
Wir waren hier.
Hatten die Brücke überquert.
Ich griff nach dem Beutel mit den spanischen Dublonen und verstreute sie zu unseren Füßen. Gierig fuhr der Kopf des Vogels Roch nach vorn und pickte eine Dublone nach der anderen auf.
»Gegessen wird«, murmelte ich, »was schmeckt.«
Der Goldhawk gurrte.
Blinzelte uns zum Abschied kurz zu.
Dann steckte er den Kopf ins Gefieder und brütete weiter sein Ei aus, und wir traten in das Labyrinth von Kensington ein und folgten dem Tunnel, der uns noch tiefer hinab in das Innere der Grafschaft führte. Irgendwo im Erdreich über uns hörten wir die Züge der Central Line und der Hammersmith & City durch die Röhren donnern. Wir passierten Shepherd's Bush mit seinen seltsamen Pflanzen, die zu berühren wir tunlichst vermieden, und wurden am Notting Hill Gate von zwei Schakalmenschen erwartet.

»Der Lordkanzler von Kensington«, fauchte der eine, »lässt Euch zu sich bitten.« Emily erkannte unter der dunklen Haut des Menschen den Schakal, dessen Gestalt der Mann allzeit annehmen konnte. Hinter den menschlichen Lippen schimmerten die Lefzen eines Tieres, das eine tödliche Gefahr war für jeden, der sich ihm in den Weg zu stellen wagte. »Seit Stunden schon erwartet er Euer Eintreffen.«

Der zweite Schakalmensch blieb beim Notting Hill Gate zurück, damit der Wachtposten nicht unbesetzt blieb. »Zu viele Gestalten treiben sich neuerdings hier herum«, teilte er uns mit. »Die Spinnen sind nicht die einzigen Wesen, die es abzuwehren gilt.«

Was alles andere als ermutigend klang.

Nun denn.

Wie ein Zauberschloss in einem Märchen ist der Kristallpalast. Der phänomenal genialische Triumph britischer Ingenieurskunst. Über zwanzig Meter hoch und viermal so lang wie die St.-Pauls-Kathedrale, nahezu sechshundert Meter, und das in einer Höhle, die das Gebilde mühelos zu fassen weiß. Einem überdimensionalen Gewächshaus gleicht der Kristallpalast, der seit über siebzig Jahren hier unten lebt. Vierundachtzigtausend Quadratmeter Glas und tausende gusseiserne Träger und Säulen. Im Inneren eine Welt, die wie die hell erleuchtete Grabstätte eines Pharaos anmutet. Bunte Hieroglyphen auf glatt polierten Steintafeln, die sich Monolithen gleich aus dem Pflanzenmeer erheben, die inmitten künstlich angelegter Teiche stehen oder bereits von dem Grün überwuchert worden sind.

Dies ist das Reich, das sich der Lordkanzler von Kensington geschaffen hat. Ein Abbild seiner Heimat und wohnlicher als die Pyramide, die sich unterhalb der Royal Albert Hall in die Tiefe erstreckt und durch deren Spiegel einem der Zugang zur Unterwelt gewährt werden kann.

»Wahrlich, es ist eine lange Zeit vergangen seit unserer letzten Begegnung.« Mit diesen Worten begrüßte uns der Lordkanzler von Kensington in seinem Domizil und verzog die Lefzen zu einem Lächeln, das spitze Zähne und eine schwarze Zunge erkennen ließ. Er schnupperte und nahm Witterung auf. »Miss Laing, das muss ich anmerken, fürchtet sich wohl noch immer vor mir.« Die tiefschwarzen Raubtieraugen musterten das Mädchen aufmerksam. »Wie ich sehe«, fuhr der Lordkanzler fort und betrachtete Emilys gesundes Auge, »besitzt Ihr noch Euer Augenlicht.«

»Ich hatte Glück«, antwortete Emily.

»Das sagen sie alle.«

Er lächelte.

Wie es ein Schakalgott tut.

Dann bot er uns einen Platz an.

Der Lordkanzler von Kensington, den man in Ägypten als Anubis, den Totengott, verehrt hatte, trug einen eleganten dunklen Nadelstreifenanzug. Stiefel aus Schlangenleder, an deren Vorderseiten spitze Krallen herauswuchsen, zierten seine Füße. Inmitten eines Meers aus bunten Kissen saß der Totengott vor einer kunstvollen Wasserpfeife und sah aus, als sei er jeden Moment zum Sprung bereit. Ein Steinbrunnen mit Elfenbeinintarsien erfüllte den grünen Raum, der wie eine Oase anmutete, mit sanftem Plätschern.

»Eine Seuche hat die Stadt der Schornsteine befallen.« Die Stimme des Totengottes klang rau und heiser. »Eine Krankheit, die sich in Windeseile verbreitet und selbst vor den Toren Kensingtons nicht Halt gemacht hat, wie Ihr sicherlich bemerkt habt.« Er seufzte. »Der infizierte Arachnide, von dem mir die Späher berichtet haben, bildet nicht einmal die Ausnahme.« Und knurrend fügte er hinzu: »Ich hätte sie damals wirklich alle ausrotten sollen.«

Er schickte sich an zu bestätigen, was ich bereits befürchtet hatte.

»Die Krankheit«, sprach ich meine Vermutung aus, »beschränkt sich demnach nicht nur auf Menschen.«

Anubis nickte. »Carathis ist das, was wir in der alten Zeit als Ghul bezeichnet haben. Durch sie verdirbt das reine Blut eines jeden Lebewesens. Die Krankheit macht ihr die Wesen, die aus dem bösen Blut geboren werden, Untertan.« Er sog an seiner Wasserpfeife, die unruhig blubberte. »Sie ist nach London gekommen und verbreitet ihre Pestilenz, wie sie es auch schon in meiner Heimat getan hat.« Emily musste an die Geschichten aus dem alten Ägypten denken. »Doch verfolgt sie, glaube ich, weitaus größere Ziele.« Die Ewigkeit in den schwarzen Augen des Gottes schien sich zu verdunkeln. »Sie ist nach London gekommen, um Rache zu üben. Ja, Wittgenstein, das ist es, was ich glaube. Sagt, kennt Ihr die Geschichte von Seth?«

Dem Gott der Wüste und des Chaos?

»Nur das, was in den Büchern steht.«

Anubis lachte zynisch.

»Ja, in der Menschen Bücher.«

Emily schwieg. Sie musste an Aurora denken und vermisste sie wie nie zuvor.

»Die Erde war nichts als Staub«, begann des Lordkanzlers Geschichte, »als Osiris und Isis nach Ägypten kamen und den Menschen zeigten, was Leben bedeutet.«

Das Land erblühte, und Ewigkeiten folgten dem Lauf der Sonne. In Abydos, der alten Stadt der Könige, herrschten Osiris und Isis gerecht und weise über die Menschen. Lehrten Demut und brachten die Geschichten der Götter unter das Volk.

»Bis eine wunderschöne Frau in Abydos erschien«, knurrte der Lordkanzler. »Kadesh war ihr Name, und sie ritt nackt auf einem Löwen in das Land am Nil.«

Osiris empfing Kadesh und ließ sich von ihren schönen Worten umgarnen.

»So begann das Unglück.«

Denn Kadesh war ein Ghul von großer Tücke und Hinterlist. Sie betäubte Osiris mit dem süßen Gift, das von ihren Lippen troff, und sperrte den Körper des Gottes in eine Truhe, die sie in den Nil warf, auf dass sie auf ewig in den schlammigen Grund sinken würde. Mit verderbter Zauberkraft aus dem verborgenen Reich Nubiens, in dem sie geboren worden war, nahm Kadesh die Gestalt des Herrschers an und schickte sich an, über sein Volk zu gebieten.

»Einzig Seth, der ein Bruder des Osiris war, kam hinter Kadeshs Geheimnis.«

Er beschattete sie und folgte ihr auf den Beutezügen, die sie des Nachts unternahm.

Denn Kadesh trank das Blut der Menschen, labte sich an den Schlafenden und Schwachen und Kindern, bis eine Plage das Land überzog, deren niemand mehr Herr zu werden glaubte.

Seth tat den anderen Göttern die Neuigkeit kund.

»Und Kadesh wurde verurteilt.«

Seth, der das Urteil vollstrecken durfte, zerhackte Kadeshs Körper und verstreute die Teile im ganzen Land.

Dort, wo das Blut Kadeshs in die Erde sickerte, entstanden unheilige Orte, die von den Menschen gemieden wurden.

»Was hat diese Geschichte mit dem zu tun, was hier geschieht?«

»Geduld, Wittgenstein«, wies der Totengott mich zurecht, sog an der Wasserpfeife und strahlte aus, was er sich erbeten hatte.

Geduld.

Denn erst das Ende dieser Geschichte würde die Erkenntnis bringen. Ob wir nun wollten oder nicht.

»Kadesh war zerstört, und die Plage, die von ihr ausgegangen war, verschwand.«

Die Truhe mit dem betäubten Osiris war vom Nil ins Meer und von den großen Wellen und den Gezeiten bis zum Hafen Byblos getragen worden. Dort erwachte Osiris und kehrte nach langer Reise in sein Heimatland zurück.

»Doch ist dies nicht der Teil der Geschichte, der für Eure Belange interessant ist.«

»Sondern?«

»Kadesh war die Tochter eines mächtigen Ghuls aus den tiefen Wäldern Nubiens. Eines Ghuls, der vor langer Zeit in den Höhlen des Roten Meers gezeugt worden war, als die Ewigkeit noch ein Sandkorn im Auge der Sonnenscheibe war.«

»Carathis«, murmelte Emily.

Anubis knurrte zustimmend.

»Ihr sagt es. Carathis war die Mutter Kadeshs und sie zürnte Seth, weil er Kadesh getötet hatte.«

Anubis schwieg.

Er sah mich durch den Rauch der Wasserpfeife an.

Mit den pechschwarzen Augen eines hungrigen Schakals.

»Deswegen«, fauchte er und ballte wütend die Fäuste, »musste Seth sterben.«

Emily riss die Augen auf.

Erinnerte sich an den freundlichen Mann, mit dem sie so oft im Britischen Museum gesprochen hatte. Der ihr von den Meisterleistungen Compollions berichtet und Geschichten von Sphingen und Skorpionen erzählt hatte.

»Amrish Seth«, murmelte sie.

Der Lordkanzler nickte.

»Als die alten Götter Ägypten verließen«, erklärte er uns, »da wanderte Seth in ein Land, das weit entfernt im Osten lag. Ein Land, das man später Indien nennen sollte.«

»Und Carathis?«

»War immer auf der Suche nach ihm.«

Carathis musste Seth bis nach Indien gefolgt sein, wo sich die Menschen vor ihr gefürchtet hatten. Wo man sie mit Blutopfern zu besänftigen versucht hatte. Wo man ihr einen neuen Namen gegeben hatte. Einen neuen Namen für ein neues Leben.

Kalidurga.

Schmaschana Kali.

»Und als Seth schließlich nach London kam«, dachte ich laut.

»Ist Carathis ihm gefolgt.«

Konnte das die Lösung sein?

»Viele der alten Götter leben jetzt hier«, sagte Anubis, »schon lange.« Und in kurzen Worten berichtete er von Khnum, der ein Geschäft für griechische Spezialitäten in

Camden Town betreibt, und Sachmet, die Naturheilkunde in Stanmore lehrt. Von Horus, der einst mit einem magischen Wesen aus dem Land hinter den Wassern den Vogel Roch gezeugt hat und nun als Elektriker in Cudbury Hill arbeitet. Und von Sobek und Wadjit, die beide im Londoner Zoo arbeiten. Isis lebt seit mehr als zwei Jahrtausenden in Oxford, und Osiris, dessen Interesse an Reisen bereits vor langer Zeit geweckt worden war, besucht sie dort, wann immer er sich in der Gegend aufhält.

»Seth, der sich später Amrish Seth nannte«, schloss Anubis die Aufzählung, »hat die Arbeit im Britischen Museum geliebt. Er hatte sich nie ganz von den alten Zeiten lösen können.« Ein Schatten legte sich über die geschlitzten Raubtieraugen. »Am Ende hat Carathis ihre Rache doch noch nehmen können. In Barkingside Beneath.«

Vetala-pancha-Vinshati.

»Carathis hat Alexander Grant zu einem ihrer Kinder gemacht«, dachte ich laut, »und der hat Amrish Seth in eine Falle gelockt.«

»So könnte es gewesen sein.«

Emily fragte sich insgeheim, welche weiteren Enthüllungen ihr wohl noch bevorstehen würden. An Alexander Grant zu denken, wie er dem einstigen Wüstengott die Kehle aufschlitzte, schmerzte sie noch immer. Zu Eliza Holland führten diese Gedanken zurück und zu jenem Tag, an dem Emily ihrer Freundin die Nachricht vom Schicksal Alexanders hatte überbringen müssen. Wieder einmal glaubte Emily, nur ein kleiner Teil in einem Spiel zu sein, das lange vor ihrer Geburt begonnen hatte und nunmehr seinem Ende zuging.

»Was können wir denn tun?« Jemand, fand Emily, musste diese Frage stellen.

»Ihr, Miss Laing«, knurrte der Lordkanzler, »könnt in die Hölle hinabsteigen und nach Liliths Maske suchen. Denn die ist der Schlüssel zur Rettung Londons.«

»Eine Maske?«

»Eine Totenmaske.« Die schwarze Zunge fuhr über des Lordkanzlers spitze Schnauze. »Um Euch dies mitzuteilen«, grummelt er, »habe ich Euch zu mir bestellt.« Die Raubtieraugen schienen in Vergangenheit und Zukunft gleichermaßen zu blicken. »Master Micklewhite ist, wie ich hörte, nach Konstantinopel aufgebrochen, um Professor Pickwick zu konsultieren. Nun ja, Wittgenstein, das ist ein kluger Schachzug. Denn die Hölle ist im Wandel begriffen, und Ihr braucht jemanden, der sich dort unten auskennt. Denn Ihr müsst in Tiefen hinabsteigen, in die sich bisher noch niemand vorgewagt hat. Nicht einmal Orpheus.«

»Welcher Ort ist es, den wir aufsuchen müssen?«

»Habt Ihr Zeit für eine weitere Geschichte, Alchemist?«

»Ja.«

»Und Ihr, Miss Laing?«

Emily nickte.

»Natürlich.«

Genau die Antworten, die der Lordkanzler hatte hören wollen.

»Einst gab es eine Kaste von Wesen«, hielt er sich nicht lange mit Floskeln auf, »die der allmächtige Träumer geschaffen hatte, um die Schöpfung zu beaufsichtigen. Einige von ihnen leben noch immer am Oxford Circus.« Eine Krallenhand strich über die spitzen Ohren. »Damals, als die Zeit jung war, lebten die Engel an einem fernen Ort, den sie selbst Himmel nannten. Und es begab sich in jenen alten Tagen, dass eines dieser Wesen in Liebe entflammte zu einer abtrünnigen Menschenfrau. Ra war der Name, den die Ägypter ihm gaben. Ihr, Wittgenstein, habt ihn kennen gelernt: Lycidas, der im Tower von London regierte, bis die Geschehnisse eine für ihn unglückliche Wendung nahmen. Lucifer, wie seine Brüder ihn später nannten, der wegen der tiefen Gefühle, die er Lilith gestand und die er niemals hätte empfinden dürfen, aus dem Himmel verbannt wurde und den die Menschen fortan fürchteten, weil niemand den Unterschied zwischen Hölle und Totenreich kennt.« Anubis inhalierte tief aus der Wasserpfeife, und die Blasen in dem eleganten Gefäß stiegen auf und brachen das Licht der warmen Fackeln, die uns umgaben und den Eindruck erweckten, wir befänden uns am Lagerfeuer in einer fernen Oase und nicht in den Eingeweiden des Kristallpalastes tief unterhalb der High Street. »Der Legende nach herrschte Lilith als Königin im fernen Zmargad, als der Träumer seine Heerscharen entsandte, um sie und ihren Nachwuchs töten zu lassen. Lucifer erreichte das Totenfeld erst nach der Schlacht. Überall suchte er nach Lilith, doch nirgends fand er eine Spur. Die blutrünstigen Gabrieliten, die des Träumers Auftrag ohne Skrupel ausgeführt hatten, waren bereits in den Himmel zurückgekehrt.«

Emily schluckte.

Dachte an Madame Snowhitepink und ihre Besuche im Waisenhaus.

»Inmitten der Leichenteile und steinernen Trümmer fiel Lucifer auf die Knie«, berichtete der Lordkanzler und hielt kurz inne, bevor er sagte: »Und dann tat er etwas, was die Engel normalerweise nicht zu tun vermögen.« Mit einem Mal wirkte der Totengott aus Kensington unendlich alt und müde. »Lucifer weinte heiße Tränen, weil er Lilith zerschmettert und tot glaubte und seinen Himmel, der schon lange nicht mehr mit dem Himmel des Träumers und der anderen Engel identisch gewesen war, auf ewig schwinden sah. Er weinte, und in seiner Trauer formte er aus dem Sand der Wüste und seinen bitteren Tränen eine Totenmaske. Allein die Erinnerung an die wenigen Augenblicke, die er in der Gegenwart Liliths hatte verbringen dürfen, ließ ihn das Antlitz dieser wunderschönen Frau erschaffen. Am Roten Meer sah er sie stehen und stolz und schön den Engeln Widerstand leisten. Wie Musik klangen ihre Worte noch in Lucifers Ohren. Und mit der Glut seines Engelsherzens brannte er aus den Erinnerungen und Gefühlen die Maske zu einem gläsernen Bildnis.«

»Aber Lilith lebte«, entfuhr es Emily.

Der Lordkanzler sah das Mädchen an. »Ihr habt sie kennen gelernt.«

Nach wie vor hörte Emily in ihren Träumen das Lied, das Lilith gesungen hatte. In jener Nacht in der St.-Pauls-Kathedrale.

»Ja, ich bin ihr begegnet.«

»Als Lucifer die Totenmaske sah«, fuhr Anubis fort, »da benetzten seine Tränen das gläserne Ding, das Liliths Antlitz war. Und die Maske begann zu ihm zu sprechen. Lucifer, der inmitten des Schlachtfeldes an den Gestaden einer fernen Stadt kniete, hörte die Stimme Liliths. Alle Sorgen fielen von ihm ab, und er machte sich auf zu dem Ort, an dem Lilith sich versteckt hielt und wo er sie endlich in die Arme schließen konnte.«

»Was dem Träumer gar nicht gefiel.«

»Ihr sagt es, Kind!«

Der Rest der Geschichte war uns bekannt.

Lucifers Aufbegehren im Himmel. Die Revolte, die blutig niedergeschlagen wurde von den Legionen der Gabrieliten, die dem allmächtigen Träumer bedingungslos ergeben waren. Deren Flammenschwerter die abtrünnigen Engel dahinschlachteten oder in die ewige Verbannung schickten. Hinab zur Erde, wo sie der Menschen Schicksal teilen sollten.

»Und die Maske?«

»Verschwand«, gab Anubis zur Antwort. »Manche behaupten, sie sei zerstört worden, als Babylon fiel. Andere vermuten sie in der Hölle.« Die Schakalaugen funkelten listig. »Wenn sie zerstört worden ist, dann wäre es müßig, sich Gedanken darüber zu machen, sie zu finden.« Die Lefzen zogen sich zu einem Grinsen zurück. »Wenn sie sich aber, wie ich vermute, in der Hölle befindet, dann wird es Eure Aufgabe sein, sie zu finden.«

»Um was damit zu tun?«

»Gute Frage, Wittgenstein.«

»Nun?«

»Das herauszufinden, wird auch Eure Aufgabe sein.«

»Ihr beliebt zu scherzen.«

»Ich bin Anubis!«

»Das ist keine Antwort.«

Der große Totengott knurrte. »London ist Eure Stadt, und wenn Ihr wollt, dass ihr nicht das gleiche Schicksal widerfährt wie einst Achet-Aton, dann müsst Ihr Euch etwas einfallen lassen.« Wütend schlug die Krallenhand in ein Kissen. »Mein Wissen reicht nicht aus, um Euch bis ans Ende des Weges führen zu können. Lycidas war ein Geheimniskrämer, und Lilith hat auch nie etwas über die Maske verlauten lassen. Es war ihrer beider Geheimnis.«

»Wo«, versuchte ich es diplomatischer, »vermutet Ihr denn die Maske?«

»Lycidas hat die meisten Dinge von Wert in den Limbus bringen lassen, damals, bevor es zu den Ausschreitungen gekommen ist.«

»Aber niemand weiß, wo sich der Limbus heute befindet.«

Das war das Problem.

Einst hatte es mehrere Zugänge zur Hölle gegeben, gleich hier in London. Doch waren alle Zugänge von den Urieliten versiegelt worden. Und wenn sich die Hölle im Wandel befand, so war nichts mehr dort, wo wir es einst vorgefunden hatten.

»Sucht den Rat von Pilatus Pickwick«, brachte der Lordkanzler es auf den Punkt, »und findet die Maske der Lilith.« Er seufzte. »Dies ist alles, was ich Euch mit auf den Weg geben kann.« Er hob einen Krallenfinger, der lang und knochig aussah. »Lilith wird Carathis besiegen und der Seuche ein Ende bereiten können. Das ist alles, was wir im Auge behalten müssen.«

»Erlaubt mir noch eine Frage«, bat ich den Lordkanzler.

»Sprecht!«

»Wer ist al-Vathek?«

»Manche glauben, er sei ein Ghul gewesen. Doch in Wahrheit war er vieles. Kaufmann, Entdecker, Eroberer. Die Beduinen des Sinai nannten ihn den Bezwinger.« Was genau er bezwungen hatte, sagte Anubis nicht.

»Er weilt in London.«

»Und will Carathis töten«, sagte Emily.

»Ja, er kennt Liliths Geschichte, und er will einen Pakt mit ihr eingehen, damit Carathis vernichtet wird. Die Späher haben mir davon berichtet.«

»Aber warum will er Carathis vernichten?«

Die Antwort, die uns Anubis gab, hätte unbestimmter kaum sein können: »Er wird seine Gründe haben. Und solange seine Absichten den unsrigen nicht zuwider laufen, sollten wir ihn gewähren lassen.«

Mit diesen Neuigkeiten im Gepäck verließen wir Kensingtons Kristallpalast und kehrten nach London zurück. Lilith musste zum Leben erweckt werden, wozu wir wiederum die Maske benötigten. Und Pilatus Pickwick war unsere Eintrittskarte in die Hölle.

Das alles ergab jedoch noch keinen Plan.

Nicht wirklich.

»Was tun wir jetzt?«, fragte Emily, als wir in Marylebone die U-Bahn verließen. Abgase lagen wie Nebel in der kalten Luft, und die Autos hupten wütend in ihrem Bemühen, die City zu verlassen. Die Menschen waren hektisch und betriebsam. Wuselten an uns vorbei, und keiner schenkte uns Beachtung.

Schwere Wolken hingen über London.

»Fragen Sie mich am besten gar nicht erst«, gab ich meiner Begleiterin zur Antwort.

Beide schlugen wir die Kragen der Mäntel hoch und beschleunigten die Schritte.

Dicke Flocken wirbelten durch die eisige Luft.

»Es hat zu schneien begonnen«, stellte Emily fest.

Und die Schneeflocken, die unsere Gesichter benetzten, sahen aus wie Tränen, deren wir uns noch gar nicht bewusst geworden waren.

Kapitel 15

Lady Mina

Emily Laing, die noch zu jung war, um sich alt zu fühlen, fragte sich im Stillen, wie alt man denn sein musste, um sich nicht mehr jung zu fühlen.

Mit angewinkelten Beinen saß sie auf ihrer Matratze und blickte gedankenverloren zum Fenster hinaus, wo seit Stunden schon dicke Schneeflocken die Stadt der Schornsteine in ein Wintermärchen verwandelten. Wie damals. Als das Licht in der Laterne von St. Pauls noch gebrannt hatte. Als die Engel einen Sturm aus Schnee entfesselt hatten, in dessen Wirbel Lycidas gebannt worden war. Als Mylady Lilith gesungen hatte.

Du bist traurig, stellte die Ratte, die seit einem Tag in Marylebone unter dem Dach derer von Hampstead wohnte, fest.

Die kleinen schwarzen Kulleraugen beobachteten das Mädchen. Das graue Fell, das so samtweich war, wenn es Emilys Haut berührte, schimmerte warm im durch das Fenster fallenden Schein der Straßenlaternen und des schneehellen nächtlichen Firmaments.

»Ich vermisse Aurora«, gestand Emily.

Bereits am Morgen war eine Nachricht aus Konstantinopel in Marylebone eingetroffen, in der Maurice Micklewhite seine Absicht bekundete, vom Bosporus nach Paris zu reisen, weil Professor Pickwick allem Anschein nach schon seit einigen Monaten in der Metropole an der Seine weilte, um dort seine Höllenforschungen voranzutreiben. Das Telegramm war von den beiden Reisenden am Bahnhof von Konstantinopel in aller Eile aufgegeben worden, kurz bevor sie erneut im Begriff gewesen waren, den Orient-Express zu besteigen. Jetzt mussten sie unterwegs sein, irgendwo in den Alpen.

Besorgt betrachtete das Mädchen die Schneeflocken, die draußen vor dem Fenster über der Stadt der Schornsteine ihre nächtlichen Tänze tanzten.

Du wirst sie wiedersehen. Die spitze Schnauze der Ratte, die eine Rättin war, rümpfte sich sachte. *Master Micklewhite und deine Freundin werden wohlbehalten nach London zurückkehren.*

»Und wie geht es dir?«

Ich bin einsam, sagte die Rättin, die noch sehr jung war.

So lange schon hatte Emily mit keiner Ratte mehr gesprochen, dass sie schon fast vergessen hatte, wie es sich anhörte. Dass es ein Piepsen war und Schnalzen, das für ihre Ohren einen Sinn ergab. Was sie wiederum daran erinnerte, dass sie ein Wechselbalg war. Anders als die anderen.

Lusus Naturae.

In der Küche hatte die Rättin gesessen, wie seinerzeit Lord Brewster im Waisenhaus in Miss Philbricks Küche gehockt hatte. Auf einem Sack Kartoffeln hatte sie in geduckter Haltung gekauert, als Emily am Abend ein Glas Milch hatte trinken wollen.

Du bist Emily Laing, hatte die Rättin gesagt.

»Ja.«

Angst hatte Emily keine verspürt. Eher Verwunderung ob der Tatsache, dass sich eine Ratte in unserem Haus herumtrieb. Nachdem die Gesellschaft die Ratten geächtet hatte, kam es immer seltener vor, dass man auf Nager traf, die ein Gespräch suchten. Und irgendwie hatte Emily von Anfang an das Gefühl beschlichen, dass es sich bei diesem Tier um keine gewöhnliche Ratte handelte.

Mina ist mein Name, hatte sich die Rättin höflichst vorgestellt, *und ich suche einen warmen Platz für die Nacht.* Gezittert hatte der kleine Körper vor Aufregung. Womöglich, hatte Emily sofort gedacht, hat sie Angst, dass ich ihr etwas antun könnte. Aber insgeheim vermutet, dass es ein anderer Grund war, der das Tier hierher getrieben hatte.

»Wer bist du?«

Mylady Hampstead, hatte die Ratte gestanden, *war meine Mutter.*

Emily hatte das Tier nur angestarrt.

Mit offenem Mund.

Wenn das keine Neuigkeit war.

»Dann ist Wittgenstein dein Bruder?«

Stiefbruder, hatte die Rättin gepiepst, die Lady Mina war.

Und dem Mädchen war es gewesen, als kehrten all die unliebsamen und auch schönen Erinnerungen mit einem Mal zurück. Ja, sie hatte die dunklen Augen wiedererkannt. Die Gesichtszüge des pelzigen Wesens.

»Du hast die Schnauze deiner Mutter.«

Lady Mina hatte sich darüber anscheinend gefreut.

Hatte die Ohren angelegt.

»Und du hast ihr Lächeln.«

Ich habe sie kaum gekannt, hatte sie gestanden. *Mylady Hampstead, meine ich.*

Emily war zu der jungen Rättin gegangen und hatte sich vor den Kartoffelsack gekniet.

Sie ist gestorben und niemals wieder zu uns in die Kanalisation zurückgekehrt. Wir mussten zusammenhalten. Zwölf Geschwister. Von denen ich die Letzte bin. Die Rattenfänger haben die anderen alle geholt. Am Tage. In der Nacht. Ihnen die Felle abgezogen und am Ravenscourt und Müllmarkt verkauft.

»Warum bist du nicht früher zu uns gekommen?«

Ich habe mich geschämt. Wegen der Dinge, die den Ratten nachgesagt werden.

»Aber deine Mutter war eine ehrenwerte Rättin.«

Trotzdem. Lord Brewster hat uns alle in Verruf gebracht.

Lady Mina war ins Stocken geraten.

Der Ratten Leben, hatte sie geseufzt, *ist nicht einfacher geworden nach dem, was damals geschehen ist. Allzeit müssen wir uns verstecken. Es gibt Rattenfänger in der uralten Metropole, die Geräte benutzen. Elektronisches Zeug, das uns aufspürt. Gift, das uns die Sinne benebelt.*

Emily hatte das Tier gestreichelt.

Aber offenbar war die Rättin erst so richtig erleichtert gewesen, nachdem Emily sie zu mir ins Arbeitszimmer gebracht hatte, um mir zu verkünden, dass sich die Familie vergrößert hatte.

»Wie fühlen Sie Sich?«

Sprachlos war ich in dem riesigen Sessel versunken, hatte mir verlegen die langen Haare aus dem Gesicht gestrichen und der Stiefschwester, die da auf meiner Hand saß, in die Augen geschaut.

Verwirrt.

Überrumpelt.

»Mina«, hatte ich gemurmelt, »ist ein schöner Name.«

Ihr sachte über das Köpfchen gestrichen.

Neuigkeiten hatte sie uns mitgeteilt. Seltsame Geschichten von den Black Friars, die wir nicht zu durchschauen vermochten, die McDiarmid aus Islington aber bereits in meinem Beisein angedeutet hatte.

Am Ende hatte ich die Rättin mitten auf den Schreibtisch gesetzt, mir den Mantel gegriffen und war in das Schneegestöber hinausgeeilt, weil ich mit einem Mal noch wirklich dringende und sehr viel Zeit schindende Dinge zu erledigen gehabt hatte, die keinen Aufschub duldeten.

»Aber du musst dich doch nicht mehr einsam fühlen. Dies ist Hampstead Manor«, sagte Emily nun in der Dachkammer zu Lady Mina. »Es ist dein Zuhause.«

Die Rättin bei sich zu wissen, war sehr tröstlich für Emily.

Den ganzen Tag über hatte sie an die beiden Reisenden in der Ferne denken müssen. An die fremde Welt, durch sie sich bewegten. An die Gefahren, die auf dem Kontinent lauern mochten.

Sie hatte die U-Bahn hinüber zur Whitehall-Schule genommen, doch als sie dort angekommen war und die graue Fassade des großen Gebäudes gesehen hatte, als sie der Gruppen uniformierter Schüler gewahr geworden war, die sich tuschelnd auf dem Schulhof und in den langen Korridoren der Schule zusammengerottet hatten, um ihr neugierige und abfällige Blicke zuzuwerfen, da hatte Emily Laing mit einem Mal der Mut verlassen.

Bisher war sie noch nie allein in der Whitehall-Schule gewesen. Immer war Aurora an ihrer Seite gewesen. Aurora Fitzrovia, die zu ihr stand, was immer auch geschehen mochte.

Einmal, hatte sich Emily mit Grauen erinnert, hatte

einer ihrer Mitschüler ihr während des Unterrichts eine Karrikatur zugeschoben. Das frei von jeglichem Talent dahingekritzelte Bildnis eines Mädchens, in dessen leichenblassem Gesicht ein riesiger, unförmiger Felsbrocken prangte. Der Mund des strichmännchenhaften Mädchens war ein an beiden Seiten nach unten gebogener Halbkreis gewesen. Lusus Naturae, hatte in unsauberer Handschrift über dem Gesicht gestanden. Und darunter hatte ein anderer, nicht minder feinfühliger Schüler geschrieben: hässlich bleibt, was hässlich ist.

Nach wenigen Augenblicken nur, in denen Emily am liebsten laut losgeschrien hätte, hatten beide Schüler wegen überaus starken Nasenblutens, Schwindels und plötzlich auftretender Kopfschmerzen den Klassenraum verlassen und sich zum Krankenzimmer begeben müssen.

Alle hatten natürlich gewusst, was geschehen war. Die Trickster hatte von ihren abartigen Fähigkeiten Gebrauch gemacht. Hielt sich für etwas Bessres. Rothaarige Missgeburt, hatte Emily die anderen Schüler hinter vorgehaltener Hand flüstern hören. Steinauge. Hexe. Rattenweibchen.

Allein Aurora hatte ihr beigestanden. Ihre Hand ergriffen und gemeinsam mit Emily das Schulgebäude verlassen, obwohl Miss Monflathers ihnen beiden dies ausdrücklich untersagt hatte. Den ganzen Tag über hatten sich die Freundinnen in den Geschäften und Cafés von Soho herumgetrieben, bevor sich Emily endlich getraut hatte, nach Marylebone heimzukehren, wo sie eine Strafpredigt ihres Mentors erwartet hatte, die aber ausgeblieben war, weil ihr Mentor es vorgezogen hatte, seiner Schutzbefohlenen von einigen Begebenheiten zu berichten, die sich während seiner Schulzeit in Salem House zugetragen hatten.

Am Morgen des nächsten Tages waren die Plätze der beiden Schüler, die so schnell den Unterricht hatten verlassen müssen, leer geblieben.

Und am darauf folgenden Tag ebenso.

Vorübergehend habe man die beiden in ein Sanatorium überstellen müssen, hatte eine überaus betroffen wirkende Miss Monflathers der Klasse mitgeteilt. Nicht ohne Emily einen bösen Blick zukommen zu lassen. Einen Blick, an den sich das Mädchen während der kommenden Wochen hatte gewöhnen können. Denn Blicke dieser Art waren ihr zuhauf zugeworfen worden. Es waren Blicke gewesen, die nicht mehr schwanden. Die immer da waren, sobald sie in ihrer düsteren Kleidung auch nur durch die nach Putzmittel und altem Holz riechenden Korridore der Schule schlich. Die sie nur ertragen konnte, wenn sie nicht allein dort war.

Wenn Aurora Fitzrovia neben ihr ging und die bösen Blicke abfing.

Deswegen hatte Emily ohne Aurora nicht nach Whitehall gehen können.

Nicht allein.

Nicht an diesem Tag.

Stattdessen hatte sie sich in der Stadt herumgetrieben, feststellen müssen, dass Eliza Hollands Laden geschlossen hatte, und war gegen Mittag im alten Raritätenladen gestrandet, wo Edward Dickens sie die Neuzugänge in die hohen Regale hatte sortieren lassen. Eine Tätigkeit, der sie weitaus lieber nachkam, als in der Schule herumzuhängen. Bei der sie inmitten des vielen Papiers, das so voller niedergeschriebener Geschichten und Eindrücke war, ungestört hatte nachdenken können über alles, was ihr durch den Kopf ging seit unserem Besuch drüben in Kensington.

Später, zurück in Marylebone, war Emily in ihrer Kammer verschwunden.

Wo sie hatte allein sein wollen.

Mit ihren Gedanken.

Der Stille.

Den Schneeflocken vor dem Fenster.

Und dann hatte Lady Mina zögerlich an der Tür gekratzt, und Emily hatte sie in die Dachkammer eintreten lassen, und Mädchen und Rättin hatten miteinander geredet.

Wie Freundinnen, die noch nicht wissen, dass sie Freundinnen sind, es zu tun pflegen, wenn es draußen kalt und stürmisch ist und sich die Welt nur in der Wärme einer gut beheizten Kammer ertragen lässt.

Irgendwann in der Nacht schloss Lady Mina dann die Augen. Zusammengerollt, wie es nun einmal der Ratten Art ist, lag sie neben Emilys Kopfkissen, und das sanfte Atmen der Rättin beruhigte das Mädchen, dessen Gedanken wilde Gebilde waren, die langsam nur zur Ruhe kommen wollten. Neben der Matratze ruhte in einem hölzernen Kästchen das Mondsteinauge, das auf immer ein Teil des Waisenmädchens aus Rotherhithe bleiben würde.

Draußen, über London, fiel der Schnee in dicken Flocken. Und als Emily endlich einschlief, da ahnte sie natürlich nicht im Geringsten, dass dies für lange Zeit die letzte Nacht sein würde, die sie in ihrem Zuhause in Marylebone würde verbringen können.

Kapitel 16

Elephant & Castle

Die Welt ist gierig, und manchmal verschwinden Menschen in ihrem Schlund, ohne jemals wieder gesehen zu werden. Es traf uns unvorbereitet, zumal wir Maurice Micklewhite und Aurora Fitzrovia in Paris glaubten. Ein Telegrammbote überbrachte die Nachricht, dass unsere beiden Gefährten den Orient-Express nicht in Paris verlassen hatten. Der Zug würde gegen Mittag im Bahnhof von Elephant & Castle ankommen. Unsere Anwesenheit sei erwünscht.

»Warum kommen die beiden bereits jetzt nach Hause zurück?«

Ich nippte verschlafen an meinem Kräutertee.

Erst in den frühen Morgenstunden war ich aus dem Stadtteil Islington nach Marylebone zurückgekehrt, und in Anbetracht der seltsamen Nachricht aus Paris, die Hampstead Manor noch vor Tagesanbruch erreicht hatte, war mir der Schlaf, den ich mir insgeheim erhofft hatte, in keiner Weise vergönnt gewesen.

»Vielleicht haben sie Pilatus Pickwick doch noch in Konstantinopel ausfindig machen können?«

»Möglich.«

Doch eher unwahrscheinlich.

»Darf ich Sie begleiten?« Emily sah mich flehendlichst bittend an.

»Nach Elephant & Castle?«

»Ja.«

»Das würde aber bedeuten, dass Sie heute nicht am Unterricht teilnehmen können.« Einen strengen Blick ließ ich ihr zuteil werden. »Miss Monflathers wird betrübt sein.« In Anbetracht des Gesprächs, das ich mit Peggotty geführt hatte, war es der Situation wohl angemessen, höchst tadelnd auszusehen. »Aber unter Berücksichtigung der Umstände denke ich, dass eine Entschuldigung vertretbar ist.« Ich leerte meine Tasse Kräutertee und überlegte kurz: »Klingt Unwohlsein glaubhaft?«

Emily lächelte dankbar und nickte.

So machten wir uns nach dem Frühstück auf den Weg.

Die Bakerloo Line brachte uns ins südliche London, hinunter nach Elephant & Castle, wo sich bereits eine große Menschenmenge versammelt hatte und gebannt die Ankunft des Orient-Express erwartete.

»Was haben Sie heute Nacht in Islington gemacht?«, wollte Emily wissen, als wir uns in dem engen, überfüllten Abteil der U-Bahn durchschütteln ließen.

Auf der Schulter des Mädchens hockte Lady Mina, was die Leute in dem Abteil auf Abstand gehen ließ. Die meisten Menschen mögen nun einmal keine Ratten.

»Ich habe Master McDiarmid getroffen.«

»Sie beide treffen sich oft in letzter Zeit.«

»Ja, das tun wir.«

»Es gibt keine Zufälle«, zitierte Emily mich.

»Ich weiß.«

Nach dem Besuch in Islington war ich am Cecil Court gewesen, um Eliza Holland einen Besuch abzustatten und ihr einige Fragen zu stellen, die, so glaubte zumindest McDiarmid, mir die junge Frau würde beantworten können. Doch weder im »Havisham's« noch in der Wohnung über dem Laden hatte Licht gebrannt, und auf mein Klingeln hin hatte auch niemand geöffnet.

Aber es war zu früh, um Emily davon zu berichten.

Von den Verdächtigungen.

Zu eng befreundet waren die beiden.

»Später«, vertröstete ich meine Schutzbefohlene, die meine Antwort schmollend zur Kenntnis nahm.

Dann erreichten wir den Bahnhof und die aufgebrachte Menschenmenge, die sich auf den Bahnsteigen und in den Gängen versammelt hatte und in der hunderte von plappernden Mündern Gerüchte schufen, die sich rasend schnell verbreiteten.

»Was ist hier nur los?«

Niemals zuvor hatte Emily den Bahnhof in solcher Aufregung gesehen. Man konnte die Panik förmlich riechen.

Nicht einmal die Katzenfleischfrauen boten ihre Ware feil, und die Grasfresser aus Brixton hatten anscheinend das Weite gesucht.

Schaffner und Angestellte der London Regional Transport redeten auf die Leute ein. Die Metropolitan Police hatte ganze Bereiche des Bahnhofs abgeriegelt.

Der riesige bunte Elefant, der aus dem Mauerwerk der alten Befestigungsanlage von Lambeth Marsh herausragt und der ein Gebäude ist, in dem sich anrüchige Etablissements von jener Art befinden, die eines Bahnhofs würdig sind, war grell und hell erleuchtet, aber dennoch geschlossen. Die mit Glitzerkram besetzten Stoßzähne ragten funkelnd über die Köpfe der aufgeregt tuschelnden Passanten hinweg.

»Was geht hier vor?« Die Gerüchte ignorierend, sprach ich einen Schaffner der CIWL an, der untätig und nervös neben einer der Rolltreppen stand.

Nahezu erschrocken fragte er: »Wer sind Sie?«

Bahnpersonal!

»Wittgenstein«, gab ich umgeduldig zur Antwort und wiederholte meine Frage.

»Der Orient-Express«, antwortete der Mann, »ist bereits eingetroffen.«

Ich schaute auf die Uhr. »Eine Stunde zu früh?«

»Er befindet sich jetzt auf einem der Sidings«, stammelte der CIWL-Mann. »Die Metropolitan war der Ansicht, dass wir ... in Anbetracht der Umstände ... nun ja, es sei nicht ratsam, dass Menschen sähen, was ...« Mittlerweile begann sich die Nervosität des Mannes in Verbindung mit der Aufregung der Menschenmassen auf Emily und mich zu übertragen.

Mit einer Stimme, die so ruhig wie möglich klang, wiederholte ich meine Frage zum dritten Mal. »Was, guter Mann, ist hier unten geschehen?«

Er rollte mit den Augen, holte tief Luft und murmelte: »Wir wissen es nicht.«

Das war genug.

Ich packte ihn am Kragen. »Bringen Sie es einfach über die Lippen«, bat ich ihn.

»Ich darf nichts verlauten lassen«, sagte er. »Auf höchsten Befehl.«

Was sollte denn das nun wieder heißen?

»Auf wessen Befehl?«

Meinte er die Metropolitan?

Die Garde?

Den Senat?

Die Regentin?

»Mein Herr, Sie müssen sich gedulden, wie es all die anderen Fahrgäste auch tun.«

Emily sah mich an.

Lady Mina kringelte aufgeregt den Schwanz.

Ich senkte die Stimme und flüsterte: »Ich bitte Sie hiermit wirklich zum letzten Mal.« Ganz nah kam ich dem Gesicht des CIWL-Mannes und hauchte ihm förmlich ins Ohr: »Es gibt andere Wege, wenn Sie den Mund nicht aufbekommen.«

»Die Dienstvorschrift«, berief sich der CIWL-Mann auf das Regelwerk, das die Bibel für jeden Bediensteten hier unten zu sein schien, »ist eindeutig.«

Ich zog ein Gesicht und nickte Emily kurz zu.

»Tun Sie es einfach«, befahl ich ihr.

Und meine Schutzbefohle sprang mühelos in Gedanken in den Raum, der das Bewusstsein des Schaffners war. Sie konzentrierte sich auf die Schatten und griff nach der Furcht des Mannes, die ein schwarzes, knotiges Ding war, und sah die Bilder, die der CIWL-Mann zu sehen gezwungen gewesen war und die ihn plagten und noch Wochen nach diesem Tag heimsuchen würden.

»Die Wagen waren alle verlassen.«

Es war Emilys Stimme.

Denn Emily sah alles.

Wagen mit blutverschmierten Fenstern. Verwüstete Abteile. Verstreute Gegenstände auf den Böden. Dinge, die jemandem gehört hatten und niemandem mehr gehören würden. Angehörige der Metropolitan Police, die Überreste untersuchten, die aussahen wie verbranntes

Fleisch. Bedienstete der Bahngesellschaft, die Abteilnummern mit Fahrgastverzeichnissen verglichen. Listen abhakten. Sie spürte Furcht, Ekel, Ohnmacht. Sah die Lokomotive. Den Zugführer. Festgebunden am Steuerpult. Hörte Schreie.

»Es sieht aus wie in Waterstone Junction«, erklärte mir Emily. Sie musste schlucken, bevor sie sagte: »Nur schlimmer.«

Dann radierte sie die Bilder aus dem Bewusstsein des Schaffners. An nichts mehr würde sich der Mann erinnern können, wenn Emily seinen Verstand verlassen hatte. Nur dastehen würde er und blinzeln und sich fragen, was er denn auf dem Bahnsteig verloren habe.

Denn das war es, was Emily bewirken konnte. Das war die Gabe, die sie besaß. Ihr Trickster-Geschick. Sie konnte in fremde Köpfe eindringen und sie aufräumen oder sie in völligem Durcheinander versinken lassen.

Sie atmete tief durch.

Tauchte aus der Bilderflut auf.

Setzte die Bruchstücke zusammen.

»Die Vinshati sind im Zug gewesen.«

Mehr gab es nicht dazu zu sagen.

Tränen traten ihr in die Augen.

»Wenn Aurora und Master Micklewhite in dem Zug gewesen sind …« Sie beendete den Satz nicht. Starrte stattdessen in die Gesichter der anderen Menschen, die dicht gedrängt und ratlos dastanden. In jedem dieser Gesichter stand die Ahnung geschrieben, dass etwas Furchtbares geschehen war. Es gab Menschen, die nach ihren Angehörigen schrien. Solche, die schimpften. Andere, die still weinten. Jeder versuchte mit dem Verlust, den er zweifelsohne zu beklagen hatte, auf seine Art fertig zu werden.

Alle hier Anwesenden hatten geliebte Menschen vom Bahnhof abholen wollen. In ihrer aller Leben war nun etwas zerstört.

Und Emily musste an die Worte des Shah-Saz denken.

An all die Geschichten.

Sie sah Aurora vor sich.

Und Maurice Micklewhite.

Wollte weinen.

Konnte aber nicht.

Sie stand einfach nur da und sah den Menschen zu und spürte Lady Mina, wie sie auf ihrer Schulter saß und aufmunternd die Schnauze gegen ihren Hals drückte. Und es war ein einziger Gedanke, der sie nicht mehr losließ. Der alles ausdrückte, was um sie herum geschehen war, immer noch geschah und geschehen mochte. Ein Gedanke, so düster und knotig wie die Furcht in den Eingeweiden des CIWF-Mannes. Ein Gedanke, der so fern jeder Hoffnung war, dass Emily nur schweigen konnte.

Ghulchissar, dachte Emily Laing benommen, ist nach London gekommen.

Das war alles.

Das war das Ende.

Wir verließen Elephant & Castle, so schnell es uns möglich war, nahmen die Norhern Line bis hinauf nach King's Cross, wo wir durch die weiß gekachelten Tunnel wanderten und die Rolltreppen hinunter zur Circle Line nahmen. Auffallend wenige Passanten strömten an diesem Tag durch die Gänge. Abgestandene heiße Luft vermischte sich mit dem Gestank nach Urin und Abfällen.

»Was«, wollte Emily jetzt wissen, »haben Sie mit McDiarmid aus Islington besprochen?«

Vielleicht, dachte ich, war es an der Zeit, sie einzuweihen.

»McDiarmid«, gab ich ihr zur Antwort, »hat nicht das Vertrauen in Eliza Holland, das wir hatten.«

Emily starrte mich an.

»Ich dachte mir, dass Ihnen das nicht gefallen wird.«

»Was genau hat er Ihnen gesagt?«

Bevor ich die Frage beantworten konnte, hörten wir die Schritte.

Ganz nah.

Erschrocken sah Emily nach hinten.

Eisenbeschlagene Sohlen auf Betonboden.

Genau so hatte es sich angehört.

»Haben Sie es auch gehört?«

»Ja«, flüsterte ich.

Lady Mina steckte die Nase in den Wind.

Ich rieche nichts.

Als wir die nächste Weggabelung erreichten, schienen die Schritte mit einem Mal aus allen Richtungen gleichzeitig zu kommen.

»Was, in aller Welt, ist das nur?« Emily sah sich panisch um.

»Spüren Sie etwas?«

»Nein, das ist ja das Problem.«

Zackige Graffiti stierten uns von schmutzigen Wänden an.

Wo sind nur all die Menschen hin?

Dann hörten wir den ersten der Schreie.

Ein hysterisches Kreischen, dem Wahnsinn nahe.

Der Laut eines Menschen in Todesangst.

Lang gezogen hallten die Schreie durch den Tunnel vor uns.

»Fragen Sie jetzt bloß nicht!«, kam ich Emily zuvor.

Lady Mina spitzte die Ohren.

Ihre Barthaare stellten sich auf.

Dann vernahmen wir ein weiteres Geräusch.

Ein bösartiges Fauchen, das in ein tiefes, kehliges Knurren überging und die Schreie im Bruchteil eines Augenblicks zum Verstummen brachte.

Als wäre nichts geschehen, trat Stille ein.

Kein Klappern von Schuhen aus dem Tunnel hinter uns.

Kein einziger Laut aus dem Tunnel vor uns.

Nur unser eigener unregelmäßiger Atem, der laut die Stille zu zerschneiden schien.

»Wir müssen in Bewegung bleiben.«

Ratte und Mädchen stimmten dem zu.

So zwangen wir uns dazu, den Weg fortzusetzen.

Eine andere Möglichkeit gab es nicht.

Um das Tunnelsystem verlassen zu können, mussten wir den bisher eingeschlagenen Weg bis zur nächsten Gabelung weiterverfolgen. Den Weg hinunter bis zur Circle Line zu nehmen, schien keinem von uns mehr ratsam zu sein.

»Wir sollten die U-Bahn verlassen«, schlug Emily vor.

»Einverstanden.«

Vor uns knickte der Tunnel mit einem Mal ab, beschrieb einen harten Bogen nach rechts. Hinter dieser Kurve lag ein Knotenpunkt, von dem aus Rolltreppen sowohl zu den tieferen Regionen der anderen beiden Linien als auch hinauf zur Oberfläche führten.

Da vernahmen wir das Schmatzen.

Laut.

Feucht.

Gierig.

Der Ursprung des Geräusches lag direkt vor uns, hinter der Krümmung des Tunnels versteckt, keine zehn Meter entfernt.

»Wittgenstein?«

»Treten Sie hinter mich!«

Zweimal musste ich Emily nicht bitten.

Bei den durch den Tunnel hallenden Klängen dachte selbst das Mädchen unwillkürlich an reißendes Fleisch.

Wieder war ein leises, tiefes Knurren zu vernehmen.

Die stickige, warme Luft wurde nun durchdrungen von einem stechenden Geruch nach Blut und Urin.

»Wir sollten zurückgehen«, schlug Emily vor.

»Zu den Schritten, die uns folgen?«

Emily wusste, dass das kein Ausweg war.

Mit langsamen, behutsamen Schritten näherten wir uns der Tunnelkrümmung, furchtsam der Dinge harrend, die dahinter verborgen sein mochten.

Dann sahen wir es.

Instinktiv hielt Emily sich eine Hand vor den Mund.

Auf dem Boden, am Fuße einer der Rolltreppen, lag der Körper eines jungen Mannes, dessen zerfetztes Gesicht uns zugewandt war. Über ihm kauerte die Gestalt einer Frau, den leblosen Kopf des Mannes in den klauenhaften Händen, ihr Gesicht in der klaffenden Wunde am Hals des Mannes verborgen. Schwarzes Blut sprudelte aus der Wunde, und es schien, als tränke die Frau davon, als nähre sie sich aus der zerfetzten Halsschlagader ihres Opfers. Das blonde Haar das Mannes war blutgetränkt, ebenso wie sein Mantel und der Nadelstreifenanzug.

Die Frau schenkte uns keine Beachtung.

Hin und wieder ließ sie ein zufriedenes tiefes Knurren verlauten, während sie vom Blut des Mannes trank.

»Was machen wir jetzt?«

Ich zuckte die Achseln.

Der Weg zur Oberfläche war uns jedenfalls verwehrt, und während ich noch darüber nachdachte, welche Möglichkeiten uns offen stünden, geschahen zwei Dinge gleichzeitig.

Zum einen bemerkte Emily leise Schritte direkt hinter uns.

Zum anderen wurde sich die Frauengestalt am Boden unserer Gegenwart bewusst.

Sie hob den Blick, und wir starrten in wilde, in Furcht erregendem Rot aufblitzende Augen, die nichts Menschliches mehr erkennen ließen. Es war das Gesicht einer dunkelhäutigen Frau, zu einer Grimasse verzogen und über und über mit Blut besudelt. Sie verzog die Lippen zu einem spöttischen, raubtierhaften Lächeln und entblößte dabei spitze Zähne.

»*Khàzar l'achnàch*«, sprach sie mich in einer mir unbekannten Sprache an.

Ihre Stimme. Kalt, ruhig, unmenschlich.

Langsam erhob sich das Wesen.

Ließ den Kopf des Opfers achtlos mit einem nassen Geräusch auf den Steinboden fallen. Ihr insektenhafter Körper wurde von einem bis zum Hals zugeknöpften Ledermantel verborgen. Sie stand inmitten einer sich auf dem Betonboden ausbreitenden Blutlache.

»Lassen Sie uns von diesem Ort verschwinden,« hörte ich eine Stimme hinter mir sagen.

Erschrocken drehte ich mich um und erkannte zu meiner Überraschung jenen Mann wieder, der uns damals im *Ye Olde Cheshire Cheese* den Weg hinauf zu dem Zimmer gewiesen hatte, in dem Eliza Holland uns empfangen hatte. Jetzt legte mir der gleiche Mann seine Hand auf die Schulter und zog mich langsam nach hinten in den Tunnel zurück. Auch Emilys Hand ergriff der junge Mann mit dem ernsten Gesicht. »Ich bin«, stellte er sich flüchtig vor, »Elizas Bruder.« Er nickte uns kurz zu. »Thomas.« Und ich erinnerte mich an unsere erste Begegnung, damals im Ägyptischen Museum in Kairo, und das Gefühl unbestimmten Wiedererkennens, das mich vor wenigen Tagen beschlichen hatte, als er uns zum Zimmer seiner Schwester hinaufgeführt hatte. An das Land am Nil erinnerte ich mich und die Hitze und daran, was McDiarmid mir offenbart hatte.

Die dunkelhäutige insektenhafte Frau kam derweil einige Schritte auf uns zu, blutige Abdrücke auf dem Boden hinterlassend.

Als sie Elizas Bruder bemerkte, fauchte sie ihn böse an.

»*Chissar aton'lònnech*!«

Elizas Bruder verbeugte sich vor dem insektenhaften Ding: »*Chissar'ioch Chàrà-tissa'ut.*«

Die Gestalt rührte sich nicht vom Fleck.

Funkelte uns nur böse und gierig an.

Dann lachte sie laut auf.

»Wir müssen uns beeilen«, drängte Thomas Holland.

Die Kreatur warf uns einen letzten Blick zu und ging dann in aller Ruhe zurück zu ihrem Opfer.

»Sie ist noch immer auf der Jagd.«

Thomas Holland führte uns flink durch einen der Versorgungsschächte und über eine gewundene Treppe hinauf nach London, wo uns seine Schwester erwartete.

»Emmy!«

Eliza Holland umarmte das Mädchen.

Hinter ihrem Rücken erhob sich die gusseiserne Glaskonstruktion der St. Pancras Station aus dem Schnee. Die Straßen waren menschenleer. Nur die Schneeflocken ließen erahnen, wie es um London bestellt war.

»Du hast großes Glück gehabt«, sagte Eliza, und die Erleichterung schien nicht gespielt zu sein. »Und, Wittgenstein, ich weiß, was McDiarmid Ihnen gesagt hat.« Sie wartete nicht einmal meine Antwort ab. »Die Zeit, meine Freunde, drängt.« Sie griff in ihren Mantel und zog ein Notizbuch heraus. »Das, Emily, wird dir helfen, die Dinge klarer zu sehen. Wenn du London verlässt, wirst du viel Zeit mit dem Lesen verbringen können.« Mit diesen Worten drückte sie dem Mädchen das Buch in die Hand.

»Was steht darin geschrieben?«

Eliza lächelte.

Traurig.

Verletzlich.

»Mein Leben, Emily. Nichts weiter. Nun ja, ein Teil davon.«

Dann wandte sie sich mir zu.

»Passen Sie auf Emily auf, wenn Sie nach Paris gehen.«

»Nach Paris?«

Eliza seufzte. »Paris, die Stadt der Liebe.« Bitter klangen die Worte aus ihrem Mund. »Wo, Wittgenstein, könnte man der Hölle näher sein?«

Ich starrte sie schweigend an.

»McDiarmid denkt, dass er die Dinge versteht«, sagte Eliza. »Doch, glauben Sie mir, er versteht rein gar nichts. Die beiden Mädchen sind wichtig. Und Tom, mein Bruder, ist ihnen während der vergangenen Wochen auf Schritt und Tritt gefolgt.«

»Dann sind Sie der nächtliche Verfolger gewesen?«

Tom Holland nickte.

»Um dich, Emily, und ganz besonders Aurora vor jener Kreatur zu schützen, der ihr eben begegnet seid.« Eliza berührte Emilys Haar. »Carathis ist ein Tier. Ein Monster. Es ist noch nicht zu spät für uns alle. Das musst du mir glauben.«

»Was sollen wir jetzt Ihrer Meinung nach tun?«

Eliza sah sich um.

Sie wirkte nervös.

Unruhig.

Wie ein Tier, das seine Jäger wittert.

»Die Wege, die wir gehen müssen, führen nach Paris.«

»Was wissen Sie von alledem?«

»Wir haben keine Zeit, Wittgenstein.« Erneut die hastigen Blicke. »Ich werde Euch finden. Wo immer Ihr sein werdet.«

»Wir sollten jetzt gehen.« Tom Holland trat neben seine Schwester und ergriff ihre Hand. »London ist kein sicherer Ort mehr für uns.«

»Das ist es niemals gewesen«, gab Eliza fast schnippisch zur Antwort.

Sie riss sich von ihrem Bruder los und umarmte Emily erneut, von ganzem Herzen.

»Denk daran, was ich dir damals gesagt habe, Emily. Es ist die Vergangenheit, die nicht stirbt. Die noch immer wichtig ist. Die die Gegenwart beeinflusst, wie die Gegenwart die Vergangenheit beeinflusst.«

Nichts, dachte Emily mit einem Mal, stirbt jemals für immer.

Eliza sah Emily ein letztes Mal an.

Dann drehte sie sich auf dem Absatz um und folgte ihrem Bruder in Richtung des großen Bahnhofs.

Wir blieben zurück.
Im Schneegestöber.
London, dachte ich, sieht eigentlich aus wie immer.
Emily stand still neben mir und sah zum Himmel hinauf. Und die Schneeflocke, die auf ihrem Mondsteinauge liegen blieb, sah aus wie eine Träne.

Die Welt ist gierig, und manchmal verschwinden Menschen in ihrem Schlund, ohne jemals wieder gesehen zu werden.
Das Zugabteil gehört uns und den Gesprächen, die wir wohl während der Fahrt führen werden.
»Was glauben Sie, Wittgenstein«, fragt das Mädchen, »werden wir sie finden?«
Emily sitzt mir gegenüber.
Lady Mina neben sich.
»Fragen Sie nicht«, antworte ich ihr.
Müde betrachte ich mein Spiegelbild im Fenster, hinter dem sich die letzten Fahrgäste anschicken, den Zug zu besteigen.
»Sie lebt noch«, sagt Emily.
Bestimmt.
Ich schweige.
Denke an McDiarmid aus Islington.
An Eliza Holland.
»Und Micklewhite?«
Sie zuckt die Achseln.
Sieht mich fragend an.
»Wohin wird uns das alles nur führen?« Emily hält das Tagebuch ihrer Freundin in den Händen. Öffnet es. Betrachtet die geschwungene Handschrift.
Und als sich der Orient-Express in Bewegung setzt, er-

zähle ich Emily von der Schneeflocke, die ihr Mondsteinauge benetzt hat und die gar nicht daran gedacht hatte zu schmelzen.

Und Emily, die versteht, was ich meine, lächelt, wie ich es sie in letzter Zeit nur viel zu selten habe tun sehen.

Aus Eliza Hollands Aufzeichnungen

Post-it

Es gibt keine Zufälle.
Das sagte Wittgenstein schon damals, als ich ihm fernab der Heimat begegnete. Damals, als die Dinge, die mittlerweile so lange Schatten auf die Stadt der Schornsteine werfen, begannen. Damals, als ich so jung war und unschuldig, wie eine junge Frau es nur sein kann, die sich dem Sand der Zeit anvertraut. Alles, was damals in Ägypten begann, wird schon bald ein Ende finden. Das hoffe ich inständig.

Dies, Emily Laing, ist meine Geschichte.

Gonville and Caius, Cambridge
28. April 1968
(Datum der Niederschrift)

Am 3. August des Jahres 1920 verließen wir Salisbury in der Mittagszeit und erreichten am späten Nachmittag Southhampton, wo wir das Dampfschiff *Demeter* bestiegen, welches am Abend des gleichen Tages mit Kurs auf Lissabon auslief. Nach einem kurzen Zwischenstopp in Portugal würden wir in zwei Tagen die Straße von Gibraltar passieren, um nach weiteren zwei Tagen unser vorläufiges Ziel zu erreichen.

Alexandria.

Ich sehe mich noch deutlich an der Reling stehen, das sanfte Wiegen des Schiffes unter meinen Füßen, den salzigen rauen Wind in meinem Gesicht. Englands weiße Klippen verschwanden langsam in der Ferne, und ich begann mich zu fragen, wohin diese Reise uns beide, meinen Bruder Thomas und mich selbst, wohl führen würde.

Eigentlich hatte alles mit einem Freund meines Vaters begonnen, George Herbert, dem fünften Earl von Carnarvon, der Thomas und mir ein derart großzügiges Angebot unterbreitete, das wir es unmöglich hätten ausschlagen können. Lord Carnarvon, enorm vermögend aufgrund seiner Abstammung und der späteren Heirat in die Familie Rothschild, hatte eine feurige Leidenschaft für Antiquitäten aller Art. Darüber hinaus war er ein fanatischer Anhänger des Automobilsports. Nachdem er um die Jahrhundertwende einen Autounfall in Deutschland mit schweren Verletzungen überlebt hatte, suchte er 1903 zum ersten Mal Ägypten auf – in erster Linie wegen des milden Klimas –, da ihm dauerhafte Atembeschwerden die Wintermonate in England zur Hölle machten. Dort begegnete er einigen archäologischen Expeditionen, die in ihm den Wunsch weckten, sich auf diesem Gebiet zu betätigen. 1906 begann er seine erste eigene Ausgrabung, musste jedoch nach einiger Zeit erkennen, dass seine Fachkenntnisse höchst unzureichend waren.

Er suchte Rat bei einem seiner Freunde, Professor Gaston Maspero, dessen Vorlesungen Tom und ich am Trinity College in Oxford gehört hatten, und der zu jener Zeit Leiter des *Service des Antiquités* in Kairo war.

Durch Maspero machte Lord Carnarvon die Bekanntschaft eines gewissen Howard Carter, der seit mehr als zehn Jahren im Tal der Könige nach bislang unentdeckten Gräbern suchte.

Und es war jener Howard Carter, der im Jahre 1917 damit begann, nach einem neuen großen Grab zu suchen, das zu finden er wohl höchst zuversichtlich war.

Finanziert wurden diese Grabungen von Lord Carnarvon, und als Howard Carter 1919 weitere Mitarbeiter suchte, erinnerte sich Lord Carnarvon der beiden Kinder eines seiner Freunde, die in Oxford studierten. Feldforschung, bekundete er unserem Vater, wäre genau das Richtige für uns beide.

Diese Wendung der Dinge also verschlug Tom und mich auf die *Demeter*: uns wurde angeboten, auf unbestimmte Zeit als wissenschaftliche Mitarbeiter an den Grabungen Howard Carters teilzunehmen, die Arbeit in der Wüste nahe Karnak zu dokumentieren und bei der Auswertung der alten Schriften und Fundstücke, die Auskunft über die genaue Lage des Grabes geben konnten, zu assistieren.

Voller Enthusiasmus packte ich meine Koffer, begierig darauf, die Reise zu beginnen.

Arthur Holmwood, der mir versprochen hatte, mich noch vor Ende des Jahres zu ehelichen, zeigte sich nur wenig begeistert von meinem Vorhaben. Arthur war als Arzt ein zutiefst rational denkender Mensch und wurde nicht müde, mir die Gefahren des fernen Kontinents vor Augen zu halten. Verseuchtes Wasser, Sandstürme, Banditen, Treibsand, giftiges Getier, politische Unruhen – er gab sich alle Mühe, mir diese Reise auszureden und mich davon zu überzeugen, dass eine baldige Beendigung meines Studiums und eine Anstellung an einem der Lehrstühle in Oxford nicht zuletzt unserer gemeinsamen Zukunft dienlich sein würde.

Letzten Endes jedoch blieb ihm nichts anderes übrig, als meinen Entschluss zu akzeptieren.

Zum Abschied überreichte mir Arthur einen kostbaren Federhalter, damit ich ihm fortwährend von meinen Erlebnissen berichten könne, was zu tun ich ihm natürlich versprach. Als das Schiff den Hafen verließ und die offene See ansteuerte, erfüllte mich ein Gefühl wiedergewonnener Freiheit.

Denn während der letzten Wochen hatte mir Arthur mehr und mehr das Gefühl gegeben, einer bestimmten Rolle entsprechen zu müssen. Nicht zuletzt sein ständiges Beharren auf meinem Verbleiben in England hatte eine nie gekannte innere Unruhe in mir aufkommen lassen. Im Grunde meines Herzens war ich froh darüber, die Reise nach Ägypten allein antreten zu können. Die Verlobung im Mai dieses Jahres und die Ankündigung Arthurs, mich baldmöglichst zu heiraten, hatten den Eindruck in mir erweckt, als würde mein Leben ausschließlich von anderen Menschen geplant und gelenkt. Nun versuchte ich diesen Dingen zu entkommen, und es hätte dafür keinen geeigneteren Ort geben können als Ägypten, das Land der Pharaonen und tausend Geschichten, die zu hören ich kaum erwarten konnte.

Welche Schätze mochten dort auf uns warten? Welches Wissen, verborgen seit Jahrhunderten unter dem Sand der Wüste?

Weil er fürchtete, dass konkurrierende Expeditionen Howard Carter zuvorkommen könnten, hatte Lord Carnarvon ein Geheimnis aus dem Ziel unserer Grabungen gemacht. Er hatte uns lediglich wissen lassen, dass die Entdeckung des Grabes von allergrößter Wichtigkeit sein würde.

Mit dieser Aussicht traten wir die Reise an.

Neugierig. Und zu allem bereit.

Nachdem wir Gibraltar hinter uns gelassen hatten, befiel mich eine seltsame Neugierde. Ich wanderte an Deck umher, genoss den Anblick des tiefblauen Meeres und harrte des Moments, in welchem die *Demeter* unser Ziel erreichen würde. Immer seltener dachte ich an das Leben, das ich in England zurückgelassen hatte; an das größtenteils noch vor mir liegende Studium und die Zukunft, die bereits minutiös geplant im Kopf meines Verlobten zu existieren schien. An die Stelle jener Gedanken traten nun Erinnerungen an einige Vorlesungen in alter Geschichte, zu denen ich Tom hatte begleiten dürfen, an skizzenhafte Zeichnungen in staubigen Büchern und Berichte über die letzten Funde in Theben und Memphis und El-Amarna.

In Alexandria angekommen, bestiegen wir umgehend ein Segelschiff, welches uns nilaufwärts nach Luxor bringen sollte. Dort, so wollte es die Vereinbarung, würde uns Howard Carter in Empfang nehmen.

Kairo und die großen Pyramiden passierend, folgten wir dem Fluss bis nach Theben, dem Sitz der alten Herrscherdynastien. Vor meinem geistigen Auge zogen Heere durch die Wüste, kündeten vom Ruhm vergangener Könige, zogen Lastkähne voller Steine hinauf nach Gizeh, spielten sich die Dramen ab, die in den Geschichtsbüchern so leblos dargestellt werden. Einzig die Hitze und die Moskitos warfen Schatten auf die ersten Eindrücke dieses fernen Landes. Ich fühlte mich wie ein kleines Kind, unschuldig und unwissend. Ein neunzehnjähriges Mädchen war ich, das noch immer nicht vollständig verstanden hatte, welches Geschenk ihm gemacht worden war.

Selbst Tom konnte seine Begeisterung kaum verbergen. Fortwährend machte er sich Notizen in dem kleinen schwarzen Buch, das er unablässig mit sich herumtrug und in welchem er seine Eindrücke und Gedanken in Form von Berichten und skizzenhaften Zeichnungen festhielt. Während er an Bord stand und die grünen Ufer des Flusses an uns vorbeizogen, konnte ich in seinen Augen den Jungen wiedererkennen, in dessen Bett ich als kleines Mädchen gekrochen war, um mich von seinen erfundenen Geschichten in den Schlaf wiegen zu lassen. Fast schien es, als hörte ich erneut den Klang seiner Stimme, die Welten voller Heldinnen und Abenteuer in fernen Ländern heraufbeschwor. In gewisser Weise war diese Reise wie eine dieser Geschichten.

Nur war dies die Wirklichkeit.

Eine Wirklichkeit, in der wir am späten Nachmittag des 13. August des Jahres 1920 endlich Luxor erreichten, die alte Stadt der Könige, wo uns ein freundlicher Einheimischer mittleren Alters erwartete, der sich als Rais Ahmed Gurgar, Vorarbeiter der Carter Expedition, vorstellte.

»Willkommen in Karnak«, begrüßte er uns. »Mr. Carter entschuldigt sich. Wir fanden den Eingang zu einem neuen Grab diesen Morgen.« Ahmed Gurgars zusammengekniffene Augen musterten uns neugierig. Er trug einen braunen Kaftan und abgewetzte Sandalen. Zwei seiner Begleiter kümmerten sich um unser Gepäck und verluden es auf einen kleinen Lastwagen. »Die Reise war sicherlich anstrengend, und doch hoffe ich, dass Ihnen unser Land gefällt.«

»Wir können es kaum erwarten, die Ausgrabungen zu sehen«, gestand Tom.

»Bisher haben wir noch nichts gefunden.«

»Aber Sie sagten doch, man habe erst heute Morgen ein Grab entdeckt.«

Ahmed grinste breit und entblößte eine Reihe schlechter Zähne. Er roch nach Tabak, als er antwortete: »Ja, Miss Holland. Aber es ist nur ein Grab. Nicht *das* Grab, Sie verstehen? Gräber sind viele zu finden im Tal.« Er bedeutete uns, in die Fahrerkabine des Lastwagens zu klettern. »Mr. Carter sucht ein großes Grab.« Er warf uns einen verschwörerischen Blick zu. »Ein Königsgrab. *Das* Königsgrab, Sie verstehen?«

Tom und ich nickten gleichzeitig, obwohl wir nicht im

Geringsten verstanden, nach welchem Grab Howard Carter suchte.

»Was glauben Sie dort zu finden?«, fragte Tom.

Ahmed Gurgars freundliches Gesicht zeigte ein verheißungsvolles Lächeln. »Reichtum und Ruhm«, sagte er feierlich. »Reichtum und Ruhm.« Das diese Worte begleitende Glänzen seiner dunklen Augen ließ keine Zweifel daran aufkommen, dass er von der Wahrheit dieser Aussage mehr als überzeugt war.

»Nichts Geringeres haben wir uns vorgenommen, als das Grab aller Gräber zu finden«, erklärte uns Howard Carter kurz nach unserer Ankunft in seinem Haus. Er führte uns in sein Arbeitszimmer, einen kleinen Raum mit Ausblick auf den Norden der Stadt Theben und die dahinter liegende, von Felsen durchsetzte Wüste. »Diese Gegenstände«, sagte er mit einem Blick auf die Ausstellungsstücke, »fanden wir vor vier Wochen im Bilban-el-Muluk, dem Tal der Könige.«

Howard Carter war ein Engländer Anfang vierzig. Seine kultivierte Sprache und sein gepflegtes Äußeres ließen auf einen Mann von klassischer Bildung schließen. Er hatte das sich lichtende dunkle Haar nach hinten gekämmt. Wachsame, dunkle Augen und eine leicht gekrümmte Nase beherrschten das runde, bebrillte Gesicht. Er trug die für sich in Ägypten aufhaltende Europäer typische Kleidung: Hose und Hemd aus robustem, leichtem Stoff in hellen Brauntönen, dazu ein Halstuch. Der Staub der Grabungen haftete an seiner Kleidung wie eine zweite Haut.

Tom und ich standen vor seinem massiven hölzernen Schreibtisch und betrachteten die dort ausgebreiteten kunstvoll bemalten Kartuschen und Scherben und die Berge loser Zettel, Blätter und Bücher.

Alle Gegenstände zeigten das gleiche Symbol.

»Es sind Beigaben für den Sohn des Sonnenkönigs Akh-en-Aten«, erklärte uns Howard Carter. Dann sah er uns erwartungsvoll an. »Wir hoffen nichts Geringeres zu finden«, offenbarte er uns, »als das Grab des Tut-ankh-Amen.« Voller Begeisterung teilte er uns dies mit. Wie ein kleiner Junge, so überschwänglich. »Und alle Funde hier lassen darauf schließen, dass das Grab irgendwo in der Mitte des Tals zu finden sein muss.«

Wir schwiegen.

Howard Carter schien unsere Verblüffung zu genießen.

Nur wenig wusste man über diesen König.

»Pharao Tut-ankh-Amen war ein Herrscher der zehnten Dynastie«, erklärte uns Carter, »und höchstwahrscheinlich der leibliche Sohn des Ketzerkönigs Akh-en-Aten. Seine Jugend verbrachte er unter den religiösen Reformen seines Vaters als Anbeter der Sonne.« Als sicher wurde lediglich angesehen, dass er im frühen Alter von nur achtzehn Jahren eines mysteriösen Todes gestorben war. Und die von ihm geführten Feldzüge ließen große Reichtümer vermuten.

»Das größte Problem«, erklärte uns Carter, »mit dem wir es hier zu tun haben, sind jedoch die Grabräuber. Sie werden es morgen selbst sehen, wenn wir im Tal sind.«

»Ein unversehrtes Grab zu finden, ist fast unmöglich«, gestand uns Carter. Dann begannen seine Augen erneut zu leuchten. »Doch in diesem Falle haben wir vielleicht eine Chance.«

Wir lauschten gebannt seinen Worten.

Howard Carter schien sich keine Gedanken über die

uns nach der langen Reise befallende Müdigkeit zu machen. Nachdem uns Ahmed Gurgar zum Haus des Archäologen gebracht hatte und unserer Gepäckstücke in die uns zugewiesenen Zimmer gebracht worden waren, hatten wir die Möglichkeit erhalten, uns im Salon zu erholen. Zwei Stunden nach unserem Eintreffen (Tom vergrub seine Nase in ein Buch über die alten Herrscherhäuser, dessen er in der an den Salon angrenzenden Bibliothek hatte habhaft werden können; ich selbst nickte ein und gab mich tagträumerischen Fantasien hin) kam Howard Carter dann endlich in den Salon gestürmt, schüttelte freudig unsere Hände, erkundigte sich in aller Kürze nach der Reise und zerrte uns sodann in sein Arbeitszimmer, um uns die Artefakte zu zeigen und seine Pläne zu offenbaren.

»Sie glauben«, fragte ich nach, »dass Tut-ankh-Amens Grab unversehrt ist?«

Er nickte. »Niemand vermutet es. Nicht hier, nicht im Tal. Wir haben die Möglichkeit, ein völlig erhaltenes Grab zu finden.«

Ein unversehrtes Grab voller Reichtümer. Das erklärte allerdings die Geheimhaltung Lord Carnarvons. Wenn diese Neuigkeit im Tal und in Kairo die Runde machte, würde es hier vor Banden bald nur so wimmeln. Gauner, die sich alle ein Stück von diesem goldenen Kuchen erhofften.

»Ihr Vorarbeiter, Ahmed Gurgar«, sagte ich, »erwähnte ein Grab, auf das Sie am heutigen Morgen gestoßen sind.«

Carter machte eine wegwerfende Handbewegung. »Ein bereits vor Jahrzehnten geplündertes Grab. Wir gaben ihm die Nummer 55.« Er erklärte uns, dass alle gefundenen Grabstätten im Auftrag der Regierung registriert und nummeriert werden mussten. »Außer den obligatorischen Wandmalereien fanden wir bisher nichts von Bedeutung.« Er hielt inne, wirkte nachdenklich und fuhr schließlich fort: »Aber sicherlich überfalle ich Sie mit all diesen Dingen. Sie sollten sich ausruhen. Morgen begleiten Sie mich dann ins Tal.« Er lachte herzlich. »Die Hitze wird Ihnen zu schaffen machen, das verspreche ich Ihnen. Die ersten Wochen sind für Neuankömmlinge die schlimmsten.«

Das Bilban-el-Muluk erwartete uns.

Das Tal der Könige befindet sich am Westufer des Nils, etwa sechs Meilen entfernt von Luxor und Karnak (wo sich die ungeheueren Säulensäle und Tempel des »Neuen Reiches« erheben). Zu Pferd benötigten wir eine halbe Stunde, um den Eingang des Tales zu erreichen.

Ich versuchte mir die wüste Gegend vorzustellen, wie sie einem Reiter im Altertum hatte erscheinen müssen. Von der riesigen Totenstadt Thebens mit ihren Gräbern und Tempeln zu Ehren der Könige und des Gottes Amun zeugte jetzt nur noch der Wüstensand mit seinen unzähligen Grabungsstellen, die dem ehemals Ehrfurcht gebietenden Tal die Atmosphäre einer verlassenen Baustelle gaben.

»Grab KV55«, erklärte uns Carter, »befindet sich am Ende des Tales.«

Alle trugen wir Hüte mit breiter Krempe, um uns vor der Sonne zu schützen, die bereits zu dieser Morgenstunde unbarmherzig auf den Sand herniederbrannte. Mit zusammengekniffenen Augen nahm ich die neuen Eindrücke in mich auf.

Zu dritt ritten wir an diesem Morgen: Carter, mein Bruder und ich selbst. Auf dem Rücken eines Pferdes zu sitzen, war ungewohnt anstrengend, was zum einen auf meine eigene körperliche Verfassung (nach der langen Reise und der Umstellung auf ein neues Klima fühlte ich mich müde und ausgelaugt), zum anderen auf den Geruch des schwitzenden Tieres einschließlich der Schwärme es umschwirrender Fliegen zurückzuführen war. Dennoch war es der wohl beste Weg, ins Tal zu gelangen.

Bald erkannte ich eine Ansammlung von Zelten am Ende des Tales. Die hohen Granitwände, die das Tal umarmten, wirkten majestätisch und ließen die bunten Zelte und die umherwuselnden Arbeiter winzig erscheinen.

Rais Ahmed Gurgar, der die Nacht zusammen mit den anderen Arbeitern am Eingang des Grabes verbracht hatte, erwartete uns im Lager. Als wir eintrafen, schienen sich die anwesenden Arbeiter in einem Zustand unterdrückter Aufregung zu befinden.

»Wir haben etwas gefunden«, begrüßte uns Ahmed.

Carters Augen leuchteten auf, und ohne Zeit zu verlieren, folgten wir Ahmed Gurgar zum Eingang der Gruft, der alles andere als beeindruckend war. Nur ein viereckiges Loch im Sand, in welchem man in Stein gemeißelte Stufen erkennen konnte, die nach unten in die spärlich von Fackeln erleuchtete Dunkelheit führten.

Die Kälte, die uns aus der Dunkelheit entgegenschlug, ließ mich frösteln. Ich blickte in die erwartungsvollen Augen meines Bruders, bevor wir die Stufen hinunterzusteigen begannen.

Dies war der Augenblick, den wir beide herbeigesehnt hatten.

Wir betraten ein Grab im Wüstensand.

Carter folgend, drangen wir immer tiefer in die Erde

ein. Die abgestandene, modrige Luft und die Enge waren beklemmend. Nur langsam gewöhnten sich meine Augen an das Dämmerlicht.

Da waren vereinzelte Symbole an den Wänden, mir unverständliche Schriftzeichen, die eine Geschichte zu erzählen schienen. Kleine runde Käfer krabbelten an den Wänden entlang. Fette Spinnen huschten davon, sobald sie den Schein unserer Fackeln spürten. Hier und da raschelte es in der Dunkelheit.

Dann betraten wir die Grabkammer.

»Das ist es«, hörte ich Ahmeds leise Stimme.

Die Kammer war nicht sehr groß. Der Dauer des Abstiegs nach zu urteilen, musste die Kammer etwa siebzig Fuß unter dem Wüstensand liegen. Die Wände bestanden aus Quadern polierten Kalksteins. In der Mitte des Raumes erkannte ich einen Teil eines beschädigten, leeren Sarkophages. Mumie wie auch Schätze waren schon vor Jahren entwendet worden.

Mumien, so hatte uns Carter auf dem Ritt ins Tal erklärt, waren begehrtes Feuermaterial oder dienten, zerhackt und zu Pulver zermahlen, als Medizin gegen alle nur erdenklichen Leiden. Sarkophage zu finden, die noch eine gut erhaltene Mumie enthielten, war ein äußerst seltenes Glück. Dennoch kniete Carter jetzt vor den Resten des Sarkophages und betrachtete jene Stelle, auf die sein Vorarbeiter verwiesen hatte.

»Wir brachten am Morgen einige Fackeln in die Kammer, und einer der Arbeiter stieß dabei versehentlich gegen den Sarkophag«, erklärte Ahmed, »und dabei brach ein Teil der Verkleidung ab.«

Carter nickte nur und winkte uns zu sich. »Schauen Sie nur«, flüsterte er und ließ seine Finger über die zutage gebrachten Symbole gleiten. »Verstehen Sie das?« Die Frage war an mich gerichtet, und ich wertete sie als einen Test, meine Kenntnisse betreffend.

»Normalerweise«, begann ich, »wurden die Särge mit einer Geschichte verziert. Der Vita des toten Königs, verschiedenen Szenen aus dem Leben des Leichnams. Der Nachwelt sollten so die ruhmreichen Taten des Toten überliefert werden.« Ich berührte den Sarkophag vorsichtig mit dem Finger, ertastete den Stein und spürte, wie der mörtelähnliche Belag unter dem Druck meiner Berührung nachgab und abbröckelte. »Doch hier hat jemand diese Geschichte *überschrieben*. Die ursprüngliche Fassung wurde sozusagen gelöscht und durch eine neue ersetzt.«

Tom zog die Stirn in Falten. »Wer sollte so etwas tun?«

»Und aus welchem Grund?«, ergänzte Carter.

Zu dritt knieten wir auf dem Boden im Sand und betrachteten die Schriftzeichen. Während Carter versuchte einen Teil davon zu übersetzen, murmelte er leise vor sich hin, summte schließlich eine beschwingte Melodie. Tom warf mir einen amüsierten Blick zu, den ich mit einem Lächeln beantwortete.

»Ich glaube«, sagte Carter schließlich, »dass ich weiß, wem dieses Grab gehörte.« Er wirkte nachdenklich, sah uns an und deutete auf eines der Symbole: eine Sonne, darunter ein Fluss und ein Haus, eingefasst in ein Oval. »Dieses Grab gehörte einem Priester«, fuhr er fort. »Dem Hohepriester und Bruder Tut-ankh-Amens. Ich habe das Symbol schon einmal gesehen. Auf einer Schriftrolle, die Davis vor Jahren in El-Amarna gefunden hat und die sich heute in Professor Masperos Museum in Kairo befindet. Ja, ich bin mir sicher. Dies ist das Grab von Smenkh-ka-Re.«

Nach einer kurzen Pause murmelte er rätselnd: »Die anderen Zeichen sind mir jedoch unbekannt.«

»Was ist mit diesem hier?« Tom deutete auf ein Symbol, welches genauso häufig und zentral angeordnet Verwendung gefunden hatte. »Es scheint ebenso wichtig zu sein wie das des Smenkh-ka-Re.«

Es zeigte eine Figur mit spinnenhaft dünnen Armen und einem schmalen, in die Länge gezogenen Kopf. Womöglich trug die Gestalt eine rituelle Kopfbedeckung, was den Rückschluss erlaubte, dass es sich auch bei ihr um einen Priester handeln könnte. Das Symbol der Sonne strahlte über allen anderen Schriftzeichen. Nur war die Sonne hier mit schwarzer Farbe ausgefüllt.

»Aber was bedeutet die schwarze Sonne?« Tom berührte voller Ehrfrucht das Symbol. »Oder stellt es den Mond dar?« Diese Frage wurde von Carter verneint. Das ägyptische Mondzeichen war ein gänzlich anderes: ein Halbkreis und nicht farbig ausgefüllt. »Also haben wir es hier mit einer dunklen Sonne zu tun«, resümierte Tom und betrachtete nachdenklich die Kombination von Gestalt und schwarzer Sonne in einem Oval, ähnlich demjenigen des Priesters.

»Was hat das nur zu bedeuten?« Meine Frage war an keine bestimmte Person gerichtet, war nur ein unbedacht laut geäußerter Gedanke.

Trotzdem erfuhr sie eine Antwort.

»Es ist das Zeichen für Vathek«, flüsterte Ahmed Gurgars sanfte Stimme.

Carter warf seinem Vorarbeiter einen überraschten Blick zu. »Dieses Wort habe ich noch nie gehört. Was bedeutet es?«

Ahmed Gurgars Blick war starr auf das Symbol an der

Wand des Sarkophags gerichtet. »Tod und Verderben«, sagte er nur.

»Die Arbeiter sind verängstigt.«

Wir befanden uns im Salon von Carters Haus und folgten den aufgeregten Bewegungen des Hausherrn, der rastlos im Raum herumlief. »Es ist dieses verdammte Symbol«, klagte er und sah uns an, als erwarte er eine alles klärende Antwort. »Dabei kann mir nicht einer von ihnen sagen, was es genau zu bedeuten hat.«

»Vathek.« Tom sprach das Wort bedächtig und langsam aus.

»Es klingt nicht sehr ägyptisch«, warf ich ein.

»Ich vermute, dass es eine Art Geist ist. Ein Aberglaube.« Carter nahm gedankenverloren in einem der Sessel Platz, schlug die Beine übereinander und seufzte müde. »Trotzdem ist es ein gutes Zeichen, dass wir auf das Grab des Priesters gestoßen sind. Smenkh-ka-Re war der Bruder Tut-ankh-Amens. Es ist anzunehmen, dass sein Grab in der Nähe des Königsgrabes angelegt wurde.«

»Wir befinden uns demnach auf dem richtigen Weg?«

Carter stimmte Tom zu. »Ja, zumindest, was das Königsgrab angeht. Die Frage ist nur, ob es uns gelingen wird, die Arbeiter zu motivieren. Ahmed erwähnte eine Krankheit, die sie fürchten.«

Nachdem wir ans Tageslicht zurückgekehrt waren, hatten sich die Arbeiter geweigert, erneut ins Grab hinabzusteigen. Carter hatte beabsichtigt, den Sarkophag bergen zu lassen, um die Hieroglyphen, die wir entdeckt hatten, in Ruhe zu studieren. Dabei gab sich keiner von uns der Hoffnung hin, durch eine schnelle Entschlüsselung der Schriftzeichen die Bedeutung Vatheks in Erfahrung bringen zu können. Zwar hatte der französische Archäologe Champollion bereits im Jahre 1836 mit der Veröffentlichung seiner »*Grammaire Egyptienne*« den Grundstein für das Verständnis der hieroglyphischen Zeichen gelegt, jedoch durchlief die Schriftsprache im Laufe der fortschreitenden Dynastien derart starke Veränderungen, dass es keine absolute Sicherheit geben konnte. Da das aus vierundzwanzig Buchstaben bestehende Alphabet zudem nur Konsonanten aufzuweisen hatte, war die Möglichkeit, bei der Entzifferung bestimmter Zeichenkombinationen mehrere Bedeutungen zu erhalten, allzeit gegeben und damit auch die Gefahr der Fehlinterpretation.

»Vorerst werden wir uns wohl damit zufrieden geben müssen«, stellte Carter nun fest, »die Fundstücke zu fotografieren.« Tom und ich wurden mit dieser Aufgabe betraut. Ich konnte es kaum erwarten, erneut ins Tal zu reiten und mich hinunter in die Grabstätte zu begeben.

Als ich an jenem Abend in meinem Bett lag, schweiften meine Gedanken ab zu Arthur im fernen Salisbury. Mein Blick fiel auf den wolkenlosen Nachthimmel über Luxor und Karnak, vereinzelt drangen fremde Geräusche von draußen an mein Ohr. Wie weit entfernt war dieses Leben von dem meines Verlobten. Mir war, als befände ich mich bereits seit Wochen in diesem Land, als gehörten die grünen Hügel der Grafschaft Wessex einer Vergangenheit an, deren ich mich kaum noch erinnern konnte. Bald schlossen sich meine Lider, und ich driftete ab in einen tiefen, erschöpften Schlaf.

Am Morgen des folgenden Tages verließen Tom und ich »Castle Carter« (wie die Mitglieder der Expedition unser neues Heim betitelt hatten) in aller Frühe. Wie am Vortag geleitete uns Ahmed Gurgar zum Tal der Könige. Die Sonne war vor nur wenigen Stunden aufgegangen und tauchte die Wüste und die nahen Felsformationen in grelles Licht. In Kürze würde sich die sandfarbene Welt erneut in einen Glutofen verwandelt haben.

Im Lager der Expedition angekommen, hießen wir die kühle Luft des Grabes mehr als nur willkommen. Von den vormals zwölf Arbeitern waren nur vier geblieben, zuzüglich des treuen Vorarbeiters Ahmed Gurgar. Nach einigem Hin und Her gelang es den Anwesenden mit vereinten Kräften, einen Stromgenerator in Gang zu setzen, der die im Grab installierten Glühbirnen aufleuchten ließ. Die Howard Carter treu gebliebenen Arbeiter hatten den Rest des vergangenen Tages damit zugebracht, die provisorisch angebrachten Fackeln durch ein Netz elektrischer Beleuchtung zu ersetzen, welche uns die Arbeit um ein Vielfaches erleichtern sollte.

Während Tom sofort nach unserem Eintreffen in der Grabkammer damit begann, die Hieroglyphen zu fotografieren und zu zeichnen, steckte ich meine Nase in jede Ecke der Kammer, ohne zu wissen, wonach genau ich denn suchte. Selbst die kleinsten Fundstücke (Scherben, rostige Nägel oder Fetzen alten Stoffes) konnten später aufschlussreiche Informationen liefern. Jeden Fund und den Ort des Fundes exakt in einem Notizbuch festhaltend, bewegte ich mich vorsichtig durch den Raum. Eine fast sprichwörtliche Grabesstille umgab uns, gestört nur vom häufigen Zischen des Blitzlichts.

Nachdem Tom den Sarkophag und die Kammer aus allen nur erdenklichen Winkeln auf Zelluloid gebannt hatte, begannen wir damit, die obere Schicht Hieroglyphen zu entfernen, was sich als äußerst mühselig erwies.

Nach und nach offenbarte sich uns eine neue Schicht, die eindeutig eine andere Variante der Geschichte Smenkhka-Res erzählte. Das Vathek-Symbol tauchte dabei überaus häufig auf.

Am Nachmittag traf Carter im Lager ein, und wir fanden uns in seinem Zelt zu einer Lagebesprechung zusammen. Am Morgen hatte Carter, wie er uns bei einer Tasse Tee mitteilte, ein Gespräch mit Gaston Maspero vom Museum für Altertum in Kairo geführt und ihm die im Grab gefundenen Schriftzeichen beschrieben.

»Maspero bestätigte meine Vermutung«, sagte Carter, »dass es sich bei dem Grab um das des Priesters Smenkhka-Re handeln muss. Der Begriff Vathek hingegen war ihm vollkommen unbekannt.«

Ich wollte gerade von Toms und meinen Vermutungen bezüglich des Namens berichten, als ein aufgeregter Ahmed Gurgar ins Zelt stürmte, um uns mit der Mitteilung zu überraschen, dass seine Arbeiter und er selbst vor wenigen Minuten auf einen bisher unentdeckten Gang gestoßen seien.

Nachdem wir die erste Untersuchung des Sarkophages abgeschlossen hatten, war nurmehr die Aufgabe des Abtransports des steinernen Behältnisses geblieben. Zu diesem Zweck hatten Ahmed und drei seiner Arbeiter Seile am Sarkophag befestigt. Unter Zuhilfenahme eines Flaschenzuges sollte der Sarg am nächsten Morgen aus der Grabkammer ans Tageslicht befördert werden. Vorerst hatten sie ihn innerhalb der Kammer nur bis zur Treppe verschieben sollen.

»Dabei«, so Ahmed, »entdeckten wir die Steinplatte.«

Die quadratische Platte maß etwa sechs Fuß im Durchmesser. In ihrer Mitte erkannte man, wenngleich verwittert und unvollständig, das Zeichen Vatheks. Der Steinboden an dieser Stelle war weitaus dunkler und ließ die Konturen des Sarkophages erkennen, der seit fast dreitausend Jahren jenen Platz bedeckt hatte.

»Eine weitere Kammer?«, fragte Tom verwundert.

Carter rieb sich verwundert die Augen. »Was auch immer da unten liegt«, sagte er leise, »war es den Erbauern des Grabes wert, versteckt zu bleiben.« Er kratzte sich gedankenverloren am Kopf. »Es ist höchst ungewöhnlich, eine weitere Kammer unterhalb der Hauptkammer anzulegen. Ich habe Derartiges noch nie zuvor gesehen.«

Ich verspürte eine aufgeregte Neugierde. »Etwas von Bedeutung demnach?«

»Wir werden es erfahren«, murmelte Carter, gefolgt von einem energischen: »Lasst uns erst einmal diese Platte entfernen.«

Und so geschah es. Sand, der seit Jahrhunderten die Lücken zwischen den Steinen ausfüllte, beantwortete jede unserer Bemühungen mit einem lang gezogenen Knirschen. Mit vereinten Kräften und unter Zuhilfenahme des Flaschenzuges gelang es uns jedoch, die massive Steinplatte zur Seite zu bewegen. Aus dem dunklen Loch, in welches wir kurz darauf blickten, schlug uns kalte, nach modriger Feuchtigkeit und Erde riechende Luft in die Gesichter.

»Stufen«, sagte Ahmed.

Wir alle erkannten eine schmale Treppe, die tiefer nach unten führte. Der Stein, aus welchem die Stufen gefertigt waren, erschien im flackernden Licht der Fackel, die Carter in die Öffnung hielt, schwarz glänzend. Einige fette Spinnen flohen vor dem ungewohnten Licht, wuselten flink nach unten, wo noch immer Dunkelheit herrschte. Alle Anwesenden standen einige Augenblicke lang schweigend da, starrten gebannt in das Loch, welches sich nun im Boden aufgetan hatte, und fragten sich, was sie dort erwarten würde.

»Nun gut«, brach Carter schließlich das kollektive Schweigen. »Gehen wir nach unten!«

Ahmed Gurgar, mein Bruder und ich selbst folgten Carter, der die Gruppe anführte, während die anderen Arbeiter tuschelnd und abwartend in der oberen Kammer verblieben. Ausgerüstet mit Fackeln, drangen wir tief in die Erde vor. Im Gegensatz zu dem Stein, der für die Konstruktion der uns bekannten Grabräume benutzt worden war (hauptsächlich Kalkstein und Granit), empfing uns auf unserem Weg nach unten überall jener schwarze glatte Stein, auf dessen Oberfläche das Licht flackernde Spiegelbilder zauberte. Nur vereinzelt entdeckten wir Schriftzeichen an den Wänden. Das am häufigsten verwendete Symbol war das der schwarzen Sonne, welches auch ein zentraler Bestandteil des Vathek-Zeichens war.

Mit langsamen, bedächtigten Schritten erreichten wir schließlich das Ende der Treppe und die Antwort auf unsere Fragen. Vor uns lag eine weitere Grabkammer, kleiner als die erste und weitaus weniger schmuckvoll gestaltet. Es gab keine Hieroglyphen an den feucht glänzenden Wänden, die uns in einem tiefen Schwarz umgaben. Ebenso fehlten jegliche Hinweise auf Grabbeigaben für den Toten, dessen Sarkophag in der Mitte des Raumes stand. Der Sarkophag hatte die Form eines Quaders, etwa fünf Fuß lang und drei Fuß breit. Die einzige Verzierung auf dem schwarzen, glänzenden Stein war das Symbol, welches uns fortwährend begegnet war bei unserem Abstieg.

»Vathek«, murmelte Ahmed, und es lag ein leichtes Zittern in seiner Stimme.

»Das müsste unsere Frage beantworten«, meinte Carter.

»Vathek war also eine Person«, stellte ich fest.

Während Ahmed nach oben lief, um weitere Fackeln und einige Halterungen dafür zu besorgen, standen wir vor dem Sarkophag, der zweifelsohne jenem mysteriösen Vathek zu gehören schien. Die Tatsache, dass die Kammer bis zu diesem Tag unentdeckt geblieben war, schürte in uns die Hoffnung, im Inneren des Sarges eine unversehrte Mumie vorzufinden.

Nachdem Ahmed mit Fackeln und einem weiteren Arbeiter zurückgekehrt war und die überall an den Seiten der Kammer aufgestellten Fackeln den Raum in helles Licht tauchten, begannen wir mit der Öffnung des Sarkophages. Ungewöhnlich erschienen uns die nunmehr rostigen Klammern, die offenbar der Befestigung des Sargdeckels dienten.

»Fast könnte man meinen«, sagte Tom, »die Hersteller des Sarkophags hätten sich darum gesorgt, dass jemand *aus* dem Sarg *herauskommen* könne.« Von außen ließen sich die Klammern jedenfalls mühelos öffnen. »Welchen Zweck hätten sie sonst erfüllen sollen?«

Ahmed und der Arbeiter wechselten einige unruhige Blicke.

»Schaurig, nicht wahr?«, flüsterte Tom mir mit einem Grinsen zu, während er die letzte der Klammern aufschnappen ließ. Anschließend schoben wir gemeinsam den Deckel so weit zur Seite, dass wir einen Blick ins Innere des Sarkophags erhaschen konnten. Mit angehaltenem Atem warteten wir, bis die abgestandene Luft aus dem Sarginneren entwichen war. Dann leuchtete Carter mit einer Fackel in den Sarg hinein. Ich musste mich auf die Zehenspitzen stellen, um etwas erkennen zu können.

Zu Anfang sagte niemand auch nur ein Wort.

Im Innern des Sarkophags lagen die Überreste eines Skelettes, dessen fleckige Knochen brüchig wirkten. Fetzen eines schlichten farbigen Gewandes wickelten sich um die Knochen. Hand- und Fußgelenke des Toten steckten in eisernen Fesseln, die fest an den Stein geschmiedet waren.

»Bei allen Heiligen«, murmelte Carter, »was hat das zu bedeuten?«

»Warum wurde er nicht mumifiziert?« Niemand beachtete meine Frage. In einem Grab dieser Größe wurden nur Personen von gesellschaftlicher Bedeutung beigesetzt, und normalerweise verlangten die Riten die Einbalsamierung und Mumifizierung des Leichnams. Denn nur auf diese Weise konnte sichergestellt werden, dass der Verstorbene unversehrt ins Totenreich gelangte.

Tom schüttelte ungläubig den Kopf. »Wer war dieser Vathek nur, dass man ihn so hat sterben lassen?«

Alle starrten wir gebannt auf den Kopf des Toten. Der Teil des Schädels, der einst das Gesicht gewesen war, wurde fast gänzlich von einer eisernen Maske umschlossen. Zwei rostige Schrauben steckten in den Augenhöhlen, ein weiteres Stück Metall von der Größe einer kleinen Hand zwischen den Kieferknochen. Als Carter die Maske berührte, klappte der Unterkiefer nach unten, und der Schädel kippte zur Seite. »Man muss diesen armen Kerl bei lebendigem Leibe begraben haben.«

»Unglaublich«, sagte ich. »Haben Sie je von einem derartigen Fall erfahren?«

Carter verneinte.

Tom beugte sich nun tiefer in den Sarkophag und betrachtete den Schädel, während er seinen Gedanken laut Ausdruck verlieh. »Es sieht so aus, als habe man ihm diese Maske angezogen, als er noch lebte. Mit diesem eisernen Knebel im Mund hat man ihn zum Schweigen gebracht. Dann hat man ihm die Schrauben in seine Augen gedreht.« Er atmete tief ein. »Dieser Vathek muss unter unermesslichen Schmerzen gestorben sein.«

»Zusätzlich hat man ihn festgekettet und den Sarkophag von außen verschlossen.« Carter konnte den Blick nicht von dem Leichnam lösen.

»Weil man Angst hatte, er könne sich befreien?« Alle sahen mich an.

»Wer immer er war, die Menschen müssen Vathek wirklich sehr gefürchtet haben«, gab Carter leise zur Antwort. »Ich frage mich, weshalb er ausgerechnet hier beigesetzt wurde, verborgen im Grab des Priesters.«

»Verdammt viele Fragen«, stellte Tom fest.

»Die zu lösen unsere Aufgabe ist«, gab ich zu bedenken und berührte einen der von den Knochen herabhängenden Fetzen verblichenen Stoffes. Kalt fühlte er sich an. Bei genauerem Hinsehen erkannte ich das Fragment eines Musters. »Es sieht nicht ägyptisch aus«, bemerkte ich. Die Aufmerksamkeit der anderen wurde augenblicklich auf das schmale Stück Stoff gelenkt. Schweigend standen wir da und betrachteten unseren grausigen Fund. Schließlich sprach ich meine Vermutung laut aus: »Ich glaube, dieses Muster ist mesopotamischen Ursprungs.«

Carter runzelte skeptisch die Stirn.

»Ja«, schloss sich auch Tom meiner Vermutung an. »Vathek könnte ein Name aus dem Zweistromland sein.« Tom grübelte und sagte dann: »Gab es nicht Handelsbeziehungen zwischen Babylon und El-Amarna?«

»Aber weshalb«, dachte ich weiter, »sollte ein ägyptischer Priester gemeinsam mit einem mesopotamischen Edelmann beigesetzt worden sein?«

»Falls er ein Edelmann war.«

Howard Carter rückte die runde Brille auf seiner Nase zurecht, kratzte sich am Kopf und sagte: »Vielleicht weiß Professor Maspero in Kairo jemanden, der uns in dieser Angelegenheit weiterhelfen kann.«

So kam es, dass Tom und ich, während Carter im Tal der Könige über den Fund wachte, das nächste Boot in Richtung Kairo bestiegen, um uns am Mittag des folgenden Tages in Gaston Masperos Büro einzufinden und ihm vom aktuellen Stand der Grabung Bericht zu erstatten.

Während sich das kleine Segelboot mit dem klangvollen Namen »Osorkons I.« langsam nilabwärts bewegte, dachte ich an die Gesichter der verängstigten Arbeiter im Expeditionslager am Grab KV55 und erinnerte mich der Geschichten meiner englischen Heimat: an alte mürrische Schlossgespenster, weiß gekleidete Frauen, magische Schwerter, hungrige Werwölfe, zum Leben erweckte Leichen und wilde Hexen. Die Menschen liebten es zu allen Zeiten, sich leichtgläubig diesen Hirngespinsten hinzugeben. Im Alter von zehn Jahren folgte ich Tom auf einer seiner Expeditionen in die Welt des Übersinnlichen. Wir verbrachten die Nacht zum Yuletide, einem alten keltischen Feiertag, heimlich inmitten des Steinkreises von Stonehenge und erwarteten die Seelen der Verstorbenen unter dem vollen Mond tanzen und klagen zu sehen. Der Ausflug endete mit einer starken Erkältung, die mich zwei Wochen ans Bett fesselte, und einer Strafpredigt unseres Vaters. So viel zu Gespenstern, toten Seelen und traditionellem Aberglauben.

Dennoch hatten wir den Aberglauben der Einheimischen zu respektieren. Wie unvernünftig ihr Handeln auch immer sein mochte, es behinderte unsere Arbeit. Die Entdeckung der neuen Grabkammer hatte erneut Panik in den verbliebenen Arbeitern aufkommen lassen. Carter und Ahmed hatten mit vereinten Überredungskünsten das Schlimmste verhindern können, und die Arbeiter waren, wenngleich mürrisch und eingeschüchtert, nach einer ihnen zugesicherten Lohnerhöhung zu bleiben bereit gewesen.

Diesen Gedanken nachhängend, beobachtete ich Tom, wie er eifrig in sein Notizbuch kritzelte, was mich an das Versprechen meinem Verlobten gegenüber erinnerte, ihm so häufig wie nur möglich von den Erlebnissen in Ägypten zu berichten. Trotz dieses Gedankens schien Arthur einer anderen Welt anzugehören. Ich konnte und wollte ihm zu diesem Zeitpunkt keinen Brief schreiben. Als wir Gizeh passierten und mein Blick auf die großen Pyramiden fiel, da spürte ich erneut jene Unruhe, die alle Gedanken an England und mein dortiges Leben zu nichtigem Tand degradierte.

Kairo empfing uns in der prallen Mittagshitze des nächsten Tages, eine in lehm- und sandfarbenen Gebäuden glühende Metropole, mit feilschenden Händlern an jeder Ecke, die Massen einheimischer Passanten durchsetzt von Europäern in heller Kleidung. Das Museum für Altertum befand sich am Rande der Stadt und war umgeben von Palmen.

»Smenkh-ka-Re war ein Hohepriester der Amarna-Periode«, erklärte uns Professor Maspero, ein hagerer Mann Ende fünfzig mit grauem Haar und stechend blauen Augen. »Der Pharao, in diesem Fall der Bruder des Priesters,

Tut-ankh-Amen, war die Inkarnation des Gottes Amun. Die Ägypter beteten eine Vielzahl von Göttern an und waren daher nicht intolerant gegenüber fremden Gottheiten.«

Gaston Maspero hatte uns freundlich begrüßt, und nachdem wir einige Erinnerungen an Oxford ausgetauscht hatten, kam er schnell zur Sache, da er, wie er selbst bekundete, eine Schiffsladung altägyptischer Funde in Alexandria erwartete (die Relikte, vom Entdecker an das New Yorker Metropolitan Museum verkauft, fanden nun, nach mühevollen Verhandlungen über den Preis der Ware, den Weg zurück in ihre Heimat) und die Zeit, die er uns zur Verfügung stellen konnte, nur begrenzter Natur war.

Während Maspero seine Ladung inspizierte, schlenderten wir durch das Museum und trafen auf zwei Landsleute, die Zeitung lesend in einer schattigen Ecke saßen und Wasserpfeife rauchten, was eine für Engländer höchst ungewöhnliche Beschäftigung war.

In aller Form stellten sich uns die beiden vor.

Maurice Micklewhite hieß der Größere der beiden, der einen eleganten Anzug aus leichtem Stoff trug und einen breitkrempigen Hut, der die hellen, nahezu grünen Augen beschattete. Sein Gefährte, ein blasser und mürrischer Mensch mit langem Haar, trug einen dunklen Kaftan, der ihn wie einen Einheimischen aussehen ließ. Mortimer Wittgenstein, so sein Name, weilte, wie auch sein Begleiter, seit einigen Monaten schon in Ägypten, doch trugen sie sich mit der Absicht, im kommenden Jahr nach London zurückzukehren.

»Die Ereignisse von Whitechapel«, so Maurice Micklewhite, »haben London nur Unglück gebracht.« Was immer er auch damit meinte. »Doch das ist jetzt alles vorbei.

Ein neues Jahrhundert hat begonnen.« Er wirkte höchst zuversichtlich. »Ein Jahrhundert, in dem die Wissenschaft triumphieren wird.«

»Und London«, fügte Wittgenstein hinzu, »ist schließlich unsere Heimat.« Erst jetzt fiel mir auf, dass sich unter dem Saum des Kaftans eine große Ratte versteckte und uns neugierig entgegenblinzelte.

»Mit etwas Glück werden Sie beide erfolgreich sein.«

Es war Tom gewesen, der lachen musste. »Ja, mit Fortunas Hilfe und glücklichen Zufällen werden wir Reichtum und Ruhm ernten.«

Maurice Micklewhite lächelte verhalten, und Wittgenstein grummelte etwas, das wie »Es gibt keine Zufälle« klang. Die Ratte schwieg.

Dann unterhielt sich Tom kurz mit den beiden über die Ausgrabungen, die überall im Land vorangetrieben wurden, vornehmlich von Europäern und Amerikanern.

Wittgenstein begleitete uns auf einem kurzen Rundgang durch das Museum, nach dem wir uns höflichst empfahlen und ihn dort zurückließen, wo wir ihn vorgefunden hatten, nämlich in der schattigen Ecke bei den Wasserpfeifen, dem vornehm gekleideten Micklewhite und der fetten Ratte.

In Masperos Büro wurde uns dann englischer Tee angeboten.

»Howard Carter erwähnte einen Namen.«

»Vathek.«

»Nun, vor einigen Jahren hörte ich von einer Krankheit«, gab Maspero zu, »die von den Einheimischen gefürchtet wird und die sie mit dem Namen eines Ghuls, *El va-Thek*, in Verbindung bringen.« Er machte eine wegwerfende Handbewegung. »Aber das gehört in den Bereich der Mythologie.« Langsam zündete er sich eine Zigarre an, paffte genüsslich einige Rauchringe hinauf zur Decke des kleinen Raumes. »Aber ich kenne vielleicht jemanden, der Ihnen weiterhelfen kann.«

Wir beobachteten ihn gespannt.

»Sein Name ist Jesid ibn al-Bekr«, erklärte Maspero. »Er ist ein moslemischer Gelehrter. Sie finden ihn in der Ibn-Tulun-Moschee, hier in Kairo. Wenn es irgendjemanden gibt, der Ihnen etwas über Vathek erzählen kann, dann ist es dieser Mann.«

Die Ibn-Tulun-Moschee befindet sich im Osten der Stadt, mit lehmfarbener Mauer und einem den Rest des Gebäudes überragenden Minarett.

Nachdem wir von dem Diener, der uns am Tor in Empfang nahm, durch den ersten der drei äußeren, die eigentliche Moschee umschließenden Höfe geführt worden waren, begrüßte uns ein hoch gewachsener Mann mit greisem und dennoch überaus dichtem Haar: »Ich heiße Sie willkommen in der *Madschid*.« Ein sauber zurechtgestutzter Kinnbart schmückte das hagere, markante Gesicht, dessen dunkle, von einer Nickelbrille umrahmte Augen sofort die Blicke auf sich zogen. Der Mann trug einen dreiteiligen Anzug britischer Machart. »Jesid ibn al-Bekr ist mein Name«, fuhr er fort und schüttelte überschwänglich unsere Hände. »Wie ich hörte, suchen Sie nach mir?«

»Wir sind Mitglieder einer archäologischen Expedition«, begann Tom, nachdem wir uns vorgestellt hatten, »die im Tal der Könige gräbt.«

Unser Gegenüber nickte und machte eine wissende Handbewegung. »Howard Carters Grabung?« Er lachte laut auf, als er unsere Überraschung erkannte. »Dies ist

Ägypten«, sagte er. »Neuigkeiten sprechen sich schnell herum. Es ist ein kleines Land. Und interessiert an dem, was die Fremden mit unserer Vergangenheit anfangen.«

Während wir sprachen, folgten wir al-Bekr durch die Moschee. »Dieses Gotteshaus wurde vor Jahren als Gürtelfabrik entfremdet«, erklärte er uns kopfschüttelnd. »Später beherbergte sie dutzende von Läden. Ein Basar für die Ungläubigen. Als sie dann vor dreißig Jahren als historisches Denkmal eingestuft wurde, konnte sie endlich restauriert werden und wieder ihrem eigentlichen Zweck dienen.«

Wir erreichten ein weiträumiges Zimmer im Westflügel der Moschee, den Raum des Gelehrten. Schriftrollen und Bücher lagen verstreut in den hölzernen Regalen und auf dem steinernen Tisch in der Mitte des Raumes. Auf dem Boden breitete sich ein kunstvoll gearbeiteter Teppich aus, auf dem breite Kissen lagen. Schmale Schlitze in der Wand erlaubten einen nur dürftigen Blick auf den Sternenhimmel über Kairo.

Al-Bekr bat uns, die Schuhe auszuziehen und auf den Kissen Platz zu nehmen. In ungewohntem Schneidersitz begann Tom ihm in aller Kürze von unserem Fund zu berichten.

»Sie sagten, der Name sei Vathek?«, fragte al-Bekr mit ruhiger Stimme, der die Verwunderung, sofern diese überhaupt vorhanden war, kaum anzumerken war. »Und Sie glauben, dass sie sein Grab gefunden haben?«

Wir nickten einhellig.

Ich fragte mich, wie alt unser Gegenüber wohl sein mochte. Er hätte Ende fünfzig, aber auch weitaus älter sein können. Seine Stimme floss in der schwülwarmen Luft dahin wie dunkles, wohl riechendes Harz.

»Ich verbringe mein Leben damit«, begann er, »die alten Schriftrollen zu lesen.« Ganz gerade saß er auf seinem Kissen, die langen Finger strichen über den weißen Kinnbart. »Sie denken vielleicht, ein Gelehrter des Islam studiere ausschließlich die Botschaft Gottes. Aber der Koran ist nicht die einzige Schrift, die es zu deuten gilt.« Seine Hand zeigte zu der Vielzahl der uns umgebenden Schriftrollen. »Die Thora gehört ebenso zu den alten Texten wie weitaus unbekanntere Schriften.« Seine Stimme vibrierte leicht. »Alte Überlieferungen, die Zeugnis geben von längst vergessenen Geschehnissen.« Ein gutmütiges Lächeln erschien auf seinen Lippen. »Aber ich schweife ab vom Thema«, bekannte er. »Sie möchten etwas über Vathek erfahren? Prinz Vathek aus dem Haus der Abassidesn, den man später den Bezwinger nannte?«

»Es ist wichtig«, sagte ich.

Und Tom fügte hinzu: »Können Sie uns erklären, wer er war?«

»Zu helfen ist mir immer eine Freude.« Al-Bekrs Blick verfinsterte sich, als er mit tiefer Stimme verkündete: »Es ist nicht Vathek, dessen Knochen Sie gefunden haben.«

»Wer ist es dann?«, fragte ich vorschnell.

Al-Bekr lächelte gutmütig und wissend. »Es ist eine Geschichte aus alter Zeit, ungeduldige Miss Holland«, begann er. »Aus der dunklen Vergangenheit dieses Landes, als die alten Götter noch große Macht hatten. Es erfordert Zeit, von diesen Dingen zu erzählen.«

Mich für mein ungeduldiges Verhaltend entschuldigend, erntete ich ein belustigtes Lächeln al-Bekrs. »Es ist das Vorrecht der Jugend, ungeduldig zu sein«, bemerkte er, um sodann wieder ernst zu werden. »Geben Sie mir einige Augenblicke, in denen ich meine Gedanken sammeln kann. Dann schweigen und lauschen Sie der Geschichte, die ich zu erzählen habe.«

Und dies sind die Geschehnisse aus alter Zeit, die wir in jener Nacht aus dem Munde al-Bekrs vernahmen …

Es ist die Geschichte Vatheks aus dem Land der zwei Ströme, dessen Reisen ihn an Orte führten, die bis zu jenem Zeitpunkt kein Sterblicher je erblickt hatte. Von edlem Gemüt und erfüllt von Anmut und Kraft, war Vathek der Stolz seines Vaters und ein würdiger Erbe des alten Kaufmannes, der seinerseits als junger Mann ein Gast am Hofe von El-Amarna gewesen war. Doch es kam die Zeit, in der ein junger Mann, von Unruhe erfüllt, Taten vollbringen möchte, sodass jene, die nach ihm kommen, von der Ehre und dem Ruhm künden mögen, die er sich erworben hat. Vathek brannte darauf, die fernen Länder zu bereisen, welche er nur aus den Erzählungen der Seefahrer und Händler kannte, die er als Kind in seines Vaters Hof belauscht hatte und die vielen fremden Völker kennen zu lernen. Vatheks Vater, der viel von der Welt gesehen hatte, ein Kaufmann von Rang und Namen und zudem ein fürsorglicher Vater, fand alsbald eine Aufgabe, die sich als eines jungen Mannes würdig erwies. Vathek sollte nach Memphis jenseits des Sinai und des Roten Meeres reisen, wo ein neuer Pharao residierte, dem man unsagbare Reichtümer nachsagte. Das Königreich am Nil, so die Berichte, wuchs und gedieh unter der Herrschaft Pharao Tut-ankh-Amens. Vathek sollte dem jungen Pharao seine Aufwartung machen, ihm prachtvolle Geschenke des Kalifen überbringen und Gespräche über die Handelsbeziehungen der beiden Reiche führen, wie es einst auch sein Vater am Hofe von El-Amarna getan hatte.

So begab es sich also, dass Prinz Vathek in Begleitung seines treuen Gefährten Ahmad ibn-Razi und einer Gefolgschaft der königlichen Garde unter dem Kommando von Wesir Yakut ibn-Kael in den Westen aufbrach, um die üppigen Ufer des Nils zu bereisen.

Nach zwölf Tagen und Nächten beschwerlicher Reise durch Wüsten und Täler erreichten die Abgesandten Memphis, die Hauptstadt des Reiches. Boten des Pharaos hatten ihnen bereits in Beni Suef dessen Grüße übermittelt. Neugierig harrte Vathek der Begegnung mit dem jungen Pharao. Viele Reisende wussten von dessen jugendlicher Schönheit und Leidenschaft für die Jagd, der er sich oft hingab, zu berichten. Des Pharaos älterer Bruder, ein Hohepriester des Isis-Tempels, sei, gleich seinem Bruder, von so atemberaubender Schönheit, dass es keinen Zweifel an der göttlichen Herkunft des Herrschers geben könne.

Doch nicht einmal die Kunde von der Schönheit des Bruderpaares konnte den Prinzen auf die Wirklichkeit vorbereiten. Während der ersten Audienz im Thronsaal des mächtigen Palastes am Ufer des Nils erlag Vathek augenblicklich dem Zauber des jungen Pharaos und dem des ihm zur Seite stehenden Bruders Smenkh-ka-Re. Jene, die ihn begleiteten, erfuhren nicht minder ein Gefühl verbotenen Verlangens, das allein der Anblick der Antlitze der beiden jungen Männer heraufbeschwor. Mit fester Stimme trug Vathek die Botschaft des Kalifen und die seines Vaters vor, sehr zum Gefallen Tut-ankh-Amens, der den arabischen Abgesandten Gemächer, Speisen und Sklavinnen von allerfeinster Güte anbot und sie bat, für die kommenden Tage sein Gast zu sein.

So geschah es, dass Prinz Vathek und seine Gefolgschaft das Leben in Memphis zu genießen begannen. Tut-ankh-Amen, in seinem siebzehnten Lebensjahr von erstaunlicher Geschicklichkeit, was diplomatische Verhandlungen und die Löwenjagd anging, verbrachte viele Stunden mit seinem Gast aus Bagdad. Gemeinsam gingen sie auf die Jagd und frönten langen Gesprächen über Politik und das Wesen der Götter. Im jungen Pharao erkannte Vathek einen Menschen von wissensdurstigem, offenem Geist, der alsbald ein guter Freund wurde.

In besonderem Maße verunsicherte und faszinierte Vathek jedoch des Pharaos älterer Bruder Smenkh-ka-Re, der diesen Treffen nur höchst selten beiwohnte, sich häufig in Schweigen hüllte und, wenn überhaupt, ihm nur mit seinen grünen, katzenhaften Augen zuzuflüstern schien. Nach einer Weile glitten Vatheks Blicke immer häufiger über den von einem weiten, mit Ornamenten verzierten Gewand verborgenen grazilen Körper des Priesters. Sie folgten den Bewegungen der schmalen Hände, deren glatte dunkle Haut warm im fahlen Schein der duftenden Kerzen schimmerte. In den Nächten suchten den jungen Prinzen flimmernde Träume heim, die sich einzugestehen er sich weigerte.

Am zehnten Tage seines Aufenthalts in Memphis erschien Smenkh-ka-Re dann zu nächtlicher Stunde im Gemach des jungen Vathek. Die Schönheit des Priesters raubte Vathek Atem und Verstand, und der Rausch, in dem er sich befand, gaukelte ihm vor, er befände sich in einem seiner Träume. Im Traum berührte er das Gesicht des Priesters, starrte wie gebannt in die grünen Augen. Des Priesters heißer Atem lag auf seinem Gesicht und ließ Vathek die Augen schließen und nurmehr die warme Haut spüren. Als Vatheks Augen sich wieder öffneten, blickte er in das Antlitz Smenkh-ka-Res, dessen nackter Körper neben dem seinen lag. Erschrocken fuhr Vathek auf und wurde von grenzenloser Verwirrung übermannt, als er den Körper neben sich als den einer wunderschönen Frau erkannte.

Sei nicht verängstigt, hauchte die süße Stimme des Priesters.

Wer bist du?, fragte der junge Vathek verwundert.

Ich bin Smenkh-ka-Re, sagte die Frau. *Doch, wie du siehst, bin ich nicht des jungen Königs älterer Bruder.* Ihr Lächeln war reiner Zauber. *Man nannte mich Nefer-titi in der alten Zeit von Achet-Aton.* Sie küsste den jungen Prinzen. *Ich*, hauchte sie, *bin des Königs Mutter.*

Und es geschah in jener Nacht, dass Vathek vom Geheimnis des Pharaonenreiches erfuhr.

Vor Jahren war das Land von einem Pharao regiert worden, der nicht länger den alten Gottheiten hatte dienen wollen und sich der Anbetung der Sonne verschrieben hatte. Jener Pharao war Akh-en-Aten gewesen, und er hatte die schönste und klügste Frau des Reiches zu seiner Gemahlin gemacht: Nefer-titi. Ra selbst hatte den beiden Besuche abgestattet und alles Unheil vom Reich am Nil fern gehalten. Doch die Herrschaft des Pharao hatte nicht lange gewährt. Akh-en-Aten war gestürzt worden und seither als Ketzerkönig verschrien. Sein Sohn Tut-ankh-Aton hatte die alten Götter wieder eingesetzt, seinen Namen in Tut-ankh-Amen geändert und die Herrschaft über das riesige Reich übernommen. Nefer-titi war verschwunden, als Achet-Aton im Wüstensand versank, und es rankten sich tausenderlei Geschichten um sie. Die Wahrheit aber war, dass Nefer-titi zur Macht hinter ihrem

Sohn geworden war. Im Verborgenen zog sie die Fäden, ausgegeben als einer seiner Brüder, Smenkh-ka-Re, Hohepriester des Isis-Tempels.

Ich lenke die Geschicke des Reiches im Namen der Götter, bekannte Nefer-titi dem jungen Prinzen. *Und jetzt frage ich Euch, wem Euer Herz gehört.*

Vathek, verzaubert von ihrer Schönheit, antwortete: *Mein Herz gehört Euch, liebste Königin.* Er küsste sie leidenschaftlich und flüsterte: *Zauberhafte Nefer-titi, nie soll mein Herz einer anderen gehören.*

So geschah es, dass Vathek und Nefer-titi in Liebe zueinander entflammten. Sie behüteten ihr Geheimnis wohl, und einzig Pharao Tut-ankh-Amen wusste davon.

Hier machte al-Bekr eine Pause, rieb sich die Augen und begann sich eine Pfeife zu stopfen. »Ich erkenne Müdigkeit in Ihren Augen, Miss Holland«, stellte er fest.

»Was geschah mit den beiden?«, sprudelte es aus mir heraus.

»Mit Vathek und Nefer-titi?« Er wirkte ernst. Seufzte. »Die Nacht ist noch lang, und, glauben Sie mir, diese Geschichte sollte während einer tiefschwarzen Nacht erzählt werden.«

Ich wechselte einen Blick mit meinem Bruder.

Schließlich zündete sich al-Bekr die Pfeife an, nahm einige tiefe Züge und schloss die Augen. »Die Liebe der beiden wuchs«, fuhr er fort, öffnete die Augen, und es schien, als ruhe sein Blick auf Geschehnissen, längst vergessen. »Dann jedoch erreichte den jungen Prinzen eine Nachricht aus Bagdad. Schlimme Neuigkeiten.«

Die Schwester Vatheks war an schwerem Fieber erkrankt, und ihr Bruder brach unverzüglich in die Heimat auf. Nefer-titi und Tut-ankh-Amen versprachen, die Kranke in ihre Gebete einzuschließen und das Heil der Götter zu erflehen. Die Wege des Schicksals jedoch sind unergründlich und hart und oftmals eine Prüfung für die Sterblichen. Denn als Vathek in Bagdad eintraf, da konnte er nurmehr um seine Schwester trauern. Das Fieber hatte sie dahingerafft, und Wehklagen erfüllte das große Haus des Kaufmanns. Voll des Kummers verließ Vathek die Stadt seiner Väter ein zweites Mal, um Trost in den Armen Nefer-titis zu finden. Einzig seine Freunde Ahmad ibn-Razi und Yakut ibn-Kael begleiteten ihn auf dieser Reise.

Doch kaum hatten sie die Wüste Nefud erreicht, da gerieten die Reiter in einen Sandsturm, der aus dem Nichts zu kommen schien. Als hätten sich die Mächte des Schicksals gegen sie verschworen, trieben sie in stiller Verzweiflung die Pferde an. Der Sandsturm dauerte Stunden um Stunden an, und als sich der Himmel lichtete, da brach bereits die Dämmerung herein. In der Ferne erkannten die Reisenden ein Gebirge, dessen zackige Gipfel sich dem Nachthimmel entgegenstreckten.

Wo sind wir?, fragte Vathek seine Gefährten, doch keiner wusste eine Antwort.

Seht nur! Ahmad und Yakut sahen es fast gleichzeitig. *Eine Stadt.*

In der Ferne, am Fuße des dunklen Gebirges, erkannten sie vereinzelte Lichter und die Konturen einer Stadtmauer. *Lasst uns dort die Nacht verbringen*, lautete der Ratschlag Vatheks. *Außerdem können wir erfragen, wo genau wir uns befinden.* Die Gefährten waren der gleichen Meinung.

So geschah es, dass die drei Reisenden auf die Stadt zuritten. *Die Stadt sieht seltsam aus*, bemerkte Vathek, als sie sich den Mauern näherten. *Verlassen.* Die Mauern der Stadt bestanden aus einem schwarzen glänzenden Stein. Es waren keine Wachen auf den Mauern und Türmen zu sehen, und die riesigen eisenbeschlagenen Tore waren weit offen. Dahinter konnten die drei Gefährten nur Dunkelheit und einige schattenhafte Bewegungen erkennen.

Was sagtet Ihr?, fragte Vathek, der eine dahingeflüsterte Bemerkung Ahmads vernommen hatte. Der Angesprochene warf dem jungen Vathek einen düsteren Blick zu und murmelte: *Ghulchissar*. Vathek und Yakut sahen einander ernst an. *Ammenmärchen*, gab Vathek zur Antwort und ritt als Erster durch das Tor in die Stadt hinein, gefolgt von den Gefährten.

Nachdem sich ihre Augen an die Dunkelheit gewöhnt hatten, sahen sie jedoch die seltsamen Bewohner der Stadt. Langsam, schlurfend und mit bleichen, kranken Gesichtern, in deren Augen kein Lebensfunke zu erkennen war, bewegten sich die zerlumpten Gestalten durch die engen Gassen. Einige ließen ein schlangenhaftes Zischen vernehmen, wenn sich ihnen einer der Reiter näherte. Der junge Prinz musste sich eingestehen, dass diese Stadt derjenigen aus den alten Sagen alle Ehre zu machen schien. Ghulchissar, die Heimat der Ghule, wo sie auf ihren faltigen Schwingen durch die Dunkelheit glitten, um Kinder zu stehlen.

Eine krumme Gestalt in einem schwarzen Kaftan blieb inmitten der Gasse vor den Reitern stehen. Ihre leblosen Augen lagen in tiefen Höhlen. Die fauligen Zähne, die die Kreatur entblößte, als sie die Worte der Begrüßung an die Fremden richtete, beherrschten das ausgemergelte Gesicht. *Willkommen heiße ich Euch in diesen alten Mauern,* zischte die Gestalt, und Vathek erkannte, dass dem Mann das greise Haare büschelweise auszufallen schien. *Folgt mir. Die Herrin erwartet Euch.* Dem Mann folgend, erreichten die drei Gefährten den Palast. Sie sahen hohe Säulen, geschlagen aus schwarzem, glänzendem Stein. Traten in einen großen Saal, wo die Herrin wartete.

Vathek und seine Begleiter sahen sich einer großen dunkelhäutigen Frau von anmutiger Statur gegenüber. Ihr langes Haar, das zu leben schien, reichte fast bis zur Erde. Sie trug ein tiefrotes Gewand, welches nur ihre nackten Füße erkennen ließ. Augen, so schwarz und schimmernd wie der Stein, aus dem der Palast geschlagen worden war, musterten die Gefährten. *Selten verirren sich Gäste in diese Mauern*, hauchte eine sinnliche, tiefe Stimme. *So heiße ich Euch willkommen, Fremde. Tretet näher, und hinterlasst ein wenig von jenem Glück, welches Euch begleitet. Ich bin Carathis.* Langsam schritt sie auf die Gefährten zu, die sich ihr vorstellten. *Al-Vathek*, surrte sie und benetzte die Lippen mit der Zunge, die schnell wie die Zunge einer Eidechse vorschnellte. Die betörende wilde Schönheit der Herrin verzauberte Vathek auf der Stelle. Die Schönheit Nefer-titis war das Sonnenlicht des Tages, doch Carathis' Anmut glich dem kühlen Hauch der Wüstennacht. *Seid mein Gast.* Keiner der Reisenden konnte jedoch eine Tafel erkennen. Auch an Dienerschaft schien es der Herrin zu mangeln. Carathis ergriff die Hand Vatheks. Ihre Augen lähmten den jungen Mann wie die Kobra die hilflose Maus. Fantasien bemächtigten sich Vatheks, ließen ihn zitternd in die Knie gehen, während das Verlangen seines Körpers den Verstand zerfetzte. Er konnte die Gedanken der Herrin in seinem Kopf wispern hören, und die Welt um ihn herum schien zu verschwinden. Er hörte nicht die warnenden Schreie seiner Gefährten Ahmad und Yakud, die sich der durch das Tor in den Palast hineinströmenden Flut hungriger bleicher Kreaturen erwehren wollten, verzweifelt die Schwerter zückten, bereit ihren Freund und sich selbst zu verteidigen.

Als Vathek nach einer Ewigkeit wieder zu sich kam, da fand er sich mit zerfetzten Kleidern zitternd am Boden liegend wieder. Der Palast war verlassen, und das Licht des Tages schien hell in den Saal hinein. Dann erblickte Vathek die Leichname seiner Gefährten. Das Fleisch war von ihren Knochen gerissen. Leere Augenhöhlen starrten dem jungen Prinzen entgegen. Entsetzt begann Vathek zu klagen. Seine verzweifelten Schreie hallten durch die Mauern der dunklen Stadt, und bittere Tränen strömten über sein bleiches Gesicht. Geschwächt kroch er auf allen vieren aus dem Palast und blieb erschöpft im gleißenden Licht der Mittagssonne, die hoch am Himmel stand, liegen und verlor das Bewusstsein.

Der Abend dämmerte bereits, als Vathek wieder erwachte. Trunken vor Angst kroch er in Richtung des Stadttores. Von den bleichen Kreaturen, den Einwohnern dieser Stadt, war nichts zu sehen. Sie schienen das Licht des Tages zu meiden, genau wie auch ihre Herrin Carathis. Vatheks Blut geriet selbst in diesem Augenblick in Wallung, wenn er an sie dachte. Seinen Körper dürstete es nach Wasser, und sein Verstand befahl ihm, die Stadt noch vor Sonnenuntergang zu verlassen. Es wäre ein leichteres Schicksal, in der Wüste zu sterben, als noch einmal von diesen Kreaturen heimgesucht zu werden. So kroch er immer weiter, halb verrückt vor Angst, die erschöpften Augen zum Himmel und auf die untergehende Sonne gerichtet. Er spürte, wie der Wüstensand seine

Handflächen verbrannte, zwischen seinen Fingern hindurchrieselte, seine Knie aufscheuerte, und doch gab er nicht auf.

Hier machte al-Bekr eine Pause, rieb sich langsam die müden Augen und stopfte seine Pfeife aufs Neue.

»Und dann?«, fragte ich gespannt.

»Die Nacht ist noch lang«, antwortete al-Bekr. In aller Ruhe zündete er die Pfeife an und nahm einen tiefen Zug. »Vathek«, fuhr er schließlich fort, »entkam der dunklen Stadt Ghulchissar und seiner Herrin Carathis. Ja, er wurde gerettet. Eine Karawane fand ihn inmitten der Wüste Nefud.« Der Gelehrte seufzte tief. »Doch damit wurde das Unheil nur weiter in die Welt hinausgetragen.«

Die Beduinen, die den jungen Prinzen in der Wüste fanden, pflegten ihn vierzig Tage und vierzig Nächte in ihrem Lager nahe Al Jawf. Vathek war geschwächt an Körper und Seele. In seinen Träumen kehrte er nach Ghulchissar zurück und verzehrte sich nach der Herrin Carathis. Dann endlich schien er genesen und fühlte sich kräftig genug, die Reise, die er vor Wochen begonnen hatte, zu beenden. Die Beduinen brachten ihn bis Tabuk und überließen ihm eines ihrer Pferde, das ihn den ganzen langen Weg durch die arabische Wüste bis nach Memphis brachte.

Nefer-titi vergoss Tränen der Freude, als sie Vathek in ihre Arme schließen konnte, und Tut-ankh-Amen ließ Tänzerinnen und Musikanten herbeiholen, um mit einem Fest die Rückkehr des Freundes, den man schon tot geglaubt hatte, zu feiern.

Die Gedanken des Prinzen jedoch waren voll Trübsal.

Er berichtete Nefer-titi von Ghulchissar und seinen grausigen Bewohnern. Die Priesterin erbat Hilfe von Isis und brachte Opfergaben dar. Sie betete jede Stunde, um die Schatten vom Antlitz ihres Geliebten zu vertreiben. Vathek indes wurde geplagt von einer Unruhe, die ihn des Nachts kaum schlafen ließ. Immer häufiger wanderte er ruhelos im Palast umher. Das grelle Licht des Tages bereitete seinem Kopf unsägliche Schmerzen. Bald begann er am Tage zu schlafen, und erst in den Abendstunden erwachte er zum Leben.

Und so beschloss Vathek, einen Bericht über seine Reisen und seinen Aufenthalt am Hofe in Memphis zu verfassen. Seine Unruhe, das hoffte er, würde nachlassen, sobald er einer Tätigkeit nachging.

Doch dann erkrankte der junge Pharao so plötzlich, dass selbst Nefer-titi darin ein böses Omen zu sehen glaubte. Tut-ankh-Amen fühlte sich schwach, und seine Augen verloren den alten lebhaften Glanz. Die vormals edle Haut des Pharaos wurde fahl und trocken. Sein dunkles gelocktes Haar wurde licht und begann auszufallen. Die Ärzte und Priester bei Hofe wussten bald keinen Rat mehr. Doch sollte es noch schlimmer kommen. Denn schon kündeten Nachrichten aus allen Teilen der Stadt Memphis von dieser Krankheit. Sie brach unverhofft aus und kannte keine Grenzen. Priester, politische Würdenträger, Arbeiter, Soldaten und Sklaven schienen gleichermaßen betroffen zu sein. Kinder und alte Menschen starben häufig in den ersten Tagen der Krankheit. Die Kräftigeren siechten dahin. Schlaflosigkeit bemächtigte sich ihrer, gefolgt von Blässe, zunehmender Schwäche und Haarausfall. Das Licht des Tages verursachte den Kranken starke Schmerzen und fleckigen Hautausschlag. Die Menschen flehten zu den Göttern und glaubten alsbald an einen bösen Geist, der über das Land gekommen sei.

Dann erlag der Pharao der Schlafkrankheit, wie die Seuche vom Volk genannt wurde. Trauer legte sich über das Land. Tut-ankh-Amen starb im Alter von erst achtzehn Jahren und wurde in der Totenstadt nahe Theben beigesetzt.

Einzig Nefer-titi ahnte die Wahrheit, und sie lauerte Vathek auf, um sich von seiner wahren Natur zu überzeugen. Mit verwirrtem Blick kehrte er eines Nachts in sein Gemach zurück, um sich zur Ruhe zu begeben. Seine blutroten Lippen verzogen sich zu einem spöttischen Grinsen, als er sie hinter einem Vorhang stehend bemerkte. *Geliebte*, flüsterte er und trat auf sie zu. *Du hast mich überrascht.*

Was tust du meinem Volk an?, schrie sie aufgebracht. *Was, im Namen der Götter, bist du?* Bevor sie fortfahren konnte, packte Vathek sie, und die Gedanken in ihrem Kopf waren die seinen. *Folge mir, zauberhafte Nefer-titi*, säuselte er in ihr Ohr. Dann spürte sie seinen Atem wie einen heißen Nadelstich auf ihrer Haut. *Sei auf ewig meine Gefährtin*, hörte sie ihn flüstern. *Auf ewig, geliebte Priesterin.*

Verletzt und wütend starrte sie Vathek an. *Nie werde ich mein Volk verraten*, schrie sie ihn zitternd und unter Tränen an, um sodann das Gemach zu verlassen.

In den folgenden Tagen wurde Nefer-titi nicht mehr gesehen. Dann vernahm man überall in Memphis die Kunde vom Tode Smenkh-ka-Res. Der Hohepriester habe sich selbst geopfert, um Isis gnädig zu stimmen, wurde berichtet. Die Hilfe Ras habe er erbeten, doch Ra sei ihm nicht erschienen. Einzig einen Befehl hatte er zurückgelassen.

Und als die Priester des Isis-Tempels auf diesen Befehl Smenkh-ka-Res hin in den Palast eindrangen und Vathek in Ketten legten und abführten, da heulte dieser vor Wut laut auf, und es war, als erfülle das Geheul von tausend Schakalen die verseuchte Luft über Memphis. Die Menschen, die jenes Geräusch vernahmen, sollten noch ihren Kindern warnend und mit angsterfüllter Stimme davon berichten. Vathek erkannte den Plan seiner geliebten Nefer-titi, und rasende Verzweiflung bemächtigte sich seines Herzens. Nefer-titi nämlich hatte erkannt, zu welch einem Wesen er sie gemacht hatte und dass sie beide jene Plage über das Land bringen würden, die schon seit Wochen in Memphis wütete. Sie hatte ihr Leben beendet, bevor das Blut eines Ghuls vollends ihr Herz hatte vergiften können. Nur so hatte sie ihrem Volk größeres Leid ersparen können. Und Vathek, ihr Geliebter, sollte sie ins Grab begleiten.

Am Vorabend der Beisetzung Nefer-titis bedeckten die Smenkh-ka-Re treu ergebenen Priester Vatheks Gesicht mit einer eisernen Maske. In schwere Ketten gelegt, verbrachte Vathek die Nacht im Kerker des Palastes, bewacht von einem der Priester. Doch als die Schwärze der Nacht ihren Höhepunkt erreichte, da spürte Vatheks Bewacher fremde Gedanken, die sich in sein Bewusstsein schlängelten. Als der Priester später wie aus Träumen erwachte, da schmeckte er den rostigen Knebel in seinem eigenen Mund. Die eiserne Maske des verurteilten Ghuls bedeckte nun sein eigenes Gesicht. Starke Arme hielten seinen Körper fest umklammert und betteten ihn in ein tiefes Behältnis. Er vernahm den rituellen Totengesang, als Hände seine Gliedmaßen an den kalten Stein ketteten. Die grellen Schreie des Priesters vermischten sich mit dem feuchten Geräusch der eisernen Schrauben, die quälend langsam in seine Augen gedreht wurden. Schmerz bemächtigte sich seines Bewusstseins, und seine lang gezogenen Schreie übertönten das Geräusch schabender Sandkörner, als der Sarkophag über ihm für alle Zeiten geschlossen wurde.

Hier verstummte al-Bekr. Er erhob sich von seinem Kissen, ging zu einem der Regale und kehrte mit einer alten Schriftrolle zurück, welche er sodann vor unseren Augen auf dem Teppich ausbreitete. »Es ist nicht Vathek, dessen Knochen Sie im Bilban-el-Muluk gefunden haben«, sagte der Gelehrte. »Es sind die Knochen jener armen Seele, die statt des Ghuls, in den sich Vathek verwandelt hatte, beigesetzt wurde.«

»Der Priester«, murmelte Tom.

Al-Bekr nickte.

Ich fragte: »Und was geschah mit Vathek?«

Al-Bekr deutete auf die Schriftrolle, auf der eine Landkarte aus alter Zeit zu erkennen war. »Schauen Sie hier«, fuhr er fort, »und lauschen Sie meinen Worten.«

Das Grab wurde versiegelt. Niemand sollte je davon erfahren. Außer den Priestern wusste niemand von der geheimen Grabkammer. Nefer-titi indes wurde in einem prunkvollen Sarkophag bestattet. Dem Willen der Götter folgend, gab man ihr Schätze und andere Beigaben mit auf den Weg. Dann beschloss man, die Geschichte des Hohepriesters zu verändern. Der Name Vatheks sollte vom Angesicht der Erde getilgt, sollte vollends aus dem Leben Smenkh-ka-Res entfernt werden. So entstand eine neue Geschichte, die vom Ruhm und Leben des Smenkh-ka-Re kündete, der in der goldenen Zeit des Reiches sein Leben gelassen hatte, um eine schreckliche Plage vom Land seiner Ahnen abzuwenden.

Zweierlei indes sollte für immer vor den Augen der Welt verborgen bleiben. Das Erste war die Erkenntnis, dass sich hinter dem Namen Smenkh-ka-Re die wunderschöne und kluge Nefer-titi verborgen hatte. Das zweite Geheimnis war das Wissen um die Ereignisse, die sich in jener Nacht in den Mauern des Kerkers zugetragen hatten.

Vathek indes war die Flucht gelungen. Es entstanden Geschichten unter dem einfachen Volk, die von den nächtlichen Heimsuchungen durch den Ghul zu berichten wussten. Auch erzählte man sich, dass Vathek das *grauenhafte Kaf* überquert habe, um jenseits des Endes der Welt sein eigenes Reich zu gründen. Wieder andere berichteten, er sei zu seiner Herrin Carathis nach Ghulchissar zurückgekehrt.

»Ich selbst«, fuhr al-Bekr fort, »glaube, dass er das *grauenhafte Kaf* überquert hat.« Er nahm einen tiefen Zug aus seiner Pfeife. »In der alten Zeit, das müssen Sie wissen, glaubten wir, dass die Welt von einem Gebirge begrenzt wird, dem *grauenhaften Kaf*.« Er deutete auf die Landkarte. »Dies hier ist es.« Sein Finger folgte den Gebirgsformationen des Kaukasus, des pontischen Gebirges, der Südkarpaten und der Alpen.

»Dort soll Vathek sein Reich gegründet haben?« Skepsis war in Toms Stimme erkennbar.

»Im Jahre 921 nach Christi Geburt entsandte der Kalif von Bagdad einen Botschafter zu den Bulgaren. Sein Name war Ahmad ibn-Fadlan, der von sich behauptete, Fragmente eines Reiseberichtes in alter arabischer Schrift gefunden zu haben.« Al-Bekr kraulte sanft seinen Kinnbart. »Darin beschrieb ein Araber edler Abstammung seine Flucht aus dem Land der Pharaonen. Der Reisende war dem *grauenhaften Kaf* gefolgt und hatte ein dunkles Meer erreicht. Später dann hatte er eine Meerenge überquert und war in ein grünes und kaltes Land gelangt, umgeben vom *grauenhaften Kaf*. Ibn-Fadlan war davon überzeugt, dass dieser Reisende Vathek gewesen ist.«

Gebannt starrten wir auf die Landkarte vor uns. Diesem Bericht zufolge war Vathek durch die Türkei bis an die Ufer des Schwarzen Meeres vorgedrungen, denen er westwärts gefolgt war, um schließlich den Bosporus zu überqueren und seinen Weg in nordwestlicher Richtung fortzusetzen, bis er sich dann in der Gegend des heutigen Rumänien niederließ.

»Damit«, so al-Bekr, »endet die Geschichte von den Reisen Vatheks.« Die ersten Sonnenstrahlen drangen in den Raum, und wir wurden uns der Müdigkeit und Erschöpfung bewusst, die sich unserer bemächtigt hatte. Ich begegnete dem Blick des Gelehrtern, der mich fragend musterte. »Und nun, Miss Holland, was gedenken Sie mit diesem Wissen zu tun?«

»Wir werden die Geschichte aufschreiben«, gab Tom zur Antwort.

»Wie Vathek selbst es getan hat«, ergänzte ich meines Bruders Aussage.

Schließlich, nach einigen höflichen Worten des Abschieds (al-Bekr bestellte Howard Carter und Lord Carnarvon, die er beide persönlich zu kennen schien, allerbeste Grüße und wünschte uns Erfolg bei den Grabungen), verließen wir die Moschee und machten uns auf den Rückweg nilaufwärts nach Luxor.

Die Begeisterung eines kleinen Jungen, der unter einer Baumwurzel eine Schatulle voll alter Sixpence-Stücke gefunden hat, spiegelte sich in den Augen Howard Carters wider, während wir ihn an der Geschichte Vatheks teilhaben ließen. Die Tatsache, dass Smenkh-ka-Re, der Hohepriester des Reiches, ein Synonym gewesen war für die Ehefrau des Akh-en-Aten, dass nicht Tut-ankh-Amen die Geschicke des Landes bestimmt, sondern seine Mutter Nefer-titi die Macht innegehabt hatte, traf Carter völlig unvorbereitet. »Wir werden einige der alten Theorien von Petrie und Davies überdenken müssen«, murmelte er mit leuchtenden Augen vor sich hin. »Dies ändert alles.«

Fast schon einen Sturm der Begeisterung löste bei ihm die Nachricht aus, dass Vathek allem Anschein nach ein fleißiger Schreiber gewesen war, der seine Erlebnisse womöglich sehr detailreich zu Papier gebracht hatte.

»Gehen wir einmal davon aus«, schlug Tom vor, »dass Vathek diese Berichte tatsächlich verfasst hat.«

»Dann müssten wir lediglich diese Schriften finden«, führte ich den Gedanken meines Bruders fort, »um nach den Beschreibungen die genaue Lage des Königsgrabes bestimmen zu können.«

Carter klatschte begeistert in die Hände. »Wunderbar«, rief er mit hochroten Wangen. »Das ist der Hinweis, nach dem wir so lange gesucht haben.« Er sah uns erwartungsvoll an. »Sie beide sollten umgehend aufbrechen«, schlug er vor.

Wir starrten ihn überrascht an.

»Aufbrechen?«, fragte ich. »Aber wohin?«

Carter schien nicht zu verstehen. »Nach Rumänien natürlich«, erklärte er uns. »Sie werden uns die Reiseberichte Vatheks und damit den Schlüssel zum Grab des Tutankh-Amen beschaffen.«

So kam es, dass ich Karnak in den frühen Morgenstunden des 21. August des Jahres 1920 in Begleitung meines Bruders verließ, um am Mittag des nächsten Tages eine zweimotorige Propellermaschine in Kairo zu besteigen, die uns nach Venedig bringen sollte. Als das dröhnende Knattern der Motoren die Maschine über die Fluten des Nils gleiten ließ, um sie dann endlich aufsteigen zu lassen, betrachtete ich die kleiner werdende und sich entfernende sandfarbene Landschaft unter mir mit gemischten Gefühlen. An den Grabungen Howard Carters teilzunehmen, war einem Abenteuer gleichgekommen. Die archäologische Arbeit, die uns nun erwartete, würde weniger aufregend sein.

Da das heutige Transsilvanien, umgrenzt von den Ost- und Südkarpaten, die von den frühen Moslems zum *grauenhaften Kaf* gerechnet worden waren, in der Vergangenheit dem Magyarenreich einverleibt gewesen war, wollten wir unsere Nachforschungen in der Hautpstadt Ungarns beginnen. Wir hatten Herrn László Geiger, dessen Kanzlei im Zentrum von Budapest geschäftliche Beziehungen zur Handelsgesellschaft meines Vaters unterhielt, kontaktiert und ihn gebeten, zwei Zimmer in einem der Hotels zu reservieren. Die ungarische Nationalbibliothek und das Nationalmuseum würden unsere ersten Anlaufstellen sein.

Um die Spur Vatheks aufzunehmen, würden wir uns mit Geschichte und Mythologie des Landes vertraut machen müssen, und dies würde für uns endlose Stunden in den Museen und Bibliotheken bedeuten, wo wir die

Nasen in Büchern vergraben würden, um Hinweise zu finden, die Rückschlüsse auf Vatheks Schicksal erlauben würden. Und all das unter nicht unerheblichem Zeitdruck, denn die vor mehr als einem Jahr in Versailles geschlossenen Friedensverträge trugen zwar zur Stabilität in den vom Krieg zerrütteten Regionen Europas bei, jedoch war es höchst fraglich, wie lange diese neue Ordnung Bestand haben würde.

Diese und unzählige weitere Gedanken schossen mir während des Fluges durch den Kopf. Das kleine runde Fenster zu meiner Linken gab den Blick frei auf das strahlend klare Blau des mediterranen Himmels, welches sich mit der Farbe des Meeres vermischte, sodass die Grenze zwischen Wasser und Himmel kaum auszumachen war. Tom war im Sitz zu meiner Rechten eingenickt. Ich betrachtete meinen Bruder eine Zeit lang, wie er so dasaß, den Kopf nach hinten gelehnt und das Gesicht verborgen von dem Hut, den er sich tief ins Gesicht gezogen hatte; das ruhige und gleichmäßige Auf und Ab seiner Brust und die zur Seite gerutschte Krawatte. Ihn an meiner Seite zu wissen, war ein gutes Gefühl.

Während des Fluges verfasste ich einige Zeilen an meinen Verlobten, der den Neuigkeiten von meiner Weiterreise nach Ungarn vermutlich mit einem Ausdruck kultiviert unterdrückter wütender Ablehnung begegnen würde. Ich berichtete ihm in Kürze von unseren bisherigen Funden im Tal der Könige, der Geschichte Vatheks und den Absichten, die wir mit unserer Reise nach Budapest verfolgten. Anschließend bekundete ich ihm meine tiefe Liebe und die erwartungsvolle Freude, bald schon nach Hause zurückkehren und mich von ihm umarmen lassen zu können. Dann zerknüllte ich das Papier. Ich erinnerte mich der kleinen Bemerkungen Arthurs, die mich darauf hingewiesen hatten, dass er in meiner Arbeit kaum mehr zu sehen schien als eine Beschäftigung, mit der sich eine intelligente Frau die Zeit vertreiben konnte (und die damit die gleiche Bedeutung zugesprochen bekam wie nachmittägliche Teegesellschaften und Einkaufsbummel).

In dieser Stimmung erreichte ich schließlich Venedig, von dem ich kaum etwas zu sehen bekam. Fast umgehend bestiegen wird den Nachtexpress nach Budapest, so sehr drängte die Zeit. Die sechsstündige Fahrt in die ungarische Metropole (unterbrochen nur von einem etwas längeren Aufenthalt in Zagreb) verlief ohne Zwischenfälle.

Wir hatten kaum Mitreisende und infolgedessen ein geräumiges Abteil für uns allein. Ich nutzte die Zeit, um mit einer Reiselektüre, welche mir Howard Carter ans Herz gelegt hatte, zu beginnen. »Es wird Sie an Karnak erinnern«, hatte er gesagt und mir mit einem Lächeln »The Jewel of Seven Stars« von Abraham Stoker überreicht. Tom verbrachte die letzte Etappe der Reise damit, den Bericht über unsere Erlebnisse in seinem Notizbuch zu vervollständigen und sich von meiner Stimme in den Schlaf wiegen zu lassen (meist sang ich leise und fast flüsternd alte englische und französische Weihnachtslieder für ihn – vermutlich war dies meine Art, mich für die Geschichten, die Tom mir als Kind zum Einschlafen erzählt hatte, zu revanchieren).

Schließlich kündigte nach einer langen Fahrt durch die nächtlichen Regionen des westlichen Osteuropas das lang gezogene Pfeifen der Lokomotive die Ankunft im Hauptbahnhof der ungarischen Hauptstadt an. Mit einem verkaterten Blinzeln gaben wir uns den neuen Eindrücken hin: dem Kuppelbau aus rußgeschwärztem Stahl und Glas, der den Bahnhof überragte; dem Stimmengewirr in der uns fremden Sprache; den umherwuselnden Reisenden und Kofferträgern und dem Bild des kleinen rundlichen Mannes Mitte fünfzig, der zielsicher durch die Menschenmenge auf uns zusteuerte und sich als Herr László Geiger zu erkennen gab. Geiger durfte das vornehme und exaltierte Gehabe eines Anwalts sein Eigen nennen und schien jenem Menschenschlag anzugehören, dem weder Tom noch ich selbst mit besonderer Hochachtung entgegenzutreten pflegten. Er begrüßte uns mit einer öligen Höflichkeit in seiner Heimatstadt und chauffierte uns sodann mit dem kanzleieigenen Automobil zum »Gábor Szállodája«, einem kleinen Hotel am Belgrád Rakpart im Stadtzentrum von Pest. Nachdem er sich geflissentlich nach unser beider Wohlbefinden und dem unseres Vaters erkundigt hatte, ließ er uns dort in der Gewissheit zurück, dass uns am späten Nachmittag ein junger Geschichtsstudent namens Tibor Vanko als Dolmetscher zur Verfügung stehen würde.

Da weder Tom noch ich selbst den Wunsch verspürten, den anbrechenden Sommertag ungenutzt verstreichen zu lassen, hinterließen wir an der Rezeption eine Nachricht für Herrn Vanko, in der wir ihm versicherten, rechtzeitig zur Teezeit ins Hotel zurückzukehren, und ihn baten, im Salon auf uns zu warten.

In den folgenden Stunden erkundeten wir die Umgebung, liefen ohne Ziel durch die langen Straßen, ließen uns treiben im Getümmel der Stadt, deren »Belle Époque« seit zwei Jahrzehnten der Vergangenheit angehörte und die so unverhohlen ein Abbild der europäischen Metropolen sein wollte, dass einen fast unentwegt das Gefühl beschlich, sich durch Paris zu bewegen. Während wir uns in den Strom der flanierenden und gaffenden Passanten am Ufer der Donau einreihten, erklärte mir Tom, dass die ungarischen Baumeister, eifrig darum bemüht, weltmännisch zu erscheinen, den Baustil Wiens zu imitieren versucht hatten, welcher seinerseits eine Nachahmung des Pariser Stadtbildes war. Verstärkt wurde dieser Eindruck durch die vielen Kaffeehäuser, die an jeder Straßenecke die breiten Gehwege säumten, und das System der Radial- und Ringstraßen.

Dennoch wirkte die Stadt, wenngleich durch ihre Architektur vordergründig vertraut, fremdartig auf uns. Ein buntes Sprachengewirr umgab uns allerorten. Neben dem Ungarischen wurde sowohl Deutsch (mit unverkennbar österreichischer Akzentuierung) als auch Französisch (die Sprache der Intellektuellen Europas) gesprochen. Hier und da konnte man auch einige englische und italienische Laute vernehmen. Trotz der Vielzahl neuer Impressionen überkam mich nach einiger Zeit des Umherwanderns eine träge Müdigkeit, die ich auf den Klimawechsel zurückführte. Budapest präsentierte sich uns an diesem ersten Tag unseres Aufenthaltes in gleißendem Sonnenschein, und wieder einmal glaubte ich, in einem Tagtraum gefangen zu sein. Als ich mit Tom am Donaukai stand und über den Fluss hinüber zum Schlossberg blickte, da schien Karnak mit seinen Geheimnissen tausende von Jahren entfernt zu sein; das in England zurückgelassene Leben schien nie existiert zu haben.

Es war ein nahezu perfekter Augenblick. »Wohin wird uns diese Reise führen?«, fragte ich Tom leise, den Blick von den grünen Hügeln des Gellértberges abwendend.

Seine Augen zwinkerten mir süffisant zu, als er Ahmed

Gurgar zitierte: »Zu Reichtum und Ruhm, kleine Eliza.« Fast schon klang er übermütig, und zum ersten Mal seit vielen Wochen schien es, als sei mein Bruder glücklich. Rasch gab ich ihm einen Kuss auf die Wange und flüsterte in sein Ohr: »Reichtum und Ruhm.«

»Professor Molnár ist der Leiter des Nationalmuseums und ein begeisterter Völkerkundler.«

Tibor Vanko, unser Dolmetscher, sprach tadellos Englisch. Er schien nur unwesentlich älter als ich selbst zu sein. Seine dunklen Augen waren hinter einer runden Drahtbrille versteckt. Die leicht gekrümmte Nase und das lockige schwarze Haar gaben dem jungenhaften Gesicht etwas schelmisch Naives.

»Der Professor erwartet gespannt Ihrer beider Ankunft«, gestand er, während wir die Stufen zu dem Museum erklommen. Wir hatten die Straßenbahn genommen, um zum Museum am Calvin tér zu gelangen. Das Museum wurde von einem barocken Bau beherbergt, der ebenso auffallend protzig wirkte wie viele der Gebäude, die wir während unseres Spazierganges und der Fahrt mit der Straßenbahn gesehen hatten. Eine breite Treppe führte zum Portal des Museums hinauf, welches gesäumt wurde von massiven Säulen.

»Ich hörte einige Vorlesungen des Professors an der Universität in Wien«, sagte Tibor Vanko, als wir in der schaukelnden Straßenbahn saßen. Draußen in den gepflasterten Straßen herrschte das Getümmel reger Geschäftsamkeit. Wieder erfüllte mich das Gefühl, in London oder Paris zu sein. »Er hat dort einen Lehrstuhl für Völkerkunde inne.« László Geiger hatte demnach nicht nur einen Dolmetscher engagiert, sondern zudem einen, der sich mit der Historie auskannte. Tibor Vanko studierte Geschichte in Wien und arbeitete in der vorlesungsfreien Zeit in seiner Heimatstadt zum einen im elterlichen Betrieb (einem, wie er uns mitteilte, Gemüsegeschäft in der Dohány utca) und zum anderen im Nationalmuseum. Nebenbei verdiente er sich einige Forinth als gelegentlicher Fremdenführer und Dolmetscher für reiche ausländische Besucher. Die Kenntnisse der englischen und französischen Sprache hatte er sich größtenteils durch das Lesen von Romanen angeeignet und durch die Aushilfstätigkeit als Kellner im Café Reitter, einem der Treffpunkte der intellektuellen Elite des Landes.

Professor Sándor Molnár, so erfuhren wir während der Fahrt in der rumpelnden Straßenbahn, hatte in den letzten Jahren der K.u.k.-Ära seine Magister an den Universitäten von Wien, Prag und Budapest gemacht und seit nunmehr fast zehn Jahren einen Lehrauftrag beim österreichischen Institut für Völkerkunde inne. »Er ist einer der führenden Wissenschaftler auf dem Gebiet der Mythologien der osteuropäischen Länder.«

Entgegen unseren Erwartungen entsprach Sándor Molnár jedoch in keiner Weise dem klassischen Bild vom vergeistigten, fortwährend einem Gedanken nachhängenden und etwas verwirrt agierenden Gelehrten. Wenige Augenblicke nachdem wir die Eingangshalle des Museums betreten und beim Portier unseren Besuch angemeldet hatten, erschien ein großer wohlbeleibter Mann, dessen gerötete Wangen darauf schließen ließen, dass bereits das zügige Hinunterlaufen der Treppe für ihn eine Anstrengung bedeutete. Der Mann trug einen hellen Anzug mit Weste und halb aufgezupfter Krawatte. Er benutzte einen eleganten Gehstock, der einsam auf dem Marmorboden seinen Takt klapperte, und bevor seine massige vollbärtige Erscheinung uns erreichte, schneuzte er sich lautstark in ein Taschentuch.

»Da haben wir also unseren Besuch aus dem Land der Pharaonen«, begrüßte er uns mit lauter Stimme, die in der weiten Eingangshalle dröhnte. Die rote Schnapsnase leuchtete fröhlich in dem runden Gesicht. Zu unserem Begleiter gewandt, fügte er mit einem Augenzwinkern hinzu: »Und ein hübscher Besuch noch obendrein, nicht wahr, Herr Vanko?«

Ehe wir zu einer Entgegnung fähig waren, hatte der Professor bereits unsere Hände ergriffen und schüttelte sie freudig. »Miss Holland, Mr. Holland«, brummte er. »Es ist mir immer eine Freude, Gäste aus der Ferne zu empfangen.« Sein Atem ging schwer. »Womit kann ich Ihnen zu Diensten sein?«

Ganz der reservierte Engländer, entgegenete Tom steif: »Wir würden gern Ihr Haus für wenige Tage in Anspruch nehmen.«

»Sie können sich meiner Hilfe sicher sein«, antwortete Molnár, und seine hellblauen Augen funkelten freundlich. »Carter hat mir bereits telegrafiert.« Er lachte laut auf. »Doch vorher bitte ich Sie, mir bei einer Tasse Kaffee mit Schlagobers Gesellschaft zu leisten. Ich bin erst gestern aus Wien zurückgekehrt und befinde mich somit in der glücklichen Situation, Ihnen frische Sachertorte anbieten zu können.« Ohne eine Antwort abzuwarten, setzte er sich Bewegung. »Hier entlang, bitte«, brummte er, und uns blieb nichts anderes übrig, als ihm durch die geräumigen Hallen zu folgen, vorbei an Gemälden mit Szenen aus der Vergangenheit des Magyarenreiches und mit folkloristischen Gegenständen gefüllten Vitrinen.

Am Ende strandeten wir in einem abgelegenen Wintergarten voller Palmen, der an eine Halle mit restaurierten Awarenzelten angrenzte und vollends im Stil der »Belle Époque« eingerichtet war. Allesamt nahmen wir in einer kleinen Sitzgruppe Platz, während der Professor es sich nicht nehmen ließ, selbst Hand anzulegen und uns höchstpersönlich zu bewirten.

Während wir dort bei Kaffee mit Schlag und dem köstlichen Kuchen zusammensaßen, berichteten wir Professor Molnár von den Ausgrabungen in Ägypten und unserem Vorhaben. Nachdem wir unsere Geschichte beendet hatten, versicherte er uns ungehinderten Zugang zu allen Quellen, die sich im Besitz des Museums befanden, und stellte unzählige Fragen.

Während des Gespräches ergriff eine lähmende Müdigkeit zunehmend Besitz von mir, und ich war ständig darum bemüht, ein Gähnen zu unterdrücken. Ich verspürte plötzlich das unbändige Verlangen, ins Hotel zurückzukehren und einfach nur zu schlafen. Meinem Bruder schien es ähnlich zu ergehen. Des Professors ungezügelte Energie und Begeisterungsfähigkeit und seine etwas seltsamen Fragen, die sich auf höchst mysteriöse Vorfälle in London, von denen wir noch nie gehört hatten, bezogen, waren nicht einfach zu ertragen. Ich beobachtete Tibor Vanko, der mir gegenübersaß und geflissentlich bemüht war, nicht allzu offensichtlich in meine Richtung zu schauen.

»Und für heute Abend«, hörte ich den Professor schließlich verkünden, »habe ich eine Überraschung für Sie.«

Also verbrachten Tom und ich den Abend damit, der Einladung des Professors Folge zu leisten, der uns gemeinsam mit seiner Gemahlin einen Einblick ins Nachtleben von Budapest gewährte.

Trotz der starken Müdigkeit, die mittlerweile auch meinem Bruder leichte Augenringe beschert hatte, ließen wir uns von dem überaus lebendigen Ehepaar durch die hell erleuchteten Straßen der Donaumetropole führen. Das Abendessen nahmen wir im Hotel Hungária zu traditioneller Geigenmusik und Kerzenschein zu uns. Danach folgte ein Besuch in der beeindruckenden Staatsoper in der Andrássy utca. Der Professor erklärte uns, dass die Oper, welche das Leben des Nationalhelden Bánk Bán zum Inhalt habe, sowohl musikalisch als auch inhaltlich jeden Patrioten im Land zu Tränen rührte. In der Tat kam es während der Arie des Helden im letzten Akt zu stehenden Ovationen, und viele der Besucher (die zweifelsohne durchweg der Oberschicht angehörten) konnten feucht glänzende Augen vorweisen. Zum ersten Mal seit unserer Ankunft wurde mir bewusst, wie sehr die Menschen die Unabhängigkeit vom ehemaligen Okkupanten Österreich zu schätzen wussten, die Freiheit, die sie all die Jahre herbeigesehnt hatten.

Nach dem Opernbesuch fuhren wir mit dem Wagen des Professors zur festlich erleuchteten Burg auf dem Gellértberg auf der anderen Flussseite, wo wir einen kurzen Spaziergang unternahmen, der uns bis zur Sankt-Stephans-Kirche führte. Spätestens dort wäre ich am liebsten zu Boden gesunken, um beim Anblick des Sternenhimmels auf dem Kopfsteinpflaster einzuschlafen. Den Worten aus dem Mund des Professors, die unaufhörlich in die Nacht flossen, war kaum mehr zu folgen. Schlimmer noch war seine Gattin, die des Englischen kaum mächtig war, es dafür aber liebte, auf Französisch wahllos dahingestreute Anekdoten aus ihrer Jugendzeit in Paris darzubieten.

Dennoch gaben wir uns höflichst Mühe, unseren Gastgebern den Respekt zu zollen, den sie verdienten. Als wir gegen zwei Uhr nachts in unser Hotel zurückkehrten, gelang es mir nurmehr mit letzter Kraft, Schuhe und Kleider abzustreifen und halb tot ins Bett zu fallen. Ich sank fast augenblicklich in einen tiefen, traumlosen Schlaf, aus dem mich erst meines Bruders Klopfen an der Zimmertür des Morgens weckte.

Nach einem ausgiebigen Frühstück für Tom und einigen Tassen heißen Kaffees und wenigen mürrischen Bissen in ein Stück trockenes Weißbrot mit Konfitüre für mich, einer kurzen Fahrt mit der fast leeren Straßenbahn zum Calvin tér und halbschlafenen Gedanken über den weiteren Verlauf des Tages standen wir dann vor dem Portal des Nationalmuseums, wo uns ein gut gelaunter Tibor Vanko erwartete.

Keine zehn Minuten später hatten wir mit der Arbeit begonnen. Die labyrinthische Bibliothek des Museums befand sich in einer riesigen Halle, deren hohe Fenster die morgendliche Sonne zwischen den langen Reihen schwerer hölzerner Regalwände hereinließen. Staub wirbelte golden in den Lichtstrahlen umher. Die älteren Bücher, meist dicke Einbände, waren überwiegend in Latein verfasst. Erst die Buchrücken der neueren Bände (die seit dem 16. Jahrhundert geschrieben und gedruckt worden waren) ließen verschnörkelte Titel in ungarischer und deutscher Sprache erkennen. Tom begann damit, einen Sammelband über die Geschichte des Magyarenreiches und der angrenzenden Länder zu durchforsten, ich selbst stöberte mit Tibor Vankos Unterstützung in einem Werk über die Mythologie Osteuropas.

Dies war die Art von Arbeit, der wir in den folgenden Tagen nachgingen. Wir fraßen uns förmlich durch Schriften verschiedenster Ursprünge: Reiseberichte römischer Feldherren, Niederschriften von Mönchen und Minnesängern, Bücher zu Fragen des Glaubens, Beschreibungen politischer und gesellschaftlicher Geschehnisse im Osteuropa der vergangenen zweitausend Jahre, klerikale Abhandlunge über Hexen und andere Schattengestalten, Dokumentationen von Hexenprozessen.

Tom wurde als Erster fündig, und dies bereits am zweiten Tag unserer Arbeit im Museum. »Im 13. Jahrhundert«, teilte er mir mit, als ich mit Tibor Vanko einen Kaffee im Wintergarten zu mir nahm, »verfasste der Genueser Erzbischof Jacobue de Voraigne eine Sammlung von Geschichten über Heilige.« Er breitete den Band vor uns auf dem Tisch aus. Die dicken Seiten des Buches waren zerfranst, fleckig und vergilbt. Der Titel des Buches lautete »Legenda aurea«. Goldene Legenden. »Unter anderem beschrieb er das Leben eines italienischen Mönchs namens Benedikt von Nursia.«

»Der heilige Benedikt«, warf Tibor Vanko ein, »der erstmals ein Regelwerk aufstellte für das Leben in einem Kloster.«

»Genau«, stimmte Tom zu. »Was diesen Mönch für unsere Belange interessant macht, ist die Tatsache, dass er im Jahre 612 eine Reise von Florenz nach Konstantinopel unternahm und während dieser Reise inmitten des Gebirges auf ein Bauerndorf traf, dessen Einwohner an einer Krankheit dahinsiechten, die Benedikt als *Des Teufels Atem* bezeichnete.«

Ich entsann mich der Krankheit, die Tut-ankh-Amen und die Stadt Memphis heimgesucht hatte. »Du glaubst«, fragte ich zögerlich, »dass es sich dabei um die gleiche Krankheit handelt wie in der Vathek-Geschichte?«

»Benedikt von Nursia beschreibt, dass er, nachdem er einige Tage Rast in einem Ort namens Samokov gemacht hatte, weiter gegen Osten reiste, wo ihn die Menschen baten, seine Reiseroute zu ändern, weil ihn sein Weg an einen gottlosen Ort führen würde. Benedikt war jedoch ein wahrer Missionar und nahm die Herausforderung an, seinen Gott an diesen gottlosen Ort zu bringen. So erreichte er nach einer Tagesreise jenes Bauerndorf, *dessen Name auf ewig ungenannt bleiben soll* und das *am Fuße eines Berges lag.*«

»Samokov liegt ganz in der Nähe des heutigen Sofia«, sagte Tibor Vanko. »Mit dem Berg kann, sofern sich Benedikt tatsächlich nach Osten bewegte, nur einer aus der Rhodopen-Kette an der Grenze zu Makedonien gemeint sein.«

»Die Menschen in diesem ungenannten Bergdorf«, fuhr Tom fort, »litten an einer seltsamen Krankheit.« Er sah mich an. »Und die Symptome, die Benedikt beschreibt, entsprechen exakt denen aus unserer arabischen Geschichte.« Hier übersetzte er eine Stelle aus dem Buch. »*Ihre bleiche Haut glich der eines Toten … ihre Augen waren dunkel und ohne den Glanz des Lebens … auch mieden sie das Licht des Tages, da es ihnen Schmerz bereitete … ihre Bewegungen waren die lebloser Geschöpfe, denen es an göttlichem Willen fehlt … das Haar fiel ihnen vom Kopfe, und nässender Ausschlag befiel die Haut … ihr Atem war ohne Zweifel der Hauch der Verdammnis.*« Hier endete Tom, und mit einem breiten Grinsen fügte er hinzu: »Zweifelsohne war hier der Teufel am Werk.«

»Was unternahm Benedikt?«, fragte ich.

»Das, was jeder gläubige Katholik unternommen hätte«, antwortete Tom. »Er betete, besprengte die Kranken mit Weihwasser und legte den Schlafenden kleine Kreuze aus Pappelholz auf die Brust. Kaum erwähnenswert, dass der Erfolg ausblieb. Benedikt jedenfalls setzte seine Reise fort und kehrte nie wieder an diesen Ort zurück, von dem er glaubte, *dass er des Teufels sei.*« Damit endete die Erzählung des Benedikt von Nursia. Weitere Informationen konnten dieser Quelle nicht entnommen werden.

Das Wissen um jenes seltsame Dorf wurde bereits am Abend des gleichen Tages durch den Bericht eines römischen Schreibers, der auf das Jahr 550 datiert werden konnte, bekräftigt. Tibor Vanko war derjenige, der in einem Faksimile der Chroniken von St. Gallen die Abschrift eines Textes mit dem Titel »*De bello gothico*« fand. Der Autor Procopius lieferte darin eine ausufernde und detailreiche Beschreibung der Slawen und Anten.

»Lesen Sie dies«, forderte mich Tibor Vanko auf und deutete auf eine Passage in Latein.

Ich las: »Die Slaven und Anten stehen unter keinem Monarchen, sondern sie haben, von alten Zeiten her, eine demokratische Regierung.« Einige Stellen überflog ich. »Sie halten den Urheber des Blitzes für den einzigen Gott und alleinigen Herrn der Welt. Sie opfern ihm Ochsen und allerlei andere Tiere. Doch verehren sie auch Flüsse und Nymphen und gewisse andere Geister, denen sie ebenfalls opfern.« Dann fand ich etwas Interessantes. »Besonders Furcht erregend ist die Gestalt des Vseslaw, der um Mitternacht, in blauen Nebel gehüllt, wie ein wildes Tier seine Beute verfolgt. Sofern ein Mensch vom Vseslaw berührt wird, ist jener Arme dazu verdammt, in Finsternis zu leben, da ihm des Tages Licht flammenden Schmerz beschert.«

»Das ist noch nicht alles«, bekannte Tibor Vanko und deutete auf einige Zeilen, die weiter hinten im Text markiert waren.

Da stand: »Der Vseslaw, von den Tessalonikern als Vardoulacha gefürchtet, lebt in den Bergen nahe den Siedlungen Philippi und Neapolis. Reisende berichten von Dörfern, die vom Vseslaw heimgesucht wurden und deren Bewohner in ewiger Verdammnis leben müssen.«

»Die Städte Philippi und Neapolis« erklärte Tibor Vanko, »lagen in der Nähe der heutigen Städte Drama und Xanthi in Makedonien. Bei dem im Text erwähnten Gebirge muss es sich um die Rhodopen handeln.«

Mein Herz klopfte aufgeregt. »Also haben wir zwei halbwegs übereinstimmende Berichte, die beide auf das 6./7. Jahrhundert nach Christus datiert werden können.« Ich verspürte den unbändigen Drang, Tom und dem Professor davon zu berichten.

»Der Vseslaw«, sinnierte der Professor, »hat in seiner grundlegenden Charakterisierung einiges gemein mit Vuk.« Er genoss für einige Augenblicke unsere verwunderten und neugierigen Blicke und fuhr dann fort: »Zmaj Ognjeni Vuk war ein despotischer Herrscher des späten 15. Jahrhunderts. Es gibt eine Fülle von serbischen und bosnischen Liedern, die von Vuk berichten. Es wird behauptet, dass er mit einem roten Fleck auf der rechten Schulter in Gestalt eines Säbels geboren wurde. Für die Einheimischen war er ein Vukodlak, eine Mischung aus Werwolf und Vampyr. Wer von ihm gebissen oder berührt wurde, musste das Tageslicht meiden und sein Leben in tiefster Verzweiflung und Finsternis beenden.«

»Eine weitere halbwahre Geschichte also«, brachte es Tom auf den Punkt.

Der Professor nickte.

»Nem táncolt úgy a Halállal senki mint Ognjeni Vuk«, sagte Tibor Vanko mit leiser Stimme. »Es ist ein Zitat aus einem Gedichtzyklus von János Lévay, einem unserer Dichter aus dem letzten Jahrhundert.«

»Was bedeutet es?«, fragte ich.

Es war der Professor, der antwortete: »Alle tanzten mit dem Tod, doch niemand wie Ognjeni Vuk. Es gibt einige Holzstiche, die Vuk als stolzen Kriegsherrn zeigen. Den Bezwinger, so nannten ihn seine Anhänger.«

»Überraschend ist allerdings, dass Vathek etwa 1400 Jahre vor Christus aus Ägypten in den osteuropäischen Raum geflohen und Vuk ein Herrscher des 15. Jahrhundert gewesen ist«, gab ich zu bedenken.

»Die einzige Gemeinsamkeit«, erwiderte der Professor, »ist die ominöse Krankheit, die sowohl im 14. Jahrhundert vor Christus in Ägypten als auch im 6./7. und 15. Jahrhundert nach Christus auf rumänischem Territorium aufgetreten ist.«

Die Frage, die ungestellt blieb, war, wie uns diese Informationen helfen konnten, die Reiseberichte Vatheks ausfindig zu machen. »Was ist mit den Aufzeichnungen jenes arabischen Botschafters?«, fragte ich also schließlich.

»Ahmad Ibn Fadlan trat seine Reise 921 nach Christus an«, gab Tom zur Antwort.

Der Professor schaltete sich ein: »Es gibt nur Fragmente dieses Reiseberichts. Erstmals tauchten Auszüge daraus in einem geografischen Lexikon auf, das von Yakut ibn-Abdallah verfasst worden war. Ein weiteres Fragment tauchte 1817 in Russland auf und wurde 1823 von der Akademie St. Petersburg veröffentlicht. Ein Großteil des Berichtes fand sich allerdings 1878 im Nachlass von Sir

John Emerson, dem britischen Botschafter in Konstantinopel. Das Emerson-Manuskript enthält die relevanten Passagen über die Oguz-Türken und die Beziehungen Ibn Fadlans zu einem Mönch nahe Thessaloniki in Nordgriechenland.«

»Sind Ihnen die Passagen bekannt?«, wollte Tom wissen.

»Nicht aus erster Hand«, bekannte der Professor. »Ich erinnere mich jedoch an die Erwähnung eines arabischen Edelmannes, der lange Zeit vor Ibn Fadlan die Balkangegend bereist haben soll. Ibn Fadlan behauptete, in einem griechischen Kloster Teile einer Reisebeschreibung jenes Arabers gefunden zu haben.«

»Das bringt uns kaum weiter«, murmelte Tom.

»Ich könnte einem Freund und Kollegen in Istanbul telegrafieren«, schlug der Professor vor. »Er müsste Einsicht in das Emerson-Manuskript nehmen können.« Mit einem zufriedenen Nicken fügte er hinzu: »Bis dahin müssen wir uns wohl oder übel in Geduld üben.«

Am Abend des folgenden Tages erreichte die Antwort Budapest. »Ein neues Rätsel«, verkündete uns der Professor, als er mit dem Telegramm in die Bibliothek hineinplatzte. Wir hatten den Tag damit verbracht, erfolglos nach neuen Hinweisen zu suchen, und blinzelten dem Professor dementsprechend mit geröteten, müden Augen entgegen. Das Telegramm enthielt zu unserer Überraschung eine Neuigkeit, die uns zu dieser späten Stunde noch einmal erwachen ließ.

Darin stand geschrieben: »Zitat aus Emerson wie folgt – *(…) bekam Bruder Pheidias die Schriften des al-Vathek als Dank für seine Gastfreundlichkeit im Jahre der Ungläubigen*

641 überreicht, wonach al-Vathek zurückkehrte in seine neue Heimat (...) – einzige Erwähnung Vatheks – Schriften nicht in Emerson-Skript enthalten – hochachtungsvoll – Claude Riché.«

Nachdem wir den Text gelesen hatten, saßen wir einige Augenblicke schweigend da.

»Was habe ich Ihnen versprochen?«, sagte der Professor. »Ein neues Rätsel.«

»Wenn ich den Text richtig verstehe«, begann ich vorsichtig, »dann bedeutet das, dass dieser Mönch die Schriften von Vathek *persönlich* als Geschenk erhalten hat. Im Jahre 641 nach Christus.«

»Über zwei Jahrhunderte bevor Ibn Fadlan in dem Kloster Rast machte«, ergänzte Tom.

»Und über zweitausend Jahre *nachdem* Vathek aus Ägypten geflohen war.«

Der Professor ließ ein zufriedenes Grinsen erkennen. »Der Text lässt keine Zweifel offen. Folgen wir Ibn Fadlans Bericht, so war es Vathek persönlich, der die Gastfreundlichkeit des griechischen Klosters in Anspruch genommen und sich mit einem Teil seiner Reisebeschreibung erkenntlich gezeigt hat.«

Keiner von uns wusste etwas darauf zu entgegnen.

Es war Tom, der nach einer Weile das Schweigen brach und die einzige Frage stellte, die in jenem Moment von Bedeutung war: »Und wie bringt uns dieses Wissen weiter?«

Einzig der Professor, die Hände im Schoß gefaltet und eine unerschütterliche Ruhe ausstrahlend, ließ sich zu einer Antwort hinreißen. Mit einem seine Mundwinkel umspielenden süffisanten Grinsen ließ er mit energischer Stimme verlauten: »Gar nicht.«

Unsere Nachforschungen waren damit an einem Wendepunkt angelangt. Mit dem während unserer ersten Tage erworbenen Wissen waren wir noch immer keinen Schritt weitergekommen. In einem Telegramm aus Karnak ermutigte uns Howard Carter, die Suche dennoch fortzusetzen. Des eingedenk setzten wir unsere Arbeit fort, jedoch ohne dass sich der erwünschte Erfolg einstellte. Die Tage verstrichen quälend langsam zwischen den Reihen staubiger Regale, und der anfängliche Enthusiasmus begann kläglich dahinzusiechen.

Immer öfter suchten wir die Abwechslung inmitten des Getümmels der Stadt, erkundeten Budapest gemeinsam oder im Alleingang. Während mein Bruder es bevorzugte, die Metropole systematisch unter Zuhilfenahme diverser Straßenkarten zu durchstreifen, wollte ich mich nurmehr treiben lassen. Meist zog ich los, nachdem ich einige Stunden des Vormittags mit der Arbeit im Museum verbracht hatte. Ich hatte nie ein Ziel, verfolgte keine bestimmte Absicht, genoss es, den Zufällen zu folgen. Einmal traf ich eine alte Frau, die, in Lumpen gekleidet, altes Holz von den Schutthalden in den Seitenstraßen sammelte und auf einen Handkarren lud, um damit in einer schmalen, stinkenden Gasse zu verschwinden. Ich folgte der Frau heimlich einige Gassen entlang und fand mich schließlich in einem heruntergekommenen Teil der Stadt wieder, wo hustende Kinder mit laufenden Nasen und fettigen Haaren mit kleinen Stöckchen in einem Hundekadaver herumstocherten, wo nach Knoblauch und Tabak riechende Männer mir böswillige Blicke zukommen ließen, wo brackiges Wasser und Exkremente an den Gehwegen entlangflossen. Dies war nicht mehr das elegante Paris des Ostens. Dies war die Stadt der einfachen Menschen, die Welt der unteren Klassen, die an manchen Stellen einem Albtraum von Dickens entsprungen zu sein schien. Jedoch war ich begierig darauf, auch diesen Teil der Stadt kennen zu lernen. Nach einigen dieser Ausflüge achtete ich sorgsamer darauf, nicht allzu auffällig zu erscheinen. Ich besorgte mir in einem kleinen Geschäft neben dem Museum einige Kleidungsstücke aus grobem Stoff und versteckte meine sauber frisierten Haare unter einem unscheinbaren Kopftuch. So vermied ich es, belästigt und angestarrt zu werden. Ich wurde zu einem Teil der Masse, einer gewöhnlichen jungen Frau, der niemand übermäßige Beachtung schenkte.

Später dann sprach ich mit Tibor, der sich während unseres Aufenthalts in der Metropole schnell zu einem treuen Freund entwickelte hatte, über meine Erlebnisse. Während unserer mittlerweile regelmäßigen Spaziergänge wusste er von Kindern zu berichten, die sich in Diebesbanden zusammenschlossen, von Bettlern, die sich selbst verstümmelten, um noch Mitleid erregender zu wirken, von Nationalisten, die es auf ausländische Bürger abgesehen hatten, die man dann ausgeraubt und mit durchschnittener Kehle in der Gosse liegend wiederfand. Wie jede andere europäische Großstadt war auch Budapest ein Spiegelbild der gesellschaftlichen Klassen und Missstände seiner Zeit.

Es war ein sonniger Nachmittag, als ich Tibor ins kleine Stadtwäldchen begleitete, um einem folkloristischen Konzert zu lauschen, von dem er zuvor in höchsten Tönen geschwärmt hatte.

»Als ich klein war«, erzählte er mir, »da kam ich oft hierher. Mit meiner Großmutter.« In den letzten Wochen war es nicht nur Tibors sanfte Stimme gewesen, die mir vertraut geworden war. »Sie kam mit mir hierher, breitete ein altes Tuch auf dem Rasen aus und las mir Geschichten vor.« Ich folgte dem verträumten Blick seiner dunklen Augen hinüber zur grünen Rasenfläche, die sich vor dem kleinen, von einem Wassergraben umgebenen Schlösschen ausbreitete. Elegante Herrschaften flanierten in den Parkanlagen umher, vornehme Frauen mit Sonnenschirmen, langen Kleidern und exaltierten Gesichtern, hinter deren geschminkten Zügen man kaum menschliche Regungen erkennen konnte, begleitet von Männern in gut geschneiderten Anzügen, die mit der Dame ihres Herzens über der Mode entsprechende Belanglosigkeiten parlierten.

»Darf ich Ihnen eine persönliche Frage stellen?« Tibors Stimme riss mich aus meinen Beobachtungen.

»Wenn Sie es möchten.«

Er schien die Wahl seiner Worte sorgsam zu überlegen. »Sind Sie glücklich mit ihrem Leben?«

Ich schlug überraschend schnell den Blick nieder. »Warum fragen Sie?«

»Von meinem Standpunkt aus betrachtet, haben Sie alles, was sich ein Mensch nur wünschen kann«, sagte Tibor. »Sie entstammen einer gut situierten englischen Familie und tun das, was Sie interessiert, haben kaum Ängste, was Ihre Zukunft betrifft. Und doch wirken Sie in vielen Augenblicken unglücklich.«

»Ach ja?«

Er nickte nur.

Ich schwieg, während meine Gedanken nach England zurückeilten. Man glaubt, dass Liebe mit einem Paukenschlag erlischt, dramatisch und herzzerreißend. Doch in

Wahrheit stirbt die Liebe unmerklich langsam, jeden Tag ein wenig mehr, bis man eines Tages auf einer Parkbank im Sonnenschein sitzt und feststellen muss, dass von den einstigen Gefühlen nicht mehr übrig geblieben ist als Bedauern und die Frage, wie es so weit hatte kommen können, weshalb man sich in einem anderen Menschen derart täuschen konnte.

»War Ihnen je danach, zu schreien?« Tibor fuhr sich mit der Hand durch das lockige Haar, wirkte erneut so verlegen wie am Tage unseres Eintreffens in Budapest. »Ich sollte Ihnen vielleicht eine weitere Geschichte erzählen.« Er wartete einige Augenblicke ab, bevor er begann: »Als meine Großmutter starb, vergoss ich keine Träne. Ich weinte nicht am Tag ihres Todes, nicht danach und auch nicht am Tage ihrer Beisetzung. Sie hätte das nicht gewollt. Eine Woche nach dem Begräbnis kam ich nach der Schule hierher zum Szenzátios Csodar. Ich stand dort drüben, mitten auf der Wiese. Ich schrie mir die Seele aus dem Leib. Es war, als hätte sich ein Knoten in mir gelöst. Ich musste diese Leere einfach aus mir herausschreien.«

Ich sah ihn an, und in diesem Augenblick schien es mir, als hätte ich diesen jungen Ungarn mein Leben lang gekannt.

»Ich fühle mich einsam«, gab ich leise zu und war selbst überrascht, wie fremdartig und banal dies klang.

»Es ist nicht gut, sich zu lange zu beherrschen.« Tibor legte zaghaft seinen Arm um meine Schulter. »Sie sollten schreien, Eliza.«

Ich fragte mich, ob ein einziger Schrei genügen würde, um die Leere in mir zu vertreiben, und spürte das warme Sonnenlicht auf meiner Haut. Die Luft war erfüllt vom Surren der Insekten und dem fernen Stimmengewirr umherflanierender Fremder, die Welt wirkte unecht, und ich hatte das Gefühl, gar nicht dort zu sein, in diesem Park an diesem Sommertag, so weit entfernt von meiner englischen Heimat und den Menschen, von denen ich geglaubt hatte, sie seien mein ganzes Leben.

Dem Drang nicht länger widerstehen könnend, erhob ich mich von der Bank, die Fäuste geballt und schrie mein Innerstes mit geschlossenen Augen trotzig in das gleißende Sonnenlicht hinaus. Ich tat es, bis mein Hals zu schmerzen begann. Ich tat es mit jeder Faser meines Körpers. Dann war es vorbei. So plötzlich, wie es begonnen hatte, und in diesem Moment schien es mir unvorstellbar zu sein, den Schrei so lange Zeit tatenlos in mir getragen zu haben.

»Man sollte sich seiner Tränen niemals schämen«, hörte ich Tibor neben mir sagen und öffnete die Augen.

Ich starrte ihn verwirrt an.

Er zog ein Taschentuch aus seiner Jacke und reichte es mir.

Ich nahm es dankend entgegen.

Vornehme Passanten warfen mir tadelnde Blicke zu, die keinen Zweifel daran ließen, dass sie mein Verhalten als gesellschaftlich vollkommen unziemlich einstuften.

»Ein seltsamer Tag ist das«, murmelte ich und erlangte langsam die Fassung zurück. Ein kaum merkliches Schwindelgefühl ließ die Konturen der Welt um mich herum kurz verschwimmen.

In jenem Moment hätte ich es genossen, von Tibor in den Arm genommen zu werden, doch befürchtete ich, dass diese Geste für ihn von größerer Bedeutung sein würde, als sie es für mich je sein konnte.

Nach einigen Sekunden befangenen und verlegenen

Schweigens drang aus der Ferne Musik zu uns, die uns beiden die Möglichkeit eröffnete, elegant der Situation zu entrinnen. Es waren Geigen, die einen beschwingten Tanz zum Besten gaben, typisch ungarische Rhythmen, zu denen, wie wir später, am Ort der Veranstaltung angekommen, sahen, Paare in traditionellen Kostümen wild auf dem Kopfsteinpflaster vor dem Schlösschen umherwirbelten.

Von dem schattigen Platz, den wir ergattert hatten, beobachteten wir die Tänzer. Tibor erklärte mir die Geschichten, die dort vor meinen Augen getanzt wurden. Einer der Tänze erzählte von einem jungen Mädchen, das unglücklich verliebt war in einen Bauern aus dem Nachbardorf, der jedoch während einer Bärenjagd sein Leben ließ, worauf das junge Mädchen, eine Schönheit mit feuerrotem Kleid und langen Zöpfen, sich das Leben nahm und sterbend zu Boden sank. Die Musik wurde langsam, fast schleppend klagten die Geigen, während das Mädchen mit verzerrtem Gesicht immer engere Kreise um den Leichnam ihres Geliebten zog, bis sie sich symbolisch mit einem giftigen Trank die Lippen benetzte und langsam niedersank, ihren sterbenden Körper reglos auf den Leichnam des Liebsten bettete, und die Musik mit einem anklagenden Ächzen der Geigen verstummte.

Während die Zuschauer begeistert applaudierten, konnte ich den Blick nicht von dem jungen Mädchen mit den Zöpfen lösen, das noch immer in theatralischer Reglosigkeit dalag. In meinen Träumen höre ich noch manchmal jene Melodie und lasse mich fallen, um nach dem Aufwachen festzustellen, dass ich im Schlaf geweint habe.

Dann endlich erreichte uns eine Neuigkeit, die in Form von Professor Molnár in unser Leben gepoltert kam und die uns die Bekanntschaft eines englischen Arztes machen ließ; eine Bekanntschaft, die all die weiteren Ereignisse in Gang setzen sollte, von denen ich mir heute so oft wünsche, sie hätten niemals stattgefunden. Doch damals war die Neugierde unsere treibende Kraft, und keiner von uns, weder Tom oder Tibor, noch Professor Molnár oder ich selbst ahnten, dass die Suche nach den Geheimnissen aus alter Zeit unser aller Verderben sein würde. Nicht einmal Doktor Pickwick konnte die Ausmaße dessen, was zu entdecken uns bestimmt war, erahnen.

Pilatus Pickwick, dem wir am Nachmittag des 9. September 1920 im Café Reitter vorgestellt wurden, war Doktor der Medizin und Chirurg am Erzsébet Kórház am Rande von Pest sowie Verfasser zahlreicher Abhandlungen über die moralischen Aspekte der neuen Wissenschaften, was ihn zu einem würdigen Mitglied des Schriftsteller- und Journalistenvereins Otthon machte, welchem seinerseits Professor Molnár angehörte. Auf Empfehlung des Letztgenannten begaben wir uns an jenem Nachmittag in das noble Café unter den Arkaden des Palais Drechsler, wo die intellektuelle Elite des Landes bei schwarzem Kaffee und Kuchen die warmen Sonnenstrahlen und den Blick auf das direkt gegenüber gelegene Opernhaus genoss und sich in heftigen Diskussionen erging, deren Themen von der fragwürdigen faschistischen Politik Mussolinis bishin zu den sozialwissenschaftlichen Thesen Max Webers reichten. Picassos Gemälde wurden ebenso einer Analyse unterzogen wie die neue Zwölftontechnik Prokofjews und Schostakowitschs. James Joyce und Marcel Proust wurden vergöttert, während sich bei den Tatsachenberichten von Sinclair oder Tretjakow die Meinungen teilten. Kultur, Medizin und Politik – die Diskussionen machten vor keinem Bereich des modernen Lebens Halt.

In meiner Erinnerung sehe ich erneut den Doktor inmitten dieser eifrig argumentierenden Studenten und wohlhabenden Bürger an dem kleinen runden Tisch sitzen, die Mundwinkel abfällig nach unten gezogen, die kleinen, schmalen hellwachen Augen durch den auf der überaus langen gekrümmten Nase sitzenden Monokel der Welt Verachtung entgegenbringend, die Hände ruhig im Schoß gefaltet. Alles an ihm wirkte abweisend. Der dunkle Anzug mit Weste, der sauber gesteifte Hemdkragen und die makellosen Manschetten, das schüttere, etwas wirr abstehende fast greise Haar, das den Doktor wie einen streitsüchtigen hageren Kampfhahn erscheinen ließ. Das Letzte, was man mit diesem Mann assoziierte, war der mitfühlende Kontakt zu kranken Menschen, und ich ertappte mich bei der leisen Bitte, ihm nie als Patientin ausgeliefert sein zu müssen.

»Wie Sie wissen«, begann er ohne Umschweife nach den flüchtig ausgetauschten Begrüßungsfloskeln, während Tom und ich zaghaft an unserem Kaffee nippten, »beschäftige ich mich seit geraumer Zeit mit den venösen Leiden.« Seine ruhige Stimme war wie warmes Holz und passte in keiner Weise zu dem exaltierten Äußeren des Arztes. »Den Krankheiten des Blutes«, fuhr er erklärend fort. »Vor einiger Zeit berichtete mir ein Kollege von einem Patienten, der innerhalb weniger Tage verstarb, weil seine Haut fahl geworden und bei Berührung mit dem Sonnenlicht in eitrigen Pusteln aufgebrochen ist.«

Ich wechselte einen mehr als nur erstaunten Blick mit meinem Bruder. Die Bemerkung des Doktors durchfuhr mich wie ein Blitzschlag. Pickwick erkannte unsere Reaktion und deutete sie richtig.

»Mein Kollege glaubt«, fuhr er fort, »dass der Ursprung dieser Krankheit in der Zusammensetzung des Blutes zu suchen sei. Was wiederum mein Interesse geweckt hat.« Er lehnte sich zufrieden zurück und lächelte. »In meinem gestrigen Gespräch mit Professor Molnár während des wöchentlichen Otthon-Treffens erwähnte ich jenes mir bislang noch unbekannte Phänomen. Dies jedoch nur, um zu erfahren, dass es gar kein *neues* Phänomen ist.« Seine Augen funkelten unternehmungslustig und ließen den Doktor um Jahre jünger erscheinen, als er vermutlich war. »Sie sehen, ich spiele auf Ihre Recherchen im Museum an.«

»Was wissen Sie darüber?«, fragte ich.

»Der Professor teilte mir lediglich mit, dass Sie in gewissen alten Schriften auf die Beschreibungen ähnlicher Krankheitsbilder gestoßen sind, was natürlich meine Neugierde weckte und mich die Entscheidung fällen ließ, Sie an meiner kleinen Reise teilnehmen zu lassen. Natürlich nur, sofern Sie Interesse bekunden, was ich, verzeihen Sie mir die Vorwegnahme, in keiner Weise anzweifle.«

Tom blinzelte. »Eine Reise?«

Doktor Pickwick beugte sich daraufhin leicht nach vorn über den Tisch und erklärte mit leiser Stimme und in verschwörerischem Tonfall: »Es gibt da ein Dorf, weit im Osten und auf rumänischem Territorium gelegen. Aghiresu. Es gibt Gerüchte, dass jene ominöse Krankheit immer häufiger die Einwohner befällt. Man sagt auch, die Bauern jener Gegend verschwänden, sobald die Krankheit bei ihnen ausgebrochen ist.« Er musterte uns abwartend.

»Und nun möchten Sie dorthin reisen«, mutmaßte Tom, »um die Krankheit zu untersuchen.«

»Sie sagen es.«

Ein schweigender Blick in die dunklen Augen meines Bruders bestätigte nur meine eigenen Gefühle: Die Suche nach dem Grab Tut-ankh-Amens schien nun nicht länger unsere Bestimmung zu sein. Es gab keinen Zweifel mehr daran, dass es das Geheimnis Vatheks war, welches wir lüften wollten.

So kam es, dass wir schon einen Tag später in einem alten, nach Holz riechenden Zugabteil saßen.

Die Ereignisse hatten sich derart schnell entwickelt, dass ich kaum Gelegenheit gehabt hatte zu reflektieren, welche Entscheidung ich überhaupt getroffen hatte. In der Zwischenzeit hatten wir hektisch und zugleich enthusiastisch die verbliebenen Angelegenheiten im Museum geregelt, Tibor Vanko erfolgreich überredet, uns zu begleiten (Professor Molnár musste aufgrund anderweitiger Verpflichtungen bedauernd ablehnen), und ein Telegramm nach Karnak zu Howard Carter geschickt, um schließlich mittags am Bahnhof den alten Zug zu besteigen, der uns zum Ziel der Reise bringen sollte.

»Reichtum und Ruhm, kleine Eliza«, hatte mir Tom verschwörerisch und in Aufbruchstimmung am Bahnhof zugeflüstert.

Und nun klammerte sich mein Blick an die Landschaft, die draußen vorbeiglitt. Ich hatte den stetig stärker werdenden Eindruck, als würden wir mit dieser Fahrt endgültig in den Osten eintreten. Die Landschaft veränderte sich schon nach kurzer Zeit, wurde wilder und urwüchsiger. Die Dörfer, die wir passierten, ließen noch Spuren des vergangenen Krieges erahnen. Armut und Elend kennzeichneten das Leben auf dem Land. Die Wälder schienen in dieser Gegend immer dichter und dunkler zu werden. Die tiefen Täler und gewaltigen Bergformationen tauchten die Welt in lange Schatten.

Vor Einbruch der Dunkelheit erreichten wir schließlich die Stadt Klausenburg, wo wir im Hotel Royale abstiegen. Der Doktor, der während der ganzen Reise pausenlos medizinische Bücher gewälzt und kaum ein Wort mit seinen Mitreisenden gewechselt hatte, hatte sich um die Reservierung von vier gut ausgestatteten Zimmern gekümmert. Herr Delbrück, der Maître d' Hôtel, ein rundlicher Mann mit roter Nase, beschrieb uns mit der den Menschen dieser Gegend eigenen Hilfsbereitschaft den weiteren Weg zu dem kleinen Dorf, das wir suchten. Am Morgen des folgenden Tages brachen wir dann in aller Frühe nach Aghiresu auf, der Endstation unserer Reise, gelegen an einem Ausläufer der Ostkarpaten inmitten einer von dichten Wäldern umgebenen Bergformation, die bei den Einheimischen als *Isten Szek* (Gottes Sitz) bekannt war.

In Ermangelung eines Automobils (niemand in dieser Gegend hätte sich so vermögend nennen können, dass er sich auch nur im Entferntesten den Besitz eines Automobils hätte leisten können) mussten wir mit einer Reisekutsche samt Kutscher Vorlieb nehmen. In der aufdringlichen Enge des schaukligen Gefährts sitzend, überkam mich immer wieder eine bleierne Müdigkeit, deren beharrliches Auftreten ich auf die schlaflos verbrachte vergangene Nacht zurückführte. Mit weit geöffneten Augen hatte ich in dem nach gestärkten Laken riechenden Bett gelegen und die Decke angestarrt.

Es geschah mir alles etwas zu schnell. Unsere Zusage, den Doktor auf seiner Reise zu begleiten, konnte bestenfalls als spontan und unüberlegt beurteilt werden. Wir wussten nichts über diesen Doktor Pickwick. Die einzige Referenz, die er für sich in Anspruch nehmen konnte, war die Bekanntschaft mit Professor Molnár, was uns als ausreichend erschienen war, um ihm zu trauen. Der Doktor war wortkarg, exaltiert und nervös, was ich der bevorstehenden Ankunft in besagtem Dorf zuschrieb, und er zeigte das allzu typische Gebahren eines Gelehrten, der sich daran gewöhnt hatte, dass ihm die Menschen Respekt zollen und seine Meinung die für alle maßgebliche ist.

»Du magst ihn nicht«, hatte Tom bereits nach dem Treffen im Café Reitter richtig erkannt.

Mürrisch hatte ich entgegnet: »Ich muss ihn auch nicht mögen.« Womit die Sache vorerst für uns beide erledigt gewesen war.

Tatsache war jedoch, dass ich Tibor Vanko mochte. Während meiner nächtlichen Versuche, Schlaf zu finden, war sein Gesicht aus den Schatten an der Decke aufgetaucht, die vertrauensseligen dunklen Augen hatten mir zugezwinkert, und ich hatte mich gefragt, was es für Gefühle waren, die ich ihm gegenüber hegte. Ich wollte in ihm niemals mehr sehen als einen Freund. Dennoch gefiel mir der Gedanke, von ihm in den Arm genommen zu werden. Als ich Tibor jetzt in der Kutsche beobachtete, wie er dahindösend neben dem mürrisch in einem Notizbuch blätternden Doktor saß, wirkte er blass und müde, und ich ertappte mich bei der Vermutung, dass er in der Nacht womöglich von Gedanken ähnlicher Art heimgesucht worden war.

Tom döste neben mir, seinen Körper gegen meinen gelehnt. Ich selbst starrte aus dem kleinen Fenster nach draußen und beobachtete die vorbeifliegende Landschaft. Die Sonne glänzte matt über den Spitzen der großen Bäume. Die Farben der Wälder wirkten gedämpft im kalten Licht der bald hereinbrechenden Dämmerung. Ich entsann mich einer Geschichte, die Tom seiner kleinen Schwester zum Einschlafen erzählt hatte. Fast war es, als hörte ich noch den Regen, der gegen das Dach meines Zimmers im fernen Salisbury prasselte, vermischt mit der ruhigen Stimme meines Bruders, die von einem Mann berichtete, der inmitten eines Sturms Zuflucht auf einem edlen Landsitz sucht, dort die Bekanntschaft einer wunderschönen Frau macht und sich in sie verliebt. Die beiden verbringen die Nacht zusammen, doch als der Reisende am nächsten Morgen erwacht, findet er sich inmitten einer alten Ruine wieder. Später muss er dann von den Dorfbewohnern erfahren, dass die ehemalige Comtessa einst beschuldigt worden war, eine Hexe zu sein, worauf sie vom Pöbel mitsamt ihrem Landsitz den Flammen übergeben worden war.

Tom liebte diese düstere, altmodische Romantik.

Einer dieser Geschichten gleich tauchte Aghiresu dann plötzlich aus der Dämmerung auf. Das kleine Dorf schälte sich aus dem es umgebenden dichten Wald heraus, unscheinbar und beengt, mit kleinen Holzhäusern, die ihre spitzen Dächer schräg und verwittert den grauen Wolken entgegenreckten. Matte Lichter schimmerten wie wachsame Augen hinter den schmalen Fenstern. Nur vereinzelt sah man Einwohner auf den schlammigen Straßen. Eine Brücke, die einen durch das Dorf fließenden Bach überspannte, führte uns direkt zum Dorfplatz vor der kleinen Kirche. Die Pferde kamen mit einem lauten Schnauben zum Stehen, und der Kutscher sprang von seinem Bock. Wir hatten direkt vor dem Wirtshaus »Goldene Krone« Halt gemacht, dessen schwere Fensterläden und

Wände den Eindruck massiver Standfestigkeit vermittelten.

»Wir sind da«, stellte Doktor Pickwick fest. Dann stieg er unvermittelt aus, ohne eine Antwort unsererseits abzuwarten, und wechselte einige Worte mit dem Kutscher in seiner Muttersprache.

Tom blinzelte müde, und Tibor hielt mir galant die Tür auf, als ich aus der Kutsche stieg und meine Stiefel augenblicklich im aufgeweichten Boden versanken. Tom und Tibor nahmen vom Kutscher die wenigen Gepäckstücke entgegen, während der Doktor zielstrebig zum Wirtshaus stapfte und energisch gegen die Tür schlug. Tibor reichte mir meine Tasche und schenkte mir dabei ein unglückliches Lächeln. Er erweckte nicht gerade den Eindruck, mit der Entscheidung, uns hierher zu begleiten, zufrieden zu sein.

In der Tat wirkte Aghiresu alles andere als einladend auf uns. Der überdachte windschiefe Brunnen im Zentrum des Dorfplatzes, die fernen Geräusche aus den Wäldern, der kalte Nieselregen und die vielen verschlossenen Fensterläden hießen Fremde nicht unbedingt willkommen. Die wenigen eilig vorbeihuschenden Menschen (Bauern mit zerfurchten, besorgten Gesichtern und von der harten Arbeit zeugender grober Kleidung) warfen uns verstohlene, beinahe furchtsame und misstrauische Blicke zu.

»Jeder hier scheint darum bemüht zu sein«, bemerkte Tom flüsternd, »schnellstens nach Hause zu kommen.«

Ich stimmte ihm wortlos zu.

Eine rundliche Frau mit rotem Gesicht und Kopftuch erschien hektisch im Türrahmen des Wirtshauses, und ein lauter Schwall rumänischen Sprachgutes traf den Doktor, der missbilligend nickte und, an uns gewandt, sagte: »Wir sollen uns beeilen einzutreten.«

Das aufgeregte Geplapper der Frau ließ nicht nach. Mit schnellen Schritten kam sie zur Kutsche gewatschelt und riss mir das Gepäck förmlich aus der Hand, sagte etwas mir Unverständliches und schleppte meine Tasche ins Wirtshaus.

»Sie hat Angst vor der Dunkelheit«, bemerkte Tibor, der neben mir stand und sich offenbar nicht recht erklären konnte, was hier geschah. Von der anderen Seite des Dorfplatzes hörten wir ein lautes Krachen, als weitere Fensterläden zugeschlagen wurden.

»Was geht hier nur vor?«, fragte ich Tom.

Bevor er mir seine Mutmaßung mitteilen konnte, kehrte die rundliche Frau zurück. Sie lächelte besorgt und ergriff meine Hand. Dann sagte sie etwas, aus dem ich mehrmals die Worte »Vrolok« und »Vlkoslak« heraushörte, und bekreuzigte sich ängstlich. Sie zerrte mich beharrlich in Richtung Wirtshaus und deutete mit einem Kopfnicken in Richtung der Wälder, wobei sie laut vernehmlich das Wort »Stregoica« wiederholte. Ich beschloss, Tibor nach der Bedeutung dieser Worte zu fragen, sobald wir einen stillen Moment unser Eigen würden nennen können. Vorerst jedoch blieb mir nichts anderes übrig, als mich geduldig der Wirtsfrau auszuliefern, die mich energisch ins Innere des Hauses zog. Sie stellte sich mir als Frau Vályi vor, indem sie sich die Handfläche auf die Brust legte und »Vályi Judith« sagte, worauf ich mit einem zögerlichen »Holland Elizabeth vagyok« antwortete, welches sie erfreut zur Kenntnis nahm.

Die Wirtsstube war klein und von einer gemütlichen Wärme durchdrungen, die ihren Ursprung in einem sanft knisternden Kaminfeuer am Ende des Raumes hatte. Von den dicken hölzernen Balken, welche die niedrige Decke trugen, baumelten kleine Sträuße getrockneter Blumen herab und hier und da eine Laterne, die den Raum in weiches Licht tauchte. In der Mitte des Raumes stand, gesäumt von kleinen Schemeln, ein einziger massiver Holztisch, an dem zwei hagere Männer sowie eine junge Frau beim Abendessen versammelt saßen und mich überrascht musterten.

»Holland Elizabeth vagyok«, wiederholte ich meine dürftige Begrüßungsformel.

Drei Gesichter nickten mir lächelnd zu. Hinter mir betraten Tibor und der Doktor den Raum, gefolgt von meinem Bruder. Doktor Pickwick begann mit dem älteren der Männer zu sprechen, während die übrigen Anwesenden schweigend verharrten. Wie ich kurze Zeit später erfuhr, war der schnauzbärtige ältere Mann Zoltán Vályi, der Hausherr, am Tisch neben ihm sein einziger Sohn Tamás, der dem Vater wie aus dem Gesicht geschnitten war. Die beiden trugen lederne Hosen und dazu weite geschnürte Hemden in einem verwaschenen Weiß. Tamás Vályi mochte etwa fünfzehn Jahre alt sein, doch ließen ihn das besorgte Gesicht und sein stilles Wesen weitaus gereifter erscheinen. Allen Anwesenden merkte man das harte Leben an. Der Redefluss des Vaters zeugte von einer ruhigen und besonnenen Art, den Dingen des Lebens zu begegnen.

Der Doktor wirkte zu Anfang des Gespräches gewohnt arrogant, doch nach wenigen Minuten legte sich die hohe Stirn besorgt in Falten, während er gebannt den Worten des Wirtes lauschte.

Die junge Frau mit den langen blonden Zöpfen war Eva Nagy, ein Gast des Hauses. Die hellen blauen Augen in dem schmalen Gesicht wirkten wach und aufmerksam. Eva Nagy, die im Alter meines Bruders sein mochte, war die Dorfschulmeisterin von Aghiresu und, wie sich schnell herausstellte, des Englischen und Französischen mächtig, was sowohl Tom als auch ich selbst erfreut zur Kenntnis nahmen. Da es den hiesigen Gemeinden seltenst möglich war, dem Dorflehrer eine eigene Unterkunft zu gewähren, war es Brauchtum in dieser Gegend, den Schulmeister privat zu beherbergen. Trat jemand die Stelle des Lehrers an, so wurde er sozusagen von Familie zu Familie weitergereicht und bezog in halbjährlichen Abständen eine neue Kammer im nächsten Haus.

Gerade wollte ich einem Gedanken bezüglich des Blickes, mit dem mein Bruder jeder Bewegung der Schulmeisterin folgte, nachgehen, als sich der Doktor an uns wandte.

»Es gibt Schwierigkeiten«, sagte er und war sich augenblicklich unserer Aufmerksamkeit gewiss. Wie es seine Art war, machte er kaum Aufhebens und kam schnell zur Sache. »Mein Kollege, von dem ich Ihnen kürzlich berichtete, Doktor Lászlo Prokái, ist vor zwei Tagen verschwunden.«

Für uns war es bereits eine Neuigkeit, dass sich jener Doktor Prokái (hatte Pickwick uns gegenüber jemals diesen Namen erwähnt?) in Aghiresu aufgehalten hatte. Nicht zum ersten Mal beschlich uns der Verdacht, der Doktor könne mehr wissen, als er bisher zuzugeben bereit gewesen war.

»Prokái praktiziert in Klausenburg«, klärte uns Doktor Pickwick auf. »Dort wurde er zum ersten Mal mit dem zu untersuchenden Krankheitsbild konfrontiert.«

Es war Eva Nagy, die in überraschend gutem Englisch

hinzufügte: »Dann kam er hierher, um die Vrolok zu untersuchen.« Sie sprach betont langsam, um Fehler zu vermeiden.

Der Doktor bedachte sie mit einem missbilligenden Blick, während sich die Vályis bei der Nennung der Vrolok hastig bekreuzigten.

»Junges Fräulein«, wies Pickwick die Lehrerin zurecht, »wir sollten uns hier den Fakten zuwenden und nicht dem Aberglauben.« Seine Mundwinkel verzogen sich verächtlich.

»Was sind die Vrolok?«, fragte Tom.

»Die *Fakten*«, betonte Doktor Pickwick, meines Bruders Frage ignorierend, »lauten wie folgt: Der Patient, den mein Kollege in Klausenburg behandelte, litt an Schlaflosigkeit und Tobsuchtsanfällen. Seine Haut war von starker Blässe gezeichnet und ebenso lichtempfindlich wie seine Augen. Auf grelles Sonnenlicht reagierte der Patient panisch und gleichsam aggressiv, ein rötlicher Ausschlag befiel die Haut, und seine Augen begannen zu schmerzen.«

»Was geschah mit ihm?«, wollte ich wissen.

»Während einer Untersuchung gelang es ihm, die Pfleger zu überlisten. Panisch flüchtete er aus dem Gebäude.« Pickwick rieb sich müde die Augen. »Man fand ihn zusammengekauert im hellen Tageslicht auf dem Platz vor dem Krankenhaus. Seine Haut war in eitrigen Pusteln aufgebrochen, und er blutete aus den Augen. Von heftigen Krämpfen geschüttelt, verstarb er fast augenblicklich nach dem Eintreffen der Pfleger am Ort des Geschehens.«

»Er war zu einem Vrolok geworden«, murmelte Eva Nagy kaum hörbar.

»Dummes Zeug«, entgegnete der Doktor, dessen scharfen Ohren die Bemerkung nicht entgangen war und der nun wütend auf Eva zutrat und ihr spöttisch die Worte ins überraschte Gesicht spie: »Er war ein Mensch, ein Homo sapiens, ein kranker Mann, der an Herzversagen gestorben ist.« Er hielt kurz inne, um sich sodann an mich zu wenden. »Doktor Prokái untersuchte das Blut des Toten und diagnostizierte eine ihm fremde Art von Anämie.«

»Worauf er Sie kontaktierte«, schlussfolgerte Tom.

»Da ich mich für Bereiche der modernen Wissenschaft interessiere, die andere mit einem Lächeln abtun, bat er mich um fachlichen Beistand«, bestätigte der Doktor, »und berichtete mir von diesem Dorf und seiner Absicht, hier nach den Ursachen der Krankheit zu forschen.«

»Wer war der Tote gewesen?«, fragte ich, nach einer Verbindung des Falles zu diesem Dorf hier suchend.

»Győző Szentesi«, antwortete Eva Nagy, »der Bürgermeister von Aghiresu.«

Ich sah sie verwirrt an.

»Ein elender Feigling ist er gewesen«, stellte sie wütend fest. Meinem Bruder zugewandt fuhr sie fort: »Wir haben alle schreckliche Angst, doch dies hier ist unser Zuhause. Man löst keine Probleme, indem man einfach davonläuft.«

Bevor sie weitersprechen konnte, schlug etwas Schweres von draußen gegen die geschlossenen Fensterläden, worauf alle Anwesenden verstummten und einander erschrocken und überrascht ansahen. Herr Vályi sprang augenblicklich vom Tisch auf, rannte zum Fenster, hinter dem das Geräusch zu vernehmen gewesen war, und kontrollierte mit hochrotem Gesicht die Verriegelung. Tamás tat es ihm bei den anderen Fenstern gleich und verließ dann den Raum, um den Rest des Hauses zu kontrollieren. Die Wirtin erstarrte vor Schreck, bekreuzigte sich und faltete die Hände zum stummen Gebet.

»Was ist das?«, fragte der Doktor mit fester Stimme.

Einer Antwort gleich wurden wir eines schabenden Geräusches gewahr, als tasteten sich Krallen von draußen am Fensterladen entlang. In der Stube war es still geworden. Ein leiser Wind heulte um das Haus, und das Holz knisterte im Kaminfeuer. Herr Vályi kehrte zurück und sagte etwas, was uns Tibor übersetzte: »Wir sind sicher. Alle Zugänge sind fest verriegelt.« Er sah mich unsicher und fragend an, andeutend, dass er ebenso wenig verstand, was hier vorging.

Das Kratzen wurde lauter, erschallte nun auch an den anderen Fenstern.

»Es sind viele«, murmelte Eva.

Dann verstummte es so plötzlich, wie es begonnen hatte. Man hörte nur das schwere Atmen der Anwesenden. Tamás betrat den Raum und flüsterte Tibor etwas zu, das wie eine Frage klang. Tibor gab leise Antwort und begegnete mir mit einem erschrockenen Blick.

»Was passiert da draußen?«, fragte ich füsternd.

Wir hörten das laute Wiehern der Pferde, und ich entsann mich der Kutsche, die noch immer vor dem Wirtshaus stand. Die Tiere klangen aufgeregt, wurden immer lauter und unruhiger. Dann hörten wir den Schrei, lang gezogen und voller Verzweiflung. Zweifelsohne war es ein Mensch, der da in Todesangst aufschrie. Jemand trommelte mit den Fäusten wild gegen die Fensterläden.

»Es ist der Kutscher«, stellte Doktor Pickwick fest und schickte sich an, das Fenster zu entriegeln, was Frau Vályi einen markerschütternden Schrei entlockte und die beiden Männer auf den Doktor zustürmen ließ, um ihn an seinem Vorhaben zu hindern. Schimpfend fügte sich Pickwick ihnen.

In Gedanken sah ich den Kutscher vor mir, einen Mann in den Vierzigern, mit Schnauzbart und fettigen Haaren, wie er, in seinen dicken Mantel eingehüllt, auf dem Bock saß und die Pferde mit schnalzenden Lauten antrieb. Jetzt drangen Schreie an unsere Ohren, die nur erahnen ließen, was mit ihm geschah.

»Wenn wir die Tür öffnen«, sagte Eva leise, »werden sie auch uns anfallen.«

»Was ist da draußen?«, wollte Tom wissen.

»Vrolok«, sagte Frau Vályi und bekreuzigte sich. »A Hallál.«

Das Kratzen war erneut an den Fensterläden zu hören. Das panische Wiehern der Pferde löste die Schreie des Kutschers ab. Ich glaubte, schlurfende Schritte im Schlamm vor dem Haus zu hören. Etwas mit langen Krallen schabte weiterhin an den Wänden des Wirtshauses entlang, versuchte scheinbar ohne Sinn und Verstand einen Weg ins Innere des Gebäudes zu finden.

Ich spürte, wie Tom meine Hand ergriff, und sah die Angst in seinen Augen, wie er sie auch in den meinen erkennen mochte. Meine Hand zitterte, und es war gut, ihn so dicht bei mir zu spüren.

Dann verstummten auch die Pferde.

Der Wind heulte weiter ums Haus. Ich glaubte, leise Stimmen zu erkennen, unartikulierte Laute von großen Tieren, die sich da draußen versammelten. Herr Vályi und sein Sohn verließen die Stube und liefen aufgeregt im Haus umher, sprangen schnellen Schrittes die Treppe hinauf, um im oberen Stockwerk nach dem Rechten zu sehen.

Ruhe trat ein. Es war eine Stille, die uns förmlich anzuschreien schien. Das Schlagen meines Herzens füllte meinen Verstand aus.

»Wir müssen nach dem Kutscher sehen«, forderte uns der Doktor auf.

Eva Nagy verneinte dies energisch. »Ihm kann niemand mehr helfen.«

Der Doktor rannte unruhig in der Stube auf und ab, einem im Käfig gefangenen Tier gleich.

»Was sind die Vrolok?«, wiederholte Tom seine Frage.

Eva schlug den Blick nieder. »Es ist *kein* Aberglaube«, sagte sie.

Und Pickwick murmelte etwas, das keinen Sinn für mich ergab: »Dann sind wir der Hölle vielleicht näher, als ich dachte.«

Niemand schenkte ihm Beachtung.

»Es begann vor einem Jahr.« Evas Hände spielten nervös mit dem Tischtuch. »Die Bauern fanden des Morgens immer häufiger tote Kühe und Schafe auf den Weiden vor. Alle vermuteten damals, dass der kalte Winter hungernde Wölfe aus dem Gebirge in die Täler getrieben hatte. Doch es waren keine Wölfe gewesen. Kein Wolf richtet seine Beute derart zu.«

Herr Vályi kehrte abermals in die Stube zurück und ließ sich mit einem erleichterten Seufzer am Tisch nieder. »Sie sind fort«, übersetzte Tibor uns die Worte des Wirtes.

»Die Übergriffe erfolgten immer häufiger«, fuhr Eva fort. »Dann, zu Beginn des Sommers, wurde erstmals einer der Einwohner vermisst.«

Wir nahmen am Tisch Platz und lauschten gebannt ihren Worten.

»Péter Földes war ein kleiner Bauer, dessen Hof sich außerhalb von Aghiresu befand. Seine Frau behauptete später, dass er an jenem Tag verzweifelt von der Arbeit auf dem Feld nach Hause gekommen sei, um ihr mitzuteilen, dass eine seiner beiden Milchkühe verschwunden sei. Er habe das Gatter an der Weide geöffnet vorgefunden und die Spuren, welche die Kuh im weichen Boden hinterlassen hatte, führten in die Wälder des *Isten Szek*. Für Péter Földes war es ein schlimmer Schicksalsschlag, eine gesunde Kuh zu verlieren. Sie müssen wissen, dass die Menschen hier nicht viele Besitztümer ihr Eigen nennen können, und eine gesunde Milchkuh bedeutet einen Hauch von Wohlstand. Péter hatte eine Frau, zwei Kinder und die Großeltern zu ernähren. Also machte er sich, beherzt wie es nun einmal seine Art gewesen ist, auf, um den Spuren der Kuh in die Wälder zu folgen und sie wieder einzufangen. Er musste schnell handeln, weil er ja dachte, dass sich Wölfe in der Gegend herumtrieben, für die seine Kuh ein leichtes Opfer darstellen würde.«

Erneut fiel mir der Blick auf, den mein Bruder der Lehrerin zuwarf, und ebenso bemerkte ich, dass er sich betont distanziert gab.

»Péter Földes kehrte nicht wieder aus den Wäldern zurück. Am Abend begann sich seine Frau um ihn zu sorgen. Am nächsten Tag brachte die Nachricht von seinem Verschwinden das ganze Dorf in Unruhe. Kleine Gruppen von Männern durchstreiften die Wälder und suchten nach dem Bauern, doch fanden sie weder Péter Földes noch seine Kuh. Beider Spuren verloren sich schnell.«

Selbst der Doktor war nun still geworden und hatte sich auf einem der Schemel niedergelassen.

Evas Augen wirkten müde und traurig, als sie sich die Geschehnisse in Erinnerung rief.

»Drei Tage nach dem Verschwinden des Bauern«, fuhr

sie fort, »ritt der Dorfschmied zum Hof hinaus, um der Familie neue Hufeisen zu liefern. Er fand den Földes-Hof verlassen vor. Wieder suchten wir die umliegende Gegend ab, doch es fanden sich keinerlei Spuren, die auf den Verbleib der Familie hingewiesen hätten. Die Frau, beide Kinder sowie die Großeltern waren einfach so verschwunden. Das gesamte Vieh des Hofes war dahingeschlachtet. Man fand die Überreste überall verstreut, auf dem Hof, in den Stallungen und in der Scheune.«

»Also doch Wölfe?«, fragte der Doktor.

Eva schüttelte den Kopf. »Natürlich lag diese Vermutung nahe. Doch erklärt sie nicht das Verschwinden der Familie. Sie können sich vorstellen, dass das Dorf nach diesen Ereignissen in Aufruhr gewesen ist. Die alten Leute begannen von Wesen zu erzählen, die tief in den Wäldern lebten und selten aus der Dunkelheit und den Schatten hervortraten.«

»Die Vrolok?«, fragte ich.

»Sie und andere Wesen«, antwortete Eva. »Man munkelte, es sei eine Stregoica in der Nähe, die des Nachts auf ihrem Besen durch die Lüfte ritt und die Menschen mit ihrem Atem und ihrer bösen Magie verfluchte. Man erinnerte sich alter Geschichten, in denen sich Menschen, die bei vollem Mond das Licht der Welt erblickt hatten, in einen Vlkoslak verwandelten, sobald der Mond erneut voll war und durch die Wälder streiften wie wilde Tiere und arglose Wanderer anfielen.«

Der Doktor schnaubte verächtlich. »Aberglaube!« Doch seine Augen konnten die Neugierde nicht verbergen.

»Kein Aberglaube«, konterte Eva wütend. »Sie sollten nicht vorschnell urteilen, sondern das Ende der Geschichte abwarten, ehe Sie Sich erdreisten, die Menschen hier zu beschimpfen.«

Pickwick hob beschwichtigend die Hände. »Akzeptieren Sie meine Entschuldigung?«

Eva ignorierte sein Gehabe.

»Zwei Wochen nach dem Verschwinden von Bauer Földes«, fuhr sie fort, »ereilte den Bauern vom Nachbarhof das gleiche Schicksal. Als der Knecht, der die Nacht betrunken im Wirtshaus verbracht hatte, am Morgen in aller Frühe den Hof betrat, um seiner Arbeit nachzukommen, fand er Haus und Scheune verlassen vor.«

»Die Tiere waren wieder alle tot?«, fragte ich.

Eva bestätigte dies mit einem Kopfnicken. »Jetzt bekamen es die Menschen mit der Angst zu tun. Und als noch drei weitere Familien aus den umliegenden Höfen auf ähnlich geheimnisvolle Art und Weise verschwanden, wurden die alten Geschichten greifbarer. Wir verriegelten vor Einbruch der Dunkelheit die Fensterläden, verschlossen die Türen, verbarrikadierten das Vieh in den Stallungen. Niemand wusste, womit wir es zu tun hatten. Doch alle wussten, dass *etwas* in der Nacht aus den Wäldern kam. Wir konnten es hören.« Sie hielt kurz inne, um sich zu vergewissern, ob wir sie auch ernst nahmen.

»Dann, vor etwa drei Monaten«, fuhr sie fort, »entdeckte der Bauer Marik in der Dämmerung eine Gestalt am Waldrand, die über den zuckenden Körper eines Rehs gebeugt dastand. Das Wesen ging auf zwei Beinen, und Bauer Marik berichtete uns, dass der menschenähnliche Körper von dunklem Fell bedeckt gewesen war. Große spitze Ohren prangten auf dem Kopf. Das Wesen riss kleine Stücke blutigen Fleisches aus dem Körper des sterbenden Rehs heraus. Dann hielt das Geschöpf inne und schnupperte, als nehme es Witterung auf. Ruckartig drehte es den Kopf in Richtung des erschrockenen Marik und fauchte diesen böse an. Marik, der augenblicklich und ohne lange zu überlegen, die Flucht ergriff, hatte gerade noch genügend Zeit, um das Gesicht des Wesens zu erkennen, das zu seinem Glück nicht die Verfolgung aufnahm, sondern sein blutiges Mahl beendete.« Eva schaute nervös in die Runde am Tisch, bevor sie mit leiser, zitternder Stimme bekannte: »Es war Péter Földes gewesen, der das Reh gerissen hatte.«

Wir alle starrten sie ungläubig an.

»Er ist zu einem Vrolok geworden«, flüsterte sie.

Doktor Pickwick schüttelte resigniert den Kopf, und ich ertappte mich bei dem Gedanken, ihm beizupflichten. Zweifelsohne war dort draußen etwas, das das Vieh und die Menschen getötet hatte, aber unter gar keinen Umständen glaubte ich daran, dass sich die verschwundenen Dorfbewohner in etwas mit spitzen Ohren und Fell verwandelt hatten.

»Eine Art Werwolf?« Tom sah mich ungläubig an.

»Das ist Unfug«, stellte der Doktor fest.

»Es klingt wie Unfug«, gab Eva schließlich zu. »Und dennoch kann keiner von Ihnen leugnen, was eben hier geschehen ist.«

»Niemand möchte das«, sagte Tom mit ruhiger Stimme. Seine Augen blitzten auf, während er die Logik in all dem suchte. »Wir haben alle die Geräusche vernommen. Etwas hat versucht ins Haus zu gelangen. Doch erscheint es mir sehr unangebracht, wilde Vermutungen anzustellen.«

»Da! Hören Sie! Hören Sie!«, fühlte sich Pickwick bestätigt. »Wir müssen die Fakten untersuchen.«

»Ich muss dem Doktor beipflichten«, sagte Tom. »Wir sollten nach draußen gehen und uns ein Bild von der Lage machen.«

Eva bekreuzigte sich schnell. »Nur ein Verrückter würde jetzt das Haus verlassen. Ich bitte Sie, Herr Holland. Ich bitte Sie alle. Ich flehe Sie an, nicht nach draußen zu gehen.« Ihre Augen schimmerten feucht im fahlen Licht des Kaminfeuers. Dann sagte sie schnell etwas zu den Vályis, die uns daraufhin erschrockene Blicke zukommen ließen. Herr Vályi sprang von seinem Schemel auf und stellte sich breitbeinig vor die Tür, wobei er energisch auf uns einredete.

»Er verbietet es uns«, übersetzte Tibor, der die ganze Zeit über mit weit geöffneten Augen schweigend an seinem Platz gesessen hatte. »Wenn wir jetzt nach draußen gehen, werden wir nicht mehr willkommen sein unter diesem Dach.«

Ich atmete tief durch. Man konnte die Anspannung in der warmen Luft um uns herum spüren. Ich bemerkte das Messer am Gürtel des Wirts und war mir sicher, dass er es gebrauchen würde, um uns von unserem Vorhaben abzubringen.

»Am Tage ist es sicher«, sagte Eva mit fester Stimme.

»Und der Kutscher?«, gab ich zu bedenken. »Wir haben alle seine Schreie gehört.«

»Er ist tot, aber wir werden seinen Leichnam nicht finden«, antwortete Eva.

»Weil er zu einem Vrolok geworden ist?«, stichelte der Doktor.

Schweigend wurden Blicke getauscht.

»Vielleicht«, schaltete sich Tibor ein, »sollten wir nun den Rest der Geschichte hören.«

Ich gab ihm Recht. »Ja, wir sollten alles erfahren, bevor wir nach draußen gehen.« Das war jedenfalls die diplomatischste Lösung.

Doktor Pickwick und Tom erklärten sich einverstanden. Herr Vályi entspannte sich sichtlich und nahm erneut Platz am Tisch. Während wir, die Gedanken bei dem Kutscher und den Dingen, die ihm wohl widerfahren waren, betroffen schwiegen, servierte uns Frau Vályi Rotwein. »Gegen den Schrecken«, übersetzte Tibor ihre Worte. Dazu gab es einen großen Teller mit Schwarzbrot und Käse. Erst jetzt bemerkte ich, wie hungrig mich die lange Reise gemacht hatte. Dennoch schien mir dies nicht der geeignete Moment zum Speisen zu sein. Meine Hände zitterten noch, sodass ich kaum das Glas halten konnte. Ich ertappte mich dabei, fortwährend nach leisen Geräuschen an den Fensterläden zu horchen.

»Nach dem Verschwinden der Bauern«, lauschten wir Evas Stimme, »kam die Krankheit über das Dorf.«

Unwillkürlich dachte ich an Ägypten. An Tut-ankh-Amen und Vathek und Nefer-titi. An die Schlafkrankheit, wie sie in Memphis genannt worden war.

»Eines der ersten Opfer war Anikó Szentesi, des Bürgermeisters Frau. Sie klagte über fortwährende Müdigkeit und Kopfschmerzen. Des Nachts wälzte sie sich unruhig im Bett umher und fand keinen Schlaf. Ihre Haut wurde fahl, und sie begann das Tageslicht zu meiden. Helligkeit tat ihren Augen weh und ließ einen rötlichen Ausschlag die Haut befallen.«

Doktor Pickwick kratzte sich am Kinn und schien jedes Wort aufzusaugen.

»Dann, nach einigen Tagen, begannen ihr die Haare in dicken Büscheln auszufallen. Sie verweigerte jegliche

Nahrungsaufnahme und wurde mager, kraftlos. Nach zwei Wochen qualvollen Dahinsiechens verstarb sie.« Eva atmete tief durch bei der Erinnerung an Frau Szentesi. »Die Menschen begannen, von einer Stregoica zu sprechen.«

»Das ist eine Hexe, die nachts an die Betten der Schlafenden kommt und sie küsst und so zu ihresgleichen macht«, erklärte Tibor.

»Zu Kindern der Nacht«, murmelte Tom, der Rymer und LeFanu gelesen hatte und als Kind ganz beeindruckt von Lord Byron gewesen war.

Ich warf ihm einen tadelnden Blick zu. Sein Zynismus war hier fehl am Platz.

»Wir mussten nun alle um unser Leben fürchten«, fuhr Eva fort. »In den Wäldern hausten die Vrolok und kamen nach Einbruch der Dunkelheit aus ihren Verstecken, um sich über das Vieh und unvorsichtige Wanderer herzumachen. Die Krankheit, von der wir annahmen, dass sie etwas mit den Vrolok zu tun hatte, griff im Dorf um sich, ohne dass wir eine Regelmäßigkeit erkennen konnten.«

»Welchen Alters waren die Befallenen?«, wollte der Doktor wissen.

»Alte, Kräftige, Schwache, Kinder, Säuglinge«, zählte Eva auf. »Sie alle waren gleichermaßen betroffen.«

Ich dachte an die Erzählung al-Bekrs und die Krankheit, die in den Straßen und Gassen von Memphis ihr Unwesen getrieben hatte. Konnte es tatsächlich möglich sein, dass es einen roten Faden gab, der sich über all die Jahrhunderte durch die Geschichte zog?

»Was geschah mit dem Bürgermeister?«, fragte Tom.

»Dieser Feigling«, schimpfte Eva. »Er hat es mit der Angst zu tun bekommen und hat Reißaus genommen, nachdem er der Gräfin einen Besuch abgestattet hatte, um von ihr Hilfe zu erbitten.«

»Der Gräfin?«, hakte ich nach.

Eva nickte beiläufig. »Gräfin Hunyady lebt seit fünf Jahren dort oben am *Isten Szek*. Als die Ungarn vor fünf Monaten Siebenbürgen an Rumänien verloren, blieb sie dennoch auf ihrer Burg. Sie schert sich nicht viel um die Politik der großen Mächte. Sitzt da oben und verwaltet ihre Ländereien. Aghiresu gehört noch immer zu ihrem Besitz.«

»Und? Gewährte sie Hilfe?«, fragte Tom.

»Niemand erfuhr, was die Gräfin geantwortet hat. Nachdem Gyözö Szentesi vom Berg zurückgekehrt war«, berichtete uns Eva, »verkroch er sich in seinem Haus hinter verschlossenen Fenstern, und dann war er plötzlich verschwunden.«

»Bis Doktor Prokái ihn fand«, stellte Pickwick fest.

»Der arme Doktor Prokái«, sagte Eva leise. »Er kam vor einer Woche nach Aghiresu.« Eva beschrieb Doktor Prokái als ruhigen und besonnenen Mann, der sich alle Mühe gab, die Ursache der rätselhaften Krankheit aufzudecken. »Er machte sich sofort an die Arbeit, untersuchte unermüdlich das Blut der Kranken. Unsere Geschichten von den Vrolok belächelte er nur, bis er eine ihrer Attacken erlebte.«

»Wie oft kommt es zu diesen Übergriffen?«, fragte Tom.

»Am Anfang kamen sie selten bis mitten ins Dorf«, erklärte Eva, »doch seit einigen Tagen scheinen sie jegliche Angst zu verlieren. Ihre Zahl ist gewachsen. Sie fühlen sich jetzt stark.«

»Und Doktor Prokái?«, hakte Pickwick nach.

»Der Doktor war ein Arzt und Wissenschaftler wie Sie«,

antwortete Eva und sah Pickwick dabei fest und trotzig in die Augen. »Er glaubte, dass man eine logische Antwort auf all dies finden würde. Er sammelte alle Fakten, deren er habhaft werden konnte, und zog seine Schlussfolgerungen. Schließlich begann er, uns über die Gräfin Hunyady zu befragen.«

»Sie hatten ihm berichtet, dass der Bürgermeister der Gräfin einen Besuch abgestattet hatte«, stellte der Doktor fest.

Eva nickte. »Und so beschloss er, ebenfalls die Gräfin aufzusuchen.« Sie wirkte nachdenklich. »Das war vor drei Tagen. Seit seinem Aufbruch aus dem Dorf haben wir nichts mehr von ihm gehört.«

Alle Anwesenden schwiegen.

Herr Vályi schnitt eine dicke Scheibe Schwarzbrot ab und schenkte sich neuen Wein nach. Eine nachdenkliche Stille füllte den Raum.

Schließlich schlug Frau Vályi vor, zu Bett zu gehen. Wir würden den Schlaf brauchen, übersetzte uns Tibor, wenn wir am kommenden Tag das Geheimnis der Krankheit ergründen wollten. Außerdem brächte es keinem etwas, schlimmen Gedanken und düsteren Vermutungen nachzuhängen.

Dankbar erklärten wir uns mit diesem Vorschlag einverstanden. Die Aussicht, für einige Stunden allein sein zu können, wirkte beruhigend. Herr Vályi und Tamás würden abwechselnd wachen, sodass wir in Sicherheit wären. Dann führte uns die Wirtsfrau zu unseren Kammern im oberen Stockwerk des Hauses. Zu müde, um mir weitere Gedanken zu machen, ließ ich mich auf mein Bett fallen, genoss den Geruch der gestärkten weißen Laken. Es tat so gut, endlich die Augen schließen zu können.

Am nächsten Morgen erwachte ich nach einer traumreichen Nacht und hörte als Erstes aufgeregte Stimmen von draußen.

Ich stand auf und kleidete mich schnell an. Die junge Frau, die mich aus dem Tischspiegel heraus ansah, wirkte müde und blass. Das eiskalte Wasser aus der Porzellanschale, die auf der Kommode stand, tat fast weh auf der Haut. Meine Lebensgeister aber kehrten fast augenblicklich zurück.

Als ich die Fensterläden öffnete, drang mattes Licht in die Kammer. Von meinem Standpunkt aus überblickte ich den Dorfplatz und die Hauptstraße von Aghiresu. Der wolkenverhangene Himmel schien den dichten Nebel, der sich nur an manchen Stellen lichtete, auf die Erde niederzudrücken. Leichter Nieselregen ließ dünne Rinnsale auf der Fensterscheibe entstehen. Fast war es, als hätten der Regen und der Nebel alle Farben aus der Welt gewaschen.

Unten auf dem Dorfplatz hatte sich eine große Menschenmenge versammelt. Bauern und ihre Frauen, Herr Vályi samt Sohn, mein Bruder und Doktor Prókai. Sie alle standen inmitten der Überreste unserer Pferde. Soweit ich die Lage überblicken konnte, waren alle vier Pferde getötet worden. Die Kutsche selbst hatte ebenso Schaden erlitten. Beide Türen waren abgerissen. Die Vorhänge im Inneren hingen in Fetzen an den Fenstern herab.

»Eliza?« Das Klopfen an der Tür ließ mich aufschrecken.

Es war Tibor.

»Sie sollten nach unten kommen«, rief er mir durch die geschlossene Tür zu.

»Es ist ein Kind verschwunden.«

»Ein Kind?«

»Es herrscht ein heilloses Durcheinander im Dorf«, antwortete er. »Alle reden aufeinander ein, als stünde das Ende der Welt bevor. Ich weiß nicht genau, was passiert ist.«

Ich schloss das Fenster, verließ die Kammer und folgte Tibor nach draußen, wo der Doktor über einen der Pferdekadaver gebeugt stand und die Größe der Bisswunden analysierte.

»Unter gar keinen Umständen stammen diese Bisse von Wölfen«, sagte Pickwick und stocherte mit einem kurzen Stock in einer nassen Wunde herum. »Sie sind zu klein. Zudem stimmt die Form nicht mit der eines Wolfsgebisses überein.«

Der Schaden wirkte von hier aus noch bedrohlicher. Die Pferde waren förmlich in Stücke gerissen worden. Überall im knöcheltiefen Schlamm lagen Fetzen blutigen Fleisches herum. Neben dem Eingang zum Wirtshaus lag ein Pferdekopf mit in Panik aufgerissenen Augen. Das abgerissene Ende der Halswirbelsäule des Tieres hing lose aus dem sehnigen Muskelgewebe heraus. Geronnenes Blut füllte die Pfützen um uns herum, und ich stellte fest, wie stark es nach den toten Tieren roch.

Ich entdeckte Tom an der Hauswand des Wirtshauses stehend.

»Kleine Eliza«, begrüßte er mich, als ich auf ihn zutrat, »wie war deine Nacht?«

Ich küsste ihn auf die Wange. »Traumhaft«, gab ich zur Antwort.

Er lächelte und deutete auf die langen und beängstigend tiefen Kratzspuren an den Fensterläden. »Wir hatten Glück«, stellte er fest, und ich betrachtete eines der rostigen Scharniere, das fast aus der Verankerung gerissen worden war.

»Was geht hier nur vor?«

»Ich habe nicht die geringste Ahnung«, sagte Tom, »aber ich glaube nicht an Geister. Was immer das Dorf in der letzten Nacht heimgesucht hat, es war mit Sicherheit kein Werwolf oder eine dieser anderen Gestalten aus der Mythologie dieser Region. Wir werden es in jedem Fall wissenschaftlich erklären können. Die Frage ist lediglich, wie viel Zeit wir dazu benötigen werden.«

Ich konnte nur hoffen, dass er mit dieser Meinung Recht behielt, und schaute mich weiter auf dem Dorfplatz um.

Die eisige Kälte an diesem Morgen schüttelte meinen ganzen Körper. In diesem Augenblick war die Erinnerung an Ägypten einem verschwommenen Traum gleich. Der Atem bildete kleine Wölkchen, und es schien keinerlei Entrinnen vor der allgegenwärtigen Feuchtigkeit zu geben. Die nahen Wälder ließen nur konturenhaft ihre Baumwipfel aus dem Nebel ragen, der sich wie ein Teppich über das ganze Land gebreitet hatte. Immerhin ließ einen diese Atmosphäre verstehen, wie sich der Aberglaube der Osteuropäer hatte entwickeln können. Selbst die Geräusche wurden vom Nebel verschluckt.

»Miss Holland«, rief mir der Doktor zu. »Ich benötige Ihre Hilfe.«

Während ich durch den Schlamm zu ihm watete, kam der alte Ärger in mir auf. Der Tonfall des Doktors hatte diesen befehlenden Klang, der mir vollends unangemessen schien, wenn man das Verhältnis, in dem wir zueinander standen, berücksichtigte. Schließlich war ich weder eine unwissende Schülerin noch seine Assistentin.

»Frau Rogács dort hat eine kranke Tochter«, sagte er ohne Umschweife, als ich bei ihm ankam. »Ich sollte sie dringend untersuchen. Wenn es Ihnen nichts ausmacht, wovon ich ausgehe, bitte ich Sie, mir zur Hand zu gehen.«

Allein der Anblick der armen alten Frau, die ratlos im Schlamm neben dem Dorfbrunnen stand und Hilfe suchend und abwartend in unsere Richtung sah, hielt mich davon ab, den Doktor an Ort und Stelle mitsamt seinem impertinenten Auftreten stehen zu lassen.

Während wir der Frau zu ihrem Haus, das am Rand des Dorfes in der Nähe des kleinen Flusses lag, folgten, teilte mir der Doktor mit, dass der einjährige Sohn des Dorfschmieds in der letzten Nacht verschwunden sei. Abschätzig sagte er: »Eine Stregoica hat ihn aus seinem Bettchen geraubt.« Die Tochter der armen Frau Rogács hingegen sei seit drei Tagen von der Seuche, wie die Einheimischen die Krankheit nannten, befallen. Sie sei derzeit die einzige noch lebende Infizierte, teilte mir Pickwick mit, der mit großen Schritten durch den Schlamm watete, seine Arzttasche fest im Griff.

Nach fünfminütigem Fußweg erreichten wir das Haus der Familie Rogács. Es war nur eine armselige Behausung aus groben Steinklötzen mit einem verwitterten Strohdach. Die schweren Fensterläden waren noch geschlossen, ebenso die Haustür. Nach mehrmaligem Klopfen der guten Frau öffnete ihr Mann, der so dünn war, dass es den Anschein hatte, als habe er seit Wochen keine Nahrung mehr zu sich genommen, die Tür und ließ uns ein. Das Innere das Hauses kündete von großer Armut, soweit man dies in der Dunkelheit erkennen konnte. Nur wenige Kerzen erhellten die Stube in spärlichem Licht. Ein kleiner Tisch stand in der Mitte des Raumes, daneben war eine

Feuerstelle im Boden eingelassen, der dazugehörige Kamin, eine runde Öffnung im Dach, war ebenso verriegelt wie jedes Fenster des Hauses.

Ein süßlicher Geruch nach Krankheit stach uns in die Nase.

»Welch ein Schmutz«, grummelte der Doktor vor sich hin, als er der Unordnung gewahr wurde.

Frau Rogács zog einen Vorhang beiseite und ermöglichte uns so den Zugang zu einem kleinen Nebenzimmer, eher einer Nische in der Wand, die gerade ausreichend Platz für das schmale hölzerne Bett bot, auf dem ein Mädchen, an Hand- und Fußgelenken mit einem dicken Seil an die Bettpfosten gefesselt, regungslos dalag und nur leise und sehr flach atmete.

Doktor Pickwick stellte seine Tasche auf dem Boden ab und kniete sich neben das Bett. Ich stand hinter ihm und erschrak beim Anblick des Gesichts, das sich hinter den langen verfetteten Haaren verbarg. Leere, dunkel umränderte Augen starrten uns leblos an. Die Haut des Mädchens war leichenblass und an manchen Stellen mit einem nässenden Ausschlag bedeckt. Trotz des apathischen Zustandes schien die Kleine bei Bewusstsein zu sein.

»Hogy hívnak?«, fragte der Doktor mit ruhiger Stimme.

Das arme Wesen öffnete die blutleeren Lippen und hauchte: »Katálin.«

Pickwick übersetzte mir, dass dies ihr Name sei. Dann sprach er mit der Mutter, bevor er sich erneut dem Kind zuwendete und ihm leise Fragen stellte, die das Mädchen mit einer brüchigen hellen Stimme zu beantworten versuchte. Das Sprechen fiel ihr offenbar nicht leicht.

Bald füllten sich ihre leeren, glanzlosen Augen mit Tränen, und sie begann laut zu schluchzen. Pickwick legte ihr seine Hand auf die Stirn und strich ihr langsam die Strähnen des dunklen Haars aus dem fiebrigen Gesicht.

Dann teilte er mir mit, dass die Kleine gesagt habe, dass sie unter starken Kopfschmerzen und Schlaflosigkeit leide. Am Ende habe sie mehrmals betont, dass etwas sie gebissen habe.

»Ich werde ihren Urin und ihr Blut untersuchen müssen«, murmelte er und begann in seiner Tasche nach den benötigten Instrumenten zu kramen. Kurz darauf hielt er eine glänzende Spritze in der Hand. Mit einer geübten Handbewegung schraubte er die Nadel auf. »Sie werden ihren Arm festhalten müssen«, wies er mich an.

Ich tat, wie mir geheißen war, bezog Position neben dem Bett und packte den Arm des Mädchen. »Wie alt ist die Kleine?«, fragte ich den Doktor, der eine Aderpresse am Oberarm der Patientin anbrachte.

»Sechs, vielleicht sieben Jahre«, mutmaßte er.

Er suchte nach einer hervortretenden Vene, was sich als schwieriges Unterfangen im Dämmerlicht der Stube erwies, und als er dann endlich die Nadel ansetzen wollte, begann die Kleine sich derart plötzlich auf dem Bett hin und her zu werfen, dass wir beide erschrocken aufsprangen und entgeistert auf den tobenden Körper des Mädchens starrten. Sie fauchte uns böse an, und in diesem Moment glich ihre Verhalten dem eines wilden Tieres. Ein tiefes Knurren erfüllte den Raum, und dann versuchte sie verzweifelt, mit ihren Zähnen nach den Fesseln zu schnappen. Als ihr das nicht gelang, fixierte sie uns mit gefletschten Zähnen, und es war nichts Menschliches mehr in ihren Augen zu erkennen.

»Was ist das nur?« Meine Stimme zitterte.

Doktor Pickwick sah blass aus. »Wir werden sie betäuben müssen«, stellte er fest und kramte in seiner Tasche herum, jedoch ohne den Blick zu lange von der gefesselten Patientin abzuwenden. Dann erbat er sich von Frau Rogács ein altes Tuch, welches er mit einigen Tropfen Äther beträufelte. »Vegyen mély lélegzetet, Katálin!«, flüsterte er, als er das Tuch auf Mund und Nase des Mädchens presste, das sich weiterhin wild in den Fesseln aufbäumte.

Es dauerte nicht lange, bis die Zuckungen des kleinen Körpers nachließen.

Katálin lag jetzt regungslos da und atmete ruhig und regelmäßig.

»Jetzt, kleines Mädchen«, murmelte der Doktor triumphierend, »wirst du mir keine Schwierigkeiten mehr bereiten.« Mit diesen Worten griff er schnell zur Spritze, stach sicher in den kleinen Arm und sog das Blut aus dem zerbrechlich wirkenden Körper. Er beugte sich vorsichtig über das Gesicht der Kleinen, zog die Lider des Mädchens vorsichtig zurück und betrachtete ihre Augen. »Die Pupillen sind geweitet, und es befinden sich helle Flecken in ihnen«, sagte er nachdenklich. »Fräulein Holland, bitte bringen Sie mir eine Laterne.«

Ich schaute mich im Raum um und brachte ihm die erste Kerze, deren ich habhaft werden konnte.

Pickwick nahm sie wortlos entgegen und hielt sie dicht vor die Augen des Mädchens.

»Sehen Sie das?«, fragte er.

Die Augäpfel verfärbten sich von einem hellen Weiß zu einem schmutzigen eitrigen Gelb, und das Netz feiner Blutgefäße trat deutlicher hervor. Die Augenlider begannen stark zu zucken. Zudem verstärkte sich der Aussschlag auf der Haut.

»Was bedeutet das?«

»Ich habe etwas Derartiges noch nie gesehen«, gestand der Doktor.

Ein dünnes Rinnsal dunklen Blutes rann aus den Augenwinkeln des Mädchens über ihre Wangen. Pickwick reagierte auf der Stelle und blies die Kerze aus. Das Zucken der Lider wie auch die Blutung ließen rasch nach.

»Was, in aller Welt, ist das nur?« Er tastete die trockenen, brüchig wirkenden schmalen Lippen des Mädchens ab, um sie schließlich zu teilen und das faulige Zahnfleisch zu entblößen. Ein Ekel erregender Gestank trat aus, sobald der Mund der Kleinen geöffnet war. Die kleinen Zähne waren von einem braunen Belag befallen. »Können Sie mir zur Hand gehen?«, bat mich Pickwick und starrte fasziniert in die Mundhöhle.

Ich wartete auf meine Instruktionen.

»Halten Sie den Mund geöffnet«, sagte er und zeigte mir, wie ich zupacken musste, ohne mit den Fingern zwischen die Zähne zu geraten. Nach dem Tobsuchtsanfall der Kleinen waren wir beide mehr als vorsichtig geworden. Der Doktor untersuchte Zunge und Rachenraum des Mädchens. Ich kämpfte krampfhaft gegen den Drang, mich übergeben zu müssen, an.

Dann hatte der Doktor seine Untersuchung beendet.

»Ihr Blut wird die Antworten bringen, die wir benötigen«, versprach er zuversichtlich, trat vom Bett zurück und betrachtete den kleinen Körper zerstreut. Man konnte förmlich spüren, wie er nach Lösungen suchte. »Was ist die Ursache?«, murmelte er und ging um das Bett herum. Er kniete sich erneut neben die noch betäubte Katálin und zupfte den Ärmel ihres Nachthemdes hoch, begutachtete die Haut ihres Unterarms. »Schauen Sie«, forderte er mich auf und deutete auf das Handgelenk. Eine kleine Rötung war dort zu erkennen, dunkler als das sie umgebende Gewebe und von einem festen Schorf bedeckt.

»Sie behauptete, dass sie etwas gebissen habe«, erinnerte ich mich.

Pickwick winkte die Mutter zu sich und zeigte ihr die Stelle. »Mi az?«

»Egy Vrolok«, murmelte die Mutter ängstlich.

Der Doktor schüttelte den Kopf. »Sie meint, ihre Tochter sei von einem Vrolok gebissen worden. Ergibt das Sinn?« Ich verstand diese Frage als einen Test.

»Die Bisse an den Pferden waren gänzlich anderer Natur«, antwortete ich und rief mir ihr Aussehen ins Gedächtnis zurück. »Sie waren weitaus größer. Die anderen Wunden sahen zerfetzt aus. Diese hier gleicht eher einem Insektenstich.«

Zum ersten Mal seit unserer Begegnung im Café Reitter sah ich den Doktor zufrieden lächeln. »Exakt meine Meinung«, stimmte er mir zu, rieb sich erschöpft die Augen und bedachte die besorgten Eltern zum Abschied mit einem Wortschwall, hinter dem ich gut gemeinte medizinische Ratschläge und unumgängliche Anweisungen vermutete.

Er packte seine Tasche und stiefelte hinaus in den Nebel, der sich mittlerweile noch dichter um die Häuser gelegt hatte.

Was blieb mir anderes übrig, als ihm zu folgen?

Wir wateten durch den Schlamm zum Dorfplatz zurück. Die frische kalte Luft tat nach dem langen Aufenthalt in dem nach der Krankheit stinkenden Haus der Familie Rogács unendlich gut. In langen Atemzügen ließ ich die eisige Kälte durch meinen Körper strömen und spürte das Leben in mein Bewusstsein zurückkehren.

»Eliza«, rief Tom und kam mit schnellen Schritten auf mich zu. Sein langer Mantel wehte im leicht aufkommenden Wind. Er wirkte außer Atem, als er mir verkündete, dass sich die Dörfler auf die Suche nach dem kleinen Jungen des Schmieds machen wollten. Dann erst registrierte er meinen Gesichtsausdruck und erkundigte sich nach dem Vorfall im Haus der Familie Rogács.

Doktor Pickwick, der flink zur Stelle war, berichtete Tom von dem kleinen Mädchen und dessen Bisswunde.

»Also haben wir es hier mit zwei vollkommen unterschiedlichen Ursachen zu tun«, schlussfolgerte Tom, während wir uns dem Menschenauflauf auf dem Dorfplatz näherten. Die Augen meines Bruders hatten diesen unternehmungslustigen Glanz, der sich bei ihm als Junge immer dann eingestellt hatte, wenn es knifflige Rätsel zu lösen galt oder er die langen Winterabende damit verbrachte, seinen beiden Lieblingscharakteren durch die gaslichterhellten Straßen Londons zu folgen.

»Genauso ist es, lieber Watson«, flüsterte ich ihm verschwörerisch zu.

Er schenkte mir ein breites Grinsen. »Ich dachte, wir könnten uns dem Suchtrupp anschließen, kleine Eliza. Was sagst du dazu?«

»Ich beabsichtige nicht, diejenige zu sein, die kneift.«

Diese Antwort schien ihn zufrieden zu stellen: »Bestens!«

Ich blickte kurz zu den im Nebel versteckten Wäldern und fragte mich, was uns dort erwarten würde. Das aufgeregte Gebahren der Dorfbewohner machte mir Angst.

Die Frauen klagten weinend und betend, und ihr Gejammer zerrte an meinen Nerven. Die Männer diskutierten heftig. Es schien Uneinigkeit bezüglich der weiteren Vorgehensweise zu herrschen. Argumente wurden lauthals gewechselt. In den dunklen Stimmen schwang die Furcht vor dem Unbekannten mit, welchem man in den Wäldern begegnen konnte. Hin und wieder fielen die Namen Vrolok und Stregoica. Einer der Männer, ein fetter Bauer mit dichtem Schnauzbart und breitkrempigem Hut, deutete in die Richtung des Berges, der sich irgendwo in der von ihm angedeuteten Richtung im Nebel befinden musste, und sagte etwas über die Gräfin Hunyady, worauf die anderen Männer sich erneut in wilden Wortgefechten verloren. Es war unmöglich zu erkennen, worum es im Detail ging.

»Sie sehen nicht gut aus«, bemerkte Tibor, der neben mir aufgetaucht war.

»Ich habe mich schon besser gefühlt«, gestand ich und empfand die Besorgnis in seinen dunklen Augen als überaus tröstlich. Zu wissen, dass es jemanden gab, der sich um einen sorgte, war nicht das schlechteste Gefühl, wenngleich mich die alten Skrupel, weil Tibor sich vielleicht falsche Hoffnungen machte, überkamen.

»Dies ist eine unheilige Gegend«, murmelte Tibor.

Ich schwieg.

Die Männer schienen nun zu einer Einigung zu kommen. Ihre Worte mäßigten sich und wurden ruhiger. Die ernsten Gesichter unter den Fellmützen nickten einander einstimmig zu, und dann sagte der Wortführer etwas zum Doktor.

»Wenn sie umgehend aufbrechen«, übersetzte es mir Tibor, »dann besteht noch die Hoffnung, der Spur des Jungen folgen zu können.« Er deutete mit einer kurzen Kopfbewegung hinab zum feuchten Untergrund. »Die Spuren der Stregoica oder des Vrolok sind noch frisch. Es wird für geübte Augen ein Leichtes sein, ihnen zu folgen.«

Ich begegnete dem Blick meines Bruders, der in langem Mantel und Hut neben dem Doktor stand und sich mit geübter Hand eine Zigarre ansteckte. Wortlos nickend, stimmte ich dem Vorhaben zu, worauf Tom den Bauern mitteilen ließ, dass Herr Vanko, Doktor Pickwick sowie Miss Holland und er selbst an der Suche teilzunehmen gedachten. Die Bauern nahmen dies mit ausdruckslosen Gesichtern zur Kenntnis.

So war es also eine beschlossene Sache.

Nachdem wir alle kurz ins Wirtshaus zurückgekehrt waren, um uns für die Suche zu rüsten, brachen wir auf. Herr Vályi offerierte uns sogar zwei seiner Gewehre. Da ich im Umgang mit Waffen ungeübt war, erbot sich Doktor Pickwick, das Gewehr zu nehmen und mir dafür eine kleine, handliche Pistole zu überlassen, die er plötzlich unter seinem Mantel hervorzauberte. Er bemerkte meine Überraschung und sagte nur: »In manchen Zeiten ist es leichtfertig, ohne ausreichenden Schutz zu reisen.« Mit diesen Worten legte er die kalte Waffe in meine behandschuhte Hand. Ich war überrascht, wie schwer sich die Pistole anfühlte, und der Gedanke, dass dieser Gegenstand dazu in der Lage war, jemanden zu töten, war höchst befremdlich. Dennoch nahm ich die Waffe dankend entgegen, und als wir Aghiresu verließen und kurz darauf in die dichten Wälder hineinritten, war ich froh, das schwere Metall in meinem Mantel zu spüren.

Mit uns ritten Herr Vályi und Sohn sowie zwei kräftige Bauern mit roten Gesichtern und wachsamen dunklen Augen, die langen Gewehre allzeit griffbereit am Sattel ihrer großen Pferde. Lajos Csuha, der sich aufs Jagen und Fährtenlesen verstand, führte unseren Suchtrupp an. Ihm folgte sein ähnlich erfahrener Bruder Béla, dessen mandelförmige Augen in dem runden, unbeweglichen Gesicht an die Reiterscharen uralter Steppenvölker erinnerten, die vor langer Zeit die ungarische Ebene heimgesucht und dort ihr Erbe hinterlassen hatten. György Tucsek, der Schmied, dessen kleinen Sohn wir zu finden versuchten, ritt auf einem braunen Ackergaul direkt hinter den beiden Brüdern, leise Gebete vor sich hinmurmelnd.

Die Kälte war garstig. Die Pferde schnaubten ihren Atem in den Nebel, und ihre Hufe versanken tief im Schlamm. Ich hatte meinen Mantel eng um mich geschlungen und suchte hinter dem hochgeschlagenen Kragen und unter der Mütze Schutz vor dem unwirtlichen Wetter.

Die Wälder, in die wir schon kurz nach dem Verlassen der Dorfgrenzen hineinritten, schienen immer dichter zu werden. Wir bewegten uns bergaufwärts in jene Region, die von den Einwohnern *Isten Szek* genannt wurde. Der Sitz Gottes. Hohe dürre Bäume reckten sich in den wolkenverhangenen Himmel über uns, der Geruch nach nassem Laub und Erde vermischte sich mit den Ausdünstungen der Pferde. Nadelhölzer und dürres Geäst schlugen uns in die Gesichter, als wir den Pfad, dem wir zu Beginn gefolgt waren, verließen.

»Hörst du das?«, fragte Tom, der neben mir ritt.

Ich lauschte in die Stille. »Was meinst du?«, erwiderte ich. »Ich höre gar nichts.«

»Genau«, stimmte er mir nickend zu. »Man hört gar nichts. Nicht das kleinste Geräusch.«

Jetzt fiel es auch mir auf.

Es gab keine Geräusche in diesem Wald. Kein Vogelgezwitscher, kein Rascheln von davonhuschenden Mäusen im dichten Gestrüpp, sogar die vom Herbstwind geschüttelten Baumkronen schienen zu schweigen.

Die Brüder Csuha indessen wirkten dadurch nicht irritiert. Ihre geschärfen Blicke allzeit auf den Boden vor uns gerichtet, hielten sie von Zeit zu Zeit an, stiegen vom Pferd ab und prüften hier einen abgeknickten Ast, da einen Abdruck im Boden oder den Geruch der moosbefallenen Baumstümpfe, die wie abgestorbene Zähne aus dem Waldboden ragten. Wenn sie das getan hatten, nickten sie einander mit ernsten Gesichtern zu, bestiegen erneut ihre Pferde und deuteten mit ausgestreckten Armen in eine bestimmte Richtung, der wir dann folgten.

Dann und wann stießen wir auf steinerne Kreuze oder Bildstöcke, die an Weggabelungen oder inmitten der Wildnis errichtet worden waren. In Stein gemeißelte Abbilder der Jungfrau Maria und des dornengekrönten Christus waren in den Nischen zu erkennen.

»Diese Betsäulen dienen der Segnung der Wälder«, kommentierte Tibor. »Einige von ihnen lassen sich zurückführen auf die frühen christlichen Pilger, die vor langer Zeit aus dem Osten gekommen sind.«

»Sie sehen unheimlich aus«, bemerkte ich.

Der Wald, in dem wir uns nun befanden, mochte bereits in einer der höheren Regionen des *Isten Szek* liegen. Dichte Tannen absorbierten selbst die letzten Reste des kümmerlichen Tageslichts. Das Reiten und die permanente Anspannung der Nerven ermüdete sehr und machte den Geist empfänglich für sich bewegende Schatten und Äste.

Wir folgten der kargen Spur mittlerweile seit mehr als fünf Stunden, und ich vermutete, dass der Sonnenuntergang nicht mehr lange auf sich warten lassen würde. Die Aussicht, die kommende Nacht inmitten der Wälder verbringen zu müssen, war wenig verlockend.

Ich sprach Tibor darauf an, und er tröstete mich, dass es weiter oben am Berg eine kleine Hütte gebe.

Gerade freundete ich mich dem Gedanken an, die Nacht im Schutze einer sicheren Hütte verbringen zu können, als die Brüder Csuha die Pferde zum Stehen brachten und uns mit erhobener Hand zu schweigen geboten. Mein Herz begann aufgeregt zu pochen, als ich im Nebel vor uns eine hoch gewachsene Gestalt zu erkennen glaubte, die ebenso schnell wieder verschwand, wie sie aufgetaucht war. Das konturenhafte Geschöpf bewegte sich auf zwei Beinen katzenhaft schnell durch das dichte Unterholz.

»Egy Vrolok«, hörte ich Lajos seinem Bruder zuflüstern.

Béla hielt das Gewehr im Anschlag und spähte, wie wir alle, dorthin, wo vor Augenblicken noch jene seltsame Gestalt zu erkennen gewesen war.

Wir alle lauschten gebannt einem lauten, lang gezogenen Heulen. Eine beängstigende Stille folgte. Dann wurde das erste Heulen von einem zweiten beantwortet. Die Pferde begannen zu scheuen und panisch die Köpfe in alle Richtungen zu drehen. Ich streichelte den Hals meiner Stute und flüsterte ihr, mich vorbeugend, beruhigend ins gespitzte Ohr.

»Von woher kam das zweite Heulen?«, fragte der Doktor.

Keiner von uns wusste darauf eine Antwort. Der dichte Nebel machte jede Positionsbestimmung unmöglich.

»Was war das?«, fragte Tom, dem Doktor zugewandt. »Wölfe?«

Pickwick sah ratlos aus. »Vielleicht«, sagte er.

Doch niemand von uns glaubte auch nur im Entferntesten daran, dass wir es hier mit Wölfen zu tun hatten.

»Wir reiten weiter«, entschied der Doktor schließlich.

Also folgten wir weiterhin den beiden Brüdern, die nun noch wachsamer wirkten als zuvor.

Nach einiger Zeit begannen sich die Nebel zu lichten, und wir erkannten in der hereinbrechenden Dämmerung, dass wir uns am Eingang zu einem kleinen Tal befanden, zu dessen beiden Seiten sich zackige Felsen erhoben und durch das sich ein schmaler Fluss schlängelte. Aus der Ferne erklang erneut jenes lang gezogene Heulen, diesmal aus vielen Kehlen.

Dann sahen wir sie.

Tibor machte mich auf den Hirsch aufmerksam, der auf einer Lichtung, die wir gut überblicken konnten, stand und graste. Das stattliche Tier hob hin und wieder den Kopf, um vorsichtig Witterung aufzunehmen. Nur schemenhaft wurden wir der schattenhaften Kreaturen gewahr, die am Rand der Lichtung im Unterholz lauerten. Als der Angriff dann kam, überraschte er uns alle, und wir beobachteten fasziniert und erschrocken zugleich, wie mehrere der Kreaturen auf den Hirsch zusprangen, der panisch die Flucht antrat. Die Kreaturen liefen, wenngleich gebeugt, zweifelsohne auf zwei Beinen. Ihr dunkles Fell schimmerte im fahlen Licht des aufgehenden Mondes, und die spitzen Ohren gaben den Gestalten etwas bösartig Wölfisches. Es waren fünf Kreaturen, die mit der Jagd auf den Hirsch begannen, doch nach wenigen Augenblicken erkannten wir, dass sie den Hirsch nur auf eine weitere Gruppe zutrieben, die am anderen Ende der Lichtung auf die Beute wartete. Sobald das arme Tier in ihre Reichweite gekommen war, schlugen sie zu. Vier Kreaturen sprangen den Hirsch fast gleichzeitig an. Durch ihren jähen Ansturm wurde der Körper des Hirsches zur Seite geworfen und jede Gegenwehr im Keim erstickt. Die kurz darauf hinzukommenden Jäger warfen sich ebenso auf ihr hilfloses Opfer, sodass der verzweifelt zuckende Körper des Hirsches von den laut knurrenden Kreaturen vollends bedeckt wurde.

»Sehen Sie nur«, stellte der Doktor fasziniert fest. »Sie jagen im Rudel.«

Tibors Begeisterung hielt sich in Grenzen. »Wie Wölfe«, murmelte er nur und sah mich mit großen Augen an.

Mittlerweile waren wir alle von den Pferden abgestiegen. Geduckt verbargen wir uns hinter den Büschen, die zu beiden Seiten des Pfades, auf dem wir gekommen waren, wild und dornenbewachsen wucherten. Die Brüder Csuha wechselten wachsame Blicke, spähten vorsichtig in die mondhelle Nacht und hielten die entsicherten Gewehre im Anschlag. György Tucsek blickte grimmig und ungeduldig zur Lichtung, weil er in den Gestalten die Entführer seines Jungen vermutete. Gemeinsam wurden wir Zeuge, wie die Kreaturen den Hirsch in Windeseile in Stücke rissen, wobei immer eine der Gestalten aufrecht dastand und schnuppernd zu wachen schien.

»Der Wind steht günstig«, flüsterte Pickwick mir zu.

Nach allem, was ich während meiner Kindheit aus den Geschichten Kiplings und Rider Haggards gelernt hatte, bedeutete die eisige Brise in meinem Gesicht Sicherheit.

»Sieh nur«, flüsterte Tom mir zu. »Sie haben aufgehört zu fressen.«

Ruckartig hoben sich die Köpfe der Kreaturen.

Nachdem sie ausgiebig in die umliegenden Wälder

gespäht hatten, machten sie sich von dannen. Sie gingen aufrecht und trugen Brocken blutigen Fleisches mit sich.

»Wir folgen ihnen«, entschied der Doktor für uns alle.

Sein Gedankengang war unschwer nachzuvollziehen. Da die Vrolok Rudeljäger waren, lag die Vermutung nahe, dass irgendwo ihr Nachwuchs auf Nahrung wartete. Es musste demnach eine Art Lager geben, wo sich der Rest des Rudels aufhielt. Dorthin würden sie den erlegten Hirsch bringen, und dorthin gedachten wir ihnen zu folgen – ein Vorhaben, das sich als langwieriger und schwieriger erwies, als wir erwartet hatten. Allzeit mussten wir die Windrichtung überprüfen. Zudem war ein ausreichend großer Abstand zu den Vrolok zu wahren, wollten wir unentdeckt bleiben. Wir folgten allein den Spuren, die die Vrolok im Wald zurückließen, umgeknickten Zweigen und zertrampeltem Unterholz sowie hier und da einem Fußabdruck im Schlamm.

Wir gingen zu Fuß durch das Dickicht, die nervösen Pferde an den Halftern hinter uns herziehend. Dichter Nebel kam erneut auf, als wir uns bergauf bewegten. Von Zeit zu Zeit bestätigte uns ein Heulen, dass wir dem rechten Weg folgten. Schweigend setzen wir unseren Aufstieg fort, durchquerten dichten Tannenwald und erreichten schließlich eine steile Felsformation, die fast senkrecht vor uns in den Himmel ragte.

Béla Csuha, der unseren kleinen Suchtrupp anführte, gebot uns in Eile, Deckung zu suchen. Wir taten wie geheißen, und mit klopfendem Herzen bemerkte ich, verstohlen durch das Gestrüpp vor mir spähend, dass sich am Fuße des Felsens, kaum tausend Fuß von unserer Position entfernt, der Eingang zu einer Höhle befand.

Herr Vályi kehrte samt Sohn auf der Stelle um, um die Pferde an einen sicheren Ort zu bringen.

Ich erkannte eine Vielzahl von Lagerfeuern vor der Höhle, um die in kleinen Gruppen wölfische Kreaturen hockten und an den Stücken rohen Fleisches, welche sie in ihren klauenhaften Händen hielten, nagten.

Dies also war das Lager der Vrolok.

Lajos Csuha schloss zu uns auf und gebot uns mit auf die Lippen gelegtem Finger zu schweigen.

Meine Hand tastete unwillkürlich nach der Pistole, die mir der Doktor zugesteckt hatte. Tom, der neben mir kniete, entsicherte behutsam sein Gewehr, während Pickwick fasziniert zum Höhleneingang starrte. Tibor zitterte am ganzen Körper, und der Schmied ließ unruhige Blicke in alle Richtungen gleiten.

»Es sind so viele«, flüsterte ich Tom zu. Eigentlich war es mehr ein stummes Bewegen der Lippen.

Tom nickte nur, nicht minder aufgewühlt.

Die Vrolok waren gerade damit beschäftigt, die Überreste des soeben gerissenen Hirsches zu vertilgen. Ihre Bewegungen waren ruckartig und wild, während sie gierig fraßen. Die langen Schnauzen rissen das Fleisch von den Knochen des toten Tieres. Dabei stießen die Vrolok fortwährend knurrende Laute aus, und sobald sich ihnen ein Artgenosse näherte, schnappten sie böse nach ihm.

Es gab viele kleinere Vrolok, die menschenähnlicher zu sein schienen, weil ihnen die spitzen Ohren fehlten, und die sich ausschließlich von den Resten ernährten, die vom Mahl der ausgewachsenen Kreaturen abfielen.

Toms Hand legte sich auf meine Schulter, und ich folgte seinem Blick zu einem Gebilde, welches sich neben dem Höhleneingang befand und uns bisher nicht weiter aufgefallen war.

Was ist das?, formte ich mit den Lippen.

Ratloses Achselzucken war die Antwort.

Das Gebilde mochte eine Höhe von etwa zwölf Fuß haben. Es sah aus, als habe jemand einen abgehackten Baumstamm in den Boden gerammt. Unverkennbar hatte es menschenähnliche Züge, die wir genauer zu erkennen vermochten, als die Vrolok damit begannen, Fackeln in den Boden um das Gebilde herum zu stecken. Wir blickten auf das übergroße Abbild einer Frauenfigur, vom flackernden Licht erhellt, die grob in die uns zugewandte Seite des Holzstammes hineingeschnitzt worden war. Ihre Gesichtszüge wirkten streng.

Die Vrolok hatten damit begonnen, sich in einem Halbkreis um die Skulptur zu versammeln. Schmutzige, blutbesudelte Leiber wälzten sich unterwürfig im Dreck vor der Höhle. Leises Wimmern war zu vernehmen, als ein großer Vrolok aus der Höhle trat, etwas Lebendiges in den ausgestreckten Klauen haltend. Das kleine Bündel bewegte sich unruhig, und als das Klagen der Vrolok verebbte, drang leises Kinderweinen an unsere Ohren. Die schluchzenden Laute von György Tucseks Jungen ließen alle erschauern.

Der große Vrolok (vermutlich der Anführer des Rudels) ging langsam und mit gesenktem Kopf durch die Reihen seiner Artgenossen, ließ diese das Bündel kurz und ehrfürchtig berühren und blieb schließlich vor der Skulptur stehen, um ihr das Bündel entgegenzuhalten. Die Erkenntnis, dass wir Zeuge einer rituellen Handlung wurden, wich der Besorgnis, die mich befiel, als ich in die vor hilfloser Wut tränennassen Augen des Vaters blickte.

Als der Anführer der Vrolok das Bündel öffnete und die nunmehr panischen Schreie des kleinen Jungen die Nacht zerschnitten, gab György Tucsek zu unser aller Entsetzen zwei Schüsse aus seiner Flinte ab. Bevor noch jemand gänzlich verstand, was geschah, hatte der Schmied seinen alten Krummsäbel gezückt und rannte, diese Waffe schwingend und wie tobsüchtig schreiend, auf die Vrolok zu. Für einen Augenblick tauchte das Bild einer altertümlichen Schlacht vor mir auf, Horden von Kriegern, die brüllend und mit primitiven Waffen versehen aufeinander losstürmten.

»Állj!«, schrie Béla wütend.

Sein Bruder fluchte grimmig: »Úr Isten.«

Ich starrte zur Höhle.

»Bleibe dicht bei mir«, hörte ich Tom neben mir sagen.

Die Vrolok wirkten einen Moment lang verunsichert. Etwas hatte ihrem Anführer das Gesicht zerfetzt. Der kleine Junge lag zappelnd auf dem Boden. Dann richtete sich die Aufmerksamkeit der Kreaturen auf den angreifenden Schmied, der mit zwei Säbelhieben die ersten beiden Vrolok, die ihm begegneten, ins Jenseits beförderte. Die Brüder Csuha begannen nun ebenfalls, auf die Gestalten zu feuern. Der Geruch nach Schießpulver lag beißend in der Luft.

Ein wütendes Heulen aus vielen Kehlen ertönte.

»Der Junge«, flüsterte mir Tom zu. »Wir müssen das Kind retten.«

Ich konnte nicht erkennen, wie uns das gelingen sollte.

Trotz verzweifelter Gegenwehr töteten die Vrolok György Tucsek auf der Stelle. Selbst seine kräftige Statur und die wilde Entschlossenheit, den Sohn zu befreien, waren dem Ansturm der Kreaturen nicht gewachsen.

»Vergessen Sie den Jungen«, zischte der Doktor. »Jemand scheint sich um ihn zu kümmern.«

Ein Vrolok-Weibchen war flink zu dem kreischenden Kind gesprungen, und dann erschien ein Vermummter auf einem Rappen. Jemand, der mit einer unmenschlichen Schnelligkeit einen Krummsäbel zückte, das Vrolok-Weibchen enthauptete, auf den Boden sprang, den kleinen Jungen ergriff und wieder im Sattel und entschwunden war, bevor wir überhaupt verstanden hatten, was da geschehen war.

Die übrige Meute jedoch, und das war die schlechte Nachricht, hatte Witterung aufgenommen und uns erspäht.

»Wir sollten uns zurückziehen«, bemerkte der Doktor lakonisch.

Die Brüder Csuha und der Doktor feuerten unverdrossen weiter, während wir uns langsam rückwärts bewegten. Es kamen immer neue Vrolok aus der Höhle in die Nacht hinaus und ließen ihr schauerliches Heulen vernehmen. Sie schienen all ihre Angst verloren zu haben.

»Sie sind auf der Jagd«, murmelte Tibor neben mir.

Béla schrie seinem Bruder etwas zu.

»Wir müssen die Pferde erreichen«, übersetzte der Doktor und schoss einem heranstürmenden Vrolok ins Gesicht.

Ich zückte die Pistole und gab meinerseits Schüsse auf die nahenden Gestalten ab. Der Platz vor der Höhle schien nur so von ihnen zu wimmeln. Und sie kamen näher. Die Distanz zwischen uns und den Kreaturen verringerte sich viel zu schnell. Mir war, als könne ich ihren Gestank wahrnehmen.

»Eliza!«, hörte ich warnend Toms laute Stimme.

Zu spät bemerkte ich, dass aus dem Gestrüpp zu meiner Seite ein großer Vrolok auf mich zugesprungen kam. Das Wesen knurrte laut, und dann fiel es, begleitet von einem lauten Knall, kopfüber in den Schlamm zu meinen Füßen.

»Danken Sie mir später«, schnaubte Pickwick, der unverhofft neben mir auftauchte und sein Gewehr erneut durchlud. »Sie dürfen uns nicht beißen!«, rief er den anderen zu. »Wir dürfen uns unter gar keinen Umständen von ihnen infizieren lassen!« Dann ging er auf den soeben erlegten Vrolok zu und trat mit dem Stiefel gegen die lange Schnauze des Wesens. »So viel zur Hölle«, flüsterte Pickwick, als der Wolfskopf zur Seite rutschte und ein Gesicht freigab. Ich trat neben ihn und sah auf den sterbenden Vrolok herab, dessen dunkle Augen in dem blutigen, schmerzverzerrten Gesicht flehend und leer starrten. »Das ist Viktor Prokái«, hörte ich des Doktors zitternde Stimme. »Wir kennen uns seit Jahren.« Eine ungewohnte Unsicherheit spiegelte sich in seinen Augen. Und Furcht. »Ich hatte ihn einst mit seiner zukünftigen Frau bekannt gemacht.«

Die Gestalt, die sterbend zu unseren Füßen lag, war in ein schmutziges und stinkendes Wolfsfell gekleidet. Die Haut war von einer Mischung aus Blut und Schlamm bedeckt, sodass sie dunkel und bedrohlich wirkte. Wenngleich es mir schwer fiel, diesen grässlich nach fauligem Fleisch riechenden Vrolok noch als menschliches Wesen zu sehen, so ließ die Reaktion des sonst so kühlen und überheblichen Doktors keinen Zweifel zu, dass es sich hier um besagten Arzt aus Klausenburg handelte, den man seit Tagen vermisste.

»Sie halten sich für Wölfe«, dachte ich laut.

Pickwick sah mich an. »Eine primitive Kultur«, murmelte er.

Die Schüsse und Schreie um uns herum brachten uns in die Wirklichkeit zurück. Ich spürte die Hand des Doktors an meinem Arm. »Wir müssen weiter«, forderte er mich auf.

Es sind Menschen, die sich für Wölfe halten, dachte ich benommen und suchte im Nebel nach meinem Bruder. Gemeinsam mit Tibor kam er auf den Doktor und mich zugerannt. Hinter den beiden hörte ich das Aufheulen der wütenden Vrolok, die durch das Gehölz auf uns zustürmten.

»Es sind Menschen«, rief ich den beiden zu, beinahe glücklich, diese Erkenntnis gewonnen zu haben.

Tibor keuchte, als er mich erreichte. »Es sind Tiere.« Sein Atem ging schwer.

»Er hat Recht«, sagte Tom und feuerte nach hinten in den Wald hinein. Die Angst in meines Bruders Augen war unverkennbar. »Wir müssen die Pferde erreichen!« Er hustete schwer. »Es sollte hier doch eine Hütte geben. Ganz in der Nähe, glaube ich.«

Béla Csuha tauchte aus dem Nebel auf. Er hinkte leicht und blutete aus einer Wunde am Kopf. Er wirkte verwirrt und geschwächt.

Pickwick rief ihm etwas zu.

»Lehetetlen«, schrie Béla zurück.

»Die Hütte ist zu weit entfernt«, übersetzte uns der Doktor.

Mein Verstand suchte verzweifelt nach einem Ausweg. Überall knackten Äste, wurde Gestrüpp zertrampelt von den Massen der nahenden Vrolok.

»Lajos Csuha ist tot«, sagte Tom.

Das laute Heulen der Kreaturen schien nunmehr von allen Seiten zu kommen.

Tibor gab einen weiteren Schuss nach hinten ab. »Ein Vrolok hat ihm sein Herz aus der Brust gerissen und anschließend verschlungen.« Mit hektischen Bewegungen füllte er die Kammern seines Gewehres mit neuen Patronen. »Ich habe es gesehen.« Seine Stimme zitterte. »*Das* sind *keine* Menschen.«

Ich dachte daran, wie die Vrolok den Hirsch gejagt hatten. *Es sind Rudeljäger*, hörte ich den Doktor flüstern. Ich konnte förmlich spüren, wie sie uns umkreisten. Sie würden uns dorthin treiben, wo die Jäger warteten. Wir verhielten uns genau so, wie es ein Raubtier von seiner Beute erwartete. Wir hatten Angst und rannten blindlings davon.

Dann hörten wir von weitem die Pferde. Das panische Wiehern der Tiere verstummte, ihm folgte das siegreiche Heulen der Vrolok. Sie waren also bereits vor uns. Ich fragte mich, was mit den beiden Vályis geschehen war.

Tom atmete schwer. »Glaubst Du, dass wir hier sterben werden, kleine Eliza?«

Ich erinnerte mich der vielen Geschichten, die er mir erzählt hatte. In jenen Abenteuern gab es immer eine Rettung für die Helden. »Schon möglich«, flüsterte ich und befürchtete, dass es für uns keine geben würde.

»Passen Sie auf«, schrie Pickwick aufgeregt. »Sie kommen!«

Béla ließ die neu gefüllte Trommel seiner Flinte einschnappen und vergewisserte sich seines Krummsäbels.

Der Mond schien in voller Pracht und tauchte den nebeldurchtränkten Wald in bleiches Licht. Die eisige Luft roch nach feuchter Erde, frischem Regen und Tannennadeln. Für einen Moment schien das Leben in einem düsteren Gemälde zu erstarren, als wolle es uns die Möglichkeit eröffnen, mit einem letzten Gedanken unser Leben zu bereuen.

Ich spürte die geladene Pistole in meiner behandschuhten Hand.

Dann begann es.

Zwei riesige Vrolok brachen durch das Dickicht und stürmten auf uns zu. Ich erkannte rot glühende Augen und konnte ihren Atem riechen. Der erste heulte laut auf, als ihm Béla Csuha mit einem einzigen Hieb die rechte Klaue abhackte. Tom traf den zweiten Vrolok in den Hals, sodass er mit einem gurgelnden Winseln kopfüber zu Boden fiel. Während drei weitere Kreaturen hinter mir auftauchten (es gelang mir, den ersten dieser Angreifer mit einem Schuss zu töten), wurde Béla Csuha von dem verletzten Vrolok angesprungen und zu Boden geworfen. Die Kreatur biss in den Oberarm des Jägers, worauf dieser einen schmerzerfüllten Schrei ausstieß und den Vrolok mit einem festen Tritt in den Schlamm schleuderte. Gerade wollte Csuha nach seinem Säbel greifen, als ein weiterer Vrolok aus dem Wald stürzte und den mutigen Rumänen am Hals packte. Tom schoss derweil auf die beiden Vrolok, die auf mich zustürmten, und Tibor versuchte, Béla zu Hilfe zu eilen.

Etwas prallte hart gegen meine Brust und raubte mir den Atem. Ich verlor das Gleichgewicht und stürzte.

»Eliza!«, schrie Tom und erschoss den dritten Vrolok, der mich von hinten anzuspringen versucht hatte.

Ich schrie auf, als ich erkannte, dass es der abgerissene Kopf des Rumänen gewesen war, der mich zu Boden hatte gehen lassen. Das verbliebene blutunterlaufene Auge Béla Csuhas starrte mich leer und ungläubig an, und ich musste dem Drang widerstehen, mich zu übergeben. Der

Leichnam des dritten Vrolok lag neben mir, und ich bemerkte flüchtig, dass es einmal eine junge Frau gewesen sein mochte, die nun einen Wolfskopf auf dem ihren trug.

Dann wurde ich einer Gestalt im Wald vor mir gewahr, die auf mich zugerannt kam. Es war Tamás Vályi, der von fünf großen Vrolok verfolgt wurde. Er hielt eine Pistole in seiner Hand und feuerte im Laufen wahllos in Richtung seiner Verfolger, ohne auch nur annähernd zu treffen. Seine vor Schrecken geweiteten Augen nahmen Notiz von mir, und seine Arme formten eine Bewegung, die nur eines bedeuten konnte: *Laufen Sie*! Ein Vrolok tauchte zwischen uns auf und sprang den armen Jungen von vorn an, sodass Tamás zu Boden geworfen wurde. Ich sah, wie der Vrolok seinem Opfer zweimal schnell ins Gesicht schlug, den Kopf des schreienden Jungen an den Haaren nach hinten riss und ihm knurrend in den Hals biss. Als die Kreatur den Kopf hob und in meine Richtung sah, schien mich ihr breiter Mund, aus dessen Winkeln Hautfetzen baumelten, hämisch anzugrinsen.

Ich stieß einen verzweifelten Schrei aus.

Mühsam richtete ich mich auf. Mir schwindelte, als ich die Pistole auf das Wesen richtete und abdrückte. Der Vrolok krümmte sich augenblicklich zusammen und ging aufheulend in die Knie.

Die anderen Vrolok kamen auf mich zugestürmt.

»Eliza.« Es war Tom, der neben mir in Eile sein Gewehr nachlud.

»Es geht mir gut«, log ich gekonnt.

Pickwick und Tibor schlossen zu uns auf.

»Wir müssen einen Kreis bilden«, schrie der Doktor, und ich fragte mich, was uns das bringen sollte. Im Wald vor und hinter uns wimmelte es nur so von diesen Kreaturen. Das fürchterliche Heulen erfüllte die Nacht um uns herum. Die Pferde waren tot. Ebenso Herr Vályi. Es gab keinen Unterschlupf, wo wir uns hätten verschanzen können. Da war nur der Wald mit der Übermacht auf uns zustürmender Kreaturen.

Tom schoss zwei der Vrolok, die den armen Tamás verfolgt hatten, nieder.

Dann überstürzten sich die Ereignisse.

Die Vrolok schienen überall zu sein. Ich roch den fauligen Atem eines der Wesen, noch bevor ich den harten Griff der Klauen an meinem Arm spürte. Etwas hob mich hoch in die Luft, schleuderte mich gegen einen Baumstamm. Ein heißer Schmerz explodierte in meinem Bewusstsein. Ich schrie laut auf und sah, wie Tom einem der Wesen seinen Gewehrkolben mitten ins Gesicht hieb. Zwischen dem Fauchen und Knurren der Kreaturen hörte ich die Stimmen Pickwicks und Tibors. Eines der Wesen kam flink auf mich zugesprungen. Der Aufprall stieß mich tief ins Dickicht hinein. Lange Dornen zerkratzten mir das Gesicht. Blindlings griff ich nach dem Kopf des Vrolok und versuchte schreiend und zappelnd zu verhindern, dass er die spitzen Zähne in meinen Hals grub. Scheinbar mühelos entwand sich der Vrolok meinem Griff, und ich spürte einen harten Schlag an meinem linken Arm.

Dann brach der Vrolok überraschenderweise tot über mir zusammen, und ein Schwall warmen Blutes ergoss sich über mich. Ich erkannte, dass ihm etwas mit einem einzigen Hieb den Kopf vom Leib getrennt hatte.

Mein Schreien war nurmehr ein hysterisches Winseln, als ich die hoch gewachsene vermummte Gestalt auf einem Pferd erkannte, deren stechende helle Raubtieraugen auf mich herabblickten. Dieses Bild vor Augen, verließ mich meine Kraft, und die vom Mond erhellte Welt wurde zur finsteren Nacht.

Am Ende konnte ich nicht einmal vermuten, wie lange ich geschlafen hatte. Mein Bewusstsein kehrte nur langsam zurück, als sei ich in den Tiefen eines berauschenden Ozeans ertrunken und müsste mich nun unter Aufbietung all meiner Kräfte hinauf zur Oberfläche treiben lassen. Ein Schleier umgab meine Augen, und nur äußerst trüb nahm ich die Umgebung, in welcher ich erwachte, wahr. Ein süßlicher Geschmack benetzte Mund und Nase, und mir schwindelte. Ich führte meine Hände zum Gesicht und ertastete vorsichtig seine Konturen. Alles schien in Bewegung zu sein, bis ich beide Hände fest gegen das Gesicht presste und mich zwang, langsam und kontrolliert zu atmen.

Ich befand mich in einem Zelt, und draußen schien es bereits Tag zu sein. Dunkle Träume hatten mich gequält, in welchen ich vor Schmerz laut aufgeschrien und geweint hatte. Der Mann mit den Raubtieraugen war in meinem Traum gewesen und hatte mir aus einer blutenden Wunde, die er selbst seinem Arm mit einem Dolch beigebracht hatte, zu trinken gegeben. *Ihr müsst dies tun, wollt Ihr nicht zu einer der ihren werden*. Ich hatte der Stimme, die so vertrauenserweckend geklungen hatte, geglaubt.

Ich atmete tief durch.

»Du hast bloß geträumt.« Da war meines Bruders Stimme, dicht neben mir. Sie klang eigenartig. Mühsam versuchte ich den Kopf zur Seite zu drehen und mich langsam aufzusetzen. »Kleine Eliza«, flüsterte mir Tom zu, und ich spürte seine Hand durch mein Haar gleiten. Seine vertraute Stimme klang seltsam entrückt und heiser. »Wir sind gerettet, liebe Schwester.«

Im Zelt herabhängende Schleier erweckten in mir den Eindruck, wir befänden uns in einer fremden, exotischen Welt. Ein dichter, würziger Rauch ließ mich nur Konturen des Raumes erkennen.

Meine Hand fiel müde zur Seite und tastete nach dem Bruder, dessen Stimme ich vernommen hatte. Erleichterung machte sich breit, als ich ihn neben mir spürte.

»Was ist geschehen?« Es war kaum mehr als ein kraftloses Hauchen.

»Man hat uns gerettet«, wiederholte er.

Also gab es doch ein gutes Ende für die Helden dieser Geschichte. Blinzelnd versuchte ich mehr von meiner Umgebung wahrzunehmen.

»Ich fühle mich schwach«, flüsterte ich und spürte, wie meine Lider erneut zuzufallen drohten.

»Du hast lange geschlafen«, erklärte mir Tom.

Ich fühlte mich elend.

Mein Magen wurde von plötzlichen Krämpfen befallen. Mit letzter Kraft drehte ich mich zur Seite und übergab mich auf die edlen Kissen zu meiner Rechten. Mit Entsetzen registrierte ich, dass sich die Kissen rot färbten. Ein neuer Krampf ließ mich einen weiteren Schwall dunklen Blutes erbrechen. Panisch begann ich zu würgen. Mir schwindelte erneut. Ich hatte eine Angst, wie ich sie selten zuvor verspürt hatte.

»Es ist in Ordnung«, hörte ich Tom flüstern. Seine Arme hielten mich fest umschlungen. Seine Hände lagen ruhig auf meinem Bauch. »Es wird dir bald besser gehen, kleine Eliza.«

Was geschah nur mit mir?

Langsam setzte mein Geist die verlorenen Bilder zusammen. Das Ritual der Vrolok im Wald und der anschließende Angriff. Die vereitelte Flucht und das Gefühl der endgültigen Aussichtslosigkeit. Wieder der Traum mit dem vermummten Reiter. *Vertraut mir*, erinnerte ich mich der Stimme, die ein Traum in einem Traum zu sein schien. *Ich werde Euch und die Euren retten. Denn ich bin al-Vathek.*

Ich hörte Schritte, die sich dem Bett näherten.

»Mir ist so schwindlig«, gestand ich Tom.

Es war Doktor Pickwicks Stimme, die mir antwortete. »Das liegt am Opium, Miss Holland.«

Es bedurfte einiger Augenblicke, um diese Feststellung zu verarbeiten.

»Sie erlitten einem schweren Schock«, erklärte Pickwick.

»Nach dem Angriff der Vrolok hast du das Bewusstsein verloren«, sagte mir Tom mit ruhiger Stimme. Ich spürte seine Hand sanft durch mein Haar streichen. »Du hast am ganzen Körper gezittert und hin und wieder panisch aufgeschrien. Wir dachten, du würdest nie wieder aus diesem fiebrigen Schlaf erwachen.«

»Das Opium diente der Beruhigung Ihrer Nerven«, schaltete sich der Doktor ein. »Wir entschieden uns zu dieser Behandlung auf Anraten al-Vatheks.«

Mein Blick fiel auf das erbrochene Blut. Erneut schwindelte mir, und wilde Vermutungen bemächtigten sich meiner. Hatte mich jener Vrolok im Wald verletzt? War dies eine Folge des Opiums? Weshalb fühlte ich mich derart schwach? Die Angst, von der Krankheit infiziert worden zu sein, war übermächtig.

»War er unser Retter?«, fragte ich Tom.

»Er war ein Gast der Gräfin Hunyady«, antwortete

mein Bruder. »Doch eigentlich hatte er nach uns Ausschau gehalten.«

»Das verstehe ich nicht.«

»Al-Vathek und seine Jäger haben viele Vrolok getötet«, fuhr Tom fort. »Der Rest des Rudels ergriff die Flucht, als die Übermacht der Gegner offensichtlich wurde.« Tom lächelte mir zu, und ich erkannte die dunklen Ringe unter seinen Augen. Auch er wirkte erschöpft. »Nach unserer Rettung hat al-Vathek uns mit sich genommen.«

»Und hier sind wir nun.« Pickwick grinste.

»Wie lange habe ich geschlafen?«

Der Doktor warf Tom einen langen Blick zu, worauf er sich erneut mir zuwandte und gestand: »Fast drei Tage. Wie bereits erwähnt, teilten wir die Befürchtung, Ihr Zustand könne von Dauer sein. Der Vrolok im Wald hatte Sie verletzt.«

»Wir alle sind von den Biestern gebissen worden. Und selbst der kleinste Kratzer …«

Ich entsann mich benommen des Schwerthiebs, der den Kopf des Vrolok vom Rumpf getrennt hatte. »Was ist mit dem Kind passiert?«

»Dem Jungen geht es gut. Al-Vathek hat ihn vor dem sicheren Tod bewahrt.«

»Tibor?«, fragte ich fast flüsternd.

Pickwick lächelte dünn. »Sie werden ihn bald wiedersehen.«

»Es geht ihm gut«, stellte Tom fest. Dann schlug er kurz den Blick nieder, und erneut fiel mir auf, wie müde und blass er wirkte. »Von den anderen hat niemand überlebt.« Ich dachte an die Brüder Csuha, die Vályis und Herrn Tucsek, an die verzweifelten Gesichter und die Schreie des kleinen Jungen, den die Vrolok als Opfergabe für ihren

Götzen auserkoren hatten. »Al-Vathek wird uns heute Abend empfangen«, erklärte Tom. »Wie man uns mitteilte, ist er noch in dringenden Angelegenheiten unterwegs.«

Ich versuchte, meine Gedanken zu ordnen.

»Was geschieht jetzt mit mir?« Es fiel mir schwer, dem Doktor diese Frage zu stellen. Die Befürchtung, dass er eine Antwort darauf wissen könnte, ließ meine Stimme unsicher und brüchtig werden. Hatte er nicht gesagt, ich sei mit dem Blut der Kreatur in Berührung gekommen?

»Ich denke, wir können innere Verletzungen ausschließen«, gab Pickwick bedacht zur Antwort. »Mit Erlaubnis Ihres Bruders habe ich Sie eingehend untersucht.« Er blinzelte, und jetzt fiel mir auf, dass auch er müde und erschöpft wirkte. »Um eine lange Rede kurz zu machen, Miss Holland, ich kann nur Vermutungen anstellen.«

»Und die wären?«

»Verspüren Sie Magenschmerzen?«, fragte er.

Ich nickte zögerlich.

»Das Erbrechen von Blut kann die Folge eines akuten Ulkus sein.« Seine kleinen Augen musterten mich stechend. »Ein aufgebrochenes Magengeschwür«, erklärte er. »Ihre Physis scheint diesen Befund zu erhärten.« Bruchstückhaft dachte ich an Arthur Holmwood, der mir nicht selten Nervosität und Hektik zum Vorwurf gemacht hatte. »Infolge der Aufregung könnte es dazu gekommen sein.« Nachdenklich und mit einem Blick auf das Kissen murmelte er: »Was allerdings nicht diese ungewöhnlich hohe Menge Blutes erklärt.« Er schwieg einen Moment lang. »Wie gesagt, Miss Holland, ich kann nur Vermutungen anstellen. Daher würde ich Sie später am Tage gern erneut untersuchen.«

Ich nickte nur müde.

Dann versuchte ich mich zu erheben. Meine Beine fühlten sich schwach an, und mir schwindelte, als ich zu gehen versuchte. Gestützt von Tom, wankte ich unsicher aus dem Zelt hinaus.

»Wo sind wir?«

Die Landschaft, die sich mir in der einbrechenden Dämmerung darbot, raubte mir schier den Atem. Die Schönheit der dichten Wälder, die sich in einem langen Tal unterhalb der Burg ausbreiteten, durchsetzt von Schwaden aufkommenden Nebels, in denen sich das Licht der untergehenden Sonne fing, nahm mich augenblicklich gefangen. Ein schmaler Fluss schlängelte sich durch das Tal.

»Wir befinden uns auf dem Weg zurück nach Budapest.«

Ein Lager, bestehend aus fünf Zelten, war auf einer Lichtung aufgeschlagen worden.

»Vielleicht möchtest du später Tibor sehen?«, fragte mich Tom.

Als er die Worte ausgesprochen hatte, wurde mir schlagartig bewusst, wie sehr ich meinen Begleiter vermisst hatte. Die Gefühle, die ich Tibor Vanko gegenüber hegte, lebten auf, und ich wollte nichts anderes, als ihn wohlbehalten in meine Arme zu schließen.

»Ich möchte ihn sofort sehen.«

Tom warf Doktor Pickwick einen Blick zu, den ich kaum zu deuten vermochte. Nach einem zustimmenden Nicken Pickwicks erklärte sich Tom damit einverstanden, mir den Weg zu Tibors Zelt zu weisen.

Tom forderte mich stumm dazu auf, allein einzutreten.

Der Gedanke, den treuen Freund endlich wiederzusehen, gab mir Mut und Zuversicht, und mit zitternden, unsicheren Schritten betrat ich das Zelt.

Das Bild, welches sich mir bot, ließ mich in meiner Bewegung innehalten. Ich sah mich dem jungen Ungarn gegenüber, der mich durch die Straßen seiner Heimatstadt geleitet und mich so oft mit verträumt verliebten Augen angesehen hatte, während die vornehme Oberschicht um uns herum durchs Stadtwäldchen flanierte. Jetzt wirkten diese Augen verzweifelt und verängstigt. Das Zelt war von ähnlich orientalischer Ausstattung wie mein eigenes, und wie dort, so hing auch hier der Duft nach süßem Rauch in der Luft.

Jedoch waren schwere Ketten im Boden verankert worden. Tibor, der auf einem Feldbett liegend mein Eintreten bemerkt hatte, war aufgestanden, und ich erkannte, dass man ihm eiserne Fesseln um die Handgelenke gelegt hatte. Sein sonst Ruhe ausstrahlendes Gesicht war tränenüberströmt, und seine Lippen zitterten, als er mit heiserer Stimme meinen Namen rief. Instinktiv lief ich auf ihn zu und umarmte ihn stürmisch.

»Wir werden alle sterben«, murmelte er.

»Tibor«, flüsterte ich nur und starrte benommen auf die Ketten. »Wer hat Ihnen dies angetan?«

Seine dunklen Augen blickten mich ängstlich an.

Ich war seinem Gesicht ganz nahe, hielt es in meinen Händen. »Was geschieht hier?« Dann erst bemerkte ich, dass Tibor vor mir zurückwich. »Nun reden Sie schon mit mir«, forderte ich ihn auf.

Er schluckte langsam.

Eine lange Kratzwunde verunzierte seine Stirn.

Ich berührte den tiefen Kratzer vorsichtig.

»Die Vrolok habe ich überlebt«, stammelte er und begann daraufhin hysterisch zu lachen, wobei Tränen über sein Gesicht liefen. »Al-Vathek hat uns alle gerettet, Eliza.«

»Warum hält man Sie hier gefangen?« Kaum hatte ich die Frage gestellt, wurde mir bewusst, wie die Antwort lauten musste. Ruckartig wich ich vor ihm zurück und spürte meine Knie zittern. Es gab nur eine Erklärung, weshalb man Tibor hier angekettet gefangenhielt. »Mein Gott«, flüsterte ich, ohne den Blick von seinem Gesicht abwenden zu können.

Tibor war dabei, zu einem Vrolok zu werden.

»Sie verstehen es nicht«, sagte er.

Mir schwindelte, und ich spürte eine fiebrige Hitze in mir aufkommen.

»Sie verstehen nicht, Eliza«, wiederholte er, und die Panik in seiner Stimme war nicht mehr zu überhören.

Ich stand da und atmete flach. Mein Herzschlag wurde schneller. Es konnte nicht sein. Es *durfte* nicht sein. Die Wunde an seiner Stirn. Ich konnte den Blick nicht davon lösen. Tibor. Die gemeinsam verbrachten Stunden im Nationalmuseum. Die langen Gespräche. Was war geschehen? Wie hatte meine Welt sich nur derart verändern können? Wäre es ein Fehler, ihn zu umarmen? Der Drang, ihm nahe zu sein, wurde übermächtig. Ich wollte ihn spüren, ihn trösten, ihn zärtlich in meine Arme nehmen und ihm meine Gefühle gestehen. Der vernünftige Teil meines Bewusstseins registrierte jeden der Schritte, mit denen ich auf den treuen Freund zutrat.

Dann veränderte sich Tibors Gesichtsausdruck. Ich berührte ihn sanft mit dem Finger an der Stirn und registrierte die Angst in seinen Augen. *Ich* war es, die diese Angst auslöste. Der Schwindel wurde stärker. Ich hatte das Gefühl zu fallen. Ich umarmte Tibor, und der Geruch seiner Haut vermischte sich mit dem süßen Opium. Mein Herz begann zu rasen. Als ich die Schnittwunde an seinem

Kopf zu wittern begann, wurde mir bewusst, dass er sich gegen die Umarmung wehrte. Es kostete mich keine Mühe, ihn zu bändigen. Ich drückte Tibor gegen die kalte Steinwand und zerfetzte ihm mit einem einzigen Biss die Halsschlagader. Ganz fest presste ich mein Gesicht gegen den Körper des Freundes und begann gierig zu trinken. Unser beider Körper sanken in dieser innigen Umarmung zu Boden, und ich labte mich an dem dunklen Blut, das warm meine Lippen benetzte.

Als es vorbei war, kniete ich neben dem Leichnam des Freundes in einer blutigen Lache und begann hemmungslos zu weinen. Ich torkelte aus dem Zelt und sank draußen auf der Lichtung zu Boden. Dann schrie ich meinen Abscheu und schier unerträglichen Kummer in die anbrechende Nacht. Es war, als könnte ich gar nicht mehr aufhören zu schreien.

Dann plötzlich hielt mich jemand fest.

»Eliza!«, hörte ich die energische Stimme meines Bruders.

»Weißt du, was ich bin?«, schrie ich ihn an.

Fast flüsternd sagte er: »Wir wissen alle, *was* wir sind.« Ich bemerkte, dass auch er geweint hatte. »Der Doktor, du … ich selbst.« Er drückte mich an sich, und ich vergrub mein Gesicht an seiner Schulter. Nur festgehalten werden wollte ich. Nichts weiter spüren als den Herzschlag meines Bruders.

Von weitem hörte ich die Stimme des Doktors. »Sie sollten al-Vathek kennen lernen, Miss Holland.« Doch was immer er sonst noch sagte, es ging in einer See aus bitteren Tränen unter.

BUCH II
Spiegel

Kapitel 1

»Verschwiegene Geständnisse«

Die Welt ist gierig, und manchmal ist ein Schrei, ausgestoßen in der Stille, eine Melodie voller Irrsinn und Verzweiflung.

Doch sollte ich den Faden der Geschichte wieder dort aufnehmen, wo er zuvor fallen gelassen worden ist. Ja, zurückkehren sollte ich. Zu den Reisenden in dem luxuriösen Abteil des *Train bleu*, wie der Simplon-Orient-Express aufgrund seiner dunkelblau-gelben Lackierung seit alters her genannt wird. In jenen Zug, in dessen Innerem sich vor nur einem Tag eine Tragödie ereignet hatte, deren Spuren, das sei hier angemerkt, allesamt getilgt worden waren von den beflissenen Angestellten der *Compagnie Internationale des Wagons-Lits*. Jenen Zug, in dem sich argentinische und amerikanische Geschäftsleute ebenso in den Gängen trafen wie alle Arten ausländischer Dienstreisender und Diplomaten, Gildevertreter und Tunnelstreicher. Ottomanische Würdenträger in Gehrock und Fes, im Anhang verschleierte Frauen und *cafedji bachis*, die persönlichen Kaffeemeister, aber auch Speichellecker und Trittbrettfahrer, die im Schatten alt gewordener Leinwandgrößen und Rockstars reisten. Verarmte Adlige und mächtige Gangster und millionenschwere Philanthropen. Dazwischen Adepten der Black Friars und einige Soho-Punks in ihren geflickten Smokings. Eine kunterbunte Mischung von zufällig zusammengewürfelten Leuten, die es alle hinüber zum Kontinent zog.

»Sie wollten mir etwas beichten«, bemerkte Emily, kurz bevor wir in den gewaltigen Bahnhof von Saint-Lazare einfuhren, wo uns Monsieur Maspero erwarten würde.

»Beichten?«

»Nun ja, mitteilen.«

Die Sache mit McDiarmid aus Islington!

»Er misstraute Eliza Holland.« Jetzt, da Emily die Aufzeichnungen gelesen hatte, stand dieser Offenbarung wohl nichts mehr im Wege. »Deswegen habe ich es vermieden, Sie über gewisse Dinge in Kenntnis zu setzen.« Die ganze Fahrt über hatte Emily in dem Notizbuch geblättert, das ihr Eliza anvertraut hatte. Unruhig und fasziniert hatte sie die Zeilen förmlich verschlungen. War, nachdem sie den ersten Teil der Aufzeichnungen gelesen hatte, von Unruhe erfüllt durch den Zug gelaufen und hatte sich in einer Welt wiedergefunden, die einmal Eliza Hollands Welt gewesen war. Luxuriös und dennoch irgendwie verstaubt. Die Brüsseler Teppiche und das Teakholz der Wandvertäfelungen, die großen Panoramafenster und die im Jugendstil gehaltenen üppig verspielten Motive, die Wände und Decke zierten, dies alles atmete den Hauch einer vergessenen Zeit.

»Sie haben es die ganze Zeit über gewusst.«

Emily hielt noch immer das Notizbuch ihrer Freundin in den Händen. Ruhig lag es auf ihrem Schoß. Gerade so, als schliefe es.

»Sie haben es die ganze Zeit über gewusst.«

Fast schon klang es wie eine Anschuldigung.

»Dass sie eine Wiedergängerin ist?«

»Ja.«

Nicht, dass ich ihren Ärger nicht verstanden hätte.

»Ich habe es geahnt.«

Emily zog ein Gesicht.

»Aber Sie kennen sie doch schon so lange.«

»Seit Ägypten.«

Ich seufzte.

»Doch wie gut«, gab ich leise zu bedenken, »kennt man einen Menschen wirklich?« Ich erinnerte mich an den kurzen Rundgang durch das Ägyptische Museum. »Eliza Holland traf uns in Kairo, ja. Und Jahre später lief sie mir in London erneut über den Weg. Damals hatte sie die uralte Metropole bereits kennen gelernt. Sie hatte ihr Antiquitätengeschäft am Cecil Court eröffnet und lebte ihr Leben in London wie so viele andere auch.«

Emily schwieg.

Schaute nachdenklich aus dem Zugfenster, wo eine regentropfenbesprenkelte Welt vorbeizog. Wo eisige Winde erahnen ließen, dass wir uns noch in der Nähe der Atlantikküste befanden. Wo feiste Wolken tief über der kargen Erde hingen und den Anschein erweckten, als durchquerten wir eine abgrundtiefe Traurigkeit.

Fast schien es Emily, als sehe sie in einen Spiegel hinein. Dort draußen gab es keine fröhlichen Farben, und das Gesicht, das ihr aus dem Fensterglas entgegenstarrte, war das einer Fremden.

»Aber das ist nicht alles, nicht wahr?«

Ich nickte.

»McDiarmid warnte mich bereits vor Wochen davor,

Miss Holland uneingeschränktes Vertrauen zu schenken. Damals jedoch hielt ich das, was er mir anvertraute, für eine seiner zweifelsohne zuweilen überdrehten Verdächtigungen. Nun ja, ich muss zugeben, mich geirrt zu haben.«

Lady Mina, die erschöpft und zusammengerollt neben Emily auf dem plüschigen Polster lag, hob neugierig die Schnauze.

»Was hat er Ihnen noch gesagt?«

Emily musste an den alten Mann denken, dem sie nur wenige Male zuvor begegnet war. Ganz argwöhnisch gemustert hatte er sie. Jedes Mal. Als habe sie etwas zu verbergen. Förmlich fixiert hatte er sie wie jemanden, auf den man achten muss. Mit stechenden Augen, die denen eines Raubvogels ähnlich waren. Allzeit wach und lauernd und jederzeit bereit zuzuschlagen.

»Wann«, fragte ich Emily, »sind Sie Eliza Holland zum ersten Mal begegnet?«

Die Frage überraschte das Mädchen.

Doch gab es der Überraschungen derzeit nicht viele?

»Ich musste Besorgungen für Sie machen und einige Bücher im Havisham's abholen.«

Ich nickte und sah nach draußen.

Dachte an London und Salem House und daran, was McDiarmid damals getan hatte. Was er für *mich* getan hatte.

»Würde es Sie verwundern, zu erfahren«, begann ich vorsichtig, »dass Sie Eliza Holland bereits viel früher begegnet sind?«

Emily schaute mich an, als habe sie ein Gespenst erblickt. Ja, sie ahnte es. Konnte es mir förmlich von den Augen ablesen.

»Eliza Holland«, sprach ich es dennoch aus, »hatte Kontakt zum Waisenhaus von Rotherhithe.« Genau das war es, was McDiarmids Misstrauen geweckt hatte. »Und Sie, Emily, müssen ihr dort begegnet sein.«

Das Mädchen starrte mich an, und der Regen spiegelte sich in schmalen Rinnsalen auf ihrem Mondsteinauge, das zögerlich hinter der Strähne roten Haars hervorlugte.

»Aber das ist ...« Sie stockte.

Ich nickte nur.

»Es ist die Wahrheit.«

Lady Minas schwarze Knopfaugen waren voller Mitleid.

»Aber wie kann es denn sein«, murmelte Emily, »dass ich mich gar nicht an sie erinnern kann?«

Dabei erinnerte sie sich noch gut an alles andere. An das klapprige Schild aus morschem Holz mit der dahingekritzelten Aufschrift »Dombey & Son – Anstalt für heimatlose Kinder«, das den Eingang zu dem armseligen Kinderheim geziert hatte, das von Reverend Charles Dombey nebst seinem Sohn Charles Dombey junior geführt worden war. Ein altes Backsteinhaus war es gewesen, drüben im Hafenviertel von Rotherhithe gelegen, ein ehemaliges Lagerhaus, dessen Fassade bröckelte und das einstmals sogar, in den alten Zeiten, als Hafenmeisterhaus gedient hatte.

An so vieles konnte sich Emily noch wirklich gut erinnern. An die Gerüche im Treppenhaus und den Schlafräumen, an die modrigen Lebensmittel in der Küche, die tief im Keller des Waisenhauses untergebracht gewesen war. An die Kammer des Reverends mit all den staubigen Aktenordnern und dem von Dokumenten und losen Blättern überfüllten Schreibtisch. An die Gesichter der anderen Kinder konnte sich Emily auch noch erinnern, wenngleich viele von ihnen mit den Jahren immer undeutlicher wurden. Schmutzige Gesichter mit traurigen Augen waren es gewesen, allesamt. Zerwuschelte Haare und Münder, die nur selten ein Zittern verbergen konnten, wenn der Hausmeister Mr. Meeks seine Runden machte.

Doch ein Gesicht fehlte.

Elizas Gesicht.

»Ich kann mich ihrer nicht entsinnen«, gestand Emily.

Sosehr sie sich auch anstrengte.

Da war nur ein leerer Fleck in ihrer Erinnerung.

Ich half ihr auf die Sprünge.

»Wer hat Ihnen damals, als Sie selbst noch nicht zu lesen imstande waren, die Gutenachtgeschichten vorgelesen?«

Emily legte die Stirn in Falten.

Ihre Finger kraulten nervös das Fell der Rättin.

»Ich weiß es nicht.«

Ganz unsicher und schwach klang ihre Stimme.

Rotherhithe.

Wie seltsam schneidend dieser Name nach all den Jahren noch klang. Ja, an die alten, zerfledderten Taschenbücher, die sie selbst gelesen hatte, daran konnte sie sich noch gut erinnern. An jene kostbaren und stillen Momente zwischen dem Küchendienst und den Aufräumarbeiten im Treppenhaus. Auf ihrer Pritsche im Schlafsaal hatte sie dann gekauert und war ganz in den Welten versunken, die sich zwischen den gedruckten Zeilen aufgetan hatten, bis Miss Philbrick, die Köchin, sie mit keifender Stimme erneut zur Arbeit gerufen hatte. Geliebt hatte sie die staubigen Bücher, die einmal im Monat von einem alten Mann, der die zerlesenen Werke wohl in den städtischen Bibliotheken erstanden hatte, vorbeigebracht worden waren.

Doch was war vorher gewesen?

»Es hat jemanden gegeben, der uns aus Büchern vorgelesen hat.« Eine ferne Stimme hallte tief in dem Teil ihrer Erinnerungen, der von Nebel und Vergessen heimgesucht worden war. Eine Stimme, die Märchen erzählt hatte, die Bücher mit großen Bildern aufgeklappt und Kinderreime vorgelesen hatte, die so nett und vertraut geklungen haben mussten, dass mit einem Mal ein verzaubertes Lächeln Emilys Mund umspielte, jetzt, da sie sich zu erinnern versuchte. »Jemand ist zu uns ins Waisenhaus gekommen, um uns vorzulesen.« Sie sah mich an und ahnte bereits, was zu sagen ich im Begriff war.

»McDiarmid ist davon überzeugt«, murmelte ich, »dass Miss Holland dem Waisenhaus regelmäßige Besuche abgestattet hat.«

Die Konsequenz dessen war beunruhigend.

»Eliza Holland hat Reverend Dombey gekannt.«

Emily schluckte, antwortete fassungslos: »Das glaube ich nicht.«

Reverend Dombey war ein grausamer Mensch gewesen. Ein Gehilfe des Lichtlords zudem. Alt, dank urtümlicher Alchemie. Gelitten hatten die Kinder von Rotherhithe unter seiner Knute. Und Eliza sollte mit einem solchen Menschen zu tun gehabt haben? Emily wollte das einfach nicht glauben.

»Jemand, dessen Aussage McDiarmid Glauben schenkt, hat es bestätigt.«

»Wer?«

»Miss Philbrick.«

Die Köchin des Waisenhauses.

»Sie hat sich an Miss Holland erinnert. Und auch an ihren Bruder, Tom Holland. Beide sind regelmäßig im Waisenhaus zu Gast gewesen in einer Zeit, als Sie, Emily, keine vier Jahre alt gewesen sein müssten.« Ich machte eine kurze Pause. »Miss Holland war, laut Miss Philbricks Beteuerungen, einmal in der Woche in Rotherhithe, um den Kindern Geschichten vorzulesen.«

Konnte das sein?

Emily dachte an die Aufzeichnungen ihrer Freundin. Daran, dass Tom Holland seine kleine Schwester mit erfundenen Geschichten zu trösten versucht hatte, wenn die Trübsal der Welt ihr junges Herz ergriffen hatte. War es möglich, dass Eliza den Kindern von Rotherhithe ähnlich Gutes hatte tun wollen?

Aber das ist nicht alles, nicht wahr? Zum ersten Mal schaltete sich die Rättin in das Gespräch ein. Lady Mina, die bisher nur ein stiller Zuhörer gewesen war.

»Nein.«

Emily wurde ungeduldig.

»Nun sagen Sie schon!«

»McDiarmid teilte mir mit«, ließ ich die Katze aus dem Sack, »dass die Geschwister Holland Mylady Lilith gekannt haben.«

Das Mädchen schnappte nach Luft.

Mylady Lilith!

Niemals würde auch nur eines der Kinder die weiß geschminkte Frau mit den roten Lippen vergessen können, die von den Waisen furchtsam und hinter vorgehaltenen Kinderhänden Madame Snowhitepink genannt worden war. Hin und wieder war die boshafte Mylady im Waisenhaus aufgetaucht, hatte gegen Bezahlung eines der Kinder mit sich genommen und erst nach etlichen Stunden zurückgebracht. Nach diesen Ausflügen war keines der Kinder, weder Junge noch Mädchen, je bereit gewesen, über das Erlebte zu sprechen.

»Kinder«, hatte Madame Snowhitepink zu bemerken gepflegt, »sind eine Plage.«

Ihre hellen Katzenaugen hatten jedes der Waisenkinder eindringlich gemustert, bevor sie eines von ihnen dazu auserwählt hatte, sie zu begleiten. Jene Katzenaugen, die Emily später an der Seite des Lichtlords gesehen hatte, im tiefen Schneegestöber vor der Kathedrale von St. Pauls, als ihr klar geworden war, dass Madame Snowhitepink niemand anders war als Lilith, die Gefährtin des gefallenen Engels Lucifer. Wahre Liebe, hatte Emily damals unzusammenhängend und verwirrt gedacht, gibt es also auch unter wirklich bösen Menschen und Engeln. Doch war Madame Snowhitepink wirklich so böse gewesen, wie sie es immer gedacht hatte? Zeugten nicht die alten Geschichten davon, dass sie und Lucifer zu tiefen Empfindungen fähig gewesen waren? Dass ihnen so großes Unrecht widerfahren war, dass ihnen gar nichts anderes übrig geblieben war, als sich so zu verhalten, wie sie es nun einmal getan hatten?

Wie dem auch gewesen sein mochte.

Eliza hatte Lilith gekannt.

War im Waisenhaus gewesen.

Niemals, dachte Emily, können dies alles Zufälle sein.

»McDiarmid glaubt«, offenbarte ich ihr, »dass Eliza Holland dem Reverend und Madame Snowhitepink, wie Sie sie damals immer genannt haben, bei diversen Experimenten assistiert hat.«

Emily dachte an die Geschichte, die Aurora ihr erzählt

hatte. An die geflüsterten Geständnisse, in denen von einem Haus mit langen Treppen und dunklen Korridoren die Rede gewesen war.

»Sie sehen also, dass McDiarmid berechtigte Zweifel an Miss Hollands Loyalität uns gegenüber hegte.«

»Warum haben Sie mir nichts davon gesagt?« Ganz vorwurfsvoll sah Emily mich an.

»McDiarmid ...«

»Ja, ich weiß, er hat Sie darum gebeten. Aber das beantwortet nicht meine Frage.«

»Wir wollten nicht, dass Miss Holland uns verdächtigt, Zweifel an ihrer Redlichkeit zu haben. Wenn Sie, Emily, davon gewusst hätten, so wäre Ihr Verhalten Eliza Holland gegenüber ein anderes gewesen. Glauben Sie mir, sie hätte durchschaut, dass etwas nicht in Ordnung ist.«

»Sie haben mich benutzt!«

»Als McDiarmid mich kontaktierte«, versuchte ich ausweichend eine Erklärung, »da hatte es bereits die ersten Todesfälle in der uralten Metropole und der Stadt der Schornsteine gegeben. McDiarmid verdächtigte die Wiedergänger. Doch sind Wiedergänger Geschöpfe, die im Schatten anderer Menschen auftreten und versteckt handeln. Sie beeinflussen und intrigieren, halten sich selbst jedoch im Hintergrund.«

»Und Eliza?«

»Ist ein kleiner Teil in einem Räderwerk, das zu durchschauen uns noch nicht gelungen ist.«

»Das sollten Sie mir erklären.«

In der Tat, sagte Lady Mina.

Nun denn.

»McDiarmids Spitzel, von denen, das können Sie mir glauben, es nicht wenige gibt«, begann ich, »sind vor einigen Monaten auf die Spur eines alten Bekannten gestoßen, der vor nicht allzu langer Zeit eine Reise nach London unternommen hat. Der Graf von Saint-Germain, von dem wir annehmen, dass er ein Wiedergänger sein könnte, stieg für zwei Nächte im Savoy ab und traf sich dort mit den Geschwistern Holland zu langen Gesprächen.«

»Wissen Sie, worüber sie sprachen?«

»Fragen Sie mich nicht!«

Emily zog ein Gesicht.

»Und was sagt uns das jetzt?«

Ich zuckte die Achseln.

»Der Graf von Saint-Germain, so munkelt man, hat einst Kontakte zum Hause Mushroom gepflegt.« Genau hier schloss sich der Kreis. »Ja, Sie haben richtig gehört. Lord Mushroom und der Graf von Saint-Germain kennen einander.«

Emily versuchte ihre Gedanken zu ordnen. Alle an diesem Spiel Beteiligten schienen miteinander verknüpft zu sein. Al-Vathek, der Eliza und ihren Bruder zu einem Wiedergänger gemacht hatte, weilte in London und war verantwortlich für die Entführung von Emilys Mutter. Die Geschwister Holland hatten Beziehungen zum Waisenhaus unterhalten und mussten demnach sowohl den Reverend als auch Madame Snowhitepink, die niemand anders als Lilith gewesen war, gekannt haben. Und der Graf von Saint-Germain, den die Hollands vor gar nicht langer Zeit getroffen hatten, war mit Lord Mushroom bekannt gewesen. Alle wollten Carathis töten. Und benötigten dazu Lilith. Und um dies zu erreichen wiederum Emilys Hilfe.

Angeblich!

»Deshalb«, betonte ich und sah meine Schutzbefohlene ernst an, »konnte ich Ihnen nichts sagen. Wir alle, so glaubt McDiarmid, werden nur benutzt, damit irgendwer sein Ziel erreichen kann. Und wir müssen herausfinden, wer wirklich die Fäden zieht.«

Und, fügte Lady Mina hinzu, *welches Ziel jener Fadenzieher verfolgt.*

»Sie wollten Eliza beobachten.«

»Ich wollte abwarten.«

»Und sehen, wie sie reagiert.«

»Ja.«

»Herausfinden, weshalb sie mit mir befreundet ist?«

»Ja, vielleicht gerade das.«

Emily wusste nicht, was sie von alledem zu halten hatte.

»Nachdem wir herausgefunden hatten, dass Eliza den Grafen von Saint-Germain kannte, hielten wir es für möglich, dass sie Ihre Freundschaft gesucht haben könnte, weil dies, aus welchen Gründen auch immer, den Plänen Lord Mushrooms zugute kommen könnte.«

Aber ist Lord Mushroom nicht verschollen? Nachdenklich rümpfte Lady Mina die Schnauze.

»Ja, verschollen«, murmelte ich.

Emily dachte an den Abgrund, der sich unterhalb von Blackheath aufgetan hatte.

»Und Sie, Emily, sind immerhin eine Erbin von Manderley Manor. Auch wenn Ihnen das nicht gefällt. Und wenn Lord Mushroom noch unter den Lebenden weilt, dann wird diese Tatsache von nicht geringer Bedeutung für ihn sein.«

»Sie meinen, dass Lord Mushroom der Drahtzieher im Hintergrund sein könnte?«

»Letzten Endes ist alles möglich.«, gab ich zur Antwort.

»Aber Sie hätten mich doch einweihen können.«

»Nein«, widersprach ich ihr entschieden. »Wir wissen nur wenig über die mentalen Fähigkeiten von Wiedergängern. Aber wir sind uns sicher, dass sie die Menschen in irgendeiner Form beeinflussen können.«

Emily erinnerte sich an die Geschichte von al-Vathek und Nefer-titi und daran, wie sich al-Vathek aus dem Verlies hatte befreien können, indem er in des Wächters Bewusstsein eingedrungen war.

Wäre Eliza zu einem solchen Verhalten fähig gewesen?

Nein, das wollte Emily nicht glauben.

»Eliza mag mich«, sagte sie bestimmt.

Trotzig.

Emily dachte an Alexander Grant und die tränenschwere Fassungslosigkeit in ihrer Freundin Augen. An die Furcht, die Eliza nicht mehr hatte verstecken können an jenem Tag im Havisham's, als Emily ihrer Freundin von der Toderfahrung berichtet hatte. Die nagende Furcht vor etwas, das nach London gekommen war und ihrer aller Leben würde verändern können. Die Furcht, die nicht gespielt gewesen war. Die nicht gespielt gewesen sein konnte.

»Eliza wird ihre Gründe gehabt haben«, sagte Emily, sah mich an, ganz festen Blickes, und ließ keinen Zweifel daran, dass sie meinte, was sie gerade gesagt hatte.

»Ja«, grummelte ich, »das wird sie wohl.«

Dann schwiegen wir eine lange Zeit.

Und dieses Mal war es ein unangenehmes Schweigen.

Die arme Aurora, wo sie nun wohl war?

Irgendwo in Paris.

Das jedenfalls vermuteten wir.

Denn nachdem der menschenleere Orient-Express im Bahnhof von Elephant & Castle eingefahren war und wir nach der unheimlichen Begegnung mit Carathis umgehend nach Marylebone zurückgekehrt waren, hatte ich Professor Maspero kontaktiert, der seit Jahren schon in der Metropole an der Seine lebte und seit unseren sporadischen Treffen in Ägypten einen durchaus rege zu nennenden Briefkontakt mit Maurice Micklewhite pflegte.

»Die beiden waren dort gewesen«, hatte ich Emily und Lady Mina mitgeteilt. »Im Institut du Monde Arabe im Quartier Latin.«

Den knapp zweistündigen Aufenthalt des Zuges in Paris hatte Maurice Micklewhite dazu genutzt, seinen alten Freund aufzusuchen und ihm bei Gebäck und Kaffee von den Neuigkeiten zu berichten, die ihn bis ins ferne Konstantinopel und zurück getrieben und ihn und seine Begleiterin letzten Endes bei seinem Bruder im Geiste, wie er Maspero stets zu bezeichnen pflegte, hatten stranden lassen.

»Nach dem Kurzbesuch sind die beiden dann zum Bahnhof zurückgekehrt, um die Heimreise anzutreten.«

Auf meine Bitte hin hatte sich Maspero mit den Behörden des Gare Saint-Lazare in Verbindung gesetzt, die bestätigten, dass Monsieur Micklewhite und Mademoiselle Fitzrovia den Orient-Express bestiegen hatten. Der Abteilschaffner, so die Verwaltung der CIWL, habe das für die beiden reservierte Abteil jedoch bereits kurz nach der Abfahrt verlassen vorgefunden.

»Also haben sie die Heimreise letzten Endes gar nicht angetreten.«

»Und das würde bedeuten …«

»Dass sie immer noch in Paris sind.«

Womöglich hatte der Elf eine Spur entdeckt, der zu folgen er für lohnenswert erachtet hatte.

Was, und das war das Besorgnis Erregende gewesen, aber nicht erklärte, weshalb uns keiner der beiden eine Nachricht hatte zukommen lassen.

Was immer aber geschehen war, würde sich uns nur vor Ort erschließen. Und deswegen hatten wir uns unverzüglich auf den Weg in die Seine-Metropole gemacht. Deswegen und weil Eliza Holland uns dazu geraten hatte, nach Paris zu gehen. Dort, so dachten wir, würden die Fäden zusammenlaufen.

So saßen wir im Orient-Express, der sich durch die verregnete Picardie der alten illuminierten Stadt Paris näherte, und hofften, die Antworten auf die meisten der Fragen, die uns bestürmten, eben dort zu finden. Am Ziel unserer Reise.

Letzten Endes jedoch kam alles anders als erwartet.

Die Hölle war der Ort, den wir finden würden. Und Emily Laing, die ahnungslos und unschuldig war, sollte ihr Herz verlieren.

Kapitel 2

La Cité lumière

Emily Laing sah sich um. Laternen schaukelten im Wind und tauchten die Gassen mit dem Kopfsteinpflaster in mattes Licht. Musik erscholl aus den Gasthäusern und Restaurants, Cafés und Bars, die voller Menschen waren, die sich lautstark zu amüsieren schienen. Ein Studentenviertel war dies, am Südufer der Seine gelegen.

»Wie gefällt Ihnen Paris?«

Die berühmte Stadt.

Londons Schwester sozusagen.

Die Stadt der Liebe.

Und des Lichts.

Vor wenigen Minuten waren wir dem Taxi entstiegen, das uns bis ins Quartier Latin gebracht hatte. Und nun waren wir auf dem Weg zum Institut du Monde Arabe.

»Fragen Sie besser nicht.«

Dieses Kind!

»Ich tu's aber doch.«

»Es regnet«, sagte Emily nur. »Und es ist dunkel.«

Den Kragen des Mantels hatte sie hochgeschlagen, als wolle sie ihr Gesicht am liebsten ganz dahinter verbergen.

Als wolle sie unsichtbar sein für die Menschen, die sie umgaben.

»Ich wäre jetzt gern in London.«

Was immerhin eine ehrliche Antwort war.

Denn Emily Laing, die noch niemals in ihrem jungen Leben die Stadt der Schornsteine verlassen hatte, fand sich mit einem Mal in den Straßen einer Stadt wieder, die gar nicht so anders zu sein schein als die Metropole, in der sie aufgewachsen war und die sie ihre Heimat nannte, die ihr aber doch zu fremdartig und abweisend erschien, als dass sie sich hier gut aufgehoben gefühlt hätte.

Ja, nach Paris gekommen zu sein, hatte Emily bereits mit dem ersten Schritt, den sie aus dem Orient-Express hinaus getan hatte, bereut.

»Ich heiße Sie willkommen«, hatte uns ein dunkelhäutiger, gut gekleideter Mann unbestimmten Alters am Gare Saint-Lazare begrüßt. »Professor Maspero erwartet Sie bereits im Institut.« Dann hatte er höflich den Kopf geneigt. »Ach ja, ich vergaß mich vorzustellen, was Sie entschuldigen mögen. Mein Name ist Ahmed Gurgar.« Er hatte mir wissend zugenickt. »Wir sind uns einmal in Karnak begegnet, glaube ich. Als Sie Castle Carter besucht haben.«

»Das ist lange her«, hatte ich zur Antwort gegeben. Und mich leicht verbeugt, wie es damals in Karnak Sitte gewesen war.

Emily hatte es kaum glauben können.

Sie hatte von diesem Mann gelesen.

In Eliza Hollands Aufzeichnungen, die hinten in ihrem Rucksack schlummerten und darauf warteten, zu Ende gelesen zu werden. Fast war ihr gewesen, als sei sie einer Figur aus einem Roman über den Weg gelaufen, doch hatte sie sich ins Gedächtnis zurückgerufen, dass die Dinge, von denen Eliza berichtet hatte, wirklich geschehen waren. Und dieser Mann vor ihr war ihrer Freundin bereits damals begegnet.

In Luxor.

Wo er die Geschwister Holland in Empfang genommen hatte.

»Sie sind Ahmed Gurgar?«

Der Ägypter hatte meine Begleiterin neugierig gemustert und noch breiter gelächelt. »Schon immer gewesen, Mademoiselle Laing.«

»Der Rais von Howard Carter?«

»Ja, möge er in Frieden ruhen.«

»Er ist tot?«

»Natürlich«, hatte er geantwortet. »Lange schon.«

»Und Sie?«

»Ich kam noch vor dem zweiten großen Krieg nach Paris. Folgte einfach nur dem Professor, der die Arbeit, die abzubrechen er in Ägypten gezwungen worden war, hier fortzusetzen gedachte.« Ein Lächeln hatte seine schiefen Zähne entblößt. »Darf ich fragen, was Sie beide nach Paris geführt hat?«

»Reichtum und Ruhm,« hatte Emily spontan geantwortet.

»Ja«, hatte ich zugestimmt, »was sonst?«

Ahmed Gurgar, der sich wohl nicht mehr an Eliza Holland erinnerte, hatte dies still zur Kenntnis genommen und uns sodann durch den Bahnhof geführt, der ein Gewimmel von Menschen gewesen war, wahrlich ein Schmelztiegel der Nationen.

So exotisch hatte der Gare Saint-Lazare gewirkt, dass es Emily schwer gefallen war, zu glauben, dass sie sich durch die Seine-Metropole bewegte.

»Wir befinden uns in der Cité«, hatte der Rais erklärt.

Was, wie Emily angenommen hatte, die uralte Metropole von Paris sein musste. Die Stadt unter der Stadt, die ungeahnte Geheimnisse und Gefahren bergen mochte, wie die uralte Metropole von London es tat. Hier, hatte Emily beiläufig gedacht, sollten wir in die Hölle hinabsteigen. Hier, so hatte sie inständig gehofft, würden wir Maurice Micklewhite und Aurora Fitzrovia finden.

Ahmed Gurgar, der vorangegangen war, hatte uns erklärt: »Der eigentliche Gare Saint-Lazare befindet sich etwa hundert Meter über unseren Köpfen.«

Ein verzerrtes Spiegelbild des berühmten Bahnhofs, den Monet in seinem Gemälde verewigt hat – das war der unterirdische Gare Saint-Lazare, den der Simplon-Orient-Express seit Jahren anfuhr. Massive Stahlkonstruktionen ragten aus den weißen Wänden der Kaverne heraus, die durch den Abbau von Kalkstein- und Gipsvorkommen entstanden war. Das Bauwerk, das hier unten erschaffen worden war, konnte nur als eine Mischung aus muslimischer und europäischer Architektur angesehen werden. Überall an den Wänden der Kaverne befanden sich *moucharabieh*, von Gitterwerk umschlossene Balkone, wie sie häufig an afrikanischen Häusern anzutreffen sind. Daneben gab es große Fenster, die im Jugendstil gehalten waren und auf den ersten Blick gar nicht zu den afrikanischen Elementen zu passen schienen.

Auf den langen Bahnsteigen gab es kleine Couscous-Buden, Falafel-Stände und Chawarma-Restaurants. Männer saßen in den kabylischen Kaffeehäusern, die die Eingänge zum Bahnhof säumten, und beobachteten mit teilnahmslosen Gesichtern die Reisenden, die zu den Aufzügen und Rolltreppen eilten, die sie aus der Cité hinauf ins wirkliche Paris führten. Marabouts, denen übernatürliche Kräfte zugeschrieben werden, warben um Kundschaft.

Die Brigadier-Postiers, die emsig die schweren Gepäckstücke der vornehmen Reisenden entgegennahmen, wirkten, wenngleich sie sich schnell und geschmeidig bewegten, irgendwie leblos. Glänzend polierte Schuhe, die unter den bügelfalteneleganten dunklen Hosen hervorlugten, darüber ein weißes Jacket, ein eben solches Hemd mit Krawatte und die Mütze mit dem Emblem der CIWL. Geradeso, als sei die Belle Époque niemals zu Ende gegangen. Doch die hölzernen Masken, hinter denen sich die Gesichter vollständig verbargen, wirkten seltsam unpassend. Kunstvolle Muster waren in das dunkle Holz der Masken geschnitzt, und in der Dunkelheit der Augenschlitze schienen seltsame Geheimnisse zu schlummern.

»Es sind Lazarus-Menschen.«

Emily hatte Ahmed Gurgar fragend angesehen.

Mit bis zum Kinn zugeknöpftem Mantel war sie neben uns hergegangen und hatte die Eindrücke der uralten Stadt in sich aufgenommen. Lady Mina hatte auf Emilys Schulter gehockt und ihren Schwanz um den Hals des Mädchens geringelt.

Jetzt sind wir in der Fremde, hatte die Rättin geflüstert.

Und genau das war es, was Emily gefühlt hatte.

Sie war in der Fremde.

Als Fremde.

Ein undurchdringliches Sprachengewirr hatte sie umgeben, in dem nur wenige Worte französischen Ursprungs schienen, und die Holzmasken der seltsamen Gestalten hatten sie an den Grund unserer Reise erinnert. An die Hölle und die Totenmaske der Lilith.

Vorsichtig hatte Emily die Lazarus-Menschen beäugt, die schlichtweg überall zu sehen gewesen waren: auf den Bahnsteigen und den Balkonen und in den Fahrkartenhäuschen.

»Warum nennt man sie so?«

»Weil sie tot gewesen sind.«

Emily hatte mir einen Blick zugeworfen, der unschwer zu deuten gewesen war. Dies war keine Antwort gewesen, mit der sie gerechnet hatte.

»Und jetzt wieder leben?«, hatte ich gefragt.

Ahmed Gurgar hatte genickt.

Und Lady Mina hatte die Schnauze gerümpft.

Sie riechen aber alles andere als lebendig.

Ahmed Gurgar, der keine Ratten verstand, hatte dem Tier, das für seine ungeübten Ohren nichts als piepsende Laute von sich gegeben hatte, nur einen befremdeten Blick zugeworfen, sich aber nicht weiter zu der auf der Schulter des Mädchens sitzenden Rättin geäußert.

»Saint Lazare vermietet die Leichname der umliegenden Friedhöfe und sogar einige aus den Katakomben an die CIWL«, hatte er uns geduldig erklärt. »Natürlich im Einverständnis mit den Angehörigen der Verstorbenen.«

Emily hatte sich an die Geschichte erinnert, die sie während einer der sonntäglichen Gottesdienste im Waisenhaus gehört hatte. Mit feuriger Leidenschaft hatte der Reverend von einem Mann namens Lazarus berichtet, dessen Tod von seinen Angehörigen beklagt worden war und dem vom guten Menschenfischer neues Leben eingehaucht worden war und der fortan wieder durch die Gassen seines Dorfes hatte wandeln dürfen.

»Lazarus ist schon vor langer Zeit nach Paris gekommen«, hatte Ahmed Gurgar erläutert, was er selbst nur aus Büchern wissen konnte, »und hat das, was er damals am eigenen Leib erfahren hatte, zu seiner Berufung gemacht.«

»Er umgeht den Tod und erschafft neues Leben?«

»Nein«, hatte mich unser Begleiter verbessert. »Er nimmt den Tod aus dem Körper. Entfernt ihn, bis nurmehr Leben übrig bleibt.«

»Ist das nicht das Gleiche?«

»Nein, ist es nicht, Mademoiselle.«

Emily hatte kurz über diese Bemerkung nachgedacht.

Geschaudert.

»Darf er das?«

Dieses Kind!

»Würde er es sonst tun?«

»Er begibt sich einfach auf die Friedhöfe und nimmt die Leichen mit?« Emily hatte dies nicht als redliches Verhalten empfunden.

»Die Angehörigen der Toten überlassen ihm gegen ein gewisses Entgelt die Leichname ihrer lieben Verstorbenen, und Lazarus setzt in ihnen dann erneut Leben frei.« Die dunklen Augen des Ägypters hatten überaus ernst gewirkt. »Leben bedeutet aber nicht Bewusstsein.«

»Sie meinen, die Leichname wissen nicht mehr, wer sie einst gewesen sind?«

»Sie werden zu Lazarus-Menschen, sobald sie die Masken tragen. Und sie leben, wie es die meisten Menschen tun. Ohne Bewusstsein dessen, was eigentlich das Leben ausmacht. Sie gehen ihrer Arbeit nach und tun das, was man ihnen aufträgt. Sie essen, weil das Fleisch Nahrung braucht, und trinken, wenn der Durst sie plagt. Doch, sagen Sie mir, ist dies wirklich Leben zu nennen? Sie sind eben einfach nur da und erfüllen ihre Aufgabe.«

Ob es wirklich so einfach war?

»Wie macht er das?«

»Sie zum Leben erwecken?«

»Ja.«

»Es hat etwas mit den Inschriften auf den Holzmasken zu tun«, hatte Ahmed Gurgar zu erklären versucht, »doch welche Bedeutung diesen Symbolen genau zukommt, kann keiner sagen. Niemand außer dem heiligen Lazarus persönlich kennt das Geheimnis.«

»Und er selbst hüllt sich in Schweigen?«

»Natürlich, immerhin ist dies das Geschäft, mit dem er sein Geld verdient. Und wäre es nicht ziemlich unklug, das Geheimnis seines Geschäfts zu verraten?«

Ein Aspekt, über den man hätte streiten können.

Nun denn.

Da wir mit wenig Gepäck reisten, hatten wir die Dienste der Lazarus-Menschen nicht in Anspruch nehmen müssen, was uns beiden nur allzu recht gewesen war. Emily, das war unschwer zu erkennen gewesen, hatte sich vor den seltsamen Menschen mit den Holzmasken gefürchtet.

»Einige von ihnen«, hatte Emily mir angewidert zugeflüstert, »riechen nicht gerade gut.« Was noch höchst zurückhaltend ausgedrückt war.

Ahmed Gurgar, dem der Kommentar nicht entgangen war, hatte bereitwillig erklärt: »Der Zerfall kann von Lazarus nur aufgehalten, nicht aber verhindert werden, was zwangsläufig dazu führt, dass es, nun, sagen wir: Funktionsstörungen geben kann, nach einiger Zeit des … Gebrauchs. Die betreffende Personen müssen dann ausgetauscht werden.«

Emily hatte schlucken müssen. »Sie meinen, die Lazarus-Menschen zerfallen langsam, während sie hier unten arbeiten?« Für den Ägypter schien dies alles ganz normal zu sein.

»Ja, deshalb tragen sie auch die Masken. Denn wenn Fäulnis und Verwesung Besitz von den Gesichtern ergreifen, sind diese letzten Endes kein besonders schöner Anblick mehr, und die CIWL will schließlich keine Kunden verlieren.«

»Dies alles«, hatte ich es freundlich zu umschreiben versucht, »ist sehr befremdlich für uns.«

Emily war wohl gleicher Meinung gewesen, denn sie war ganz dicht an mich herangetreten, und fast schon hatte ich befürchtet, sie wolle an die Hand genommen werden.

»Es ist, wie es ist«, hatte Ahmed Gurgar lapidar festgestellt. »Der gesamte Bahnhof wird ausschließlich von Lazarus-Menschen betrieben. Die CIWL hat ihren Profit vervielfachen können, seit sie die Personalstruktur mithilfe von Lazarus umgestellt hat.«

Nun denn.

Andere Länder, andere Sitten.

Im Endeffekt waren wir jedenfalls froh gewesen, den seltsamen Bahnhof verlassen zu können. Ein Aufzug hatte uns hinauf zur Rue de Londres gebracht, wo Ahmed Gurgar ein Taxi herbeigewinkt hatte, in das wir bereitwillig eingestiegen waren und uns zum anderen Seine-Ufer hatten bringen lassen. Der Taxifahrer, ein redseliger Mensch mit bretonischem Akzent, hatte unverdrossen auf uns eingeplappert, was die Fahrt nicht unbedingt angenehmer gestaltet hatte.

Emily indes hatte aus dem Fenster auf die fremde Stadt geschaut, die Boulevards und Avenuen und Rues in der von Laternen und Neonlichtern erhellten Dunkelheit vorbeiziehen lassen und schließlich die Augen geschlossen und zum ersten Mal seit unserer Ankunft in Paris ihre Gedanken auf die Reise geschickt und nach den Gefühlen des Mädchens gesucht, das ihr so vertraut war und von dem sie glaubte, es hier finden zu können. Doch nirgends hatten sich Spuren von Aurora Fitzrovia gefunden. Enttäuscht hatte sie wieder die Augen geöffnet und erkennen müssen, dass wir am Ziel der Fahrt angekommen waren.

Im Quartier Latin.

Ein eisiger Regen schlug ihr nun ins Gesicht, als sie vor dem Institut du Monde Arabe stand, dessen Fassade aus tausenden von Aluminiumblenden besteht, die sich am Tage je nach Sonnenintensität zu erweitern oder zu verkleinern vermögen. Ahmed Gurgar, der den Taxifahrer entlohnt hatte, stand bereits weiter oben auf der Treppe am Eingang des modernen Gebäudes, als ein Fegefeuer aus dem nassen Kopfsteinpflaster schlug und in unsere Richtung züngelte.

»Wittgenstein!«

Aufgeregt deutete Emily in Richtung der Flammen.

»Ich habe es gesehen.«

Es war eine Feuersäule, die an die vier Meter messen mochte und, wie es aussah, einfach so aus dem Boden gewachsen war.

Ahmed Gurgar stand wie angewurzelt da.

Lady Mina fiepte ängstlich.

»Was ist das?«

»Ein Fegefeuer.«

Ich hatte von solchen Erscheinungen gelesen.

Doch nimmer hätte ich geglaubt, jemals eines zu Gesicht zu bekommen, zumal die Existenz solcher Phänomene als höchst zweifelhaft angesehen wurde. McDiarmid hatte dereinst von Fegefeuern zu berichten gewusst, die in der lybischen Wüste gesichtet worden seien. Doch war dies bereits Jahrhunderte her gewesen.

»Was tut es?«, wollte Emily wissen.

Gute Frage.

Es brannte.

Loderte.

Da, mitten auf der Straße.

Dann bewegte es sich mit einem Mal auf uns zu. Dort, wo es den Boden berührte, barsten die Steine. Wo es parkende Autos streifte, schmolz Metall in Sekundenschnelle. Es knisterte und knackte, und je näher es kam, umso deutlicher stach einem der beißende Geruch nach Schwefel in die Nase.

»Was sollen wir jetzt tun?« Emily war neben mich getreten.

»Fragen Sie lieber nicht«, grummelte ich ratlos und stellte mich zwischen das Mädchen und das Fegefeuer, was mir in Anbetracht der Situation die beste Handlungsmöglichkeit zu sein schien.

Ahmed Gurgar, der oben an der Treppe stand, hatte die Augen geschlossen und murmelte etwas. Er wirkte gelassen und, das war das Absonderliche an der ganzen Sache, in keiner Weise beunruhigt.

Emily zupfte an meinem Mantel.

Etwas stimmte hier ganz und gar nicht.

»Ich versuche es aufzuhalten«, murmelte ich. Hoffend, dass dies die richtige Entscheidung war. »Doch wenn das, was ich vorhabe, misslingt, dann ...« Eindringlich sah ich Emily samt Rättin von der Seite an. »Warten Sie nicht auf mich.« Mittlerweile hatte auch Emily bemerkt, dass sich

Ahmed Gurgar seltsam verhielt. »Laufen Sie fort, so schnell es geht.« Verzweiflung wurde in des Mädchens Blick geboren, in eben diesem Moment, durch eben diese Worte. Denn sie hatte nicht die geringste Ahnung, wohin sie laufen sollte. In einer fremden Stadt befand sie sich. In einem Land, dessen Sprache sie nicht einmal beherrschte. »Trauen Sie niemandem, und meiden Sie Maspero und diesen Ahmed Gurgar.«

»Werden Sie mich suchen?«

Das Fegefeuer kam viel zu schnell auf uns zu.

Eine stinkende Hitze schlug mir ins Gesicht.

»Wir werden uns wiedersehen«, versprach ich ihr, »was auch immer geschieht.« Ich konzentrierte mich und ließ die Energie in die Hände strömen, formte einen Wirbel wie den, der uns vor dem verrückten Arachniden unten in Goldhawk geschützt hatte, und warf diesen Wirbel dem Fegefeuer entgegen. Ich spürte, wie die Hitze meine Finger berührte, wie der Wirbel, den ich entfacht hatte, allmählich von dem Fegefeuer geschluckt wurde. »Emily, ich werde Sie finden«, keuchte ich mühsam. »Und jetzt laufen Sie!« Die letzten Worte schrie ich laut. Verzweifelt.

Ahmed Gurgar lächelte wissend.

Ich sah Emily Laing hinterher, wie sie in die Dunkelheit der fremden Stadt rannte. Fast war mir, als hörte ich ihre Schritte auf dem Kopfsteinpflaster.

Dann erstarb der Wirbel, und das knisternde Fegefeuer kam über mich. Lodernd und gierig wie hungriger Schwefel fiel es mich an, und die Pforten der Hölle öffneten sich, um mich willkommen zu heißen.

Kapitel 3

Aurora

Die Bilder kamen und gingen, wie sie es seit Tagen bereits taten, in Fetzen, Bruchstücken, Schnappschüssen. Fotografien mit zerfransten Rändern waren sie, unzusammenhängend und bedrohlich, als wehe sie ein lautloser Sturm durch das Bewusstsein. Schwarz-weiße Menschen tummelten sich in den Bildern, schmutzige Kinder mit sorgenvollen Gesichtern und Spiegelscherbenaugen. Insektenhafte Wesen von riesiger Statur bevölkerten eine Höhle, die ein Eispalast gewesen war und nun nicht mehr war. Blitzlichtartige Eindrücke von etwas, das einmal ein Leben gewesen war. Ja, daran erinnerte sich Aurora Fitzrovia. Ihr eigenes Leben war das gewesen.

Und?

Stimmen!

Ja, auch Stimmen waren zu hören.

In ihrem Kopf.

Wo sonst?

Mit geschlossenen Augen hörte sie die Stimmen wispern. Nur in der tiefen Dunkelheit sprachen sie zu ihr, und dann, wenn sie die Augen öffnete, war sie wieder in dem kargen Zimmer, wo die rostige Heizung klapperte und der

Putz von der Decke und den Wänden bröckelte und die Schreie vom Korridor her hallten, dem geheimnisvollen Korridor, der irgendwo jenseits des hellen Neonlichts war, dem sie nicht zu entrinnen vermochte, weil sie sich nicht mehr bewegen konnte, weil man sie an einem der Krankenbetten festgeschnallt, Hand- und Fußgelenke in Gummischlingen gesteckt hatte, als sei sie tobsüchtig und eine Gefahr für die Ärzteschaft.

Ganz schwach fühlte sie sich.

Allein.

Leblos.

Wie tot.

Doch das war sie nicht.

Nein, nicht tot.

Denn sie atmete.

Träumte.

Oh ja, und wie sie träumte.

Schlimme Dinge, die einmal geschehen waren und die sie noch schmecken konnte. Dinge, die nur so taten, als seien sie ein Traum. Ein Traum in einem Traum in einem Traum, der immer wiederkehrte und sie erwachen ließ. Und wenn sie glaubte, der Traum sei endlich vorbei, dann fand sie sich in dem kargen Raum voller seltsamer Gerätschaften wieder, in dem sie nun schon so lange war, dass sie die einzelnen Ritzen und Rillen in den Wänden voneinander zu unterscheiden vermochte.

Tage, Wochen, Monate?

Sie atmete.

Noch.

Immerhin.

Trotz der Medikamente, die man ihr gab.

Die *er* ihr gab.

Daran merkte sie, wie die Zeit verging.

Dass die Zeit verging.

An den Tabletten, die man sie einzunehmen zwang.

Die Nadeln der Spritzen waren die mahnenden Zeiger ihrer ganz persönlichen Uhr geworden, die einen Takt schlug, so kreischend und unwirklich, dass sie manchmal hoffte, es sei doch nur ein Traum.

»Mein armes Kind«, hörte sie die Stimme, die süße Worte säuselte, während die schlanken Finger die Kanülen unter ihre Haut stachen und etwas durch sie hindurchfließen ließen. Etwas, das sie mit Ruhe erfüllte. Etwas, das wohltuend war. Etwas, das sie träumen ließ.

»Ich bin nicht verrückt«, flüsterte Aurora benommen, und es kam ihr vor, als habe sie diese Worte schon unzählige Male vorher wiederholt. In eben diesem Raum. In Gegenwart eben jener Person, die neben dem alten Bett mit dem Stahlrahmen und der muffigen Matratze stand und die medizinischen Daten der Patientin, die sie selbst war, studierte.

Und Aurora tat, was sie immer tat.

Sie weinte.

Nicht, dass sie das gewollt hätte.

Nein!

Doch konnte sie die Tränen einfach nicht mehr zurückhalten. Sie sprudelten so wild aus ihr hervor, als sei ein unerschöpfliches Reservoir an Traurigkeit ganz tief in ihr drinnen zu finden. Eine Quelle, die nicht versiegen würde, solange sie in diesem Raum gefangen war.

»Wissen Sie, wer Sie sind?«

Und Aurora fragte sich, wann die Stimme ihr die Frage zum ersten Mal gestellt hatte.

Gestern?

Vor Jahren?

Gerade eben?

»Ich bin Aurora Fitzrovia«, flüsterte sie.

Ganz trocken war ihr der Hals.

»Sind Sie Sich sicher, dass dies Ihr wahrer Name ist?«

Sie nickte.

»Vielleicht aber«, säuselte die Stimme, »existieren Sie gar nicht. Ist Ihnen jemals dieser Gedanke gekommen? Dass Sie nur eines anderen Menschen Fantasie entsprungen sein könnten? Was, mein Kind, würde dies bedeuten? Wie, kleines Mädchen, würde der Geist auf eine Nachricht reagieren, die so seltsam und fatalistisch wäre, dass sie das ganze Weltbild, das sich ein Waisenkind geschaffen hat, zu Fall bringen würde? Was wäre, wenn diejenige, die Sie geschaffen hat, sich als Ihr wahres Selbst entpuppen würde?«

»Wer sind Sie?«

Er lachte laut, gönnerhaft.

»Ich bin«, flüsterte er, »der Meister der Nacht.«

Langsam sprach er.

Bedächtig.

Mit der Stimme eines Verführers.

»Ah, und jetzt, Miss Fitzrovia, jetzt denken Sie darüber nach, woher Sie mich wohl kennen.«

Ganz trocken wurde Auroras Mund, als ihr die Erkenntnis kam. Ganz brüchig die Lippen, als sie seinen Namen flüsterte: »Dr. Dariusz?« Noch war es eine Frage, doch eigentlich kannte sie die Antwort bereits.

Er klatschte in die Hände.

Mit einem Mal wurde der kalte Raum von noch gleißenderem Licht geflutet, als neue Neonröhren an der Decke aufflammten.

Aurora blinzelte.

Sah den Mann, der neben ihrem Bett stand.

Dr. Dariusz.

Sie sah die Finger mit den Ringen, die das penibel gestutzte Kinnbärtchen kraulten. Eine runde spiegelnde Sonnenbrille. Haar, das ihm feuerrot und zu einem Zopf gebunden bis über die Schultern fiel. Einen langen hochgeschlossenen Kittel, der so steril war wie das Lächeln, das die schmalen Lippen umgab.

»Dies hier«, sagte Dr. Dariusz, »ist nun Ihr Zuhause, mein Kind.« Und sein Gesicht verwandelte sich in eine Ausgeburt der Besorgnis. »Denn Sie sind krank. Ganz ernsthaft, man muss Ihnen helfen. Erinnern Sie sich an Ihre Freundin, an Emily Laing? An Ihr Zuhause in Hampstead Heath? An die Whitehall Schule?«

Aurora schluckte.

Konnte den Blick nicht von dem Mann abwenden, der ihr bereits in Moorgate bekannt vorgekommen war. Dem sie, da war sie sich sicher, schon einmal in ihrem Leben begegnet war.

Vor langer Zeit.

Damals ...

»Das alles«, stellte Dr. Dariusz traurig fest, »ist nichts als ein Hirngespinst.« Ganz nah kam sein Gesicht dem ihren. So nah, dass Aurora ihr eigenes Gesicht in den Spiegeln seiner Brille zu erkennen vermochte. »Ihr Geist«, fuhr der Psychiater fort und berührte sanft des Mädchens Schläfe mit dem Finger, »hat sich eine Welt erschaffen, die so fantastisch anmutet, dass es mich erstaunt, eine Wahnvorstellung dieser Qualität in einem so jungen Gemüt gefunden zu haben. Nein, Miss Fitzrovia. Ihre Eltern, die sich um Sie sorgen, haben Sie zu mir gebracht.«

Eltern?

Aurora atmete schwer.

»Ich bin ein Waisenmädchen«, sagte sie.

»Das Waisenhaus«, bedauerte Dr. Dariusz, »ist nurmehr ein Teil der Welt, die Sie während der vergangenen Monate geschaffen haben. Und, ja, es tut mir aufrichtig Leid, Ihnen mitteilen zu müssen, dass es einen solchen Ort wie Rotherhithe niemals gegeben hat. Immer schon haben Sie eifrig Bücher gelesen, das teilten mir Ihre Eltern mit. Viktorianische Literatur, die von Waisenmädchen und -knaben zu berichten wusste, die alle auf der Suche nach einem Platz im Leben waren. Diese Geschichten wurden zu einem Teil Ihrer Realität, als sich das Unglück ereignet hat.«

Aurora spürte den Schwindel hinter ihren Augen.

»Was erzählen Sie mir da?«

Die sanfte Stimme begann sie einzulullen.

»Die Wahrheit.«

Dr. Dariusz zog die Brille beiseite, wie er es schon in Moorgate getan hatte, und entblößte Augen mit einer sehr hellen blauen Iris.

Raubtieraugen.

»Sie sind seit einigen Monaten von dem Gedanken besessen«, erklärte er ihr mit ruhiger Stimme, die Glaubwürdigkeit und Kompetenz verhieß, »dass Sie in einem Waisenhaus in Rotherhithe aufgewachsen sind. In der Welt, die Sie erschaffen haben, gibt es ein Mädchen, das Sie Emily nennen, und einen Jungen namens Neil, dem Sie einst Ihr Herz geschenkt haben. Es gibt dort eine Stadt unter der Stadt in London, die Sie in Begleitung Ihrer erdachten Gefährten besucht haben.« Er seufzte. »Dies alles, Miss Fitzrovia, ist leider nur eine Illusion. Es ist das

Produkt Ihrer Fantasie, die Ihnen mehr zu schaffen macht, als Sie wahrhaben möchten, und die Ihre armen Eltern zur Verzweiflung getrieben hat.«

»Das ist nicht wahr.«

Aurora kannte ihre Eltern nicht.

Und ihre Pflegeeltern, die Quilps, waren in London.

»Ich weiß, dass ich Aurora Fitzrovia bin.«

Dr. Dariusz hob eine Augenbraue.

Wurde ernst.

»Schauen Sie mich an.«

Die Raubtieraugen waren nahezu hypnotisch.

»Ihr richtiger Name«, flüsterte Dr. Dariusz, »lautet Mia Manderley. Und Ihre Eltern werden alles tun, damit Sie endlich geheilt werden. Der Junge, in den Sie verliebt waren, hat auf den Namen Richard Swiveller gehört. Er ist bei einem Fährunglück auf der Themse ertrunken. Und Sie, junge Dame, haben sich in die Fluten gestürzt, um ihm nahe sein zu können. Als man Sie dann aus dem eisigen Fluss gezogen hat, waren sie nicht länger Mia Manderley, sondern Aurora Fitzrovia.«

Aurora spürte, wie etwas durch ihre Adern floss.

Nein, das war alles falsch.

Alles.

»Ich werde Ihnen helfen, mein Kind.«

»Warum sagen Sie Aurora zu mir, wenn ich doch jemand anders bin?«

»Möchten Sie denn, dass ich Sie mit Ihrem richtigen Namen anspreche?«

»Warum Aurora, wenn ich doch Mia bin?«

Er kam ihr ganz nah.

Küsste sie auf die Stirn.

Wie ein Vater, der seine Tochter zu Bett bringt.

»Schlafen Sie, Kind.« Er klatschte in die Hände, und die Neonröhren an der Decke erloschen mit einem Mal. »Mögen Sie süße Träume haben.« Aurora hörte, wie sich die Schritte, die laut und klackend auf dem kalten Steinboden hallten, entfernten.

Doch da war noch jemand im Raum. Eine schattenhafte Gestalt, die am Fenster stand und die Szene beobachtet hatte. Die den verklingenden Geräuschen von Dr. Dariusz' Schritten folgte.

Dann war sie wieder allein.

Mit dem Blubbern der Heizung.

Ihren Gedanken.

Sie wusste, wer sie war. Ja, sie war Aurora Fitzrovia.

Nicht Mia Manderley.

Und sie hatte Little Neil Trent geliebt, den Jungen aus dem alten Raritätenladen, der zur See gefahren und dessen Schiff, so hatte es ihr Emily damals mitgeteilt, vor San Cristòbal gesunken war. Neil Trent, das war sein Name gewesen.

Nicht Richard Swiveller.

Die Dinge, an die sie sich erinnerte, waren noch klar und deutlich, bis das, was man ihr gegeben hatte, zu wirken begann.

Die Bilder kamen und gingen, wie sie es seit Tagen bereits taten, in Fetzen, Bruchstücken, Schnappschüssen. Fotografien mit zerfransten Rändern waren sie, unzusammenhängend und bedrohlich, als wehe sie ein lautloser Sturm durch das Bewusstsein.

Da war ein Zug gewesen. Ja, diese Bilder waren noch lebendig. Von einer Reise nach Konstantinopel und der erfolglosen Suche nach einem Wissenschaftler, der die Hölle zu kartografieren gedachte. Pilatus Pickwick, so der Name des Mannes, weilte jedoch nicht mehr in der Metropole am Bosporus, wie sie hatten herausfinden müssen, und so hatten sie die Heimreise angetreten. In Paris, wo der Zug angehalten hatte, war sie Master Micklewhite ins Institut du Monde Arabe gefolgt, wo ihr Mentor einen alten Freund getroffen hatte. Professor Maspero, in dessen Gegenwart sie gespeist und Tee getrunken hatten, bevor sich dann auf der Fahrt zum Bahnhof ein Flammenmeer vor ihnen aufgetan hatte.

Das war wirklich passiert.

Denn *daran* erinnerte sich Aurora.

Oder war es möglich, dass dies alles ihrem kranken Geist entsprungen war? Dass es gar kein Paris und auch keinen Master Micklewhite gegeben hatte?

Zweifel schlugen ihre Widerhaken in das Fleisch ihres Bewusstseins.

Jede Minute ein wenig mehr.

Arme Aurora.

Dabei erinnerte sie sich.

Glaubte jedenfalls, sich zu erinnern.

Die Hitze der Flamme war unermesslich gewesen. Mitten auf der Straße hatte mit einem Mal eine Feuersbrunst gelodert, die Master Micklewhite verschlungen hatte. Etwas war seltsam an der Flamme gewesen. Ja, sie hatte sich auf den Elfen zubewegt. Förmlich angesprungen hatte sie ihren Mentor, als wäre sie entstanden, um allein ihn zu verbrennen und vom Angesicht der Welt zu tilgen. Nach Schwefel hatte es gerochen, überall.

Und sie selbst?

Sie selbst hatte einen kleinen Stich am Arm verspürt.

Und der Ägypter mit den schlechten Zähnen und dem Grinsen eines Schakals, dem sie im Institut und bereits vorher am Bahnhof begegnet war, hatte plötzlich neben ihr gestanden und sie greifen wollen.

Doch sie war gerannt.

Flink.

So schnell sie nur konnte.

Durch spärlich beleuchtete Gassen und durch einen Park, in dem steinerne Statuen nach ihr gegriffen hatten. Ja, zum Leben erwachte Kreaturen aus Kalkstein. Dann waren ihr die Kräfte geschwunden, und die steinernen Wesen hatten sie umringt.

Wie ein Traum …

… in einem Traum …

… in einem dunklen, tiefen Traum.

Aufgewacht war sie schließlich in diesem Raum.

Festgeschnallt an das Bett.

Und Dr. Dariusz war da gewesen.

Der Arzt, den sie aus London kannte.

Moorgate Asylum.

Der Name hallte in ihr wider wie das Echo einer Angst, die der Vergessenheit anheim gefallen war. Und die Melodie, von der die Furcht getragen wurde, verband sich mit einer Erinnerung an die wenigen Stunden, an die sich Aurora nimmer mehr hatte erinnern wollen.

Moorgate Asylum.

War dies der Ort, an dem sie sich befand?

Emily.

Das war der Name ihrer Freundin.

Sie war sich da ganz sicher.

Auch wenn Dr. Dariusz anderes behauptet hatte.

Emily Laing, die sie im Waisenhaus von Rotherhithe kennen gelernt hatte. Damals, als sie weinend und schluchzend unter dem Waschbecken in der Mädchentoilette gehockt hatte und am liebsten gestorben wäre, weil etwas geschehen war, das ihr kindliches Gemüt verdrängt hatte, sobald sie das Haus mit der engen Treppe und den Teppichböden verlassen hatte.

Völlig durchnässt war ihre Kleidung gewesen, und mit ruckartigen und panischen Bewegungen hatte sie sich an Armen und Oberschenkeln gekratzt. Ihre glatte dunkle Haut war von winzigen Punkten übersät gewesen. Nadelstichen, die ihr mehr entnommen hatten als nur Blut.

»Es hat so wehgetan.«

Zuallererst hatte Emily die rostigen Wasserhähne abgedreht und sich neben sie gekniet. Emily hatte gewusst, dass das »Schokoladenmädchen«, wie die anderen Kinder den Neuzugang insgeheim getauft hatten, vor nur wenigen Tagen aus einem fremden Waisenhaus ins »Dombey & Son« gekommen war.

»Ich bin Emily.«

Das rothaarige Mädchen hatte ihr die Hand gereicht.

Zuerst war Aurora ganz schweigsam gewesen. Langsam nur war ihr Atem ruhiger geworden.

»Was ist passiert?« Instinktiv hatte Emily sie in die Arme genommen.

»Es war die blonde Frau. Sie haben mich der blonden Frau mitgegeben.«

»Snowhitepink!«

Es war an jenem Tag gewesen, in der schmutzigen Mädchentoilette von Rotherhithe, dass Aurora zum ersten Mal ihren Namen vernommen hatte. Madame Snowhitepink. Nemesis der Kinder und Geliebte des Lichtlords, wie die Mädchen Jahre später erfahren sollten.

Doch damals war sie nur die blonde Frau gewesen.

Snowhitepink.

»Ich musste mit ihr in die Stadt fahren. Da war ein Haus mit einem gemütlichen Zimmer und einer Treppe mit Teppichboden auf den Stufen. Ein Puppenhaus haben sie mir gezeigt, die blonde Frau und ein fein gekleideter Herr.« Heftigst gezittert hatte sie damals. Geschluchzt. »Es hat wehgetan. Was sie gemacht haben. Es hat so verdammt wehgetan.«

Aurora zerrte an ihren Handfesseln, und der Schmerz hielt sie wach. Ließ sie an Emily denken.

Wieder und wieder.

An den Tag ihrer ersten Begegnung.

»Es passiert vielen Kindern.«

Und Aurora hatte gefragt: »Warum?«

Emily, die Rotherhithe kannte, hatte nurmehr entgegnen können: »Wir sind Waisenkinder. Niemanden kümmert, was uns zustößt.«

Eine ganze Weile hatten sie einfach nur so dagesessen.

Unter dem Waschbecken in der Toilette.

»Bleibst du bei mir?«

Emily hatte gelächelt. »Ja, tu ich.«

»Werden wir Freundinnen?«

»Wenn es dich nicht stört, dass man mich die einäugige Missgeburt nennt.« Die roten Haare hatte sie zurückgeschoben und ein gläsernes Auge entblößt und ganz traurig ausgesehen.

Aurora, die glücklich gewesen war in diesem Moment, hatte den Kopf geschüttelt. »Tut es nicht. Wenn es dich nicht stört, ein Schokoladenmädchen zur Freundin zu haben.«

Ja, so hatte es begonnen.

Damals.

Und Dr. Dariusz wollte ihr vorspielen, dass dies alles eine Wahnvorstellung war?

Nein!

Niemals!

Emily Laing existierte.

Sie war kein Trugbild.

Ihre Freundschaft keine Illusion.

Sie hatten einander.

Emily Laing und Aurora Fitzrovia.

Und Dr. Dariusz.

Konnte nur Lügen verbreiten.

Dr. Dariusz.

Dessen Gesicht mit einem Mal aus dem Nebel der Erinnerungen auftauchte, als habe es all die Jahre auf diesen Augenblick gewartet.

Ja, die hellen Raubtieraugen waren es gewesen, die Aurora bereits damals geängstigt hatten. Damals, als der fein gekleidete Herr mit dem feuerroten Haar ihr so nahe gekommen war in dem fremden Haus irgendwo in London.

Als man sie im Beisein von Madame Snowhitepink auf ein Bett gebunden hatte, ein Bett wie dieses hier. Wo man sie an Händen und Füßen gefesselt hatte, bevor die Kanülen unter ihre Haut geschoben worden waren. Bevor die Gerätschaften mit dem begonnen hatten, wofür sie eigens konstruiert worden waren.

»Es hat so wehgetan«, flüsterte Aurora.

Schwach.

Allein.

In der Dunkelheit.

Und mit der Gewissheit, dass Dr. Dariusz der Mann war,

dem sie damals schon begegnet war, und den Zweifeln, die ihr tief ins Herz gesät worden waren und langsam erblühten, fielen ihr die Augen zu, und während ihr der Mund des Wahnsinns Träume zuflüsterte, begann sie leise im Schlaf zu weinen.

Kapitel 4

Gargyle und Kolibri

Es war die Rue Soufflot, in der Emily endlich stehen blieb und tat, was sie bis zu diesem Augenblick nicht ein einziges Mal getan hatte. Sie blickte zurück. Dachte mit einem Mal an Aurora Fitzrovia, und ihr war, als könne sie der Freundin Gegenwart spüren. Ein Gefühl, das nur allzu bald wieder verschwand.

Es blieb die Angst.

Denn sie war allein.

In Paris.

Der fremden Stadt.

»Was war das nur gewesen?« Emilys Stimme war ein krächzendes Keuchen nach Luft, als sie zaghaft fragte: »Er ist verbrannt, nicht wahr?«

Eigentlich wollte sie die Frage gar nicht beantwortet wissen.

Was ihre Begleiterin kaum störte. *Das Fegefeuer hat ihn mit sich genommen*, antwortete Lady Mina. Die Schnauze der Rättin lugte aus Emilys Manteltasche hervor, in die das Mädchen seine Begleiterin schnell gesteckt hatte, bevor sie losgelaufen war.

»Was sollen wir jetzt tun?«

Emily wusste nicht genau, wo sie sich befand und in welche Richtung sie lief. Soeben hatte sie noch vor dem Institut du Monde Arabe gestanden, wohin sie Ahmed Gurgar gebracht hatte. Dann war das Fegefeuer aus dem Boden gewachsen.

Und jetzt?

War sie allein!

Nun ja, nicht gänzlich. Lady Mina weilte noch an ihrer Seite.

Folgt er uns? Wachsam schnüffelte die Rättin, die gerade ihren Stiefbruder verloren hatte, im Wind, der durch die Gassen wehte und den nahen Fluss erahnen ließ.

»Ich glaube, wir haben ihn abgehängt.«

Emily stützte sich mit den Händen auf den Knien ab und atmete tief durch. Das nasse Haar klebte ihr im Gesicht, und das Wasser floss ihr hinten in den Kragen hinein. Sie zitterte am ganzen Leib und unterdrückte die Verwirrung, indem sie in Bewegung blieb.

Panik, das wusste sie, half niemals.

Sie lähmte.

Also atmete sie.

Langsam.

Im Takt.

Wie sie es gelernt hatte.

Und ordnete ihre Gedanken.

Ahmed Gurgar war ihnen nicht weiter gefolgt als bis zur Rue des Écoles. Dort war er einfach so stehen geblieben und hatte ihnen nachgeschaut. Wie ein Raubtier, das sich seiner Beute sicher ist.

Wie ein Wolf, der die baldige Ankunft des restlichen Rudels erwartet. Doch da war etwas in den dunklen Augen gewesen, das Verunsicherung hatte sein können. Ja, etwas war anscheinend anders gelaufen, als er erwartet hatte.

Was auch immer …

Emily war einfach nur gerannt, so schnell sie die Füße zu tragen vermocht hatten, und keinen einzigen zaghaften Blick hatte sie zurückgeworfen.

Dies, dachte sie traurig, ist also Paris.

Die Stadt der Liebe.

Wo Fegefeuer aus dem Straßenpflaster stoben und Menschen mit Haut und Haar verschlangen.

Wo sollen wir jetzt hin?

»Frag' mich nicht«, murmelte Emily, sah sich um und grübelte.

Dort drüben, jenseits des Kreisverkehrs, lag im Dämmerlicht alter Laternen offenbar der Jardin du Luxembourg. Die Gitter mit den helebardenartigen Spitzen erweckten nicht den Eindruck, dass es ratsam sei, sich dort herumzutreiben. Selbst im Halbdunkel dieser verregneten Winternacht konnte Emily die geradlinig verlaufenden Wege und geometrisch exakt geordneten Rasenflächen erkennen. Französische Gartenarchitektur, dachte sie, hat wirklich wenig mit der britischen gemein. Alles an diesem Park wirkte erstarrt in Perfektion. Durchdacht.

Symmetrisch.

Bedrohlich.

Dort drüben, hörte sie Lady Mina wispern.

Emily hatte es bemerkt.

Ihr Herz begann schneller zu schlagen.

Etwas bewegte sich in den Schatten.

Wilde Gedanken bestürmten Emilys Geist.

Warum nur hatte Professor Maspero ihnen diese Falle gestellt? Sie musste davon ausgehen, dass es zwischen dem

Mann aus dem Institut du Monde Arabe und dem Fegefeuer einen Zusammenhang gab. Doch hatte das Feuer sie selbst und Lady Mina nicht in Frieden ziehen lassen? Der Gedanke kam ihr erst jetzt, als sie ratlos vor der Place Edmond Rostand stand und die Bewegung in den Schatten beobachtete. Das Fegefeuer hatte die junge Rättin und sie selbst gar nicht erst angetastet. Nicht einmal verfolgt hatte es sie, obwohl es zweifelsohne dazu in der Lage gewesen wäre.

Und überhaupt, warum war ausgerechnet an diesem Ort ein Fegefeuer aufgetaucht? Gab es Fegefeuer nicht nur dort, wo sich die direkten Zugänge zur Hölle befanden? Und hieß es nicht in der einschlägigen Literatur, dass Fegefeuer einem Willen unterworfen waren? Dass es keine rätselhaften Naturphänomene waren, sondern Instrumente, deren sich einst die Höllenfürsten bedient hatten?

Emily?

Sie schreckte aus den Gedanken auf.

Die dunklen Kulleraugen der Rättin wirkten jetzt wachsam, und die kleinen grauen Fellhaare waren gesträubt.

»Was ist das nur?«

Etwas bewegte sich dort vorn in der Dunkelheit.

Einige Autos rasten durch den Kreisverkehr, ohne dem Mädchen, das am Straßenrand stand, Beachtung zu schenken. Die Scheinwerferkegel ließen den nassen Asphalt schwarz funkeln.

Niemand, dachte Emily mit einem Mal, wird uns helfen, was immer auch geschehen mag. Wir sind jetzt allein und ganz auf uns gestellt, und das in einer Stadt, die uns vollkommen fremd ist und in der wir niemandem trauen können und aus der wir schnellstmöglich fliehen sollten.

Es ist groß, murmelte Lady Mina, *aber ich kann keine Witterung aufnehmen.*

Und das, dachte Emily, obwohl ihnen beiden der Wind in die Gesichter blies.

Flüchtig suchte sie nach einem fremden Bewusstsein, ohne Erfolg.

»Mir geht es genauso«, gestand sie leise.

Es riecht bloß nach Regen.

Was Emily bezeugen konnte.

Und Stein.

Diese Ratten!

Manchmal wunderte sich Emily, dass die kleinen Nager über einen Geruchsinn verfügten, der Nahrungsmittel und andere Dinge auf so weite Entfernungen aufzuspüren in der Lage war.

Dann hörte sie etwas.

Ein seltsames Geräusch.

Das sich mit den Klängen der Nacht vermischte.

Wie alter, berstender Stein, so kroch es unter den Geräuschen der Stadt hindurch in Emilys Ohren und erinnerte sie an einen Ort, den sie vor vier Jahren besucht hatte.

In London.

Gemeinsam mit Aurora.

Knightsbridge.

Wo ein Ritter nur denen die Überquerung seiner Brücke gestattet hatte, die seine Gedichte zu zitieren wussten. Als sich der Scharlachrote Ritter, der eine riesige Figur aus rotem Stein gewesen war, in Bewegung gesetzt hatte, da war ein ganz ähnliches Geräusch von den hohen Wänden der riesigen Höhle widergehallt.

Doch nun kam dieses Geräusch aus dem Jardin du Luxembourg.

Wir sollten hier verschwinden, schlug Lady Mina vor.

Da sah Emily, was sich dort im Gebüsch versteckt hielt, und Lady Mina fiepte aufgeregt, als die grobschlächtigen Gestalten aus den Schatten und hinaus auf den Weg traten.

Gargylen waren es, drei an der Zahl.

Fratzen, die Fieberträumen entsprungen waren, und Körper mit kurzen Beinen und langen Schwänzen, die sich knirschend ringelten.

Seltsamerweise erinnerte sich Emily an diese Kreaturen, von denen sie in dem Reiseführer, der im Abteil des Orient-Express ausgelegen hatte, Fotografien gesehen hatte. An einer Kirche mitten im Fluss waren sie zu Hause, der Kathedrale Notre Dame. Hoch oben auf den Simsen und Ballustraden der Türme hockten die steinernen Wasserspeier und blickten auf Paris herab. Aus einem Grund, der Emily natürlich unbekannt war, hatten die steinernen Ungeheuer ihre angestammten Plätze, die emsige mittelalterliche Bildhauer ihnen zugewiesen hatten, verlassen.

Lange Zungen hingen aus den Mündern, und Hörner, die nurmehr Stummel waren, ragten ihnen aus der Stirn. Die Augen, die so ausdruckslos waren, wie Kalkstein es nun einmal ist, spähten über die Straße hinüber zu den beiden nächtlichen Flüchtlingen und blinzelten träge, wenn die Scheinwerfer eines vorbeifahrenden Autos sie streiften.

Lauf einfach los! meinte Lady Mina.

»Toller Vorschlag«, murmelte Emily.

Weglaufen war nicht die schlechteste Idee.

Doch wohin sollte sie sich wenden?

Da, schau!

Der erste der Gargylen hatte mit nur einem einzigen Sprung den hohen Zaun überwunden. Seine Bewegungen waren geschmeidig und flink und viel schneller, als Emily einer Figur aus massivem Stein zugetraut hätte. Jetzt hockte das Ding mitten auf der Straße und funkelte Emily aus grauen Steinaugen an.

Die beiden anderen Gargylen, die kleiner waren als ihr Artgenosse, jedoch nicht minder Furcht einflößend, taten es dem Anführer gleich.

»Na, klasse«, murmelte Emily.

Und Lady Mina schwieg.

Die steinkrallenbewehrten Füße der Kreatur hinterließen Risse auf dem nassen Asphalt, als sie sich dem Mädchen näherte.

In einer Sprache, die mit Sicherheit kein Französisch war, fauchte der große Gargyle seine Beute an. Eine ruckartige Kopfbewegung erinnerte Emily an die Krokodile, die sie im Londoner Zoo gesehen hatte. Eine gespaltene Zunge leckte über die wulstigen Lippen.

Fasziniert wurde Emily der Tatsache gewahr, dass der Regen, der zwischen ihr und dem Gargylen niederging, zu winzigen Kristallen versteinerte, die alle mit einem melodischen Klimpern zu Boden fielen.

Sie spürte die Schnauze der Rättin an ihrer Hand.

Und ein eiskalter Hauch streifte sie.

Gerade so, als berühre ihre Haut uraltes graues Felsgestein, das bis vor kurzem von dichtem Schnee bedeckt gewesen war.

Die Gargylen schienen es plötzlich nicht eilig zu haben.

Unablässig prasselte der Regen auf den Asphalt.

Der Gargyle schien zu lächeln.

Emily sah an sich hinab.

Und schrie auf.

Bis zu den Knien war sie bereits zu Stein geworden. Ihre Stiefel und die Jeans hatten sich in ein Grau verwandelt, das sich schwarz färbte im winterlichen Regen. Nicht das geringste Gefühl mehr hatte sie in den Beinen, und der Stein breitete sich weiter aus. Sie konnte sie nicht mehr bewegen und suchte nach dem Gleichgewicht, begann zu schwanken und ungelenk zu schaukeln, doch gelang es ihr, aufrecht stehen zu bleiben. Erschrocken musste Emily erkennen, wie Gargylen zu jagen pflegen.

»Meine Beine«, stammelte sie nur.

Wie seltsam es sich anfühlte, zu Stein zu werden.

Eine steinerne Rättin lugte da aus ihrem ebenfalls steinernen Mantel, und ihre versteinerten Finger ließen sich nicht mehr bewegen, und der Gedanke, dass bald schon ihr Gesicht zu Stein werden würde, ließ Emily laut aufschreien.

Die Gargylen, die sich keinen Deut um das Geschrei des Mädchens scherten, kamen indes immer näher und umkreisten sie. Und sofern eine Kreatur aus Stein zufrieden zu lächeln vermochte, taten die Wesen, in deren Antlitz zu blicken Emily mehr oder weniger gezwungen war, genau dies.

Sie grinsten.

Zufrieden.

Fast schon hämisch.

Was ihre breiten Gesichter noch schauriger und fratzenhafter und durchtriebener wirken ließ.

Der Anführer der Gargylen grunzte laut.

Was die anderen beiden wohlwollend zur Kenntnis nahmen.

Emily spürte mit einem Mal eine Klaue, die sie an der Schulter berührte.

Und in diesem Moment sah sie Aurora.

Drüben, im Jardin du Luxembourg.

Die Bilderflut packte sie unvorbereitet und mit voller Wucht.

Aurora, die durch den taghellen Park rennt und sich fortwährend umdreht, weil sie sich verfolgt wähnt. Die Menschen um sie herum beachten sie nicht und gehen alle ihres Weges. Dann, mit einem Mal, sinkt Aurora zu Boden. Ihr Körper wird zu Stein bis auf die Augen, die weit aufgerissen sind, als die Gargylen sie umringen und nach ihr greifen und sie schreien lassen, so still und stumm, wie ein Schrei nur sein kann, den steinerne Lippen beherbergen.

Aurora!

Was hatten sie ihr nur angetan?

Und wo war Maurice Micklewhite gewesen, als die Gargylen sich seiner Schutzbefohlenen bemächtigt hatten? Wohin hatte man Aurora gebracht?

Erneut wollte Emily schreien, doch vermochte sie nicht, auch nur einen Ton zu erzeugen.

Der Gedanke, dass ihr Zunge und Hals zu Stein geworden waren, ließ die Panik, die sie bisher, wenn auch nur mühsam, hatte unterdrücken können, zu voller Pracht erblühen.

Und der Gargyle schnupperte an ihr.

Grunzte.

Emily konnte ihn sehen.

Doch etwas war anders.

Anders als sonst.

Etwas, das ihr Tränen ins Auge trieb.

Und zwar in das Mondsteinauge.

Das nun lebendig war.

Mit einem Mal.

Nach all den Jahren.

Was auch immer ihren Körper zu Stein hatte werden lassen, es hatte zugleich das Mondsteinauge in ein richtiges Auge zu verwandeln vermocht, was Emily ein Schwindelgefühl bescherte. Denn mit einem Mal sah sie die Welt aus einem anderen Blickwinkel. Es war, als verschwände eine Seite der Welt, um einer anderen Platz zu machen.

Was, fragte sie sich, wird jetzt mit mir geschehen?

Bevor sie sich auf die Suche nach einer Antwort auf diese Frage machen konnte, hörte sie ein Summen.

Federleicht war jenes Geräusch, das von zarten Flügelschlägen herrühren mochte. Von Flügelschlägen, die neben ihrem Kopf auftauchten und sich in Richtung der Gargylen bewegten, die mit einem Mal gar nicht mehr so ruhig waren wie noch vorhin: Panik schien sie zu befallen.

Etwas schwebte vor Emilys Gesicht.

Stand still in der Luft.

Ein Insekt.

Nein, ein Vogel war es.

Ein winziger Vogel.

An die langen Winterabende musste Emily plötzlich denken. An den Kamin im großen Salon des Anwesens in Marylebone und die Bücher, die dort in den Regalen zu finden waren. Wie gern wäre sie wieder dort gewesen. Und wie seltsam, dass ihr gerade jetzt, in dieser Situation, bewusst wurde, wie sehr Hampstead Manor ihr Zuhause geworden war. Bücher hatte sie dort gefunden, die ihr Dinge über die Flora und Fauna der Welt offenbart hatten, die unsäglichen Wundern gleichkamen. Bücher, in denen auch von exotischen Vögeln die Rede gewesen war, die man mit Sicherheit nicht in Paris würde antreffen können, winzigen Wesen mit filigranen Flügeln, die Magie durch die Lüfte fächern, wenn der volle Mond am Himmel steht.

Kolibri.

Das war der Name jener Gattung, die in Ägypten den alten Göttern gedient hatte. Es waren die Kolibris gewesen, die an den Ufern des Nils und in den Gärten der alten Reiche zu Hause gewesen waren, bevor sich die Zeiten geändert und die Götter ihre Heimat verlassen hatten.

Und mit ihnen die Kolibris.

Amrish Seth hatte ihr davon erzählt.

Ja, auch daran erinnerte sie sich.

Im Britischen Museum, als Emily gedankenverloren durch die ägyptische Abteilung geschlendert und Amrish Seth ihr am Kaffeeautomaten nahe der Reservatenkammer über den Weg gelaufen war, eine Büste aus der 18. Dynastie unter den Arm geklemmt und einen Kugelschreiber hinter dem Ohr. Amrish Seth, der Seth gewesen war und von den blutrünstigen Vinshati getötet worden war.

Derentwegen sie letzten Endes hier war.

In dieser fremden Stadt.

Wo sie des Rätsels Lösung zu finden gehofft hatte.

Und Kolibris durch die eisig kalte Nacht flirrten und die Gargylen mit der Spitze ihrer langen Schnäbel berührten, als träufelten sie etwas in den Stein hinein. Augenblicklich, das glaubte Emily zu erkennen, wurden die Gargylen zu unbeweglichem Stein, zu den Statuen, als die man sie einst geschaffen hatte. Und der Kolibri, der vor Emilys Gesicht schwebte, tat es seinen Artgenossen gleich und berührte des Mädchens Nase mit der Schnabelspitze.

Was Emily fühlen konnte.

Ja, sie konnte den Schnabel fühlen.

An ihrer Nasenspitze.

Ihr Herz schlug schneller.

Der Blickwinkel wechselte.

Denn das Auge, das lebendig geworden war, wurde wieder zu dem Mondsteinauge, das es immer gewesen war. Und Eisregen und Wind streiften erneut Emilys Gesicht, und sie fühlte die Kälte, die jetzt wieder die Kälte einer Winternacht war und nicht mehr die Kälte des Steins, der an ihr emporgekrochen war.

»Ihr seid wieder ein Mädchen. Doch müsst Ihr fliehen, denn der Zauber, der die Gargylen bindet, wird nicht lange andauern.«

Eine Frau war es, die diese Worte sprach. Eine Frau, deren menschlicher Körper von einem Mantel umhüllt wurde und deren Kopf der einer schwarzen Katze mit grünen Augen war. Ein Nasenring aus Silber zierte die Schnauze mit den langen Barthaaren. »Ich bin Bastet«, stellte sie sich vor, als würde dies alles erklären. Mit einer Stimme, die irgendwie schnurrend klang.

Die Kolibris schwebten in der Luft um sie herum, und manche ließen sich auf den ausgebreiteten Armen der Frau, die Bastet war, nieder.

»Emily Laing«, stellte Emily sich vor.

Und Mina Hampstead, piepste die Rättin, die ebenfalls wieder zum Leben erwacht war.

Bastet fauchte verächtlich, als sie des Nagers in der Manteltasche des Mädchens gewahr wurde. Dann wandte sie sich wieder Emily zu.

»Lauft«, schnurrte die Göttin.

Fauchte: »Verschwindet von hier!«

Und mit der Hand, die eine schlanke Frauenhand war, aus deren Fingern lange Krallen ragten, machte sie die Bewegung einer Katze, die nach einem Vogel schlägt.

Emily Laing, die ihre Beine endlich wieder spürte, ließ sich das nicht zweimal sagen.

»Danke«, murmelte sie.

Schon bröckelte etwas von dem großen Gargylen ab. Steinstaub stob auf.

Sie erwachen wieder, bemerkte Lady Mina.

Bastet fauchte laut.

Und Emily begann zu laufen.

Instinktiv wählte sie den Boulevard zu ihrer Rechten, und ohne einen Blick zurückzuwerfen, rannte sie durch die Nacht.

Hell beleuchtet war der Boulevard Saint Michel, und die Autos, die hupend und ihre Abgase in den Regen blasend dort entlangfuhren, schenkten dem Mädchen und der Rättin nicht die geringste Beachtung. Als Emily und ihre Begleiterin die kleinere Place de la Sorbonne erreichten, wurde die Dunkelheit von einem schaurigen Geheul zerrissen, und es war weder schwierig zu erraten, woher diese Töne kamen, noch was sie zu bedeuten hatten.

Die Gargylen waren erwacht und befanden sich erneut auf der Jagd. Bastet und ihre Kolibris waren wohl verschwunden, und von nun an war Emily wieder ganz auf sich allein gestellt.

Um Atem ringend, rannte sie weiter.

Erreichte das Musée de Cluny.

Sah ein Schild, das ihr eine Zuflucht versprach.

Die Métro-Station Cluny La Sorbonne befindet sich dort, wo der Boulevard Saint Michel in den Boulevard

Saint Germain mündet. So viele Heilige, dachte Emily unzusammenhängend.

Dann stand sie vor der breiten Treppe, die in die Unterwelt hinabführte. War nicht eine U-Bahn wie die andere?

Lady Mina, die den Steinstaub der herannahenden Gargylen witterte, drängelte: *Dort unten werden wir uns vor ihnen verstecken können.*

So begann Emily Laing an einem Wintertag und nicht lange vor Weihnachten ihren Abstieg in die Eingeweide der Cité lumière. Hoffend, ihren Verfolgern entkommen zu können. Und nicht ahnend, was sie dort unten vorfinden würde.

KAPITEL 5

MÉTRO

Als Emily am nächsten Morgen erwachte, rieb sie sich müde die Augen, und der Clochard, der auf der Bank neben ihr übernachtet hatte, begrüßte sie freundlich auf Französisch, raffte seine Plastiktüten zusammen, klemmte sich die halb leere Weinflasche unter den übel riechenden Arm und zog mit einem Kopfnicken und einem erneuten Schwall französischer Worte von dannen. Lady Mina, die zusammengerollt in Emilys Armbeuge geschlafen hatte, blinzelte dem Neonlicht entgegen. Die ersten Passanten füllten den Bahnsteig und warfen dem Mädchen mit der Rättin ungehaltene Blicke zu, die Emily nicht unbekannt waren. Ziemlich zerrupft musste sie aussehen nach dieser Nacht, in der sie kaum ein Auge zugetan hatte.

»Alles in Ordnung mit dir?«

Lady Mina nickte. *Die Menschen machen mich nervös.*

»Dies ist nicht London.«

Ich weiß.

Niemand achtete auf die Rättin, die ruhig dasaß und versuchte, die Aufmerksamkeit der Menschen nicht auf sich zu ziehen.

In Paris sind die Ratten noch nicht geächtet.

Nein, dachte Emily, noch nicht.

»Dafür gibt es Fegefeuer und Gargylen, die einem nachstellen.«

Sie setzte sich seufzend auf.

Alles hier unten schien anders zu sein als in London, das war ihr bereits vergangene Nacht aufgefallen.

Schon allein die Art-Nouveau-Eingänge mit ihren spielerischen pflanzlichen Formen wirkten freundlicher und schienen den Fahrgast förmlich zu umwerben, um ihm den Abstieg in die Unterwelt zu versüßen. Einprägsame, von Pflanzen und Tierskeletten und ägyptischen Hieroglyphen inspirierte Dekorationen prägten das Bild der labyrinthischen Gänge, die allesamt weiter und größer und länger zu sein schienen als ihre Gegenstücke in London. Alles wirkte sauberer und verlässlicher, kühler und irgendwie abgedichtet. Wasserflecken suchte man vergebens, ebenso fand man weder abgeplatzte Kacheln noch ausgefallene Leuchtkörper. Wo die Underground alt und eng wirkte, erstrahlte die Métro in kühlem künstlichen Glanz und so weiträumig, dass man niemals das Gefühl hatte, erdrückt zu werden. Kunstvolle Signaturen illustrer Studenten bedeckten die in hellem Gelb gestrichenen Wände und erinnerten Emily an die Sommertage in den Parks von London.

Selbst die Luft roch anders als in der uralten Metropole. Ein Parfum, so sagte man, wurde der künstlich zirkulierenden Luft beigemischt, um den typischen Eigengeruch der Métro zu überspielen. Düfte, die vage an Frühlingswiesen erinnern sollten, überdeckten das Gemisch aus Schmieröl, erhitzten Bremsen, heißem Gummi, Schimmel und Urin.

In London, hatte Lady Mina bemerkt, *ist die Luft frischer.*

Was immer eine Rättin darunter verstehen mochte.

»Immerhin sind die Gargylen verschwunden.«

Die Métro-Station hatten die steinernen Ungeheuer anscheinend nicht betreten wollen. Vielleicht hatten sie auch die Witterung verloren, wer konnte das schon mit Gewissheit sagen?

Emily und Lady Mina jedenfalls waren durch die Gänge der Métro-Station gelaufen, um den letzten Zug zu erwischen, den sie prompt verpasst hatten.

Kurz darauf waren die Gittertüren für die Nacht geschlossen worden. Gefangen in der Station Cluny La Sorbonne, hatte sich Emily schnell mit ihrem Schicksal abgefunden und getan, was in ihrer Situation wohl das Beste gewesen war: sich einen Platz für die Nacht gesucht und geschlafen.

»Ich habe von Aurora geträumt«, gestand Emily ihrer Begleiterin. »Von einem weißen Raum mit Neonröhren an der Decke und Dr. Dariusz.«

Vielleicht, überlegte Lady Mina, *war es eine Trickster-Erfahrung*.

»Es waren Auroras Eindrücke und Gedanken«, gab Emily verwirrt zur Antwort, »die ich geträumt habe.« Gedanken, die keinen Sinn ergaben. Gedanken, die schon Irrsinn gleichkamen.

Dann war es vorbei gewesen.

So schnell, wie es gekommen war.

»Sie ist noch am Leben.« So viel jedenfalls schien sicher zu sein.

Glaubst du, wir werden sie finden? Hier in Paris?

Emily schaute sich um. Betrachtete die Passanten in der Métro.

Jetzt, da der neue Tag angebrochen war, kam die Verzweiflung zurück. Emily war sich bewusst, dass sie ganz auf sich allein gestellt war in dieser fremden Stadt. Zwar kannte Emily den Namen des Hotels, in dem Zimmer für sie reserviert gewesen waren, doch schien es ihr keine gute Idee zu sein, das Hotel Chopin am Boulevard Montmartre aufzusuchen.

»Wer immer hinter uns her ist«, sagte sie der Rättin, »wird uns dort erwarten.«

Aber wohin sollen wir uns denn dann wenden?

Emily zuckte die Achseln.

»Von hier sollten wir auf jeden Fall verschwinden.«

Die Gargylen hatten sie zwar nicht bis in die Métro hinein verfolgt, doch konnte es immerhin sein, dass sie am nächsten Morgen erneut zur Jagd ausschwärmen würden.

Und die seltsame Katzengöttin mit ihren Kolibris war auch nicht wieder aufgetaucht.

»Warum hat sie uns wohl geholfen?«

Eine Frage, auf die Emily keine Antwort erwartete.

Mir war sie unheimlich, gab Lady Mina zu.

Was nicht weiter verwunderlich war. Wäre ich eine Rättin, dachte Emily, dann wäre ich wohl auch wenig begeistert gewesen über das Auftauchen einer Katzengöttin.

»Was auch immer sie wollte«, sagte Emily, »wir stehen in ihrer Schuld.«

Dann erhob sie sich.

Ein Zug fuhr ein.

Doch Emily zog es vor, erst einmal durch die Tunnel zu wandern. Wie sich schnell herausstellte, war Cluny La Sorbonne über lange Korridore, die metallisch steril glänzten, mit den beiden Métro-Stationen Notre-Dame und Saint Michel verbunden. Unzählige Menschen strömten mit einem Mal durch die Gänge. Die Métro war binnen weniger Minuten zu regem Leben erwacht. Die Händler, die früher die Pariser Straßen durchstreift hatten, waren nunmehr in den Untergrund hinabgestiegen. Kleinkrämer verkauften Kaffee und Croissants, Maghrebiner handelten mit Obst, Chinesen aus Wenzhou vertrieben Lederartikel und Mode-Accessoires, Inder aus Gujarat boten Feuerzeuge und Jojos an, und arme Schlucker aus Bangladesh verkauften Erdnusstüten im Auftrag mafiöser Zwischenhändler.

Kontrolleure gab es hier unten zuhauf. Finster dreinschauende Männer in olivgrünen Jacketts und gelben Hemden mit rot-grün gestreiften Einheitsschlipsen, denen Emily instinktiv aus dem Weg ging, sobald sie auch nur einen der Kerle an einer Ecke lauern sah.

Sie besaß nur wenige Münzen in der Landeswährung. Außerdem war sie am Vorabend während ihrer Flucht vor den Gargylen ohne gültigen Fahrschein über die Drehkreuze geklettert. Schwarzfahren, das wusste sie, wurde in jeder Metropole geahndet. Und auf Scherereien mit den hiesigen Sicherheitskräften wollte sie verzichten.

Also duckte sie sich jedes Mal hinter einem Passanten und nutzte das dichte Gedränge aus, um sich an den Kontrolleuren vorbeischieben zu lassen.

Was nichts daran änderte, dass sich kurz vor der Rolltreppe, die sie hinauf nach Paris gebracht hätte, eine behandschuhte Hand auf ihre Schulter legte. Obwohl Emily nicht verstand, was der Mann in der hässlichen Uniform da zu ihr sagte, wusste sie, dass sie sich in Schwierigkeiten befand.

Ohne auch nur einen Gedanken daran zu verschwenden, den Versuch eines Gesprächs zu wagen, duckte sie sich, tauchte unter dem Mann in die Menge ab und nahm die Beine in die Hand. Diesen Trick hatte sie den Londoner Punks abgeschaut, die sich ähnlich verhielten, wenn es in der Underground zu Kontrollen kam. Zu ihrer Überraschung funktionierte es sogar, und sie war in Windeseile um die nächste Tunnelbiegung gelaufen.

Dummerweise schien es sich der Kontrolleur zum Ziel gesetzt zu haben, mindestens einen Schwarzfahrer an diesem Tag zu erwischen.

Und er war schnell.

Mit großen Schritten folgte er Emily, die mit wehendem Mantel die Flucht nach vorn antrat.

Und so rannte Emily.

Spürte die Rättin, die sich in ihrer Manteltasche festkrallte.

Hörte die wütenden Rufe des Kontrolleurs, der ihr nachstellte, als habe sie ein Kapitalverbrechen begangen.

Emily bog in einen neuen Tunnel ein.

Plakate zierten dort die Wände.

In Glasrahmen steckende Gemälde, die eine Revue im Moulin Rouge und ein Stück im Theatre du Grand-Guignol ankündigten.

Da stürzte Emily mit einem Mal unsanft zu Boden.

Weil sie über etwas gestolpert war.

Sie hörte das Klimpern von Münzen auf den sauberen Kacheln des Tunnelbodens, vermischt mit den ausklingenden Takten eines Liedes, das sie schon einmal gehört hatte. My *Back Pages*. Als Emily den Blick hob und den Jungen sah, der gerade seine Gitarre gegen die Wand stellte, da erinnerte sie sich daran, dass es keine Zufälle geben konnte.

»Du schon wieder!«

Die Überraschung in der Stimme des Jungen, dessen Aussehen deutlich davon kündete, wie sehr er Bob Dylan verehrte, war kaum zu überhören. Ungläubig starrte er

Emily an, die soeben unabsichtlich gegen die Blechdose, die bis vor wenigen Augenblicken noch voller Münzen und einiger weniger Scheine gewesen war, getreten hatte.

Emily fühlte sich, als habe sie gerade Brick Lane Market betreten.

Sie kniete auf dem Boden.

Lady Mina war ihr aus der Manteltasche gerutscht.

Die Blechdose rollte lautstark zur gegenüberliegenden Wand.

Beide – der Junge und Emily – starrten einander nur an.

Tiefdunkle Augen, in denen Emily hätte versinken können, betrachteten das Mädchen mit den roten Haaren und dem Mondsteinauge, das sich schuldbewusst und irgendwie hilflos in Schweigen hüllte und nach Luft schnappte.

»Wir kennen uns doch«, sagte der Junge.

Emily fand die Sprache wieder. »Brick Lane Market. London.«

Der Junge musste grinsen.

»Du hast ein Problem mit Blechdosen, wie es aussieht.«

»Tut mir Leid.«

Sie sahen einander an.

Dann schien der Blick des Jungen von etwas abgelenkt zu werden.

Emily stand auf.

Ihr Knie schmerzte.

Sie sah, wie der Junge schnell etwas aus der Hosentasche hervorzog und es ihr reichte. »Hier«, sagte er, und als Emily den Zettel, der ein Fahrschein war, ergriff, da berührte sie für einen winzigen Augenblick den Finger des Jungen, den ein silberner Ring zierte. »Überlass das Reden besser mir«, schlug der Junge vor, und als der Kontrolleur sie erreichte, redete der Junge auf ihn ein, und Emily zückte ihren Fahrschein, worauf der Kontrolleur nach einigen Worten, die alles andere als freundlich klangen, von dannen zog, jedoch nicht, ohne Emily einen überaus ernsthaften und tadelnden Blick zuzuwerfen.

Dann machte sich Emily daran, die Geldstücke aufzulesen und in die Blechdose zurückzulegen. Der Junge tat es ihr gleich, und Lady Mina hockte neben der Gitarre und sah den beiden beim Aufsammeln der Almosen zu.

»Danke«, sagte Emily. »Ehrlich.«

Sie reichte dem Jungen die Blechdose.

»Diese RATP-Typen sind eine Plage.«

»Ich weiß.«

»Tja.«

Ein Moment des Schweigens.

»Das mit der Blechdose tut mir Leid.«

»Dumme Dinge passieren eben manchmal«, antwortete der Junge und betrachtete Lady Mina, die an Emilys Hosenbein und Mantelsaum hinaufkletterte. »Ist das deine Ratte?«

»Lady Mina ist ihr Name.«

Er verbeugte sich kurz. »Hallo, Lady Mina.«

Die Rättin piepste.

»Hallo, zurück«, übersetzte Emily.

Dann stellte sie sich vor.

»Was tust du hier in Paris?«

»Ich habe mich verlaufen.«

Der Junge, der abgewetzte Bluejeans trug, nickte nur.

Streckte die Hand aus.

Lächelte.

»Ich bin Adam«, sagte er. »Adam Stewart.«

Und mit einem Mal war die fremde Welt ein schöner Ort geworden.

Kapitel 6

Subterranean Homesick Blues

»Kann ich dir vertrauen?«, fragte Emily den Jungen mit dem zerwuschelten Haar und der blauen abgewetzten Seemannsjacke, der ihr bereits damals während ihres Besuches in Brick Lane Market aufgefallen war, als er sich erbot, ihr zu helfen.

Seine Antwort war kurz: »Du bist in London aufgewachsen. Du solltest wissen, dass man niemandem trauen kann.« Doch dann lächelte er, und dieses Lächeln sagte mehr als all die Worte, die ihm folgen sollten. »Aber dies hier ist nicht die uralte Metropole. Wir sind in Paris. Der Cité lumière.« Er packte die Gitarre in eine Tasche und fügte hinzu: »Den Menschen allerdings ist überall mit Misstrauen zu begegnen.«

Emily schätzte ihn auf einige Jahre älter, als sie selbst es war. Zwanzig, vielleicht.

»Warum bist du hier?«

Er schüttelte die Blechdose und ließ die wenigen Münzen rasseln. »Um Geld zu verdienen.« Dann wurde er mit einem Mal ernst. Und es war diese plötzliche Traurigkeit in den dunklen Augen, die Emily dazu bewegten, ihm zu vertrauen. »London ist ein gefährlicher Ort geworden. Nun ja, gefährlich war London schon immer. Aber seit einigen Tagen kommt der Aufenthalt in der uralten Metropole einem Pokerspiel gleich.«

»Was ist denn passiert?«

»Lass uns unterwegs darüber reden«, schlug er vor, schulterte die Gitarrentasche und ließ die Münzen in der Tasche seiner Jeans verschwinden. »Wir sollten hier abhauen. Die RATF-Typen kommen manchmal wieder. Und wenn sie dich auf der Fahndungsliste haben, dann wirst du sie nie wieder los.«

»Danke nochmals für den Fahrschein.«

Emily hielt ihn noch immer in der Hand.

Carnet 2 cl, section urbaine, M/Bus/RER/T.

»Ich habe dem RATF-Typen erzählt, du seist Engländerin.« Er musste grinsen. »Und hättest vergessen, den Fahrschein zu entwerten.«

»Und das hat er geglaubt?«

»Nun ja, ich habe ihm auch noch versprochen, dass ihm, wenn er meinen Namen an der Abendkasse des Moulin Rouge nennt, kostenloser Eintritt in die Revue gewährt wird.«

Die Dreistigkeit, mit der Adam Stewart den Kontrolleur belogen hatte, imponierte Emily. Es war irgendwie verwegen. Und außerdem hatte er es getan, um *ihren* Kopf zu retten.

»Und *das* hat er geglaubt?«

»Ja, hat er.« Adam kratzte sich am Kinn. »Es kann natürlich sein, dass er an der Abendkasse steht und feststellt, dass dort niemand den Namen kennt, den ich ihm genannt habe.«

»Welchen Namen hast du ihm genannt?«

»Emile Nouguier.«

»Ist das dein Künstlername?«

Fröhlich erwiderte Adam: »Na, wenn der Kontrolleur sich die gleiche Frage stellt, dann hat der Trick funktioniert.«

Emily zog ein Gesicht.

»Du machst dich über mich lustig.«

»Sei nicht beleidigt. Emile Nouguier war einer der beiden Ingenieure, die Gustave Eiffel in seinem Unternehmen beschäftigt hat und die den Eiffelturm entworfen haben. Die Baupläne, das wissen die wenigsten, stammten nämlich von Maurice Koechlin und Emile Nouguier.«

»Danke für die Belehrung.«

»Hey, jetzt sei nicht sauer. Der Trick hat doch funktioniert, und du bist jetzt hier bei mir und nicht in der Aufsichtsstation der RATF.«

Womit er Recht hatte.

Augenblicklich kam Emily sich ungerecht vor.

Humorlos.

»Tut mir Leid, ich bin eben …«

»Müde?«

Sie nickte.

»Und hungrig?«

»Ja.«

»Wir werden in einer halben Stunde etwas zu frühstücken haben.«

Lady Mina, die das Gespräch mit gespitzten Ohren belauscht hatte, war sich nicht zu schade, die Szene zu kommentieren.

Er mag dich, piepste sie.

Und Emily, die froh war, dass Adam der Ratten Sprache nicht mächtig war, gab sich alle Mühe, möglichst teilnahmslos auszusehen.

»Was hat sie gesagt?«

Emily fischte sich eine Strähne aus dem Gesicht.

»Frag' besser nicht.«

Und so brachen sie auf.

»Wo bringst du mich hin?«

»Nach Montmartre. Da bin ich zu Hause. Im Moment.«

Während sie die Métro, die bis hinauf zur Porte de Clignancourt führt, nahmen, erzählte Adam Stewart von den Dingen, die in London geschehen waren und die alles andere als ermutigend klangen. Den Dingen, derentwegen er nun hier war.

»Die Kontakte zu einigen der Grafschaften sind vor zwei Tagen abgebrochen«, berichtete er dem Mädchen, das die Neuigkeiten mit Besorgnis registrierte. »Überall munkelt man, dass sich Wiedergänger in den Tunneln herumtreiben. Dass sie sich dort unten vermehren. Grauenhaftes Zeug ist es, das man sich erzählt. Der Senat hat beschlossen, dass die Zugänge zu den betroffenen Grafschaften versiegelt werden. Überall sind Wachen postiert worden, und niemand traut sich mehr nach unten in die tieferen Regionen. Die Gilden haben sich äußerst besorgt gezeigt, und der Handel im Zentrum Londons ist fast gänzlich zum Erliegen gekommen.« Er seufzte. »Es sind seltsame Zeiten angebrochen, und ich habe mich verdrückt, bevor Schlimmeres geschehen konnte.«

»Ist es denn so schlimm?«

Lady Mina lauschte nur.

Jedoch sehr aufmerksam.

»Als der Orient-Express vor ein paar Tagen nach London kam, war er menschenleer. Man erzählt sich, dass

Wiedergänger sich die Passagiere genommen hätten. Manderley Manor hat seine Truppen mobilisiert, um die Garde zu unterstützten, und es gibt Gerüchte, dass Lord Mushroom in das Anwesen unten in Blackheath zurückgekehrt sei.«

Das waren in der Tat keine guten Neuigkeiten.

Auch Lady Mina wirkte betrübt.

»Aber was erzähle ich dir da«, schalt Adam sich selbst einen Narren, »immerhin bist du auch hierher gekommen.«

Und Emily verstand mit einem Mal, was Adam von ihr dachte. Er mutmaßte, dass auch sie London verlassen hatte, weil all die seltsamen Dinge dort geschehen waren. Noch immer geschahen. Weil Ghulchissar, dachte Emily, nach London gekommen war.

Vielleicht, schoss es dem Mädchen durch den Kopf, wäre es für den Anfang besser, ihren Retter vorerst in diesem Glauben zu lassen. Wenn wirklich viele Londoner die uralte Metropole flohen und nach Paris kamen, dann wäre das vorerst wohl eine recht gute Tarnung, die ihren Aufenthalt hier rechtfertigte, würde sie jemand fragen. Gerade für den Fall, dass es Scherereien mit den Behörden geben würde, wäre eine gute Erklärung vonnöten.

»Und?«

Sie schreckte aus den Gedanken auf.

»Du hast dich also verlaufen.«

»Ja«, murmelte sie, »ähm, nein.«

»Was denn nun?«

Sag's ihm doch, schlug Lady Mina vor.

»Deine Ratte ist sehr gesprächig.«

»Rättin«, verbesserte Emily ihn.

Adam nahm es zur Kenntnis. »Darf ich sie streicheln?«

Er darf!

Emily sagte es ihm.

Und Adam kraulte Lady Mina an der Stirn und zwischen den Ohren.

»Als ich klein war, da hat mich mein Vater oft mit zum Ravenscourt oder nach Hidden Holborn genommen, um mir die Stadt unter der Stadt zu zeigen. Oft sind wir auf Ratten getroffen, und immer haben sie uns freundlich behandelt. Und manchmal durfte ich eine von ihnen streicheln.«

»Was hat dein Vater gemacht?«

»Er war Kaufmann. In der Alperton Gilde.«

»Hm.«

»Wir waren oft durch die Stadt unter der Stadt gewandert und dann, vor vier Jahren, nach den Unruhen, da hat er sich zurückgezogen und einen Laden in Kingsbury aufgemacht.«

Er redet wirklich viel, dachte Emily.

Er redet ununterbrochen, bemerkte Lady Mina.

Die Rättin schien das Gespräch höchst amüsiert zu verfolgen.

Das tut er, weil er dich mag.

Oh, bitte!

Diese Rättin!

Genervt zog Emily Lady Mina sachte am Schwanz.

»Vor zwei Tagen hieß es mit einem Mal, dass die Bewohner der Grafschaft Kingsbury allesamt vom Erdboden verschwunden seien.« Es schien Adam nicht leicht zu fallen, darüber zu sprechen. »Ich habe mein Elternhaus verlassen vorgefunden, als ich dort gewesen bin. Den meisten Menschen, die in die Grafschaft zurückgekehrt sind, ist es kaum anders ergangen. Die Bewohner waren einfach fort. Es war so, als hätten sie mitten in dem, was sie gerade getan haben, inne gehalten und das Haus verlassen.« Er strich sich durch das zerwuschelte Haar. »Das Essen stand noch auf dem Tisch. Der Fernseher lief. Hey, ich weiß noch, dass die Wiederholung einer alten BBC-Serie lief. *The Tripods*. Meine Güte, die hatte ich als Kind geliebt.« Er schluckte. »Tja, als ich dann feststellte, dass es in der Nachbarschaft kaum anders aussah, beschloss ich, London zu verlassen.« Nachdenklich blickte er aus dem Fenster, wo funkelnde Positionslichter in der Nachtschwärze des Tunnels aufleuchteten und das Spiegelbild seines Gesichts für einen kurzen Moment mit einem Funkeln umgaben. »Auf der Küchenanrichte habe ich einige Blutstropfen entdeckt«, flüsterte er vor sich hin. »Es war so seltsam, diese Flecken dort zu sehen. Dort, wo sie eigentlich gar nicht hätten sein dürfen.« Dann sah er Emily an. Schluckte. »Ich rede ganz schön viel, was?«

Das Mädchen machte eine wegwerfende Handbewegung. »Ist schon okay.«

»Hm.«

Ein Moment des Schweigens verstrich.

»Und dann«, sagte Emily schließlich, »bist du nach Paris gegangen.«

»Ich bin früher schon einmal hier gewesen«, antwortete Adam. »Um ehrlich zu sein, gegen den Willen meiner Eltern.« Er blickte nach draußen, wo eine Métro-Station nach der anderen erschien, sich in nahezu gleichen Intervallen immer neue Menschen in den Zug ergossen und stoisch und stumm das Schicksal ertrugen, zusammengepresst wie die Ölsardinen ihrem Ziel entgegenzufahren. »Vor fünf Jahren hatte ich von einer Künstlerkommune in dem kleinen Dorf Montmartre gehört. Bohemiens, die alles taten, was das Leben lebenswert macht. Sie hatten sich der Musik, dem Theater und der Dichtkunst verschrieben. Das klang exotisch genug, um die Schule abzubrechen und nach Paris zu gehen.« Ganz verträumt erinnerte er sich. »In meiner Vorstellung war alles wunderbar einfach gewesen. Ein richtiger Bohemien hatte ich werden wollen. Lieder hatte ich schreiben und Geschichten erfinden wollen. Ja, schreiben und komponieren wollte ich, über die Wahrheit, die Schönheit und die Freiheit. Und natürlich die Liebe. Hey, vor allem über die Liebe.« Er musste lachen. »Am Ende durfte ich feststellen, dass die Romantik des Bohemien-Daseins ein zweifelhaftes Vergnügen ist, wenn man Hunger leiden und in billigen Absteigen hausen muss.«

»Und jetzt«, hakte Emily nach, »ist es besser?«

»Naja, ich leide immer noch Hunger und hause in einer billigen Absteige.« Er grinste entwaffnend. »Aber ich bin ein Bohemien. Arm, aber glücklich.« Er klopfte sich auf den Bauch. »Und leider auch immer noch hungrig.« Die Geldstücke klimperten in seiner Hosentasche, als er dagegen schlug. »Leider verdient man mit dem Singen in der Métro nicht allzu viel.« Nach einer Pause fügte er hinzu: »Aber immerhin mehr als in London, wo kaum jemand mehr stehen bleibt, um die Musik zu genießen. Die Menschen fürchten sich eben und meiden die Pfade, die durch die uralte Metropole führen.«

»Und deine Eltern?«

»Haben mich dafür gehasst.«

Er redet wirklich viel, dachte Emily. Ja, dafür, dass wir uns kaum kennen, redet er wirklich verdammt viel. Da musste sie Lady Mina Recht geben. Zudem fuchtelte Adam Stewart mit den Händen in der Luft herum, wenn er sprach. Ganz entzückend.

»Um ehrlich zu sein, war ich vor vier Jahren zum letzten Mal in Kingsbury gewesen, während der Unruhen.«

»Ich erinnere mich. An die Unruhen, meine ich.«

»Es hat damals Ausschreitungen in Kingsbury gegeben, und ich wollte nach dem Rechten sehen.«

»Und seitdem?«

»Wir haben kein Wort mehr miteinander gewechselt, meine Eltern und ich, und sind im Streit auseinander gegangen. Tja, und jetzt sind sie verschwunden.« Er sah hinaus in den Tunnel. »London ist so weit weg. Und Paris ist eine andere Welt. Irgendwie heller. Du wirst schon sehen, die Menschen hier sind anders.«

Ja, das würde sie.

Da war sie sich mittlerweile fast sicher.

Emily musste an ihren Vater denken. An Richard Swiveller. Der vielleicht auch einmal in Paris gewesen war. Vor langer Zeit einmal.

»Emily?«

Sie sah ihn an.

Er hatte ihren Namen ausgesprochen!

Wie eine Melodie hatte es geklungen.

»Du hast dich verlaufen, sagtest du?!«

Ach ja.

Sollte sie es ihm erzählen?

Was würde er von ihr denken, wenn sie von Fegefeuern und Gargylen und ihren Visionen berichten würde?

Emily Laing, die fremden Menschen gegenüber überaus misstrauisch zu sein pflegte, misstraute, das wurde ihr selbst nunmehr auf verwirrende Weise klar, diesem Jungen aus Kingsbury in keiner Weise.

Und war es denn nicht möglich, dass man in seinem Leben Menschen über den Weg lief, von denen man einfach wusste, dass sie nichts Böses im Schilde führten? Menschen, die wie eine Melodie waren, die man schon einmal gehört zu haben glaubte? Zu der man augenblicklich mit den Füßen im Takt zu wippen begann und die man beschwingt vor sich hin pfiff, und sei es auch nur in Gedanken? Eine Melodie, die einen an nichts anderes mehr denken ließ als bloß an dieses eine Lied, das einem gar nicht mehr aus dem Kopf gehen wollte?

Emily Laing jedenfalls glaubte daran.

So wie Adam Stewart, den sie erst seit einer knappen Dreiviertelstunde kannte, gewusst hatte, dass er ein Künstler hatte werden wollen.

Ein Bohemien.

Ja, Emily hörte die Melodie.

Und ließ sich von ihr tragen.

»Was ist passiert?«

»Frag' lieber nicht.« Sie schlug den Blick nieder. Der Rucksack, den sie seit der Begegnung mit dem Fegefeuer nicht mehr von der Schulter genommen hatte und der die letzten Blätter der Aufzeichnungen Eliza Hollands enthielt, die Emily noch zu lesen gedachte, schnitt ihr in die Schulter. »Ich werde dir erklären, was passiert ist. Später. Zuerst …« Sie suchte nach einem Grund, das Geständnis hinauszuzögern. »Zuerst brauche ich ein Frühstück.«

Adam schien nicht verärgert zu sein. »Ja, das Gefühl kenne ich.«

»Hungrig zu sein?«

»Nicht zu wissen, ob man jemandem trauen kann.«

Sie sahen einander an.

Keiner wich dem Blick des anderen aus.

Und Emily wurde bewusst, dass er sie nicht ansah, wie andere Menschen sie normalerweise ansahen. Er *betrach-*

tete sie nicht. Nein, er *sah* sie an. Er sah ihr in das gesunde Auge und gleichzeitig in das Mondsteinauge. Nein, er starrte nicht nur auf den hellen Stein, der sich in ihrer linken Augenhöhle befand. Adam Stewart sah *sie* an. Konnte es sein, dass er ein rothaariges Mädchen sah, das ihm gefiel? Dass er auch eine Melodie hörte, die ihn die Schlechtigkeit der Welt vergessen machte?

Erschrocken schlug Emily den Blick nieder.

Nein, so sollte sie nicht denken.

Niemals.

»Was ist los mit dir?«

Ausweichend sagte sie: »Nichts.«

Dachte aber: alles.

Alles.

Und noch mehr.

Kapitel 7

L'Hotel Absinthe de Montmartre

Emily und Adam verließen die Métro, nachdem sie einmal umgestiegen waren, an der Haltestelle Richelieu-Dronot, weil Adam die Begegnung mit diversen Kontrolleuren, die auf dem Rest der Strecke zu patrouillieren pflegten, tunlichst vermeiden wollte.

»Die standen alle schon einmal vor der Abendkasse des Moulin Rouge und haben nach Karten gefragt, die ein gewisser Emile Nouguier für sie zurückgelegt habe.«

»Du solltest dir eine neue Strategie zulegen.«

»Ja, denke ich auch.«

Emily schlug den Kragen hoch und folgte Adam durch ein Armenviertel. Die Rue Faubourg wirkte auf Emily wie das oberirdische Gegenstück zum Brick Lane Market, so indisch und orientalisch muteten die Menschen und die Waren, die sie feilboten, an. Sie passierten das Kaufhaus Tati und bewegten sich stetig nach Norden, bergaufwärts.

Dann durchschritten sie ein Tor aus kunstvoll behauenem Kalkstein: Der wild grinsende Mund eines Narren mit großen Augen war der Eingang zur Rue des Martyrs.

»Dies«, begrüßte Adam sie in seinem Viertel, »ist Montmartre.«

Und wie es seine Art war, erzählte er. Davon, dass der Berg Mont Marat mit seinen Weinbergen, billigen Schenken und lustigen Windmühlen einst zu einem beliebten Ausflugs- und Vergnügungsziel der Pariser Bevölkerung geworden war, was nicht zuletzt daran gelegen hatte, dass der Berg außerhalb des Stadtgebietes gelegen hatte und die Lokalsteuer, der Octroi, dort nicht erhoben werden durfte. Die billigen Mieten und das Flair hatten dann die Künstler angezogen.

»Die Künstler«, sagte Adam, »sind heute noch hier.«

Und wenngleich Montmartre jetzt kein Dorf mehr war, so umwehte die schmalen Gassen, die sich bergaufwärts wanden, doch noch ein Hauch von Nostalgie und Bohème.

An den Straßenecken standen bereits zu dieser Tageszeit Musikanten, und das, obwohl es eisig kalt war und die Finger nicht lange in die Saiten würden greifen können, bevor sie vor Kälte erstarrten. Freudenhäuser, die Maisons de tolérance, säumten manche Gassen. Wenige Touristen schlichen mit ihren Kameras durch die Gegend.

»Dort ist es!«

Adam führte sie zu einer Absteige in der Rue Durantin, die genau so aussah, wie man sich eine Absteige in einem Pariser Künstlerviertel vorstellte. Putz, der von den nassen Wänden bröckelte, ein Café im Erdgeschoss, das rauchverhangen war und in dem es von schrägen Gestalten nur so wimmelte. Ein Schild, dessen Inschrift nahezu verblasst war und aus dem letzten Jahrhundert zu stammen schien, prangte über dem Eingang.

»L'Hotel Absinthe de Montmartre«.

Das war der Name des Etablissements, das Adam Stewart sein Zuhause nannte.

»Komm, ich stelle dich den anderen vor.« Und schon zog er Emily ins Innere des Cafés.

Sofort umfing sie eine wohlige Wärme, und der Rauch, der ihr in die Augen drang, ließ Lady Mina die Schnauze rümpfen.

Kein Ort in der Stadt hätte geeigneter sein können, um als Treffpunkt für Bohemiens zu dienen, die auch allesamt genau so aussahen, wie man sich Bohemiens vorstellte. Abgetragene Jacken, geringelte bunte bodenlange Schals, Mützen und Hüte aller Formen und Farben, Nickelbrillen und solche mit durchsichtigen bunten Gläsern, Hände, die Bleistifte hielten, und solche, die Zigaretten drehten. Augen, den beiden Neuankömmlingen teils abweisende, teils exaltierte Blicke zuwarfen.

Die Wände waren hell, einer jener sanften, schlammfarbenen Gelbtöne, und geschmückt mit Bildern von Modigliani und Braque und Utrillo. Auf runden Tischen standen überquellende Aschenbecher und Kerzen in ausgedienten, wachsbetropften Weinflaschen. Hier und da steckte ein Intellektueller seine Nase in eine Tageszeitung, und mit ein wenig Glück fand man zwischen den herumliegenden kaffeebefleckten Ausgaben das zerfledderte Exemplar eines alten »Pariscope« oder einer »Revue Blanche« oder des »L'Officiel des Spectacles«.

Ein kleiner Mann mit kurz geschnittenem schwarzem Haar und einem Kneifer, der auf der knolligen Nase saß, die das schmale Gesicht mit den wachsamen Augen und dem schwarzen Bärtchen dominierte, bahnte sich seinen Weg durch die Menge.

»Adam Stewart«, begrüßte er den Jungen, »und dazu

noch in so hübscher Begleitung.« Er blieb vor Emily stehen, und erstaunt stellte das Mädchen fest, dass er ihr nur bis zur Schulter reichte. »Bonjour Mademoiselle.« Bevor Emily etwas erwidern konnte, hatte er ihre Hand ergriffen und hauchte einen Kuss darauf. »Wenn ich mich vorstellen darf«, plapperte er drauf los, »mein Name ist Henri de Toulouse-Lautrec-Monfa-Celeyran.« Er lispelte und sabberte auch ein wenig, wenn er so schnell sprach. »Maler und Dichter und Künstler.« Er benutzte einen Gehstock, den er pausenlos hin und her schwang. »Wir alle hier sind eine große Familie, nicht wahr, Adam? Ja, wir werden die Welt verändern mit dem, was wir tun.«

Alle in dieser seltsamen Stadt, dachte Emily, scheinen dazu zu neigen, wie wild auf mich einzureden.

»Wo hast du sie aufgegabelt, junger Freund?« Er stupste Adam von der Seite an.

Grinste.

Lachte.

»In der Métro. Ein RATF-Typ war hinter ihr her gewesen.«

»Ah, die sind wie die Schmeißfliegen.«

Lady Mina steckte die Nase neugierig in den Rauch.

»Oha, eine Ratte«, bemerkte Toulouse.

»Sie heißt Lady Mina.«

Der kleine Mann schien sich darüber zu freuen. »Bonjour Mademoiselle Mina, ma petite rate gentille.« Sein Gesicht kam dem der Rättin sehr nah. »Hübsche dunkle Augen hat sie, wie ich finde.«

Er ist charmant, bemerkte Lady Mina.

Doch Emily hörte der Rättin schon gar nicht mehr zu, denn das, was sie sah, ließ sie kurz schwindeln. Wenn es Zufälle gab, dann war dies einer. Und wenn nicht, dann wollte sie gar nicht erst wissen, welches Spiel hier getrieben wurde.

»Was hast du?«, erkundigte sich Adam.

Emily stellte nur mit bebender Stimme eine Frage: »Wer ist das?«

An der Wand neben dem Eingang zur Küche hing ein kunstvoll gemaltes Plakat, das für den Abend in zwei Tagen eine Lesung ankündigte, hier im »Hotel Absinthe de Montmartre«.

»Das, meine Liebe, habe ich gemalt.« Toulouse war stolz auf sein Werk.

»Das ist es, was er den ganzen Tag über tut«, erklärte Adam.

»Lithografien, Bilder, Plakate, Zeichnungen, Skizzen«, lispelte Toulouse, »was auch immer das Herz begehrt.« Laut klatschte er in die kleinen Hände. Dann sah er Emily erwartungsvoll an.

»Nein, ich meine nicht das Plakat. Sondern die Frau *darauf*.«

Adam schaute jetzt erstmals genauer hin.

Eine kühle 40er-Jahre-Schönheit mit ernstem Gesicht war da gemalt, im typischen Stil von Toulouse. Sehr künstlerisch. Und düster. Melancholisch. In Farben, die wie warmer Regen in einer Sommernacht aussahen.

Estella Havisham – Poetry & Performance.

Das stand unter dem Gesicht in den geschwungenen Lettern des Art-Nouveau-Stils geschrieben.

»Sie kommt mehrmals im Jahr hierher«, sagte Toulouse, der Emilys Aufregung nicht zu verstehen schien. »Sie trägt Gedichte vor. Ja, das kann sie wirklich gut. Sie ist Engländerin. Und wenn sie redet, dann hat sie einen überaus charmanten Akzent.« Er hustete und lachte gleichzeitig, und es war nicht zu übersehen, dass er die Engländerin, die regelmäßig in diesem Hotel abzusteigen schien, mochte und zudem als Künstlerin schätzte.

Emily, deren Kehle mit einem Mal ganz trocken war, atmete indes tief durch. Die Welt drehte sich wieder schneller. Und mit ihr all die Gesichter, die so eng miteinander verbunden waren, dass es kein Entrinnen zu geben schien.

»Eliza«, flüsterte Emily.

»Du kennst sie?«

»Ja.« Aber eigentlich, dachte Emily traurig, glaube ich doch nur, sie zu kennen. Denn wenn Eliza hierher kam, dann bedeutete das …

Was?

»Emily, du siehst aus, als würdest du jeden Moment umkippen.«

Sie sah auf.

Adams Stimme, die ihren Namen aussprach, brachte sie wieder ins verrauchte Café zurück. Selbst Toulouse war verstummt.

»Wir müssen reden«, sagte Emily. »Sofort!«

Und meinte genau das, was sie sagte.

Geredet wurde im Nebenzimmer, das nicht mehr als eine Abstellkammer für allerlei Gerümpel war, für das Robespierre, wie der meistens etwas kopflos wirkende Betreiber des Etablissements von seiner Kundschaft und den Bohemiens, die das Hotel Absinthe ihr Zuhause nannten, gerufen wurde, keinerlei Verwendung mehr hatte.

»Ich habe dich in der Métro gefragt, ob ich dir vertrauen kann.«

»Und ich weiß noch genau, was ich dir darauf geantwortet habe.«

»Welches Spiel spielst du, Adam?«

»Ich weiß nicht, wovon du sprichst.«

»Es kann kein Zufall sein, dass Eliza diesen Ort hier aufsuchen wird.«

»Warum nicht?«

»Weil es keine Zufälle gibt. Darum!« Richtig aufgebracht war sie.

»Persönlich bin ich dieser Estella Havisham noch niemals begegnet«, gestand Adam, und Emily fragte sich, ob sie ihm glauben konnte. »Es ist nur eine von vielen Veranstaltungen, die hier stattfinden. Wirklich nichts Besonderes. Hey, das ist es, was wir hier tun. Künstler treten auf und tun das, was sie als ihre Bestimmung ansehen. Ich spiele Gitarre oder Sitar, andere tragen Gedichte vor. Es gibt viele Ausländer, die hierher kommen, um sich der Kunst zu verschreiben. Deine Estella Havisham ist da wohl keine Ausnahme.«

»Ihr richtiger Name ist Eliza Holland.«

Unruhig lief Emily im Raum auf und ab, während Adam still dastand und ihr zusah. Lady Mina hockte auf einem ausgedienten Barhocker.

»Emily?«

Sie blieb stehen.

»Was geht hier vor?«

Ruhig war seine Stimme.

Besonnen, wo Emily hysterisch zu werden drohte.

»Frag' besser nicht.«

Womit sich Adam nicht zufrieden gab.

»Du läufst vor irgendjemandem davon«, brachte er seine Vermutung auf den Punkt. »Und ich habe, ehrlich gesagt, keine Ahnung, was hinter all dem steckt. Meine Güte, du hättest dich eben sehen sollen.« Er fuchtelte mit der

Hand in der Luft herum. »Als du das Plakat entdeckt hast. Ganz bleich bist du geworden, als hättest du ein Gespenst gesehen. Sogar Toulouse ist erschrocken. Wer, in aller Welt, ist diese Estella Havisham oder Eliza Holland? Warum hast du solche Angst vor ihr?«

»Ich habe keine Angst vor ihr.«

»Sondern?«

Emily schwieg.

»Wovor«, fragte Adam erneut, »läufst du davon?«

Emily versagte die Stimme. Da war wieder diese Melodie, der sie lauschen wollte. Ganz und gar lauschen, ohne misstrauisch zu sein.

»Adam?«

»Ja?«

»Ich *muss* dir vertrauen.« Tränen traten ihr in die Augen. Trotzig wischte sie die aufkommende Schwäche hinweg. Sie wollte ehrlich zu ihm sein und hoffte, dass diese Ehrlichkeit dieses Mal erwidert werden würde. »Ich muss dir vertrauen, weil ich allein bin und Hilfe brauche.« Sie fuhr sich mit beiden Händen durchs Haar. »Weil ich schlichtweg nicht mehr weiterweiß, so einfach ist das.«

Adam sah sie fest an und sagte: »Ich bin kein Verschwörer. Nur jemand, der einem Mädchen über den Weg gelaufen ist, das sich verlaufen hat.« Er wirkte verlegen. »Jemand, der nicht weiß, was er jetzt tun soll.«

Emily musste lächeln.

»Du könntest mir zuhören«, sagte sie.

Und so erfuhr Adam Stewart von den Dingen, die sich zugetragen hatten in der Stadt der Schornsteine und im fernen Ägypten. Von Ghulchissar und den Wesen, die nach London gekommen waren. Von dem Versuch, die Hölle zu finden. Von den Fegefeuern und den Gargylen.

Niemals zuvor hätte Emily gedacht, wie gut es tun würde, dies alles loszuwerden. Adam, der an ihren Lippen zu kleben schien, sagte während ihres Monologs kein Wort, und das, dachte Emily, war wohl der beste Beweis dafür, dass der sonst so redselige junge Musiker auch schweigen konnte, wie gute Freunde es miteinander zu tun pflegen.

Und draußen, hoch über Paris, begannen erste Schneeflocken vom Himmel auf die Stadt des Lichts herabzuschweben, leise und sachte wie Träume, die endlich bereit sind, geträumt zu werden.

KAPITEL 8

LA TÉNÉBREUSE

Als Emily und Adam aus dem Nebenzimmer in die rauchgeschwängerte Atmosphäre des Café Absinthe zurückkehrten, hörte sich Toulouse geduldig die wesentlichen Teile der Geschichte, die Emily erzählt hatte, an und gab ihnen den Rat, die Marquise von Montmartre aufzusuchen, die niemand Geringeres war als jene Katzengöttin, die im alten Ägypten als Bastet verehrt worden war und die nun seit Jahren ihre Residenz in einem stillgelegten Kino tief unterhalb des Moulin Rouge bewohnte.

»Sie kennt sich aus in dem Teil der Stadt, der unseren Augen verborgen bleibt.«

»Du meinst die Cité lumière?«, hakte Emily nach.

Toulouse schüttelte den Kopf. »*La ténébreuse*, so nennen wir die eigentliche Stadt unter der Stadt.« Mit einem Mal wurde der Maler ernst. »Es ist ein gefährliches Reich und ganz anders als die uralte Metropole, in der du aufgewachsen bist.«

»Inwiefern?«, wollte Emily wissen.

Die schmalen Äuglein spähten über den Rand des Zwickers hinweg. »Die uralte Metropole ist ein geschäftiger Ort mit vielen Grafschaften und regem Geschäftsleben.

So jedenfalls habe ich sie in Erinnerung – mein letzter Besuch in deiner Heimatstadt ist allerdings schon länger her. *La ténébreuse* hingegen ist ein nahezu toter Ort. Die *comté Montmartre* ist zwar relativ sicher, aber dies auch nur, weil Bastet über diesen Ort wacht, doch selbst dort geschehen manchmal seltsame Dinge. Die *comté Montparnasse* wird von den Gabrieliten beschützt. Und den Gare Saint-Lazare hast du bereits kennen gelernt.« Er schüttelte angewidert den Kopf. »Kein angenehmer Ort, wahrlich nicht. Nun ja, und der Rest ist mehr oder weniger ein Niemandsland, in dem sich allenfalls zwielichtiges Gesindel herumtreibt.«

»Bist du jemals dort unten gewesen?«, wollte Adam wissen.

»Einige Male, vor langer Zeit.«

»Und?«

»Ich verspüre nicht den Drang, es noch einmal zu tun. Es ist ein beschwerlicher Weg, und wenn man etwas kurz geratene Beine hat, dann wird es kaum besser.«

Emily ahnte, dass da mehr sein musste. Mehr, als Toulouse ihnen mitteilte. »Was befindet sich dort unten?«

»Anders als die uralte Metropole, ist *la ténébreuse* bereits vor Jahrzehnten verlassen worden.« Emily konnte ihr Spiegelbild im Zwicker des Malers erkennen, so verschwörerisch nah kam er ihr. »Etwas dort unten hält die Stadt am Leben. Es bewahrt die Cité lumière davor, im Chaos und Leid zu versinken. Aber dieses Etwas, so flüstert man sich in den Spelunken hinter vorgehaltenen Händen zu, will genährt werden.« Toulouse blinzelte. »Kurzum, niemand treibt sich freiwillig dort unten herum. *La ténébreuse* ist ein gefährlicher Ort, an dem es nichts gibt als norwegische Ratten und Kakerlaken.«

Norwegische Ratten?

Lady Mina wirkte äußerst besorgt.

»Was hat sie gesagt?«, wollte Toulouse wissen.

Emily sagte es ihm.

»Oh ja, die norwegischen Ratten.«

Sie sind Barbaren, erklärte Lady Mina. *Berserker, Rudeljäger. Völlig unzivilisiert, wie man sich erzählt. Wir sollten uns vor ihnen vorsehen.*

»Rattus norvegicus.« Toulouse verzog das Gesicht. »Die Kanalarbeiter nennen sie *gaspards* oder *cousins*. Große Biester sind das. Fett. Bissig. Angriffslustig. Und immer tauchen sie in Rudeln auf.«

Es gibt Geschichten, die ich als Kind gehört habe, bemerkte Lady Mina. *Von jenen unserer Art, die in Scharen nach Paris gewandert sind, als ein Erdbeben ihre Heimat am Kaspischen Meer heimgesucht hat. Brutal sind sie in der Kanalisation eingefallen. Die alteingesessenen Stämme wurden überrannt. Getötet. Gefressen.* Angeekelt wandte sich die Rättin ab. *Wir haben einen Namen für sie. Die, die ihre Toten essen.*

»Klingt verlockend.« Emily und Adam tauschten Blicke.

»Die Cité lumière ist das schöne Paris, das jedermann kennt, mit seinen Parks und Flaniermeilen und Museen, nicht zu vergessen die endlosen Röhren der Métro. Aber anders als in London gibt es jenseits der Métro keine Welt, die den Menschen offen stünde. Nicht mehr, jedenfalls.« Toulouse zog an der Wasserpfeife, die in seinem Schoß lag. »Nur einige wenige trauen sich noch dort hinunter. Es ist schwierig, so jemanden zu finden.« Ein breites Lächeln erhellte das schiefe Gesicht. »Doch Toulouse hat einen aufgetrieben. Monsieur Morland ist ein *vaga-*

bond ténébreuse. Er kennt sich dort unten aus. An ihn solltet ihr euch wenden.«

»Und wird er uns auch helfen?«

»Er ist euer Landsmann«, verkündete Toulouse. »Ein Engländer. Seit einiger Zeit erst wieder in Paris, wie ich hörte. Naja, solche Leute kommen und gehen, wie es ihnen in den Kram passt. Aber wir wollen uns nicht beschweren. Jetzt ist er hier, und ich denke, dass er euch beiden helfen wird, zur Katzengöttin zu kommen.«

»Warum sollte er das tun?«, fragte Emily.

»Ich werde ihn darum bitten. Toulouse und Morland sind alte Bekannte. Wir haben uns einst in London kennen gelernt, damals, als ich dort gewesen bin, um neue Eindrücke zu gewinnen und diesen grässlichen Menschen getroffen habe, der sich nicht hat portraitieren lassen. Oscar Wilde, der ein Star in der noblen Gesellschaft war und gleichzeitig von ihr verurteilt wurde. Tja, tja, das ist nun wirklich lange her.«

»Wann brechen wir auf?« Emily war jemand, der Sachen auf den Punkt bringen konnte.

Und Toulouse erwiderte: »Warum warten?«

So machten sie sich also nach einem kargen Frühstück auf den Weg und verließen die Absteige, die ein Hotel war, Richtung Barbès Rochechouart. Es schneite und einige der dicken Schneeflocken verfingen sich in Emilys Haar. Adam Stewart, der sich in dieser Gegend auskannte, ging voran. Emily hintendrein, die schweigsame Lady Mina auf ihrer Schulter und den Rucksack mit den Erinnerungen Elizas darin geschultert.

Bastet, dachte Emily, als die Métro-Station bereits in Sichtweite war, hatte ihr am Jardin du Luxembourg geholfen. Doch warum? Wenn sie eines während ihrer Ausbildung gelernt hatte, dann war es die Tatsache gewesen, dass kein Wesen ohne ein selbstsüchtiges Motiv handelte.

»Warum sie dir geholfen hat? Keine Ahnung. Aber sie hat es getan. Und das Quartier Latin ist nicht einmal ihre *comté*.« So einfach war die Antwort für Toulouse gewesen. »Und wenn du deinen Mentor suchst, dann ist Bastet diejenige, die dir helfen kann. Wenn dir überhaupt jemand helfen kann, dann sie.« Er hatte Emily aufmunternd zugenickt. »Begleiten kann ich euch beide leider nicht. Dumme Sache, wegen der Beine, wie schon gesagt.«

Emily hatte es vorgezogen, zu schweigen.

Was sie nicht vor einem weiteren Redeschwall des Malers bewahrt hatte. »Pech, das war es gewesen. Einfach nur Pech. Mit vierzehn Jahren bin ich auf dem glatten Fußboden ausgerutscht und habe mir den Schenkel gebrochen. Ein Jahr später bin ich zu allem Überfluss in einem seichten Graben gestolpert und habe mir den anderen Schenkel gebrochen.« Mit der Hand hatte er gegen die kurzen Beine geschlagen, die, wenn er am Tisch saß, in der Luft baumelten. »Sind nicht gut verheilt, die Brüche, und jetzt sehe ich nun einmal so aus, wie ich aussehe. Ein Mann mit den Beinen eines Zwerges, das bin ich. Nun ja, es gibt Schlimmeres, nicht wahr.«

Emily hatte an das Waisenhaus denken müssen.

An die anderen Kinder mit ihren Sprüchen.

»Du hast ein schönes Auge«, hatte Toulouse bemerkt. »Es muss auch für dich nicht einfach gewesen sein, damit klarzukommen. Nun ja, manchmal spielt das Schicksal seltsame Streiche. Aber es lässt sich trotzdem gut leben in dieser Welt.« Er hatte Emily angegrinst. »Wir Krüppel müssen da zusammenhalten, was meinst du?«

»Frag nicht!«, hatte Emily entgegnet.

Zu schnell, als dass es freundlich geklungen hätte.

Später, als sie mit Adam in die Cité lumière abtauchte, musste sie erneut an diese Bemerkung denken. Nein, Toulouse hatte es mit Sicherheit nicht böse gemeint. Er hatte nur ausgesprochen, was in seinem wirren Kopf vor sich gegangen war.

Trotzdem.

Es hatte wehgetan.

Und sie hatte sich geschämt.

Vor Adam.

Das Mondsteinauge war ein Teil von ihr, und der Demütigungen hatte sie im Waisenhaus und in der Whitehall-Schule genug erfahren müssen. Da brauchte sie nicht diesen überdrehten Maler, der ihr fröhlich verkündete, dass sie als Krüppel einiges gemeinsam hatten.

Nein, wahrlich, das musste sie sich doch nicht anhören.

»Was ist los?«, fragte Adam.

»Nichts.«

Lady Mina verdrehte die Augen.

Er sorgt sich um dich.

Emily warf ihr einen Blick zu, der Eis hätte schneiden können.

So stiegen sie in Barbès Rochechouart in die Métro hinab. Vergaßen dieses Mal nicht, die Fahrscheine zu entwerten. Zwängten sich in einen Zug, der sie hinunter zum Gare de l'Est bringen sollte, wo sie sich durch blitzblank polierte Röhren zum Bahnsteig der Linie 7 begeben würden, die sie dann endlich nach Poissonnière brächte.

In den Zügen durchgeschüttelt zu werden, beruhigte Emily jedenfalls, weil dieses Gefühl etwas Vertrautes war. Etwas, das sie an London denken ließ.

Adam Stewart saß dicht neben ihr.

»Denkst du an deine Freundin?«

»Ja.«

Auch von Aurora hatte sie ihm erzählt.

»Du wirst sie finden.«

»Bist du dir da so sicher?«

Er sah sie an. »*Du* bist dir sicher, Emily.«

Ja, eigentlich war sie das.

Denn sie hatte Auroras Gedanken gespürt und in das Gesicht von Dr. Dariusz geblickt. Was dies alles zu bedeuten hatte? Emily rieb sich müde die Augen. So viele Dinge passierten auf einmal. Dinge, die nichts miteinander zu tun zu haben schienen. Die aber doch in einem Zusammenhang standen. Stehen mussten.

»Wittgenstein«, sagte sie leise, »ist bisher immer zurückgekehrt.«

»Dein Mentor?«

»Manchmal denke ich«, gestand Emily, »dass er so etwas wie ein Vater für mich ist.« Sie hielt kurz inne. Und verbesserte sich: »Nun ja, wohl eher so etwas wie ein verschrobener Onkel.« Sie verdrehte die Augen. »Ein mürrischer, alter Onkel. Das trifft es besser.« Mit einem Mal wurde Emily bewusst, wie sehr sie ihr Zuhause doch vermisste. Sie dachte an Marylebone. An Peggotty und die warme Milch, die auf dem Küchentisch stand. An den Geruch des Treppenhauses und die Geräusche, die die Pflanzen auf den Balkonen machten, wenn man sie im Vorbeigehen streifte. An die Ruhe in ihrer Dachkammer und den Blick durch das Fenster hinaus auf die City.

An St. Pauls.

Lucifer.

Und Lilith.

Die Konsumschönheiten der Plakatwerbung sahen auf die Obdachlosen herab, die auf den Bahnsteigen in alkoholisierten Grüppchen lagerten. Wie verzerrt die Wirklichkeit doch sein konnte. Und wie gern Menschen sich der Illusion hingaben, die künstliche Schönheit dieser Bilder sei die Wirklichkeit, in der sie lebten. Ja, genau dies war der Eindruck, der Emily schon seit einiger Zeit beschlichen hatte. Das war es, was ihr an Paris missfiel. Alles hier wirkte künstlich, irgendwie falsch. So perfekt. Glatt und steril. Die Obdachlosen schienen gar nicht in dieses Bild hineinzupassen, und doch waren sie da.

Der Tunnel, durch den sie gerade gingen, ähnelte mit seinen glänzenden Stahlwänden dem Inneren eines Unterseeboots, so wie Jules Verne es wohl beschrieben hätte.

Futuristisch.

Unwirklich.

Kühl.

»Hörst du das?«, fragte Adam unverhofft.

Emily lauschte.

Das Zirpen erinnerte sie an Wiesen und Sommertage. Von überall her kam es. Vermischte sich mit der Musik, die aus den Lautsprechern drang und die Fahrgäste besäuselte.

»Ist es das, was ich denke, was es ist?«

»Grillen.« Adam nickte.

»Hier?«

Und dazu noch im Winter?

»Sie sitzen im Schotter zwischen den Gleisen und zirpen«, erklärte Adam. »Es ist eben warm in der Métro, Tag und Nacht, das ganze Jahr über. Die kleinen Biester fühlen sich hier unten wohl.«

»Es ist beruhigend.«

»Und besser als dieses Gedudel aus den Lautsprechern.«

Da konnte Emily ihm nur zustimmen.

Sie selbst mochte am liebsten die echten Musiker.

Zu denen Adam Stewart gehörte.

Gespielt wurde überall in Paris.

In den verzweigten Gängen der Métro-Stationen wie auch in den Zügen.

Das zumindest war eine Gemeinsamkeit mit London.

»Es ist illegal, wird aber selten geahndet«, erklärte Adam ihr.

Redend und langsam in die Welt des anderen eintauchend, stiegen sie hinab in die Unterwelt jenseits der Métro, wo sich riesige Kavernen befanden, die als Frischwasserreservoire für den Stadtteil Montmartre dienten. Anders als in London war selbst die Architektur der *égouts*, der Kanalisation, von durchaus symmetrischer Eleganz. Jeder Auslauf war eine Arkade, jedes Gewölbe erstrahlte in heller Sauberkeit. Doch gab es auch hier dicke gusseiserne Rohre, deren Manteldicke allein den widerwärtigsten Dreck von der Reinheit des Wassers zu trennen vermochte.

Hier und da wurde Emily wuselnder Bewegungen in den tiefen Schatten gewahr, die aussahen, als bewegten sich die Schatten selbst die Röhren und Höhlenwände hinauf, losgelöst von den Gesetzmäßigkeiten, die die Beleuchtung ihnen auferlegte.

»Das sind Kakerlakenschwärme«, erklärte Adam. »Sie bewegen sich vertikal, steigen aus den Tiefen der Abzugskanäle in die Häuser, kommen über Abflussrohre und Müllschlucker in die Wohnungen egal welcher Häuser. Sie sind überall. Die *cafards* sind die wahren Botschafter der Unterwelt.«

Nicht einmal Lady Mina empfand die Kakerlakenschwärme als angenehm.

Es sind ihrer so viele, bemerkte sie. *Viel mehr als in London. Und sie sind größer als die Kakerlaken in der uralten Metropole.*

»Was hat sie gesagt?«

Emily übersetzte: »Sie mag die Kakerlaken nicht.«

»Kann ich verstehen.«

Sie gingen weiter.

Über Brücken aus Stahl und breite Gehwege, die zu beiden Seiten der Kanäle, die nur schmale Rinnsale waren, verliefen.

»Es ist so leer hier unten«, bemerkte Emily.

»Hast du die Warnung gesehen?«

Emily hatte das seltsame Symbol nicht vergessen, das an der Tür, die der Zugang zur *ténébreuse* gewesen war, geprangt hatte. Ein Halbkreis, flüchtig auf den schmutzigen Stahl der Feuerschutztür gepinselt, mit einer Farbe, die wie getrocknetes Blut ausgesehen hatte.

»Niemand, der bei Verstand ist«, sagte Adam, »geht diesen Weg.«

Genau das war es, was Emily in diesem Augenblick hatte hören wollen. »Ich bin begeistert.«

Dann kamen sie in eine Gegend riesiger Höhlen, die entstanden waren, als man aus den Hügeln des Nordostens Gips herausgeholt hatte. Seit dem Mittelalter waren lange Stollen in die Erde unterhalb von Montmartre getrieben worden. Massige Gipsbrocken hatte man aus dem Felsen gebrochen oder gesprengt und in den Gipsöfen, von denen noch immer einige an ihren alten Plätzen zu finden waren, gebacken und zu Pulver gemahlen. Dabei waren gewaltige, nach oben spitz zulaufende Aushöhlungen von nahezu zwanzig bis dreißig Metern Höhe entstanden, die den Gipsbrüchen das Aussehen roh in den Berg gehauener gotischer Kathedralen gaben.

Überall lagen gekrümmte und fremdartig geformte Skelette aus den frühen Erdzeitaltern herum. Verstreute Knochen von Vier- und Mehrfüßlern, von großen Vögeln, riesenhaften Krokodilen und mächtigen Schildkröten, zahlreichen exotischen Fischarten und bedrohlich wirkenden Wesen, deren Existenz man der vom dunklen Aberglauben genährten Einbildungskraft vorangegangener Generationen zugeschrieben hatte.

Kakerlaken flitzten über den Steinboden.

Große Tiere waren es, die wenig Scheu vor Menschen hatten. Die neugierig die Ankömmlinge beobachteten. Lange Fühler ertasteten die Schwingungen, die jede Bewegung in der Luft verursachte. Vielgliedriges Geraschel war aus manchen dunklen Ecken zu hören.

»Keine angenehme Gegend.«

Dem schließe ich mich an.

Und Adam bemerkte: »Hier muss es irgendwo sein.«

Ein lauwarmer Wind blies aus vielen Richtungen.

Emily hob den Blick und sah dicke Balken, von denen die Höhlendecken gestützt wurden. Die jedoch viel zu morsch und brüchig wirkten, als dass sie demjenigen, der zaghaft diese Höhlen durchwanderte, einen Funken Sicherheit zu geben vermochten.

»Nahe den Gipskathedralen sollten wir ihn finden«, erinnerte sich Adam an die Wegbeschreibung, die Toulouse ihnen gegeben hatte.

»Oder er findet uns.«

Dann sahen sie die Grabsteine.

Zackig und krumm ragten sie aus dem Boden, wie schiefe Zähne, die von Fäulnis befallen waren. Inmitten einer der größten Höhlen befand sich ein ganzes Feld dieser Grabsteine, zwischen denen seltsam geformte Pflanzen wuchsen.

»Was ist das?«

Adam zuckte die Achseln.

»Es sieht wie ein Friedhof aus.«

Lady Mina schnüffelte.

Die Erde riecht ganz und gar nicht gut.

Sie traten näher an die Grabsteine heran.

Die seltsam süßlich riechenden Pflanzen, die wie verwelkte Blumen mit zerfransten Blättern aussahen, schlängelten sich giftigem Efeu gleich um die Steine, auf denen jegliche Inschriften fehlten.

Emily sah, dass sich die Pflanzen bewegten.

Die Blüten, die entfernte Ähnlichkeit mit Tulpen besaßen, schienen förmlich zu atmen.

»Es gibt Geschichten«, flüsterte Adam und sah sich um, »die von solchen Friedhöfen berichten. Davon, dass Menschen, die sich verirrt haben, in Gräbern enden, auf denen seltsames Gesträuch wächst.« Auch er betrachtete die Grabsteine mit den seltsamen Schlingpflanzen.

»Wer beerdigt sie?«

»Ich habe keine Ahnung.«

Emily legte die Hand auf einen der Grabsteine.

Er war kalt.

Rau.

Die Bilder, die sie durchzuckten, kamen plötzlich, wie sie es immer taten, wenn sich ihr eines anderen Menschen Erinnerung erschlossen.

»Emily!«

Adams Schrei verhallte in ihrem Bewusstsein.

Machte den Bildern Platz.

Sie sah Gestalten in pechschwarzen Roben mit Kapuzen. Ein Mädchen, das schrie. In Todesangst kreischte. Emily war dieses Mädchen. War diejenige, die nun sah, was das Mädchen gesehen hatte. Ja, das Mädchen war jemand anders. Jemand Fremdes, den man hierher gebracht hatte. Der Boden, die dunkle feuchte Erde, öffnete sich zu einem Grab, und die Gestalten, deren Hände wie Schraubstöcke waren, betteten das Mädchen in einen hölzernen Sarg. Gefühle der Panik überfluteten Emily. Da war ein Sargdeckel, der sich schloss. Eine Bewegung, die darauf schließen ließ, dass der Sarg in der Erde versenkt wurde. Dort, wo sich der feuchte Grund wie von Geisterhand gelenkt zu einem tiefen Loch geöffnet hatte. Das Mädchen, das Emily nun war, schrie. Weinte. Hämmerte mit den Fäusten gegen den Sargdeckel. Hörte, wie Erdklumpen auf dem Holz aufschlugen. Das Mädchen dachte an den Jungen, den es liebte und der, das befürchtete sie, ein ähnliches Schicksal erleiden würde. In der Métro hatten sie sich geküsst, waren auf dem Weg nach Hause gewesen. Ein Restaurant hatten sie besucht gehabt, in der Rue Turgot. Hatten geredet und sich angesehen und getan, was Verliebte tun, die sich gefunden haben und die Zeit vergessen. Dann waren sie in der Métro gewesen. Hatten einander geküsst. Das Bewusstsein verloren, als sie allein im letzten Zug gesessen hatten. Wie, das wusste sie nicht. Nicht mehr. Aufgewacht war sie in dieser Höhle, wo ihr eine Stimme verkündet hatte, dass sie niemals erfahren würde, welches Schicksal ihr Liebster in eben diesem Augenblick erleiden musste, doch versichert könne sie sein, dass er leiden würde, ja, schrecklich leiden, bevor er diese Welt verlassen würde. Dann war da der Sarg und die

Dunkelheit und die Gewissheit, an diesem Ort zu sterben, und die Ungewissheit, was mit ihrem Liebsten geschehen war. Befürchtungen und Gedanken marterten das Mädchen in dem Sarg, während sie sich die Haut an den Händen aufschürfte und die lackierten Fingernägel abriss bei dem Versuch, den Deckel zu öffnen. Mit der Atemluft schwanden ihre Lebensgeister. Dann wuchs etwas aus ihrem Körper. Wurzeln. Sie spürte, wie sie ihre Haut bedeckten. Wie Spinnweben, so fein. Etwas fraßen, das tief in ihr drinnen zu einem Knoten der Angst geworden war.

»Emily!«

Sie schlug die Augen auf.

Adam war da, und ihr Kopf ruhte in seinem Schoß.

»Was, in aller Welt, war das denn?«

»Ich bin eine Trickster«, stammelte Emily nur, noch ganz benommen von den Bildern, die sie heimgesucht hatten.

Der Junge sah sie fragend an.

»Und?«

»Ich kann Dinge spüren, die einmal gewesen sind.«

Mühsam rappelte sie sich auf.

»Diese Gräber hier sind noch nicht alt.«

Du siehst scheußlich aus, sagte Lady Mina, die zwischen den Blumen saß und Emily voller Besorgnis mit der Schnauze anstieß.

»Danke.«

Behutsam half Adam ihr auf die Beine.

»Was ist das nur für ein Ort?«

»Um das herauszufinden«, hörte Emily mit einem Mal eine Stimme, die sie kannte, »bin ich hierher gekommen.« Ruckartig drehte sie sich um und sah die Gestalt, die langsam aus den Schatten am Rand des seltsamen

Friedhofs hervortrat, voller Überraschung an. »Magister McDiarmid hat mich nach Paris entsandt.« Es war ein hagerer Mann, der da stand, gekleidet in purpurrote Beinkleider. Aus dem breitkrempigen Hut, in dessen Schatten sein Gesicht nur eine Andeutung war, ragte eine lange Feder heraus. Er sah genau so aus, wie man sich einen Gaukler aus einem Mittelalter-Film vorstellen mochte. »Miss Emily Laing«, begrüßte er sie. »Es gibt doch noch Zufälle, wenngleich Wittgenstein mir da sicherlich widersprechen würde.« Ein helles Licht hockte auf der Schulter des Mannes. Das Ding, das so groß war wie ein Tennisball, erstrahlte wie eine winzige Sonne.

»Mièville«, stammelte Emily. Sie dachte daran, wie er damals in London mit ihr und den anderen Gefährten in den Abgrund hinabgestiegen war.

Verwundert registrierte Adam, dass der leuchtende Punkt etwas sagte, was in seiner Unverständlichkeit erstaunliche Ähnlichkeit mit dem Dialekt hatte, der in Manchester gesprochen wurde.

»Dinsdale!«

Der Trunnelstreicher lächelte verhalten, wie es seine Art war, und das Irrlicht, das über seiner Schulter schwebte, leuchtete auf. »Hier«, sagte der Mann, der normalerweise in Hidden Holborn lebte, »nennt man mich Monsieur Morland.« Dann ergriff er des Mädchens Hand. »Endlich habe ich Euch gefunden, endlich.«

Kapitel 9

Les Fleurs du Mal

Mièville aus Hidden Holborn stellte sich Adam höflich und kurz angebunden vor, wie es der Tunnelstreicher Art war, ehe er den jungen Musiker fragte: »Ihr seid ein Freund Miss Laings?«

Nur einen Moment lang zögerte Adam, ehe er mit fester Stimme antwortete: »Wir haben uns erst heute Morgen kennen gelernt.«

Er ist verlegen, bemerkte Lady Mina.

Mièville, der im Gegensatz zu Adam der Ratten Sprache mächtig war, erfasste die Situation, ließ sich aber nichts anmerken.

»Ihr pflegt noch immer den Umgang mit Ratten?«, wandte er sich an Emily.

»Sie ist die Tochter Mylady Hampsteads.«

Mièville blickte augenblicklich freundlicher und zog den Hut vor der Rättin. »Ich habe Eure Mutter gekannt«, sagte er. »Ihr plötzlicher Tod war ein Verlust. Für uns alle.« Und an Emily gerichtet fügte er hinzu: »Dass man die Ratten verfolgt, zeugt von der Dummheit der Menschen. Verräter befinden sich immer dort, wo man sie am wenigsten vermutet.« Dann setzte er den Hut wieder auf und rückte ihn zurecht. »Doch sagt mir, wo steckt Wittgenstein?«

Emily schlug den Blick nieder. »Er ist fort«, sagte sie und berichtete von der Ankunft am Gare Saint-Lazare und der Fahrt zum Institut du Monde Arabe, von Ahmed Gurgar und Professor Maspero, der sie dort hatte erwarten wollen. Vom Fegefeuer und den Gargylen, die sie am Jardin du Luxembourg überfallen hatten. Von Bastet und ihren Kolibris, die in letzter Minute eingegriffen und sie vor einem schlimmeren Schicksal bewahrt hatten.

»Dorthin wollen wir.«

»Zur Katzengöttin?«

»Ja.«

Adam sagte: »Toulouse hat uns hierher geschickt, weil er glaubt, dass Bastet die Antworten weiß.«

»Worauf?«

»Wir wollen herausfinden, wer die Gargylen schickte und was es mit den Fegefeuern auf sich hat. Vielleicht gelingt es uns so, Wittgenstein und Micklewhite zu finden. Aurora, da bin ich mir ganz sicher, ist noch am Leben.« Sie berichtete von dem Traum, der eine Vision gewesen war. »Wie ein Sanatorium hat es dort ausgesehen, in dem kargen Raum, und der Arzt, der bei Aurora gewesen ist, war Dr. Dariusz.«

»Der Leiter von Moorgate Asylum?«

»Ja.«

Miéville wirkte nachdenklich. »McDiarmid teilte mir mit, dass Maurice Micklewhite und Miss Fitzrovia verschollen sind und dass Ihr samt Eurem Mentor die Reise angetreten hattet. Leider bin ich aufgehalten worden, sonst wäre ich derjenige gewesen, der Euch in Saint-Lazare in Empfang genommen hätte. Maurice Micklewhite war mit Monsieur Maspero bekannt. Doch glaubt McDiarmid, dass Maspero während der vergangenen Jahre auch einen regen Briefkontakt mit Miss Monflathers, Eurer Lehrerin, gepflegt hat.«

Emily schaute auf. »Miss Monfalthers kennt Professor Maspero?«

»McDiarmid war ebenso überrascht. Seine Spitzel trugen ihm diese Kunde zu.«

»Das ist seltsam.«

»Überaus seltsam, will ich meinen. Maspero ist seit der Zeit in Ägypten ein angesehener Altertumsforscher. Maurice Micklewhite ist ein Akademiker, und die Archäologie war die Leidenschaft, die beide verband. Aber waren sie Freunde?« Er gab sich die Antwort selbst. »Wohl eher nicht.«

Emily bezog sich erneut auf eine ihrer Visionen. »Master Micklewhite ist auch von einem Fegefeuer verschlungen worden. Ich habe es mit Auroras Augen gesehen.«

»Fegefeuer«, meinte Mièville, »können nur von der Hölle aus gelenkt werden. Das ist es jedenfalls, was man sich erzählt.«

»Aber man ist sich nicht sicher.«

»Nein, Miss Laing. Es gibt kaum Erfahrungen mit Fegefeuern. In den vergangenen Jahrhunderten wurden sie immer seltener erblickt. Wenn doch, dann nur in entlegenen Gegenden, niemals jedoch in Städten. Und diejenigen, die Fegefeuern begegnet sind, hatten kaum mehr die Gelegenheit, darüber zu berichten.«

Das war in der Tat ein Problem.

»Doch zurück zu Miss Monflathers.«

Lady Mina, die auf Emilys Schulter geklettert war, sah

das vor ihr schwebende Irrlicht an. Die beiden schienen gut miteinander auszukommen.

»Miss Monflathers und Gaston Maspero kennen einander, so viel ist sicher.« Mièville grübelte und suchte nach einem Hinweis, wie sich diese Bekanntschaft mit den Begebenheiten, die sich während des vergangenen Tages zugetragen hatten, verbinden ließ.

Adam murmelte: »Wenn also Maspero Emily und ihrem Mentor eine Falle gestellt hätte, dann könnte es sein, dass diese Miss Monflathers die Drahtzieherin ist oder zumindest davon gewusst hat.«

Emily und Mièville starrten den Jungen an.

»Die Dinge sind wahrlich sehr undurchsichtig«, sagte der Tunnelstreicher vorsichtig. »Was in der Stadt der Schornsteine geschieht, glaubt McDiarmid, steht in irgendeinem Zusammenhang mit den seltsamen Riten, die in den Katakomben hier unten zelebriert werden.« Der Tunnelstreicher sah sich wachsam um. »Es gibt eine Bruderschaft, die Frères Baudelaire, die aus einem Grund, der sich mir bisher noch nicht erschlossen hat, arglose Liebende an Orte wie diesen hier bringt, um sie dann dort getrennt voneinander zu begraben. Und zwar bei lebendigem Leibe.«

Emily dachte an die Vision, die sie gerade eben über sich hatte ergehen lassen müssen, und erschauderte.

Adam stand schweigend neben ihr.

»Maspero, das habe ich herausgefunden«, setzte Mièville seine Erklärung fort, »hat höchstpersönlich an einigen Ritualen der Baudelaire-Bruderschaft teilgenommen.«

»Sie meinen, er hat Menschen lebendig beerdigt?«

»Genau das wollte ich mit meinen Worten zum Ausdruck bringen.«

»Aber Maspero ist …«

»Was?«

Emily dachte an Eliza Hollands Erzählung. An die Begegnung mit Maspero im Museum von Kairo. Eliza hatte ihn als freundlichen Gelehrten beschrieben.

»Vertrauenswürdig?« Mièville schüttelte den Kopf. »Wenn er eines nicht ist, dann das. Er ist in Machenschaften verstrickt, die bis tief in die *ténébreuse* reichen.«

»Weiß McDiarmid davon?«

Soweit Emily informiert war, hatte ihr Mentor mit dem Magister aus Islington gesprochen, bevor sie den Orient-Express bestiegen hatten. Und wenn McDiarmid darüber im Bilde gewesen wäre, was Maspero so trieb, dann …

»Nein«, sagte Mièville. »Das ist der Grund, weshalb ich nicht zum Gare Saint-Lazare hatte kommen können.«

Dinsdale hatte das Gespräch mit Lady Mina beendet und schwebte hoch oben an der Höhlendecke und schaute sich aufmerksam um.

»Wisst Ihr, ich lebe seit nahezu zwei Monaten in der *ténébreuse*. Friedhöfe wie diesen hier gibt es an vielen Stellen. Überall wachsen die seltsamen Pflanzen, und immer sind es Verliebte, die entführt und beerdigt werden. Als der Orient-Express in Saint-Lazare einfuhr, da befand ich mich in einer Zisterne unterhalb des Palais de Chaillot, wo Maspero persönlich der Beisetzung von zwölf Paaren beiwohnte.«

»Das würde erklären, weshalb er uns nicht, wie versprochen, persönlich in Empfang genommen, sondern Ahmed Gurgar geschickt hat.«

Mièville berührte eine der welk wirkenden Blumen, die zwischen den Grabsteinen wucherten, mit der Stiefelspitze. Sofort zogen sich die Blütenblätter zusammen. »Sie sehen aus wie Grünzeug, aber ich bezweifle, dass es Pflanzen sind.« Voller Abscheu betrachtete Mièville die seltsamen Blumen, die sich fortwährend bewegten und verschwörerisch zu wispern schienen, gerade so, als tauschten sie Gedanken untereinander aus.

»Sondern?«

»Etwas anderes. Bezeichnenderweise wächst dieses Kraut nur dort, wo diese Riten vollzogen wurden.«

Vorsichtig blickte er sich in der Höhle um und lauschte.

»Wir müssen auf der Hut sein«, mahnte er.

Emily bemerkte, dass sich Schwärme von Kakerlaken in den Schatten sammelten und an den Wänden emporkrochen. Wenn Dinsdale seine Runden drehte, dann illuminierte sein Licht die wuselnden Massen schwarz glänzender Leiber.

»Sie sind ungefährlich«, bemerkte Mièville.

Adam jedoch war keineswegs beruhigt. »Es sieht so aus, als würden sie die Höhle verlassen.« Das Gewusel wurde aufgeregter. »Als hätten sie Angst vor etwas.« Von überall her kamen Kakerlaken gekrabbelt. Sie sammelten sich und zogen von dannen.

»Vielleicht«, schlug der Tunnelstreicher vor, »sollten wir ebenfalls aufbrechen.« Sein hageres unrasiertes Gesicht wirkte mit einem Mal angespannt. »Das Verhalten der Kakerlaken ist wahrlich untypisch für jene ihrer Art.« Er beobachtete das merkwürdige Treiben. »Und Toulouse«, lenkte er von den Schwärmen ab, »bittet mich also, Euch nach Blanc zu bringen? Zum *cinéma blanc*?«

Adam nickte. »Werden Sie uns helfen?« Die Kakerlaken ließ er nicht aus den Augen.

Mièville sah den Jungen an. »Das will ich doch meinen.«

Lady Mina stupste Emily an.

Ich rieche etwas.

»Was?«

Ich weiß es nicht. Der Geruch, ist mir fremd.

Als wolle die Erde selbst diese Bemerkung kommentieren, begann sich mit einem Mal der Grund unter Emilys Füßen zu regen.

»Was ist das?«

Mièville schwieg.

Besorgnis flammte in den zusammengekniffenen Augen auf.

Dinsdale dimmte sich.

»Die Erde bewegt sich.« Adam trat neben Emily.

Er hatte Recht.

Die Erde begann zu fließen.

Ja, Sand und Erde und Gesteinsbrocken flossen förmlich zwischen Emilys Füßen hindurch in eine bestimmte Richtung. Zum Rand des Friedhofs.

Emily musste an eine Sanduhr denken, die man gerade umgedreht hat. Genau so musste es für jemanden aussehen, der sich in der Sanduhr befindet, wenn man diese umdreht. Die Oberfläche, die der Sand gebildet hat, beginnt in der Mitte einzufallen, und langsam entsteht ein strudelartiger Trichter. Der Sand fließt zur Mitte.

Stetig.

Unaufhaltsam.

Und genau so war es auch hier.

Die Erde und die Steine rutschten allesamt in einen Abgrund hinein, der sich am Rande des Friedhofs, jenseits der welken Gewächse auftat. Die Blumen begannen sich zu bewegen, und wäre ein sanfter Wind durch die Höhle gefahren, dann hätte diese Bewegung auch einen Sinn ergeben. Aber da war kein Wind. Kein Lüftchen. Die Blumen bewegten sich aus eigener Kraft und sonderten einen Geruch ab, der süßlich war und einlullend.

»Kommen Sie!« Mièville zog Emily und Adam an den Armen vom Friedhof fort.

Die Blumen begannen jetzt nach ihren Füßen zu greifen.

Blätter rollten sich zusammen, und schlingenhaftes Geränk begann wild zu wuchern. Es sah aus, als wüchsen die Grabsteine mit einem Mal zu.

Die Erde begann leicht zu beben.

Gipsbrocken fielen von der Decke herab und schlugen dicht neben Emily und Adam auf.

»Das ist ein Abgrund!«, rief Emily dem Tunnelstreicher fassungslos zu.

Erinnerungen wurden in ihr wachgerufen.

An London.

Die uralte Metropole.

Wie konnte es nur möglich sein, dass sich mitten in der *ténébreuse* ein Abgrund öffnete?

Doch dann erinnerte sie sich der Worte des Totengottes. Hatte Anubis damals nicht behauptet, dass keine Metropole ohne die Abgründe, die sich in ihr auftaten, zu existieren vermochte?

Die Blumen zischten.

Ein Lied mochte es sein.

Oder auch nicht.

Staub wirbelte auf, als etwas Großes sich aus dem Abgrund erhob. Einem Fangarm ähnlich und doch wie nichts, was Emily jemals zuvor gesehen hatte.

Sie war in der Bibliothek von Hampstead Manor auf okkulte Bücher gestoßen. Die *Cultes de Goules* des Comte d'Erlettes und Ludwig Prinns *De Vermis Mysteriis*. Sie wusste, dass ihr Mentor nach den Vorfällen, die nun vier Jahre zurücklagen, die Werke Abdul Alhazreds studiert hatte. Das, was sich da vor ihr erhob, schien jenen Werken, auf die sie nur kurze Blicke hatte erhaschen können, entsprungen zu sein.

Der Fangarm, wenn man das Gebilde aus rohem Fleisch und Mündern, die sich fortwährend schlossen und öffneten und dabei eine Reihe zahnähnlicher Gebilde erkennen ließen, so nennen mochte, kroch unaufhörlich auf jene Stelle zu, an der sich die Gräber befanden, an denen die Wanderer soeben noch gestanden hatten. Die Blumen ließen ein unheimliches Wehklagen vernehmen. Wie dahingeflüsteter Gesang, der in der Seele schmerzte. Laute, die so vor Leid und Elend troffen, dass sie schon fast sirupgleich in den Boden sickerten.

Kleinere Geschöpfe entschlüpften dem Abgrund, krabbelten flink an dem Tentakel empor, und Emily erkannte die Wesen, denen sie bereits damals in London begegnet war.

Rattlinge!

Lady Mina klammerte sich an Emilys Schulter fest. Die Rättin zitterte vor Angst, denn sie hatte von den reptilartigen Geschöpfen gehört, aber niemals eines mit ihren eigenen Augen gesehen. Allein die Geschichten hatten sie schon geängstigt. Alle jungen Ratten hatten davon gehört. Von rattenähnlichen Kreaturen mit nässender Haut, toten Augen und vor Gift triefenden Lefzen.

»Kann das möglich sein?«

Mièville wusste, was sie meinte.

Konnte es sein, dass unter Paris ein ähnliches Geschöpf lebte wie der Nyx?

Paris und London.

Sagte man nicht, die Städte seien Schwestern?

»Was sollen wir tun?«, fragte Emily.

»Wir ziehen uns zurück«, schlug Mièville vor und deutete auf einen Tunnel, der in die Höhle mündete.

Die Rattlinge sprangen über die Münder des Fangarms.

Sie liefen zu den Blumen und schienen in einer zischenden Sprache mit ihnen zu kommunizieren. Der Tentakel erreichte die Blumenfelder. Die Grabsteine gaben dem Gewicht des Fangarms nach und knickten ein. Die vielen Münder schnappten nach den Blumen, die sich bereitwillig in ihre Richtung reckten und, wie es aussah, gefressen werden wollten.

Gierig rupften die Tentakelmünder die Blumen samt Wurzeln aus dem Boden und zermalmten sie mit den stumpfen zahnähnlichen Gebilden, die schief wie die Grabsteine aus dem stinkenden Fleisch herausragten. Dickflüssiger Saft troff aus den Stängeln und Blüten, und ledrige Zungen leckten begierig an der klebrigen Flüssigkeit.

»Die Blumenfelder«, murmelte Mièville, »werden abgeerntet.«

Was immer das bedeuten mochte.

Emily verspürte keinerlei Interesse, noch länger an diesem Ort zu verweilen. Adam stand neben ihr und hatte ihre Hand ergriffen. Emily konnte sich nicht einmal daran erinnern, wann genau er das getan hatte, aber es tat gut, ihn so bei sich zu haben.

Dinsdale schwebte neben ihrem Kopf.

Lady Mina indes, die wusste, was mit ihrer Mutter geschehen war, konnte den Blick nicht von den Rattlingen abwenden.

Jenen widerwärtigen Geschöpfen, die plötzlich Witterung aufnahmen.

Köpfe drehten sich.

Hälse wurden gereckt.

Unzählige tote Augenpaare richteten ihre Aufmerksamkeit auf die Eindringlinge, die in die *ténébreuse* hinabzusteigen gewagt hatten. Denn die *ténébreuse*, das ahnte Emily, war das Reich dieser Wesen. Der Ort, an dem Friedhöfe angelegt wurden und sich Abgründe öffneten, um die furchtbaren Blumen, die dort wuchsen, zu ernten.

Sie fragte sich, was Professor Maspero mit all dem zu tun hatte und welche Aufgabe die Baudelaire-Bruderschaft erfüllte, und bangen Herzens dachte sie an Miss Monflathers. Es gab keine Zufälle, und wenn das, dessen Zeuge sie gerade wurde, mit den Ereignissen zu tun hatte, derentwegen sie hier war, dann bedeutete das …

Emily hatte keine Zeit mehr, ihren Gedanken nachzuhängen.

Die Rattlinge zischten.

Emily kannte dieses Geräusch.

Und während die Tentakelmünder fortfuhren, die Blumen des Bösen zu verspeisen, näherten sich die Rattlinge in Scharen. Emily sah, dass es hier und da noch Kakerlaken gab, die über den Boden huschten und von den flinken Rattlingen gepackt und gefressen wurden. Die Kakerlakenkörper knackten laut, wenn sich die Kiefer der Rattlinge um die Chitinpanzer schlossen und ledrige Zungen die hektisch zappelnden Kakerlakenbeine im Maul verschwinden ließen.

Deswegen also waren die Kakerlakenschwärme geflohen.

Sie kannten dieses Spiel.

Wussten um die Rattlinge.

Den Abgrund.

»Miss Laing!«

Emily sah ins besorgte Gesicht des Tunnelstreichers.

»Ich gebe Euch in Dinsdales Obhut. Er kennt den Weg zum *cinéma blanc*.« Er wirkte entschlossen. »Ich halte Euch den Rücken frei.«

Die Rattlinge kamen näher.

Dinsdale flog auf sie zu.

Leuchtete grell und heiß auf.

Die erste Angriffswelle von Rattlingen ging kreischend in Flammen auf.

Dann kehrte Dinsdale zurück. Emily wusste, dass Irrlicher nicht über unbegrenzte Kräfte verfügten. Ein zweites Mal würde es Dinsdale nicht gelingen, ein Feuer von diesem Ausmaß zu gebären.

»Lauft!« Mièville griff in sein Wams und zog etwas hervor, das verdächtig nach einer Stange Sprengstoff aussah. »Und macht Euch um mich keine Sorgen. Ich bin schon einmal im Abgrund gewesen und wieder lebend herausgekommen.« Er grinste aufmunternd. »Den Viechern werde ich schon einheizen.« Er entzündete ein Feuerzeug. »Zeit, diesen Ort zu verlassen«, betonte er.

Und Emily und Adam begannen zu laufen.

Immer dem flackernden Leuchten Dinsdales folgend, rannten sie in den Tunnel, der sich direkt hinter ihnen auftat, und Emily hoffte inständig, dass das Irrlicht sich in der *ténébreuse* ebenso gut auskannte wie in der uralten Metropole.

Dann erkannte sie Mièvilles Plan.

Der Tunnelstreicher hatte gar nicht vor, den Sprengstoff gegen die Rattlinge zu verwenden. Nein, er verfolgte einen gänzlich anderen Plan. Als Emily und Adam mit ihren Begleitern im Tunnel verschwunden waren, da hörten sie eine Explosion, deren Druckwelle sie allesamt zu Boden warf.

»Er hat den Eingang zum Tunnel gesprengt«, keuchte Adam.

Emily rappelte sich auf.

Blickte zurück.

Eine Wolke kam wie dichter Nebel auf sie zu.

Sie schluckte.

Hustete.

Spuckte Staub.

Mièville war demnach noch immer in der Höhle. Bei den Rattlingen und dem Ding, das aus dem Abgrund emporgestiegen war. Am Rande des Friedhofs, dessen Früchte die Tentakelmünder verspeisten.

Er hatte den Rattlingen jegliche Möglichkeit genommen, sie zu verfolgen, und sich selbst dafür geopfert.

Tränen traten in Emilys Augen.

Sie wollte nicht weinen, und doch tat sie es.

Da war Dinsdale, der verhalten leuchtete.

Lady Mina, die am Boden saß und ängstlich in die Staubwolke spähte.

Und Adam, der den Arm um sie legte.

Zögerlich.

Unbeholfen.

»Emily«, sagte er.

Nur ihren Namen.

So beruhigend.

Nichts sonst.

Sie sah ihm in die Augen, und dann klammerte sie sich an ihn.

»Emily«, flüsterte er erneut.

Was alles sagte und mehr war, als sie sich erhofft hatte.

Kapitel 10

Sonnenträumerische

Geträumt hatte sie.

So lange.

Wie lange?

Konnte ihr keiner sagen.

Regen war auf das Gesicht des Babys, das sie einst gewesen war, hernieder gefallen. Das Prasseln der Tropfen auf der Plastikfolie, in die man sie eingewickelt hatte, war laut gewesen. Eine plätschernde und trommelnde Melodie, die dem Herbst in London huldigte. Die verschworen mit den Winden wisperte, die ihrerseits mit langen Fingern die Dächer und Straßenschilder packten und die unwirtliche Stadt der Schornsteine in einem Strudel bunten Laubs ertrinken ließen.

Davon hatte sie geträumt.

Vom Regen und dem roten Briefkasten, der in ihrer Erinnerung riesig gewesen war wie eine ägyptische Stele. Autos hatte sie gehört, doch war ihr damals noch gar nicht bewusst gewesen, was Autos waren. Die knatternden Geräusche hatten ihr Angst gemacht.

Damals.

Sie war noch ein Baby.

Das schrie.

Weil es Angst hatte.

Eine junge Frau hatte sie getragen, eingewickelt in Tücher, und in Auroras lückenhafter Erinnerung war die Welt einst voller Wärme und gleißendem Sonnenlicht gewesen. Die Farben selbst waren wie die Sonne gewesen, und irgendwo hatten laut Kamele geblökt. Sie konnte mit einem Mal das Meer schmecken. Blau und warm und so nah, dass der Tratsch der Arbeiter auf den Lastkähnen an ihre Ohren zu dringen vermochte.

Sie spürte die Wellen.

Wellen?

Da war ein Schiff gewesen.

Emily.

War über die Wellen zu ihr gekommen.

Ihre Freundin.

Emily.

War hier.

Wo immer »hier« auch sein mochte.

Aurora wusste nicht, wo sie war.

Sie war in einem kargen Raum, ja.

Sie bewegte die Hände mit schnellen, ruckartigen Bewegungen und zerrte an den Fesseln, bis ihre Haut aufgescheuert wurde. Bis der Schmerz zu brennen begann.

Denn der Schmerz, das hatte sie herausgefunden, brachte ihr das Bewusstsein zurück. Wenn sie Schmerzen verspürte, dann konnte sie klar denken. Dann ließ die Wirkung dessen, was durch die Kanülen in ihren Körper troff, für wenige Augenblicke nach.

Emily.

Ja.

Sie hatte sie im Traum berührt.

In Gedanken hatte Aurora gelächelt.

Ein Lächeln.

Das jetzt schwand.

»Es geht Ihnen besser«, hörte sie die ruhige Stimme des Arztes, der neben dem Bett stand und ihr den Puls fühlte. »Miss Mia Manderley«, betonte er den Namen, der Auroras Name sein sollte, was zu glauben sie sich jedoch hartnäckig weigerte.

Denn wenn sie Mia Manderley war, dann …

Dann, was?

Dann …

… würde gar nichts mehr stimmen.

»Ich bin …«

Dr. Dariusz legte ihr einen Finger auf den Mund.

»Pssst!«

»Die Gargylen haben sie verloren.«

Da war noch jemand im Raum. Aurora hatte seine Präsenz schon vorher gespürt. Im Hintergrund hielt sich diese Gestalt.

»Dr. Lazarus«, hörte das Mädchen des Doktors Stimme.

»Sie ist im Getümmel der Métro entwischt.«

»Ich weiß, ich weiß.«

»Soll ich …?«

Dr. Dariusz wirkte mit einem Mal ungehalten. »Schweigen Sie still, Lazarus. Miss Manderley ist gerade erst zu sich gekommen.« Dann setzte er das Lächeln in seiner Stimme auf. »Wir wollen sie doch nicht mit Geschichten beunruhigen, die nichts sind als Hirngespinste.«

Aurora versuchte den Kopf zu drehen.

Was ihr nicht gelang.

Sie kannte diese Stimme.

Sie klang älter.

Und doch …

»Die Spiegel warten«, sagte Dr. Lazarus.

»Sollen sie. Gibt es Neuigkeiten?«

Lazarus sagte: »Einige von ihnen sind nach Paris gekommen.«

Bedeutete das, dass sie sich immer noch in Paris befand? Aurora blinzelte und versuchte erneut, die Augen zu öffnen. Das gleißende Licht blendete sie.

Das Gesicht des Doktors erschien über dem Bett wie ein Schattenriss. »Es wird nötig sein, Miss Manderley, Sie noch ein wenig schlafen zu lassen.«

»Fitzrovia«, entgegnete Aurora wütend. »Aurora Fitzrovia.« Den Namen auszusprechen, kam einer geheimen Zauberformel gleich. Es ließ sie an der Wirklichkeit festhalten. Beharrlich. Verzweifelt.

»Sie glauben es also immer noch.«

Das Mädchen schwieg.

Die trockene Kehle kratzte.

Aurora spürte, wie kalte Finger sich um ihr Handgelenk schlossen und eine weitere Kanüle unter ihre Haut geschoben wurde.

»Wie lange noch«, fragte der Mann, den der Doktor Lazarus genannt hatte, »werden die Transfusionen sie schützen?«

Dr. Dariusz antwortete schnippisch: »Lange genug«, und Aurora fragte sich, was er damit gemeint haben könnte.

Schützen?

Wovor?

Sie spürte, wie ihr die Lider schwer wurden.

Träume bemächtigten sich ihres Bewusstseins, führten

sie in eine Bilderwelt, die schön und Furcht erregend war. Wo Vergangenheit und Gegenwart eins wurden. Ägypten, dachte sie, ist ein schönes Land. Es wäre meine Heimat gewesen, hätte man mich nicht fortgebracht. Wäre da nicht die Frau gewesen, die sich meiner angenommen und mich nach England gebracht hatte. Ägypten, das so weit entfernt war und in ihren Träumen immer öfter erschien, wie eine Fata Morgana, so hell und unwirklich und angefüllt mit Geräuschen, die Aurora bekannt vorkamen, obwohl sie dies doch eigentlich gar nicht hätten tun dürfen.

Emily.

Hatte sie damals gefunden.

In der Mädchentoilette von Rotherhithe.

Seitdem waren sie Freundinnen.

Doch da war mehr.

Aurora spürte es.

Trotz der Flüssigkeit, die ihr Vergessen und Benommenheit einflößte.

Emily, deren Bewusstsein sie im Traum berührt hatte. Da waren Bilder gewesen, deren sich ihre Freundin bedient hatte. Ja, Emily war für kurze Momente in dem Haus, das ihr Verstand war, umhergewandert und hatte sich die Bilder angesehen, die dort die Wände zierten. Bilder, auf denen man Fegefeuer sah und Gargylen. Ein Bild, das Dr. Dariusz gezeigt hatte.

Und wenn dies so war, dann …

Dann?

Dann, was?

Wusste Emily, dass Aurora noch lebte?

Kam sie hierher?

Um sie zu retten?

Die beiden Ärzte sprachen noch miteinander, doch verschwanden die Worte immer mehr im Nebel der Droge, die man dem Mädchen verabreichte.

Aurora schlief und träumte.

Und in dem Traum, da sah sie eine Sonne.

So strahlend hell.

Wunderschön.

Die Sonne, die über einem fernen Land aufging.

Einem Land, das einst ihre Heimat gewesen war.

Und insgeheim spürte sie, dass es diese Sonne war, die sie mit Dr. Dariusz verband, und dass sie hier war, in diesem Raum, weil sie mit den Augen eines Kindes jene Sonne in dem fernen Land hatte aufgehen sehen.

Damals.

Vor London.

Und den Träumen.

Die sie bei der Hand nahmen.

Und entführten.

Kapitel 11

Le cinéma blanc

Durch Brunnenschächte und Kontrollstationen, Kalksteinstollen und Sammelkanäle folgten sie dem unermüdlich leuchtenden Irrlicht. Leitern hinauf und Wendeltreppen hinunter, über schmale Laufgitter und rutschige Planken, die entlang der Abwasserkanäle verlegt worden waren, um den Arbeitern, die sich nur selten in diese Regionen zu verirren schienen, die Begehung zu erleichtern.

Sowohl Adam als auch Emily waren sehr schweigsam.

Doch schließlich erzählte Emily ihrem Begleiter von den Dingen, die sich damals in London zugetragen hatten. Jenen Geschehnissen, die Adam Stewart unter dem Namen kannte, der den meisten Menschen geläufig war: die Manderley-Krise.

Und Emily Laing, in deren Adern das Blut derer von Manderley floss, machte kein Hehl daraus, wie sehr es ihr missfiel, dass der Name des Hauses, dem ihre Mutter angehörte, nunmehr namensgebend war für die blutigen Auseinandersetzungen, die London seinerzeit beinah zerrissen hätten.

Sie berichtete Adam von den Whitechapel-Aufständen und der Verschwörung gewisser Ratten, von Miéville und

Dinsdale und ihrer aller Abstieg in den Abgrund, der sich neben der Hölle aufgetan hatte. Und von dem Wesen, das seit Jahrtausenden an der Stelle lebte, an der später London entstanden und zu der Stadt der Schornsteine angewachsen war.

»Mièville war ein treuer Gefährte, damals.« Sein Schicksal lag nun im Dunkeln.

»Glaubst du, dass Bastet uns wirklich helfen wird?«

Dinsdale murmelte etwas, das wie eine elektrische Entladung im schwer verständlichen Manchesterdialekt klang.

Er war eben ein Pfadfinder und sollte Recht behalten.

Nahe den *égouts de Pigalle* stellte sie ein Rudel Sphinxe und umringte sie mit fauchenden Gebärden. Geschmeidige Katzenwesen waren es, mit hellem und teilweise auch gestreiftem Fell, die buckelten und jeden Eindringling, der in die *comté* der Bastet vorzudringen wagte, wachsam begutachteten. Ihre Gesichter waren menschenähnlich, flach und mit Nasen, die keine Katzennasen waren. Die filigranen Schwingen, die den Rücken entwuchsen, ließen eine entfernte Verwandschaft mit den Kolibris erahnen.

»Folgt uns!«

Ein leises Schnurren war es.

Sanft und doch befehlend.

Dann stellten sich die Sphinxe ihnen höflich mit Namen vor.

Die Anführerin der Sphinxe, die das Gesicht eines Harlekins hatte, hieß Ipy. Ihre eine Gesichtshälfte war ein sandfarbenes Gelb, die andere ein leuchtendes Orange. Wie ihre Herrin so trugen auch die Sphinxe silberne Nasenringe. »Bleibt bei uns, denn Bastet erwartet Euch schon.« Das Harlekingesicht lächelte breit. »Es riecht heute anders als sonst in dieser Gegend. Wir sollten vorsichtig sein.«

»Ich bin Emily Laing«, stellte Emily sich vor.

»Adam Stewart.«

Dinsdale summte etwas, das sich sehr höflich und gesittet anhörte.

Lady Mina indes kroch tief in die Manteltasche und zitterte am ganzen Leib. Wie sich herausstellen sollte, war die Vorsicht nicht unangebracht.

»Das Rattentier«, fauchte Ipy nämlich, »ist nicht willkommen.«

»Sie ist meine Freundin«, war Emilys Antwort.

»Ihr Name ist Lady Mina.« Adam trat zwischen sie und die Sphinx.

»Ihr gebt den Ratten Namen?«

Sphinxfauchen erklang von allen Seiten.

Bis Ipy einen Befehl aussprach in der schnurrenden Sprache der Sphinxe.

»Lasst uns gehen«, forderte sie das Mädchen und den Jungen dann auf, »und nehmt das Rattentier mit, wenn es Euch beliebt.«

So folgten sie den Sphinxen.

»Ihr seid also zu mir gekommen«, begrüßte sie schließlich die Katzengöttin im Zentrum ihrer *comté*, das ein Kino war. »Den Gargylen habt Ihr demnach entkommen können. Das ist gut.« Bastet lächelte das verschlagene Lächeln einer Katze. »Und nun seid Ihr zu mir gekommen, weil einige Fragen Euch bedrängen.« Es war eine Feststellung.

»Wir benötigen Eure Hilfe, Lady Bastet«, sagte Emily und verbeugte sich.

Schon vorher war sie Gottheiten und Engeln begegnet, doch jedes Mal durchfuhr sie erneut ein Gefühl, das man als hoffnungslose Resignation bezeichnen mochte. Angesichts der Ewigkeit, die für jene Wesen verstreichen mochte, wie es ein einziger Tag für Emily tat, was konnte man als Menschenmädchen da schon ausrichten?

»Ihr seid dem Lordkanzler von Kensington wohl bekannt«, stellte Bastet schnurrend fest, und es klang, als meine sie dies durchaus als Kompliment.

»Wir sind auf der Suche nach denen, die in den Fegefeuern verschwunden sind. Und da gibt es noch meine Freundin, Aurora Fitzrovia, die sich im Gewahrsam eines Mannes befindet, der uns unter dem Namen Dr. Dariusz bekannt ist.«

Adam, der schweigend neben Emily stand, betrachtete den Kolibri, der vor seinem Gesicht in der Luft schwebte und in dessen Gefieder die bunten Farben des warmen Südens schimmerten.

Dinsdale, der den Kolibris, die in den Logenplätzen und hölzernen Wandvertäfelungen ihre Nester zu haben schienen, offenbar überaus freundlich gesonnen war, hatte sich sofort nach der Ankunft in der Residenz der Katzengöttin gedimmt.

Denn die Welt, in der Bastet lebte, war weiß, wie es auch der Name des Ortes war: *Blanc*. Von einem so durchdringenden Weiß war ihr Heim, dass es einen förmlich blendete. *Cinéma blanc*, so hatte Mièville diesen Ort genannt. Und ein Kino war es tatsächlich, tief unter der Erde von Montmartre gelegen, mit schneeweißen gepolsterten Sitzen und ebenso schneeweißen Wänden.

So hell, dass die Dienerschaft den Ankömmlingen Sonnenbrillen anbot, die sowohl Emily als auch Adam dankend annahmen. Lady Mina kniff die kleinen Äuglein zusammen, nur Dinsdale schien die Helligkeit ein vertrautes Terrain zu sein.

Einzig die Leinwand war schwarz.

Noch dazu von so durchdringendem Pechschwarz, dass es alle Helligkeit in sich aufzusaugen schien. Der ruhende Pol in diesem gleißenden Schneeweiß war sie.

Die Filme, die an diesem Ort gezeigt wurden, spielten sich nicht auf der Leinwand ab, sondern überall sonst. Der Film, der gerade jetzt lief, erwachte auf den Sitzen und Wänden zum Leben. Bilderfluten ergossen sich über das Inventar, das ein einziges unbeschriebenes Blatt war, auf dem die Geschichten gerade erst im Begriff waren, geschrieben zu werden. Verformte Bilder flossen über die weißen Böden und sammelten sich in den entlegenen Winkeln des Kinos. Unzählige Projektoren zeigten einen schwarzweißen Film, der das Kino wie eine Märchenwelt erscheinen ließ.

»Warum ist die Leinwand schwarz?«

»Wirkt das Dunkle nicht erhaben, wenn man gewohnt ist, im Licht zu leben?«

So viel also zu Bastets Standpunkt.

Überall im Kino, das die Ausmaße einer Kathedrale besaß, sprangen geschmeidig die katzenhaften Sphinxe umher und tanzten ihre beschwingten Tänze, wie Sphinxe es nun einmal zu tun pflegen, wenn Filmmusik erklingt und die Sonne in ihren Herzen scheint.

»Was ist das für ein Film?«, hatte Emily ihrem Begleiter zugeflüstert, als sie das Riesenkino betraten.

»*La belle et la bête*, von Jean Cocteau, glaube ich«, hatte Adam geantwortet, ebenfalls im Flüsterton. »Mit Jean Marais als Biest und Josette Day als Schöne.«

Das war es also, was sich Katzen in ihrer Freizeit anschauten.

Katzen, die eigentlich keine Katzen, sondern Sphinxe waren.

»Ich möchte mich bedanken«, sagte Emily nun.

Bastet kam auf das Mädchen zu und schnupperte.

»Ihr riecht nach Tod«, sagte sie.

Emily sah in die Katzenaugen.

Grün schimmerten sie.

»Les Fleurs du Mal«, fauchte eine Sphinx mit dem Gesicht einer unzufriedenen Frau.

»Ja«, bemerkte eine andere Sphinx, die aufgehört hatte zu tanzen, »sie stinken nach den *gouffrieux.*«

»Die Abgründigen«, erklärte Bastet, deren lange Barthaare sich aufgerichtet hatten. »So nennen wir die, welche Augen und Ohren sind für die Alte der Tiefe.«

»Wir nennen sie Rattlinge«, sagte Emily. »In London dienen sie dem Nyx.«

Katzenaugen leuchteten auf. »Jenes Wesen, das unter der Cité lumière lebt, ist dem Nyx nicht unähnlich. Hemera, so hat der Träumer sie einst gerufen.«

»Wir haben seltsame Dinge gesehen.«

»Ihr habt ein Irrlicht bei Euch.« Die Katzenaugen wanderten weiter zu Emily Schulter. »Und ein räudiges Rattentier, wie ich sehen muss.«

»Ihr Name ist Lady Mina.«

»Ihr Engländer«, schnaubte Bastet. »Mit Euren seltsamen Gepflogenheiten. Gebt den Rattentieren Namen. So was.« Sie leckte sich mit der Zunge über die Schnauze. »Wir fressen Rattentiere, wenn wir ihrer habhaft werden können und sie nicht zu alt sind oder zu zäh.«

Einige Sphinxe schlichen schon um Lady Mina herum wie Raubtiere um ihre Beute.

»Doch wenn sie Eure Freundin ist, dann werden wir für heute auf den Rattentiergang verzichten.« Bastet klatschte in die Hände. »Pfoten weg von dem Rattentier, das Lady Mina heißt.«

Die Sphinxe zogen die Köpfe ein.

Entfernten sich.

Tanzten weiter.

»Ich danke Euch.«

Bastet lächelte, wie Katzen es tun. »Ihr seid ein höfliches Ding, Miss Emily Laing aus Rotherhithe. Das ist gut so. Sonst hätte es mir am Ende noch Leid getan, Euch geholfen zu haben.«

»Dafür danke ich Euch besonders.«

»Ihr habt Lucifer gekannt?«

Emily nickte.

»Und Lilith?«

Erneutes Nicken.

Bastet blickte zu Boden, wo sich ein erfolgloser Händler samt seinem Sohn Ludivic durch einen dichten, düsteren Märchenwald bewegte. Der alte Mann pflückte eine Rose. Und dann erschien das Biest. Eine katzenhafte Gestalt mit einer Mähne und dem Gesicht von Jean Marais, nachdem die Maskenbildner wundervolle Arbeit geleistet hatten.

»Von der Liebe handelt der Film, wie so viele andere Filme auch.« Bastet schaute zu den Sitzen, auf denen sich der Wald ausbreitete. »Denn ist es nicht die Liebe, die unser aller Leben so lebenswert macht?« Sie zwinkerte Emily zu. »Lilith und Lucifer haben einander geliebt bis in den Tod. Ja, die Liebe gibt unserem Dasein den Sinn.

Das gilt auch für Götter. Sie macht die Ewigkeit lebenswert. Und gefährlich.« Wissend musterte sie Emily und Adam. Bot ihnen einen Platz in einer der vorderen Reihen an. »Ihr beiden könnt Euch glücklich schätzen, einander gefunden zu haben.« Sie seufzte. »Doch Liebende haben es schwer in der Cité lumière, wie Euch nicht entgangen sein dürfte.«

Emily, der die Anspielung peinlich war und die sich Mühe gab, den Jungen an ihrer Seite nicht anzusehen, ahnte, worauf die Katzengöttin hinauswollte. »Ihr meint die Friedhöfe?«

Die Sphinxe waren nunmehr zur Ruhe gekommen, und während Emily mit der Katzengöttin sprach, sahen sie sich den Film an, in dem das Tier in sein Schloss zurückkehrte und darauf wartete, dass der Händler seine schöne Tochter Belle zu ihm brachte.

»Die Friedhöfe sind der Acker, der sich von Liebe ernährt. Ja, nicht umsonst nennt man Paris die Stadt der Liebe.« Es klang spöttisch. Boshaft. Mit einem Unterton von abgrundtiefer Traurigkeit. »Wie Ihr sicherlich wisst, ist jede Stadt ein fühlendes Wesen. Sie atmet und träumt und ernährt sich von den Dingen, die in ihren Straßen geschehen. Eine Metropole ist ein Wesen, das fühlt und leidet. Und wie Ihr wisst, ist dieses Wesen nicht frei von niederen Gefühlen.« Emily erinnerte sich an die Dinge, die Anubis ihr seinerzeit in London erzählt hatte, in der Cafeteria des Britischen Museums. »Boshaftigkeit, Furcht, Niedertracht, Rachsucht, Eifersucht. Ausscheidungen gleich sickern diese in den Boden, und es ist, als würde diesen niederen Gefühlen eine Gestalt verliehen: In einer Kreatur, die alles Übel in sich aufsaugt und, wenngleich sie jenes Übel auch personifiziert, die Stadt davor bewahrt, zum Opfer der eigenen Niedertracht zu werden. Ja, eine Metropole kann nur fortbestehen, wenn sie auf der Existenz eines Wesens errichtet worden ist, das jene Bürde auf sich nimmt.«

Wie in London, dachte Emily und sagte: »Ich weiß, wer der Nyx ist.«

»Doch sind nicht alle niederen Gefühle nur Kinder der Liebe? Ist es nicht die Liebe, die jenen Waisenkindern, die Rachsucht, Niedertracht und Eifersucht heißen, das Leben schenkt? Die Menschen andere Menschen hassen und sogar töten lässt. Die Liebe, meine Gäste, ist das ursprünglichste aller Übel der Welt.«

Adam, der neben Emily saß, warf ihr von der Seite einen Blick zu.

Bastet fuhr fort: »Am Anfang, solltet Ihr wissen, war das Nichts, das das Chaos gebar. Und aus dem Chaos wurden zwei Wesenheiten erschaffen.« Sie fauchte eine Sphinx an, die über die Sitzplätze sprang. Dann wendete sie sich wieder Emily zu. »Hemera, der Tag, und Nyx, die Nacht. Sie sollten Herrscher sein. Keine Untergebenen. Gleichgestellt dem Träumer, der alles erschaffen hatte. Man erzählt sich, dass Hemera und Nyx, von Selbstsucht und Wollust getrieben, eine Nachkommenschaft zeugten. Schlimmer noch, sie taten dies, ohne den mächtigen Träumer um Erlaubnis zu bitten. Erzürnt verbannte dieser Hemera und Nyx sowie deren Brut in die Tiefen der Erde, wo sie fortan ihr Dasein fristen mussten. Die Brut der beiden wurde über den ganzen Erdball verstreut. Dort, wo ihre Nachkommen lebten, entstanden im Laufe der Jahrhunderte die großen Städte. In Scharen zog es die Menschen an jene Orte. Natürlich wusste niemand, warum die Siedlungen, die wuchsen und wuchsen und schließlich zu

Metropolen wurden, gerade an jenen Orten gediehen. Die Menschen folgten einfach nur ihren Instinkten. Glaubt mir, die Menschen spürten insgeheim, dass etwas dort lauerte, das all den Hass und die Bosheit aufsaugte. Jede Metropole dieser Erde ist auf der Existenz einer solchen Kreatur errichtet worden. Oder wie erklärt Ihr Euch sonst, dass so viele Menschen so unbeschadet auf so engem Raum miteinander leben können? Natürlich gab es – und gibt es immer noch – Mord und Totschlag. Doch stellt Euch vor, wie die Welt aussehen würde, wenn die Brut nicht unter uns lebte.«

Emily kannte diese Geschichte bereits. Anubis hatte sie ihr vor Jahren erzählt. Doch fragte sie sich, worauf Bastet hinauswollte. Was hatte dies alles mit den Dingen zu tun, die derzeit ihre Schatten über London warfen? Wo war der Zusammenhang zu Ghulchissar und Carathis, Lucifer und Lilith?

»London und Paris«, fuhr Bastet fort, »sind die beiden Metropolen, die alle anderen Metropolen geboren haben. Von hier aus wurden Kriege geführt. Die neue Welt wurde besiedelt, es wurden Kolonien gegründet. Der Nyx lebt unter London. Und Hemera hat Paris zu ihrer Heimstatt auserkoren. Unter ihrem Einfluss sind die Menschen dorthin gewandert, wo ihrer beider Kinder waren. Auf fremde Kontinente und in ferne Länder.« Bastet hob belehrend die Hand. »Was aber wäre geschehen«, fragte sie, »wenn Nyx und Hemera sich verändert hätten?«

Die Ewigkeit, kam es Emily in den Sinn, ist lang.

»Ihr meint«, meldete sich Adam zu Wort, »dass sie sich nicht mehr mit dem, was die Stadt ihnen gab, zufrieden gegeben haben?«

Ein furchtbarer Verdacht kam in Emily auf.

»Dass ihr Hunger immer weiter wächst?« War es das, worauf Bastet hinauswollte? Dass die boshaften Gefühle, die in der Menschen Herzen geboren wurden, nicht mehr ausreichten, um der Gier dieser beiden ewigen Wesen Genüge zu tun? Dass Nyx und Hemera berauscht sein wollten von Hass und Leid, die wie Opium ihr Bewusstsein füllten?

»Die Baudelaire-Bruderschaft«, säuselte Bastet den Namen, den auch Miéville genannt hatte, »ist schon sehr alt, wenngleich sie sich früher anders genannt hat. Doch das ist unwichtig. Was sind schon Namen? Einst gab es blutige Unruhen, die Paris erschütterten. Im Jahre 285 fielen Barbaren in das alte Lutetia, wie Paris damals noch hieß, ein, und die Stadt fiel den Flammen zum Opfer. Mehr als fünfhundert Jahre später kamen die Normannen. Der christliche Glaube ließ die Menschen wie tobsüchtig Juden und Ketzer verbrennen, keine tausend Jahre ist dies her. Jahre später wurden während weniger Stunden in einer einzigen Nacht, die als Bartholomäusnacht in die Geschichte einging, alle Protestanten der Cité lumière massakriert. Und dann zerstörten die blutigen Exzesse Robespierres die Ordnung vollends.«

Emily sah die Gemeinsamkeiten zur Schwesterstadt London.

Restauration, Glaubenskriege, Feuersbrunst, Pestilenz, Rosenkriege. Die Whitechapel-Aufstände. Am Ende die grausige Manderley-Krise, die das letzte Glied in dieser langen Kette blutiger Ereignisse, die London heimgesucht hatten, gewesen war.

»Würde es Euch überraschen«, zischte Bastet, »wenn ich Euch sagte, dass die Baudelaire-Bruderschaft bei all diesen Exzessen, die Paris im Laufe der Geschichte heimgesucht haben, die Finger im Spiel hatte?«

Adam ergriff Emilys Hand. Die Schlussfolgerung dessen, was Bastet da gesagt hatte, war so unglaublich, dass keines der Kinder sich traute sie auszusprechen.

»Die Baudelaire-Bruderschaft«, brachte es Bastet auf den Punkt, »füttert Hemera. Und dies schon seit Jahrhunderten. Es ist ein Spiel, das niemals enden wird.«

Emily erinnerte sich an das, was sie durch des fremden Mädchens Augen gesehen hatte. Wieder hörte sie den Sargdeckel zuschlagen und spürte, wie die Fingernägel beim Versuch, sich einen Weg aus dem Sarg zu bahnen, am festen Holz des dunklen Gefängnisses splitterten.

»Aber warum verschleppen sie ausgerechnet Liebende zu den Friedhöfen?«, flüsterte Adam.

Bastet schaute nachdenklich auf die schwarze Leinwand, ehe sie sich ihren Gästen wieder zuwandte. »Könnt Ihr Euch das nicht denken?«

Eigentlich wollte es sich Emily nicht einmal ansatzweise vorstellen.

»Man fängt Liebende ein, weil das Leid, das aus frischer, echter Liebe erwächst, stärker ist als jenes, das aus bloßer Furcht geboren wird.«

Ipy, die Sphinx, die sie in den *ègouts de Pigalle* in Empfang genommen hatte, ließ sich auf einem freien Platz neben Adam nieder. Wie eine Katze krümmte sie den Rücken, und das orangegelbe Harlekingesicht bat den Jungen, ihr das Fell zu streicheln.

»Die Baudelaire-Bruderschaft begräbt Liebende bei lebendigem Leibe. Dies jedoch nicht, ohne ihnen vorher zu offenbaren, dass auf ihren Liebsten oder ihre Liebe ein gar viel schrecklicheres Schicksal wartet.« Bastet berührte den Nasenring. »Im Innern des Sarges kommen dann die Gedanken. Die Furcht vor dem eigenen Tod, ja, auch die. Doch ist die Ungewissheit, was mit dem Liebsten geschieht, nicht viel schlimmer? Die nagenden Zweifel, wie der Partner sterben wird. Ob er sterben wird. Womit sie die Schreie aus ihm herauslocken. Wie sein Leiden wohl aussehen mag.«

Zu schmerzhaft war die Erfahrung, die Emily in dieser Angelegenheit hatte machen müssen. Die junge Frau, deren letzte Gedanken sie gespürt hatte, war von eben solchen Befürchtungen gemartert worden.

»Agonie und Verzweiflung, Resignation und Furcht«, fuhr Bastet fort, »sind der Nährboden für das, was aus diesen Gefühlen erwächst.«

Adam sprach es aus: »Die Pflanzen.«

»Wir nennen sie *les fleurs du mal.*«

Die Blumen des Bösen.

»Unsägliches Leid lässt sie erblühen. Ja, richtige Felder haben die Baudelaire-Verschwörer angelegt, verteilt über die ganze Stadt.«

»Ihr meint, dass die Blumen des Bösen nur wachsen können, wenn sie sich am unsäglichen Leid der sterbenden Liebenden laben?«

»Ihr sagt es, Miss Laing. Von Zeit zu Zeit öffnen sich dann die Abgründe, und die Fühler der Hemera ernten ab, was man ihnen anbietet.«

Die rosigen Tentakelmünder mit den zahnähnlichen Gebilden, dachte Emily und erschauderte.

Adam fuhr sich mit der Hand durchs Haar. »Ihr sagt, die Liebenden werden geopfert, um die Blumen des Bösen zu züchten?«

»Genau.«

Deshalb hatte die Cité lumière keine bewohnte Welt jenseits der Métro vorzuweisen. Die *ténébreuse* war eine einzige Falle. Der Teller, auf dem die Baudelaire-Bruderschaft die Mahlzeit anrichtete.

»Mièville hat behauptet, dass Gaston Maspero vom Institut du Monde Arabe ein Mitglied der Baudelaire-Bruderschaft sei.«

»Davon weiß ich nichts«, antwortete Bastet. »Anubis hat mich darum gebeten, eine schützende Hand über Euch zu halten.« Sie seufzte. »Lange habe ich ihn nicht mehr zu Gesicht bekommen. Seitdem er zum Lordkanzler von Kensington aufgestiegen ist, unternimmt er nurmehr selten Reisen zum Kontinent und in unsere Heimat.«

»Wisst Ihr, wer die Gargylen geschickt hat?«

Es war Ipy, die antwortete: »Es gibt einen Arzt, der sich inmitten der Seine niedergelassen hat. Man sagt ihm nach, dass er dort Experimente von widernatürlicher Art durchführe.«

Bastet sah stolz auf die Sphinx, die ihr wie eine Tochter sein mochte, herab. »Es ist wahrscheinlich, dass er die Gargylen geschickt hat. Dass er sie *erschaffen* hat. Doch aus welchem Grund, kann ich Euch leider nicht sagen.«

Emily dachte an den Traum, in dem sie Aurora gesehen hatte.

»Wie ist sein Name?«

»Man nennt ihn Dr. Moreau.« Bastet sprach den Namen nur mit Widerwillen aus. »Er betreibt ein Laboratorium und eine Klinik für Krankheiten des Geistes auf der Île de la Cité nahe Notre Dame. Das ist alles, was ich Euch über seine Person sagen kann.«

»Wie finden wir ihn?«

Bastet blickte verwundert. »Ihr wollt ihn aufsuchen?«

»Wenn jemand weiß, wo Aurora Fitzrovia abgeblieben ist, dann er.«

»Wir dürfen die Fegefeuer nicht vernachlässigen«, gab Adam zu bedenken. »Immerhin sind dein Mentor und auch der deiner Freundin von einem Fegefeuer verschlungen worden. Es wäre doch zumindest in Erwägung zu ziehen, dass Professor Maspero etwas mit den Fegefeuern zu tun haben könnte.«

»Das ist unwahrscheinlich«, meinte Bastet. »Die Fegefeuer sind Eingänge zur Hölle. Doch muss es dort jemanden geben, der sie lenkt.«

Emily musste an Pilatus Pickwick denken, den Höllenforscher, den Eliza Holland einst in Budapest getroffen hatte und der mit den Geschwistern in das verdammte Dorf Aghiresu gereist war.

»Ihr meint jemanden, der die Fegefeuer auf eine bestimmte Person ansetzt?«

»Ja, Fegefeuer folgen immer einer Witterung.«

Die Vorstellung, dass ein Element wie loderndes Feuer sich ähnlich verhielt wie ein Hund, der sich auf der Jagd befindet, war höchst befremdlich für Emily.

»Ihr meint, dass Wittgenstein und Micklewhite ganz gezielt attackiert worden sind?«, resümierte Adam laut vor sich hin.

Bastet stimmte zu. »Anubis unterrichtete mich von Eurer Ankunft, nachdem ein gewisser McDiarmid aus Islington bei ihm vorgesprochen und ihn gewarnt hatte, es könne zu Komplikationen kommen. Der Bitte meines Bruders folgend, habe ich mich also ins Quartier Latin begeben.« Sie streckte die Hand aus, und ein Kolibri ließ sich darauf nieder. »Kolibris vertilgen temporäre Seelen. Den Steinen, aus denen die unfreundlichen Gargylen bestanden, wurden künstliche Seelen eingehaucht von jemandem, der sich auf diese Art der Behandlung versteht.«

»Dr. Moreau.«

»Möglich.«

»Doch warum hat er das getan?«

»Auf diese Fragen«, meinte Bastet lapidar, »müsst Ihr selbst die Antwort finden.«

Sie erhob sich von ihrem Platz und streckte die Glieder, wie Katzen es zu tun pflegen, wenn sie sich lange Zeit nicht bewegt haben.

»Eine letzte Frage noch«, bat Emily.

Bastet gebot ihr, sie zu stellen.

»Kennt Ihr den Grafen von Saint-Germain?«

Die Katzengöttin hielt in ihrer Bewegung inne. »Was hat er mit alledem zu tun?«

»Das wissen wir nicht«, sagte Emily. »Doch Wittgenstein erwähnte seinen Namen, bevor wir London verließen.«

Nachdenklich schritt Bastet auf und ab, die Ohren gespitzt.

»Der Graf von Saint-Germain war eine der schillerndsten Gestalten am Hofe König Ludwigs XV. Lange Zeit erzählte man sich, dass er ein kosmopolitisches Wunderkind gewesen sei. Unzählige Sprachen habe er beherrscht und seine umstrittenen Forschungen in den Naturwissenschaften vorangetrieben. Der König ließ ihm anno 1740 ein Labor einrichten, wo er Diamanten herstellen sollte. Stattdessen aber hat er sich der Entwicklung von Schminken und diversen Mittelchen, die eine verjüngende Wirkung haben sollten, verschrieben.« Ein Kolibri setzte sich auf Bastets Schulter und fächerte ihr Luft zu. »Darüber hinaus soll er Episoden aus längst vergangenen Zeiten zum Besten gegeben und behauptet haben, er sei mehrere hundert Jahre alt. Ach ja, es wurde zudem gemunkelt, man habe ihn niemals essen sehen.«

»Seid Ihr ihm je begegnet?«

»Nein.«

»Kann es sein, dass er noch lebt?«

»Als der König herausfand, dass der Graf mit dem Geld und dem Labor, das man ihm bei Hofe zur Verfügung gestellt hatte, die eigenen Forschungen vorangetrieben hatte, wollte Ludwig ihn verhaften lassen, doch war er zu diesem Zeitpunkt längst ausgeflogen.«

Emily stutzte.

Und dieser Mann sollte noch vor wenigen Wochen in London im Savoy gewesen sein und die Geschwister Holland getroffen haben? Die ganze Angelegenheit wurde in der Tat immer komplizierter. Ein einziger, zugezogener Knoten war dies alles, ein Knoten von Geschichten, der sich, so hoffte Emily, mit einigen zusätzlichen Informationen bald lösen würde.

Was all diese Geschichten mit Ghulchissar und Carathis und den Vinshati zu tun haben mochten, konnte Emily nicht einmal vermuten. Doch war ihr klar, dass alles miteinander verwoben war.

Vor King's Cross, nach der Begegnung mit Carathis, hatte Eliza betont: *Es ist die Vergangenheit, die nicht stirbt. Die noch immer wichtig ist. Die die Gegenwart beeinflusst, wie die Gegenwart die Vergangenheit beeinflusst.*

Daran musste Emily denken.

Hier.

In den Tiefen von Montmartre.

An einem Ort, der Blanc hieß und auch genauso aussah.

Bastet, die alles gesagt hatte, was es zu sagen gegeben hatte, wechselte einige Worte mit der Sphinx. Dann wandte sie sich erneut ihren Gästen zu: »Nun geht!« Die

Katzenaugen wirkten mit einem Mal wieder so kalt, wie sie es an dem Abend vor dem Jardin du Luxembourg getan hatten. »Ipy möge Euch begleiten bis zu den Gestaden der Île de la Cité.« Es war ein dünnes Lächeln, zu dem sich ihre Lippen verzogen. »Reist mit der Métro, und meidet die *ténébreuse*. Das ist mein Rat.« Das Lächeln wurde leuchtender. »Und grüßt mir Anubis, wenn es Euch gelingt, nach London zurückzukehren.«

Gerade wollten sie der Sphinx mit dem Harlekingesicht folgen, als mit einem Mal ein Rudel Vinshati ins Kino stürmte.

Alle Zugänge zum *cinéma blanc* wurden von den wild die Zähne bleckenden Kreaturen versperrt, deren Anführer Emily Laing nur zu gut bekannt war.

»Verzeiht mein Eindringen in Eure *comté*, edle Lady Bastet.« Durchtrieben und unmenschlich klang die Stimme, die diese Worte sprach, und als Alexander Grant seinem Rudel lächelnd den Angriff befahl, da wusste Emily, dass der junge Archäologe, dem Eliza ihr Herz geschenkt hatte, niemals Gnade würde walten lassen.

Kapitel 12

Hunger!

Sie träumte.

Wirr und kalt.

Von Wesen, die einer Witterung folgten.

Unglaublich wild.

Ganz nah.

Und dem Gelehrten, den sie einst gekannt hatte.

So liebenswürdig.

Und hilfsbereit.

Aurora Fitzrovia, die, das sagte sie sich selbst im Traum, niemals Mia Manderley gewesen war, schrie still auf, als sie das Blut durch die Adern der Vinshati strömen fühlte. Ja, sie waren es, die sich durch die Dunkelheit bewegten und dem jungen Gelehrten aus dem Britischen Museum folgten. Alexander Grant führte die Horde an, die hierher gekommen war im Auftrag der Göttin, die man in Brick Lane Market Kalidurga gerufen hatte.

Alexander Grant war hier.

Ganz nah.

Ganz nah.

Um Emily Laing zu finden.

Nein, weil er auf der Suche nach ihr selbst war.

Sie war die Beute. Aurora Fitzrovia

»Sie träumen.«

Aurora öffnete die Augen.

Blinzelte ins gleißende Licht.

»Sagen Sie mir, mein Kind, sind Sie hungrig?«

Dr. Dariusz stand neben dem Bett und lächelte. Die Brille mit dem Spiegelglas hatte er ausgezogen.

»Nein.«

Doch wusste Aurora selbst nicht am besten, dass diese Antwort einer Lüge gleichkam? Dass sie an Dinge dachte, an die sie gar nicht denken durfte? Dass es ihr nach einer Nahrung gelüstete, nach der es sie gar nicht verlangen durfte?

Niemals würde sie sich dies selbst eingestehen, weil das Eingeständnis, das spürte sie, sogleich die Antworten auf alle Fragen mit sich bringen würde, die sie sich während der vergangenen Jahre gestellt hatte.

»Spüren Sie die Anwesenheit der anderen?«

Dr. Dariusz wusste es!

Aurora flüsterte: »Sie befinden sich auf der Jagd.«

»Dr. Lazarus wird ihnen Einhalt gebieten.«

Eine kalte Hand packte sie am Arm und schloss einen neuen Schlauch an die Kanüle an.

»Süße Träume«, versprach ihr die einschmeichelnde Stimme des Arztes.

Dann kam der Nebel.

Und die Erinnerung, die immer mit den Träumen kam.

Es war ein Hafen, an den sie sich erinnerte. Große Möwen kreisten kreischend in den Lüften über den Schiffen. In die Arme einer jungen Frau legte man sie. Worte wurden gewechselt. Dann brachte man sie an Bord, und die Frau, die ihre Mutter war, blieb am Kai zurück, wurde ein Teil der Menge, tauchte unter.

Bilderfetzen stürmten auf sie ein.

Regen.

Schneeweiße Steilklippen in der Brandung.

Die Frau, die sie in den Armen hielt, war traurig.

Einsam.

Verzweifelt.

Daran erinnerte sich Aurora.

Ja, damals hatte sie all das gespürt.

Damals.

Als sie ein kleines Kind gewesen war.

Nur wenige Monate alt.

Jetzt tauchten sie wieder auf.

Die Erinnerungen …

An ein fernes Land, wo die Wüstensonne einst ein kleines Kind gewärmt hatte, das in die Obhut einer Fremden gegeben und nach London gebracht worden war.

Kapitel 13

Begegnungen

Für einen Moment war Emily der Welt um sie herum entrückt gewesen, weil kurze blitzlichtartige Bilder aufgeflammt waren. Palmen, die das geschäftige Treiben an einem fernen Hafen überschatteten. Schiffe, die auf einem azurblauen Meer schaukelten. Es waren Auroras Gedanken, da war Emily sich sicher, doch wusste sie die Bilder nicht zu deuten.

»Emily!«

Das Mädchen blinzelte und wurde erneut des Tumults gewahr, der in dem *cinéma blanc* ausgebrochen war.

Vinshati, die in Lumpen gehüllt waren, lieferten sich erbitterte Kämpfe mit den wütenden Sphinxen, die sich, obgleich von weitaus kleinerer Statur, als ernst zu nehmende und im wahrsten Sinne des Wortes verbissene Kämpfer erwiesen. Hoch in die Lüfte sprangen sie und wurden von den filigranen Schwingen getragen, was sie zu schnellen und unberechenbaren Angreifern machte.

»Wir müssen hier fort!« Es war Adam, der nach einem Ausweg suchte und Emily Laing bei der Hand griff, sie hinter sich herzog.

Bastet hatte die Ankunft der Vinshati mit großer Überraschung zur Kenntnis genommen, zugleich jedoch schnell erkannt, dass sie es hier mit einer Übermacht zu tun hatte, gegen die sie nicht viel ausrichten konnte. Also hatte sie ihren Sphinxen und Kolibris befohlen, das Kino zu verteidigen.

Ihren Gästen hatte die Katzengöttin keinerlei Aufmerksamkeit mehr gezollt.

»Verdammter Mist«, fluchte Adam, der Emily nach vorn zur Leinwand gezogen hatte und nun mit den Händen auf den schwarzen Stoff einschlug, der ebenso wenig durchlässig war wie eine Wand aus Stein. »Wie hat die Katzenfrau das nur gemacht?«

»Frag besser nicht«, murmelte Emily.

Denn Bastet hatte in der Leinwand ihre Zuflucht gefunden.

Während die Sphinxe und die Kolibris die angreifenden Vinshati umschwärmt und attackiert hatten, war Bastet einfach so in die pechschwarze Leinwand hineingegangen. Die pfotenartigen Frauenhände hatte sie ausgestreckt, und dann waren die langen Arme bis zur Schulter in die Leinwand eingetaucht, als bestünde diese aus schwarzer Farbe. Inmitten all der Schwärze mussten die Hände etwas Festes ergriffen haben, denn es hatte so ausgesehen, als zöge Bastet den restlichen Körper dort hinein. Zuletzt waren die Füße mit den langen Krallen verschwunden.

»Gut, die mächtige Katzenfrau hat sich aus dem Staub gemacht«, war Adams Kommentar dazu gewesen. »Und wenn dies der Weg nach draußen ist, dann sollten wir es auch versuchen.«

Lady Mina war unter den Stuhlreihen hindurch nach vorn gehuscht, flink und unauffällig, wie es nun einmal der Ratten Art ist.

»Dinsdale!« Emily rief das Irrlicht herbei.

Ein Vinshati, der die Uniform der Londoner Verkehrsbetriebe trug, sprang über die Sitzreihen und kam dicht neben Emily zum Stehen, fauchte laut und bleckte die stinkenden fauligen Zähne.

Einige von ihnen waren also aus London hierher gekommen, und so wie es aussah, hatten sie die restlichen Mitglieder des Rudels hier in Paris mit dem infiziert, was durch ihre Adern rann.

Schnell trat Emily einen Schritt zur Seite.

Ein grelles Licht flammte auf, und Dinsdale blendete den Vinshati, sodass seine Haut sich augenblicklich mit einem schwärenden Aussatz bedeckte und zu eitern begann.

»Das Licht!«, schrie Adam.

Und Emily sah, was er meinte.

Es war einfach zu dunkel im Kino, als dass es den Vinshati hätte gefährlich werden können. Diejenigen, die Dinsdale mit seiner Leuchtkraft berührt hatte, krümmten sich am Boden und hielten die Klauen vor die schmerzverzerrten Gesichter, was aber nicht lange anhielt, da die Blutgier in ihnen stärker war als der Schmerz.

Doch konnte Dinsdale die Kraft, so hell zu strahlen, nicht dauerhaft aufbringen.

»Adam, hinter dir!«

Ein Vinshati, der einmal ein normaler Teenager gewesen sein mochte, sprang den Jungen an und warf ihn zu Boden.

Adam schrie erschrocken auf.

Die Kreatur hockte auf seinem Bauch und fletschte die Zähne.

Emily konzentrierte sich.

Der Vinshati kreischte und schlug sich die Fäuste vor die Augen. Dann kippte er zuckend zur Seite und rollte heulend über den Boden.

Adam kroch schnell auf allen vieren fort von der Stelle, wo der Vinshati auf dem Boden lag. Erschrocken bemerkte er, wie der Kreatur dunkles Blut aus Augen, Nase und Ohren lief.

»Bist du das gewesen?«, fragte Adam mit bebender Stimme.

»Ich bin eine Trickster.«

Deswegen, dachte Emily, bin ich von Wert für Miss Monflathers. Wegen der Fähigkeit, so etwas anzurichten. Weil ich anderen Lebewesen etwas antun kann, das für den Senat oder für wen auch immer von Bedeutung sein mag.

»Wir müssen hier raus.« Adam war aufgestanden und schob sich an Emily vorbei.

Das Mädchen folgte ihm rasch. »Vielleicht gibt es neben der Leinwand einen Durchgang?« Denn dies war womöglich der einzige Weg, der noch aus dem Kino hinausführte.

Adam hielt sie noch immer an der Hand.

Ganz fest.

Als wolle er sie nie mehr loslassen.

Um sie herum wurde ohne Unterlass der Film gezeigt.

La belle et la bête.

Die Bilder flossen über die Sitzreihen und den Boden und bedeckten die Leiber der kämpfenden Vinshati und der Sphinxe gleichermaßen. Jean Marais traurige Augen blickten vom Hinterkopf eines Vinshati in das Gesicht seiner Liebsten, das leicht verzerrt über den gekrümmten Rücken einer kämpfenden Sphinx huschte.

Die Filmvorführung war noch lange nicht zu Ende.

Dichte Wälder rauschten in den Gesichtern der Sphinxe, und die Kolibris waren Wolken, die am Firmament, das auf die Wände gemalt war, entlangzogen.

»Wer ist der Kerl dort drüben?«

Adam deutete auf den Anführer des Rudels.

»Alexander Grant ist das.«

»Ich habe ihn schon einmal gesehen.«

»Wo?«

»Am Brick Lane Market.«

Jetzt fiel es Emily wieder ein. »Er hat vor einigen Wochen den Shah-Saz aufgesucht.«

»Er ist anders als die Kreaturen.«

Ja, Adam hatte Recht.

Alexander Grant war kein Vinshati.

Die grelle Helligkeit des Irrlichts hatte ihn gestreift und keinerlei Wirkung gezeigt. Wo die anderen Vinshati den Lichtstrahl des Projektors mieden, trat er mitten durch das Licht hindurch und tötete Sphinxe und Kolibris so schnell, dass man seinen Bewegungen kaum zu folgen vermochte.

»Wo ist Lady Mina?«

»Da vorne«, antwortete Adam und deutete zum Rand der riesigen Leinwand.

Sie hasteten weiter an der Leinwand entlang, und Adam ließ es sich nicht nehmen, den schwarzen Stoff an verschiedenen Stellen zu testen. Doch erwies sich die Hoffnung, in die Schwärze eintauchen zu können, als vergeblich.

»Es ist nur eine Leinwand«, bestätigte Adam resigniert den anfänglichen Verdacht, »nicht mehr.«

»Es ist ihr Zuhause«, murmelte Emily nur.

Denn das war es, was sie dachte.

Bastet lebte nicht in diesem *cinéma blanc*. Sie lebte in der Dunkelheit der Leinwand. In dem tosenden Schwarz, das sie sich selbst zu einer Welt geformt haben mochte, in der es sich zu leben lohnte. Wer konnte das schon mit Bestimmtheit sagen? Vielleicht erschuf ihre Fantasie dort drinnen ganze Welten, die allesamt besser waren als das, was sich ihr hier draußen bot?

Wie auch immer …

Tatsache war jedenfalls, dass außer Bastet niemand die Leinwand betreten konnte.

Auch die Sphinxe und die Kolibris nicht.

»Sie hat die Sphinxe in die Schlacht geschickt, damit sie sich selbst in Sicherheit bringen kann.« Um sich den Rücken freizuhalten.

»So ist sie eben«, hörte Emily neben sich die Sphinx sagen, die Ipy hieß. Der Katzenkörper schmiegte sich an Emilys Bein, und das Harlekingesicht sah ganz traurig aus. »Sie ist eine Göttin, und wir sind nur Sphinxe.« Waren das etwa Tränen in den Augen des Tieres?

»Willst du mit uns kommen?«, fragte Adam die Sphinx.

Ipy lächelte.

Zögerte.

»Bastet ist meine Herrin«, betonte sie.

»Sie wird nichts davon erfahren.« Aufmunternd und auffordernd lächelte Adam ihr zu.

Um sie herum starben Sphinxe und Kolibris gleichermaßen.

Seht! Lady Mina piepste eine Warnung und duckte sich, als sich etwas anschickte, sie anzugreifen. Etwas, das kein Vinshati war. Doch ähnlich. *Sie können die Sphinxe infizieren.*

Emily und Adam warfen sich auf den Boden, als die ersten Sphinxe, die von den Vinshati gebissen worden waren, ihre Verwandlung beendet hatten und nach neuen Opfern Ausschau hielten.

»Sieht so aus«, murmelte Adam besorgt, »als hätten wir ganz miese Karten in diesem Spiel.« Er schnappte nach Luft, nachdem ihn eine Sphinx knapp verfehlt hatte. »Was meinst du?«

Emily fand keine tröstenden Worte.

Außer: »Frag nicht!«

Die Krankheit verbreitet sich viel zu schnell, murmelte Lady Mina und huschte ängstlich unter einen Sitz. *Wie in Goldhawk*.

»Was ist Goldhawk?«, fragte Ipy.

»Die Vinshati infizieren nicht nur Menschen«, erklärte Emily mit wenigen Worten. »Die Krankheit befällt auch andere Spezies.« An den verrückten Arachniden wollte Emily lieber nicht erst denken.

Das Harlekingesicht wurde ganz bleich.

Eine andere Sphinx stieß aus der Luft herab und wollte sich auf Lady Mina stürzen. Erschrocken wich die Rättin ein Stück zurück. Ipy stürzte sich auf die Sphinx, und wütend fauchend, rollten die Tiere über den Boden. Beide fügten sich Wunden zu, bis Adam einen der Flügel der Vinshati-Sphinx zu fassen bekam und das Tier über die Sitzreihen fortschleuderte.

Ipy keuchte.

Leckte sich die Wunden.

»Werde ich jetzt zu einer der ihren?«

Lady Mina kam aus dem Schatten des Sitzes und gesellte sich zu der Sphinx. *Danke, du hast mir das Leben gerettet.*

»Ha«, musste Ipy traurig lachen, »eine Sphinx, die einem Rattentier das Leben rettet. Das hat es noch niemals gegeben.«

Beide sahen einander verlegen an.

Da erscholl ein Schrei, der gellend und erschütternd war und Vinshati und Sphinxe gleichermaßen innehalten ließ.

»Was ist das nun schon wieder?«, grummelte Adam.

Es war ein Schrei, den Emily bereits zuvor vernommen hatte.

Am Jardin du Luxembourg.

»Gargylen!«, rief Emily.

Was dann geschah, endete in einem Gewirr aus Leibern und Stein.

Warum mit einem Mal die Gargylen auftauchten und wie sie das *cinéma blanc* gefunden hatten und warum sie die Vinshati überhaupt angriffen, konnte Emily sich nicht im Geringsten erklären.

Plötzlich befand sie sich inmitten eines Gemetzels.

Die Vinshati töteten die Sphinxe, und die Gargylen, denen die Vinshati nichts anzuhaben vermochten, zermalmten die Vinshati oder ließen sie zu Stein erstarren. Die Kolibris griffen ihrerseits die Gargylen an und verwandelten diese zurück in den bewegungslosen Stein, der sie einst gewesen waren.

Der Mann, der die Gargylen befehligte, stand in einem der Eingänge und hatte die Arme verschränkt. Er trug eine Hose aus schwarzem Leder, Bikerboots und einen ledernen Mantel, der ihm bis zu den Knöcheln reichte. Darunter ein Hemd von blutigem Rot, aus dessen offenem Kragen ein kunstvoll verziertes Halstuch heraussah.

»Das ist nicht möglich«, murmelte Emily fassungslos

und fühlte den Boden unter ihren Füßen schwinden. Die Zeit schien sich zurückzudrehen.

»Du kennst ihn?«

Verwirrt registrierte Emily den überaus eifersüchtigen Blick Adam Stewarts, als er des eleganten und hübschen Mannes gewahr wurde, der sein dunkles Haar mit einer nicht geringen Menge Gels nach hinten gekämmt hatte.

Ipy, die auf eine Stuhllehne geklettert war, nachdem das Heulen der Gargylen erschollen war, blickte hinüber zum Eingang. »Das ist Dr. Lazarus«, sagte sie. »Von der Île de la Cité.«

Emily wurde ganz blass.

Ihre Beinde zitterten.

Adam fragte: »Du kennst Dr. Lazarus?«

Emily blinzelte.

Flüsterte fassungslos einen Namen: »Dorian Steerforth.«

Sah den jungen Musiker an und erkannte die nagende Eifersucht in seinen Augen. »Nein, Adam. Ich kenne ihn nicht. Ich bin ihm nur schon einmal begegnet.« In London, dachte sie, in den Tiefen der Region, wo er sie aus einer misslichen Lage befreit und sich als Retter in der Not präsentiert hatte.

»Warum ist er hier?«

Das, dachte Emily, ist die alles entscheidende Frage.

Ipy hatte felsenfest behauptet, dass der Mann dort drüben Dr. Lazarus sei. Also war dies der Name, unter dem er nun arbeitete.

»Was, in aller Welt, ist hier nur los?«

Die Stimme, die dem Mädchen antwortete, gehörte Alexander Grant, der so schnell hinter ihr aufgetaucht war, dass Adam Stewart nicht einmal hatte registrieren können, wer oder was ihn ins Gesicht geschlagen und gegen die Leinwand geschleudert hatte.

Starke Hände hielten Emily fest, und sie spürte etwas an ihrem Hals, das ein Klaue oder eine Klinge sein mochte.

Beide Alternativen waren wenig erfreulich.

Lady Mina und Ipy, die das Auftauchen des Rudelführers ebenso überrascht hatte, konnten nurmehr zusehen, wie die Gestalt das Mädchen fest in der Gewalt hatte.

Ohne Umschweife kam das Ding, das einmal Alexander Grant gewesen war, zur Sache. »Wo, Miss Manderley, ist Ihre Freundin abgeblieben?«

»Mein Name ist Emily Laing«, keuchte sie trotzig.

»Haarspaltereien.«

»Sie sollten sich Gedanken um Ihre eigene Freundin machen«, schleuderte Emily ihm hasserfüllt zur Antwort entgegen.

»Eliza?«

Dieser Mistkerl! »Gibt es sonst noch eine Frau in Ihrem Leben?«

»Die einzige, die nunmehr von Bedeutung ist, ist Carathis, meine Herrin«, zischte Alexander Grant wütend und bleckte die Zähne, als Adam Stewart näher kam. »Denke nicht einmal darüber nach, Junge. Sie ist des Todes, noch bevor du auch nur verstanden hast, was mit ihr geschieht.«

Emily rang nach Luft. »Sie haben Amrish Seth getötet.«

»Er hatte den Tod verdient.«

»Hat er das?«

»Wo ist Aurora Fitzrovia?«

»Was wollen Sie von ihr?«

Alexander wirkte erstaunt. »Ihr habt nicht die geringste Ahnung, nicht wahr?« Er schien diesen Gedanken amüsant zu finden. »Kann das möglich sein?« Er musste laut lachen. »Vielleicht weiß nicht einmal Miss Fitzrovia selbst, was es mit ihr auf sich hat?«

Emily wirkte verunsichert. »Wovon sprechen Sie?«

Es war eine Frauenstimme, die sich einmischte. »Von Dingen, die ihn nichts angehen.« Jemand, den Emily nicht erwartet hätte.

Alexander Grant drehte erstaunt den Kopf, und die Bewegung hatte etwas beunruhigend Insektenhaftes. Ehrliches Erstaunen war in den blutunterlaufenen dunklen Augen zu erkennen, jedoch nur für einen Moment, der verflog wie ein Hauch im Sommerwind. »Eliza, du bist mir also nach Paris gefolgt.«

»Alexander!«

Sie beachtete Emily nicht einmal.

Die grünen Augen blitzten vor Wut auf.

»Carathis hat mich aufgeklärt«, sagte Alexander Grant.

»Und du hast dich entschieden!«

»Besser, nach ihren Regeln zu leben, als nach deinen zu sterben.« Emily spürte den stinkenden Atem des Archäologen an ihrem Gesicht. »Eliza, was hast du geglaubt, würde ich tun? Dachtest du wirklich, ich wäre ein Opferlamm? *Dein* Opferlamm? Nein, so naiv kannst du nicht gewesen sein.« Spöttisch spie er den Namen aus. »Eliza Holland. Oder sollte ich dich anders nennen?«

»Dies hier geht nur uns beide etwas an«, sagte Eliza mit einem Blick auf Emily.

»Oh, nein, da irrst du dich gewaltig, meine Liebe. Ich diene Carathis, und du weißt, wie wichtig Miss Fitzrovia für sie ist. Al-Vathek und du, ihr habt euren Plan geschmiedet. Doch leider wird der jetzt nicht mehr aufgehen.« Schallend lachte er. »Eliza, du wirst enden, wie du es verdient hast. Als alte, hässliche Frau.«

Eliza stand da und schien nur mühsam die Beherrschung zu behalten. Instinktiv spürte Emily, dass das, was Alexander Grant gerade ausgesprochen hatte, die Wahrheit war.

»Carathis hat mir ein Leben angeboten, und ich habe das Angebot angenommen.« Er wurde ungehalten. »Wo, frage ich dich, befindet sich Aurora Fitzrovia?«

»Du bist widerwärtig!«, schrie Eliza ihn an.

Tränen traten ihr in die Augen.

»Das«, fragte Alexander Grant, »sagst ausgerechnet du?«

Er schüttelte den Kopf.

»Hat dieses Mädchen, das sich deine Freundin nennt, überhaupt eine Ahnung, wer du bist?«

»Sie ist eine Wiedergängerin«, sagte Emily.

Alexander Grant nickte. »Du solltest sie fragen, wie sie weiter zu leben gedenkt und was sie getan hat. Damals, als sie nach Kairo zurückgekehrt ist.« Die Stimme der Kreatur, die Alexander Grant nun war, wurde brüchig. »Davon hast du deiner Freundin nichts erzählt.«

»Carathis hätte es dir nicht sagen dürfen. Wir sind Verbündete.«

»Was hätte das denn an der Wahrheit geändert?« Alexander Grant fauchte verbittert. »Ich werde leben, Eliza, und du wirst nichts dagegen tun können.«

Emily hörte eine Stimme in ihrem Kopf. *Du hast die Gabe, Emmy, also nutze sie!* Es war Elizas Stimme, die da flüsterte.

Erschrocken sah Emily ihre Freundin an.

Sie musste an die Dinge denken, die sie während der vergangenen Tage erfahren hatte. Eliza war in Rotherhithe gewesen, hatte den Reverend gekannt und mit Madame Snowhitepink paktiert. Welches Spiel also spielte sie? War sie wirklich mit Carathis im Bunde, wie sie soeben behauptet hatte?

Emmy!

Die Klinge, die Alexander Grant ihr an die Kehle hielt, schnitt in die Haut. Es tat weh. Emily spürte, dass die Hand des Archäologen zitterte.

Ja, sie würde es tun.

Wie sie es so oft getan hatte.

So fand Emily Laing auch jetzt einen Weg ins Bewusstsein der Kreatur und schlug mit aller Kraft zu, sodass der Archäologe taumelnd zur Seite kippte.

»Du hast Seth getötet«, schrie Eliza den am Boden liegenden Mann an, der aus der Nase blutete. »Aber du wirst nicht durch meine Hand sterben.«

Alexander Grant erhob sich und fauchte boshaft: »Du kannst mir nicht drohen!«

Eliza schrie ihn unter Tränen an: »Bastet hat dich erwartet.«

Zum ersten Mal bemerkte Emily Unsicherheit in des Archäologen Gesicht.

Adam ergriff ihre Hand und zog sie fort von der Leinwand.

»Emily.«

Sie hörte wieder die Melodie.

War glücklich.

So seltsam.

Gerade jetzt.

Dann sah sie, was Adam ihr hatte zeigen wollen.

Ein Gesicht, das sich aus der Schwärze der Leinwand herausdrückte. Die hasserfüllten Züge der Katzengöttin, die auf den Wiedergänger herabblickte.

»Du hast Seth getötet, und seine Geschwister hassen dich dafür!« Eliza sah zur Leinwand hinauf. »Ich habe Euch gesagt, dass er herkommen wird, um Emily Laing zu finden. Er gehört Euch, Lady Bastet.«

Das Geschöpf in der Leinwand fauchte.

Alexander Grant, der die Falle erst erkannte, als sie zuschnappte, wirkte überrascht. Er trat einen Schritt zurück und war wie gelähmt, als die riesige Schlange sich aus dem Dunkel der Leinwand herauswand. Die Apep, die einst dem Lordkanzler von Kensington gedient hatte, verschlang Alexander Grant mit Haut und Haaren, noch bevor dieser verstanden hatte, dass er soeben gerichtet worden war.

Weder Emily noch Adam noch Eliza rührten sich.

Die Apep blinzelte kurz.

Schlängelte sich in die Leinwand zurück.

»Es gibt verschiedene Pforten zum Totenreich«, sagte Eliza Holland. »Anubis wacht über den Eingang unterhalb der Royal Albert Hall. Und Bastet ist die Hüterin von Montmartre.«

Das Gesicht der Katzengöttin verschwand in der Leinwand, als versänke es in tiefdunklen Wassern.

Emily Laing bemerkte, dass Eliza die Tränen nur so über das bleiche Gesicht liefen. »Es ist vorbei«, schluchzte die junge Frau und rang um Fassung.

Im *cinéma blanc* indes kehrte Ruhe ein. Die Gargylen hatten die infizierten Sphinxe und die Vinshati entweder in Stein verwandelt oder zermalmt. Den Kolibris ihrerseits war es sterbend gelungen, die Gargylen bewegungsunfähig zu machen.

Einzig Ipy war noch am Leben, wenngleich es ihr nicht sonderlich gut ging. Die Vinshati-Sphinx hatte ihr einige tiefe Schnittwunden beigebracht.

»Armes Ding.« Eliza, die sich die Tränen fortwischte, bückte sich und hob die Sphinx auf, streichelte ihr über Kopf und Flügel. »Du wirst leben, tapfere Sphinx. Versprochen.« Ipy, die gar nicht mehr mitbekam, wie ihr überhaupt geschah, schloss nur die Augen, und der grazile Katzenkörper erschlaffte, als sei er gerade gestorben.

Dr. Lazarus trat aus dem Schatten des Eingangs und begrüßte Eliza Holland. »Wie schön, dass Ihr endlich hier seid, hübsche Lady Holland.«

»Dank gebührt Euch und den Gargylen«, gab Eliza das Kompliment zurück.

»Und auch Miss Laing ist noch wohlauf.« Dr. Lazarus kam lässig den Mittelgang entlanggeschlendert, wobei er abfällig die Überreste des kurzen Kampfes begutachtete, über die sich der flackernde Abspann des Films wie ein Leichentuch legte.

»Finis.«

Und noch bevor Emily all die unverhofften Begegnungen verkraftet hatte und hätte fragen können, was hier eigentlich vor sich ging, drängte Eliza Holland zum schnellen Aufbruch.

»Denn Dr. Moreau erwartet uns bereits«, sagte sie, während es dunkel wurde im *cinéma blanc*. »Und die Zeit ist mitnichten unser Verbündeter.«

Kapitel 14

Die Insel des Dr. Moreau

Die Métro war überfüllt wie jeden Tag um diese Uhrzeit. Emily und Adam folgten Eliza Holland durch das Gewühl und zwängten sich in einen Zug hinein, der südwärts in Richtung Seine fuhr. Einige der Fahrgäste warfen Lady Mina, die wie immer auf Emilys Schulter hockte, angewiderte Blicke zu. Das Irrlicht indes befand sich in der Manteltasche des Mädchens und ruhte sich aus.

Eliza trug Ipy, die Sphinx, deren sie sich angenommen hatte.

Dr. Lazarus aber, der Meister der Gargylen, war in Montmartre zurückgeblieben, um sich um seine von den Kolibris entseelten Steinwesen zu kümmern.

»Wie geht es dir?«, fragte Eliza ihre Freundin, aufrichtig besorgt, sobald sie eine Ecke für sich gefunden hatten.

»Kommt die Frage nicht ein wenig spät?« Emily war wütend und erschöpft. »Meine Güte, es wäre einfach nett, wenn man mich nicht andauernd belügen würde.« Daran schloss sich eine Tirade von Anschuldigungen an, die mit Eliza Hollands Wiedergängernatur begannen und mit den Besuchen in Rotherhithe endeten. »Du hast Madame

Snowhitepink gekannt, Eliza, und keinem von uns etwas davon gesagt. Du hast mit Reverend Dombey zusammengearbeitet und den Kindern im Waisenhaus vorgelesen.«

Nichts davon stritt Eliza ab.

»Du wirst es verstehen, wenn wir bei Dr. Moreau angekommen sind.«

»Was werde ich verstehen? Dass du Kontakte zum Grafen von Saint-Germain hast, der ein guter Bekannter Lord Mushrooms gewesen ist? Dass du Dr. Lazarus und al-Vathek kennst? Eliza, ich habe dieses Versteckspiel so satt.«

Eliza ergriff Emilys Hände und sah ihr tief in die Augen. »Du wirst«, versprach sie ihr, »dies alles verstehen. Glaube mir, Emily, die Dinge haben sich so entwickelt, wie sie sich entwickeln mussten. Nichts davon hätte anders geschehen können.«

Zu viele Gedanken bestürmten Emily in diesem Moment, als dass sie auch nur einen davon klar zu fassen bekommen hätte. Die Verstrickungen, mit denen sie es hier zu tun hatte, reichten von London bis nach Paris, und dies sogar über die Zeiten hinweg.

»Ich weiß nicht, ob ich dir noch trauen kann«, sagte Emily.

Eliza nickte. »Was ich verstehen kann. Trotzdem – du könntest mir berichten, was seit deiner Ankunft in der Cité lumière geschehen ist.«

Trotzig erwiederte Emily: »Ich dachte, du bist informiert?«

»Es ist immer gut, die Berichte aus verschiedenen Quellen zu hören.«

Emily zog ein Gesicht und schwieg.

Doch dann erzählte sie von dem, was ihr widerfahren war.

»Wittgenstein und Micklewhite sind also tatsächlich von den Fegefeuern verschlungen worden«, murmelte Eliza nachdenklich. »Nun ja, damit haben wir gerechnet.«

»Ach?«

»Pilatus Pickwick ist ein eigensinniger Mensch, Emily, und al-Vathek nicht wohl gesonnen. Ihm unser Anliegen direkt vorzutragen, wäre nicht weise gewesen.« Sie musste lächeln, ganz kurz nur. »Pilatus Pickwick hasst al-Vathek regelrecht, weil er ihn zu dem gemacht hat, was er nun ist.« Es war kein Bedauern in ihren Augen zu erkennen. »Du hast meine Aufzeichnungen gelesen, Emily?«

»Nicht vollständig.«

Noch immer trug sie den Rucksack bei sich, der all ihr Hab und Gut enthielt.

»Was ist mit Aurora Fitzrovia geschehen?«

»Es geht ihr gut.«

»Gut?«

»Den Umständen entsprechend.«

»Du hast die ganze Zeit über gewusst, was mit ihr geschehen wird?«

Eliza gab ihr die übliche Antwort: »Du wirst es erfahren, wenn wir die Insel erreicht haben.«

Doch Emily hatte es satt, sich in Geduld üben zu müssen. Jeder hier schien sie nur zu seinen Zwecken zu benutzen. Die einzigen Menschen, die ihr selbstlos geholfen hatten, waren Adam und Toulouse gewesen. Alle anderen schienen Figuren in einem Spiel zu sein, dessen Regeln sie nicht einmal erahnte.

»Wer ist Dr. Lazarus?«

»Das ist eine lange Geschichte.«

»Die ich hören werde, sobald wir die Insel erreicht haben?«

»Ja.«

Emily versuchte sich vom Schaukeln des Zuges beruhigen zu lassen.

Die Wagen, das fiel ihr erneut auf, waren hier größer als in London. Die Plakate, die an den Wänden klebten, waren in hellen Farben gemalt, und einige von ihnen ließen die Hand von Toulouse erkennen. Trotzdem sehnte sie sich nach London und der Tube, wo sie die Sprache der Menschen verstand und nicht allzeit das Gefühl hatte, allein und verloren zu sein.

In La Chapelle stiegen sie aus und wanderten durch das Röhrensystem zum Gare du Nord, wo sie dann den Zug hinunter zur Station Châtelet Les Halles bestiegen, dem vorläufigen Ziel der Fahrt.

Dort angekommen, führte Eliza sie in tiefer gelegene Tunnel, wo Glühwürmchen zu tausenden die Luft erfüllten und die unterirdische Dunkelheit mit einem natürlich sanften Glanz vertrieben.

»An vielen Stellen findet man noch Glühwürmchen«, erklärte Adam.

Emily musste lächeln. »La Cité lumière?«

»Ja.«

Eliza beobachtete die beiden.

Ganz melancholisch.

Sah womöglich, was auch Lady Mina nicht verborgen geblieben war.

Dinsdale war aus Emilys Tasche entschlüpft und flog beschwingte Kapriolen mit den Glühwürmchen, denen die Gesellschaft eines Irrlichts nichts auszumachen schien.

»Was wirst du tun, wenn dies alles vorüber ist?« Adam blickte nach vorn in den Tunnel hinein, so unbeteiligt, als wäre dies mitnichten eine Frage, bei der er Emily besser hätte anschauen sollen.

»Ich gehe zurück nach London.«

Er nickte.

»Und du?«

»Vermutlich auch.«

Die beiden sahen einander an.

Folgten Eliza Holland.

»Du bist sehr schweigsam«, stellte Adam nach einer Weile fest.

Emily lächelte. »Du nicht!«

Dann erreichten sie die Île de la Cité.

Eine gigantische Kaverne war es, tief unter der Kathedrale Notre Dame gelegen. Die Wände der Höhle bestanden aus mattem Spiegelglas, sodass alles, was im Inneren geschah, hundertfach vervielfältigt wurde.

»Es sieht aus wie Moorgate«, entfuhr es Emily.

Sie sah eine Brücke, die einmal die uralte Pont Notre Dame gewesen war, und auf dieser Brücke befanden sich Häuser, wie auch auf der London Bridge.

Das Haus, das sich bedrohlich und riesig in der Mitte der Brücke erhob, sah aus wie Moorgate Asylum. Ein Haus der Erker und Winkel war es, der vergitterten Fenster und spitzer Türme, dessen hohe Mauern von wucherndem Stacheldraht gekrönt wurden. Wasser tropfte von der Höhlendecke herab, und schäbiges Moos bedeckte die Dächer des Hauses wie Zahnbelag.

Der Mund des Wahnsinns.

So nannten die Bewohner das Gegenstück zu diesem Ort in London.

»La bouche de la folie.«

Anders als in Moorgate erblühten hier jedoch tausende von Blumen im Licht der Fackeln, die überall in den Wänden steckten und deren Licht tausendfach von den Spiegeln gebrochen wurde.

»Wir nennen diesen Ort den Marché aux Fleurs«, sagte Eliza.

Vornehmlich waren es Rosen, die hier unten wuchsen. Die ihre dornigen Zweige und dicken Äste an den Brückenpfeilern emporranken ließen. Rosen in allen nur erdenklichen Farben.

Ein altes Zollhaus mit einer steinernen Skulptur bildete auch hier den Eingang und erklärte, weshalb die Bewohner des Marché aux Fleurs diesem Ort den Namen gegeben hatten, den er nun einmal trug.

Ein steinernes Gesicht blickte auf die Neuankömmlinge herab. Gemeißelt in hellen Kalkstein, war es heller als sein Gegenstück in London, bildete aber wie dort die Front des ehemaligen Zollhauses.

Mit Augen, die wie irre verdreht waren.

Einem Mund, aus dem eine fette Zunge hing, die mit Schnecken übersät war.

Falten, die das Antlitz in eine hässliche Fratze verwandelten.

Haaren, die zerzaust vom Kopf abstanden und deren Ausläufer bis in die roten Ziegel des Dachs reichten.

Einem Dach, auf dem Gargylen hockten und neugierig auf die kleine Gruppe Wanderer herabblickten.

»Ihr habt einen Termin?« Ein Lazarus-Mensch saß in der Bretterbude neben dem Tor. Die Holzmaske, die sein Gesicht bedeckte, wirkte ausdruckslos.

»Wir kennen den Weg«, sagte Eliza streng, hob den Blick, um die Gargylen zu grüßen, und ging dann eiligen Schrittes durch das Tor.

Wie in London, so öffnete sich auch hier ein Schlund aus Häusern und Pfaden in der Dämmerung.

Ein einfaches Schild hing dort.

»LABORATOIRE D'ALPHONSE MOREAU«

stand darauf geschrieben.

Und als sie durch den Mund des Wahnsinns von Paris schritten, da offenbarte sich ihnen eine skurrile Welt, die ganz anders war, als Emily erwartet hatte.

Menschliche Tiere und tierische Menschen bevölkerten die Korridore und Treppenhäuser dieser Anstalt. Es war, als würden hier in diesen Mauern die Grenzen, die sich die Natur gesetzt hatte, zerfließen, um etwas Neues zu erschaffen. Emily sah in Gesichter, die stärkere Ähnlichkeit mit Fröschen, Eidechsen, Löwen, Hyänen oder Ziegen hatten als mit Menschen. Daneben gab es Tiere, die entsprechend der Gewohnheit ihrer Art auf allen vieren liefen, deren Gesichter jedoch unverkennbar menschliche Züge trugen.

»Was sind das für Wesen?«, fragte Adam.

Eliza seufzte. »Es sind die Versuche, die Natur der Natur zu entschlüsseln.« Sie sah den Jungen ernst an. »Es sind die Tiermenschen des Dr. Moreau.«

»Er versucht Leben zu erschaffen?« Emily beobachtete voller Abscheu die armen Mischwesen, die wenig glücklich wirkend ihrem Tagwerk nachgingen.

»Mithilfe von Dr. Lazarus, versteht sich.«

Das war es also, was sie hier taten.

»Warum tut er das?«, fragte Adam.

»Er will herausfinden, was es mit unserer Spezies auf sich hat.« Eliza machte eine wegwerfende Handbewegung. »Der Doktor wird das alles erklären.«

So durchquerten sie das riesige Haus, das wie ein lebendiges Wesen anmutete. Die Wurzeln der Rosenstöcke, die durch Risse im Mauerwerk ins Gebäude gewachsen waren, ragten wie dunkle Schlangen in die Korridore. Grünpflanzen säumten die Gänge. Düstere Kammern öffneten sich zu beiden Seiten der Flure, und jeder einzelne Raum erwies sich als Gefängniszelle. Einige der Türen, das konnte Emily an den schweren Schlössern erkennen, waren verriegelt, doch konnte man durch kleine Gucklöcher Skelette oder wilde Tiermenschen erkennen.

Es gab Instrumente, seltsam anmutende Maschinen mit Kabeln und Elektroden und Kippschaltern, die bis hinauf in die oberen Stockwerke reichten und die, wenn sie intakt und in Betrieb waren, winzige Funken aufstieben und beißenden Rauch durch die Gänge wehen ließen.

»Das sind die gleichen Gerätschaften wie jene, die ich in Moorgate Asylum gesehen habe«, bemerkte Emily erstaunt und rief sich ins Gedächtnis, dass es nur selten Zufälle gab.

»Moorgate und dieser Ort hier sind Bilder auf den beiden Seiten ein und desselben Spiegels.« Das war alles, was Eliza dazu zu sagen hatte.

Dann, mit einem Mal, spürte Emily die Gegenwart ihrer dunkelhäutigen Freundin. Ganz plötzlich trafen sie die traumfetzenhaften Bilder, und wenngleich sie insgeheim geahnt oder gehofft hatte, Aurora an diesem Ort zu finden, so überraschte es sie dennoch, von den Gefühlen überflutet zu werden.

»Alles in Ordnung mit dir?«

Emily schluckte.

War froh, dass Adam an ihrer Seite war.

»Es ist Aurora. Sie ist hier.«

Eliza, die ihre Bemerkung mit einem wissenden Blick kommentierte, führte sie alle in ein karges Zimmer im ersten Stockwerk, an dessen Decke eine lange Neonröhre flackerte und ein Bett mit Metallrahmen in unruhig zuckende Schatten tauchte.

»Aurora«, flüsterte Emily.

Das Mädchen, mit dem sie Stunden um Stunden in der Dachkammer des Anwesens in Marylebone verbracht hatte, war an Händen und Füßen gefesselt. Nur ein Nachthemd trug sie, und in ihren Armen steckten Kanülen, die mit merkwürdigen Gerätschaften verbunden waren, die fortwährend eine Flüssigkeit durch die Schläuche pumpten.

»Es geht ihr gut«, sagte Eliza.

Emily fand nicht, dass Aurora so aussah, als gehe es ihr gut.

»Was hast du ihr angetan?«

»Ich?«

»Du. Dariusz. Wer auch immer …«

Eliza schüttelte den Kopf. »Du wirst es verstehen.«

»Wann?« Emilys Stimme hallte laut von den Wänden wider. »Wenn Dr. Dariusz oder Dr. Moreau oder wie immer er sich nennt endlich mit mir redet?« Sie riss sich von Eliza los und rannte durch den Raum.

»Emmy, nicht!«, hörte sie Eliza rufen.

Doch war es zu spät.

Emily war bereits bei ihrer Freundin und hatte die Verschlüsse der Gummiriemen, die Aurora ans Bett gefesselt hatten, mit einem lauten Geräusch aufschnappen lassen. Retten wollte sie Aurora. Sie fortbringen von diesem verdorbenen Ort.

Sie misstraute Eliza Holland und allen, die sie mit

kunstvoll gesponnen Lügenmärchen bei Laune zu halten versucht hatten.

Sie musste sich Aurora schnappen und diesen Ort hier verlassen.

Später würde sie darüber nachdenken können, wie weiter zu verfahren wäre.

Jetzt sah sie nur Aurora und wollte ihr helfen.

So krank sah sie aus.

Bleich.

Wie tot.

Dann ging alles so schnell, dass Emily sich später kaum daran erinnern konnte, welches der Ereignisse zuerst eingetreten war.

Sie hörte Stimmen.

Ja, Stimmen.

Ungeordnet.

Die eine gehörte Eliza, die verwundert einen Namen aussprach: »Wittgenstein?« Lady Mina, die noch immer auf ihrer Schulter saß, fiel zu Boden und fiepte schmerzerfüllt. Und Adam Stewart rief: »Emily!«, als hinge ihr Leben davon ab.

Das Fauchen jedoch überlagerte alle anderen Stimmen.

Denn das Fauchen war ganz dicht bei ihr.

Neben ihr.

Sie spürte es.

Auf ihrer Haut.

An der Hand, die soeben noch die Schnallen an den Gummiriemen gelöst hatte.

Benommen sah Emily das dunkle Blut, das ihren Handrücken bedeckte, und verstand, dass sie soeben gebissen worden war.

Sie sah in wilde dunkle Augen.

»Aurora«, flüsterte sie.

Die Angesprochene, die jetzt aufrecht im Bett saß und sie mit aufgerissenen Augen ansah, begann bitterste Tränen zu weinen. Und Emily Laing verstand, dass es ihr eigenes Blut war, das Aurora Fitzrovias Lippen benetzte. »Emmy?« Auroras Stimme war nurmehr ein Krächzen.

Sie weiß gar nicht, was sie gerade getan hat, schoss es Emily durch den Kopf. Sie weiß es nicht, ich sehe es ihren Augen an, dass sie nicht gewusst hat, was aus ihr geworden ist.

Emily Laing ging in die Knie.

Sie zitterte am ganzen Leib.

Betrachtete ihre Hand, die noch immer blutete.

Sachte berührte ich ihre Schulter.

»Wittgenstein?« Verwundert sah sie mich an.

»Habe ich Ihnen nicht versprochen zurückzukehren?«

Mit einem Mal war Emily Laing wieder das kleine Mädchen, das ich vor vier Jahren am Fuße der Rolltreppe in der Tottenham Court Road gefunden hatte. Ängstlich sah sie mich an, und als ich der Rättin gewahr wurde, die neben ihr auf dem Boden saß und zutraulich die Schnauze gegen die blutende Hand drückte, um mich sodann mit wachsamen Kulleraugen zu mustern, da wusste ich, dass sich manche Dinge wiederholen.

So kehrte ich zu Emily Laing zurück.

An einem Tag im Winter.

Nicht lange vor Weihnachten.

Ja, die Welt ist gierig, und manchmal ist ein Schrei, ausgestoßen in der Stille, eine Melodie voller Irrsinn und Verzweiflung.

»Was habe ich getan?«

»Du bist«, flüstert Eliza dem Mädchen zu, »was du bist.«

Wir stehen in dem kargen Krankenzimmer.

Ratlos.

Verwirrt.

»Wird Aurora sterben?«

Ich sehe Emily an.

Untröstlich.

Bleich und schwach steht sie vor mir, und das helle gesunde Auge erfleht eine Antwort, die ich dem Mädchen nicht geben kann.

»Werde *ich* jetzt sterben, Wittgenstein?«

Ich gebe mir Mühe, beherrscht zu bleiben.

»Fragen Sie nicht.«

Denn das ist die einzige Antwort, die ich Emily geben kann.

Die ehrlich ist.

Immerhin.

So aufrichtig wie die Umarmung, in der das Mädchen und der Junge, den ich schon einmal am Brick Lane Market gesehen habe, versinken, als gäbe es kein Unheil in dieser Welt und nur ihrer beider Herzen, die sie an einander verloren haben in den Schlünden der Cité lumière, zu einer Melodie, die außer den beiden niemand zu hören vermag.

Aus
Eliza Hollands
Aufzeichnungen
(Fortsetzung)

Gonville and Caius, Cambridge
18. Mai 1968
(Datum der Niederschrift)

Bereits am Morgen des folgenden Tages brachte uns eine Kutsche bis nach Klausenburg, wo wir den Zug in Richtung Budapest bestiegen. Draußen vor dem Fenster flog eine mir fremde Welt vorbei. Dichte Wälder und zerklüftete Bergketten, enge gewundene Straßen, auf denen ärmliche Bauern mit ihren Fuhrwerken dem kargen Tagewerk nachgingen. Kleine Dörfer, die alle dem verfluchten Aghiresu ähnelten. Eine Gegend, in deren dunklen Schatten seltsame Kreaturen ihr Unwesen trieben. Die Schöpfungen der Carathis, die so alt war, dass es die Vorstellungskraft eines jeden von uns gesprengt hatte. Die unter dem Namen Gräfin Hunyady am *Isten Szek* herrschte. Ich fragte mich, wie viele der Menschen, die uns mit der bodenständigen Wärme der einfachen Leute vom Land in Aghiresu empfangen hatten, noch am Leben waren. Viele der Einwohner mochten in der Zwischenzeit den jagenden Rudel wilder Vrolok zum Opfer gefallen sein. Viele von ihnen würden die Seuche weitertragen, bevor sie dann endlich stürben.

Tom, der neben mir saß und dessen Arm sich um meine Schulter gelegt hatte, döste in einem unruhigen Halbschlaf vor sich hin. Doktor Pickwick, mir gegenüber sitzend in dem kleinen Abteil, das nach kaltem Tabak roch, blickte ebenso wie ich nachdenklich nach draußen. Und al-Vathek, unser Begleiter, saß ruhig da und beobachtete uns.

»Sie ist ein Tier«, hatte er uns in der Nacht erklärt und Carathis gemeint. »Sie tötet wahllos und trägt die Seuche weiter, ohne sich um die Konsequenzen zu sorgen. Das ist nicht der Wiedergänger Art.«

Und dann hatte er uns berichtet, wie er von den Ausgrabungen im Tal der Könige erfahren hatte und von unserem Bestreben, die Schriften, die er selbst verfasst hatte, zu finden, um auf eine Spur zu stoßen, die uns den Weg zur Grabstätte des Tut-ankh-Amen weisen würde.

»Blut und Speichel der Wesen, die Sie Vrolok nennen«, hatte er uns erklärt, »tragen die Krankheit weiter. Sie alle wären noch vor der nächsten Nacht zu einer der Kreaturen geworden, denen zu entkommen Sie am *Isten Szek* so kläglich versucht hatten.« Die hellen Raubtieraugen hatten gefunkelt, und die Lippen hatten sich zu einer Grimasse verzogen, die ein Lächeln gewesen sein mochte. »Und da ich Sie alle für meine Zwecke einzuspannen gedenke«, war al-Vathek fortgefahren, »habe ich das Einzige getan, was Ihnen helfen konnte.«

Ja, er hatte uns von seinem Blut zu trinken gegeben, und in jener Nacht hatte er uns mit den fundamentalen Regeln bekannt gemacht, denen sich ein Wiedergänger unterwerfen muss.

Unnötig zu erwähnen, dass wir nicht gut geschlafen hatten in jener Nacht. Lange hatten wir über unsere Vermutungen und Ängste gesprochen, und zu meinem Leidwesen war Tom nicht einmal dazu in der Lage gewesen, mir eine Geschichte zu erzählen. Nie hätte ich seine tröstenden Worte mehr gebraucht als in dieser Nacht. Die Bilder des toten Tibor hatten mich bestürmt, und wenn ich unsanft aus dem Schlaf aufgeschreckt war, dann hatte ich den langsam atmenden Körper meines Bruders neben mir im Bett gespürt, dessen arme Seele wohl von ähnlichen Nachtmahren heimgesucht wurde wie meine eigene.

Doch hegte ich insgeheim die Hoffnung, dass al-Vathek uns nicht betrügen würde. Wenngleich er auch distanziert und kalt wirkte, so vermittelte er einem dennoch das Gefühl, auf seine seltsame Art ehrlich zu sein. Meine damaligen Gefühle sind schwer in Worte zu fassen, zumal es keinerlei Anhaltspunkte für meine Deutung von al-Vatheks Charakter gab. Es war ein schlichtes Gefühl. Hatte ich die Gräfin vom Anfang unserer Begegnung an für gefährlich und heimtückisch gehalten, so glaubte ich in al-Vathek Ehrlichkeit und vielleicht auch etwas, das man als Weisheit hätte umschreiben können, zu entdecken. Was nicht bedeutete, dass ich den Eindruck hatte, er brächte uns Sympathie entgegen. Er wirkte kalt und bestimmend und ließ in keinem Moment Zweifel daran aufkommen, dass er uns überlegen sei (in welcher Hinsicht auch immer).

Als wir Budapest erreichten und ich die vertrauten Straßen erblickte, beschlich mich fast das Gefühl, wieder zu Hause zu sein. Die Erlebnisse, die kaum zwei Wochen hinter uns lagen, schienen jedoch um Jahre der Vergangenheit anzugehören. Als wir den Zug verließen und in das Getümmel hinaustraten, strahlte die Sonne auf uns herab und tauchte die Häuser und Straßen in ein mattes unwirkliches Licht. Es war ein wunderschöner Herbsttag, und fast erlag ich der Illusion, meinem Schicksal entfliehen zu können. Wir nahmen ein Taxi und stiegen im Hotel Hungaria ab, wo wir einst mit den Molnárs diniert hatten. Mit einem Lächeln entsann ich mich jenes anstrengenden Opernabends voll freundlichen Geplänkels über die Geschichte Ungarns und insbesondere Budapests.

»Vielleicht sollten wir es wagen«, flüsterte mir Tom im Foyer des Hotels zu.

Er dachte, wie ich auch, an Flucht.

Es wäre ein waghalsiger Versuch gewesen, al-Vathek zu entkommen, doch ahnten wir beide, wie zwecklos ein solches Unterfangen vermutlich sein würde. Zumal sich unsere Empfindungen verändert hatten.

»Ich spüre es«, gestand ich Tom, als wir am Abend durch die Stadt promenierten. »Tief in mir drinnen.«

»Ich weiß, was du meinst.«

Ich sah es ihm an. Er spürte es auch. Es war, als könnte man den Pulsschlag der Welt wahrnehmen. Als schlügen tausende Herzen nur für uns. Wenn wir Menschen begegneten, dann konnten wir es förmlich fühlen.

»Wenn es an der Zeit ist, Nahrung aufzunehmen«, erklärte uns al-Vathek später, »dann steigern sich die Wahrnehmungen.« Seine Raubtieraugen funkelten. »Man kann es wittern, das fremde Blut. Wie es durch die Adern strömt.« Er blickte uns ernst an, und sein rotes Haar leuchtete in der Mittagssonne. »Nie dürfen Sie diesen Drang die Oberhand gewinnen lassen.« Die hellen Augen sahen weit in die Ferne und duldeten keinen Widerspruch. »Carathis tötet mit Wonne. Sie hingegen müssen lernen, sich zu beherrschen. Wir sind keine Tiere.« Nach einer kurzen Pause fügte er hinzu: »Wir sind, was wir sind. Wir müssen uns dessen bewusst sein. Und wir müssen Verantwortung übernehmen.« Er wirkte nachdenklich, und Enttäuschung und Zorn schwangen in seiner Stimme mit, als er eingestand: »Das ist es, was Carathis niemals verstanden hat. Wir müssen die Beute ehren, weil sie uns das Leben schenkt. Wir müssen schnell töten. Ohne Reue. Schnell und überlegt. Niemals dürfen wir die Beute leiden lassen und sie zu einem Leben verdammen, das jeder armen Kreatur unwürdig ist.«

Gehorsam nahmen wir uns dies zu Herzen.

In den beiden Wochen, die wir in Budapest verbrachten, lehrte uns al-Vathek die Geschichte unserer Art. Wir erfuhren am eigenen Leib, was wir waren. Wir lernten das schnelle Töten. Der Instinkt, der unser Blut in Wallung versetzt, wenn die Zeit naht, konnte kontrolliert werden. Nein, er musste kontrolliert werden.

Das war der Beginn unseres neuen Lebens.

Immer ähnlicher wurde ich, Eliza Holland, dem kaltherzigen, traurigen Mädchen aus »Great Expectations«, das Estella Havisham hieß.

Ich lernte, arglose Passanten in die Falle zu locken und ihnen flink die Kehle aufzuschlitzen, damit ihre panischen Schreie in einer Fontäne frischen Blutes erstickten. Stacheln benutzten wir dazu, silbrig glänzend und Fingerhüten gleich. Traditionelle Werkzeuge der zivilisierten Wiedergänger. Ich lernte, diszipliniert und maßvoll zu trinken.

»Hast und Übermaß stürzen uns in einen Blutrausch«, erklärte al-Vathek. »Wir verlieren die Kontrolle.« Und wieder betonte er: »Aber die Kontrolle dürfen wir nie verlieren!«

Wir erkannten, dass der Drang nach dieser besonderen Nahrung weniger häufig auftrat, als wir es ursprünglich angenommen hatten. Nicht mehr als zweimal im Monat verlangte es uns nach dem frischen Blut unserer Mitmenschen.

»Wir ermorden demnach nur zwei Menschen pro Monat«, stellte ich al-Vathek gegenüber fest. Und Tom zugewandt: »Ist das nicht ein erleichternder Gedanke?!«

»Und doch ist es Unrecht.«

Nachdem ich getötet hatte (die ersten Male erfüllten mich mit einer schier unbändigen Erregung), befielen mich die Schuldgefühle. Ich machte es mir zur Angewohnheit, die Gesichter meiner Beute zu betrachten. Ich fragte mich, welches Leben sie wohl gelebt hatte. Waren sie glücklich gewesen? Zufrieden? Die Leben wie vieler Menschen zerstörte ich, indem ich über die Beute herfiel? Die Hände meines zweiten Opfers ließen einen Buchhalter vermuten. Ein junger Mann, adrett und pflichtbewusst, der vielleicht irgendwo eine liebe Frau hatte, die nun vergeblich auf seine Heimkehr warten würde. Die Tintenflecken auf seinen Fingerkuppen hatten sich mit seinem Blut vermischt. In einem verlassenen Park hatte ich ihn erspäht und war ihm gefolgt bis in eine Gasse, in welcher ich ihn in eine Toreinfahrt hineingezerrt und ihm die Kehle aufgeschlitzt hatte. Nachdem ich getrunken und ihn betrachtet hatte, schloss ich seine vor Schreck geweiteten Augen und weinte. Ja, ich wusste, was ich war. Wie hätte ich es nicht wissen können? Wenn die Tränen kamen, dann beweinte ich die Beute und doch vielmehr noch mich selbst.

»Es gibt keinen Weg zurück«, hatte al-Vathek gesagt.

Dafür hasste ich ihn.

Ihn und jene abscheuliche Carathis, vor deren Kreaturen er uns gerettet hatte.

Doch als wir die Reise fortsetzten, da begann ich mich mit meinem neuen Leben abzufinden. Der pragmatische Teil meines Selbst gewann für einige Zeit die Oberhand.

Doktor Pickwick ließen wir in Budapest zurück. Vielleicht fiel es Pickwick leichter, die neue Existenz zu akzeptieren, weil er ein Leben hatte, zu welchem er zurückkehren konnte. Äußerlich kaum verändert, nahm er wieder die Arbeit am Krankenhaus auf. Er lebte in seiner gewohnten Umgebung mit den Menschen, die er kannte. Er besuchte die Literaturzirkel im Otthon an der Seite Professor Molnárs (der nicht fassen konnte, dass der arme Tibor das Opfer eines Wolfsangriffes geworden war) und begann, wie er uns versicherte, mit seinen Forschungen (für die er Proben des eigenen Blutes zu analysieren gedachte). Außerdem sprach er immer öfter davon, der Hölle ganz nah zu sein und bald schon deren verschlungene Pfade beschreiten zu können.

Tom und mir blieb indes nur die Möglichkeit, unseren Angehörigen in Salisbury in aller Kürze zu telegrafieren, dass die Dinge in bester Ordnung seien, es uns gut ginge und sich niemand Sorgen zu machen bräuchte.

Und als wir Ägypten erreichten, da brachte mein Bruder es auf den Punkt: »Man lernt, kunstvoll seine Lügen zu spinnen.«

Mit leicht zusammengekniffenen Augen stand ich an Bord der »Carmilla«, die sich langsam dem Hafen von Alexandria näherte. Lang gezogene Ruderboote und große Lastschiffe schaukelten auf der tiefblauen See. Mit lautem Pfeifen bahnte sich unser Dampfschiff den Weg durch den Tumult. Am Horizont konnte ich die große Sonnenscheibe erkennen, die die Luft über den lehmfarbenen Häusern zum Flimmern brachte. Grüne Palmen und hohes Ufergras säumten das Nildelta, und hinter der geschäftigen Oase am Meer konnte man bereits die Wüste erkennen. Irgendwo in dieser glühenden Einöde befand sich das Tal der Könige mit seinen verborgenen Schätzen und geheimen Grabkammern, irgendwo dort draußen wartete der Leiter der Grabungen auf die Neuigkeiten, die ihm seine wissenschaftlichen Mitarbeiter bringen sollten.

Ich erinnerte mich an die Worte von Ahmed Gurgar, dem Rais Howard Carters. Nach unserer ersten Ankunft hatte er vom Tal der Könige geschwärmt und auf die Frage meines Bruders, was genau denn Carter dort zu finden hoffte, hatte er mit einem verheißungsvollen und zuversichtlichen Lächeln geantwortet: »Reichtum und Ruhm.«

Als könne ich mit den Worten einen Zauber bewirken und die Geister der jüngsten Vergangenheit verscheuchen, flüsterte auch ich kaum merklich: »Reichtum und Ruhm.« Im Gegensatz zu den Worten des Rais klangen die meinen jedoch keineswegs verheißungsvoll – und schon gar nicht zuversichtlich.

Von Kairo aus schickten wir eine Mitteilung nach Karnak. Die Antwort erreichte uns prompt. Howard Carter war erfreut ob unserer Rückkehr und harrte der Neuigkeiten. Am Bahnhof von Kairo erfuhren wir von einem britischen Landsmann, dass es Differenzen gab zwischen dem neuen Leiter des Antiquitätendienstes und dem Archäologen. Der französische Jesuit Pierre Lacau, ein Bürokrat und Funktionär, war den Grabungen Carters, anders als sein Vorgänger Maspero, nicht sehr zugeneigt. Zudem pflegte er eine den Franzosen eigene Antipathie gegen Engländer, was die Zusammenarbeit nicht unbedingt vereinfachte. Carter, so sagte man uns, suche derzeit in der Nähe des Grabes KV55 nach der ihm eigenen Methode: Er ließ alles an Sedimenten abtragen, um den Felsen und das älteste Niveau des Tales zu erreichen – bisher jedoch ohne einschneidenden Erfolg.

Al-Vathek blinzelte in die gleißende Sonne, und ein kaum merkliches Lächeln umspielte die dünnen Lippen. Die Bettler, die vor dem Zug auf die Reisenden warteten und ihnen mit anklagenden Blicken die offenen Handflächen entgegenreckten, verleiteten al-Vathek zu einer Bemerkung, die erahnen ließ, was in ihm vorging. »Nie werden Sie ermessen können«, sagte er fast ehrfürchtig, »in welcher Pracht dieses Land einst erstrahlte.«

Festen Schrittes bestieg er den Zug.

»Sie werden mich Howard Carter als Ihre Bekanntschaft aus Budapest vorstellen«, teilte er uns kurz nach der Abfahrt mit. »Nennen Sie mich ab sofort Herr Pharos.« Er sah uns streng an. »Ich bin ein Kenner der Mythologie Ägyptens und werde Ihnen behilflich sein bei Ihrem Vorhaben, die Grabstätte zu finden. Professor Maspero wird Ihnen bestätigen, dass er schon des Öfteren das Vergnügen hatte, mit mir zu arbeiten. Die Referenzen dürften Howard Carter überzeugen, mich an den Grabungen teilhaben zu lassen.«

Die Bahnfahrt gestaltete sich anstrengend. Die schwüle Hitze der Wüste machte uns allen zu schaffen (mit Ausnahme al-Vatheks natürlich). Wenngleich die Fahrt mit dem Schiff länger gedauert hatte, so schien sie mir doch der angenehmere Weg zu sein, nilaufwärts zu reisen. Der Wechsel vom kühlen Klima Osteuropas zur flirrenden Atmosphäre des nördlichen Afrika ließ sich nicht einfach bewerkstelligen. Dennoch tat es gut, die Sonne auf der Haut zu spüren. Dieses Gefühl vermittelte den Eindruck von Leben. Man fühlte sich dem Leben näher. Dem richtigen Leben. Man entkam den Schatten, wenngleich dies, wie wir beide wussten, eine Illusion war.

Es war seltsam, dass viele Orte, die wir passierten, von einem Hauch des Wiedererkennens umweht wurden. Der Zug quälte sich vorbei an den grünen Stränden des Nils. Einmaster mit dem typischen Segel glitten auf dem Fluss dahin, Krokodile lagen unbeweglich in den braunen Fluten, Karawanen zogen durch die Dünen, und da, wo sich die offene Wüste erstreckte, gab es nurmehr eine weite gleißende Leere. Wir passierten die Ruinen von Achet-Aton in der Abenddämmerung und spürten, wie durch die geöffneten Fenster ein kühler Wind aus der Wüste unsere Gesichter streifte.

»Ich war viel jünger, als Sie beide es heute sind«, gestand al-Vathek, »damals, als ich dieses Land bereiste.« Es war, als suche er in der Wüste nach alten Bildern. »Vor langer Zeit kam ich als Abgesandter hierher – und wie viel ist seitdem geschehen.«

Keiner von uns beiden wusste, weshalb genau al-Vathek uns auf dieser Reise begleitete. Er schien überaus darauf erpicht zu sein, an den Grabungen teilzunehmen. Zudem war er nach eigenem Bekunden ein alter Bekannter Gaston Masperos, was vermuten ließ, dass er sich bereits seit längerem für die Schätze des Pharaonenreiches interessierte.

Wie dem auch sein mochte – wir erreichten unser Ziel am Mittag des 12. Dezember anno 1920. Wie vor wenigen Monaten, so war es auch dieses Mal Rais Ahmed Gurgar, der uns in Luxor empfing und mit dem klapprigen Laster zum Castle Carter beförderte. Auf den ersten Blick schien sich kaum etwas verändert zu haben. Howard Carters Haus wirkte noch ebenso einladend inmitten der Dattelpalmen wie damals. Und der Hausherr selbst erwies sich als ebenso erfreut wie mitteilungsfreudig, als er uns sah.

»Wie schön, einige alte Mitarbeiter wiederzusehen«, begrüßte er uns. Dann bemerkte er al-Vathek, und ein Lächeln huschte über das bebrillte Gesicht des Engländers. »Wie ich sehe, haben Sie prominenten Besuch mitgebracht.« Er schritt auf al-Vathek zu und schüttelte ihm nach westlicher Art die Hand. »Es freut mich, Sie endlich persönlich kennen zu lernen, Herr Pharos. Zwar ist es mir vergönnt gewesen, einige Ihrer Artikel zu lesen, doch sah ich Sie bisher nur auf schlechten Fotografien der hiesigen Zeitungen.«

Al-Vathek nickte freundlich. »Sie suchen also nach dem Grab König Tut-ankh-Amens.«

»Sie haben davon gehört?«

Al-Vathek verwies mit einem Kopfnicken auf meinen Bruder und mich.

»Natürlich, natürlich«, murmelte Carter.

»Wir trafen Herrn Pharo in Budapest«, log ich gekonnt.

»Außerdem machen Neuigkeiten in meinem Land noch immer höchst geschwind die Runde«, ergänzte al-Vathek lächelnd.

»Ah, ich bin kein guter Gastgeber«, schalt sich Howard Carter mit einem Mal. »Bitte treten Sie doch ein.« Genau das taten wir, und ein Diener servierte uns Tee und Gebäck und Al-Vathek auf dessen Wunsch Mokka und frische Datteln. Nachdem wir uns niedergelassen hatten, erkundigte sich Carter nach den Ergebnissen der Recherche.

»Es ist komplizierter, als wir anfangs dachten«, bemerkte Tom.

»Das ist es, in der Tat«, kommentierte ich und begann

bereits, mir die im Zug gesponnene Lüge ins Gedächtnis zurückzurufen. Doch es war wieder einmal al-Vathek, der mir mit seinen Worten zuvorkam.

»Ich werde, wenn es Ihnen genehm ist«, begann er, an Carter gerichtet, »meine Hilfe anbieten.«

Natürlich war Howard Carter entzückt. »Ein Mann Ihrer Fähigkeiten? Ich nehme dankend an. Ihr Artikel über die Riten des Ptah-Kultes – nun ja, ich bin voll des Lobes. Einfach fantastisch.«

»Die Geschwister Holland trafen mich, wie bereits erwähnt, im Nationalmuseum in Budapest, wo ich seit einigen Wochen die Reisen des Ahmad ibn-Fadlan zu rekonstruieren versuchte«, begann er sein eigenes Lügengespinst vor aller Ohren auszubreiten.

»Und wo wir nach den Schriften Vatheks suchten.«

»Jedoch ohne Erfolg«, gab ich zu bedenken.

Al-Vathek gebot mir mit einem Blick zu schweigen. »Die Recherchen waren, wie Miss Holland bereits andeutete, nicht von Erfolg gekrönt. Doch fand ich einen Hinweis in einem Faksimile der Berichte ibn-Fadlans. Nur Fragmente seiner Darstellungen zwar, aber dennoch von Nutzen.« Kurz dozierte al-Vathek über die Reisen des Gelehrten aus Bagdad. »Sie müssen wissen, dass ibn-Fadlan nach seinen Reisen zu den Völkern des Nordens in seine Heimat zurückkehrte. Eine Gruppe von Nordmännern geleitete ihn und ließ ihn an den Gestaden Israels an Land gehen. Bevor er die Rückreise nach Bagdad antrat, besuchte er die heilige Stadt.«

»Sie glauben«, fuhr Carter ihm aufgeregt ins Wort, »dass sie die Schriften al-Vatheks in Jerusalem finden werden?«

»Ja, das tue ich.«

Worauf wollte er nur hinaus?

»Ich möchte daher schon bald dorthin aufbrechen. Und ich hoffe«, sagte er Tom zugewandt, »dass Sie mich begleiten werden.«

Muss ich noch erwähnen, dass dieser Wunsch meinen Bruder überraschte?

»Miss Holland hingegen wird, wenn es ihr genehm ist, in Karnak verweilen und Ihnen, Mister Carter, zur Hand gehen.« Al-Vathek saß ruhig da, die Hände im Schoß gefaltet. »Eine gute Freundin weilt derzeit in Ägypten, und sie brennt darauf, der jungen Miss Holland zu begegnen.« Er lächelte. »Ich lernte Madame White vor wenigen Jahren in London kennen. Sie ist eine wirklich feine Dame. Und interessiert an allem, was mit Ägypten zu tun hat.«

Nichts davon beantwortete meine Frage. »Warum möchte sie ausgerechnet mich kennen lernen?«

»Sie möchte die Hieroglyphen sehen«, gab al-Vathek zur Antwort. »Die Grabungen weckten ihr Interesse, und ich teilte ihr mit, dass Mister Carter wohl nichts dagegen habe, ihr Grab KV55 zu zeigen.« Er bedachte Carter mit einem freundlichen Blick. »Zumal sie mit Lord Carnarvon bekannt ist, der, wie ich hörte, die Grabungen finanziert.«

»Wir sind ein offenes Haus für alle fachkundigen Gäste«, lachte Howard Carter, dem der Wink nicht entgangen war.

»Sie wird Ihnen zu Dank verpflichtet sein«, versprach al-Vathek.

So kam es, dass ich noch vor dem Weihnachtsfest 1920 meine Mentorin kennen lernte: Miss Wilhelmina White, die in jenen Tagen das Land der Pharaonen bereiste.

Natürlich verfolgte al-Vathek andere Absichten als die offen preisgegebenen. Angeblich wollte er mit Tom nach Jerusalem reisen, um die Schriften des al-Vathek zu suchen, jene geheimnisumwitterten Hinweise auf die Grabstätte Tut-ankh-Amens. Welch eine Farce! Howard Carter schien jedoch keinerlei Zweifel an den Worten al-Vatheks (oder sollte ich »Herrn Pharos'« sagen) zu haben. Wie ich später erfuhr, war Herr Pharos in archäologischen Kreisen tatsächlich bekannt. Es gab zahlreiche Schriften, die sich mit den alten Göttermythen der Ägypter befassten und seinen Namen als den des Verfassers auswiesen. Detaillierte Darstellungen von Ra und Osiris, Beschreibungen der Vorfälle von Achet-Aton und eine bruchstückhafte Biografie Pharao Akh-en-Atens. Professor Maspero war persönlich mit Herrn Pharos bekannt und schätzte ihn als kompetenten Wissenschaftler, der vieler Sprachen kundig war.

Al-Vathek hatte es in der Tat geschafft, seinen Platz in der Welt zu finden und zu behaupten. Zudem erweckte er den Eindruck, die Welt an seinem Wissen teilhaben zu lassen. Durchaus eine noble Geste, sofern keine geheime Absicht hinter all dem steckte.

Doch davon später.

Fünf Tage nach unserer Ankunft in Karnak machte ich die Bekanntschaft Miss Wilhelmina Whites. Mittels eines Boten ließ sie verkünden, dass sie gemeinsam mit ihrem Diener Wilkie Collins und einem englischen Reverend namens Charles Dombey im Hotel Ayrton abgestiegen sei. Zusammen mit einer neuen Horde europäischer Touristen, die es nach dem großen Krieg erneut nach Oberägypten trieb, war sie an Bord eines Dampfers gegen Mittag in Luxor eingetroffen. Ähnlich wie al-Vathek war auch sie kein Freund unnötiger Worte. Wir wurden uns in aller Form vorgestellt (im Foyer des eleganten Hotels), und nachdem al-Vathek, mein Bruder und Howard Carter erneut zu den Grabungsstätten aufgebrochen waren, offenbarte sie mir den Grund ihrer Anwesenheit.

»Ich werde Sie all die Dinge lehren«, sagte sie, »die Sie zum Verständnis dessen, was Sie nunmehr sind, brauchen.« Ihr stark geschminktes Gesicht mit den stechenden Augen und dünnen, allzeit spöttisch wirkenden Lippen verängstigte mich zu Beginn der Begegnung. Die streng zu einem Zopf nach hinten gebundenen hellblonden Haare verstärkten diesen Eindruck nurmehr. Ich fragte mich, wie alt sie wohl sein mochte. Wenn sie sprach, dann tat sie dies fern jeden Humors, und die dünnen Augenbrauen hoben sich, um jedes der Worte zu betonen. »Es gibt viel zu berichten«, fuhr sie fort. »Alte Geschichten, die Sie verstehen lassen werden, was es mit uns auf sich hat.«

Wann, fragte ich mich, ist sie zu einer der unsrigen geworden?

Ihre Stimme war kraftvoll. »Darf ich Sie Eliza nennen?«

Schüchtern sagte ich: »Ja.«

Sie lächelte zufrieden. »Das, was Sie derzeit erleben, sind keine einfach zu machenden Erfahrungen. Es ist schwierig, zu akzeptieren, was man ist. Jedoch viel wichtiger ist es, zu erkennen, wer man ist. Dies allein bereitet schon den meisten gewöhnlichen Menschen das schlimmste Kopfzerbrechen.« Sie saß mir gegenüber in einem der eleganten Korbstühle. Überraschend beugte sie sich vor und ergriff meine Hand, umfasste sie fest mit ihren langen Fingern. »Damit wir uns richtig verstehen«, flüsterte sie, und ihr Gesicht war dem meinen ganz nah. »Ich möchte Ihnen helfen.« Fast war mir, als könne ich ihre Haut riechen. »Auch ich habe einst mit meiner Existenz gehadert. Ich habe denjenigen, der mich zu dem machte, was ich nun bin, verflucht. Ich habe die Nahrung verweigert und war dem Tode nahe.« Die blauen Augen wirkten hypnotisch. »Es gibt keine Umkehr mehr für Sie. Die Würfel sind gefallen. Akzeptieren Sie es. Und lernen Sie aus den Erfahrungen anderer.«

Was sollte ich darauf antworten?

Ich saß nur da und starrte sie an, spürte den leichten Druck ihrer Hand und fragte mich, welche Reaktion sie wohl von mir erwartete. Später, nachdem ich mehr Zeit mit ihr verbracht hatte, erkannte ich, dass sie selten etwas erwartete. Sie wartete einfach ab. Harrte der Dinge, die da kommen mochten. Sie war geduldig und – anders als al-Vathek (wenngleich Tom dem später widersprach) – höchst mitteilsam.

»Vor allem«, fuhr sie fort, »können Sie Sich glücklich schätzen, Carathis entronnen zu sein.«

»Sie kennen sie?«

»Wir trafen uns einmal flüchtig«, bekannte Miss White. »Damals in Zmargad. Sie war noch sehr jung und nicht so verdorben, wie sie es nun ist. Lilith, so lautete ihrer Mutter Name, lehrte sie die Tugenden, die sie selbst am Roten Meer gelernt hatte.« Plötzlich änderte sich der Ausdruck in dem geschminkten Gesicht. »Doch nun ist sie gefährlich.« Der Griff ihrer Hand lockerte sich. »Sie verliert zu oft die Kontrolle. In ihrer Seele wird sie den Kreaturen, die sie erschafft, immer ähnlicher. Zudem – mag ich sie einfach nicht.«

Man kann sagen, dass ich Miss White vom ersten Tag an Vertrauen schenkte.

Später berichtete sie mir von ihrer Jugend im puritanischen England. Von ihrem Leben in London, das von der Pest heimgesucht worden und dann den Flammen zum Opfer gefallen war. Von der Liaison mit John Milton, der damals als Staatssekretär Cromwells eine Person von gewissem Einfluss gewesen war. Milton, der sich der Dichtkunst verschrieben hatte, hatte seinen Töchtern seine höchst freigeistigen Gedanken über ein verloren gegangenes Paradies diktiert, eine Aufgabe, die Wilhelmina White später zu Ende gebracht hatte. Mit einem zaghaften Lächeln deutete sie an, dass auch sie ihren Teil zum Entstehen dieses Werkes beigetragen habe.

Dann war sie auf Reisen gegangen.

»Denn das ist es, was unser Dasein ausmacht«, erklärte sie mir. »Wir verbringen unser Leben an vielen Orten. Wollen wir unentdeckt bleiben, ist das die einzige Wahl, die uns bleibt.«

War es also das, was mich erwartete? Ein Leben voller Unrast? Würde ich niemals einen Ort auf dieser Welt mein Zuhause nennen können?

Den Depressionen, die mich am Weihnachtsfest 1920 befielen und die ihre Ursache zweifelsohne in meinen Gedankenspielen hatten, konnte ich nur schwerlich begegnen. Selbst Miss Whites Geschichten und weise Ratschläge waren nicht dazu geeignet, mich aus diesem Tal des Jammers hervorzulocken. Ich wusste, dass Tom nur wenige Tage nach dem Fest mit al-Vathek nach Jerusalem aufbrechen und wir lange Monate voneinander getrennt sein würden. Al-Vathek hatte sich selbst zum Mentor meines Bruders auserkoren und gedachte, ihm die alten Stätten der Antike zu zeigen. Der Vorwand der wissenschaftlichen Suche diente nur dazu, Howard Carter einen Grund für unser Verhalten zu liefern.

Ich entsann mich der Weihnachtsfeste in meiner Heimat. Der Kälte und des Schnees und meiner Eltern, die sich bestimmt fragten, wie es ihren beiden Kindern wohl ergehen mochte (wenngleich wir ihnen brieflich unser Wohlsein versichert hatten). Die Gesichter alter Freunde bestürmten mich wie Geister. Es gab zu viele Bilder des Verlustes. Das Leben am Trinity College, die Spaziergänge in den Wäldern nahe Salisbury, der Geruch des Meeres an der Steilküste und das Bimmeln der kleinen Türglocke im Antiquariat meines Bruders. Vage entsann ich mich der Berührung von Arthurs Händen, des Geruches seiner Haut, seiner nassen Haare, wenn wir uns auf dem Campus vor dem Regen in Sicherheit gebracht hatten.

»Ist all dies verloren?«, fragte ich Miss White.

Sie schwieg lange, bevor sie eine Antwort gab.

Schnell sollte ich lernen, dass die Zeit die Achillesverse eines jeden Wiedergängers ist. Es scheint, als besäßen wir alle Zeit der Welt. Jedoch in Wahrheit sind wir ihre Sklaven. Der Gedanke an die Vergänglichkeit der Zeit ist gleichbedeutend mit der Gewissheit des Verlustes. Es ist unvermeidbar. Man verliert all jene Dinge und Menschen, die einem ans Herz gewachsen sind. Immer und immer wieder.

Natürlich war Miss White sich dessen bewusst, und ich hielt es ihr zugute, dass sie nach harmlosen Worten suchte, die für mich weniger schwer zu ertragen wären – leichter jedenfalls als die Wahrheit.

»In unseren Erinnerungen halten wir an all dem Schönen fest«, gab sie mir zur Antwort.

Ich wollte etwas erwidern, doch versagte mir die Stimme.

»Damit müssen wir leben.« Sie klang keineswegs glücklich. »Es ist sinnlos, sich den Kopf über Dinge zu zerbrechen, die man nicht ändern kann.« Von irgendwo her drang das Jaulen eines Schakals in das Zelt, in dem wir uns befanden. »Nehmen Sie es hin, Eliza. Versuchen Sie damit umzugehen. Die Schmerzen werden weniger werden. Verschwinden jedoch werden sie niemals.«

Das waren die seligen Worte zum Weihnachtsfest gewesen. Was hätte jetzt noch meine Laune verderben können? Howard Carter jedenfalls gab sich große Mühe, das Fest als etwas Besonderes zu gestalten. Die gesamte Mannschaft der Grabung (einschließlich der einheimischen Arbeiter) hatte er zu einem kleinen Mahl eingeladen. In den Wochen vor dem Fest hatten sich die Arbeiter damit beschäftigt, das Grab von Ramses dem Elften zu reinigen und die Spuren der elitären Touristen zu entfernen. Jetzt wurden die kühlen Gänge als Speisesaal und Lager für französische Weine verwendet. Man hatte Stühle und Tische aufgestellt, dazu langstielige Kerzen, die eine wunderbare Atmosphäre heraufbeschworen.

In der heiligen Nacht dann machte Tom mir das schönste Geschenk, das man sich denken konnte. Er erzählte mir eine Geschichte. Ich lag neben ihm im Bett seines Zimmers im Castle Carter, spürte seine Hand durch mein Haar streichen wie damals, als wir Kinder waren, und lauschte den leisen Worten, die so vertraut waren und mir vorgaukelten, daheim in Salisbury zu sein, als kleines Mädchen, das noch keine Ahnung hat von den Dingen, die es in der Welt da draußen erwarten. Es war die Geschichte eines Dienstmädchens in Bombay, das zu lachen verlernt hatte, weil ein böser Ghul all seine schönen Gedanken gestohlen hatte. Die Kleine machte sich auf die Suche und fand nach langen Jahren der Wanderschaft eine Perle, die all jene wundersamen Gedanken enthielt. Doch erst nachdem sie den Mann ihres Herzens gefunden und verloren hatte (er starb während der Eroberung des Khyber-Passes) und die Perle am Fußes eines Baumes, der auf dem Grab des Geliebten zu wachsen begann, vergraben hatte, kehrte das Lächeln in ihr trauriges Gesicht zurück.

Ich schlief nicht ein in dieser Nacht.

Während mein Bruder sanft dahindöste und vor dem Netz die Moskitos surrten, lauschte ich seinem Atem, genoss das sanfte Auf und Ab seiner Brust und hoffte, niemals um ihn trauern zu müssen.

Am nächsten Tag brachte ich ihn zum Bahnsteig, wo er mich umarmte und leise flüsterte: »Wir werden uns bald wiedersehen.«

Ich klammerte mich an ihm fest und wiederholte die Frage, die ich ihm damals in Budapest gestellt hatte: »Wohin wird uns die Reise führen?«

Als er mich ansah, erkannte ich die Tränen in seinen Augen. Er erinnerte sich an den Augenblick. Es war, als stünden wir wieder am Donaukai, die Sonne im Gesicht und das Herz voller Zuversicht. Bevor er mich verließ, gab er mir einen Kuss auf die Stirn und sagte: »Zu Reichtum und Ruhm, kleine Eliza.«

Dann bestieg er den Zug, wo al-Vathek bereits auf ihn wartete.

Zu Reichtum und Ruhm, lieber Bruder, dachte ich wehmütig und wünschte ihm Glück.

»Das große Ziel des Lebens ist das Empfinden«, hatte Miss White einst ihren Bekannten Lord Ruthven zitiert. »Zu spüren, dass wir existieren, wenn auch unter Schmerzen. Es ist diese sehnsuchtsvolle Leere, die uns antreibt.« Ihr

Begleiter Charles Dombey, ein hakennasiger seltsamer Mann unbestimmbaren Alters, hatte dem zugestimmt, während Wilkie Collins, der blass und schweigsam die Koffer meiner Mentorin zu schleppen pflegte, wieder einmal geschwiegen hatte. Und tatsächlich stimmte das, was sie gesagt hatte. Was Lord Ruthven gesagt hatte.

Mit jeder Jagd wuchs die Leere.

Miss White schärfte mir ein, Obacht walten zu lassen bei der Wahl der Beute. Als wir den vermeintlichen Sarkophag al-Vatheks vor wenigen Monaten entdeckt hatten, war der Aberglauben der Einheimischen deutlich zutage getreten. Wir mussten verhindern, dass erneut Gerüchte aufkamen. In Anbetracht der schwierigen Finanzierung der Grabungen mussten weitere Verzögerungen auf jeden Fall vermieden werden. Aus diesem Grunde hielt ich in den Außenbezirken Karnaks Ausschau nach meiner Beute. Ich suchte die Hütten der Arbeiter heim und wählte die Opfer behutsam aus. Das Gefühl der Reue stellte sich jedes Mal ein. Wie gern hätte ich Worte der Absolution vernommen, doch war dieser Wunsch für Wesen unserer Art unerfüllbar.

Also handelte ich wie ein Wiedergänger, trank maßvoll und vorsichtig und tötete die Beute schnell. Schon bald gewöhnte ich es mir ab, nach der Tat neben der Beute zu verharren, um stille Einkehr zu halten. Es war sinnlos. Ich konnte ihnen noch so oft die Augen schließen, meine Tat würde ich dadurch nicht ungeschehen machen. Also begann ich mein Dasein zu akzeptieren. Miss White machte mir bewusst, dass wir uns nicht so sehr von den Menschen unterschieden, wie wir dachten.

»Wir nehmen dreimal täglich an den Mahlzeiten teil«, sagte sie. »Wir genießen gutes Essen und auch Wein.«

»Und wir müssen arbeiten«, fügte ich hinzu.

Ich quälte mich acht Wochen lang jeden Tag ins Tal hinaus, um mit Howard Carter in irgendwelchen schmutzigen Löchern herumzukriechen. Gemeinsam mit Miss White begannen wir die Wandtexte im KV55 zu übersetzen. Durch sie erhielten wir Aufschluss über das Leben im damaligen Königreich. Hier und da konnten wir einige wenige Fundstücke bergen: so das Fragment einer Kanopenvase mit dem Namen der Königin Takhat (der Gemahlin von Setoy dem Zweiten). Ende Februar entdeckte Ahmed Gurgar ein Versteck für Grabbeigaben, das vor allem Rosetten aus Bronze enthielt.

Genau hier lag das Problem Howard Carters. Auf dem Antiquitätenmarkt in Kairo wartete man auf sensationelle Funde. Hauptkäufer in unserem Fall waren das Metropolitan Museum von New York und Lord Carnarvon persönlich. Das Britische Museum hielt sich bei den Kaufgesuchen zurück, und der in Kairo weilende Kurator Maurice Micklewhite, dem wir vor unserer Abreise nach Budapest kurz begegnet waren, beäugte jedes der Fundstücke mit Argusaugen, als vermute er hinter allem eine Fälschung. Seine Autoritäten nahmen Carter gegenüber eine höchst abfällige Haltung ein, weil dieser nicht von einer großen Universität diplomiert worden war. Die mit Titeln versehenen Kollegen konnten sich nicht dazu herablassen, den Autodidakten zu respektieren. Hinzu kam, dass der Wert der Fundstücke in keiner Relation zu den hohen Summen stand, die von Lord Carnarvon investiert worden waren.

Es schien, als habe das Tal nicht mehr zu bieten.

»Suchen wir nach Gespenstern?«, fragte ich Miss White.

»Wie meinen Sie das?«

Ich erklärte es ihr. Dann stellte ich die Frage, die mir schon lange Kopfzerbrechen bereitete: »Warum interessiert sich al-Vathek für die Suche?« Sie warf mir einen überraschten Blick zu. »Was erhofft er sich von den Grabungen?«

Miss White seufzte. »Er hat Ihnen kein Wort darüber gesagt?«

»Nein.«

»Das sieht ihm ähnlich«, meinte sie.

Wir saßen in einem der Zelte nahe dem Eingang zum KV55. Ein leichter Wind umwehte uns, während wir – typisch Engländer – den nachmittäglichen Tee zu uns nahmen.

»Sagen Sie es mir«, bat ich sie.

Miss White wirkte nachdenklich. Die blauen Augen verloren ein wenig von ihrer Helligkeit. »Ich denke, es ist an der Zeit, Sie einzuweihen, mein Kind.« Seit einigen Wochen schon nannte sie mich des Öfteren so, was ein Gefühl der Vertrautheit zwischen uns hatte entstehen lassen.

»Was geht hier vor?«

»Lassen Sie mich zuerst Ihnen eine Frage stellen.« Sie nippte langsam an ihrem Tee. »Was wissen Sie von ihm?«

»Al-Vathek?«

Ein kurzes Nicken.

»Ich kenne die alten Geschichten. Die Freundschaft zu Tut-ankh-Amen. Der Sandsturm in der Wüste. Ghulchissar. Achet-Aton.«

Mit einer Handbewegung unterbrach mich Miss White. »Das sind bloß alte Geschichten.«

»Sie meinen, sie entsprechen nicht der Wahrheit?«

»Nicht ganz. Jede Geschichte hat einen wahren Kern.« Erneut seufzte sie. »Wüssten wir nur, was uns erwartet«, flüsterte sie, und diese Worte waren nicht an mich gerichtet. »Mein Kind, die alten Geschichten, die in den Straßen von Kairo und Karnak und den nächtlichen Oasen erzählt werden, zeugen von der Angst der Menschen vor dem Unbekannten. Die Menschen fürchten Ghule und andere Wesen, die der Schlund der Wüste des Nachts in die Freiheit entlässt, solange die Sonnenscheibe vom Firmament verschwunden ist. Sie fürchten al-Vathek. Für die Menschen hier ist er ein Ghul, eine Blut trinkende Kreatur aus ihren dunkelsten Träumen. Sie ängstigen Kinder mit diesen Geschichten. Doch haben sie keine Ahnung, was wirklich geschah. Damals.«

»Nun erzählen Sie schon«, drängelte ich.

»Haben Sie doch Geduld.« Ein Lächeln zeigte sich in dem Gesicht. Draußen vor dem Zelt konnten wir die Arbeiter erkennen, die am Horizont damit beschäftigt waren, eine neue Grube auszuheben. »Nun gut, mein Kind. Hören Sie zu. Lassen Sie mich Ihnen offenbaren, um was es hier wirklich geht.«

Und dies sind die Geschehnisse aus alter Zeit, die ich an jenem Nachmittag aus dem Munde meiner Mentorin Wilhelmina White vernahm …

Es ist die Geschichte al-Vatheks aus dem Land der zwei Ströme, dessen Reisen ihn an den Hof von Tut-ankh-Amen in Memphis führte, wo er eines jungen Mannes kostbarstes Gut verlor: sein Herz.

Der Hohepriester des Isis-Tempels, angeblich des Pharaos älterer Bruder Smenkh-ka-Re, betörte den Jüngling.

Doch bald schon stellte sich heraus, dass es die Mutter des Pharaos war, die sich hinter der Maske des Priesters verbarg, um das Reich aus dem Verborgenen heraus zu lenken: Als Smenkh-la-Re lebte Nefer-titi in Memphis und wies ihren Sohn in den Regierungsgeschäften an.

Und Nefer-titi verliebte sich in den jungen al-Vathek.

Es war ihrer beider Geheimnis und eine wirklich große Liebe.

Doch dann zwang die Erkrankung von al-Vatheks Schwester ihn zur Heimkehr nach Bagdad. Die Schwester starb, und al-Vathek machte sich, erfüllt von tiefer Trauer, auf den Weg zurück nach Ägypten.

Jedoch geschehen merkwürdige Dinge, wenn es das Schicksal danach gelüstet.

Al-Vatheks Karawane geriet in einen Sandsturm und verirrte sich. Nach Tagen des Umherirrens erreichten sie eine Stadt namens Ghulchissar, wo eine betörende Frau zum Verderben aller wurde.

»Carathis«, unterbrach ich Miss White. »Sie war diejenige, die aus al-Vathek einen Wiedergänger machte.« Mir war, als hörte ich die Stimme des alten Gelehrten in der Moschee in Kairo.

»Und seine Gefährten wurden getötet«, fuhr Miss White fort. »Bösartige und bleiche Kreaturen tummelten sich in der düsteren Stadt. Jedes Kind kennt diese Erzählung. Doch hören Sie, was dann geschah.«

Al-Vathek kehrte in die Königsstadt zurück und brachte die Seuche aus Ghulchissar an den Nil. Der junge Mann ahnte bereits, dass er sich verändert hatte. Ihn gelüstete nach dem Blut anderer Menschen, und er begann des

Nachts durch die Gassen von Memphis zu schleichen und seine Opfer zu erwählen.

Vielleicht wäre er anders verfahren, hätte er von jener Krankheit gewusst, die er unwissend übertrug und die sich ausbreitete wie Sand mit dem Wüstenwind. Denn jeder, dessen Blut al-Vathek trank und den er nicht tötete, verwandelte sich in eine kranke Kreatur der Nacht. Diese Wesen scheuten das Licht, weil es ihnen Schmerzen bereitete. Ihr Geist war verwirrt, und Tieren gleich gingen sie auf die Jagd. Des Pharaos Untertanen schlossen sich in ihren Behausungen ein und lauschten bangen Herzens dem Geschrei der Hyänenmenschen, die es in Rudeln durch die Städte trieb.

Der junge Pharao hörte vom Leiden seines Volkes und wusste keinen Rat. Selbst seine Mutter Nefer-titi, die Geliebte al-Vatheks, ahnte nichts vom Ursprung des Übels. Bis zu jener Nacht, in der al-Vathek mit blutiger Kleidung in den Palast zurückkehrte und sich unentdeckt wähnte, bis Nefer-titi ihn zur Rede stellte. Der Priesterin in tiefer Liebe verfallen, vertraute sich al-Vathek ihr an und berichtete von seinen nächtlichen Raubzügen. Mit Grauen vernahm Nefer-titi seine Worte, doch konnte selbst diese schreckliche Wahrheit ihrer Liebe nichts antun.

Nefer-titi schwieg, und dieses Schweigen brach sie selbst dann nicht, als der junge Pharao erkrankte. Stattdessen frönte sie den weltlichen Gelüsten mit al-Vathek, und trunken von Liebe und Wollust, machte dieser sie zu seinesgleichen.

So nahm das Schicksal seinen Lauf.

»Dann war nicht Nefer-titi diejenige, die al-Vathek verraten hat?«

Miss White schüttelte den Kopf. »Sie liebte ihn, war ihm vollkommen verfallen. Und er war ihr ebenso hörig. Die tragischste aller Verstrickungen. Sogar Shakespeare erkannte das später.«

»Doch wer verübte dann den Verrat?«

»Es gab keinen Verrat«, erklärte sie mir. »Nefer-titi opferte sich nämlich nicht, wie es überliefert wurde, zum Wohle ihres Reiches. Es war eine Aneinanderreihung unglückseliger Zufälle. Wie so oft im Leben.«

Zwei Ghule gab es nun, die ihr Unwesen im Königreich trieben. Tut-ankh-Amen starb an der geheimnisvollen Seuche und wurde in einer feierlichen Zeremonie beigesetzt. Die Regentschaft im Reich übernahm ein Höfling namens Aja, dem bereits nach einem Jahr der Würdenträger Haremhab nachfolgte.

Es geschah unter dessen Herrschaft, dass man Nefer-titi dabei ertappte, wie sie sich an einem Säugling labte. Die Zeugen jener Tat riefen die Wachen herbei, und kurz darauf sperrte man Nefer-titi in den Kerker. Ihre Schuld stand fest. Blut klebte an ihren Händen und Lippen. Man verfuhr mit ihr, wie die Götter es verlangten.

Nachdem man ihr die Zunge herausgeschnitten hatte, wurde sie lebendig in einem Sarkophag eingeschlossen und dem Tode überantwortet. Al-Vathek, der sich zur Zeit des Geschehens in der Wüste Nefud aufgehalten hatte, eilte herbei, um seine Geliebte zu retten. Als er eintraf, konnte er nurmehr bezeugen, dass man sie in einer tiefen Kammer der Königsgrabstätte beigesetzt hatte. Tag und Nacht wurde die Kammer von der Leibgarde des Pharaos bewacht.

Und al-Vathek verzweifelte. In einem waghalsigen

Unterfangen versuchte er Nefer-titi zu befreien. Die Wachen entdeckten ihn, und auch er endete im Kerker.

Der Pharao und seine Priester erkannten in ihm den Komplizen jenes Geschöpfes, dessen qualvolle Schreie man in der Nacht noch immer aus der Tiefe des Grabes hören konnte, jedoch gelang ihm die Flucht. Er drang in den Verstand der Wachen ein und entkam durch diese List.

»Statt seiner wurde also tatsächlich ein Wachmann dem Grab übergeben«, folgerte ich.

Miss White nippte am Tee. »Der arme Kerl. Es sind seine Knochen, die da unten in KV55 liegen.«

»Al-Vathek gelang die Flucht.«

»Ja.«

»Der Rest der Geschichte ist demnach wahr?«

»Sie sagen es.«

Al-Vathek bereiste Europa und folgte den Spuren der rätselhaften Carathis, die er zu finden hoffte. Er verfasste die Reiseberichte, und kaum eintausendfünfhundert Jahre später traf er auf uns, die Geschwister Holland.

Welch ein Irrsinn!

»Doch was erhofft er sich von den Grabungen?«, fragte ich. Hatte Miss White vorhin nicht eine Befürchtung geäußert bezüglich des Falles, dass wir das Grab wirklich finden würden?

»Sie sind doch klug, mein Kind«, entgegnete sie. »Sagen Sie mir, was unser Freund beabsichtigt.«

Ganz heiß wurde mir bei dem Gedanken. Konnte dies wirklich sein? War es möglich, dass noch Leben in dem Körper war? Nach all den Jahrhunderten? Es schien Miss White keine Mühe zu machen, in meinem Gesicht zu lesen. Trotzdem musste ich es in Worte fassen. »Er glaubt, dass sie noch lebt. Nefer-titi. Er möchte sie retten. Nach all den Jahrhunderten möchte er wieder mit ihr vereint sein.«

Eine Augenbraue hob sich skeptisch. »Sie enttäuschen mich, Eliza. Denken Sie nach. Warum hätte unser Freund all die Jahre warten sollen? Wäre es nicht einfacher gewesen, sie kurze Zeit nach ihrer Beisetzung zu befreien?«

Ich kam mir dumm vor. Natürlich, das wäre die bessere Alternative gewesen. Doch was führte al-Vathek dann im Schilde?

»Ist es denn möglich?«, fragte ich zaghaft.

»Dass sie noch lebt?«

Ich nickte nur.

»Mein Kind, das tut sie.« War es Angst, die ich in den blauen Augen erkannte? »Doch stellen Sie Sich vor, was mit ihr geschehen ist. In all den Jahren. Wovon hätte sich ihr Körper ernähren sollen? Von Lebewesen, denen es gelang, in den Sarkophag zu kriechen?« Der Gedanke war Ekel erregend. »Sie wissen doch genau, was geschieht, wenn ein Wiedergänger unreines Blut trinkt.«

Sie hatte mir davon berichtet. Man erkrankt, wird fiebrig. Doch stirbt man nicht, wie es die Vrolok tun. »Aber wie kann sie dann noch leben?«

»Wie kann *es* noch leben«, verbesserte sie mich. »Ihr Körper stirbt nur langsam. Er trocknet aus. Jedoch wissen wir, dass dieser Vorgang sehr lange dauern kann. Es wäre möglich, dass sie tot ist. Ja. Es wäre aber auch möglich, dass noch Leben in dem ausgemergelten Körper ist.« Sie sah mich bedeutungsvoll an.

Ich ahnte, was geschehen würde, wenn jemand den Sarkophag finden und öffnen würde.

»Sagen Sie mir, Eliza, wovon sollte sich in all den Jahren ihr Geist ernährt haben?«

»Das ist unvorstellbar.« Meine Stimme zitterte.

»In der Tat, das ist es. Dunkelheit. Insekten. Geräusche. Womit beschäftigt sich der Verstand in all den Jahren? Mit der Einsamkeit? Der Philosophie? Rachegelüsten?« Die Blässe unter Miss Whites Schminke trat nun deutlich zutage. »Allein darüber nachzudenken, kann einen schon in den Irrsinn treiben.«

»Vielleicht ist sie erstickt?«, mutmaßte ich. »Oder jemand hat sie bereits befreit.«

»Unmöglich«, verwarf sie meine Gedanken. »Die Grabräume sind durch Schächte mit der Oberfläche verbunden. Sie kann atmen. Und wenn sie jemand befreit hätte, dann wäre uns das nicht verborgen geblieben.«

Der sich leicht im Wind bewegende Wüstensand erfüllte mich mit plötzlicher Furcht. Irgendwo im Tal oder dem Wadi dahinter existierte dieses Wesen. Noch immer. Nach all den Jahrhunderten.

»Welche Kreatur werden wir dort unten finden?«, fragte ich ängstlich.

Miss White antwortete leise: »Ein Kreatur, die unberechenbar ist.« Ihr Atem ging unruhig, und die Tatsache, dass das Vorhandensein eines solchen Wesens einen erfahrenen Wiedergänger derart zu ängstigen vermochte, trug nicht gerade zu meiner Beruhigung bei. »Und nun, Eliza, sagen Sie mir, warum al-Vathek hier ist.«

Die Antwort war rein rhetorischer Natur. »Er will sie töten.«

»Er muss es tun«, sagte sie. »Die Alternative wäre undenkbar.«

»Vielleicht finden wir das Grab gar nicht.«

Sie sah mich missbilligend an. »Mit Sicherheit finden wir das Grab.«

»Wie wird al-Vathek sie töten?«

Hier deutete sie ein Lächeln an. »Er wird ihr den Kopf abschlagen und ihr das Herz herausschneiden.«

Ich fragte mich, ob dies tatsächlich ihr Ernst war oder eine spöttische Anspielung auf die Geschichten Abraham Stokers und Sheridan LeFanus.

Das Mosaik begann immerhin, wenn auch nur langsam, Form anzunehmen. Infolge seiner Befürchtungen also hatte al-Vathek den Kontakt zu Maspero aufgenommen. Seine Präsenz im Tal der Könige war notwendig. Das war nun klar. Doch wie passten mein Bruder und ich in dieses Spiel?

»Dass Lord Carnarvon Ihren Bruder und Sie nach Karnak schickte, war nichts als ein Zufall. Dass Howard Carter kurz vor Ihrer beider Eintreffen in Luxor das Grab KV55 fand und zudem die geheime Kammer mit al-Vatheks Sarkophag entdeckte – ebenfalls ein Zufall. Dass Sie der Name unseres Freundes auf die Idee brachte, nach den Reiseberichten zu forschen und ibn-Fadlans Fragmente Sie nach Budapest und Aghiresu verschlugen – was soll ich sagen? Manche Dinge passieren einfach. Mit Sicherheit hätten Sie al-Vathek später hier in Karnak kennen gelernt. Wenngleich Sie ihm dann als einem gewissen Herrn Pharos begegnet wären.«

»Und Carathis?«, bohrte ich weiter.

»Al-Vathek weilte am *Isten Szek*«, erklärte sie mir, »weil er ein Auge auf sie hatte werfen wollen. Ich deutete bereits an, dass Carathis Schwierigkeiten hat, die Kontrolle über ihr Verhalten zu bewahren. Jedoch war es al-Vathek, der von Ihren Nachforschungen im Museum bei

Professor Mólnar erfuhr. Dass dieser Doktor – wie ist noch gleich sein Name?«

»Pilatus Pickwick«, sagte ich.

»Dass Doktor Pickwick sie beide ansprach und auf die Missstände in Aghiresu hinwies«, fuhr sie fort, »war ein erneuter Zufall. Erst als Sie dort auftauchten, beschloss al-Vathek, wie er mir mitteilte, Sie alle für seine Zwecke einzuspannen.« »Wenn al-Vathek nicht gewesen wäre …«, flüsterte ich.

»Dann würden Sie und Ihr lieber Bruder jetzt als Vrolok durch die Wälder des *Isten Szek* streifen«, beendete Miss White den Satz. »Al-Vathek rettete Ihnen allen das Leben.«

»Warum?«, wollte ich wissen.

Die Augenbrauen verzogen sich skeptisch. »Warum er es getan hat?«, wiederholte sie meine Frage. »Nun, meine Kleine, er war auf der Suche nach Gefährten. Denn er hat Pläne, die ihn nach London führen werden. Mein Begleiter Charles Dombey, der ein Waisenhaus in Rotherhithe leitet und, das können Sie mir glauben, mit Kindern umzugehen weiß, ist dem Geheimnis unserer Art auf der Spur. Seine Forschungen sind, nun ja, sagen wir: sehr modern. Al-Vathek wird, sobald dies alles hier überstanden ist, nach London gehen, und zu diesem Zweck benötigt er Gefährten.« Nachdenklich ließ sie ihren Blick über den Wüstensand gleiten. »Erwählt man sich einen Gefährten, so bedeutet dies aber vor allem, Verantwortung zu übernehmen. Es ist nicht einfach, sich mit der neuen Existenz abzufinden. Aus diesem Grunde hat man mich an Ihre Seite gestellt, Eliza. Al-Vathek wird Ihrem Bruder zu Diensten sein. Und auch Doktor Pickwick im fernen Budapest befindet sich in guter Gesellschaft.«

»Wie können Sie das nur alles verantworten?«

Sie lächelte traurig. »Auch ich, Eliza, bin fähig zu lieben. Und wie alle Menschen, so habe auch ich ein Bürde zu tragen, die ich mir selbst auferlegt habe.« Entsetzlich maskenhaft wirkte ihr Gesicht, als sie sagte: »Ich spreche von einer Schuld, mein Kind, die niemand von mir nehmen wird.« Sie seufzte. »Außerdem ist dies der einzige Weg, dauerhaft Nachfahren in die Welt zu setzen. Zwar ist es uns möglich, Kinder zu zeugen, doch altern diese, wie gewöhnliche Menschen es tun. Wenn die Zeit gekommen ist, würden wir sie verlieren.« Müde rieb sie sich die Augen und fügte traurig hinzu: »Außerdem wissen Sie, was mit unseren Kindern geschieht.«

»Ja.« Al-Vathek hatte davon berichtet.

»Sich einen Gefährten zu erwählen, ist keine leichte Entscheidung. Doch was bleibt uns anderes übrig? Niemand lebt so lange, wie wir es tun, ohne sich der Nähe eines vertrauten Wesens gewiss zu sein. Die Seele würde sonst erkranken.« Die sonst so feste Stimme wirkte brüchig, und erstmals wurde mir das Alter meiner Mentorin bewusst. »Das verstehen Sie doch, Eliza?«

Ungern gab ich es zu. Doch, ja, ich verstand.

Es war die traurige Konsequenz unseres Daseins.

»Haben Sie einen Gefährten?«

»Ja, mein Kind.« Ihr Lächeln strahlte durch die Maske, die ihr Gesicht sonst war, hindurch. »Mein Gefährte weilt in London, und dorthin werde auch ich bald zurückkehren. In die Stadt der Schornsteine am dunklen Fluss.« Eindringlich sah sie mich an. »Wenn meine Aufgabe hier getan ist.« Dann schwieg Miss White lange Zeit.

Nach dem Neujahrsfest 1922 verließ Miss White uns, nachdem es in Karnak Gerüchte gegeben hatte, dass in einer Oase nahe Abydos alle Kinder in einer einzigen Nacht spurlos verschwunden seien. Und wenngleich Miss White bestritt, etwas mit diesem Vorfall zu tun zu haben, so konnte sie die Tatsache, den Ort des Geschehens in Begleitung Reverend Dombeys aufgesucht zu haben, nicht leugnen.

Wie auch immer – Miss White verließ Karnak und kehrte mit ihren Begleitern in die Hauptstadt des Empire zurück, die sie so merkwürdig als die Stadt der Schornsteine und manchmal auch als die uralte Metropole bezeichnet hatte.

Als sich der Sommer des Jahres 1922 dem Ende zuneigte, betrat auch ich endlich wieder den Boden meines Heimatlandes. In Begleitung Howard Carters hielten wir uns eine Woche lang in Highclere, dem Schloss Lord Carnarvons, auf. Zu unser aller Bedauern stellte unser Gönner das Scheitern des Unternehmens fest. In den letzten beiden Jahren hatten wir außer einigen Ostraka (nur mäßig wertvollen Tonscherben) keine neuen Entdeckungen gemacht. Carnarvon glaubte, dass das Tal bereits in allen Richtungen durchgraben worden sei, sodass die Wahrscheinlichkeit, inmitten dieser Baustelle ein weiteres Grab zu finden (und ein unversehrtes noch dazu), verschwindend gering sei. Zudem, so Carnarvon, seien seine finanziellen Mittel nicht unerschöpflich, und die Bankkonten schrumpften in gleichem Maße, wie die Enttäuschung über den ausbleibenden Erfolg wuchs.

Was blieb Howard Carter also anderes übrig, als seinen Gönner zu überzeugen? Mithilfe von Lady Evelyn, der Tochter Carnarvons (die, wie wir mutmaßten, ein Auge auf den Archäologen geworfen hatte), gelang es ihm schließlich, die eigene Begeisterung auf sein müdes Gegenüber zu übertragen. Und Lord Carnarvon erklärte sich bereit, eine letzte Saison zu finanzieren.

Bevor wir erneut nach Ägypten aufbrachen, statteten Tom und ich unserer Familie in Salisbury einen Besuch ab. Und noch heute erfüllt mich die Erinnerung an jene Stunden mit einem tiefen Unbehagen. Wenngleich der Empfang herzlich und der Abschied tränenreich war, so bestand doch kein Zweifel daran, dass wir uns von den Personen, die wir einst gewesen waren, entfernt hatten und dies den Menschen, die einst unser Leben bedeutetet hatten, auch schmerzlich bewusst geworden war.

Bereits ein halbes Jahr zuvor hatte ich in einem Brief an Arthur Holmwood diesen von seinem Versprechen, mich zu heiraten, entbunden. Ihn wiederzusehen, blieb mir erspart in jenen Tagen.

Doch auf ein Erlebnis mochte ich nicht verzichten. Gemeinsam mit Tom fuhr ich zum Monument von Stonehenge, wo wir einst eine kalte Nacht verbracht hatten, weil wir uns davon Einblicke in die Welt der Gespenster erhofft hatten. Nach den beiden Jahren, die wir größtenteils in der Wüste zugebracht hatten, lechzten unsere Augen förmlich nach den saftig grünen Hügeln der Heimat. Doch etwas hatte sich an dieser Gegend verändert. Ein absonderliches Gefühl war es, das zu erkennen. Obschon ich bereits davon gelesen hatte. Miss White hatte mir vor einem Jahr ein Buch zum Geschenk gemacht: »Die sieben Säulen der Weisheit«. Thomas Edward Lawrence beschreibt darin die Magie der Wüste, jene hypnotische Faszination, der man nicht wieder entrinnen kann, befindet man sich einmal in ihren Fängen. Und so kehrten wir zurück nach Ägypten.

Unser Leben im Tal der Könige indes war nicht das schlechteste. Langsam wurden wir zu dem, was Lawrence als »Kinder der Wüste« bezeichnet hatte. Ahmed Gurgar schenkte mir zu meinem Geburtstag eine rituelle Tätowierung der Qasr Ibrim-Bedus, die er persönlich anfertigte und die seit jenem Tag im Oktober des Jahres 1922 den Rücken meiner linken Hand ziert. Wir erlernten die Sprache des Landes zuzüglich einiger Dialekte der vorbeiziehenden Beduinenstämme. Der Staub der Wüste war unsere zweite Haut geworden.

Es hätte ewig so weitergehen können.

Doch endete es am 5. November 1922.

Wenngleich Ägypten in diesem Jahr von schweren Revolten und dem Willen zur Unabhängigkeit erschüttert wurde (was die Einstellung gegenüber den britischen Gästen nicht unbedingt verbesserte), so ließ sich Carter dennoch nicht beirren und verfolgte starrsinnig seine archäologische Arbeit. Wir gruben auf dem Niveau des Grabes von Ramses VI. und hofften durch das Abtragen der ramessidischen Überbleibsel neue und vor allem ältere Fundamentalablagerungen zu finden.

Am Morgen des 5. November dann war es so weit.

Als wir die Ausgrabungsstätte erreichten, herrschte eine ungewöhnliche Stille, und es war uns allen augenblicklich klar, dass diese völlige Abwesenheit von Lärm, Liedern und Worten nicht normal war.

»Wir haben eine Stufe freigelegt«, kommentierte ein in höchstem Maße aufgeregter Ahmed Gurgar. »Als wir weitergruben, entdeckten wir elf weitere Stufen und eine massive Tür.« Die Stufen, so stellte sich heraus, waren wohl geformt gehauen und ließen auf eine Gruft von guter Qualität hoffen.

Carter ließ ein Loch in die Tür bohren und entdeckte auf der anderen Seite einen Gang. »Fantastische Entdeckung im Tal. Ein herrliches Grab mit ungebrochenem Siegel«, telegrafierte er umgehend nach Highclere Castle. Bis zur Ankunft Lord Carnarvons musste das Grab gesichert werden. Um Diebe zu vertreiben, wurden Wachmannschaften eingeteilt, die die Order erhielten, auf jeden zu schießen, der versuchen sollte, in die Gruft zu gelangen.

Am 26. November dann ließ Carter in Anwesenheit Lord Carnarvons die Tür vollständig freilegen, und wir entdeckten das Siegel der Nekropole und einen deutlich lesbaren königlichen Ziertitel: Tut-ankh-Amen.

»Wir sind am Ziel«, freute sich Howard Carter, dessen Gefühle sich auf dem Höhepunkt befanden. Doch nach einer aufmerksameren Untersuchung der massiven Tür kühlte diese Hochstimmung ein wenig ab. Tom fand einen Hinweis darauf, dass die Tür geöffnet und dann erneut versiegelt worden war. »Das würde bedeuten«, mutmaßte Carter, der die Enttäuschung nicht verbergen konnte, »dass bereits früher Diebe in das Grab eingedrungen sind.«

Mit Schaudern dachte ich daran, dass dies nicht das Werk gieriger Grabräuber war. Man hatte Nefer-titi in dieser Gruft eingeschlossen, nachdem der Pharao bereits beigesetzt worden war.

Hinter der Tür befand sich ein fünfzehn Fuß langer Korridor voller Schutt. Es dauerte zwei Tage, diesen Gang zu leeren und die gefundenen Fragmente zu katalogisieren und zu verpacken. Eine zweite versiegelte Tür lag am Ende des Korridors. Als wir diese erreichten, durchstießen wir sie, und Carter spähte mithilfe einer zusammengebastelten Beleuchtung ins Dunkel dahinter.

»Können Sie etwas erkennen?«, fragte Lord Carnarvon voller Ungeduld.

»Ja«, antwortete Howard Carter mit brüchiger Stimme. Er schien sich in einem Schockzustand zu befinden. »Ich sehe fantastische Dinge. Mein Gott, ich kann es kaum glauben.«

Nach und nach blickten wir alle durch die schmale Öffnung in der Tür. Was wir da sahen, hätten auch wir uns in den kühnsten Träumen nicht auszumalen vermocht. Der dunkle Raum hinter der Tür war angefüllt mit eigenartigen Figuren, fantastischen Tieren und großen Statuen sowie einer unglaublichen Anzahl von wertvollen Objekten, die alle vollkommen unbeschädigt wirkten.

»Das ist wahrlich der größte Schatz«, murmelte Lord Carnarvon, »der jemals in Ägypten entdeckt worden ist.«

In aller Augen leuchtete die Begeisterung. In allen, mit Ausnahme denen al-Vatheks. Was mochte es für ein Gefühl sein, an diesem Ort zu stehen? Sehnte er die alten Zeiten herbei, oder war er nur von dem Wunsch erfüllt, die einstmals geliebte Nefer-titi zu töten? Niemand außer ihm selbst vermochte dies zu beantworten.

»Das Tal«, hörte ich Carter ehrfürchtig sagen, »hat uns ein wunderbares Geschenk gemacht. Es schenkt uns seinen schönsten und außergewöhnlichsten Besitz.« Tränen der Freude traten in seine Augen, als er sagte: »Das einzige unberührte Königsgrab.«

Die Vorstellung konnte nunmehr beginnen.

Das »Vorzimmer«, wie wir es nannten, begrüßte uns mit der Stimme des Grabes. Infolge der von außen eindringenden Luft gaben die Objekte höchst befremdliche Laute von sich, als ob sie aus einem dreitausend Jahre währenden Schlaf erwachten. Die Mauern des Vorzimmers waren mit Gips geweißt und ohne Verzierungen und enthielten das Begräbnismobiliar Tut-ankh-Amens. In einer Wand des Vorzimmers entdeckten wir einen weiteren vermauerten Durchgang, der mit einem Symbol gekennzeichnet war, das jenem aus dem Grab KV55 ähnelte.

»Al-Vathek«, flüsterte Ahmed Gurgar ehrfurchtsvoll und ängstlich, als er das Symbol erkannte.

Der wahrhaftige Träger dieses Namens indes, Herr Pharos, stand lediglich mit mürrischer Miene inmitten der begeisterten Entdecker.

Hinter der Tür des Vorzimmers, die das Zeichen al-Vatheks trug, befand sich ein weiterer Gang, der in zwanzig Stufen in die Tiefe führte. Am Ende der Treppe stießen wir auf eine Tür mit einem Siegel und einer Inschrift, die ich nach einigen Schwierigkeiten übersetzte: »Nefer-titi, Gattin des al-Vathek, Gattin des Akh-en-Aten, bewacht von Ptah und Sobek, auf ewig.«

Zu unser aller Glück vermuteten die Anwesenden ganz folgerichtig eine Grabkammer hinter dieser Tür, und Howard Carter wollte diese erst dann öffnen, wenn alle bisher gefundenen Objekte katalogisiert und, was weitaus wichtiger war, konserviert worden waren. Außerdem konzentrierte sich die Aufmerksamkeit bald auf eine andere Tür, die erst nachträglich in der Nordwand des Vorzimmers entdeckt wurde und hinter der sich möglicherweise der Sarkophag des großen Pharaos befand.

Al-Vathek, Tom und mir indes war klar, dass wir Nefertiti aufsuchen mussten, bevor sich die Berichterstattung der Medien (in weiser Voraussicht hatte Howard Carter der Times die Exklusivität der Dokumentation zugesprochen) auf die Grabräumung stürzte. Die Zeit drängte demnach, und die einzige Chance, die uns blieb, war, in der ersten Nacht in das Grab einzudringen. Es musste so schnell wie nur möglich vonstatten gehen.

»Die Wachen stellen kein Problem dar«, versicherte uns al-Vathek.

Wie Recht er doch hatte.

Als wir uns in der kühlen Wüstennacht an den Eingang zum Grab heranpirschten, bemerkten uns die Wachen nicht einmal. Al-Vathek schlich sich in ihre Gedanken und ließ sie fremdartige Träume erleben.

Weitaus schwieriger war es gewesen, Howard Carters und Harry Burtons Gesellschaft zu entkommen. Nach einem langen Tag mühevoller Arbeit hatten die beiden Freunde uns eingeladen, mit ihnen zu feiern. Erst nach mehrmaligem Verweis auf unsere tiefe Erschöpfung war es uns gelungen, uns auf unsere Zimmer zurückzuziehen, und dann waren wir (den kleinen Helden in den Geschichten Mark Twains gleich) aus dem Fenster und an den Mauervorsprüngen entlang nach unten geklettert. Al-Vathek hatte uns bereits im Tal der Könige erwartet, das wir nach einem halbstündigen Ritt erreicht hatten, wobei wir sorgsam darauf geachtet hatten, die Pferde in einem der Seitenarme des Tales, außerhalb der Reichweite der Wachen zurückzulassen.

Die mitgebrachten Laternen vor uns haltend, drangen wir endlich in die eisigen Innereien des Grabes ein. Zielstrebig durchquerten wir die Vorkammer, stiegen die lange Treppe hinab und fanden uns bald vor jener Tür mit dem Unheil verheißenden Symbol wieder.

Tom trug einen Revolver an seiner Seite, während al-Vathek einen Krummsäbel mit sich führte. Ich selbst vertraute dem Revolver, den mir Miss White überlassen hatte, um so die Besuche in Kairo sicherer gestalten zu können.

Die feuchte, kalte Luft ließ mich frösteln, und insgeheim hoffte ich, die massive Tür ließe sich gar nicht erst öffnen. Doch kannte al-Vathek den Mechanismus, und so schob sich der gewaltige Steinquader bald zur Seite. Das Knirschen der Sandkörner füllte die modrige Stille um uns herum.

Dann betraten wir die Kammer, leuchteten sie mit den Laternen aus und erkannten den gewaltigen Sarkophag, der in der Mitte des Raumes auf einem Podest stand. Wie der Sarkophag im KV55, so waren auch an diesem die Inschriften beseitigt worden. Eiserne Schlösser versiegelten das Behältnis. Nichts sollte jemals wieder diesem Sarg entkommen.

»Es gibt keinen Grund, länger zu warten«, sagte al-Vathek bestimmt. Angespannt wog er den Krummsäbel in seinen kräftigen Händen. Jede Sehne seines Körpers schien der Begegnung zu harren.

Al-Vathek machte sich an den Schlössern zu schaffen, Tom und ich taten es ihm gleich. Mit leisen Geräuschen schnappten sie auf, und es erforderte unser aller Kraft, das Oberteil des Sarkophags zur Seite zu schieben. Ein Ekel erregender Gestank schlug uns entgegen, als die Öffnung sichtbar wurde. Insekten huschten vor dem Licht davon, als Tom mit der Laterne das Innere des Sarkophags ausleuchtete. Bevor wir recht erkennen konnten, wie das Geschöpf aussah, spürte ich die Berührung einer knochigen Hand an meinem Arm. Mit einem kurzen Aufschrei wich ich instinktiv zurück. Meine beiden Begleiter erschraken gleichermaßen.

Die Kreatur erhob sich aus dem Sarkophag. Ihre Bewegungen entbehrten jeglicher Eleganz. Das Entsetzen in den Augen al-Vatheks lähmte uns alle für einige Augenblicke. War dieses Geschöpf einmal Nefer-titi, die schönste Frau im Reiche, gewesen? Mit ruckartigen, von Gier getriebenen und doch wenig kraftvollen Bewegungen kroch sie aus dem engen, dunklen Verlies. Als sie in den Schein der Laterne, die ich hatte fallen lassen, kam, erkannte ich die dünnen Gliedmaßen, die missgestaltet und krumm und von einer ausgetrockneten Haut überzogen waren. Der Schädel der Kreatur ließ die Frau, die sie einmal gewesen war, nur erahnen. Dunkle, tief in den Höhlen liegende Augen blickten ohne Verstand in der Kammer umher. Das röchelnde Atmen mochte ein Wittern nach Nahrung sein. Als ein fetter Käfer ihren Weg kreuzte, griff sie flink nach ihm und zermalmte ihn knackend mit dem bloßen Kiefer. Ihre Zähne, so bemerkte ich, musste sie schon vor langer Zeit eingebüßt haben.

»Al-Vathek!«, schrie ich ihn an. Der Angesprochene stand ratlos da, und mit Erschrecken wurde ich mir der Tränen in seinen Augen bewusst. Wir alle hatten ein Wesen erwartet, das sich bedrohlich auf uns stürzen würde. Eine Gestalt, die in ihrem Blutdurst kaum zu bändigen sein würde. Doch wessen wir hier Zeuge wurden, hatte niemand erwartet. Das also, dachte ich benommen, kann aus uns werden.

Die Kreatur hielt inne und hob den Kopf, starrte mich an.

»Töten Sie es, al-Vathek«, forderte Tom unseren Begleiter auf.

Der Kopf der Kreatur drehte sich in meines Bruders Richtung. Plötzlich wurde mir die Bedeutung dieses Verhaltens bewusst. Sie konnte uns nicht sehen. Nefer-titi hatte ihr Augenlicht in der Dunkelheit verloren. Sie wand sich auf dem Boden, war kaum ihrer Glieder mächtig. Ihr Mund öffnete sich. Ihre Stimmbänder produzierten nur noch ein dunkles Krächzen, guttural und wild. Die fauligen Lippen versuchten Worte zu formen. Nein, keine Worte. Nur ein einziges: Darius.

»Mein Gott«, entfuhr es mir. Sie erinnerte sich offenbar an ihn. Konnte das möglich sein?

»Bringen Sie die Kreatur um!«, schrie Tom al-Vathek an und hoffte, diesen aus seiner Lethargie zu reißen.

Al-Vathek hielt den Säbel noch immer fest in der Hand. Dann tat er einen Schritt auf die Kreatur zu. »Sie ist bereits tot«, sagte er. Er hob den Säbel bis über den Kopf und trennte seiner Geliebten mit einem Schlag den Kopf vom Leib. »Nefer-titi«, schrie er, als die Kreatur zu seinen Füßen lag. Wieder und wieder schlug er auf sie ein. Ich konnte hören, wie der Säbel die Luft zerschnitt, als er Arme und Beine abtrennte. Er bohrte sich in den Brustkorb und ihr einstmals hübsches Gesicht. Inmitten dieser Raserei flüsterte al-Vathek unter Tränen ihren Namen mit jedem neuen Hieb und hielt erst inne, als der Leichnam vollkommen zerstückelt den Boden der Grabkammer bedeckte.

Dann war es vorbei.

Die Stille, die sich um uns herum ausbreitete, wurde immer unerträglicher. Al-Vathek stand bewegungslos da, die Augen geschlossen, den Säbel noch immer fest in der Hand. Die Überreste Nefer-titis verströmten einen grauenhaften Gestank, und ich fragte mich, was mich am meisten traf in diesem Moment. Die Erkenntnis, dass man ein Wesen unserer Art einem unvorstellbaren Leiden überantworten kann? Der Gedanke an den Wahnsinn, der Nefer-titi zu dem gemacht hatte, was da aus dem Sarkophag auf uns zugekrochen gekommen war? Die Vorstellung, dass sich der schwere Deckel des Sarkophags über den offenen Augen schloss, um nie wieder geöffnet zu werden? Die Geräusche der Insekten, die jetzt panikartig das ausgediente Behältnis verließen und die Überreste des Leichnams zu bevölkern begannen?

Vielleicht war es auch die offen zutage tretende Trauer und Verzweiflung in den Augen al-Vatheks. Nur mit Mühe hielt er die Selbstbeherrschung aufrecht. Schließlich tat ich etwas, was ich mir bis heute nicht erklären kann. Ich trat auf ihn zu und nahm ihm den Säbel aus der Hand. Er öffnete die Augen und war in diesem Moment wieder er selbst. Er musterte mich und gab mir mit einem kurzen Nicken zu verstehen, dass es nun vorbei war.

Dann verließen wir die Grabstätte.

Der Rest ist, wie man so schön sagt, Geschichte.

Am 17. Feburar 1923 öffnete Howard Carter die versiegelte Tür in der Nordwand des Vorzimmers. Tut-ankh-Amens Entdeckung wurde als eine Show inszeniert. Die Times berichtete darüber, und die Fotografien Harry Burtons gingen um die Welt. Howard Carter fand drei mumienförmige ineinander gestellte Sarkophage: der erste aus vergoldetem Holz, der zweite mit Goldplatten bedeckt und der dritte aus massivem Holz. Es sollte der berühmteste Fund der modernen Archäologie sein. Die Sarkophage befanden sich in einer Kapelle aus vergoldetem Holz mit eingelegtem blauem Glas. Und noch immer sind nicht alle Geheimnisse der gefundenen Darstellungen und Schriften gelüftet.

Überschattet wurde der Fund von zwei Geschehnissen, von denen das eine Weltruhm erlangte. Lord Carnarvon wurde während der Graböffnung von einer Mücke gestochen, und es wurde gemutmaßt, dass sich die Wunde während des Rasierens infizierte. Tatsache ist, dass Lord Carnarvon nur wenig später verstarb. Außerdem sollten, so wird behauptet, in Kairo alle Lichter erloschen sein, ohne dass dies erklärbar gewesen wäre. Der Hund Carnarvons heulte wegen des Todes seines Herren und starb bald darauf.

Der andere Zwischenfall betraf den Entdecker persönlich. Pierre Lacau erteilte Howard Carter Grabverbot und nahm als Oberhaupt des Antiquitätendienstes das berühmteste Denkmal Ägyptens in Besitz. Es kam zu weit reichenden Streitigkeiten, an deren Ende es dem Engländer dennoch erlaubt wurde, die Untersuchungen an der Grabstätte zu beenden.

Die Fundstücke wurden dem Museum in Kairo übergeben. Allen voran die berühmte Goldmaske des Tut-ankh-Amen. Der schlecht erhaltenen Mumie entnahm man einhundertdreiundvierzig Schmuckstücke und Amulette. Nach einer eingehenden Untersuchung der Mumie bettete man diese erneut in den Sarkophag, wo sie noch heute ruht.

Kaum Beachtung wurde hingegen dem unverzierten Sarkophag geschenkt, den man in einer der Nebenkammern des Vorzimmers fand. Das Behältnis war geöffnet worden, und die Überreste der Mumie bedeckten den Boden der Kammer. Rätselhaft blieb, wie es den Grabräubern gelingen konnte, unbemerkt in die Gruft einzudringen. Und wenngleich die Inschriften darauf hinwiesen, dass die gefundenen Überreste zur Mumie der Nefer-titi, der einstigen Gemahlin Akh-en-Atens, gehörten, so wurde dies doch aufs Heftigste von den Fachleuten bestritten. Man wusste keinen Grund zu finden, warum die ehemalige Königin, deren Tod man einstimmig auf einen früheren Zeitpunkt datiert hatte, in diesem Grab hätte beigesetzt sein sollen. Es musste, so die Fachkreise, ein Fehler in der Deutung der Schriftzeichen vorliegen. Letzten Endes jedoch blieb die Identität des Leichnams ungeklärt, und während die Welt sich lieber dem Mysterium von Lord Carnarvons plötzlichem Tod und dem heulenden Hund zuwandte, erwähnten die meisten Autoren (nicht zu vergessen Howard Carter selbst) diesen nebensächlichen Fund lediglich in einer unbedeutenden Fußnote.

Buch III

Sand

Kapitel 1

Enthüllungen

Die Welt ist gierig, und die Masken, die wir zu tragen pflegen, erweisen sich manchmal als jene Gesichter, die aus den fließenden Sandkörnern geboren werden, die unsere Augen erst sehend machen. Lady Lilith, deren Heim die Wüstenei geworden war, harrte der Ankunft eines Waisenmädchens, das ihr Gesicht hinter der Maske zum Leben würde erwecken können.

Und Emily Laing, die tiefer in die Hölle vorgedrungen ist als jemals ein Mensch vor ihr, steht nun vor dem leblosen Körper, der im Sand zu unseren Füßen liegt, und weiß, dass es keine Maske ist, die das bleiche Gesicht entstellt, sondern der Tod, der sich mit eisiger Hand genommen hat, was sein ist.

»Können wir denn gar nichts tun?«, will sie von mir wissen.

Noch bevor ich ihr die Antwort gebe, weiß ich, dass sie ihr nicht gefallen wird.

Denn das, womit wir es hier zu tun haben, ist endgültig.

»Fragen Sie nicht!«

»Nach allem, was wir getan haben, muss es doch einen Weg geben.«

Ich nehme sie bei der Hand. Sehe ihr in die Augen.

Erkenne die Trauer, die unser aller Herzen verdunkelt.

Doch sollte ich meiner Geschichte nicht vorgreifen.

Lassen Sie uns also zurückkehren zur Île de la Cité und dem *Laboratoire d'Alphonse Moreau*, wo die Wege aller sich wieder trafen an jenem verhängnisvollen Nachmittag nicht lange vor Weihnachten, kurz nachdem ich aus der Hölle zurückgekehrt war.

»Wer«, hörten wir alle die bebende Stimme flüstern, »wer bin ich?« Es war Aurora Fitzrovia, die diese Frage stellte, die sie an niemanden zu richten schien. »*Was* bin ich?«

Nahezu eine Stunde lang hatte ein Pfleger Emilys Freundin ruhig gestellt, sodass uns die Zeit geblieben war, unsere Gedanken zu sammeln und unsere Geschichten auszutauschen.

Emily, die von Elizas Blut getrunken hatte, um sich zu retten, fühlte sich schwach und benommen.

Adam Stewart hatte ihr die Hand gehalten, als sie an Elizas Handgelenk getrunken hatte. »Emily«, hatte er ihren Namen geflüstert, und wieder war da diese Melodie gewesen. »Ach, Emily.« Seine dunklen Augen waren ihren ganz nahe gewesen, und sie hatte seinen Atem auf ihrem Gesicht gespürt, als er sie in die Arme geschlossen und festgehalten hatte, als die Tränen übermächtig geworden waren.

Sie hatte seinen Herzschlag gespürt, mit einem Mal.

»Erst in den nächsten Stunden wird der Blutdurst erwachen«, hatte ihr Eliza mitgeteilt, die nach dem Aderlass ganz bleich und krank wirkte.

Aber darüber hatte sie nicht nachdenken wollen.

Nun denn.

Die Zeit drängte.

»Carathis«, hatte ich den Anwesenden mitgeteilt, »hat

London verlassen und wandelt nun in den Höllenkreisen, wo sie Lilith zu finden gedenkt.«

»Sie hat also von unseren Plänen erfahren.« Eliza war nicht begeistert von dieser Entwicklung der Ereignisse.

Da erwachte Aurora.

»Wenn Carathis bereits in der Hölle ist, dann kann Aurora bei Bewusstsein bleiben, dann kann Carathis sie hier nicht mehr aufspüren.« Eliza gab dem Pfleger die Anweisung, die Kanülen aus den Armen des Mädchens zu entfernen. »Die Vinshati, die Alexander Grant nach Paris geführt hat, weilen ebenfalls nicht mehr unter uns. Die Gefahr ist damit gebannt. Vorerst.«

Dinsdale und Lady Mina saßen schweigend auf der Heizung, und Ipy die Sphinx war von einem der Pfleger in einen anderen Raum getragen worden, wo man sich ihrer Verletzungen anzunehmen versprochen hatte.

»Wer hat Aurora all dies angetan?« Emily, die sich aus Adam Stewarts Umarmung gelöst hatte, war Eliza Holland gegenübergetreten und hatte sie mit einem Mal wütend und verzweifelt angeschrien.

»Aurora«, antwortete Eliza, »ist, was sie ist.«

Und so erzählte sie uns, was sich damals in Ägypten zugetragen hatte. Damals, nachdem Howard Carter das Grab Tut-ankh-Amens entdeckt hatte.

Denn das war es, was wir erfahren mussten.

»Wir sind in Karnak und im Tal der Könige geblieben, Tom und ich.«

Al-Vathek indes hatte das Land verlassen und sich nach London begeben, wo er sich mit Miss White zu treffen gedachte. Die Geschwister Holland hatten weiterhin für Howard Carter gearbeitet, Funde katalogisiert und Inschriften auf den mächtigen Stelen übersetzt.

Die Vertreter ausländischer Museen gaben sich die Klinken in die Hand in jenen Tagen. Das Metropolitan Museum von New York schickte die Herrn Callender und Lucas, das Britische Museum hatte bereits seinen Abgesandten vor Ort.

»Maurice Micklewhite«, erklärte Eliza. »Er hat mehrmals die Grabungsstätten besucht und gemeinsam mit Howard Carter die Fundstücke untersucht.«

»Ich weiß«, murmelte ich.

»Ihr, Wittgenstein, habt damals ausgesehen wie ein Einheimischer.«

Emily sah mich amüsiert an.

»Wegen des Kaftans«, sagte ich.

Das Mädchen nahm es mit einem skeptischen Blick zur Kenntnis.

»Maurice Micklewhite«, bemerkte ich, »war noch in Ägypten geblieben, als ich mich bereits wieder auf Reisen begeben hatte.«

Eliza nickte. »Ich erinnere mich. Ihr wolltet unbedingt nach Lissabon. Um Geschäfte zu erledigen, wie Ihr sagtet.«

»Sie haben ein gutes Gedächtnis, Miss Holland.«

Sie verbuchte es als Kompliment. »Maurice Micklewhite jedenfalls kehrte nach Kairo zurück, wo er Maspero bei den Streitigkeiten mit Pierre Lacau unterstützte.« Lacau, der neue Direktor des Antiquitätendienstes, stellte die von Maspero genehmigte Finanzierung und Vorgehensweise der Ausgrabung infrage. »Kaum dass man erkannt hatte, welche Schätze in dem Grab schlummerten, waren die Aasgeier auf den Plan gerufen.«

Aurora, die jetzt aufrecht in ihrem Bett saß und deren Lebensgeister immer mehr zurückkehrten, lauschte der Geschichte aufmerksam.

»Im Frühjahr 1924 nahm der *Service des Antiquités* das berühmteste Denkmal Ägyptens in Besitz, und Lacau, der sich zu einem erbitterten Feind Howard Carters entwickelt hatte, verbot diesem sogar den Eintritt ins Grab.« Mithilfe von Lady Carnarvon klagte Carter gegen die ägyptische Regierung, jedoch ohne Erfolg. »Niedergeschlagen und nervlich am Ende, verließ er Ägypten, um in den Vereinigten Staaten eine Vorlesungsreise zu beginnen.« Eliza seufzte. »Mein Bruder war bereits nach England zurückgekehrt, bevor Carter die Niederlage erfuhr. Und ich? Hielt mich kurz in Kairo auf.« Sie sah Aurora an. »Dort sprach mich eines Tages, kurz vor meiner Abreise in die englische Heimat, eine Frau an.«

Auroras Hände zitterten.

»Eine Araberin. Ich hatte sie bereits zuvor mehrere Male gesehen.« Die Ringe an Elizas Fingern klimperten leise, als sie sich müde die Augen rieb. »Wisst ihr, es war für Engländer nicht gerade schicklich, sich mit Einheimischen einzulassen.«

Wir alle ahnten, worauf sie hinauswollte.

»Sie nannte mir keinen Namen, doch hatte ich sie zu oft in der Gegenwart Master Micklewhites gesehen, um ihre Rolle misszudeuten.«

»Maurice Micklewhite hatte eine Liaison gehabt?«

»Mehr noch. Die Frau hielt ein Bündel in ihren Händen.« Erneut warf Eliza Aurora einen langen Blick zu. »Ein Kind war es, eingewickelt in schmutzige Tücher. Es schlief, als ich es das erste Mal in meinen Armen hielt.«

»Das ist eine Lüge«, murmelte Aurora. »Das kann nicht sein.«

Unbeirrt fuhr Eliza fort: »Es war ein kleines Mädchen, das ich mit nach England nehmen sollte, um es dort seinem leiblichen Vater zu übergeben.«

Dem Vater, den Eliza Holland kannte, weil er lange in Ägypten geweilt hatte.

»Er wüsste nichts von einem Kind, teilte mir die Frau mit, doch wolle sie, dass es bei ihm in der Stadt der Schornsteine aufwächst. Genau diese Worte hat sie damals gebraucht. Die Stadt der Schornsteine, eine Formulierung, die ich zuvor nur zwei Menschen hatte benutzen hören.«

Aurora hatte die Hände vor den Mund geschlagen.

Tränen liefen ihr über das Gesicht.

»*Er* ist mein Vater?«

Eliza nickte.

»Du hast es geahnt, nicht wahr?«

»Ich hatte Träume«, flüsterte Aurora. »Von einem sonnigen Land und einem Schiff.«

»Du bist ein Wechselbalg.«

»Deshalb verstehe ich die Ratten.«

»Und vieles mehr.«

»Weil er mein Vater ist. Maurice Micklewhite.«

Das, dachte ich, ist in der Tat eine Neuigkeit.

»Weiß er davon?«

»Nein, Wittgenstein. Er ahnt es nicht einmal.«

Emily war fassungslos. »Du warst diejenige, die Aurora nach London gebracht hat?«

»Ja.«

»Aber sie ist niemals ihrem Vater übergeben worden.«

»Nein.«

Jemand hatte sie ausgesetzt.

In einem Stadtteil Londons namens Fitzrovia.

Eliza senkte schuldbewusst den Blick.

»Ja, ich habe Aurora in die Stadt der Schornsteine am dunklen Fluss gebracht.« Unruhig ging sie im Raum auf und ab. »Wir reisten mit dem Schiff und erreichten London an einem Herbsttag anno 1924. Al-Vathek, der ein Anwesen in Moorgate bezogen hatte, empfing mich in seinem Haus. Er war es, der mich erkennen ließ, wer Aurora wirklich war.« Es schien ihr schwer zu fallen, darüber zu sprechen, und nur langsam tropften die Worte in die Stille des Krankenzimmers. »Nachdem wir Rumänien verlassen hatten, war uns Carathis bis nach Ägypten gefolgt, wo sie versteckt gelebt hatte, um zu beobachten, was es mit den Grabungen auf sich hatte. Deswegen und ...« Ihre Stimme versagte.

»Nun sagen Sie es schon!«, herrschte ich sie ungeduldig an.

»Und um ein Kind zu empfangen.«

Entsetzt sah mich Emily an.

War dies die Wahrheit?

Konnte das sein?

»Die Frau, mit der Maurice Micklewhite eine Liaison gehabt hat, ...«

Aurora Fitzrovia zitterte am ganzen Leib. »Nein, das glaube ich einfach nicht!« Nahzu gelähmt, saß sie auf dem Bett und sah einen nach dem anderen an, als erwarte sie die Bestätigung, dass es sich bei all diesen Enthüllungen um Lügen handelte. »Emmy, das kann doch nicht sein. Du kennst mich.«

Traurig erwiderte Emily ihren Blick und erinnerte sich an die langen Nächte im Waisenhaus, in denen sie sich ausgemalt hatten, wie es wohl wäre, zu erfahren, wer ihre leiblichen Eltern waren. Nein, so hatte sich Aurora den Moment der Erkenntnis sicherlich nicht vorgestellt.

Eliza betonte mit fester Stimme: »Es war Carathis, mit der sich Master Micklewhite eingelassen hat. Und sie hat das Kind nur zu einem Zweck empfangen.«

Emily trat neben Aurora und ergriff ihrer Freundin

Hand. Es war ihr egal, ob die Gefahr bestand, erneut gebissen zu werden. Aurora war ihre Freundin, schon immer gewesen.

Und niemand würde daran etwas ändern!

»Bereits in Budapest hatte mir al-Vathek offenbart, was es mit unseren Kindern auf sich hat.« Tränen traten Eliza in die Augen. »Wir nähren uns vom Blut, um zu überleben. Um jedoch unsere Schönheit zu behalten, unsere Jugend, unser Aussehen, müssen wir einen weitaus höheren Preis bezahlen.« Sie wischte sich die Tränen aus den hellen Augen. »Wir sind dazu verdammt, Kinder zu zeugen. Kinder, durch deren Blut wir die Reinheit unserer Gestalt behalten. Wir würden altern, erklärte mir al-Vathek schon damals, wenn wir nicht vom Blut unserer Nachkommen tränken. Deshalb, das wurde er niemals müde zu betonen, sei es wichtig, die Nachkommen nicht zu lieben. Wir dürfen keine Gefühle für unsere Kinder hegen, weil dies unser Handeln hemmen würde.« Sie lachte traurig. »Die grundlegenden Dinge des Lebens sind so einfacher Natur. So boshafter Natur. Unsere Kinder leben allein, um für uns zu sterben.«

»Deswegen hat Carathis Aurora fortgegeben?«

Eliza nickte. »Auch Carathis muss sich diesem Gesetz beugen.«

»Und Maurice Micklewhite?« Wie lange kannte ich den Elfen nun schon? Ein kleiner Junge war ich gewesen, als ich nach London gekommen und ihm vorgestellt worden war. Im Britischen Museum, bereits damals.

Nun denn.

Letzten Endes war er immer für Überraschungen gut gewesen.

»Master Micklewhite war ihrem Charme erlegen, so einfach ist das.«

Emily musste an das insektenhafte Wesen denken, dem wir in der U-Bahn begegnet waren.

»Die Wiedergänger verfügen über Fähigkeiten, die eine Gegenwehr unmöglich machen. Maurice Micklewhite ist von Carathis verführt worden. Was immer sie wollte, was er in ihr sieht – glaubt mir, genau das hat er gesehen.«

»Warum hat sie dir vertraut?«, wollte Emily wissen.

»Das hat sie gar nicht. Sie wollte, dass ihr Kind in London aufwächst, wo sie es jederzeit hätte aufsuchen können. Carathis wusste, wer der Vater ist, und in seinem Haus wäre Aurora aufgewachsen.«

»Und al-Vathek?«

»Al-Vathek bemerkte, dass Aurora die Tochter der Carathis ist, als er sie das erste Mal sah. Er witterte es förmlich. Und als er es erkannt hatte, da verlangte er von mir, das Kind zu beseitigen.«

Aurora war bleich geworden. »Aber wieso?«

»Es war anzunehmen, dass Carathis mehreren Kindern das Leben geschenkt und diese an verschiedenen Orten auf dem Kontinent verteilt hatte. Doch würde sie zumindest in London niemanden mehr vorfinden, der sie verjüngen und ihr neue Kraft schenken konnte.«

Eliza wirkte traurig, und Emily konnte sich in diesem Moment vorstellen, wie sie als junges Mädchen nach England zurückgekehrt war.

»Al-Vathek gab mir die Order, das Mädchen zu beseitigen«, wiederholte sie. »Und ich habe tatsächlich mit dem Gedanken gespielt, es zu tun.« Sie schluckte. »Letzten Endes jedoch konnte ich es nicht.«

Und sie erzählte.

Davon, wie sie mit Aurora durch den Herbstregen geirrt war, die scharfe Fingernadel in ihrer Manteltasche. Wie sie schließlich ganz verzweifelt im Stadtteil Fitzrovia gestrandet war und das Mädchen an einer belebten Kreuzung zurückgelassen hatte. Ein roter Briefkasten hatte dort gestanden, gleich neben einer überdachten Haltestelle, und sie hatte das Bündel teilweise mit einer Plastikfolie umwickelt, die ihr ein Zeitungshändler freundlicherweise überlassen hatte.

»Ich war diejenige, die dir deinen Namen gegeben hat«, gestand Eliza. »Damals, noch auf dem Schiff, das uns nach England gebracht hat. Und ich habe den Namen auf einen Zettel geschrieben und bei dir zurückgelassen, weil es der Name war, der zu dir gepasst hat.«

Aurora konnte kaum glauben, was man ihr da sagte.

Ganz fest hielt sie Emilys Hand.

»Irgendjemand würde dich schon finden, dachte ich, naiv, wie ich damals war. Würde dich finden und dir ein Zuhause geben. Carathis wüsste nicht, wo sie dich finden kann, und du hättest ein normales Leben führen können.« Eliza schüttelte den Kopf. »Ich habe mich geirrt, in allem. Denn wie ich später erfuhr, wittern die Wiedergänger ihren Nachwuchs. Sie spüren ihn anhand seiner Gedanken auf. Ja, so finden wir unsere Beute.«

»Und al-Vathek?«

»Glaubte, ich hätte dich getötet.«

Es war Emily, die sagte: »Du bist in Rotherhithe gewesen.«

Eliza lächelte dünn. »Auch wenn Wittgenstein das Gegenteil behauptet, Emmy, aber manchmal gibt es wirklich Zufälle.« Sie stand auf und begann in dem Krankenzimmer unruhig auf und ab zu gehen. »Nachdem ich Aurora in Fitzrovia ausgesetzt hatte, bin ich durch die Stadt gestreift, ganz rastlos, und nach einer Stunde zur Haltestelle zurückgekehrt, doch da war das Kind schon längst fort. Ja, jemand hatte Aurora gefunden.«

»Aber ich bin nicht direkt nach Rotherhithe gebracht worden«, sagte Aurora.

»Ich dachte, du hättest Pflegeeltern gefunden.«

»Was hast du denn dann mit dem Waisenhaus von Rotherhithe zu tun gehabt?« Emily spürte, dass sich hier der Kreis schließen musste. Dass die verschlungenen Pfade allesamt hinüber zum Südufer der Themse führten. Ins »Dombey & Son«, wo Emily und Aurora lange Jahre verbracht hatten.

»Reverend Dombey war mir bereits aus Ägypten bekannt gewesen, ebenso natürlich Miss White, meine Mentorin.« Unablässig schritt Eliza von einer Wand zur anderen. »Al-Vathek, müsst ihr wissen, hatte einen Jungen dort hinbringen lassen.« Sie sah Emily an. »Du hast meine Aufzeichnungen gelesen, Emmy. Du erinnerst dich an Aghiresu. An das, was in den Wäldern geschehen ist, als wir die Vrolok verfolgt hatten.«

Emily erinnerte sich.

Konnte das sein?

Meinte sie wirklich den Jungen?

Eliza nickte. »Der kleine Junge des Schmieds, den die Vrolok geraubt hatten und zu dessen Rettung wir aufgebrochen waren.«

Emily erinnerte sich.

Al-Vathek hatte den Jungen vor dem sicheren Tod bewahrt.

»Während al-Vathek Doktor Pickwick, meinen Bruder und mich nach Budepest begleitete, hatte sich ein Diener al-Vatheks des Jungen angenommen und war mit ihm nach London gereist, wo der Kleine der Obhut Reverend Dombeys überantwortet wurde.«

»Wie war sein Name?«, wollte Emily wissen.

»Paul.«

Es schwindelte Emily.

»Es gibt keine Zufälle«, murmelte ich nur.

Immerhin waren mir die alten Geschichten bekannt.

Als Emily sechs Jahre alt war, hatte sie hin und wieder in der Küche des Waisenhauses aushelfen dürfen. Die Köchin Mrs. Philbrick hatte sie Gemüse schneiden lassen, während einer der älteren Jungen das heiße Wasser vom Herd hatte nehmen sollen.

»Paul«, murmelte Emily.

Sie tastete nach ihrem Mondsteinauge, und fast war ihr, als spüre sie erneut den Schmerz von damals. Jenes Brennen, das wie Feuer im Gesicht gewesen war.

Denn an jenem Morgen war der unglückliche Paul gestolpert und hatte das kochend heiße Wasser auf des Hausmeisters Kater Mr. Biggles vergossen. Maunzend und kreischend hatte sich der feiste Kater auf dem Boden gewälzt, und als Mr. Meeks dem Tier zu Hilfe geeilt war, da hatte er ohne lange nachzudenken mit dem Rohrstock auf den Schuldigen eingedroschen.

Emily flüsterte den Namen erneut: »Paul.«

Dummerweise hatte der Rohrstock Emily mitten ins Gesicht getroffen. Ein Versehen nur, doch eines mit Folgen. Aufgeschrien hatte sie, in heller Panik. Alle waren zusammengelaufen. Man hatte ihr Tücher auf die Wunde gepresst und sie getröstet.

Das linke Auge aber hatte keiner mehr retten können.

»Paul war der kleine Junge aus Aghiresu?«

Eliza nickte. »So ist es.«

Paul Tucsek.

Das war sein Name gewesen.

Und Emily verstand mit einem Mal, was damals geschehen war. »Du bist seinetwegen ins Waisenhaus gekommen. Pauls wegen.«

»Ja.«

Eliza hatte sich um den Jungen kümmern wollen. »Das Leben, das ich einst gekannt hatte, war in Stücke zerbrochen. Den Kontakt zu meinem Elternhaus hatte ich abbrechen müssen, und Salisbury war zu einem toten Punkt in meiner Vergangenheit geworden, an den ich niemals wieder zurückkehren wollte.«

Also war Eliza regelmäßig ins Waisenhaus von Rotherhithe gekommen und hatte das getan, was sie selbst als Kind so genossen hatte. »Ich habe den Kindern vorgelesen, wie Tom es immer getan hat. Auch dir, Emily, habe ich vorgelesen.«

»Aber ich kann mich an nichts erinnern.«

»Du erinnerst dich an die Geschichte von al-Vathek. An das, was den Wächtern des Grabes widerfahren ist.«

Emily verstand.

»Wiedergänger«, erklärte Eliza, »sind dazu in der Lage, die Gedanken der Menschen zu manipulieren. In gewissem Maße nur, versteht sich.«

Emily erinnerte sich an so viele Dinge. Auch an den Abend, an dem sie in die Kammer des Reverends eingebrochen war. Aktenordner hatten den Raum gefüllt, und auf einem der Ordner hatte ein Name geprangt, den das Mädchen sofort wieder vergessen hatte.

Miss Wilhelmina White.

Eliza Hollands Mentorin, die lange Zeit in Ägypten geweilt hatte. Die von den Kindern des Waisenhauses gefürchtet worden war wie keine andere Person.

»Du hast Madame Snowhitepink gekannt.«

»Ja, aber ich wusste nicht, dass sie die Lady Lilith ist.«

»Wann hast du es erfahren?«

»Vor vier Jahren, als die Manderley-Krise vorüber war.«

Emily musste an die Kinder denken, die Madame Snowhitepink mit sich genommen hatte und die niemals wieder aufgetaucht waren in den Mauern von Rotherhithe.

»Was ist mit all den Kindern geschehen?«

Jemand klatschte laut in die Hände.

Alle Köpfe wandten sich der Tür zu.

»Diese Frage, Miss Laing«, hörten wir alle die schneidende Stimme des berühmten Arztes, »sollte ich Ihnen beantworten.«

Das rote Haar trug er jetzt offen.

Lässig schritt er mit wehendem Arztkittel durch den Raum, lehnte sich gegen die Wand neben dem Krankenbett und betrachtete die Anwesenden mit verschränkten Armen. »Und Master Wittgenstein ist, wie ich sehe, auch anwesend.« Er lächelte mir zu. »Meinem alten Freund Doktor Pickwick geht es hoffentlich gut?« Er wandte sich Emily zu, dann Eliza. »Wie ich in den Gesichtern lesen kann, wissen Sie nunmehr über das kleine Geheimnis von Miss Fitzrovia Bescheid.« Er schüttelte den Kopf. »Seien Sie nicht traurig«, fuhr er fort, »denn wenn uns das, was wir vorhaben, gelingt, dann wird Lilith schon bald wieder unter uns weilen, und London wird Ghulchissar zur Hölle schicken.« Er zog die spiegelnde Sonnenbrille aus, und die hellen Raubtieraugen blickten kalt in den Raum. »Nennt mich Dr. Moreau«, verkündete er, die Situation auskostend, »Graf von Saint-Germain.« Er grinste. »Dr. Dariusz.« Lächelte freundlich. »Al-Vathek.«

KAPITEL 2

FINSTERE MACHENSCHAFTEN

»Ich habe dich infiziert, Emmy.« Aurora Fitzrovia wirkte noch immer untröstlich.

»Ja, das hast du.«

»Das wollte ich nicht.«

Emily umarmte sie.

Stumm formten ihre Lippen ein Versprechen.

Und Aurora flüsterte: »Was auch kommen mag.«

Die Zeit hielt den Atem an, und sie waren wieder die Waisenmädchen, die alles gemeinsam durchstehen würden.

Dann weinten beide.

Und als die Tränen verschwanden, da musste Emily an ihre Mutter denken, an Mia Manderley, die aus Moorgate entführt worden war. Damals, als sie ihr in der Dachkammer von Manderley Manor zum ersten Mal gegenübergestanden hatte, war sie einem Tier ähnlicher gewesen als einem Menschen. In ihrem aus Zeitungsfetzen gemachten Nest hatte sie gehockt und die Anwesenden angefaucht. Mit wilden Augen und fettigen Haaren.

»Wo ist meine Mutter?«, entfuhr es ihr plötzlich.

»Sie ist an einem sicheren Ort«, antwortete Eliza.

»Wo?«

»Du wirst es erfahren.«

»Ist sie eine Vinshati?«, wollte Emily wissen. Sie hatte die Vinshati in der uralten Metropole ja gesehen. Die irren Blicke in den blutunterlaufenen Augen.

»Nein.«

»Sie verhält sich aber wie eine.«

»Mia Manderley ist verrückt«, antwortete al-Vathek und verbesserte sich sogleich: »Verwirrt. Die Entführung war nur vorgetäuscht. Einerseits ein Mittel zum Zweck, um Sie alle zur Kooperation zu bewegen. Andererseits wollte ich Mia Manderley aus London fortbringen, weil ihr dort Gefahr droht.«

»Ich verstehe nicht ganz.«

»Sie werden, Miss Laing, wenn die Zeit dafür gekommen ist.«

»Oh, bitte!

»Noch«, beschwichtigte sie al-Vathek, »ist nicht alles verloren.«

Was immer das bedeuten mochte.

»Sie sollten uns jetzt erklären, was hier wirklich passiert«, schlug ich vor und fügte mit einem Blick auf meine Schutzbefohlene hinzu: »Die Zeit ist mitnichten unser Verbündeter.«

Emily atmete flach.

Wirkte angespannt.

Erschöpft.

Al-Vathek schaute zur Decke, wo die Neonröhre unruhig flackerte. Dinsdale hatte sich dort oben niedergelassen, weil es warm und hell war.

»Rotherhithe«, begann er schließlich, »ist der Ort, an dem es begann. Und so soll dort auch die Geschichte beginnen, die ich zu erzählen habe.« Er wirkte überheblich, und dennoch war da etwas, das tiefste Resignation hätte sein können. »Sie alle wissen nun, Miss Holland sei Dank«, er verneigte sich in Elizas Richtung, »mit wem sie es zu tun haben. Ja, ich bin ein Wiedergänger und von Carathis zu dem gemacht worden, was ich heute bin. Schon lange habe ich versucht zu ergründen, was dieses Dasein ausmacht.« Er hatte die Angewohnheit, beim Reden die Hände hinter dem Rücken zu verschränken und im Raum auf und ab zu laufen. »Für Sie alle sind die Wiedergänger wie Tiere, die es zu jagen gilt. Man hat uns geächtet und aus London vertrieben.« Er verzog das Gesicht, als empfinde er einen tiefen Abscheu. »Dabei sind nicht wir diejenigen, die unzivilisiert töten. Nein, es ist Carathis, die Leid über die Menschen bringt. Die ganze Landstriche mit ihrer Seuche verdorben hat.« Seine Worte troffen vor Zorn. »Sie ist ein Monster.« Leiser wurde die Stimme. »Auch ich habe einst geliebt und erleben müssen, zu welchem Ende diese Liebe verdammt war.«

Emily dachte an Ägypten und das schaurige Ende der Nefer-titi.

»Damals schwor ich mir, dem Leiden, das unser Leben begleitet, ein Ende zu bereiten.« Er wirkte jetzt nicht mehr überheblich. »Miss Wilhelmina White, die ich kennen lernte, als sie gemeinsam mit John Milton jenes Buch über das verlorene Paradies niederschrieb, und Reverend Dombey, der früher den Namen Murdstone getragen hatte, führten in London Experimente durch, mittels deren sie das Leben zu ergründen versuchten. Sie untersuchten das Blut in seinen winzigen Bestandteilen zu einer Zeit, als die Medizin nicht mehr war als Teufelswerk und Wissenschaftler nur allzu oft auf dem Scheiterhaufen enden mussten.«

»Sie haben Kinder aus dem Waisenhaus für ihre Forschungen missbraucht«, warf ihm Emily vor. »Sie haben Aurora Fitzrovia Dinge angetan, die unbeschreiblich gewesen sind.«

Gequält schaute Aurora in die Runde.

»Unbeschreiblich?« Al-Vathek fixierte das Mädchen. »Das sicherlich nicht. Glauben Sie mir, Worte dafür zu finden ist nicht sehr schwierig.«

»Was haben Sie ihr angetan?«

Es war Eliza, die antwortete: »Es war nichts als ein Zufall.«

Den Kommentar dazu verkniff ich mir.

»Reverend Dombey suchte bereits seit Jahren nach einer Essenz, die das Leben zu verlängern vermochte. Wie ich erst später erfuhr, tat er dies schon seit Jahrhunderten im Auftrag des Lichtlords. Wilhelmina White, die niemand Geringeres war als die Lady Lilith, stand ihm mit Rat und Tat zur Seite.« Al-Vathek drehte sich auf dem Absatz um und blieb vor der Rättin stehen. »Täuschung«, sagte er, »ist schon immer die Domäne des Lichtlords gewesen. Und, das sei hier angemerkt, seiner Gefährtin. Wilhelmina White, die mir seit Jahrhunderten bekannt war und sich immer für eine unserer Art ausgegeben hatte, zog mich als wissenschaftlichen Berater hinzu, als die Forschungen des Reverends an einem, verzeihen Sie den Ausdruck, toten Punkt angekommen waren. Die Aussicht auf Heilung von dieser Existenz, die zu führen wir gezwungen sind, war mehr als verlockend. Und der Preis?« Er schnippte mit den Fingern. »Wenn man so alt ist, wie ich es bin, so viele Kulturen hat zerfallen sehen, so vielen Menschen Verderben gebracht hat, dann wird das Leben des Einzelnen unbedeutend. Menschen, pah! – leben sie nicht, ohne jemals zu erkennen, was das Leben eigentlich ausmacht? Ja, meine Gäste. Es ist der Tod, der das Leben ausmacht. Dies ist die Erkenntnis, die jedem Wiedergänger zuteil wird. Erst die Angst vor dem Tod gibt dem Leben einen Sinn, ist es nicht so?«

»Sie könnten auf den Punkt kommen«, meldete ich mich höflich zu Wort.

»Den Waisenkindern von Rotherhithe wurde mittels der Gerätschaften, die ich gebaut hatte, etwas entnommen, das man als reinen Lebenswillen hätte bezeichnen können. Das Leid, das sie in ihrem Leben erfahren hatten, stärkte diesen Lebenswillen. Leider gelang es uns nur unzureichend, daraus einen Trank zu brauen, der für unsere Zwecke taugte.«

»Und Aurora?«

»Sie kam nach Rotherhithe, weil es der Zufall so wollte«, schaltete sich Eliza ein, »oder aber, weil es keine Zufälle gibt. Doch wusste dort niemand, wer sie wirklich war.«

»Der Reverend wählte sie aus, weil sie ihm als geeignet erschien«, meinte al-Vathek. »Wir schlossen sie an die Gerätschaften an, und als die Elektrizität durch ihre Adern zu fließen begann, da zeigte sich der Wille eines Wiedergängers.«

»Es hat wehgetan«, hörte Emily ihre Freundin murmeln, und ihr war, als sei sie wieder in der Mädchentoilette des Waisenhauses, wo ihr Aurora zum ersten Mal von dem fremden Haus und dem gut gekleideten Herrn und Madame Snowhitepink berichtet hatte. »So verdammt weh hat es getan. Was sie mit mir getan haben. Was die weiß geschminkte Frau getan hat.«

»Ihr Geist hat sich wie wild gesträubt, und ihr Blut

hat«, er suchte nach geeigneten Worten, »beängstigend reagiert.« Selbst Al-Vathek schien die Erinnerung an diesen Vorfall unangenehm zu sein. »Ihr Blut schien förmlich zu kochen. Die Haut begann Blasen zu werfen. Sie schrie. Ihre Gedanken drangen in unser aller Bewusstsein ein, und in der Dunkelheit, die sie dort säten, erkannte ich eine Nachtschwärze, die ich vor langer, langer Zeit gesehen hatte. An den Gestaden einer Wüste, wo sich eine schreckliche schwarze Stadt erhoben hatte.« Al-Vathek musste kurz innehalten, bevor er fortfuhr: »Als Carathis mich in Ghulchissar zu einem ihrer Gefährten gemacht und mir von ihrem Blut zu kosten gegeben hatte, da waren ähnliche Gedanken in mich eingedrungen.«

»Sie haben erkannt, dass Aurora das Kind von Carathis ist.«

Al-Vathek warf Eliza einen abfälligen Blick zu. »Und ich habe erkannt, dass ich belogen worden war.« Er wandte sich wieder uns zu. »Das Kind, das Eliza hatte beseitigen sollen, war noch am Leben.« Nachdenklich legte er die Stirn in Falten. »Miss Fitzrovia hat vor Schmerzen geschrien und sich aufgebäumt. Es hatte ausgesehen, als brenne ihre dunkle Haut. Selbst Miss White und der Reverend waren angewidert zurückgetreten.«

»Und als es vorbei war …«

»Wir haben in dieser Nacht das Experiment wiederholt«, gestand al-Vathek. »Mehrere Male. Weil wir in ihr die Tochter der Carathis erkannt hatten. Wir hofften, dass ihr Blut etwas Besonderes sei. Dass der Lebenswille, der in ihr wohnte, außergewöhnlich sei.« Al-Vathek trat vor das Mädchen. »Furchtbar gelitten haben Sie, Aurora Fitzrovia. Ja, es war ein Fehler gewesen.«

»Ich kann mich nicht mehr daran erinnern«, sagte Aurora nur. »Nicht richtig. An die Angst, die ich hatte, ja, daran erinnere ich mich. Aber an nichts Genaues.«

Es war Eliza, die es aussprach: »Fragmente nur. Schatten.«

Al-Vathek stimmte ihr zu. »Wir haben Ihre Erinnerung verändert.«

Emily hielt Auroras Hand.

»Von diesem Augenblick an wusste ich«, fuhr al-Vathek fort, »dass Carathis eines Tages nach London kommen würde, um sich an ihrem Nachwuchs zu laben. Dass ich dieses Wissen für meine Zwecke gebrauchen konnte, stand außer Frage. Aurora sollte der Köder sein, das war damals mein Plan gewesen. Denn Carathis musste Einhalt geboten werden. Was jedoch nur einer einzigen Person gelingen konnte.«

»Lilith.«

»Ihr sagt es, Wittgenstein.«

»Doch warum hat sich Lilith nicht zu erkennen gegeben?«

Al-Vathek meinte süffisant: »Fragen Sie nicht, Wittgenstein.«

Genervt begegnete ich seinem Blick.

Es war Eliza, die antwortete: »Sie nahm sich der unerfahrenen Wiedergänger an und unterrichtete sie in den Verhaltensregeln unserer Art. Vielleicht wollte sie so einen Teil der Schuld, die sie sich aufgeladen hatte, abtragen? Carathis ist ihre Tochter. Dass sie gewissenlos Vinshati produzierte, hat Miss White – Lady Lilith – niemals gutgeheißen.«

»Bevor wir jedoch herausfinden konnten, wer Miss Wilhelmina White wirklich war, entbrannten die Unruhen in London. Lilith opfterte sich, damit der Lichtlord leben und das Übel, das die Stadt der Schornsteine heimgesucht hatte, bekämpfen konnte.«

»Alles, was wir hörten, waren Gerüchte über die Dinge, die sich in der St.-Pauls-Kathedrale abgespielt haben sollten. Geschichten über die Asche der Lilith, die Master Lycidas, wie sich Lucifer damals nannte, in die Hölle gebracht hatte.«

»Und so habt Ihr es Euch zum Ziel gemacht, Lilith zum Leben zu erwecken?«

»Es war ... komplizierter.«

Al-Vathek schritt im Raum umher.

Die Hände hinter dem Rücken verschränkt.

»Vor drei Jahren wurde ein Mann in die Klinik hier in Paris eingewiesen, der an einer Persönlichkeitsstörung zu leiden schien und den ich aufgrund meiner langjährigen Aufenthalte in London als seine Lordschaft Martin Mushroom, Oberhaupt des elfischen Hauses von Blackheath, identifizieren konnte. Als Graf von Saint-Germain war ich des Öfteren in Blackheath zu Gast gewesen.« Er kraulte sein Kinnbärtchen. »Kanalarbeiter hatten ihn tief unten in den *égouts* gefunden, wo er ziellos umherirrte und schon seit Tagen keine Nahrung mehr zu sich genommen hatte. Er sprach von einem Abgrund und Dingen, die darin verborgen gewesen seien, faselte von Engeln und davon, seine Frau verloren zu haben. Ein Lichtstrahl habe ihn geblendet, und seitdem sei er, das jedenfalls behauptete er ohne Unterlass, nicht mehr allein.«

»Er lebt also«, murmelte Emily.

Al-Vathek schwieg.

»Ist er der Drahtzieher?«

»Nein.«

»Sondern?«

Al-Vathek breitete die Arme aus. »Ich bin bescheiden«, gab er zur Antwort. Dann wurde er wieder ernst. »Um eine lange Geschichte kurz zu machen – Lord Mushroom unterzog sich einer Behandlung in meinem Sanatorium in Moorgate. Die Genesung schritt voran, und als er wieder ganz bei Sinnen war, da unterbreitete ich ihm einen Vorschlag, den er nicht ablehnen konnte.«

»Ich kann es kaum erwarten ...«

»Ihr seid ungeduldig, Wittgenstein.«

»Ja, ich weiß.«

Wir alle spiegelten uns verzerrt in den runden Gläsern der Sonnebrille, die er trug. »Ich wusste natürlich von den Unruhen, die London erschüttert hatten. Die Whitechapel-Aufstände gehörten der Vergangenheit an, doch die Manderley-Krise war noch frisch in der Erinnerung der Menschen. Und Lord Mushroom war noch immer davon besessen, die Vorherrschaft über die Grafschaften in der uralten Metropole Londons zu erlangen. Allerdings ist Manderley Manor noch immer die bestimmende Kraft in der Stadt der Schornsteine, und der Zuspruch, den Mylady Manderley im Senat genießt, ist ungebrochen.« Er lächelte. »Tatkräftige Unterstützung, dachte ich mir, wäre bestimmt eine willkommene Geste, um eine alte Freundschaft neu aufleben zu lassen.«

Eine schreckliche Gewissheit überkam Emily. »Ihr habt ihm Unterstützung durch die Vinshati angeboten?«

Al-Vathek setzte sich auf den Rand des Bettes neben Aurora und faltete die Hände. »Ich führte ihm vor Augen, dass er, gegen eine gewisse Gegenleistung, eine skrupellose Göttin namens Carathis als Verbündete gewinnen könne, wenn er ihr die Überreste der Lady Lilith anböte.«

»Was ihm bestimmt gefallen hat.«

»Lord Mushroom kannte die Geschichte von Lucifer und Lilith und musste in Erfahrung gebracht haben, dass Lucifer die Asche seiner Liebsten in die Hölle gebracht hatte.« In die Hölle, deren Zugänge in London von den Engeln des Urielitenordens versiegelt worden waren.

Eliza erklärte: »Damals in Budapest haben wir Doktor Pickwick kennen gelernt, der sich in der Zwischenzeit zu einem famosen Höllenforscher entwickelt hatte.«

»Du warst an der Entwicklung des Planes beteiligt?«

Sie nickte Emily zu.

»Maßgeblich«, sagte al-Vathek.

»Carathis verlangte es schon lange nach dem Kopf ihrer Mutter. Außerdem halten sich in keiner Metropole der Welt mehr Götter und Engel auf als in London. Carathis würde also eine reichhaltige Tafel vorfinden.« Ein dunkler Schatten legte sich über sein Gesicht. »Schon früher hat sie Götter und Engel gemordet. Der Tod des Seth war ihre Rache für Dinge, die geschahen, als die Welt jung war. Die Urieliten ließ sie zum Vergnügen töten. Wie gesagt, sie ist ein Monster. Ihre Motivation ist niederster Natur.«

»Welchen Plan habt Ihr verfolgt?«

»Der Handel war einfach. Lazarus, der während der Manderley-Krise in den Diensten Lord Mushrooms gestanden hatte, nahm Kontakt zu Carathis auf und versprach ihr, dass sein Lord ihr die Überreste der Lady Lilith besorgen würde. Und als Gegenleistung verlangte er die Unterstützung durch Vinshati-Truppen.«

»Carathis würde Liliths Kopf bekommen und Mushroom seine Unterstützung.« Emily konnte nicht fassen, zu welchem Preis al-Vathek sich das, was er zu erreichen versuchte, hatte erkaufen wollen.

»Doch was war Ihre Motivation, al-Vathek?«

»Die alles entscheidende Frage, nicht wahr, Wittgenstein? Nun, ich will es Ihnen sagen. Lord Mushroom musste mir versichern, dass er im Falle einer gelungenen Machtergreifung dafür Sorge tragen würde, dass Wiedergänger erneut durch die Straßen Londons und der uralten Metropole würden wandeln dürfen. Das war der Preis für die Unterstützung, die ich ihm zuteil werden ließ.«

»Aber das wollten Sie nicht wirklich.«

»Nein.«

»Sondern?«

Musste man ihm denn jedes Wort aus der Nase ziehen?

»Ist das nicht offensichtlich? Ich musste Carathis nach London locken, durfte aber niemals selbst mit ihr in Kontakt treten, da sie sonst Verdacht geschöpft hätte. Lilith war der Köder und sollte zugleich ihr Untergang sein. Denn wenn Lilith wieder zum Leben erweckt wird, dann wird sie die Macht besitzen, Carathis zu vernichten.«

»Und die Blutlinie zu kappen?«

»Ja.«

»Wie?«

»Ich weiß es nicht.«

Toll, dachte Emily.

Alle spielten sie falsch. Lord Mushroom wollte die Macht in London erlangen und Manderley Manor seines Einflusses und Vermögens berauben. Carathis wollte Lilith töten. Und al-Vathek wollte sie alle gegeneinander ausspielen. Denn wenn es ihnen gelänge, Lilith zurück ins Leben zu bringen, dann würde sie Carathis den Garaus machen, die Vinshati würden verschwinden, Lord Mushroom wäre dort, wo er hingehörte, und die Wiedergänger wären …

Was?

Erlöst?

Gerettet?

Konnte es denn so einfach sein?

»Was bedeutet es, wenn die Blutlinie endet?«

»Es gibt eine Legende«, erklärte uns Eliza, »wonach in jener Stunde, in der die Wurzel allen Übels verbrennt, unser aller Blut von der Sünde gereinigt werden wird.« Sie lächelte. »Was immer das bedeuten mag.«

»Prophezeiungen haben eben die dumme Angewohnheit, ungenau zu sein«, grummelte ich.

Al-Vathek ließ sich nicht beirren. »Sie alle haben gesehen, was Ghulchissar in London angerichtet hat. Durch meines Vaters Mund habe ich davon gehört, was in Achet-Aton geschehen ist. Wie Ghulchissar Memphis heimgesucht hat, habe ich mit eigenen Augen verfolgen können. Es ist ein Übel, das wir vom Angesicht der Erde tilgen müssen. Mit meinen eigenen Händen habe ich Nefer-titi getötet, und viel zu lange habe ich das Böse, das durch meine Adern rinnt, an Unschuldige vererbt. Es muss ein Ende haben.«

»Dann sollten wir aufbrechen«, schlug ich vor.

Warum noch länger warten?

Emily sah mich an.

Skeptisch, irgendwie.

»Ist das Ihr Plan?«

Sie hatte es erfasst.

»Ja, das ist mein Plan.«

Kapitel 3

Pandaemonium

Dieses Mal wollten wir die Hölle durch ein altes Gemälde im Musée du Louvre betreten. Wie ich den anderen bereits mitgeteilt hatte, waren Maurice Micklewhite und ich in den Tiefen jenseits der Métro fündig geworden und auf den bekannten Höllenforscher Professor Pilatus Pickwick gestoßen, der sein Basislager im Pandaemonium, dem einstmaligen Palast des gefallenen Engels Lucifer, aufgeschlagen hatte.

Natürlich hatte mich das Fegefeuer überrascht gehabt. Der Versuch, die züngelnde Flamme mittels meiner Trickster-Gabe zu bezwingen, war kläglichst gescheitert, und als das Feuer mich schließlich erreicht hatte, da war Emily endlich davongelaufen, und ich hatte mich in einem Meer aus Feuer befunden, das zu meiner Verwunderung eisig kalt gewesen war. Man sagt, der neunte Höllenkreis sei ein Eispalast, und zu erraten, in welchem der Kreise das Fegefeuer entfacht worden war, fiel nicht schwer. Hatte ich in der kalten Winterluft der Seine-Metropole gefroren, so war die Kälte inmitten der Flamme nahezu arktisch zu nennen gewesen. Selbst zu atmen, war mir schwer gefallen, doch dann war die Flamme erloschen, wie sie entfacht worden war.

Und ich hatte in einer anderen Welt gestanden.

Der Hölle, das wusste ich.

Einer Hölle.

Die eine Wüstenei war.

Wo sich Dünen bis zum Horizont erstreckten und mir feiner Sand um die Stiefel wehte. Weit, weit über mir hatte ich eine Höhlendecke aus rotem Sandstein mit seltsam geformten Stalaktiten erkannt. Gluthitze sammelte sich dort oben und gebar kuriose Spiegeleffekte, die ferne Städte und fremde Länder zeigten.

»Das«, hatte ich eine Stimme neben mir gehört, »sind Fata Morganen.«

Der Mann, der auf mich zugekommen war, hatte einen langen Kaftan getragen und auf dem Kopf einen Turban aus rotem Leinen, dazu eine Nickelbrille und ein überaus penibel gestutztes Kinnbärtchen. Die zusammengekniffenen Augen des Mannes hatten mich gemustert.

»Master Wittgenstein, nehme ich an«, hatte er mich begrüßt.

»Und Ihr seid?«

»Pilatus Pickwick.« Er hatte mir die Hand geschüttelt. »Master Micklewhite ist bereits vor Tagen bei uns eingetroffen.«

Unnötig zu erwähnen, wie erstaunt ich gewesen bin.

»Einer meiner ehemaligen Assistenten in Konstantinopel hatte Besuch von einem Engländer samt einem Kind bekommen. Beide waren auf der Suche nach mir gewesen. Als sie dann in Paris ankamen und Maspero im Institut du Monde Arabe aufsuchten, hielt ich es dann doch für angemessen, ein Fegefeuer zu schicken.«

»Warum das?«

»Maspero und Gurgar sind Lakaien von Carathis.«

»Ihr habt gewusst, dass sie uns in eine Falle locken wollten?«

»Information«, hatte er betont, »ist überaus wichtig in meinem Geschäft. Maspero und Gurgar haben mehrere Male den Versuch gewagt, durch die Nekropolen des Nils in die Hölle vorzustoßen, doch wurden diese Versuche jedes Mal vereitelt.«

»Von wem?«

Er hatte mich streng über den Rand seiner Brille hinweg angesehen. »Sie stellen viele Fragen, Wittgenstein.«

»Das«, hatte ich geantwortet, »sagt man mir nach.«

Pickwick hatte innegehalten.

Breit gegrinst.

»Erinnern Sie Sich an die Nekir?«

Wie hätte ich sie jemals vergessen können?

Insektenhafte Wesen von riesiger Statur.

Giftig.

Wimmelnd, wenn sie erst einmal auftraten.

Allein die Erinnerung an diese Wesen hatte mir vollauf als Antwort gereicht. Wenn die Nekir nicht wollten, dass sich Wiedergänger hier unten herumtrieben, so würden sie das mit Sicherheit zu verhindern wissen.

»Warum haben Sie nur Micklewhite gerettet und das Mädchen in Paris gelassen?«

»Ich kann immer nur ein einziges Fegefeuer losschicken.«

»Und der Elf war Ihnen wichtiger?«

»Was, bitte schön, soll ich mit einem Kind anfangen?« Er hatte ungeduldig gewirkt. »Al-Vathek sollte sich um das Kind kümmern. Was er ja auch getan hat. Dr. Lazarus hat seine Gargylen geschickt, stimmt's?«

»Was geschieht mit Emily Laing?«

Lapidar hatte er zur Antwort gegeben: »Lazarus wird seine Gargylen schicken. Keine Angst, sie wird Maspero und Gurgar entkommen. Miss Holland hat vor wenigen Stunden eine Nachricht geschickt.«

Muss ich erwähnen, wie mich dies beruhigt hatte?

»Durch Micklewhite habe ich erfahren, was in London vor sich geht und weshalb Sie meine Hilfe suchen. Ja, ich weiß, dass al-Vathek hinter all dem steckt. Dieser Hund! Er hat gut daran getan, Ihren Kollegen herzuschicken. Wenn al-Vathek hier aufgetaucht wäre, dann hätte ich ihn zum Teufel gejagt.« Er hatte laut lachen müssen. »Na ja, der ist derzeit leider verhindert, aber Sie wissen schon, wie ich es meine.«

»In der Tat.«

»Die Nekir unterstehen den Urieliten, habt Ihr das gewusst?«

»Nein.«

»Die Späher, die jenseits des mittlerweile offenen Limbus leben, haben uns davon in Kenntnis gesetzt, dass vor einigen Stunden diejenigen Zugänge zur Hölle, die sich in London befinden, geöffnet wurden.«

»Wie kann das möglich sein?«

Die Engel hatten die Zugänge verschlossen.

Versiegelt.

Mit dem Feuer ihres Gesangs.

Und nur in der Engel Macht lag es, sie wieder zu öffnen.

»Ein Urielit hat sie geöffnet«, hatte Pickwick gesagt.

Der Engel, den die Vinshati in Adelphi Arches angefallen hatten, war selbst zu einem Vinshati geworden! Er hatte den Himmel am Oxford Circus verlassen und die Pforten der Hölle unterhalb des Towers geöffnet. Deswegen also hatte Carathis ein Rudel Vinshati darauf angesetzt, einen Engel anzufallen!

»Vinshati strömen von dort aus in die Höllenkreise und haben mit der Suche nach der Maske der Lilith begonnen. Ja, Micklewhite hat mir alles erzählt. Da staunt Ihr, nicht wahr?«

»Was geschieht hier unten?«

»Alles, was nicht sein darf«, hatte die Antwort gelautet.

Emily, die jetzt gleich, an einem eisig kalten Wintertag, die Hölle betreten sollte, würde sich davon überzeugen können, dass mich Pilatus Pickwick nicht angelogen hatte.

Im Musée du Louvre angekommen, machten wir uns sogleich auf den Weg zu dem betreffenden Gemälde.

Wir durchquerten Galerien mit verhangenen Gemälden und Bildern, weite Hallen, die kalt und verlassen im fahlen Licht weniger Kerzen lagen und durch die schon lange keine Besucher mehr gewandert waren.

»Dies«, offenbarte uns al-Vathek, »sind die Lazarus-Gemälde.«

»Sie stammen von *ihm*?«, hakte Aurora nach.

»Sagte ich das nicht gerade?«

»Warum arbeiten Sie mit ihm zusammen?«, fragte Emily ihn.

»Lazarus«, erklärte uns al-Vathek geduldig, »hat lange Zeit in Prag gelebt. Er ist ein *Nocnitsa*, der von boshaften Gefühlen lebt, wie der Nyx und Hemera es tun.« Er sah Emily ernst an. »Und er ist den Wiedergängern nicht unähnlich. Wir müssen Blut trinken, um am Leben zu bleiben. Und Lazarus«, er suchte nach einer passenden Formulierung, »muss andere Dinge in sich aufnehmen.«

»Ich weiß, was er tut.«

Beide, Emily und Aurora, hatten vor Jahren eine wenig

erinnerungswürdige Begegnung mit der Kreatur gehabt, die sich damals Dorian Steerforth genannt hatte.

»Er diente Mushroom Manor«, gab Aurora zu bedenken.

Al-Vathek nahm den Einwurf zur Kenntnis. »Es bedurfte einiger Überredungskünste, um ihn davon zu überzeugen, mit uns zu kooperieren.«

Wir standen vor den Bilderrahmen, die allesamt mit dunklen Tüchern verhangen waren.

»Was befindet sich dahinter?«, wollte Emily wissen.

»Die Portraits der Menschen, denen du am Gare Saint-Lazare begegnet bist«, antwortete Eliza. »Dr. Lazarus eignet sich Fotografien dieser Menschen an, und dann malt er ihre Gesichter.« Es schien ihr unangenehm zu sein, darüber reden zu müssen. »Das, was mit den Menschen geschieht, wenn sie gestorben sind, widerfährt hier ihren Portraits.«

»Du meinst …?« Emily wollte es nicht aussprechen. Zu widerwärtig war der Gedanke an das, was sich hinter diesen Tüchern befinden mochte.

»Die Menschen leben, sofern man diesen Zustand als Leben bezeichnen kann. Ihre Portraits hingegen sind dem Zerfall voll ausgesetzt.«

»Was würde geschehen, wenn die Lazarus-Menschen ihr Portrait sehen würden?«

»Fragen Sie besser nicht«, grummelte ich.

»Das«, offenbarte uns al-Vathek, »ist das Argument, mit dem wir Lazarus zur Zusammenarbeit bewegen konnten. Was immer ihm Lebensenergie schenkt, es befindet sich in meinem Besitz. Würde er sein eigenes Portrait anschauen, dann würde ihm widerfahren, was dem Lazarus in dem Bildnis widerfahren ist.«

Ohne eines der Tücher beiseite zu ziehen, verließen wir die Gemälde- und Skulpturenabteilung im ersten Stock und begaben uns zu den *objets d'art* im zweiten Stock, wo Eugène Delacroix seinen Eingang zur Hölle in Öl verewigt hatte.

Dies war der Weg, den wir zu nehmen gedachten.

Das riesige Gemälde zeigte ein Boot auf tosender See, in der sich leichenblasse Gestalten verzweifelt aneinander und ans Boot klammerten. Wolken und Rauch bedeckten den nächtlichen Himmel, und die brennenden Mauern einer Stadt im Hintergrund waren die einzige Lichtquelle. Dante Alighieri und Vergil standen aufrecht im Boot und trieben mitten in eine Nebelwand hinein.

»Ah, Wittgenstein«, begrüßte mich der gemalte Dante, in dessen Gesicht die Tupfer der Farbe, die Delacroix benutzt hatte, deutlich hevortraten. »Ihr seid spät dran. Pickwick hat bereits nach Euch gefragt.«

»Hat sich die Lage verschlimmert?«

»Die feindlichen Horden sind bis zum Pandaemonium vorgedrungen«, antwortete Vergil, dessen Haupt ein verdorrter Lorbeerkranz zierte.

»Dort sollen wir hineingehen?«, fragte Emily.

»Wenn Sie keinen anderen Weg kennen, dann wäre dieser hier angemessen«, schlug ich vor.

Dante Alighieri streckte die Hand aus, wodurch sich die Leinwand spannte.

»Ihr geht voran, Wittgenstein«, sagte Eliza.

Nun denn.

Ging ich eben voran.

Streckte meine Hand aus, und als Dante Alighieris Finger die meinen berührten, da wurden diese mit einem Mal gemalte Finger, auf denen man die Maserung der Leinwand zu erkennen vermochte. Ölfarbe kroch an mir herauf, und entschlossen trat ich mit geschlossenen Augen in das Bild hinein. Hinter mir hörte ich, wie Vergil die Mädchen und al-Vathek antrieb, sich zu beeilen, bevor die Flut käme. Adam Stewart und Eliza Holland bildeten die Nachhut.

Als ich die Augen öffnete, befand ich mich genau dort, wo ich vor wenigen Stunden bereits gewesen und von wo ich aufgebrochen war, um nach Paris zurückzukehren.

Im Pandaemonium.

Pilatus Pickwicks Basislager, von dem aus er die Expeditionen in die tieferen Höllenkreise unternahm.

Emily und Aurora kniffen die Augen zusammen. Al-Vathek und Eliza Holland schien die Szenerie an Ägypten zu erinnern. Lady Mina hatte gut daran getan, bei Ipy der Sphinx zu bleiben. Und Adam wirkte wie ein Musiker, der Bob Dylan die Hand hatte schütteln dürfen.

»Wir sind da«, sagte ich leise.

Sah mich um.

Dämmerung lag über der Hölle.

Und langsam wurde es Licht.

Schroff begannen sich die Täler abzuzeichnen, ihre Betten bestanden aus sauberem Sand oder Kies, hier und da von mächtigen Felsblöcken unterbrochen. Wesen krochen in dem Sand herum. Überall wucherten seltsame Gewächse, Ginsterbüschen ähnlich, mit ihrem Grün und Grau dem Auge wohltuend und gut für Brennholz, aber zum Abweiden ungeeignet, wie mir Pilatus Pickwick, der sich von Ziegenprodukten aller Art ernährte, mitgeteilt hatte.

»Dies ist das Wadi Pandaemonium«, erklärte ich den anderen.

Dinsdale entfleuchte Emilys Manteltasche und flirrte in der Hitze.

Die zusammengekniffenen Augen blickten auf eine Landschaft, die anders war als die eisige Hölle, die wir damals betreten hatten. Es gab Sandbänke und Steilhänge, schroffe Klippen und sich bis zum Horizont dehnende Dünen, die in der Ferne in eine Art Salzsee zu münden schienen.

Etwas, das wie eine Sonne aussah, aber naturgemäß keine Sonne sein konnte, weil wir uns ja im Inneren der Erde befanden, ging über dem Festungswall, der sich direkt vor uns befand, auf. Das Licht dessen, was auch immer dort schien, flutete waagerecht in eine weite Ebene und zauberte, jede geringste Erhöhung mit langen Schatten hervorhebend, das ganze wechselvolle Spiel einer reich bewegten Bodengestaltung über die Fläche hin. Dies jedoch nur für Augenblicke, denn während wir noch hinsahen, da schrumpften die Schatten ein, verweilten noch wie ein letzter zitternder Hauch an den fernen Hügeln und schwanden dann wie auf einen Schlag. Der Morgen war in der Hölle angebrochen. Erbarmungslos ergossen sich die Lichtströme gleichförmig über jeden Stein und jedes Sandkorn in dieser Wüste, die kein Ende zu haben schien.

Ein Wind kam auf, wahrhaft erstickend und wie von Hochofenglut. Schon nahm er zu und füllte sich mit dem Staub der *al-Khamsin*, jener gewaltigen Sandwüste, die, obwohl nicht weit von uns entfernt, im Dunst unsichtbar blieb.

Bald schwoll der heulende Wind zu einem Sturm von solcher Trockenheit an, dass unsere ausgedörrten Lippen aufsprangen und die Haut im Gesicht zerriss, während die

Augenlider, die körnig von Sand waren, gleichsam einzuschrumpfen schienen.

»Was ist das für eine Festung?« Emily, die ihr Gesicht mit der Hand abschirmte, blickte dorthin, wo der Festungswall in ein palastartiges Gebilde von schier unglaublichen Ausmaßen mündete.

»Das«, sagte ich, »ist Pandaemonium. Der Palast des Engels Lucifer.«

»Und dort lebt Pickwick?«

»Folgen Sie mir!«, forderte ich die anderen auf.

So schritten wir mühsam die Düne zum Pandaemonium hinauf, wo uns Pilatus Pickwick und Maurice Micklewhite am Tor erwarteten.

Getöse drang an unsere Ohren.

»Es kommt von dort drüben«, stellte Aurora fest.

Alle sahen wir zum Wall.

Und darüber hinaus, was uns die Düne, die sich hinter den Mauern Pandaemoniums erhob, erlaubte.

»Die Horde Vinshati«, rief uns Maurice Micklewhite entgegen, »ist vor einer Stunde hier angekommen.« Er deutete hinüber in die Wüste jenseits der Mauer, von wo der tosende Lärm herrührte.

»Das ist Schlachtenlärm«, entfuhr es al-Vathek. Zum ersten Mal, seitdem ich ihm begegnet war, wirkte er unsicher und verletztlich. »Kann es möglich sein, dass Carathis bereits hier ist?«

»Sie ist es!« Pickwick schritt schnellen Fußes auf den Wiedergänger zu. »Seid gegrüßt, al-Vathek. Wer hätte gedacht, dass wir uns noch einmal wiedersehen werden?«

»Ich stehe in Ihrer Schuld, Doktor.«

»Seht nur!« Adams Stimme zitterte merklich beim Anblick der Ebene vor dem Wall.

Emily wandte den Kopf.

Sah tausende zerlumpter Vinshati, die in wilden Horden angriffen. Zwischen ihnen Wesen, die keiner von uns jemals zuvor erblickt hatte. Nekir, diese riesigen insektenhaften Räuber mit ihren langen Beinen und mandibelartigen Mündern, die über kreischende Vinshati herfielen. Hymenopteren, die wespengleich in wimmelnden Schwärmen die Häupter der einstmaligen Menschen umhüllten. Skorpionwesen, die sich im Sand schlängelten, die Vinshati mit ihren Scherenhänden packten, sie in den Treibsand hineinzogen.

»Das ist ein Schlachtfeld«, murmelte Eliza entsetzt.

»Wohin will diese … Horde?« Scheinbar war es an mir, die wirklich wichtigen Fragen an diesem Tag zu stellen.

Pilatus Pickwick deutete in die Richtung, aus der wir gekommen waren. »Dort drüben, jenseits der Gebirgskette, befindet sich der Eingang zum Limbus. Und dahinter erstreckt sich die wilde Wüstenei. Ein Sandmeer von unvorstellbaren Ausmaßen.«

»Lassen Sie mich raten«, fiel ich ihm ins Wort, »dort werden wir die Maske der Lilith finden.«

»Sie sagen es.«

Die Geografie der Hölle war wirklich kompliziert.

Maurice Micklewhite war froh, dass wir wieder alle beisammen waren. »Du bist ein Quell an Optimismus, Mortimer, wie immer.«

Eine Dankesgeste an den Elf schien mir angebracht zu sein.

»Miss Fitzrovia«, begrüßte Maurice Micklewhite das Mädchen, das still dastand und ihren Mentor schweigend anstarrte. »Es geht Ihnen gut.«

Aurora öffnete den Mund, doch erstarben ihr die Worte im Hals.

»Was haben Sie nur?« Die hellen Augen des Elfen wirkten besorgt.

»Die Zeit drängt«, rief uns Pilatus Pickwick zu. »Ihr solltet aufbrechen.«

Der Wüstenwind, der uns eben noch in die Gesichter geblasen hatte, war wieder da. Lässig ließ er sich auf der Mauer Pandaemoniums nieder und lud uns ein, mit ihm zu reiten.

»Ihr könnt ihm trauen«, sagte Pilatus Pickwick.

Emily zuckte die Achseln.

Und während Maurice Micklewhite, Aurora Fitzrovia samt Dinsdale und al-Vathek in der Gesellschaft Pilatus Pickwicks im Pandaemonium zurückblieben, konnte die Reise für uns andere beginnen …

Kapitel 4

Die wilde Wüstenei

»Er wird euch ans Ziel bringen«, sagte Pilatus Pickwick. Der Wüstenwind, der sich auf der Balustrade im Pandaemonium niedergelassen hatte, würde uns an jenen Ort bringen, an dem auch Lucifer vor vier Jahren, die hier unten eine Ewigkeit oder einen Wimpernschlag bedeuten mochten, gewesen war.

»Wir grüßen Euch«, murmelte ich.

»Sein Name«, sagte Pickwick, »ist el-Khamsin.«

Unser neuer Gefährte formte Worte aus Luft. »Ich bin der Wind«, stellte er sich uns vor, »ja, der Wüstenwind. Ich wehe heiß am Tage, und des Nachts, ich eisig kalter Wind, bin ich den Menschen eine Plage.« Er wehte uns um die Mäntel, die wir noch immer trugen. »Wenn auch die Stürme herzlos sind, muss blasen ich und treiben. Dass auf mein Weh'n zusammenfind', was sonst müsst einsam bleiben.« Er beäugte uns, und auf den Gesichtern spürten wir seine Berührung.

»Er ist sehr lyrisch«, bemerkte Pilatus Pickwick mit einem Lächeln. »Und für ein Höllenelement wirklich umgänglich.«

»Hört, hört«, prustete der Wüstenwind und wehte uns

um die Füße. »Pilatus habe ich in die entferntesten Regionen der Hölle getragen, wie seinerzeit den Lichtlord Ra. Doch hat er nicht gefunden, wonach er suchte.« Sandkörner stoben dort, wo der Wüstenwind den Boden berührte, auf. »Aber die Hölle ist weit – und liegen nicht noch Tage vor uns?«

Pilatus Pickwick sah traurig aus.

»Wen suchen Sie?«

»Das«, gab er uns zur Antwort, »ist eine lange Geschichte.«

»Kommen Sie«, lenkte ich von Pickwicks Pein ab.

Eliza stimmte mir zu.

Pilatus Pickwick trat zur Seite.

Deutete auf den Teppich mit orientalischem Muster, auf dem wir standen.

»Setzten Sie sich besser«, schlug er vor.

Adam, der die ganze Zeit über geschwiegen hatte, murmelte: »Das ist nicht sein Ernst, oder?« Er setzte sich neben das Mädchen auf den Teppich und schlug die Beine über Kreuz. Die verwaschene Jeans, die er trug, wirkte in diesem Umfeld seltsam fehl am Platze. »Wir werden fliegen?« Er konnte es kaum glauben. »Als Kind habe ich immer davon geträumt, zu fliegen.«

Emily ergriff seine Hand.

Eliza fragte: »Seid Ihr jemals so jung gewesen, dass Ihr zu fliegen geträumt habt, Wittgenstein?«

Was sollte die Frage?

»Ich träumte meistens davon, zu fallen«, murmelte ich.

Dann fuhr der Wüstenwind unter den Teppich.

Hob uns hinauf in die Lüfte.

Emily stieß einen kurzen Schrei aus, als wir über die Mauer hinfortwehten und unter uns eine gähnende Tiefe aufflammte, in der eine Schlacht tobte, die hoffentlich ein gutes Ende finden würde. Einige fliegende Nekir surrten mit ihren Insektenflügeln so dicht an uns vorbei, dass der Wüstenwind den Teppich flink an den bösartigen Höllenwesen vorbeimanövrieren musste.

»Wissen diese Viecher, dass wir auf ihrer Seite stehen?«, wollte Adam wissen und sah besorgt den sich in der Tiefe verlierenden Nekir nach.

»Ich würde mich nicht darauf verlassen«, antwortete ich.

Adam schaute erneut nervös nach unten, wo jetzt hohe Dünen und glitzernde Felsenwüsten vorbeiflogen. Missgestaltete Karawanenwesen zogen durch die Wüstenei, insektenhafte Kreaturen und Sandläufer hoben ihre Köpfe, und neugierige Fassettenaugen blinzelten dem fliegenden Teppich hinterher.

Es gab Leben dort unten.

»Was passiert, wenn wir vom Teppich fallen?«

Ich warf dem jungen Musiker einen entnervten Blick zu.

»Fragen Sie nicht andauernd!«, fuhr ich ihn an.

Worauf er Emily zuflüsterte: »Ich bin hier wohl nicht der Einzige, dessen Nerven angespannt sind.«

Adam warf mir einen verstohlenen Blick zu.

Worauf ich bemerkte: »Ich habe gute Ohren.«

»Ich wollte nicht unfreundlich sein«, entschuldigte sich der Junge.

»Wir sind in der Hölle.« Vielleicht sollte ich ihm doch eine Antwort auf die vorhin gestellte Frage geben? »Fallen Sie einfach nicht vom Teppich herunter.«

»Ja, danke für den Tipp.«

Dann hielt er den Mund.

Vorerst jedenfalls.

Dann, nach einer Weile, musste Emily mit einem Mal lächeln.

Ganz still.

»Was hast du?«, fragte Adam.

»Du summst.«

Er starrte sie verdutzt an.

»Mr. Tambourine Man.«

Eliza warf mir einen wissenden Blick zu.

»Ich bin eben noch nie auf einem Teppich geflogen«, gab er zu.

»Einmal ist immer das erste Mal«, sagte ich.

Und schaute nach vorn.

Wo wir uns einem Gebirge näherten, in dessen zerklüfteten Felsspalten und Tälern schattenhafte Wesen wuselten, die mit Fühlern und Tentakeln ihrem gierigen Tagewerk nachgingen.

»Wie werden wir die Maske der Lilith finden?«, fragte Emily.

Es war der Wüstenwind, der ihr antwortete. Der ihr klar machte, weshalb ausgerechnet sie an diesen Ort hatte kommen müssen.

»Ihr müsst singen«, heulte der Wüstenwind.

Emily wirkte verwirrt.

Singen?

»Ich kann nicht singen«, gab sie zu bedenken.

»Ihr werdet es sehen, wenn wir dort sind«, beruhigte sie der Wüstenwind, der uns über das Gebirge trug, wo sich Schlünde öffneten, die weiter in die Tiefe führten, wo Eiszapfen aus der Dunkelheit lugten und schlängelnde Wesen sich paarten. »Dort unten befindet sich der Limbus«, erklärte der Wüstenwind. »Der Lichtlord Ra hat ihn geöffnet und die Kinder freigelassen. Dort unten muss Pickwick noch suchen. Ja, bisher hat sich niemand bis in den Limbus vorgewagt. In die Wüstenei jenseits des Limbus, ja. Aber mitten hinein?« Er jaulte und pfiff. »Schlimme Sache.«

»Was sucht Pickwick?«

Emily hatte sich das schon lange gefragt.

»Er hat jemanden verloren«, gab ich zur Antwort. »Das ist alles, was er mir gesagt hat.«

»Seine Schwester«, bemerkte Eliza. »Er hat seine Schwester verloren. Pilatus und Alicia Pickwick lebten einst in Cornwall bei einem Mann namens Dodgson. Bis Alicia verschwand. Pilatus behauptet, dass sich eine Höllenpforte geöffnet habe und dass seiner Schwester eine weiß geschminkte Frau erschienen sei, die Alicia mit Versprechungen in die Hölle gelockt habe.«

»Charles Dodgson?«

»Du kennst ihn?«, fragte Adam.

»Meine Schwester lebt bei ihm.«

»Sorgen Sie sich nicht«, beruhigte ich Emily. »Dodgson weiß um die Gefahren dieser Welt. Mara ist bei ihm in sicheren Händen.«

»Na, toll.«

»Als ich Pilatus Pickwick damals in Budapest kennen lernte, da suchte er bereits seit Jahren nach einem Zugang zur Hölle. Ja, er suchte Orte auf, die von ungewöhnlichen Kreaturen heimgesucht wurden. Dort, so dachte er, würde er die Hölle finden.«

»Deshalb«, sagte Emily, »ist er also nach Aghiresu gereist.«

»Ja. Er dachte, dort befände sich ein Hölleneingang. Gefunden hat er jedoch nur seine eigene Hölle.« Elizas

Blick war nach vorn gerichtet. »Er wird so lange hier unten bleiben, bis er Alicia gefunden hat. Bis er weiß, was ihr zugestoßen ist.«

Emily musste an Mara denken, und wieder einmal wurde ihr bewusst, wie sehr sie ihre kleine Schwester doch vermisste.

»Festhalten!«, warnte uns el-Khamsin.

Denn vor uns flammte bereits die wilde Wüstenei jenseits des Limbus auf.

Während unten in der Ebene die Horden der Vinshati auf die Kreaturen der Hölle trafen und der Festungswall in seinen Grundfesten vom Ansturm der Massen erschüttert wurde, standen die zurückgebliebenen Gefährten hoch oben auf den Zinnen und betrachteten das blutige Schauspiel, das sich ihnen bot.

Aurora Fitzrovia war schweigsam und nachdenklich.

Verstohlen warf sie Blicke auf Maurice Micklewhite, ihren Mentor.

Ihren ...

Nein, sie wollte es nicht aussprechen.

Nicht einmal in Gedanken.

Vor sich selbst.

Maurice Micklewhite mit seiner vornehmen hellen Kleidung und dem lockigen blonden Haar, das ihm wie wild vom Kopf abstand. Der gelehrte Bibliothekar, der sich ihrer angenommen hatte.

Konnte das sein?

Aurora seufzte.

»Alexander Grant hat Ihnen in Paris aufgelauert«, sagte al-Vathek, dessen Raubtieraugen im Schlachtengetümmel nach Carathis Ausschau hielten. »Nachdem Carathis von unserem Plan erfahren hatte, war Grant in die Cité lumière entsandt worden, um ihr Aurora zu bringen.« Er erzählte dem Elfen, was es mit den Wiedergängern auf sich hatte. Wozu ihnen der Nachwuchs diente. »Carathis wollte neue Kraft gewinnen für die letzte Konfrontation. Und dazu musste sie das Blut ihrer leiblichen Tochter in sich aufnehmen.«

Maurice Micklewhite starrte erst al-Vathek und dann Aurora an.

»Du bist …?«

Aurora senkte den Blick.

»Carathis ist meine Mutter«, flüsterte sie.

»Grant trug seinem Rudel auf, den Orient-Express anzugreifen.«

»Aber hat Maspero nicht mit Carathis paktiert?« Maurice Micklewhite dachte an den ehemaligen Leiter des *Service d'Antiquités*, den er in Kairo kennen gelernt hatte, damals, als er noch so viel jünger gewesen war. »Wenn Maspero und Gurgar uns in die Falle gelockt haben, warum hat Alexander Grant dann den Zug angegriffen?«

»Hat er nicht«, antwortete al-Vathek. »Grant ist in Paris geblieben und hat nach Aurora gesucht. Der Großteil seines Rudels ist in den Zug eingedrungen und hat neue Vinshati erzeugt.«

Maurice Micklewhite blickte nachdenklich in die Ferne.

»Aurora«, murmelte er schließlich.

Sah seine Schutzbefohlene an.

Das Mädchen hob den Blick.

»Ich bin ein Wechselbalg«, sagte Aurora. »Das Blut eines Wiedergängers fließt durch meine Adern. Ich habe Emily infiziert und …«

Der Elf nickte.

Al-Vathek und Pickwick schwiegen.

Maurice Micklewhite stand da.

Unsicher, mit einem Mal.

Der weiße Mantel wehte ihm um den Körper.

»Du …«

Aurora sah ihm in die Augen, schluckte und antwortete mit zitternder Stimme: »Ja.«

Maurice Micklewhite fasste sich an den Kopf, schlug die Hände vors Gesicht. »Ich … habe es gewusst, ja. Irgendwie habe ich es immer gewusst.« Er sah seine Tochter an und erinnerte sich an Ägypten. An jenen Basar in Kairo, wo er die Übersetzerin, die ihm im Museum assistiert hatte, zum ersten Mal hatte küssen dürfen. An ihre Augen erinnerte er sich und an die Melodie, die zwischen ihnen erklungen war. Es waren glückliche Augenblicke gewesen, doch dann war sie eines Tages wie vom Erdboden verschwunden gewesen. An diese schönen Augen, die auch seiner Tochter Augen waren.

»Aurora.« Nur dieses Wort kam ihm über die Lippen.

Er streckte die Arme aus.

Und Aurora Fitzrovia, die endlich ihre Wurzeln gefunden hatte, ließ sich fallen und von den starken Händen des Elfen, der ihr Vater war, auffangen.

Pickwick schaute entsetzt hinunter ins Schlachtengetümmel, wo sich das Blatt zu wenden begonnen hatte. Carathis war inmitten ihrer Brut aufgetaucht, und sie hatte die Gestalt jener Göttin angenommen, die man in Brick Lane Market so gefürchtet hatte.

Das, dachte Aurora benommen, als sie die Kreatur durch die Reihen der Nekir stürmen sah, ist also meine

Mutter. Es war ein Geschöpf mit dunkler, blau schimmernder Haut. Medusenhaft zierten schlangenartige Auswüchse ihren Kopf, und das, was Haare hätten sein mögen, bewegte sich ohne Unterlass. Sie besaß dürre, insektenartige Arme, sechs an der Zahl, und jede Hand führte ein mächtiges Krummschwert.

»Sie ist gekommen«, flüsterte Aurora, »um mich zu holen.«

Maurice Micklewhite trat neben seine Tochter und legte ihr die Hand auf die Schulter. »Nur über meine Leiche«, versprach er.

Und Pilatus Pickwick, der im Geiste die Pforten Pandaemoniums unter dem Ansturm Kalis bersten hörte, murmelte: »Dieses Versprechen dürfte einfacher zu halten sein, als uns allen lieb ist.«

Denn die Vinshati gruben ihre Finger in den Sandstein, aus dem Pandaemonium errichtet worden war. Wie Eidechsen erklommen sie die Mauern. Die fratzenhaften Gesichter hatten sie mit Dreck beschmiert, was dem Feind Furcht einflößen sollte.

»Da sind Nekir unter ihnen«, murmelte Pickwick erstaunt.

Aurora sah, was er meinte.

Einige der spinnenhaften Kreaturen hatten sich gegen ihre Artgenossen gewendet, gruben die scherenartigen Auswüchse an ihren Vorderbeinen und die giftigen Mandibeln in die Panzer ihrer Brüder und Schwestern.

»Sie sind von den Vinshati infiziert worden!«, schrie der Elf.

Aurora blickte an der Mauer herab.

Al-Vathek war neben sie getreten und sah nicht minder entsetzt aus als die anderen Erwachsenen.

Ein Meer aus Körpern erklomm die Festung.

Und bitterste Hoffnungslosigkeit bemächtigte sich der Herzen aller, die dort oben im Pandaemonium standen und sich in Sicherheit gewähnt hatten.

Der Ort, den wir erreichten, lag mitten in der Wüstenei.

Es war eine Ödnis, ein Meer aus Hitze und Sand.

Der Wüstenwind setzte uns dort ab.

»Jetzt«, flüsterte el-Khamsin, »müsst Ihr singen.«

Emily sah sich um.

Der Wüstenwind schien amüsiert zu sein. »Ihr habt keine Ahnung, wie?«

»So könnte man es ausdrücken.«

Eliza wirkte unruhig.

Beobachtete den Sand zu ihren Füßen.

»Ihr habt Liliths Lied gehört, damals in der Kathedrale von St. Pauls.«

Emily nickte.

Woher kannte der Wüstenwind St. Pauls?

»Ihr müsst Euch an die Melodie erinnern, denn diese Melodie wird es sein, die uns die Maske finden lässt.«

Emily warf mir einen Hilfe suchenden Blick zu.

»Fragen Sie nicht mich.«

Dies war auch mein erster Besuch in der Wüstenei.

»Atmet mich ein.«

Emily schaute in die Richtung, aus der die Melodie des Wüstenwindes gepfiffen hatte. »Euch *einatmen*?« Hatte sie richtig gehört?

»Atmet mich ein, und ich werde die Melodie finden«, versprach der Wüstenwind.

Adam stand dicht neben ihr.

»Wie sollen wir wissen, dass er die Wahrheit sagt?«

Emily zuckte die Achseln.

»Vielleicht wird er dich ersticken oder dir Schlimmeres antun?«

Emily ergriff seine Hand.

»Ich habe Angst«, gestand sie.

»Du musst das nicht tun«, sagte Adam.

»Doch, das muss ich«, antwortete sie leise.

Bestimmt.

Adams Händedruck wurde stärker. »Versprich mir, dass wir nach London zurückkehren werden, wenn wir hier lebendig herauskommen.«

»Nach London. Nach Paris.« Emily schluckte. »Wohin auch immer.« Sie sah hinüber zu dem Wüstenwind, der den Sand in kleinen Kreisen aufhäufte. »Wir beide, Adam Stewart. Versprochen!«

Adam nickte. »Ich werde dich beim Wort nehmen.«

»Das kannst du.«

Dann sah Emily in die flimmernde Hitze der Wüstenei.

Sie hatte nicht die geringste Ahnung, was nun geschehen würde. Sie erinnerte sich kaum an das Lied, das Lilith damals gesungen hatte. Dafür erinnerte sie sich an die Melodie, der sie selbst lauschte. Seit jener Begegnung in der Métro.

Nein, eigentlich schon seit Brick Lane Market.

Sollte sie diese Melodie in Worte fassen?

Jetzt?

Hier?

Nein, sie würde …

Später!

Emily Laings Stimme, die sicher und fest klang, war ihrerseits nicht mehr als eine Maske. Und als sie den Wüstenwind einatmete, da begann sie mit einem Mal zu verstehen, wie alles enden würde. Ein Kind musste das Lied der Lilith singen, weil auch Lilith in ihrem Innersten nichts anderes war als ein Kind. Das war es, was der Wüstenwind in *ihrem* Innersten hauchte.

»Emily!«

Es war Adams Stimme, die jenes Lied gebar, das der Wüstenwind mit wehenden Fingern ergriff und emportrug aus dem klingenden Herzen eines Waisenmädchens.

»Emily.«

Adams Stewarts Stimme.

Die den Namen bereits zuvor ausgesprochen hatte.

Erst jetzt wurde Emily das bewusst.

Doch Adam Stewart hatte ihren Namen nicht einfach nur genannt.

Nein, förmlich gesungen hatte er ihn.

Es war ein Lied gewesen, das so alt und wunderbar herzzerreißend ehrlich gewesen war, dass es einst die Engel gesungen hatten. Nein, nicht alle Engel. Nur einer aus ihrer Mitte. Lucifer. Er hatte die Melodie vernommen, als er an den Gestaden des Roten Meers zum ersten Mal jene Frau getroffen hatte, die sein Herz entflammt und seinem Leben einen Sinn gegeben hatte.

Das war die Melodie, die auch Lilith damals gesungen hatte.

Ein Lied, das Emily kannte.

Das Emily fühlte, so tief und wahrhaftig, dass es der Wüstenwind hinaustrug in die Hölle.

Emilys Lippen bewegten sich, und mit der Kraft des Wüstenwindes sang sie das Lied, das einst Liliths Lied gewesen war.

Ein heller, klarer Gesang war es. In einer Sprache, die schon alt war, als die Welt noch jung war. Eine Melodie so voll des Lichts und der Hoffnung und der Liebe, die bedingungslose Opfer bringt. Töne, die die Welt vernommen hatte, als sie noch ohne Sünde war. Die Worte klangen rein. Erhaben und traurig zugleich. Wie Farben, die sanft verschwimmen, wenn sich die Mittagssonne im Wasser bricht. Wie ein Duft, den man leise spürt, wenn man an vergangene Tage denkt. Wie der Wind, der aus der Wüste kommt und die Ufer des Meeres küsst. Salzig und kühl und so verzweifelt, dass selbst die Wellen sich seiner erbarmen müssen.

Emily hörte die Stimme, die ihre eigene war.

Sie sah Bilder, mit einem Mal.

Hörte Stimmen.

Lilith, die mit wehendem Haar und nackten Füßen an den Gestaden des Meeres stand. Lucifer, der bei ihr war und der um der Liebe willen allem entsagt hatte, was sein bisheriges Leben ausgemacht hatte. Der das lange Haar der Frau vom Roten Meer, die ihm das Herz gestohlen hatte, berührte.

»Saharasand ist blond«, flüsterte er leise jene Worte, die eine verzauberte Melodie waren, die den Himmel hätten entflammen können. Seine Finger liebkosten ihr Haar, und das Feuer in seinen Augen war das Licht kommender Tage.

»Lilith.«

Nur ihren Namen, nichts sonst.

Den Namen, der alles sagte, was von Bedeutung war.

Emily konnte nicht aufhören zu singen.

Ja, es war Liliths Lied.

Aber es war auch ihr eigenes Lied.

Adams Lied.

Auroras.

Es war eine Melodie, so rein und klar, dass selbst der heiße Sand sich zu bewegen begann im Takt der Melodie, die mit einem Mal die Wüstenei erfüllte. Sand wirbelte zu ihren Füßen und bildete Formen. Staub formte Tränen, die zu Augen wurden, so leer. Winzige Dünen erstarrten zu Lippen, Wangen, Nase.

Liliths Maske schälte sich aus der Wüstenei.

Jemand, dachte Emily, muss sie tragen.

Die Maske.

Lilith.

Zu dem werden.

Worauf es ankam.

»Ich werde sie tragen«, hörte Emily die junge Frau flüstern, die einmal ein Mädchen aus Salisbury gewesen war, das nach Ägypten hatte reisen dürfen. »Deswegen bin ich hierher gekommen.«

Eliza Holland trat vor.

Und Emily bemerkte, dass auch Eliza zu singen begonnen hatte.

Ein Teil des Wüstenwinds war in Eliza gefahren.

Hatte ihre ganz eigene Melodie gefunden.

Ein Lied.

So klar und rein.

Tibor tauchte in der beschwingten Melodie auf. Ein dunkelhäutiges Mädchen, einsam im Regen. Und wieder Tibor, der sie festhielt.

Das Surren von Insekten erfüllte die Luft in dem Stadtpark, durch den Eliza mit Tibor an ihrer Seite spazierte. Tibor, wie er in dem Zelt kniete und beim Anblick Elizas wusste, dass er dem Tode geweiht war, weil er sah, was sie nicht wahrhaben wollte. Weil er sah, was aus ihr geworden war.

Wie seltsam, doch immer wieder Tibor.

Tom.

Salisbury.

Arthur.

So viel.

Das einst war.

Und nimmer sein würde.

Trotzdem.

Sang auch Eliza.

Und der Sand, der die Maske war, legte sich zart auf ihr Gesicht.

Eliza Holland, die den Wüstenwind ausatmete, sang weiter.

Emily hörte es.

Wir alle hörten es.

Doch nur Emily verstand, was Eliza da sang.

Verstand, warum es Eliza gewesen war, die sich angeboten hatte, die Maske zu tragen. Sah eine junge verzweifelte Frau, die mit einem Ägypter ein Kind gezeugt hatte, weil es das war, was Wiedergänger tun müssen. Fortgegeben hatte sie das Kind, das adoptiert worden war. Von einem britischen Botschaftsangehörigen in Karthum und einer einheimischen Dolmetscherin. Eliza hatte es gewusst. Jahre waren vergangen. Das Kind war nach England gekommen und hatte dort sein Leben gelebt.

Im Britischen Museum, wo Eliza den Jungen ausfindig gemacht hatte.

Sich seiner angenommen hatte.

Es schwindelte Emily.

Und die Stimme Elizas veränderte sich für immer.

»Ich lebe«, flüsterte sie.

Und Emily erschauderte.

Denn es war Madame Snowhitepink, deren Stimme dort erklang.

Liliths Stimme.

Dort, wo Elizas Gesicht gewesen war, war nunmehr eine Maske aus Sand.

Lilith sank in die Knie.

Griff mit Elizas Händen in den Wüstensand.

»Alexander«, flüsterte sie, und die Stimme erstickte in einem verzweifelten Schluchzen. »Wie konnte dies alles geschehen?« Sie weinte schlammige Tränen aus Sand, die getrocknet waren, bevor sie den Boden berührten. »Tibor.« Ihr Haupt war gesenkt. »Lucifer, mein geliebter Engel.« Ihre Finger krallten sich in den Sand. »Carathis.« Statt Liebe hatte sie den Menschen, die ihren Weg gekreuzt hatten, nur Verderben gebracht.

Der Wüstenwind hatte den Körper verlassen und wehte wieder frei und ungebunden durch die Wüstenei. »Lady Lilith«, pfiff er, »Ihr seid wieder unter uns.«

Und Eliza, die jetzt Lilith war, erhob sich seufzend.

»Wo ist er?«

Ich trat auf sie zu.

»Lucifer ist tot«, sagte ich.

Sie sah mich an.

Mit Augen aus Sand.

»Nichts«, entgegnete sie mir, »stirbt jemals für immer!« Sie lächelte.

»Wo ist Eliza?«, fragte Emily bangen Herzens.

Und Lilith antwortete: »Alles, was ich gewesen bin, ist wieder da. Alles, was Eliza jemals gewesen ist, bin jetzt ich.«

Und mit einem Mal verstanden wir.

»Ich bin Eliza und Lilith. Wir sind jetzt eins. Da sind Erinnerungen, die es vorher nicht gegeben hat und die jetzt meine sind.« Sie fasste sich an den Kopf. »Elizas Leid wurde aus Lilith geboren. Und jetzt fühle ich es, weil es mein eigenes Leid geworden ist. Ja, mein Verderben war es. Meine Schuld.«

Und Emily begriff, dass in der Hölle zu sein, genau das bedeutete.

Carathis beugte sich über Aurora, die sich im Griff der Göttin wand. Maurice Micklewhite, der seiner Tochter zu Hilfe geeilt war, lag am Boden. Ein Krummschwert steckte in seiner Brust, und der Sand färbte sich dunkel vom Blut des Elfen.

»Nein!«, schrie Aurora und trommelte mit den Fäusten gegen den Körper der Frau, die sie hungrig und neugierig zugleich mit ihren braunen Augen ansah. Augen, die denen Auroras mehr als nur ähnlich sahen.

»Satt werde ich mich an dir trinken, mein Kind«, zischte Carathis.

Als die Vinshati und die Nekir die Brüstung erklommen hatten, da war es Maurice Micklewhite gewesen, der Carathis auf dem Rücken eines infizierten Nekir erblickt hatte. Sofort war er zwischen Aurora und die Kreatur, der er einst in Kairo begegnet war, getreten.

Behände war Carathis abgestiegen.

Auf den Elfen zugegangen.

»Maurice Micklewhite«, hatte sie festgestellt.

Gelächelt.

Ganz schaurig.

»Du wirst ihr nichts antun!«

Fast mitleidig hatte sie das Haupt geschüttelt.

»Wie geht es unserem Mädchen?«

Maurice Micklewhite hatte schwer geatmet. Carathis war nun nicht länger Kali gewesen, deren Haupt die zischenden Schlangen zierten. Nein, sie war die Schönheit aus Tausendundeiner Nacht, die einst mühelos des Elfen Herz gebrochen hatte.

»Schlagen Sie zu!«, hatte al-Vathek gerufen, der an der Seite Pickwicks am Rande der Brüstung gegen die anstürmenden Horden gekämpft hatte.

»Sie ist unsere Tochter, Salome.«

Dies, hatte Aurora gedacht, ist also der Name, den mein Vater einst in ihr Ohr geflüstert hat.

»Sie ist *meine* Tochter«, hatte die Frau gefaucht. »Und ich nehme mir, was mein ist. Denn dies ist es, was zu tun ich gezwungen bin.«

Dann war alles sehr schnell geschehen.

So schnell, dass nur Fetzen von Bildern in der Erinnerung des Mädchens zurückblieben. Da war Carathis, die auf sie zusprang. Der Elf, der ihr entgegentrat. Dem die Kreatur, die jetzt eine hübsche Frau war, das Krummschwert entriss. Die breite Klinge, die in seine Brust fuhr. Der überraschte und schmerzerfüllte Blick des Elfen, als er begriff, was geschehen war. Blutige Lippen, die stumm Auroras Namen zu flüstern schienen.

Dann hatte Carathis den Körper des Elfen zu Boden fallen lassen.

»Wir sind, was wir sind«, hatte sie zu Aurora gesagt.

Oder gar zu Maurice Micklewhite?

Dann war sie über das Mädchen gekommen. Hatte Aurora förmlich angesprungen, noch bevor diese überhaupt verstanden hatte, was da gerade passiert war.

»Für nur wenige Tage«, gestand Carathis, als sie auf dem Körper ihrer Tochter hockte, »da waren wir glücklich gewesen.« Sie deutete in die Richtung des Leichnams. »Er und ich.« Sie wirkte traurig, als sie sagte: »Salome bin ich gewesen. Damals. In Kairo. Doch kein Glück ist von Dauer.«

»Du hast ihn geliebt?«

Einen Moment wirkte das Wesen nachdenklich. »Für den flüchtigen Hauch eines Augenblicks, der sein Leben in meinen Augen gewesen ist.« Ganz kurz nur hatten ihre Augen menschlich gewirkt. »Maurice, wie schon so viele andere vor ihm auch.«

Aurora sah jetzt das Gesicht, das auch ihr Vater damals erblickt haben musste. Die feinen Züge einer dunkelhäutigen Frau.

»Ich bin deine Tochter«, flüsterte Aurora.

Ganz fassungslos.

»Und deshalb«, antwortete Carathis, »ist dein Schicksal besiegelt.«

»Sie ist hier.« Kalt klang Liliths Stimme. »Ich kann sie spüren. Zeit zu beenden, was nie hätte begonnen werden dürfen.«

El-Khamsin, der heiße Wüstenwind, streifte Liliths Gesicht und trug den Sand, der die Maske war, von dannen.

Übrig blieb das Gesicht der Lichtlady, die einst Madame Snowhitepink gewesen war und noch genauso aussah wie damals, als sie dem Waisenhaus ihre Besuche abgestattet hatte.

Eliza Hollands Gesicht war gänzlich verschwunden.

Verweht vom Wüstenwind.

»Lasst uns nach Pandaeomonium gehen«, sagte Lilith.

Der Wüstenwind schob sich unter den Teppich, und so

flogen wir zurück zu dem Ort, an dem Carathis uns erwarten würde.

Die Maske aus Sand eilte uns einem Sandsturm gleich voraus.

Ständig veränderte sie ihre Form. War einmal Elizas Gesicht, dann ein anderes.

Schließlich entschwand die Maske aus Sand unseren Blicken.

»Jetzt«, murmelte Lilith, »wird es ein Ende finden.«

Aurora Fitzrovia, die ihre Wurzeln nun kannte und ihren Vater von ihrer Mutter Hand hatte sterben sehen, blickte in die dunklen Augen von Carathis, deren Gesicht dem ihren ganz nahe war.

Sie fühlte sich ruhig.

Carathis würde sie töten.

Deswegen war sie hergekommen.

Warum die Dinge so geschahen, wie sie es nun einmal taten, mochte das Mädchen nicht ergründen. Eine Welt war vor ihren Augen entstanden und gleich wieder zerfallen. Der Elf, den sie seit vier Jahren kannte und der sich ihrer angenommen hatte wie ein Vater, war sogar einmal in das Wesen, das ihr den Tod bringen würde, verliebt gewesen. Sie warf einen letzten Blick auf den toten Maurice Micklewhite, der seine Tochter zu verteidigen versucht hatte und doch nichts hatte ausrichten können gegen Carathis, die er einst Salome genannt hatte.

Dies, dachte Aurora, sind meine Wurzeln.

Dann schloss sie die Augen.

Und hoffte, dass das Ende, wenn es käme, schnell kommen würde.

Es war vorüber, als wir Pandaemonium erreichten.

Al-Vathek und Pilatus Pickwick standen über dem Leichnam Maurice Micklewhites, neben dem Aurora Fitzrovia inmitten einer Blutlache lag.

»Es ist tatsächlich vorbei«, sagte Lilith.

Langsam trat sie vor.

Kniete sich neben das Mädchen.

Das hustete.

»Spürst du die Veränderung, mein Kind?«

Aurora erwiderte nichts.

Als Lilith sie zu berühren versuchte, da zuckte sie zurück.

Nicht einmal Emily durfte sich ihr nähern.

»So also endet es«, sagte al-Vathek.

Denn er hatte es gesehen.

Hatte die kreischenden Vinshati und infizierten Nekir in Krämpfe fallen und sterben sehen, während die gesunden Nekir über die Kadaver und zuckenden Sterbenden hergefallen waren.

»Carathis ist fort«, verkündete auch Pilatus Pickwick.

Und berichtete uns, wie die Sandmaske das Gesicht der Carathis bedeckt hatte. Wie ihr die Sandkörner in den Rachen gekrochen und die Augen zu Staub zerfallen waren. Wie Klauen und Haut durch die Luft gewirbelt worden waren, als ihr Körper und ihr Geist, die schon lange eine Wüste gewesen waren, wortwörtlich zu einer solchen geworden waren.

Pilatus Pickwick, auf dessen Schulter das Irrlicht hockte, sagte: »Sie ist einfach so zu Sand zerfallen. Als habe die Maske sie vertilgt.«

Lilith blickte kalt auf Aurora hernieder. »Staub, was einst Staub gewesen ist.« Sie berührte des Mädchens Gesicht, und eine Träne glitzerte auf ihrer Fingerspitze, als sie die Hand zurückzog. »Es tut mir Leid«, flüsterte sie, und es war mehr von Eliza in dieser Stimme als von Lilith. »Ich weiß, was Verlust ist. Das musst du mir glauben. So viele Menschen habe ich sterben sehen.« Sie sah die Umstehenden an. »Doch jeder, der den Staub, zu dem Carathis geworden ist, geatmet hat, wird leben.« Ein Lächeln deutete sich in ihrem Gesicht an. »Ja, jeder, der Carathis geatmet hat, ist geheilt. Denn wer das Übel, das ihn befallen hat, vertilgt, wird siegreich sein.« Sie neigte das Haupt. »So stand es einst geschrieben. Im Sand, der die Zeit war und sein wird. Auf immerdar.«

Dann kniete sie sich neben Aurora und den Leichnam Maurice Micklewhites, faltete die Hände, von denen eine tätowiert war, und begann Tränen der Trauer zu vergießen, die so echt waren wie das Lied, das Emily in der Wüstenei gesungen hatte.

Ja, die Welt ist gierig, und die Masken, die wir zu tragen pflegen, erweisen sich manchmal als jene Gesichter, die aus den fließenden Sandkörnern geboren werden, die unsere Augen erst sehend machen.

Emily Laing, die tiefer in die Hölle vorgedrungen war als jemals ein Mensch vor ihr, stand nun vor dem leblosen Körper, der im Sand zu unseren Füßen lag, und wusste, dass es keine Maske war, die das bleiche Gesicht entstellte, sondern der Tod, der sich mit eisiger Hand genommen hatte, was sein war.

»Können wir denn gar nichts tun?«, wollte sie von mir wissen.

Noch bevor ich ihr die Antwort gab, wusste ich, dass sie ihr nicht gefallen würde.

Denn das, womit wir es hier tun hatten, war endgültig.

»Fragen Sie nicht!«

»Nach allem, was wir getan haben, muss es doch einen Weg geben.«

Ich nahm sie bei der Hand.

Sah ihr in die Augen.

Erkannte die Trauer, die unser aller Herzen verdunkelte.

»Bitte, Emily!«

Selbst mir fiel es schwer, die Fassung zu bewahren. Maurice Micklewhite war ein treuer Begleiter gewesen. Für einen Moment nur schloss ich die Augen. Flüchtete mich in die Dunkelheit, die mich allein sein ließ. Nur für einen Moment, der vergangen war, bevor er erst richtig begonnen hatte.

»Was werden wir jetzt tun?«, fragte Emily.

Adam war bei ihr.

Die beiden umarmten sich.

»Wir werden leben«, sagte Lilith.

Und still im Pandaemonium verharrend, nahmen wir Abschied von Maurice Micklewhite, der im Schlund der Welt verschwunden war und niemals mehr wiederkehren würde.

Kapitel 5

Leben

Schon von der Themse aus sieht man die majestätische Kuppel mit dem Laternenturm, der sich gen Himmel reckt. Die beiden Glockentürme, die den westlichen Portikus, der die Bekehrung des Saulus zeigt, und die westliche Vorhalle überragen, sind an diesem Abend beleuchtet.

Hunderte Gläubige strömen aus Richtung des Ludgate Hill die breite Freitreppe hinauf, alle dick eingehüllt in Mäntel und Jacken, die Münder hinter langen Schals verborgen, die Mützen und Hüte tief in die Gesichter gezogen.

Fast sieht es so aus, als gäbe sich der Schneesturm alle Mühe, die Gläubigen davon abzuhalten, an diesem Heiligabend nach St. Pauls zu gelangen.

»Als habe sich gar nichts verändert«, sagt Emily Laing, als sie gemeinsam mit Adam Stewart die Kirche betritt und dort stehen bleibt, wo sie auch schon damals gestanden hat.

»*Wir* haben uns verändert«, antwortet Adam.

Emily weiß, wie Recht er hat.

Seit drei Tagen schon befinden wir uns wieder in der

Stadt der Schornsteine, und London wirkt kälter als vor unserer Abreise.

Die uralte Metropole ist wieder sicher geworden. Die Vinshati sind gestorben, und die alte Ordnung beginnt in die Grafschaften zurückzukehren.

»Martin Mushroom ist wieder in Blackheath, wie man munkelt.«

Als Peggotty mir die Neuigkeit mitgeteilt hatte, war ich wenig begeistert gewesen.

»Dann stimmt es also«, hatte ich gegrummelt und mich in mein Arbeitszimmer verzogen. »Al-Vathek hat uns die Wahrheit gesagt.« Eine Frage hatte ich Peggotty vorher aber noch gestellt: »Wie hat Manderley Manor reagiert?«

»Keine Stellungnahme bisher.«

Auch das verhieß nichts Gutes.

Emily und Adam, die unzertrennlich geworden sind, hatten mir von ihren Erlebnisse in der *ténébreuse* berichtet.

»Wenn die Baudelaire-Bruderschaft und Maspero gemeinsame Sache gemacht haben und Miss Monflathers Kontakte zu Maspero unterhalten hat, dann kann das doch nur bedeuten, dass Miss Monflathers von den Machenschaften der Baudelaire-Bruderschaft Kenntnis hat.«

»Ist anzunehmen.«

»Doch ergibt das einen Sinn?«, hatte Emily laut gedacht. War nicht die Frage nach der Motivation diejenige, die sie sich immer stellen musste?

»Warum sollte Miss Monflathers an dem, was die Baudelaire-Bruderschaft tut, interessiert sein?« Die ganze Nacht über war ich unruhig im Haus herumgelaufen, hatte an Maurice Micklewhite denken müssen und den leeren Platz, den er in unser aller Leben und auch im Britischen Museum zurückgelassen hatte. »Welchen Nutzen hätte sie von einer Kooperation mit Professor Maspero?«

Paris und London.

Die Schwesterstädte.

Emily hatte sich der Dinge erinnert, die ihnen Bastet offenbart hatte. An Nyx und Hemera gedacht, die Wesen, auf denen die Metropolen erbaut worden waren. Die sich von Gefühlen ernährten, die in den Boden sickerten.

»Die Baudelaire-Bruderschaft nährt das Wesen namens Hemera in Paris. Was wäre, wenn es in London eine ähnliche Gemeinschaft gäbe?«

»Jemanden, der sich um den Nyx kümmert?«

»Ja.«

Uns allen war ein Verdacht gekommen, der seine Bestätigung erfahren hatte, als zwei alte Bekannte in Marylebone aufgetaucht waren. Sie hatten einfach am nächsten Abend in der Küche von Hampstead Manor gestanden, hatten sich Tee gekocht und laut an trockenen Scheiben von Peggottys selbst gebackenem Toast geknabbert. Keiner der beiden hatte sich daran gestört, dass ich in Begleitung von Emily und Adam den Raum betreten hatte. Neugierig hatten sie uns gemustert, als wären wir die Fremden in diesem Haus, und fröhlich weiter an ihrem Toast geknabbert.

»Guten Abend«, hatte der kleinere der beiden gesagt, der aussah wie ein Fuchs.

»Da sind wir«, hatte der andere ergänzt, der aussah wie ein Wolf.

»Einfach so.«

»Wie es unsere Art ist.«

Sie hatten die groben Kutten der Black Friars, die sie

noch in Adelphi Arches getragen hatten, gegen dunkle Cord-Anzüge aus den 70er-Jahren getauscht.

»Bruder Nubbles.«

»Und Bruder Nook.«

»Gibt's nicht mehr.«

»Dafür aber wieder.«

»Uns!«

»Mr Fox.«

»Und Mr Wolf.«

Sie hatten breit gegrinst. »Das mit Lady Lilith war übrigens saubere Arbeit.«

Mr Fox hatte sich kurz verneigt. »Man dankt!«

»Doch hören Sie, was wir zu sagen haben.«

»Habt Ihr Euch je gefragt, wer Martin Mushroom und den Grafen von Saint-Germain miteinander bekannt gemacht hat?«

Stolz hatten sie gelächelt.

Sich jeder eine Scheibe Toast in den Mund geschoben.

»Miss Monflathers!«, hatten sie beide mit vollem Mund hervorgestoßen.

Unisono in die Hände geklatscht.

»So, und nun denkt Euch Euren Teil.«

»Und haltet die Augen offen.«

Sie hatten die Küche verlassen und waren aus der Tür getreten, bevor wir weitere Fragen hätten stellen können. Hatten die Kragen ihrer Mäntel hochgeschlagen und waren wieselflink draußen auf der Straße gewesen.

»Was für ein Wetter«, hatte Mr Fox gesagt.

»Immer dieser Schnee,« hatte Mr Wolf geschimpft.

Dann waren sie verschwunden.

Hatten uns mit diesem Rätsel zurückgelassen.

»Sie sollten McDiarmid fragen«, hatte Emily vorgeschlagen. »Immerhin war er derjenige, der den armen Mièville in die *ténébreuse* geschickt hat, um Nachforschungen anzustellen.«

»McDiarmid ist verschollen«, hatte ich ihr gestanden.

Ganz so wie der Tunnelstreicher, der nicht wieder aus dem Abgrund in der *ténébreuse* aufgetaucht war. Dinsdale war in Paris geblieben, um sich auf die Suche nach Mièville zu machen.

Und wir waren hier.

In der Stadt der Schornsteine.

Hatten Maurice Micklewhite in Highgate zu Grabe getragen und versucht, den Faden des Lebens wieder aufzunehmen, wo wir ihn einst fallen gelassen hatten.

Einen Tag vor Heiligabend hatte Aurora uns in Marylebone besucht und war mit Emily hoch oben in der Dachkammer, die noch immer das Refugium der beiden Freundinnen ist, verschwunden.

Lange Zeit hatten sie am Fenster gesessen und über die Dächer der Stadt hinausgesehen. London hatte friedlich dagelegen. Eine Metropole, die für wenige Augenblicke in ihrem langen Leben zur Ruhe gekommen war. Lichter hatten gefunkelt, und weit unten auf der Straße waren die Passanten durch den tiefen Schnee gewatet.

London, das hatte Emily gewusst, hatte sich für immer verändert. Schon damals hatte sie das gewusst.

»Es tut mir so Leid«, hatte sie zur Aurora gesagt.

»Komm, lass uns schweigen.« Zum Reden war Aurora an diesem Abend nicht nach Marylebone gekommen. Nein, sie hatte schweigen wollen. Über das, was während des Begräbnisses geschehen war, musste sie erst allein nachdenken. Vielleicht war alles auch bloß Einbildung gewesen. Gaukelte einem das Auge nicht manchmal Dinge vor, die am Ende doch nur der Verzweiflung und Erschöpfung zuzuschreiben waren? Nein, darüber würde Aurora später nachdenken können. Morgen, das wusste sie, war immerhin auch noch ein Tag.

»Wittgenstein sagte einmal, dass Menschen nur dann sterben, wenn sich niemand mehr an sie erinnert.« Emily hatte neben ihrer Freundin gesessen und einen Arm um sie gelegt. »Und dass ein Mensch, den man nicht vergisst, zu einem leuchtenden Stern werden kann, der hoch oben am nächtlichen Firmament über einen wacht.«

»Es war Maurice Micklewhite gewesen, der mich damals aus dem Waisenhaus geholt hat, weißt du noch?« Ins Britische Museum hatte er Aurora gebracht und sich ihrer angenommen. »Ich habe ihm sofort vertraut. Irgendwie.« Sie hatte gezittert. »Ich habe es niemals zu ihm gesagt, Emmy.« Schuldbewusst hatte Aurora den Blick gehoben.

»Was meinst du?«

Und Aurora hatte es ausgesprochen: »*Vater*.«

»Als er da unten in der Hölle starb, da hat er meinen Namen geflüstert, ganz stumm. Und ich habe ihm nicht geantwortet.« Die dunklen Augen hatten sich mit Tränen gefüllt. »Emmy, ich denke nicht einmal *Vater*, wenn ich mich an ihn erinnere. Alles, was ich denke, ist *Maurice Micklewhite*. Denn das ist er für mich gewesen. Maurice Micklewhite. *Master* Micklewhite. Ich muss andauernd an die Stunden in der Bibliothek denken und an die Gespräche, die wir geführt haben.« Leiser hatte sie hinzugefügt: »Vor allem an die Gespräche, die wir *nicht* geführt haben.« Sie hatte zum Fenster hinausgesehen, wo die nächtliche Silhouette der Stadt der Schornsteine still dagelegen hatte.

London.

Ihrer beider Heimat.

»Emmy, ich vermisse ihn.«

Sie hatte hemmungslos geschluchzt.

»Ich weiß«, hatte Emily nur gemurmelt.

»Er ist meinetwegen gestorben.«

»So darfst du nicht denken.«

»Es ist aber die Wahrheit.«

»Maurice Micklewhite wollte, dass du lebst, Aurora!«

Emily war nichts anderes übrig geblieben, als ihre Freundin festzuhalten. Als sie sich beruhigt hatte, da war Emily mit ihr zum Fenster gegangen.

»Siehst du die Sterne dort oben?«, hatte sie gefragt.

Aurora hatte gewusst, was Emily meinte.

»Ja«, hatte sie geantwortet.

Denn sie hatte den einen Stern gesehen, der über sie wachen und den sie niemals würde vergessen können. Hoch oben am Firmament über der Stadt der Schornsteine am dunklen Fluss hatte er gefunkelt.

Hell und klar.

Wie ein Nadelstich im Mantel der Nacht.

»Haben die Guten gewonnen?«

Emily hatte ihrer Freundin Hand ergriffen.

Sie lange angesehen.

An den Zeitungsartikel gedacht, den Peggotty ihr zu lesen gegeben hatte. Mylady Manderley war dort abgebildet gewesen, mit Dr. Dariusz an ihrer Seite. Und Emily hatte sich gefragt, was nun geschehen würde. War Manderley Manor nun nicht wieder das mächtigste Haus in der Stadt der Schornsteine? Und galt Mylady Manderleys Dankbarkeit nicht dem Arzt, der ihr die Tochter zurückgebracht hatte und sie zu heilen versuchte? Der ihr womöglich weise Ratschläge ins Ohr flüsterte? Wie selbstlos, hatte sich Emily gefragt, war al-Vathek wirklich? Und wo befand sich Mia Manderley nun nach ihrer Rückkehr? Al-Vathek hatte ihr den Aufenthaltsort nicht verraten wollen, war jedoch nicht müde geworden zu versichern, dass sie sich in Sicherheit befinde.

»Sag's mir, Emmy. Haben die Guten gewonnen?«

»Ich weiß es nicht.«

Schließlich hatte Emily geflüstert: »Wir werden alles gemeinsam durchstehen. Was auch kommen mag.« Traurig hatte sie in die dunklen Augen Aurora Fitzrovias gesehen, deren sehnlichster Wunsch, endlich ihre wahren Wurzeln kennen zu lernen, auf so schreckliche Weise in Erfüllung gegangen war.

Leise, fast ehrfürchtig flüsternd, als seien sie Bestandteil einer Zauberformel, hatte Aurora Fitzrovia die Worte widerholt. »Was auch kommen mag.« Und die Hand ihrer Freundin gedrückt, die sie nie wieder loslassen wollte, weil Emily Laing ihre einzige Familie war in einer Welt, die gute Menschen verschlingen und böse Menschen belohnen konnte, wie immer es ihr gefiel.

Während Lady Mina mir am Heiligabend Gesellschaft leistet und die knisternden Flammen in dem großen Kamin unser beider Gedanken auf Reisen schicken, nehmen Emily Laing und Adam Stewart an der Mitternachtsmesse in St. Pauls teil und sitzen ruhig inmitten all der Menschen, die andächtig Lieder singen und den Duft der vielen Kerzen atmen. Noch zwei Tage wird Emily hier in London verweilen. Dann, so hat sie mir mitgeteilt, wird Adam Stewart sie nach Cornwall begleiten, wo auf dem Landsitz der Familie Dodgson ihre kleine Schwester auf sie warten wird.

Weihnachten.

An Lilith muss Emily denken und Eliza Holland, die eins geworden sind.

»Was immer Eliza jemals empfunden und erlebt hat«, hatte Lilith im Pandaemonium gesagt, »ist nun ein Teil von mir. Ja, Eliza Holland ist ein Teil von mir geworden.« Alexander Grant war Elizas Sohn gewesen. Das hatte Emily in der Wüstenei erfahren, und auch Lilith hatte es ihr gesagt. »Wie wir alle, so hatte auch Eliza große Schuld auf sich geladen.« Lilith hatte gelächelt und gesagt: »Aber das ist nun vorüber. Der Staub, zu dem Carathis geworden ist, hat euch alle geheilt.« Nach einer Weile dann hatte sie nachdenklich geflüstert: »Auch Carathis war einst nur ein Mädchen, das im Sand von Zmargad gespielt hat.« Sie hatte aufgeschaut. »Doch daran wird sich niemals mehr jemand erinnern, nicht wahr?!«

»Wir werden die Hölle verlassen«, hatte Emily gesagt und sich gefragt, ob es Eliza war oder Madame Snowhitepink, mit der sie da sprach.

Lilith hatte sie lange angesehen.

Verkündet, dass sie im Pandaemonium bleiben werde.

»Die Pfade der Hölle sind zwar verschlungen und wankelmütig, doch werde ich ihn finden.« Lucifer, der ihr an jenem sonnendurchfluteten Tag an den Gestaden des Roten Meers das Herz geraubt hatte, würde nicht auf ewig verschollen sein. »Irgendwo in den wüsten Landen jenseits des Limbus werde ich ihn finden.« Die hellen Augen hatten lebendig gefunkelt. Sand war langsam durch Liliths Finger geronnen, und die Hand mit der Tätowierung hatte leicht gezittert. »Dies hier«, hatte sie bekannt, »ist nun mein Himmel.«

Und Emily Laing hatte verstanden.

Wahrhaftig, wild, von ganzem Herzen.

»Pilatus Pickwick wird mir Gesellschaft leisten, denn auch er sucht einen Menschen, der hier unten verschollen ist.«

»Miss Holland hat mir berichtet, dass auch Sie eine kleine Schwester haben«, hatte Pilatus Pickwick zu Emily gesagt.

Und Emily hatte ihm Glück gewünscht für die Suche nach Alicia.

Dann hatten sie die Hölle verlassen.

Als seien Jahre vergangen seitdem, so kommt es Emily vor.

»Wo sind deine Gedanken?«, fragt Adam.

Emily lächelt. »Frag nicht.«

Sie stehen auf den Treppenstufen vor St. Pauls inmitten der Menschenmassen, die die Kathedrale verlassen. Emily denkt an das Leben, das sie noch zu leben hat. Schneeflocken streifen ihr Gesicht.

Sie muss lachen.

Einfach so.

Und weinen.

Gleichzeitig.

»Was hast du?« Adam sieht zerwuschelt aus, wie immer.

»Ach, frag' nicht«, schluchzt sie.

Ganz leise.

Dann umarmt sie ihn, spontan und stürmisch. Als Adam ihren Kuss erwidert, da spürt sie seine kalte Nase in ihrem Gesicht und muss schon wieder lachen und schon wieder weinen. Sie sieht ihr Spiegelbild in seinen Augen, und als eine Schneeflocke auf ihr Mondsteinauge fällt, da weiß sie, dass nicht nur Lilith ihren Himmel gefunden hat.

Danksagung

Dank gebührt in erster Linie all jenen Leserinnen und Lesern, die Emily Laing, Aurora Fitzrovia und all die anderen in ihr Herz geschlossen haben. Denn letzten Endes ist es ihre Vorstellungskraft, die einer Geschichte erst Leben einhaucht.

Die Musik, die allzeit durch die uralte Metropole hallte und Welten aus dem Wüstensand zauberte, war der Herzschlag der Geschichte. Dank an Hans Zimmer, Danny Elfman, Klaus Badelt und Frank Nimsgern. »Poe« und »Arena« waren Oasen im Sandsturm der Schöpfung. Und Aino Laos und Darius Merstein-MacLeod gaben Lilith und al-Vathek Stimme und Gestalt.

Bei Heyne danke ich Martina Vogl, Uta Dahnke, Gisela Frerichs, Sascha Mamczak und Dirk Schulz, dessen Zeichenstift Paris erst hat lebendig werden lassen für mich.

Zu danken (für Vielerlei) habe ich auch Gudrun Leinen, Markus Heitz, Kai Meyer, Frank Krämer, Heiko Kind, Kati Marx, Christian Hein, Joachim Backes und den Jungs vom X-Comics. Darüber hinaus den Besuchern meines Journals auf www.christophmarzi.de, die mich an ihren Gedanken haben teilhaben lassen.

Natürlich nicht zu vergessen die Menschen, in deren Licht es mir vergönnt ist zu leben. Tamara, Catharina und Lucia. So hell und klar wie Nadelstiche im Mantel der Nacht.